신들의 봉우리

神々の山嶺

신들의 봉우리

유메마쿠라 바쿠 지음 이기웅 옮김 김동수 감수

RiRi

"산이 거기에 있으니까."

—조지 맬러리

차례

서장

미답봉

1

1924년 6월 8일 12시 50분

표고 7,900미터

그것은 아름다운 가로줄무늬가 새겨진 거대한 흑석(黑石)이었다. 삼엽충 화석이다.

손에 쥐자 묵직한 무게가 느껴진다. 오른손 장갑을 벗어 손끝으로 만져본다. 손가락은 얼어버린 것처럼 감각을 잃어 홈을 만졌다는 감촉이 전해지지 않는다.

8,848미터 정상 대신에 이 삼엽충 화석이 내 전리품이다. 이것은 아마도, 아니 분명히 지구상에서 가장 높은 장소에서 발견된 화석이 될 것이다.

고도계를 보자 침이 2만 5,000피트 부근을 가리키고 있다. 약 7,800미터. 지질조사원으로서 이 원정에 참가한 인간에게는 에베레스트 정상보다 외려 이 화석을 입수하는 쪽이 더 걸맞지 않겠는가.

삼엽충이 이 지구상에 발생한 건 고생대 캄브리아기다. 지금으로부터 대략 5억 9,000만 년에서 4억 3,800만 년 전으로 캄브리아기에서 오르도비스기에 걸쳐 번성했다.

아득하기 이를 데 없는 시간.

이 지구상에서 가장 높은 지역이 과거에는 해저(海底)였다. 대체 어떠한 힘이 바다 밑바닥을 이처럼 하늘 높이까지 밀어올린 걸까. 이런 생물이 어쩌다 이런 높이의 바위 속에 파묻히게 된 걸까. 삼엽충뿐만이 아니다. 히말라야 각지에서 암모나이트와 같은 화석이 발견된다. 대체 어떠한 의지와 힘이 하나의 생명을 이와 같은 높이까지 이동시킨 것일까.

나는 손가락이 얼어붙기 전에 장갑을 다시 끼고 지퍼를 내려 삼엽충 화석을 안에 담았다. 지퍼를 닫자 삼엽충 화석 무게만큼 무거워진 게 느껴진다. 그래도 저 쓸모없는 산소통보다는 낫다.

2월 29일에 리버풀을 출발한 뒤 벌써 3개월 남짓 지났다.

에베레스트 정상이 위치하는 방향으로 시선을 올려다본다. 두터운 안개구름에 뒤덮여 정상은 물론 그 뒤로 이어지는 북동릉(北東稜)도 보이지 않는다. 이틀 전 밤, 4캠프는 영하 30도까지 떨어졌다. 지금도 기온은 비슷하리라.

머리 위 어딘가에 구름이 갈라지는 곳이 있는지 군데군데 구름의 일부가 밝아진다. 바람은 약한 가운데 이따금 눈이 흩날린다. 이 정도 바람에 능선 상부가 개어 있다면 나쁘지 않은 조건이다. 예정대로 맬러리와 어빈이 조기에 6캠프에서 나섰다면 이미 마지막 피라미드의 벽, 즉 정상을 향한 최후의 등반에 이르렀어도 이상하지 않을 시간이었다.

나는 눈이 얼어붙은 광대한 바위의 비탈면을 천천히 걸어가기 시작했다. 숨이 가빴지만 아직 여력이 남아 있다는 게 느껴진다. 고도 순응이 예상 이상으로 잘된 것이다. 적응하지 못해 구역질과 두통으로 10분도 잠들지 못한 적도 있다.

산소가 지상의 3분의 1밖에 없다는 사실을 고려해보면 내 육체가 이 가혹한 장소에 잘 적응했다고 말할 수 있으리라. 에드워드 노턴

(1924년 무산소로 에베레스트 8,572미터까지 올랐다)마저 아무리 노력해도 이 고도에서는 열세 보 이상 걷지 못했다. 한 걸음씩 내디딜 때마다 거친 호흡을 몇 번이나 거듭해야만 했지만 최소한 지금 상태라면 같은 동작을 연속적으로 이어갈 수 있다.

서른다섯 살이라는 내 나이가, 의외로 이러한 극지 등반과 잘 맞는 것일지도 모른다. 20대 젊은이처럼 체력에 의지하는 방식은 이런 장소에서는 오히려 위험을 초래한다. 지금 충분한 식량만 있다면 이대로 에베레스트 정상까지 홀로 갈 수 있을 것 같았다.

그러나 실제로는 불가능하다는 걸 알고 있다. 지금까지의 3,000피트(약 900미터)와 이후로 정상까지의 3,000피트는 전적으로 다른 차원의 높이다. 아무리 식량이 있다더라도 단독으로 오르는 것은 무리다. 설령 한순간일지라도 그게 가능할지도 모른다는 생각이 들었던 건, 내가 이미 고산병에 걸려서가 아닐까.

오늘 아침 5캠프를 나선 뒤 겨우 200미터밖에 오르지 못했다. 그렇다 해도 이 바위 비탈면의 광대함은 어떠한가. 유럽 알프스 어디에서도 이만한 규모는 볼 수 없다. 나는 그 광대한 암벽의 일부에 들러붙은 작은 벌레, 먼지와도 같은 존재다.

그런 작은 벌레일지라도 저 정상에 선다는 것은….

문득 자신의 내부에서 치밀어 오르는 뜨거운 열기를 느꼈다. 이만큼 충일한 감정이 아직도 내 마음속에 있었단 말인가. 혹독한 운동과 지금의 고도가 야기하는 영향으로 이런 감정은 이미 한참 전에 닳아 없어졌다고 치부해왔다. 쓰라리면서도 애달픈 듯한, 정체모를 감정. 그렇다, 난 가슴속 깊은 곳에 있는 그 마음을 깨달았다.

나는 역시 지구에 단 하나밖에 없는 장소, 세계 최고봉의 정상을 내 발로 밟고 싶었던 것이다. 혹시 맬러리가 자신의 파트너로서 어빈이 아니라, 나를 지명해줬더라면….

어빈보다 내가 이 고도에 잘 순응했다는 사실은 맬러리도 알고 있을 터였다. 그러나 맬러리는 내가 아닌 어빈을 선택했고, 나는 두 사람을 지원하게 됐다. 어제 포터가 6캠프에서 5캠프에 있는 나에게 가져온 맬러리의 편지가 생각났다.

친애하는 오델에게

그렇게 난잡한 상태로 떠나게 되어 자네에게 정말 면목이 없네. 막 출발하려는데 취사 스토브가 낭떠러지로 떨어지고 말았어. 우리는 어두워지기 전에 철수해야겠다고 마음먹었으니, 내일까지는 반드시 4캠프로 돌아가게나. 텐트에 나침반을 놔두고 온 것 같으니 찾아봐주길. 우리는 나침반 없이 여기로 왔네. 여기까지는 이틀간 90기압으로 온 셈이지. 그런 만큼 아마 산소통 두 개로 가게 될 것 같네. 그렇긴 해도 등반하기에는 참 거추장스러운 짐일세. 날씨는 하늘의 은혜를 입었네.

_G. 맬러리

편지에 따르면 맬러리는 6캠프까지 산소를 90기압 사용했다. 그렇다는 건 4캠프에서 6캠프까지 이틀간 산소통 한 개분 중 4분의 3을 맬러리가 사용했다는 의미다.

맬러리는 산소의 효과를 믿는다. 그러나 나는 산소의 효과에 의문을 갖는다. 일단 사용은 해봤지만 사용하지 않았을 때와 별 차이가 없었기 때문이다. 다소 편안해지긴 했지만 그런 만큼 무거운 통을 등에 짊어져야 해서 그 효과가 상쇄되고 만다. 오히려 괜한 짐을 짊어진 만큼 더욱 거추장스럽지 않겠는가.

맬러리가 어빈을 파트너로 택한 이유 중 하나는 어빈이 산소호흡기 같은 기계를 다루는 데 능숙하다는 점이다. 분명 이만한 고도에서 어빈은 고장 난 산소호흡기 수리를 누구보다 빨리 오차 없이 해낼 인물이다. 맬러리가 산소를 사용하기로 결정한 이상, 파트너는 어빈이 가장 적합하다. 충실하게 지원하는 것이 나의 역할이다.

앞으로 6캠프까지 올라 텐트의 상태나 날씨의 동향을 보다가 밤까지는 편지에 쓰인 것처럼 4캠프까지 내려가야 한다. 맬러리와 어빈이 돌아올 경우, 시간이 있다면 6캠프를 지나 5캠프까지 돌아오게 되리라. 그때 5캠프에 내가 있으면 곤란하다. 텐트는 하나밖에 없거니와 좁기까지 하다. 세 사람이 함께 잘 수는 없다. 어쨌든 늦기 전에 6캠프까지 가야만 한다.

나는 100피트(약 30미터) 가량 떨어져 있는 바위를 기어올라 그 위에 섰다. 그 순간, 갑작스레 머리 위를 뒤덮고 있던 구름의 일부분이 나뉘며 푸르른 하늘이 얼굴을 내밀었다. 삽시간에 하늘이 파랗게 펼쳐지며 에베레스트 정상이 눈부신 자태를 드러냈다.

기적과도 같은 순간이었다. 난 미동조차 못하고 꿈꾸듯 그 광경을 바라보았다.

북동릉에서 정상 산릉으로 이어지는 바위와 구름의 지붕. 하늘의 일각에 창문이 열리며 내가 동경해 마지않던 지상에서 유일무이한 장소를 보여주고 있었다. 아아, 이런 천운이 다 있다니. 인간의 일생에는 이러한 순간이 있는 법이다. 그리고 나는 그 후 평생 잊을 수 없는 한 광경을 보게 된다.

내 시야는 능선 위, 어느 바위틈으로 난 눈길[雪路]에 멈추었다. 그 눈 위로 검은 점 하나가 움직이고 있다.

사람이 있다.

사람이 바위 틈 눈길을 오르고 있었다. 살펴보자 그 밑으로 또 하나의 검은 점, 인간이 모습을 드러내며 최초의 인간 뒤를 따라 눈 위로 오르는 중이었다. 맬러리와 어빈이었다. 너무나 먼 거리라 누가 맬러리고 누가 어빈인지 알 수 없었지만 그 두 사람 이외의 인간이 저 고도에 존재할 리가 없다.

그런데—.

'다소 늦지 않았나?'

내 가슴속에는 그런 의문이 불쑥 솟았다. 두 사람이 예정대로 아침 일찍 출발했다면 좀 더 위쪽에 있어야 했다. 정상 일보 직전까지 다가갔어도 이상하지 않을 시간이다.

'무슨 문제가 생겨서 출발이 늦어진 걸까?'

어쩌면 출발 직전이나 이동 중에 산소호흡기가 제대로 작동되지 않았을지도 모른다. 호흡기와 통을 연결하는 밸브가 눈에 얼었을지도 모른다. 그걸 수리하느라 시간이 걸렸으리라고도 충분히 생각해볼 수 있다. 경우에 따라서는 두 사람 모두, 혹은 둘 중 하나는 산소 없이 행동하고 있을 가능성도 있음직하다. 혹은 등반 중에 위험한 장소와 맞부딪쳐, 그걸 해결하느라 시간이 걸렸을지도 모른다.

산등성이에 인접한 몇몇 바위에는 꽤 많은 양의 눈이 쌓여 있다. 그게 경사면에 펼쳐진 너럭바위 위로 작은 바위가 포개져 있고 그 위에 또 새로운 눈이 쌓여 있는 것이라면 꽤나 위험한 적수다. 저곳을 극복하기 위해 시간을 뺏겼는지도 모른다. 또한 이런 이유 몇 가지가 겹쳤을 경우도 고려해볼 수 있다. 그럼에도 두 사람의 스케줄이 예정보다 상당히 늦어졌다는 사실에는 변함이 없다. 순조롭게 갔어도 정상에 올랐다가 어두워지기 전에 돌아오는 게 고작인 상황이었다.

선두의 검은 그림자가 눈 위로 올라 커다란 너럭바위로 다가가더니 곧 바위 위에 모습을 드러냈다. 두 번째 검은 그림자가 처음의 그림자에 이어 그 바위 위로 올라간다.

그러고는ㅡ.

그 광경을, 다시 짙은 구름이 에워싸며 두 사람의 그림자를 뒤덮어 감춘 것이다. 그게 내가 본 두 사람의 마지막 모습이었다.

2

1995년 11월 7일 23시 25분

표고 7,900미터

잠들지 못한다.

눈을 감고 잠들려고 해도 눈꺼풀 안쪽이 말똥하여 시신경이 예민해지고 만다. 텐트 방수포에 부딪혀오는 눈은, 얼어붙은 돌덩어리 같다. 그 소리가 끊이질 않는다. 잠을 잔다고는 하지만 일반적인 수면이 아니다.

꾸벅꾸벅 졸다가 불쑥 깨어나 시계를 보면 채 5분도 잠들지 않았다. 그러다 다시 어느샌가 끔뻑 잠이 든다. 잠이 깬다. 시계를 본다. 아직 3분밖에 지나지 않았다는 걸 알고 아연해 한다. 이를 내내 되풀이한다. 여기서 움직일 수 없게 되면서 이미 3박을 했다. 얼마나 더 이곳에서 똑같은 짓을 되풀이해야만 할까.

작은 텐트였다. 내부에는 몸에서 나오는 수증기가 얼어붙어 생긴 성에가 잔뜩 꼈다. 텐트를 문지르자 성에가 떨어져 나온다. 낮에 온도계를 봤을 때는 텐트 안이 영하 28도였다. 지금은 온도를 확인할 마음도 들지 않는다. 대략 영하 30도 이하겠지. 바깥 온도는 상상조차 하고 싶지 않다.

뺨에 뭔가가 닿는다. 뭔지 알고 있다.

텐트 내피다.

텐트가 안쪽으로 움푹 꺼지면서 얼어붙은 내피가 뺨에 닿았다. 텐트 바깥에 씌워놓은 방수포가 쌓인 눈의 무게를 견디지 못하고 안쪽으로 가라앉으면서 텐트 내피가 꺼진 것이다. 침낭 안에서 손을 움직여 헤드램프를 찾는다.

장갑을 낀 손에 단단한 물건이 닿는다. 나이프다. 그리고 스토브. 생활필수품은 거의 다 침낭 안에 넣어뒀다. 그러지 않으면 얼어버려 사용할 수 없기 때문이다. 등산화도 그렇다. 바깥에 나갈 때 얼어붙은 등산화를 신는 일조차 상당한 용기가 필요하다. 신발 안에 아주 조금이라도 눈이 들어 있다가는 장시간 걷는 사이 반드시 눈에 닿는 부분이 동상에 걸린다. 아무리 번거로워도 등산화 관리만은 확실히 해둬야 한다.

고작 소변 따위를 보기 위해 등산화를 신었다 벗었다 하는 행위가 8,000미터 고도에서 얼마나 중노동일지 일반인에게는 상상이 안 되리라. 지상에서 70킬로그램의 짐을 지고 빌딩 5층까지 올라가는 행위는 이에 비하면 얼마나 쉬운지. 혹시 어느 하나를 고를 수 있다면 난 주저 없이 70킬로그램의 짐을 지고 계단을 오르는 쪽을 선택하겠다.

헤드램프를 발견했다. 침낭 안에서 불을 켠다.

배 부근에서 팟 하고 파란 불빛이 켜진다. 헤드램프 불빛이 파란 침낭 커버를 투과해서 보이는 것이다. 장갑을 낀 손으로 지퍼를 내려 침낭 안에서 헤드램프를 꺼내 든다. 어둠에 익숙해진 눈에는 그 불빛이 강렬하다. 얼어붙은 텐트 내부가 반짝반짝 빛난다.

침낭 커버를 들여다보자 안쪽에도 성에가 껴서 새하얗게 얼었다. 내 몸에서부터 침낭 천을 투과해 피어오른 따뜻하고 습한 공기가 차가운 침낭 커버에 닿으며 그곳에 결빙한 것이다. 입가와 맞닿는 침낭 부근도 내가 토한 숨에 포함된 수증기가 얼어붙어 새하얗게 변했다.

나는 상반신을 살짝 일으켜 텐트 안을 주먹으로 몇 번 쳐서 밀었다. 텐트 천장에 들러붙은 수증기의 결빙이 타닥타닥 떨어진다. 방수포에 쌓였던 눈이 미끄러져 떨어졌다. 그러자 눈이 텐트에 부딪히는 소리가 갑자기 커졌다. 방수포 위로 눈이 바로 내리게 되었기 때문이다. 눈의 무게로 그때까지 안쪽으로 처져 있던 텐트가 치켜 올라가면서 텐트 내부 공간이 다소 넓어졌다. 대신 이번에는 텐트 천이 나를 좌우에서 압박하기 시작했다. 텐트 주위로 떨어진 눈이 겹겹이 쌓여 좌우에서 텐트 바닥을 안쪽으로 밀어내고 있다. 밖으로 나가서 눈을 치워야 한다.

오늘 같은 밤에 표고 8,000미터에 임박하는 외부로 나가려면 상당한 의지가 필요하다. 소변이나 대변이 마렵다면 텐트 안에서 비닐봉지 안에 일을 보고 나중에 텐트 밖에 버릴 수 있다. 실은 어제부터 그 방법을 취하고 있다. 하지만 바깥의 눈은 밖으로 나가 피켈로 치우는 작업을 해야만 한다. 지금까지도 몇 번이나 그 작업을 했다. 이번으로 다섯 번째가 되는 건가.

아무리 귀찮아도 자신의 생명과 직결된 작업이다. 혹여 이 상태로 텐트가 눌리게 놔뒀다가는 나중에 다시 텐트를 펴는 게 얼마나 큰일이 될지 눈에 선했다. 경우에 따라서는 짐을 밖에 내놓고 텐트를 새로 펴야할지도 모른다. 휘어진 텐트 폴을 원래대로 돌리는 건 어떻게든 가능하지만 꺾어지기라도 하면 수리가 불가능하다. 게다가 이렇게 바람이 부는데 짐을 꺼냈다 들여놨다 하면서 텐트를 혼자서 펴기란 애당초 무리다.

결국 이 텐트가 무너진다면 죽음이 잔인하리만치 생생한 현실로 나를 덮쳐 오리라. 지금이야말로 죽음이 텐트 입구에서 서성이는 순간이다.

마음을 굳게 먹고 상반신을 일으켜 딱딱하게 언 방한복을 입는다. 꼼꼼히 시간을 들여 등산화를 신고 헤드램프를 쓰고 밖으로 기어나갔다. 강한 바람과 눈이 방한복에 휘몰아친다. 바람이 순식간에 체온을 낚아채는 걸 느낀다. 한기가 내 몸을 옥죄여온다. 영하 40도를 넘어서는 바람이다. 체감온도는 실제 온도를 밑돌아 영하 50도에 다다랐을 것이다.

방한복을 입었음에도 꽁꽁 언 샌드페이퍼로 피부를 직접 문지르는 듯한 감촉이 느껴진다. 헤드램프가 비추는 눈앞의 대기 속에서, 눈발이 거의 수평으로 휘어져 날아든다. 텐트와 비슷한 높이, 혹은 그 이상으로 쌓인 주변의 눈을 휴대용 샵으로 퍼낸다. 금세 호흡이 가빠진다.

광대한 초모룽마(세상의 어머니라는 뜻의 티베트어), 즉 에베레스트 경사면 한가운데에 이 텐트를 폈을 텐데, 지금은 암벽의 경사면이 보이지 않는다. 혹시 날이 화창해 달이 떴다면 그레이트 쿨르와르(에베레스트 북벽에 있는 커다란 세로 홈통)도, 초모룽마 정상도 보였을 것이다. 허나 지금 보이는 건 잿빛으로 가로지르는 눈 줄기뿐이다.

텐트 안에 돌아가 침낭 안에 하반신을 밀어넣는다. 기껏 이런 작업을 하는 사이에도 침낭 내부가 얼어붙었다. 등산화에 들러붙은 눈을 신중히 긁어 털어내고 다시 침낭 안에 집어넣는다. 이런 곳에 난방기구 같은 건 없다.

이 공간에서 가장 따뜻한 건 내 체온이다. 이곳에서의 난방이란 기본적으로 체온을 얼마나 밖으로 뺏기지 않느냐에 달렸다. 가져온 양초에 불을 붙여 뒤집어놓은 코펠 위에 올려놓고 헤드램프를 껐다. 불꽃이 텐트 내부에서 일렁인다. 이걸로 텐트 안 온도가 조금이나마 오를 것이다.

기껏 단 한 번의 출입으로 텐트 안의 온기—그래봐야 가정용 냉장고의 냉동실보다 더 춥지만—가 완전히 나가버리고 말았다. 쩽쩽 울리는 듯한 한기가 침낭 속의 내 몸을 옥죄어온다. 물을 끓이면 나으려만 그럴 기력조차 없다.

이틀 전이었나, 무심코 침낭 밖에 내놓은 알루미늄 수통이 텐트 안 어딘가에서 굴러다닐 것이다. 하지만 그 안에 든 물은 결정(結晶)까지 얼어붙어 어떤 돌보다도 단단해졌을 것이다.

텐트 바깥의 눈을 코펠에 담아 가스버너로 데워 70도쯤에서 끓는 물에 벌꿀을 듬뿍 녹이고 레몬 한 개를 섞어 마셔야 한다. 어떤 상황일지라도 하루에 4리터의 수분을 체내에 공급해야만 한다. 그렇지 않으면 체내의 수분을 건조한 대기에 뺏기는 것만으로도 혈액이 질척해지며 새카맣게 탁해진다.

식량은 얼마나 남았을까. 침낭 안에서 몇 번이고 헤아려보려 했다.

초콜릿이 세 개.

건조야채 팩이 셋.

플라스틱 용기 안에 담긴 벌꿀이 100밀리리터 정도.

설탕이….

몇 번이나 생각해도 사고는 그 지점에서 단절되며 처음에 떠올렸던 내용을 잊어버리고 만다. 그럼에도 다시 시도해본다.

앞으로 며칠 분 식량이 남았는지를 확인하고 파악해둬야만 한다. 식량이 없으면 지금의 눈보라가 그치더라도 죽을 수밖에 없다. 이미

이 자리에서 사흘 치 식량을 먹어 치우고 말았다. 아니 딱 사흘 치는 아니다. 도중부터 절식을 해왔기에 소모된 식량은 이틀 치 남짓이리라. 그런데 눈보라는 왜 멈출 기미가 보이지 않을까.

이미 프레몬순(pre-monsoon, 여름 우기 직전의 화창한 시기)에 들어섰을 시기다. 원래대로라면 하루 종일 화창한 해가 며칠이고 지속되어야 한다. 도저히 믿기 힘들만큼 급작스럽게 기후가 돌변했다. 눈이 내리기 시작해 이곳에 텐트를 치고는 내일이면 그치겠지, 내일이면 그치겠지 하다 보니 벌써 3박 4일이 지나고 말았다.

머리 위로 바람이 휘몰아친다. 텐트로 떨어지는 눈이 격렬한 소리를 더하며 이내 변화한다. 휘몰아치는 바람에 눈보라도 호흡을 맞추는 걸까.

횡횡 하고 피리울음과 같은 소리를 내며 텐트 위와 측면을 스쳐가는 바람이 있는가 하면 거센 파열음을 토해내며 내리쳐가는 바람도 있다. 역시 산소가 필요했는지 모르겠다.

어쩌면 죽음이, 이미 텐트 안까지 들이닥쳤을지도 모른다.

죽음—.

점점 더 농밀해지는 그 단어가 내 뇌리에 들러붙기 시작한다. 죽을 수는 없다. 절대 죽을 수는 없다고 마음먹지만, 강력한 의지로 그 마음을 단단히 굳히지 않으면 실제 힘으로 발현할 수 없다. 소리가 뒤섞이는 가운데 나지막이 멀리서 들려오는 제트기 같은 소리가 이따금 눈보라에 섞인다. 그 소리를 내 등이 포착한다.

눈사태 소리다. 낮게 우르릉 울리는 그 소리는 텐트 상하좌우에서도 들려온다. 눈이 연이어 내리면서 눈사태가 일어나는 간격도 짧아진다. 언젠가 이 텐트가 눈사태에 처박힐 경우도 충분히 있을 수 있다.

스멀스멀 공포감이 치밀어온다. 나는 주머니 속에서 단단한 조약돌을 꺼내 손아귀에 꽉 쥐었다. 청아한 푸르른 광택을 지닌 터키석이다. 이걸 쥐고 있으면 조금이나마 마음이 진정된다.

대체, 난, 어째서, 이런 장소에, 하필이면 혼자 있는 걸까.

어쩌다, 이런 데까지 오고 만 걸까.

아니, 고민할 필요 없다. 알고 있다.

만났기 때문이다.

그 인간과 만나버려서다.

그 인간과 만난 날. 난 여전히 그날을 기억한다. 잊으려 해도 그 날의 일만은 결코, 나라는 인간의 뇌리에서 지워지지 않는다.

절대 잊을 수 없는, 하부 조지와 내가 처음 만났던 작년 그날.

1993년 6월. 네팔의 카트만두.

1장

환각의 거리

1

미로처럼 얽힌 기이한 거리였다. 이 거리의 소란 속에 몸을 담그면 자신의 인격이나 개성까지 지워지며 거리에 매몰되는 듯하다.

카트만두, 네팔의 수도. 후카마치 마코토는 이 혼잡한 거리를 정처 없이 걷기를 좋아했다.

네 번째 카트만두다. 처음은 대학을 막 졸업한 스물한 살 때였다. 다음은 서른 살. 그다음이 서른다섯 살. 이번에는 마흔.

첫 번째는 혼자 배낭을 짊어지고 왔었다. 포카라에서 좀솜을 지나 타토파니까지 걸었다. 트레킹이라는 말이 지금처럼 일반적이지 않을 무렵에 영어 가이드북을 손에 쥐고 히말라야 산기슭을 혼자서 헤매었다. 혼자였던 건 그때뿐이었고, 그 뒤로는 항상 원정대 대원으로 이 땅을 찾았다. 이번도 마찬가지다. 일본에서 에베레스트를 함락하기 위해 찾아온 원정대 소속의 카메라맨. 그게 현재 후카마치의 입장이다. 원정대를 떠올리자 쓰라린 기억이 뇌리를 스친다.

"하강합니다… 하강합니다…."

5캠프에서 들은 후나지마의 목소리.

"친구, 값싼, 융단."

후카마치의 귀에 남자의 목소리가 들려온다.

눈앞의 젊은 남자가 연신 자기 뒤편 가게를 가리키는 모습이 보인다. 콧대가 높은 전형적인 체트리족 남자다. 인도계 인종으로 네팔에서 카스트가 높다. 작은 목조 가게 안에 티베트 융단과 스웨터가 벽이 안 보일 정도로 빼곡히 걸려 있다. 가게 바깥의 좁은 길까지 물건이 삐져나와 길을 한층 더 좁게 만들고 있다. 그 융단 가게 청년이다.

"구경만."

사지 않아도 좋으니 융단을 보고 가라는 말이다. 일본인에게 이런 식으로 일본어로 말을 거는 가게가 올 때마다 늘어났다.

인드라초크, 즉 낡은 건물이 좌우로 둘러싼 거리다. 구르카나이프, 혹은 쿠크리라 불리는 손도끼를 파는 가게, 티베트 불교의 법구, 네팔제 액세서리를 파는 가게 등이 빽빽이 늘어서 있다. 냄비와 속옷, 소쿠리 등의 일용품부터 토산품까지 이 거리에 깔리지 않은 물건이 없다.

하지만 말을 걸어올 때마다 가게에 들어갔다가는 하루 종일 100미터도 앞으로 나가지 못할 것이다.

"호이너."

네팔어로 거절하고 앞으로 나간다.

'구경만, 구경만'이라고 말하며 청년은 잠깐 뒤따라왔지만 이내 다른 소음에 뒤섞이며 그의 목소리가 지워진다. 딱히 갈 곳은 없다. 고민, 상상, 후회 등의 사고와 감정을 잠시나마 멈추고 싶어서 이 복잡한 거리 속으로 나왔다. 좁은 방 안에서 혼자 가만히 머물러 있다가는 싫어도 뇌가 움직이고 만다.

오후. 한동안 이 분지(盆地)에 내리던 비가 오랜만에 멈췄다.

6월. 네팔은 이미 몬순에 들어섰다. 이제부터 히말라야 남부는 1년 중 가장 비가 많은 시기에 돌입할 것이다.

비가 그쳤을 때 잠깐이나마 바깥의 공기를 들이마시는 편이 낫다. 그러나 아무리 그렇다 해도 무슨 사람이 이다지도 많이, 이 좁은 길에서 북적대고 있는 걸까. 다른 사람과 몸을 부대끼지 않고서는 열 걸음도 전진하지 못한다. 사람들의 땀과 체취가 코를 직접 찌른다.

기이한 거리다. 거리의 공기에는 인간의 체취만 녹아 있는 게 아니다.

개와 소, 닭, 산양 등의 동물의 냄새, 과일과 야채, 향신료의 강렬한 냄새. 히말라야 눈의 향, 힌두 신들과 티베트 부처의 향까지도 이 거리의 대기 속에 녹아들었다. 소들은 모퉁이 곳곳에 드러누웠거나 사람이나 차보다 더 기세등등하게 거리를 활보한다.

카트만두에는 아무리 작은 골목길이나 구석일지라도 건물로 둘러싸인 광장이 있고, 그곳에 힌두교 신들의 상(像)이 존재한다. 비슈누 신이나 시바 신, 그리고 코끼리의 얼굴에 인간의 몸을 한 가네샤 신의 석상이 있고, 그 조각상의 얼굴이나 몸에는 진한 붉은색 안료가 칠해져 있다. 신들이나 부처도 이 거리에서는 현역으로 활동하며 사람들에게 부(富)를 선사하고 때로는 불행을, 때로는 재난을 초래하기도 한다.

링가라 불리는 시바 신의 남근을 상징하는 석상에도 피처럼 붉은 안료와 원색의 꽃잎이 무수히 흩뿌려져 있다. 사원 기둥에는 성교 중인 남존(男尊)과 여존(女尊)이 음각되었고, 라마 신 사원에는 환희불(歡喜佛)이 분노의 형상으로 어우러져 있다.

원색의 신들.

원색의 부처.

이곳에는 고즈넉함이나 수수함과 같은 일본적인 정서나 정취는 없다. 육신에 땀과 피를 지닌 신들과 부처가 인간과 동물들과 같은 지상에서 생활한다.

사원 구석에서 하루 종일 잠든 채 세월아 네월아 하던 산양이, 어느 날 오후 불쑥 꾸무럭대며 일어나 어느 뒤편으로 사라지는 모습을 보고 있노라면 뭔가 영험한 지혜가 그 산양에 깃들어 잠들어 있는 동안에 받아든 신의 계시를 누군가에게 고하기 위해 떠난 게 아닐까 하는 생각마저 든다.

입이 쩍 벌어질 정도로 아름다운 아리아계 얼굴의 부인이나 일본인과 닮은 티베트 여성 모두 타인의 면전에서 코를 핑 풀고는 당당히 걸어간다. 아이들은 네 살부터 담배를 피우고 여섯 살이 되면 환전이나 동냥도 한다. 쿠마리라 불리는 소녀를 살아 있는 신으로 모시는 궁전이 있는 동시에 사창가도 존재하며, 인드라초크 안쪽 깊이 들어가 구(舊)왕궁 뒤편 골목에 들어서면 수상한 남자들이 해시시나 LSD, 마리화나 등의 마약을 팔기 위해 접근한다. 이 거리는 순수하면서도 음란하고, 순박하면서도 거친, 혼돈스러운 공간이다.

구왕궁 앞으로 나왔다. 항상 이 부근에서 힌두 수행자 사두Sadhu처럼 치장을 하고는 관광객에게 사진을 찍게 하고 돈을 청구하는 남자를 흘겨보며 뉴로드 쪽으로 걸어갔다. 뉴로드에서 조금만 지나면 나오는 광장 일대에 토산품 노점이 펼쳐진다. 그곳에서 다시 좁은 골목길로 들어간다.

"약, 있어요."

너덜너덜한 청바지를 입은 남자가 다가와 일본어로 말을 건다.

"해시시, 마리화나, 다 있어요."

꽤나 알아듣기 쉬운 일본어였다. 하지만 그런 걸 하고픈 마음은 들지 않았다.

후카마치의 목적은 길 헤매기였다. 좁은 골목길을 마냥 꺾어 들어가, 이 거리의 속살로 파고들어간다. 그러는 사이 거리라는 내장은 내 육체와 그리고 나라는 존재 그 자체를 집어삼키고 소화하는 것 같은 기분이 들었다.

처음 들어선 골목을 걷고 있다. 어느샌가 인기척이 줄어들어 아이들이 집 앞에서 노니는 모습만 이따금 보인다. 토산품 가게도 보이지 않고 일반 잡화점도 눈에 띄지 않는다. 지나가며 드문드문 가게만 여기저기 흩어져 있을 뿐이다.

다시 샛길로 들어간다. 그 길 안쪽은 오래된 벽돌담으로 막혀 있다. 후카마치는 돌아가야겠다 싶어 뒤돌아섰을 때 그 가게를 발견했다. 등산용품점이다. 처마에 침낭 세 개가 매달려 있다.

순간 후카마치는 길을 헤매는 사이 타멜 쪽에 왔나 하는 생각이 들었다. 타멜은 카트만두에서도 싼 숙박지와 등산용품점이 많은 구획이다. 일본 엔(円)으로 300엔만 치르면 그 근방에서 하룻밤 몸을 뉠 침대와 공동으로 쓸 수 있는 샤워실이 딸린 방을 쉽게 구할 수 있다. 과거에는 세계 전역에서 흘러들어온 히피들의 보금자리이기도 했다.

등산용품점은 신상품을 다루는 가게가 아니다. 외국의 히말라야 원정대가 남기고 간 등산용품을 싸게 매입해 외국과 비슷한 가격으로 판다. 일반적으로는 외국 원정대로부터 용품을 취득하기 쉬운 셰르파가 가게를 운영하는 경우가 많다.

후카마치는 잠시 멈춰 섰다가 이윽고 가게 안으로 발을 들여놓았다. 가게 안은 좁고 어두웠다. 카운터 대신 자리한 유리 케이스가 보였고, 그 너머로 무뚝뚝해 보이는 남자 하나가 서 있다.

셰르파족 남자는 아니었다. 아까 융단 가게와 마찬가지로 체트리족 남자다. 콧수염이 나 있다. 나이는 쉰 근방일까.

"나마스테."

네팔어로 '안녕하세요'라고 인사를 걸어도 체트리 남자는 무뚝뚝한 표정을 지우려들지 않았다.

카라비너(자일을 통과시키는 고리) 같은 소품부터 배낭이나 피켈에 이르기까지 온갖 등산장비가 벽에 걸려 있고 유리 케이스 안에는 8밀리미터 굵기의 자일이 30미터 정도 보인다. 그리고 진짜인지 가짜인지 정체를 알 수 없는 밀교의 법구(法具).

무심히 그것들을 바라보던 후카마치의 시선이 문득 위로 향하다 자일 옆에 걸려 있는 물건에 멈췄다.

낡은 카메라 한 대가 보였다. 주름상자와 렌즈 부분을 몸체 안에 수납할 수 있게 된 폴딩 카메라다. 카메라맨이라는 직업상 겉모양만 보면 그게 어떤 기종인지 짐작이 간다. 주름이 몸체 안에서 나와 피사체 쪽으로 렌즈가 향하게 되어 있다.

유심히 살펴보니 렌즈에 비스듬히 금이 가 있다. 중앙이 아니라 아래쪽에 난 금이라 다른 기능에 이상이 없다면 어떻게든 사진을 찍을 수는 있겠지. 하지만 렌즈에 저런 상처가 날 정도의 충격을 받았다면 렌즈 이외의 부품에 문제가 있을 가능성이 충분하다. 그런데도 묘하게 이 카메라의 형태가 맘에 걸린다.

어떤 사정으로 이런 물건이 여기까지 흘러들어왔을까.

어느 원정대의 대원이 이런 낡은 카메라로 촬영하러 여기까지 왔으리라고는 짐작되지 않는다. 아니, 때로는 마니아 중에서 굳이 이런 낡은 카메라로 사진을 찍고 싶어 하는 사람이 있기에 전혀 없다고는 할 수 없으리라.

최소한 일반적인 카메라와 이 카메라까지 포함하여 두세 대 들고 왔을 가능성도 생각해볼 수 있다. 그 카메라맨이 촬영 중에 이 카메라를 떨어뜨려 렌즈에 금이 간 게다. 이만치 연식이 오래된 물건이라면 교환할 부품이나 렌즈를 제조사에서도 안 갖고 있겠지. 그는 결국 작정하고 카트만두에서 이 카메라를 처분해버렸다. 그런 사연이 담긴 카메라일까.

눈길을 거두려고 했지만 묘하게도 카메라에 신경이 쓰여 이내 눈길이 가고 만다. 어디선가 본 적이 있는 듯한 기억. 허나 후카마치는 지금까지 저런 카메라를 쓴 적이 없다. 대체 어디서….

문득 주름상자를 접어 렌즈를 몸통에 수납했을 때 덮개가 될 부분이 눈에 들어왔다. 거기에 제조사 이름이 쓰여 있다.

'KODAK'

코닥사의 카메라였다. 그걸 읽게 된 순간 불가사의한 전율이 후카마치의 등을 스쳐지나갔다.

설마…. 그 생각이 뇌리를 스친다. 괜히 심장 고동마저 빨라진 듯한 기분이 든다.

"또 캬메라 데카우누스."

'그 카메라를 보여주세요'라고 후카마치는 네팔어로 말했다.

주인이 꺼내준 카메라를 손에 쥐었다.

검정 카메라. 겉으로 보이는 크기에 비해 가볍다. 렌즈 상부에 알파벳으로 카메라 기종이 적혀 있다.

"BEST POCKET AUTOGRAPHIC KODAK SPECIAL"

손이 살짝 떨린다.

맞다. 기억이 정확하다면 이런 이름이었다.

지금 마음의 동요를 주인이 몰랐으면 했다. 손님이 가게 물건에 흥미가 있다는 걸 알면 아무렇지도 않게 비싼 가격을 뒤집어씌우기 때문이다. 일단 세 배는 높게 부른다고 생각하면 틀림없다.

"꺼띠 빠이사?"

후카마치는 얼마냐고 가격을 물었다.

"투 헌드레드 달라."

주인이 그렇게 말했다.

렌즈에 금이 가 있다. 200달러라니 너무 비싸다. 후카마치는 좀 더 싸게 해달라고 말했다.

"알리까띠 써스또 마 디누스."

"노."

주인은 호들갑스레 어깨를 움츠리며 금이 가서 200달러다, 원래라면 500달러는 받아야 할 물건이라고 말했다.

실랑이는 짧았다. 주인이 150달러라고 한 순간 후카마치는 흔쾌히 승낙했다.

"오케이."

150달러, 이 금액이면 네팔의 한 가족이 한 달을 살아가는 데 충분하다.

주인은 카메라를 신문지에 곱게 싸 비닐봉지에 담아 건네줬다. 밖으로 나왔을 때 석양의 붉고 강렬한 빛이 후카마치의 턱 쪽에 내리쬐었다.

2

후카마치는 좁은 호텔 방에서 술을 마셨다. 네팔 술, 럭시. 일본으로 치면 소주인 셈이다. 쌀을 재료로 만든 증류주다. 일본에서 올 전화를 기다리는 사이 흥분을 가라앉히기 위해 마시기 시작한 술이었다.

침대에 앉아 오른손에 글라스를 들고 창밖으로 시선을 날렸다. 창 너머에는 밤의 어둠이 펼쳐져 있다.

빗방울이 유리창을 때린다.

혼자였다. 이런 우기에 왜 혼자 네팔에 남으려 한 걸까.

동료들은 이미 닷새 전에 일본에 돌아갔다. 돌아간다 해도 자신을 기다려줄 사람은 없었다.

4월, 일본에서 카트만두에 도착했을 때는 일곱 명이었던 멤버가 에베레스트에서 카트만두로 돌아왔을 때는 다섯 명이 되었다.

원정은 실패였다. 공격 시기가 몬순이 닥쳐올 무렵까지 꼬이면서 최후의 순간까지 애써봤지만 남서벽 8,500미터 암벽에서 두 명의 대원이 죽었다. 고도만 아니었더라면 기술적으로 별 어려움 없는 장소였다. 45도 경사면에 얼어붙은 눈이 달라붙어 있었다. 그곳을 걷던 이오카가 미끄러지며 추락했다. 두 번째로 안자일렌(안전을 위해 각자의 몸에 자일을 연결하는 일)을 했던 후나지마가 같이 휩쓸려 떨어졌다.

등정을 단념하고 내려오던 중에 벌어진 사고였다. 오를 때는 눈이 쌓인 그 경사면을 이오카나 후나지마도 가뿐히 해치웠다. 발을 내딛는 타이밍이 살짝 어긋나 아이젠 발톱이 얼어붙은 눈을 잘못 찍은 걸까.

후카마치는 그 광경을 파인더를 통해 보고 있었다. 얄궂게도 등정을 단념하고 두 사람이 하산을 시작하자 날씨가 맑아졌다. 후카마치는 500밀리미터 망원렌즈로 하산하는 두 사람을 포착했다.

눈으로 뒤덮인 하얀 경사면으로 검은 점 두 개가 내려왔다. 그때 불쑥 선두의 검은 점이 아무런 전조 없이 느닷없이 아래를 향해 미끄러지기 시작했다. 자일이 팽팽해지며 함께 연결된 후나지마가 1초 정도 늦게 이오카 뒤를 따라 경사면에서 미끄러졌다. 두 사람이 떨어지는 기세가 점점 빨라지더니 암벽의 막다른 곳에서 이오카의 몸이 허공으로 뛰쳐나갔고 이어 후나지마의 몸이 허공에 내던져졌다.

두 사람의 비명도 들리지 않았고 표정도 보이지 않았다.

파인더 안에서는 아무 소리 없이 영상이 전개됐다. 허공에 내던져진 순간 후나지마가 멘 배낭의 빨간색이 눈에 눌어붙었다. 두 사람의 몸은 단숨에 100미터 밑으로 낙하하다가 암벽과 충돌하여 구르고는 다시 밑으로 떨어지며 눈 속으로 사라지고 말았다.

후카마치는 정신없이 셔터를 눌렀다. 그 광경을 열 컷 찍었다. 선명하기 이를 데 없는 장면.

후카마치는 이를 악물었다. 다시 떠올리고 말았다. 잊으려 하면 할수록 그 광경이 눈앞에 떠오르고 만다. 후카마치는 그 광경을 떨쳐내려는 듯 글라스를 입가로 옮긴다.

'그렇게 가고 싶으면 가. 자기 마음대로 해.'

가요코의 말이 머릿속을 울린다.

'당신이 당신 멋대로 살고 싶다면 나도 고마워. 나도 내 맘대로 살면 되니까.'

어째서 이럴 때 가요코의 말이 생각나는 걸까. 왜 일본으로 돌아가려는 마음이 안 드는지, 후카마치는 그 이유를 깨달았다. 그 나라에 기다리는 것이 없다는 말은 거짓말이다. 그 나라에는 기다리는 것이 있다.

후카마치가 지금까지 내내 도망쳐온 것이, 그 나라에서 기다린다. 후카마치가 돌아가면 싫어도 직면해야만 한다.

만약, 만약 이 원정이 성공했다면….

다양한 미래가 내게도 펼쳐졌겠지. 그러나 희생자를 둘이나 내고도 원정은 실패했다. 스폰서에게 받을 돈은 예정된 금액의 절반이다. 나머지 원정 비용은 대원들이 머릿수대로 부담해야 한다. 처음에 그렇게 약속했다고는 하지만 죽은 두 대원의 유족에게 머릿수로 나눈 비용을 내라고는 말할 수 없다.

일곱 명이서 나눌 예정이었던 돈을 다섯 명이 나누게 됐다. 한 사람당 300만 엔 정도 내게 된다.

그 돈뿐만이 아니다. 돌아가면 가요코와의 관계도 결론을 내야만 했다. 아니, 가요코와는 이미 결론이 난 것과 다름없다.

그렇다면 대체 난 뭘 두려워하는 걸까.

창 너머로 던졌던 시선을 방 안으로 돌리자 벽에 걸린 거울에 비친 자신의 모습이 보였다. 눈가에 두려움을 담은 남자의 여윈 얼굴. 새카맣게 타고 자외선 탓에 피부가 한없이 까칠해졌다.

자라는 대로 내버려둔 수염은 카트만두로 내려와 잘랐지만 다시 덥수룩이 나기 시작했다.

'이래도 괜찮나.'

후카마치는 스스로에게 타이르듯 거울 속 자신을 노려봤다.

인간이란, 갖가지 사정을 품고 살아가기 마련이다. 그런 사정을 하나씩 결말짓지 못한다면 그다음 일을 시작할 수 없다. 하지만 그렇게 말해버리면 인간은 아무것도 시작할 수 없다. 인간은 다들 다양한 사정을 마냥 질질 끌어 과거의 일을 정리하지 못한 채 다음 일로 나가곤 한다. 그러면서 풍화(風化)될 것은 풍화된다. 풍화되지 않고 화석처럼 마음속에 한없이 방치되는 것도 있다. 그런 것 하나 갖고 있지 않고서야 인간이라 할 수 없다.

하지만 이 다음은 어떻게 해야 할까, 지금 나는 그걸 모른다.

"여기에 보름 정도 더 남아서 사진집에 쓸 분량 몇 장이라도 찍고 돌아가겠습니다."

대장인 구도 에이지에게 그렇게 말했다.

"돌아와서 정리가 되면 도쿄에서 한잔하지."

그런 말을 남기고 네 사람은 일본으로 돌아갔다.

다들 일본에 일이 있다. 이번 원정을 위해 각자 일본에서 자신의 문제를 해결하고 출발한 것이다.

인스턴트식품을 제공해준 회사라든가 등반용품을 무료로 빌려준 등산용품점에 인사를 하러 돌아다녀야 했고, 후나지마와 이오카의 유족들에게 다시금 상황을 설명해야만 했다. 등산 관계자들로부터도 온갖 비판이 난무하겠지. 먼저 귀국한 이들은 그런 수많은 일들과 직면하여 하나씩 대응해야만 한다.

어떤 의미에서 후카마치는 그런 번거로운 일들을 먼저 귀국한 네 사람에게 내맡겨버린 셈이다. 사진집 촬영이 남았다는 핑계로. 이전부터 알고 지낸 편집자가 지금까지 찍어둔 히말라야 관련 사진을 모아 사진집을 내자는 제안을 해왔다. 하지만 그 제안도 기본적으로 이번 원정에 성공했을 때라는 암묵적인 이해가 자리 잡고 있었다.

이미 히말라야에 대한 사진 자체가 일본에서는 흔해졌다. 에베레스트 등정 자체도 화제성이 크지 않다. 후카마치 본인이, 후카마치 마코토라는 브랜드로 독자에게 구매 의욕을 불러일으킬 만큼 이름이 알려진 것도 아니다. 15년 이상 이 일을 했어도 후카마치는 아직 무명에 가까웠다.

산만 찍어온 것도 아니다. 산에 대한 사진은 극히 적다. 잡지 요리 지면에 사용할 음식 사진이라든가, 대담용 사진, 혹은 카탈로그 촬영이 그의 주요한 일거리다. 후카마치 마코토라는 재능과 개성에 맞춰 일이 찾아오지는 않는다. 카메라맨이라면 누구나 갖고 있는 기술에 대한 의뢰인 것이다. 결국 후카마치 마코토를 대신할 카메라맨은 이 업계에 지천으로 널린 셈이다.

이번 등반이 특이한 점은 후카마치를 제외한 대원 전원이 마흔 다섯 살 이상이라는 연령에 있다. 어떤 이는 의사고 어떤 이는 샐러리맨, 어떤 이는 부동산업체 사장, 이런 일반인들이 세계 최고봉에 도전한다. 그런 부분에 매스컴이 주목할 만한 흥미로운 면이 있었다.

3

에베레스트에 오르자는 이야기가 처음 나온 게 언제였을까. 그건 아마, 1년 반 전 신주쿠에서가 아니었을까.

다무라 겐조가 오랜만에 신슈(信州, 나가노 지역을 가리키는 별칭)에서 도쿄로 온다고 해서 모일 수 있는 사람들끼리 한잔하게 됐다. 겨울, 아직 추울 무렵이었다.

다무라와 구도 에이지, 다키자와 슈헤이, 마스다 아키라, 이오카 고이치, 그리고 후카마치가 그날 밤 신주쿠에서 한자리에 모였다. 장소는 신주쿠 공원에서 가까운 작은 이자카야(居酒屋, 일본의 선술집)였다. 냄비 요리를 가운데 놓고 마시기 시작했다. 모두가 산을 통해 만난 지인들이었다.

후카마치는 원래 대학 산악부나 지역 산악회 같은 곳에 소속된 적이 없었다. 그저 산이 좋아 산 사진을 찍는 사이 이곳저곳의 산악회 사람들과 친해졌다. 카메라맨이라는 직업을 택한 것도 산 사진을 찍고 싶었기 때문이었고, 다른 분야의 사진에 손을 댄 이유도 산 사진만 찍어서는 먹고살 수 없었기 때문이다.

산에 들어선 사람들의 표정을 포착하는 게 후카마치의 특기였다. 암벽을 목전에 둔 사람들의 부담감이라든가 그 안에 섞인 불안감과 같은 감정을 극명히 도려낸다. 모닥불을 가운데 두고 누그러진 순간의 얼굴, 누구를 공격조 멤버로 뽑아야 하나 고민하는 대장의 뒷모습. 손가락, 발, 손, 입술, 등…. 얼굴에 국한하지 않고 본인조차 의식하지 못했던 표정을, 본인이 모르는 새 후카마치가 찍는다.

화려하진 않지만 사진가로서의 실력은 평가가 높다. 클라이머로서도 호타카(穗高)의 다키다니(滝谷)나 다니가와다케(谷川岳)의 암벽지대의 노멀 루트 정도면 일행에게 부담을 지우지 않고 촬영 장비를 들고 따라가는 데 크게 문제가 없는 실력이다.

후카마치가 구도 에이지와 알게 된 건 10년 전 서른 살 무렵의 일이었다. 어느 스키용품 회사가 스폰서로 참여한 마나슬루 원정 때였다. 마나슬루는 표고가 8,163미터. 세계에서 일곱 번째로 높은 고봉이다. 그 정상에 올라가 그곳에서부터 스키를 타고 내려오는 것이 당시 원정의 목적이었다. 그 원정대에 구도는 의사로, 후카마치는 스틸 촬영팀으로 참가를 했다. 다무라, 다키자와, 마스다, 이오카까지 당시 원정대의 일원이었다.

가을의 포스트몬순(post-monsoon, 10~11월로 히말라야에서 날씨가 가장 화창한 시기)에 원정을 감행했으나 결국 실패로 끝났다. 근래에 없던 기록적인 폭설로 인해 대원들은 보름이나 넘도록 눈 속에 갇혔다가 3캠프를 습격한 눈사태로 셰르파 한 명이 사망했다. 그럼에도 마지막 캠프에서 공격조를 출발시키기까지는 계획대로 진행되었으나 8,000미터를 눈앞에 두고 공격조가 철수했다. 새로 눈이 쌓인 곳이 너무 많아 예정 시간보다 세 배나 걸리고 만 것이다.

그 당시 공격조원을 결정하기 위해 대장은 베이스캠프에서 혼자 텐트에 들어가 장고를 거듭했다. 대원이면 누구나 정상에 오르는 등정대원이길 바란다. 하지만 그중에서 단 두 사람만 골라내지 않으면 안 된다.

그때 텐트 안에서 홀로 장고하는 대장의 등을 후면에서 찍은 사진이 후카마치가 이 분야에서 조금이나마 이름을 알리게 되는 계기가 됐다.

당시 대장이었던 호리구치 마나부를 중심으로 몇 곳의 산악회와 일반 클라이머 중에서 대원을 모집했는데, 원정이 실패로 끝나 귀국한 뒤에도 대원 중 몇몇이 도내(都內)에서 1년에 몇 차례씩 모임을 갖게 됐다. 그중에 구도와 후카마치도 있었다. 그 모임은 2년 정도 이어지다가 어느샌가 다들 바쁘다는 이유로 멤버들이 나타나지 않게 됐다.

그런 상황에서 대장이었던 호리구치가 암으로 죽었다. 그게 3년 전이다. 그 장례식에 당시의 멤버들이 오랜만에 다시 모인 걸 계기로 부지불식간에 모임이 다시 시작된 것이다. 모인다고 해도 정기적으로 만나는 날짜를 정하지는 않았다. 멤버 중 누군가가 상경한 걸 계기 삼아 나올 수 있는 사람들끼리 모인다.

에베레스트 이야기도 다무라가 신슈에서 상경했다고 해서 모두가 모였던 자리에서 나왔다. 냄비 요리를 가운데 두고 술을 마시고 있노라면 화제는 절로 산 이야기로 귀결된다.

제각기 20대부터 30대 초반에 걸쳐, 거친 등산을 해온 사람들이었고 RCC(Rock Climbing Club) Ⅱ 창립 당시에는 미등의 일본 암벽과 일본인이 아직 오르지 못한 유럽 알프스의 암벽에 최초로 하켄(등반 시 바위틈에 박는 쇠못)을 박고 온 무리들이다.

"요새도 산에 다니냐?"

누가 먼저 시작했는지 모르겠지만 이야기가 그쪽으로 흘러갔다.

"통 못 갔네."

마스다가 말했다.

"나도 그래."

다무라가 말했다.

다무라는 신슈에서 부동산 일을 한다. 멤버 중에서는 구도 다음으로 나이가 많다. 1년 전에 쉰이 됐다.

"현역으로 활동하는 건 후나지마랑 너밖에 없지 않나?"

다무라가 다키자와를 보며 말했다.

"후나지마한테는 못 당하죠. 그 녀석은 아직도 매달 보름 이상은 산에 들어가 있으니까요."

다키자와가 머리를 긁적였다.

"넌?"

"전 기껏해야 한 달에 일주일 정도죠."

"열심히 다니고 있구만."

그날 밤 항상 나타나는 멤버 중 얼굴을 비추지 않은 건 후나지마 다카시뿐이었다.

"후나지마는 지금 어디 가 있대?"

마스다가 물었다.

"다니가와(谷川)라던데요."

라고 다키자와가 대답했다.

"다니가와 어디?"

"이치노쿠라(一ノ倉)일 거예요."

"역시 현역이네."

이치노쿠라는 군마 현(群馬県) 북부에 있다. 다니가와다케(谷川岳)의 오키노미미(オキの耳)에서 이치노쿠라에 이르는 능선 동쪽에, 유비소가와(湯檜曾川) 쪽으로 깊게 움푹 파인 계곡이 있고, 이치노쿠라 능선과 동쪽 능선을 남북으로 두고 표고 800미터를 넘는 암벽과 몇 곳의 룬제가 있다.

"거기 룬제는 겨울에 특히 골치 아픈데."

마스다가 말했다.

룬제, 가파른 암벽에 위치한 바위의 틈을 말한다. 적설기에 룬제는 누차 눈사태의 통로가 된다.

"쓰이다테이와(衝立岩) 말이죠. 저보고도 같이 가자던데 전 일이 있어서…."

"다키자와, 네가 일을 한다고?"

마스다의 질문에는 조롱기가 다분하다.

"일이 있긴 있어요. 정규직은 아니지만."

"요샌 뭐하냐?"

"시부야(渋谷)의 이자카야에서 요리도 내가고 주문도 받고."

"얼마나 됐어?"

"5개월요."

"이번에는 제법 오래 일했군."

"산에 갈 돈뿐만 아니라 집세랑 식비도 충당해야 하니까요. 저도 후나지마처럼 대자대비하신 마누라를 만나야 하는데."

"마누라라니, 후나지마 결혼했어?"

"밋짱이라고. 아직 입적은 안 했는데 결혼한 거나 마찬가지죠."

이야기를 들어 보니 현역으로 산에 다니는 사람은 결국 후나지마와 다키자와 정도였다.

다키자와는 독신으로 일정한 직업이 없다. 적당히 일을 구해 두세 달 일하다 돈이 모이면 직장을 관두고 산에 들어가버린다.

후나지마는 5년 전부터 사귄 가와무라 미쓰요라는 서른일곱 살의 여성과 함께 살고 있다. 그녀는 마치다(町田) 시에 위치한 건설회사에서 사무직으로 근무한다.

후나지마는 산에 다니는 비용은 다키자와와 비슷한 생활을 하며 벌지만, 식비와 주거비를 비롯한 가사비용은 모두 그녀가 낸다. 그녀가 혼자 살고 있던 아파트에 후나지마가 식객으로 기어들어간 격인, 그런 관계였다. 언젠가 후나지마가 꽤 화사한 새 스웨터를 입고 와서 다들 놀리자 얼굴이 빨개지며 말했다.

"헤헤, 걔가 사줬어."

그런 관계로 그럭저럭 잘 지내는 모양이다.

냄비 요리를 안주 삼아 술을 마시며 산에 대한 화제는 쉴 새 없이 이어졌다. 다들 어느새 산에 가지 않은지 10년이 다 돼간다.

"난 이젠 언제든지 산에 갈 수 있는 처지가 됐는데 말이야."

이오카가 불콰하게 피어오른 얼굴로 말했다.

이오카는 이혼했다. 이오카의 바람이 원인이었다. 이오카는 바람 피운 상대와는 헤어졌지만 그 뒤로 부인과 오래가지 못하고 반년 전에 이혼했다. 일곱 살과 다섯 살 먹은 아이는 부인이 데리고 갔다.

그날 밤은 마침 토요일이기도 해서 이오카는 나고야에서 일부러 왔다고 한다. 혼자 궁상맞게 있는 것보다 지인들과 술을 마시는 쪽이 시름을 덜 수 있는 모양이다.

술이 점점 들어간다. 다들 수다스러워진다. 최연장자인 구도 혼자 모두의 이야기를 조용히 듣고 있다.

"내가 쉰이나 먹고서야 깨달은 게 있어."

다무라 겐조가 말했다.

"뭔데요?"

다키자와가 물었다.

"결국, 산이었어."

"산?"

"그래."

고개를 주억거리며 다무라가 술잔을 비운다. 그날 밤에는 구도의 집에서 하룻밤 신세 지기로 했기에 안심하고 마음껏 마시는 눈치다.

"난 말이야, 나도 모르는 새 못된 놈이 돼버렸다고."

다무라는 그렇게 말하고는 고개를 좌우로 저으며 말했다.

"딱히 옛날에 착한 사람이었다는 건 아니지만."

"제가 산에 처음 다니던 무렵, 다무라 씨가 올챙이가 사는 물웅덩이 물로 지은 반합 밥을 저한테 먹였죠."

다키자와가 말했다.

다키자와의 이야기를 들었는지 어쨌는지 다무라는 그저 말없이 자기 잔에 술을 채웠다.

"내 눈앞에서 큰돈이 왔다 갔다 하는 거야."

그렇게 말하고 잔을 비운다.

"2억, 3억 때로는 5억, 10억 엔이라는 돈이 내 눈앞에서 왔다 갔다 해. 어느샌가 나라는 놈은 그런 큰돈을 주물럭대게 된 거라고. 어이, 믿어져?"

다무라의 말은 마치 자기 자신에게 말하는 듯이 보였다.

"처음에는 몇백만 엔으로 시작해서 1,000만, 2,000만 엔까지 만들었지. 어쨌든 필사적으로 일했어. 그 돈을 불리고 싶어서 말이야. 다음에는 3,000만, 5,000만 엔짜리 거래를 하고 싶어지더라. 그게 1억 엔이 넘더니, 나도 모르는 새 10억 엔이 다 되더군. 큰돈이라 봐야 내 주머니에 들어오는 게 아니라 여기저기 왔다 갔다 할 뿐이지만. 그래도 몇 푼은 남지. 근데 이게 뭔가 이상하다는 생각이 드는 거야. 뭔가 희한하기 짝이 없다구. 100만에서 1,000만, 1,000만 엔에서 1억, 1억에서 10억, 10억에서 20억 엔으로, 계속 돈이 돈을 요구하는 거야. 대체 뭘 위해 이런 짓을 하고 있나. 당최 끝이 안 보여. 무슨 부귀영화를 보겠다고 그렇게 돈을 모으냔 말이야…"

"…"

"수갑 찰 뻔한 일도 했었고, 남 앞에서 큰 소리로 말할 수 없는 일도 저질렀어. 그래, 내친김에 말하자면 우리 마누라한테도 말할 수 없는 일도 한두 가지가 아니야. 딱 내 나이만큼 지저분해졌다고, 나라는 인간은…."

다무라는 한숨을 섞어가며 말을 이어갔다.

"그래, 재작년쯤이 피크였지. 나 같은 작은 지방도시의 부동산업자도 정신없이 지냈으니까. 근데 작년부터는 처참해졌어. 도산하거나 파산 선고를 받은 동업자들이 숱해. 부동산을 많이 갖고 있으면 있을수록 위험해. 물론 위험한 게 우리 업계뿐만은 아니지만 말이야. 이번에 도쿄(東京)에 온 것도 돈 빌리러 온 거야. 음, 뭐라고 말해야 할지 모르겠지만, 어쨌든 나라는 인간은 이런 짓을 하고팠던 걸까, 이런 짓을 나는 바라온 걸까, 그런 생각이 들었어. 회사에 힘든 상황이 닥쳐서야 말이야."

다무라는 등을 웅크리고 자기 앞의 빈 잔을 응시하며 말했다.

"그런데 산이라는 이야기는요?"

다키자와가 물었다.

"그러니까 무엇을 위해 일하느냐, 무엇을 위해 돈을 버느냐, 그게 중요해. 이 나이 처먹고 이런 유치한 말을 하는 게 창피하지만, 진짜 진심으로 그런 생각을 해봤어. 그야 먹고살기 위해서는 몸을 움직여 돈을 벌어야 하지만, 실제로 먹고살기 위해서라면 돈은 어느 정도만 있으면 충면해. 그 이상의 돈을, 그저 돈벌이만을 위해 모은다는 건 옳지 않아. 그러니까 다키자와, 네가 살아가는 방식, 돈을 버는 방식은 나 같은 인간보다는 훨씬 정당해. 후나지마는 생활에 필요한 돈은 모두 여자한테 맡기고 자기가 번 돈은 전부 산에다 쏟아붓지. 후나지마 같은 놈은 신이나 마찬가지야."

"…."

"그래서 결국, 난. 산이라는 거야."

다무라가 말했다.

"나쁜 놈이 다돼서 완전히 찌들어 산 이유가 단순히 돈을 벌기 위해서라면 정말 한심한 인생이야. 그래서 모은 돈은 산에다 쓰자, 그렇게 마음먹었지. 근데 정신 차려보니까 이젠 빌린 돈이 모은 돈보다 많아져버렸어."

"다무라 씨 경우와는 조금 다를지 모르겠지만, 살아가다 보면 여러 가지 상황을 산으로 환산해서 생각해보는 일이 종종 생기죠."

이오카가 말했다.

"월급이나 보너스를 받잖아요. 그럴 때마다 아, 이 돈이면 호타카 하루치기가 다섯 번은 가능하겠다든가 히말라야 원정 한 번은 갈 수 있겠다든가."

"그럴 때 있어."

다키자와가 맞장구쳤다.

"난 마흔다섯 살이 됐을 때 내가 앞으로 살아가는 데 얼마나 필요하나 계산해봤어. 정년까지 앞으로 몇 번 월급을 받을 수 있고, 보너스는 얼마쯤 되고, 월급은 얼마나 오를까. 근데 계산하다 보니까 왠지 처량해지더라. 자기 인생의 사정거리라고 할까, 그런 걸 알아버렸다는 느낌이 들어서 말이야."

마스다가 말했다.

자신이 앞으로 얼마나 돈을 벌 수 있을까, 출세한다면 어디까지 올라갈 수 있을까, 남은 세월 자신은 뭘 할 수 있고, 뭘 할 수 없을까. 40대가 된다는 건 결국 그런 것인가.

"운이 닿는다면 언젠가 내가 히말라야에 한 번 갈 수는 있을까."

마스다가 자기 배를 쓰다듬으며 씁쓸히 말했다.

"이런 말 해봐야 결국 말뿐이지. 현역 시절보다 배가 나와버렸고, 이젠 옛날처럼 50킬로그램을 지고 가미고치(上高地)에서 가라사와 (涸沢)까지 쉬지 않고 넘어가는 짓 같은 건 절대 못 할 것 같아."

짧은 침묵이 찾아들었다.

"어이, 가볼까."

다무라가 말했다.

"가다뇨?"

다키자와가 묻는다.

"그러니까 히말라야 말이야."

다무라가 좌중을 둘러봤다.

"10년 전 마나슬루 일은 모두 마음속에 남았을 거 아냐?"

"…"

"최소한 난 그래. 이 나이 먹도록 그 일을 털어내지 못하겠어. 못 잊어. 누가 뭐라고 해도, 내 첫 해외여행이었고 첫 히말라야였으니까."

시선이 다무라에게 집중됐다.

"지금도 가끔 꿈을 꿔. 산이네, 히말라야네 떠들어대지만, 아무리 내가 잘난 척해봐야 결국 난 한 번도 정상은커녕 8,000미터 이상을 밟지도 못했으니까."

"다무라 씨만 그런 게 아니잖아요. 아마 8,000미터보다 높은 데는 이 중에선 아무도 못 가봤을 거예요."

마스다가 나지막한 목소리로 말했다.

"진짜 가볼까요, 히말라야."

다키자와의 목소리가 커졌다. 다무라가 아까부터 조용히 이야기를 듣고 있던 구도에게 시선을 돌렸다.

"어때요, 구도 씨?"

구도는 으음 하며 턱을 쓰다듬었다,

"그래…."

누구에게 그러는지 모르겠지만 고개를 끄덕였다.

"한번 해볼 만한 일일지도 모르지."

4

후카마치는 카트만두의 호텔에서 럭시를 마시며 그때의 일을 떠올렸다.

술기운에 심중에 묻어놓았던 갈망을 입 밖으로 꺼냈다. 그리고 붙들려고 했지만 더는 멈출 수가 없었다. 갈망과 현실이 얼마나 동떨어졌는지 모두가 잘 안다. '가고 싶다'와 '간다' 사이에 얼마나 큰 낙폭이 있는지.

과거에 히말라야 8,000미터급 고봉을 목표했던 적이 있던 사람들이다. 8,000미터급 고봉에 자신의 육체를 들어 올려 오른다는 것이 어떤 행위인지 안다. 8,000미터가 넘는 히말라야 고봉이 얼마나 가혹한 조건에 놓이는 것인지도, 자신의 육체를 얼마나 망가뜨릴지도 안다.

모두 마흔을 넘어섰다. 마흔 살이 넘으면 샐러리맨은 샐러리맨대로, 자영업은 자영업대로, 사장은 사장대로 사회적 직위를 지니기 마련이다.

히말라야 8,000미터급 고봉에 도전하기 위해선 아무리 짧게 잡아도 최소한 두 달, 정상적으로 따지면 세 달이라는 시간이 필요하다. 즉, 그 기간 동안 자신의 사회적 직위에서 벗어나게 된다. 그 말은 직장인이라면 그 직장을 관둔다는 의미다.

출발 전에도 온갖 준비로 자신의 시간을 뺏기게 된다. 비용도 스폰서가 붙는다 하더라도, 한 사람이 부담해야 하는 돈이 100만에서 300만 엔 사이다.

생명의 위험도 있다. 이런 난관을 헤치고 나서도 종국에는 정상을 밟지 못할지도 모른다.

등정한다고 돈이 들어오는 것도 아니다. 히말라야 8,000미터급 고봉을 오르기 위해 만들어진 다양한 루트는 대부분 이미 정복됐다. 어지간히 새로운 발상으로 창출된 등산이 아니라면 사회적 명예가 주어질 리도 없다. 그러고 남는 건 어디까지나 개인의 신념과 관련된 부분이다.

원정에서 돌아오면 다시 일상으로 돌아가야 한다. 돌아왔는데 직장에서 자기 책상이 사라졌을 가능성도 다분하다.

그러나 그 갈망이 현실이 됐다. 심지어 그날 모인 사람 전원이, 한 사람도 빠짐없이 그 무모한 계획에 참가했다. 나중에 이야기를 들은 후나지마도 계획에 참가했다.

이왕이면 히말라야 최고봉 에베레스트를 네팔 쪽에서 공격하자는데 의견이 일치했다. 지원 역할 등으로 에베레스트에 오른 경험이 있는 사람도 구도, 후나지마, 다무라 등 세 명이 있었다.

초기 단계에서 이야기가 나온 건 대원들의 연령이었다. 거의 전원이 마흔을 넘었고 구도와 다무라는 쉰을 넘었다. 20대나 30대 대원을 넣을 것인가. 그 연배의 친구들이 대원으로 합류하면 의지가 된다. 체력이 팔팔한 그 친구들을 지원 역할로 데려갈 수 있다. 그 정도 인맥은 지금의 멤버들 중에도 있다. 하지만 그렇게 되면….

"개운하지가 않아."

다키자와가 말했다.

40대의 인간이 에베레스트 정상에 선다는 건 드문 일이 아니다. 50대의 인간이 정상에 오른 기록도 물론 있다.

허나—.

"우리끼리 합시다. 우리끼리 해보고 안 된다면 그것도 그 나름대로 납득이 되지 않겠습니까."

다키자와의 의견에 전원이 찬성했다. 대장을 구도로 정하고 대원이 정식으로 결정된 건 1년 전이었다.

대원은 일곱 명.

구도 에이지(56세) 의사.

다무라 겐조 (51세) 부동산업.

마스다 아키라(47세) 샐러리맨.

후나지마 다카시(47세) 무직.

다키자와 슈헤이 (46세) 무직.

이오카 고이치 (46세) 샐러리맨.

후카마치 마코토(39세) 카메라맨.

이런 멤버들이었다.

구도는 마침 좋은 기회라며 운영하던 병원을 자신이 없는 동안 이제 막 의사가 되어 대학원에 들어간 아들이 거들게 했다. 동네 병원이어서 감기나 복통 환자가 대부분이라, 수술이나 입원이 필요한 환자는 아는 병원에 소개해놓았다. 반년 정도 아들과 함께 환자를 보다가 그 뒤로 히말라야에서 돌아올 때까지 석 달 동안은 아들에게 병원을 맡기기로 한 것이다.

다무라는 자기 회사를 전무인 동생에게 '망해도 상관없다'고 말하며 맡겼다.

마스다 아키라는 직장에 사표를 냈다. 부장이 이유를 묻자 "히말라야에 가고 싶어서입니다"라고 대답했다. 10년 전에 히말라야에 갈 때도 당시 다니던 회사에 사표를 냈다. 그래서 이번에도 그랬다.

"경솔한 짓 하지 마."

부장은 마스다의 눈앞에서 사표를 찢었다.

지금까지 사용하지 않았던 연차가 지난 2년 사이 20일 남짓 있었다. 그해 연차가 전부 다 해서 20일, 거기에 경축일과 토요일과 일요일을 적당히 맞추면 석 달 가까운 휴가가 가능했다.

"예외적인 경우다."

부장의 재량으로 석 달의 휴가를 얻을 수 있었다.

후나지마는 별문제 없었다. 1년간 자기부담금 200만 엔을 모았다. 다키자와도 마찬가지였다.

이오카는 회사를 관뒀다. 석 달간 휴가를 받고 싶다고 했더니 거절당했다. 마스다와 마찬가지로 연차를 적당히 당겨쓰면 불가능하지도 않았다. 하지만 한꺼번에 쓰겠다는 것이 문제였다.

"너 한 사람을 허락하면 다른 사람들도 허락해야만 한다."

기업의 규율을 어지럽히는 경우는 용납할 수 없다고 했다.

"그렇다면 그만두겠습니다."

이오카는 시원스레 회사를 관뒀다.

"전 독신이니까"라고 말하며 퇴직금 일부를 개인부담금으로 충당하고 남은 돈은 헤어진 부인과 아이에게 보내고 이오카는 원정에 참가했다.

모두가 제 나름의 다양한 사정을 해결하고 이번 원정에 임했다.

그러나 등정은 실패했다.

이오카 고이치와 후나지마 다케시가 죽었다. 시체 회수조차 불가능한 죽음이었다. 혼자 술을 마시고 있노라니 온갖 생각이 머릿속에 치밀었다 물러난다.

정처 없는 사고.

생각.

그것들이 머릿속에서 넘치려한다. 어두운 암흑 속을 혼자 표류하는 듯한 기분이다.

그때 전화기가 울렸다. 수화기를 들었다. 일본에서 온 전화였다.

"여보세요, 후카마치?"

미야가와의 목소리가 들렸다.

"조사해봤어?"

그렇게 물었다.

"조사해봤어. 틀림없어. '베스트 포켓 오토그래픽 코닥 스페셜.' 맬러리가 1924년 에베레스트 등반 때 들고 간 기종이야."

"고마워. 도움이 됐어."

"근데 후카마치, 무슨 일로 그런 걸 알아봐달라고 한 거야. 뭐 재미있는 거라도 잡았어?"

"아냐. 재미있는 이야깃거리가 될지 어떨지 이제 알아보려는 거야."

"뭐야, 가르쳐줘."

미야가와가 호기심 가득한 목소리로 묻는다.

"아직 뭐라 말하기 힘든 상황이야. 확실해지면 이야기할게."

툴툴거리며 졸라대는 미야가와에게 수고했다고 다시 인사하고 후카마치는 수화기를 내려놓았다.

'역시 그랬어.'

후카마치는 가만히 앉아 있을 수 없었다.

가벼운 흥분이 후카마치를 에워쌌다.

혹시 이 카메라가….

후카마치는 등산용품점에서 손에 넣은 카메라를 들었다. 이게 혹시 정말로 맬러리의 카메라라고 한다면….

엄청난 일이다. 여차하면 히말라야 등반사가 뿌리째 뒤바뀌는 일이 생길지도 모른다.

내일이다. 내일 다시 한번 그 가게에 가봐야 한다.

심중에서부터 치솟아 오르는 흥분 때문에 후카마치는 호텔의 좁은 방안을 짐승처럼 몇 번이나 서성거렸다.

2장

돌아오지 않은 남자

1

출입문을 지나 가게 안에 들어가자 주인의 시선이 바로 휘감겨왔다. 들어온 손님이 후카마치라는 걸 알고 주인의 얼굴에 화색이 돈다. 어제 고장 나서 쓰지도 못하는 중고 카메라를 150달러나 주고 간 인간을 하룻밤 새 잊었을 리가 없다. 후카마치는 웃음을 띠며 인사를 했다.

"나마스테."

"나마스테."

주인이 후카마치를 응대했다.

다른 손님은 없다. 후카마치는 카운터를 사이에 두고 주인과 마주 섰다.

"어제 산 카메라에 대해 좀 묻고 싶은 게 있는데."

후카마치가 영어로 물었다. 후카마치의 네팔어 실력으로는 상세한 이야기를 하기가 힘들다. 네팔어 구사 능력이 그 정도는 안 된다. 영어라면 어떻게든 필요한 정보를 얻을 만큼은 할 수 있다. 상대가 후카마치의 더듬거리는 영어에 응해줄 의사가 있어야 한다는 단서가 붙지만.

"기계에 무슨 문제라도 있으신지?"

주인의 얼굴에서 웃음기가 사라진다.

문제가 있다 해도 알고 가져가지 않았냐, 이제 와서 카메라를 돌

려줄 테니 돈을 돌려달라고 나와도 어림없는 수작이다. 그런 의사
표시가 보였다.

"아니 문제 때문이 아니라 알고 싶은 게 있어 그렇다."

"그 카메라에 대해?"

"그렇다."

"뭐가 궁금하신지?"

"그 카메라의 전 주인이 누군지 알고 싶다."

"네?"

"누가 판 건지 가르쳐 달라. 혹시 당신 물건인가?"

"그건 아닙니다."

"그럼 누가 판 건가?"

"누구라고 말씀하셔도 그런 걸 어떻게 일일이 기억합니까. 그리고
설령 알아도 못 가르쳐드리죠. 입이 가볍다는 소문이 나면 우리 가
게로 물건을 들고 오는 사람이 없어질 테니 말입니다."

그 말을 듣고 '역시 그렇군' 하고 후카마치는 속으로 고개를 주억
거렸다. 여기 오기 전에 사이유 트래블 사이토에게 들었던 말이 떠
올랐기 때문이다. 사이유 트래블은 원정대가 이번에 이용한 여행대
리점이다. 아까 거기에 들러 사이토에게 위치를 설명하고 어떤 가게
인지 물었다.

"분명 '사가르마타'라는 이름의 가게였을 텐데."

'사가르마타'는 네팔어로 에베레스트를 의미한다.

가게 이름을 듣자마자 사이토가 뭔가 알겠다는 표정으로 고개를
끄덕였다.

"압니다. 등산용품에서부터 토산품, 법구까지 파는 가게죠. 마니
쿠말 체트리가 운영하는…."

네팔에서는 이름 뒤에 자기 종족명이 붙는다. 이 경우 마니 쿠말이 이름이고 체트리가 종족명이 되는 셈이다.

"거긴 원정대가 가져오는 물건뿐만 아니라 이를테면 포터가 원정대의 짐에서 빼돌린 물건, 그러니까 도난품인 걸 빤히 알면서도 취급하는 곳이죠."

"도난품?"

"예. 언제였더라, 등반 중에 도난당한 프랑스 원정대의 물건이 그 가게에 걸려 있어서 그걸 알게 된 프랑스 원정대와 말썽이 났었죠."

"흐음."

"소문으로는 라마교 절에서 훔친 경전이나 불상까지 다루는 모양이더군요. 애당초 불상을 들고 팔러 온 게 그 절의 스님인 경우도 있나 봅니다만."

어느 정도 설명을 마치고 나서,

"그 가게와 무슨 문제라도?"

"그런 건 아닙니다."

"조심하세요. 요새 카트만두도 흉흉해졌으니까요."

"흉흉요?"

"예, 전에는 이 나라의 강도나 도둑들도 어딘가 귀여운 구석이 있었는데, 요새는 아주 살벌해졌습니다."

"무슨 일이라도 있었나요?"

"한 달 전에 셰르파 여성 한 명이 살해당했어요."

이런 사건이었다. 그 셰르파 여성은 남편을 잃고 카트만두의 아파트에서 혼자 살았다. 항상 목에는 셰르파 여성이면 차는 보석을 늘 어뜨리고 있었다고 한다.

"자주 보잖습니까. 사실 대개는 다 가짜입니다만, 살해당한 여성은 항상 진짜라고 말하고 다닌 모양이더군요."

가짜라면 별 게 아니지만 진짜라면 상당한 액수가 나간다. 일본 엔으로 20만 엔을 치러도 살 수 없는 물건이다.

네팔인의 평균 급료는 예컨대 일본 여행대리점에서 근무하는 현지 사원이 한 달에 12,000루피로 물론 네팔에서는 고액소득자에 속한다. 하지만 일본 엔으로 환산했을 때 3만 엔 정도라는 걸 고려하면 20만 엔은 일반적인 네팔인의 약 7개월 치 월급과 맞먹는 액수다.

그 셰르파 여성이 어느 날 아침 칼에 목을 찔려 시체로 발견됐다. 항상 걸에 걸고 있던 보석은 사라졌다고 한다. 끔찍한 이야기다. 범인은 아직 잡히지 않았다.

"조심하셔야 합니다."

헤어지며 사이토가 다시 한번 다짐을 받았다. 지금 그 말이 후카마치에 뇌리에 스친 것이다.

"공짜로 이야기해달란 소리가 아니다. 대가는 치르지."

후카마치가 주머니에서 달러 지폐 뭉치를 꺼냈다. 주인의 시선이 지폐 쪽으로 돌아간다.

"돈 때문에 이러는 게 아닙니다."

그렇게 말하는 주인 앞으로 카운터 위에 10달러 지폐 다섯 장을 올려놨다.

"불가능합니다, 손님."

"부탁하지."

후카마치가 10달러 지폐를 다섯 장 더 꺼냈다.

100달러.

주인의 눈이 호들갑스레 휘둥그레지며 휘파람을 불었다.

"깜짝 놀랐습니다. 이것 참, 어제는 제가 실수한 모양이군요."

"실수?"

"손님에게 그 카메라를 150달러에 판 것 말입니다. 제가 생각했던 것보다 훨씬 값나가는 물건이었나 보군요."

"그건 아직 모르는 일이지."

"무슨 말입니까"

"그러니까 그걸 알아보려고 그 카메라를 여기에 들고 온 자에 대해 가르쳐달라는 것이다. 이제 말해주지 않겠나, 마니 쿠말."

후카마지가 주인의 이름을 불렀다.

순간 주인은 움찔했다는 듯이 몸을 움츠리더니 입술을 히죽거리며 미소를 지었다.

"손님, 대체 무슨 사연이 있는 카메라입니까. 말씀해주십시오."

"흥미가 없는 인간에게는 단순히 고장 난 카메라일 뿐이지. 하지만 사람에 따라서는 흥미를 가질 수도 있는 물건이다."

"손님과 같은?"

주인이 눈이 반짝거린다.

"그렇다."

후카마치가 고개를 끄덕였다.

주인은 잠깐 고민하더니 말했다.

"그렇다면 이렇게 하죠. 손님 연락처를 가르쳐주시죠. 기억을 더 듬어보다가 생각나는 게 있으면 손님 계신 곳에 연락드리겠습니다."

"생각나는 데 얼마나 시간이 걸리겠나?"

"빠르면 오늘 중이라도."

"오케이. 알았다."

후카마치는 자기 이름과 사이유 트래블의 전화번호를 써줬다. 호텔 전화번호는 가르쳐주지 않았다.

"여기에 전화를 걸어서 사이토라는 사람한테 말을 남기면 된다. '생각났다' 그렇게만 전하면 된다."

"참 알기 쉬운 연락 방법이군요."

주인이 카운터 위의 지폐에 손을 뻗었다.

후카마치의 손이 그보다 빨리 움직여 지폐를 한 장만 남기고 나머지는 주머니에 넣었다.

"전화비는 두고 가지."

"대화하는 법을 아시는군요."

주인이 10달러 지폐를 집어 정중히 주머니 속에 담았다.

"나머지는 생각난 뒤에."

2

낮에 호텔로 돌아온 후카마치는 방 안에 둔 배낭 안에서 카메라를 꺼냈다. 몸체 뚜껑을 열어 폴딩을 잡아당겨 바라봤다. 어쩌면 당치도 않은 행운이 내게 찾아든 것일지도 모른다.

이 카메라가 맬러리의 물건이라면 히말라야 등반사상 최대의 미스터리를 풀 수가 있다. 이 카메라 안에 브로니 사이즈의 필름(차광용 종이와 함께 두루마리 식으로 말린 중형 필름)이 들어 있었을 것이다. 지금 필름은 들어 있지 않다. 하지만 그 필름은 누군가가 갖고 있어야만 한다.

최소한 이 카메라를 발견한 사람을 시작으로 내 손에 들어올 때까지의 과정 중 누군가가 카메라에서 필름을 빼냈을 것이다. 이 카메라의 입수 경로를 거슬러 올라가면 자연스레 그 필름에 다다르게 된다. 간절히 기도하건대 그 필름이 아직도 무사하기를.

그러나—.

발견자가 이 카메라의 의미를 모른다면 필름은 파기됐을지도 모른다. 혹은 카메라를 제대로 다룰 줄 모르는 사람이 만지작거리다가 필름을 햇빛에 노출시켜 망가뜨렸을지도 모른다.

또 다른 가능성으로 이 카메라가 발견된 건 이미 몇 년, 아니 십수 년도 더 된 과거의 일로, 발견자에게 다다르는 것 자체가 불가능한 경우도 생각해볼 수 있다. 만일 다다를 수 있었다 해도 필름 입수가 불가능하게 됐을 가능성도 높았다. 어쨌든 마니 쿠말로부터 연락이 올 때까지 호텔에서 꼼짝 않고 대기해야 한다는 상황 자체가 흥분 상태의 후카마치로서는 견디기 어려웠다.

카메라를 아직 빨지 못한 셔츠와 속옷으로 싸서 비닐 봉투에 담아 배낭 안에 집어넣었다. 외출을 했다. 더르바르 마르 길에 위치한 사이유 트래블에 들러 사이토와 만났다. 혹시 어딘가에서 연락이 오면 호텔 자기 방으로 알려달라고 후카마치는 부탁했다.

"돌아다니다가 저녁에는 호텔로 돌아갈 테니까요."

사이유 트래블에서 나와 책방 몇 군데를 들렀다. 맬러리와 관련된 자료가 나온 책을 찾기 위해서였다. 하지만 두 번째 들른 서점에서도 찾는 책이 보이지 않았다. 세 번째 가게에서 1921년부터 1953년까지의 에베레스트 등반사를 담은 책을 발견했다.

《에베레스트 이야기*The Story of Everest*》영어판이다. 책에는 맬러리가 참가한 1924년 영국 원정대의 기록도 들어 있었다. 내친김에 여행자나 등산객이 자신에게 필요 없게 된 물건이나 책을 싸게 매입하는 가게가 타멜 거리에 있다는 게 떠올라 그쪽으로 발걸음을 옮겼다. 거기서《맬러리와 어빈의 미스터리*The Mystery of Mallory and Irvine*》를 발견했다.

톰 홀젤Tom Holzel과 오드리 살켈트Audrey Salkeld의 공저로 후카마치는 이 책의 번역본을 일본에서 읽은 적이 있다. 상당히 심층 깊게 파고든 내용이라 기억했다. 영어판이었지만 어떻게든 읽을 수 있겠지. 사전도 갖고 있고 등산 전문용어는 문제없다. 번역본으로 한 번 읽었다는 점도 자신감을 불어넣었다. 표지가 너덜너덜했지만 그래도 샀다. 호텔 방으로 돌아가 책을 읽으며 마니 쿠말로부터의 연락을 기다릴 작정이었다.

아직 저녁이 안 된 시간에 방으로 돌아갔다. 침대에 편히 누워 책을 봐야겠다 싶었다. 우선 맬러리의 카메라에 대한 기술이 나온 대목을 찾아서 읽자고 마음먹었다.

카메라를 꺼내놓고 읽어야겠다고 생각해 몸을 일으켜 바닥에 내팽개쳐둔 배낭을 갖고 왔다. 침대에 앉아 배낭을 열어 속옷과 셔츠로 싸서 카메라를 담아놓은 비닐 봉투를 꺼냈다. 비닐 봉투를 손에 든 순간 불길한 예감이 등줄기를 스쳤다. 생각했던 것보다 비닐 봉투가 가볍게 느껴졌다. 공포와도 같은 떨림이 등줄기를 관통했다. 양손으로 비닐 봉투를 움켜쥐었다.

부드럽다. 그 안에 들어 있어야 할 카메라의 묵직한 감촉이 없다. 후카마치는 비닐 봉투를 침대 위로 쏟아부었다.

없다. 카메라가, 비닐 봉투 속에서 사라져버렸다.

당했다.

입술을 히죽거리며 웃던 마니 쿠말의 얼굴이 떠올랐다.

그 남자다. 그 남자가, 그 남자가 누군가에게 부탁해서 가져간 것이다. 다른 경우는 생각해볼 수 없다.

그런데 어떻게 내가 숙박한 호텔을 알아낸 것일까.

'그래.'

짚이는 데가 있었다.

후카마치는 자신의 이름을 마니 쿠말에게 알려줬다. 일본인이 머무를 법한 호텔에 하나하나 전화하다 보면 여기에 이른다. 일본어가 가능한 사람을 부려 사이유 트래블에 전화를 걸어, 후카마치와 연락을 취하고 싶은데 숙박한 호텔을 가르쳐달라고 말하면 바로 이 호텔을 알아낼 수 있었겠지. 그 뒤는 일도 아니다.

호텔 보이나 메이드 중 누군가가 쉽사리 마니 쿠말의 매수에 응했겠지. 여기는 치안이 우수한 일본 호텔이 아니다. 고급 호텔조차 아니다. 화장실과 샤워 시설은 공동, 방에는 침대와 작은 테이블과 의자가 놓여 있을 뿐이다.

경찰에게 이야기를 해봐도 카메라를 되찾을 가능성은 전혀 없다고 봐야겠다. 증거가 없는 이상, 호텔 관계자의 짓이라고도 말할 수 없다. 하물며 마니 쿠말의 이름은 언급할 나위도 없다.

아니, 만약 마니 쿠말이 그 카메라를 가져갔다면 아직 카메라를 되찾을 가능성이 남았다는 뜻이다. 카메라가 갖고 싶어 마니 쿠말이 그런 짓을 저지를 리는 없으니까. 그 카메라가 돈이 된다는 걸 알기에 그런 것이다.

하지만 마니 쿠말은 그 카메라가 어떤 물건인지 알 리가 없다. 아마도 어느 경로를 통해 카메라의 정체를 알아보고는 있겠지만, 그 카메라를 보고 바로 맬러리와 연관 지을 사람은 그리 많지 않다.

후카마치도, 과거에 일과 관련해서 맬러리에 대해 취재한 적이 있기에 간신히 카메라와 맬러리를 연관 지을 수 있었다. 맬러리에 대해 단순한 지식만 갖고 있는 사람이 카메라를 본다면 그 의미를 알아낼 수 없다. 그렇다면 마니 쿠말은 필시 내게 연락을 취하리라.

그건 확신에 가까웠다.

3

긴 밤이었다.

전화는 오지 않았다.

후카마치는 사온 책을 읽어보려 했지만 그럴 수 없었다. 눈은 활자를 쫓지만 내용이 머리에 들어오지 않는다. 포기하고 스탠드 불을 껐다.

침대에 누워 눈을 감았다. 눈은 여전히 눈꺼풀 내부의 암흑을 응시한다. 맬러리의 카메라를 도둑맞았다는 사실이 후카마치의 숙면을 방해한다. 잠들지 못한 채 응시하는 암흑은 자신의 마음이었다.

가요코의 얼굴.

이오카와 후나지마가 눈 위를 미끄러지는 광경.

마니 쿠말의 얼굴.

그 영상들이 암흑 속에서 나타났다 사라지기를 반복한다.

날이 밝아올 무렵에 간신히 잠이 들었다. 얕지만 진창 속과 같은 잠. 몸이 침대 안으로 묵직하게 빨려 들어가는 듯한 잠.

몇 번이나 눈을 떴다. 아직 에베레스트의 피곤이 다 떨어지지 않은 것이다. 자면 잘수록 피로가 더 쌓이는 느낌이 들었다.

다음 날은 아침부터 비가 내렸다. 하루 종일 호텔 방에서 움직이지 않았다. 마니 쿠말의 연락을 기다리기 위해서였다.

조사해보시지. 조사해서 알아낼 수 있을 것 같으면 얼마든지 조사해봐라. 네 놈이 알아낼 리가 없다.

만약 방법이 있다면 수중에 넣은 경로를 거꾸로 거슬러 올라가는 길뿐이다. 발견자까지 이르러, 그 카메라의 의미를 이해하느냐가 관건이다.

혹여 그 카메라가 무엇인지 마니 쿠말이 알아냈다면 아마 내게 연락은 오지 않으리라. 카메라의 가치를 마니 쿠말이 알게 되고 연락을 취한다면 우선 영국이다. 영국 대사관도 괜찮고 런던 알파인 클럽으로도 가능하다. 이 뉴스는 순식간에 세계로 퍼져나가리라. 신문, 잡지, 텔레비전…. 온갖 매체들이 날아올 것이다. 머리를 잘 굴리면 파격적인 금액이 마니 쿠말의 손안에 굴러들어오리라. 그리고 맬러리의 미스터리를 풀었다는 영광은 내 손에서 스르르 새어나가게 된다.

허나 마니 쿠말이 정당한 방법으로 카메라를 산 나와 문제를 만드는 일은 피해야겠다고 마음먹었다면 오히려 교섭 상대로 나를 고를지도 모른다. 후카마치는 그렇게 생각했다. 경제대국 일본의 매스컴은 교섭 상대로서 나쁘지 않다.

그날도 연락은 없었다.

이튿날이 됐다.

마니 쿠말로서도 불안할 것이다. 이대로 어떤 의미가 담긴 카메라인지 알아내지 못한 상황에서 내가 일본으로 돌아가버린다면 그도 곤란하리라.

오후 3시. 전화가 울렸다.

사이유 트래블의 사이토였다.

"'사가르마타'의 마니 쿠말로부터 연락이 왔는데 부탁받은 일과 관련해서 생각난 게 있다고 하던데요."

적당한 시간에 가게에 들러 달라는 전언이 마니 쿠말로부터 있었다고 한다.

"그 가게랑 엮인 일이라도 있으세요?"

사이토가 걱정스러운 목소리로 물었다.

개인적인 일이고 별일 아니니까 신경 안 써도 된다고 사이토에게 말하고 수화기를 내려놓았다. 후카마치는 샤워를 했다. 덥수룩한 수염을 자르고 이를 닦고 머리를 빗었다.

아침부터 내리던 빗줄기가 가늘어지고 어슴푸레 햇살이 비치기 시작했다.

4

가게에 들어가자 마니 쿠말이 미소를 띠며 정중히 머리를 숙인다.

"얼굴이 좋아 보이는군요."

마리 쿠말이 말했다.

샤워를 하고 말쑥하게 차리고 나온 효과가 있나 보다. 꾀죄죄한 몰골에 원한을 품은 얼굴로 나타나면 속내를 다 드러내는 셈이다. 상대가 말을 꺼내기 전까지는 카메라는 아직도 내게 있다는 전제를 두고 이야기를 해야만 한다.

"연락이 와서 다행이군. 슬슬 일본에 돌아갈 때가 와서. 연락을 못 받고 카트만두를 떠나게 되나 싶었어."

"일본에?"

"돌아가서 해야 할 일들이 있으니까."

"그렇다면 이야기를 서둘러야겠군요."

마니 쿠말 옆에는 쉰쯤 된, 마찬가지로 체트리족으로 보이는 남자가 서 있었다.

"뭐 생각난 거라도?"

"예."

마니 쿠말이 몸을 숙여 카운터 안에서 목제 의자를 꺼내 후카마치에게 건넸다.

"우선 앉으시죠. 차라도 마시며 말씀을 나누죠."

카운터 위에 컵을 세 개 놓고 안에서 가져온 포트로 차를 따랐다.

마니 쿠말과 남자는 카운터를 사이에 두고 후카마치와 마주앉았다. 천장에는 갖가지 중고 등산용품을 매달아 놓았다.

"이쪽은 나라달 라젠드라 씨라고 하는데 우리 가게에 쓸 만한 물건을 자주 가져다주시는 분이죠."

그 남자, 나라달 라젠드라가 미소를 지으며 머리를 숙인다.

눈매가 날카롭고 마르진 않았지만 쓸데없는 살은 없어 보이는 탄탄한 몸매의 남자였다. 뭘 해먹고 사는지 짐작이 안 간다.

"그 카메라 말입니다만, 실은 여기 계신 나라달 씨가 우리 가게에 갖고 오셨습니다."

"그래서?"

후카마치는 나라달 라젠드라를 쳐다봤다.

"네?"

나라달 라젠드라는 여전히 얼굴에서 웃음을 지우지 않고 후카마치를 바라봤다.

"어떤 경위로 그 카메라를 손에 넣었는가?"

"열흘 전쯤, 구룽족 남자가 카메라를 들고 제게 찾아왔었죠."

"구룽족?"

"예. 에베레스트 근방에서 포터 노릇을 하는 남자로 보였는데, 그가, 이런 물건을 갖고 있는데 돈으로 바꿔줄 수 없냐고 하면서 제게 보여준 물건 중에 그 카메라가 있었습니다."

수상하다 싶을 정도로 순순히 나라달 라젠드라가 말문을 열었다.

5

후카마치 마코토는 해시시를 사지 않겠냐고 끈질기게 달라붙는 남자를 무시하고 더르바르 광장을 가로질러갔다. 구왕궁 모서리를 오른쪽으로 꺾자 시바 사원 건너편으로 시바 파르바티 사원이 보였다. 해시시 팔려는 남자는 그제야 포기했는지 모서리를 꺾어 돌아서 사라졌다. 후카마치는 시바 파르바티 사원을 향해 걸어갔다.

돌계단이 나와서 올라가자 그 위에 사원이 있었다. 오래돼서 나뭇결이 갈라진 목조 건물은, 현실에서는 사원으로 아무 기능을 못 할 것처럼 보이지만 어엿한 현역 사원이다. 그 돌계단 위쪽에 대여섯 명의 남자들이 한 덩어리를 이루고 있고 세 집단으로 각기 원을 만들어 모여 있다. 카드 도박을 하는 중이다.

'여기인가.'

후카마치는 계단 밑에서 나라달 라젠드라에게 방금 들었던 말을 반추했다.

"받았다고, 코탐이 말했습니다."

"받았다?"

후카마치가 물었다.

"예, 상대는 당신과 같은 일본인이라고."

"그 일본인의 이름은?"

"거기까지는 듣지 못했습니다."

나라달 라젠드라가 어깨를 움츠렸다.

"그렇다면 그 코탐이라는 구룽족을 만나고 싶군. 어디에 살지?"

"집은 포카라인데 코탐은 집에서 나와 돈을 벌고 있죠. 그 동네에서는 일자리 구하기가 쉽지 않아, 카트만두까지 나와서 원정대나 트레킹 포터를 하나 봅니다."

"포카라라."

"아마 지금은 카트만두에 있을 겁니다."

"어디에 가면 만날 수 있나?"

"여기서 가깝습니다. 우기가 와서 할 일이 없어졌으니까요. 집에서 나온 포터 무리들은 다들 자기 고향으로 돌아갔을 테지만, 그전에 모은 돈으로 도박을 하고 있겠죠."

"장소는?"

후카마치가 다시 물었다.

"평소와 같다면 더르바르 광장의 시바 파르바티 사원 밑에서 판을 벌였을 겁니다. 거기서도 못 찾으면 누군가에게 코탐이 어디 있냐고 물어보면 가르쳐주겠죠."

나라달 라젠드라는 주저 없이 말을 토해냈다. 너무나 간단히 묻는 대로 다 대답을 해주는 게 후카마치로서는 외려 마음에 걸렸다. 이 두 사람은 뭔가 획책을 꾸미는 건 아닐까. 그렇다면 그 획책의 정체는 무엇인가? 후카마치로서는 그걸 알 수 없었다.

이 나라달 라젠드라라는 남자가 실제로 정직한 사람이라면 오해를 한 셈이다. 후카마치는 고맙다는 인사를 하고 10달러짜리 지폐를 카운터에 올려놓으며 일어났다. 후카마치는 일단 두 사람에게 등을 보이며 가게에서 나서려다가 다시 뒤돌아섰다.

"요새 카트만두도 험악해져서 도둑이 많이 늘어난 모양이더군."

그러고는 마니 쿠말의 눈을 지그시 응시했다. 마니 쿠말은 씨익하며 누런 이를 드러내며 웃으면서 말했다.

"혹시 도둑맞은 게 돈이 아니라 물건이라면 제가 찾아볼 수 있을지도 모르겠군요. 훔친 쪽은 물건이 필요해서가 아니라 현금이 필요해서 그랬겠죠. 훔친 물건을 현금으로 바꿔야 할 겁니다. 그런 마켓이라면 조금 아는 데가 있고 경우에 따라선 도둑맞은 물건이 우리 가게로 들어오는 경우도 있으니까요."

"기억해두지."

후카마치는 다시 등을 돌려 가게에서 나왔다. 사원 밑에서 카드 삼매경에 빠진 남자들 사이에서 코탐의 모습을 찾아 위를 훑어봤다. 물론 코탐의 얼굴을 알 리는 없다. 구룽족과 타망족이 섞여 앉아 무리를 이루고 있다. 그러고 보면 원정 중에도 포터나 셰르파들이 쉬는 도중 짬짬이 카드 도박판을 벌였던 게 생각났다.

무릎보다 높은 돌계단을 후카마치는 천천히 올라갔다. 계단 중간에 갈색과 하얀색 털이 얼룩덜룩한 산양 한 마리가 배를 깔고 누운 모습이 보였다. 후카마치가 그 곁을 지나가는데도 산양은 미동도 하지 않았다.

위에 다 올랐다. 몇 명의 남자가 후카마치를 향해 시선을 던졌지만, 이내 카드로 돌아간다. 현역 사원의 처마 밑에서 낮부터 공공연히 도박판을 벌이는 남자들. 그 곁에는 산양이 잠들어 있고 바로 밑 광장을, 원색의 사리(힌두교 여성들이 입는 옷)를 입은 여자와 릭샤를 끄는 남자들이 발걸음을 서두르며 지나가고 있다. 기이한 거리였다.

"오늘 코탐은 안 왔나."

후카마치가 네팔어로 앞에 보이는 남자들 무리에게 물었다.

"우타."

'저쪽'이라고 구룽족으로 보이는 남자가 건너편 무리를 엄지손가락으로 가리켰다.

돌계단 위로 여기저기 풀들이 솟아 있다. 후카마치는 그 풀을 밟고 건너편 무리에게 다가갔다. 그 무리는 방금 승부가 결정 났는지 꾸깃꾸깃한 지폐를 꺼내 세느라 한창이었다. 다 센 남자가 사원 벽에 등을 기댄 남자 무릎 밑에 지폐를 던진다. 손톱이 새까만 남자가 그 지폐를 오른손으로 집어 왼손에 든 지폐 다발에 합친다.

"코탐이 여기 있나?"

네팔어로 후카마치가 물었다.

남자들의 시선이 지폐 다발을 든 남자로 모두 향한다. 방금 게임에서 돈을 딴 남자가 코탐인 모양이다. 남자는 후카마치에게로 얼굴을 돌리며 지폐 다발을 주머니에 쑤셔 넣었다.

"나마스테."

후카마치는 가슴 앞에 손을 모으며 '안녕하세요' 격의 인사말을 말했다.

"나마스테."

까무잡잡한 남자는 눈에 살짝 두려운 빛을 띠며 웃는다. 자신은 후카마치라는 일본 여행객이라며 코탐에게 말했다.

"당신이 나라달 라젠드라에게 판 카메라와 관련해서 묻고 싶은 게 있다."

코탐은 심약해 보이는 웃음을 지으며 다시 후카마치를 바라봤다.

"일본인한테 받았다던데?"

"아, 아아."

코탐이 고개를 끄덕이며 후카마치의 얼굴에서 뭔가를 살피는 듯한 눈길로 훑어봤다.

"당신, 그 일본인과 친구?"

"아니다."

후카마치가 부정하자 코탐의 얼굴이 그제야 누그러진다.

"비카르산이라고 한다."

"비카르산?"

네팔어로 독사라는 의미다. '비카르'가 독, '산'이 뱀이다. 그건 후카마치도 안다. 그런데 '비카르산', 독사라는 말이 왜 여기서 나오는 건가.

"그 일본인의 이름이다. 비카르산이라고 불린다."

"일본 이름은 뭔가?"

"모른다. 내가 아는 건 이 이름뿐이다."

코탐이 말했다.

대화가 쉽사리 진전되지 않았다. 서로 더듬거리며 몇 번이나 같은 단어를 되풀이 말하면서 겨우 여기까지 이야기를 나눴다. 영어를 섞어가며 네팔어로 대화를 했지만, 후카마치의 어학 능력으로는 이 정도가 한계였다.

그런 식으로 이야기를 이어가는 가운데 코탐은 간신히 비카르산과 후카마치가 아무 관계가 없다는 걸 이해한 모양이다. 코탐의 얼굴에서 두려운 기색이 사라졌다.

"그렇군. 당신, 그 카메라에 대해 듣고 싶은 것이군."

코탐이 손에 들고 있던 카드를 내려놓으며 말했다.

"알겠다. 그런데 여기는 복잡해서 말을 하기가 어렵다. 장소를 옮기자. 괜찮은가?"

"물론."

후카마치가 말했다.

6

골목을 몇 군데 돌아 코탐이 들어선 곳은 작은 가게였다.

콘크리트 바닥 위로 목제 테이블이 네 개 놓여 있다. 가장 안쪽 테이블에 코탐과 후카마치가 마주앉았다. 다른 손님은 보이지 않는다.

아마도 더르바르 광장에서 얼추 서쪽으로, 즉 비슈누마티 강 쪽으로 걸어왔을 것이다. 조금만 더 걸어가면 비슈누마티 강과 맞닥뜨릴 것 같다고 짐작됐지만 확신은 없다.

　무뚝뚝한 주인에게 코탐이 맥주를 주문했다. 물론 후카마치가 사
는 것이다. 후카마치도 맥주를 주문했다. 냉장고가 아니라 물에 보
관했는지 라벨이 젖어서 벗겨지기 직전의 싱하 맥주가 나왔다. 태국
맥주다. 컵에 맥주를 가득 따르고 코탐이 말했다.

　"카메라에 대해 궁금하다고?"

　"그렇다. 당신이 어디서 그 카메라를 손에 넣었는지, 어떤 일본인
한테 받았는지, 그게 궁금하다."

　"대답해줄 수 있는데, 그전에 하나 가르쳐줬으면 하는 게 있다."

　"뭔가?"

　"그 카메라에 대해 왜 그리 알고 싶어 하는가. 그 낡아빠진 카메
라에 뭐가 있는 건가?"

　코탐의 말을 듣는 순간 후카마치는 모두 납득했다.

　'그렇군. 이 코탐이라는 남자는 마니 쿠말과 나라달 라젠드라와
한 패거리다.'

　이 남자를 이용해서 두 사람은 카메라의 비밀을 알아내려는 것이다.

　그렇다면 코탐이 일본인에게서 카메라를 받았다는 이야기도 거
짓말일 가능성이 있다. 결국 그 두 사람이 술술 정보를 털어놓은 이
유는 이 코탐이라는 남자와 나를 만나게 해서 거꾸로 카메라에 대
한 정보를 빼내려는 게 틀림없다.

　처음 코탐의 눈에 비친 두려움은 내가 그 카메라의 원래 주인인
비카르산과 지인일지 모른다는 의심 때문이었다. 상황이 이렇다면
그 카메라를 손에 넣은 이가 실제로 코탐일지라도 그 방법이 정당
하지 않았을 가능성도 충분했다.

　"이쪽이 먼저 물었다. 먼저 대답해달라."

후카마치가 주머니에서 1달러 지폐를 다섯 장 꺼내 테이블 위에 올려놨다.

코탐의 눈이 반짝거렸다.

"말하면 당신도 말할 건가."

"그러지."

코탐이 테이블 위의 지폐에 손을 뻗었다. 그 손보다 빨리 후카마치의 손이 지폐 위를 덮었다.

"말하고 나서다."

"그러니까 받았다."

"그 이야긴 들었다. 내가 알고 싶은 건 비카르산이 어떤 사람이고 어디에 사느냐다."

후카마치가 거기까지 말했을 때 코탐의 시선이 움찔 움직였다. 후카마치 어깨 너머의 무언가에 시선이 붙들렸다. 후카마치는 입구를 등지고 앉았다. 즉, 코탐은 입구를 보고 있다.

후카마치 등 뒤로 인기척이 나더니 가게가 어두워졌다. 누군가가 입구로 들어서며 햇빛을 가로막은 것이다. 후카마치는 뒤를 돌아봤다. 그곳에 한 남자가 서 있었다.

키는 그리 크지 않았다. 기껏해야 170센티미터 안팎일까. 그 남자가 가게 안에 한 걸음 들어선 자리에 멈춰 서서 후카마치와 코탐을 바라보고 있다. 땅딸막한 작은 바위와 같은 남자였다. 다 닳은 청바지에 티셔츠 한 장. 얼굴에는 새카만 수염이 무성하다. 농후한 기운을 풍기는 남자였다.

숲속을 걸어가다 산짐승이 다니는 길에 잘못 들어서면 짐승의 진한 냄새가 풍겨올 때가 있다. 그 남자를 본 순간 후카마치는 그런 짐승의 체취를 맡은 듯한 느낌이 들었다.

그 남자는 아무 말도 하지 않고 코탐을 응시했다. 강렬한 위압감을 지닌 눈매였다. 얼굴을 돌리자 코탐의 얼굴이 굳어 있었다. 얼굴에 미소를 지으려고 애쓰는 모양이지만 강한 두려움에 웃음기가 사라져버린 얼굴이다.

"왜 그러지?"

후카마치가 물었다.

"비, 비카르…."

코탐이 경직된 목소리로 말했다.

"저 사람이 비카르산이다…."

후카마치는 다시 등 뒤의 남자에게로 시선을 돌렸다.

'비카르산', 독사라는 이름의 남자가 그곳에 서 있다. 독사는 후카마치의 테이블로 천천히 다가왔다. 왼쪽 다리를 살짝 끌었다. 독사에 이어 또 한 사람의 그림자가 비쳤다. 예순은 넘겼음 직한 노인이었다. 카트만두 분지에 사는 체트리족이나 네왈족의 얼굴이 아니다. 좀 더 일본인에 가까운, 히말라야 고지에 사는 티베트인의 얼굴이다. 셰르파족이다.

"실례합니다만, 이 사람에게 할 이야기가 있습니다."

남자, 독사가 말했다. 한 단어, 한 단어씩 끊어 말하는 듯한 낮은 목소리였지만 틀림없는 일본어였다.

"상관없습니다."

이 남자가 코탐에게 무슨 말을 하러 왔는지 후카마치는 흥미가 생겼다.

만약 코탐의 말대로, 이 독사가 그 카메라의 원래 주인이었다면 후카마치로서는 코탐 일당과 볼 일은 없는 것이다.

"재밌는 이야기를 하더군…."

독사가 가만히 서서 코탐에게 말했다.

유창한 네팔어였다. 후카마치의 네팔어와는 차원이 다르다.

후카마치의 네팔어는 두 번째 원정 당시 일본에서 3개월 정도 다른 대원과 함께 네팔 어학교에서 배운 게 밑바탕이 됐다.

문장의 구조, 즉 주어, 술어, 조사 등의 어순이 네팔어와 일본어는 기본적으로 같다. 그것만 기억하면 나머지는 단어 암기력에 달려 있다.

"내가 언제 너한테 그 카메라를 준다고 했지?"

코탐은 이미 웃으려는 노력을 포기한 상태다.

"나리, 용서해주십시오…."

"더르바르에서 도박을 하는 녀석들에게 물어봤더니 바로 가르쳐주더군. 아마 이 가게에 갔을 거라고. 여기서 해시시 같은 것도 팔아 먹나 보지?"

"나리…."

코탐의 얼굴이 일그러졌다.

"얼마에 팔았어?"

독사가 물었다.

코탐은 아무 말도 못한다.

"얼마에 팔았냐니까?"

독사가 다시 물었다.

"3,000루피…."

코탐이 말했다.

일본 엔으로 약 7,200엔이다.

"그 카메라에 요령(鐃鈴, 손잡이가 달린 종 모양의 법구)과 불상까지 판 돈이 겨우 그건가. 누군지 몰라도 엄청 후려쳤군. 어지간히도 악랄한 인간한테 팔았나 보네."

"용서해주십시오…."

"'사가르마타'인가. 그게 아님 '샤크티'인가?"

그렇게 말하며 코탐의 얼굴을 살펴보던 독사가 미소 지었다.

"솔직하군. 마니 쿠말한테 팔았군."

코탐의 얼굴이 새파래졌다.

"얼마 갖고 있어?"

"…."

"꺼내. 내가 네 주머니를 뒤져야겠나. 네 손으로 꺼내."

"…."

"도박으로 돈 좀 만졌다면서. 넌 바로 포카라로 돌아갔어야 했어. 여태까지 카트만두에서 어슬렁거렸던 너 자신의 어리석음을 원망하시지."

독사가 몸을 숙여 속삭이듯 말하자 코탐이 가슴팍에 손을 넣어 지갑을 꺼냈다. 그 안에서 두툼한 지폐 다발을 꺼냈다. 독사가 그 돈을 받아서 세기 시작했다.

지폐 다발에서 반절 가까이 챙기고 나머지는 코탐 앞 테이블 위에 던졌다.

"딱 3,000루피다."

독사의 말이 채 끝나기도 전에 테이블 위의 돈이 다시 코탐의 지갑 속으로 돌아갔다.

"그렇다면 카메라와 요령과 불상은 아직 가게에 있겠지?"

독사가 코탐에게 물었다.

"…."

코탐은 아무 대답이 없다.

"아마 없을걸."

대신 대답한 건 후카마치였다.

독사의 시선이 후카마치에게 향했다.

"요령과 불상에 대해서는 모르지만 '베스트 포켓 오토그래픽 코 닥 스페셜'은 지금 '사가르마타' 점포에 진열되어 있지는 않을 거요."

"그 카메라의 이름을 알고 있소?"

"그렇소. 1924년에 팔리던 카메라라는 것도."

그렇게 말하는 독사의 시선이 후카마치의 전신을 휘감듯이 움직 였다.

"방금 전 코탐과 카메라에 대한 이야기를 하던 모양인데…."

"했다오."

후카마치는 수긍을 하고, 자신의 이름을 밝히고 나서 지금까지의 경위에 대해 짧게 이야기했다. 호텔에 뒀던 카메라를 도둑맞은 사실 도, 그리고 코탐과 마니 쿠말 일당이 그 범인이 아닌가 짐작한다는 이야기까지 했다. 그 대화는 모두 일본어로 이루어졌다.

독사와 함께 온 셰르파족 노인까지는 모르겠지만, 코탐이 지금 나눈 대화의 내용을 이해하리라고 여겨지지 않았다. 맬러리의 이름 이나 에베레스트란 단어가 나오지 않도록 조심하며 후카마치가 말 을 마쳤다.

이것만으로도 자신이 맬러리와 그 카메라의 관계에 대해 이해하 고 있다는 것, 그리고 그 사실을 입밖으로 내지 않은 것은 코탐이 카 메라의 비밀과 관계된 단어, 즉 에베레스트와 맬러리라는 이름을 듣 지 못하게 하기 위한 것임이 독사에게는 전해졌을 것이다.

물론 독사가 맬러리와 그 카메라에 대한 사전지식을 갖고 있다는 걸 전제로 한 이야기지만. 1924년이라는 숫자를 언급했을 때 자신을 쳐다보던 독사의 시선을 보면 그에 대해 이 남자는 틀림없이 알고 있으리라 확신했다.

"알겠소. 그래서 당신이 이 자리에 있는 것이로군."

독사가 낮은 목소리로 말하며 옆자리의 의자를 끌어와 하나는 셰르파족 노인에게 권하고, 나머지 하나에 자신이 앉았다.

"말해주지 않겠소? 그 카메라를 이 남자가 훔친 모양인데, 어떤 사정으로 당신한테 있었던 건지."

"후카마치 씨. 당신 이번 봄에 에베레스트에 들어갔던 일본 원정대 멤버인가?"

"그렇소."

"같은 시기에 영국 원정대도 있지 않았소?"

독사 말대로였다.

영국 원정대도 일본 원정대와 동시기에 베이스캠프에 들어와 있었다. 그들은 남서벽을 노렸지만 역시 실패하여 사망자를 두 명이나 내고 패퇴했다.

'아마 우리보다 닷새는 빨리 베이스캠프에서 내려갔었지'라고 후카마치는 기억을 더듬었다.

"코탐은 영국 원정대가 짐을 내리기 위해 밑에서 부른 포터 중 하나였소. 그런데 베이스캠프에 도착했을 때 코탐이 고산병에 걸려 맛이 가버렸다오. 그래서 셰르파 우두머리가 아래로 내려보냈지. 그때 내 지인인 셰르파 집 밭을 순응용 캠프장으로 쓰도록 코탐에게 빌려줬다오. 그런데 어느 날 밤 코탐이 사라졌소. 그리고 그 셰르파 집에서 불구(佛具)인 요령과 불상, 그리고 그 카메라도 사라진 거요."

"비카르산."

후카마치는 잠깐 망설이다 그 이름으로 남자를 불렀다.

"그럼 당신은 그 영국 원정대와 함께 있었다는 건가."

"미안하지만 후카마치 씨. 나에 대해 너무 깊이 알려 하지 않았으면 좋겠소. 당신과 코탐이 이야기하던 중에 끼어든 데 책임을 느껴 참견을 하게 됐지만 쓸데없는 소리를 너무 지껄이고 말았군."

독사가 테이블 위에 두꺼운 팔꿈치를 받치고 말했다.

그때 처음으로 후카마치는 남자의 왼손가락 중 두 개가 없다는 걸 알아차렸다. 새끼와 약손가락. 후카마치는 문득 뭔가 엉킨 기억의 실타래가 풀리는 듯한 느낌이 들었다.

'난 이 남자를 알지도 모른다.'

그런 감각.

남자를 봤다.

독사의 어깨와 굵은 목 주변에서 짐승의 냄새와도 비슷한, 숨 막힐 듯한 열기가 치밀어 올랐다. 직접 만난 적은 없을지라도 멀리서 봤거나 사진으로라도 봤을 것이다.

"어쨌든 당장 문제는 카메라가 지금 어디에 있느냐로군."

독사의 목소리에 얼추 끝에 다다르던 기억의 실이 툭 끊겼다. 독사가 코탐에게 시선을 옮겼다.

"이 사람이 널 경찰에 고소하겠다고 한다."

독사는 후카마치가 하지도 않은 말을 꺼냈다. 안됐다 싶을 만큼 코탐의 얼굴이 두려움으로 뒤덮였다.

"너, 이 사람이 마니 쿠말의 가게에서 산 카메라를 이 사람 호텔 방에서 훔친 모양이더군."

"아, 아니에요. 그건 제가 아닙니다. 그건 마니 쿠말이 호텔 종업원에게 돈을 건네 시킨 겁니다. 제가 한 짓이 아니에요."

"거짓말 하지 마."

"정말입니다. 오늘은 마니 쿠말에게 부탁받았습니다. 이 일본인이 어째서 그 카메라에 집착하는지 이유를 알아내달라고 마니 쿠말이 제게 와서 말했습니다. 믿게 만들려면 거짓말은 치지 마라, 사실을 조금 섞는 게 낫다고. 그래서 당신, 비카르산의 이름을 꺼내…."

"그렇다면 카메라는 지금 마니 쿠말에게 있겠군."

"그럴 겁니다."

코탐의 말을 듣고 독사가 일어났다.

"어쩌시려고요?"

"간다."

독사가 짧게 답했다.

"어디 말입니까?"

"마니 쿠말 가게에."

독사의 눈이 후카마치를 봤다.

당신은 어쩔 건가? 그 눈이 그렇게 물었다.

"나도 간다."

후카마치도 일어났다.

7

독사는 주머니에서 3,000루피 지폐 다발을 카운터 위에 아무렇지도 않게 내려놓았다.

"무슨 행동입니까, 이건."

마니 쿠말이 정중한 어조로 말했다.

"이 돈으로 사고 싶은 물건이 있다."

독사가 말했다.

"뭡니까?"

"카메라, 요령, 그리고 불상."

"글쎄요, 적당한 물건이 있긴 있었습니다만."

마니 쿠말은 시치미를 뗄 작정인 모양이었다. 그의 태연자약함은 그 자체로는 평가해줄 만했다. 그 옆에는 표정을 읽기 힘든 나라달 라젠드라가 서 있었다.

"그 카메라, 당신이 내 호텔에서 훔치라고 지시했다 하더군요."

"누가 그딴 소리를 하던가요?"

"당신네 코탐이 말입니다."

"설마. 뭔가 잘못 들으신 거 아닙니까."

"분명 그러던데."

"정말입니까?"

마니 쿠말의 눈이 코탐을 뚫어져라 쳐다본다. 코탐은 고개를 푹 숙이고는 들 기미조차 안 보였다.

"아까 한 이야기, 여기서 다시 해봐."

독사가 말했다.

그때 침묵을 지키던 셰르파 노인이 불쑥, 혼잣말처럼 중얼거렸다.

"셰르파의 불상을 훔친다는 게 어떤 건지 알고 있을 텐데."

셰르파는 대부분 불교도다. 대개의 일본인이 자연스레 불교도로 수렴되는 경우와 근본적으로 다르다. 셰르파는 열성적인 불교도인 동시에 불교에 대해 일본인보다 한층 구체적인 형태를 띤, 피부에 와 닿는 신앙을 마음에 품고 일상 속에 녹여 지낸다.

산에 오를 때는 항상 초르텐(돌탑)을 세우고 타르초(성스러운 깃발)로 장식한다. 그곳에서 산에서의 안전과 축복을 기원한다. 셰르파족의 어느 집에 가도 반드시 불상이 있고, 탕카라고 부르는 불화가 걸려 있다. 셰르파들은 대부분 내세를 믿어 에베레스트로 향하는 길에 경전을 보관한 석탑을 세우고 그 주위에는 성전의 말씀을 새긴 수많은 마니석을 포개놓는다. 셰르파족의 정신문화의 중심을 형성한다고 말할 수 있다.

코탐의 얼굴이 공포로 뒤덮였다.

"셰르파를 화나게 만들었다면 어느 지역에서도 포터 일을 못하게 됐다 여기는 게 좋겠지. 혹시 누가 일을 주거든 조심하게. 길을 걷다 갑자기 네 놈 머리 위로 돌이 떨어질지도 모르니까. 발밑의 바위가 무너져서 계곡 바닥에 떨어질지도 모르지…."

머릿속에 새겨진 경전 문구를 암송하듯 노인이 말했다.

네팔 전역에서 이루어지는 등산이나 트레킹 현장은 어느 지역을 가든지 셰르파족의 손에 의해 행해진다. 셰르파족이 원정대나 트레킹 팀에 붙어 현장에서 포터를 고용하거나 그 가격의 교섭을 맡기도 한다. 그런 의미에서 셰르파족은 커다란 이권을 가진 셈이다.

"하긴 여기서 경찰 신세를 지고 나면 포터 노릇은 불가능하겠군…."

"이분은 대체 누구십니까?"

마니 쿠말이 물었다.

"앙 체링…."

노인이 대답했다.

후카마치는 그 이름을 반추했다. 들은 적이 있는 이름이었다. 기억이 분명하지는 않지만 에베레스트 정상에 2회, 다른 8,000미터급 고봉에도 몇 번이나 올랐던 셰르파의 이름이 아니었나. 마니 쿠말의 표정이 굳어졌다.

"허허, 이 늙은이의 이름을 기억해주는 사람이 아직도 있었나."

앙 체링이 성마른 목소리로 낮게 웃었다.

"장사를 계속하고 싶다면 이미 대답은 나왔겠지."

독사가 말했다.

이런 가게에서 팔리는 등산용품은 해외에서 온 원정대가 네팔을 떠날 때 놔두고 간 물건이 대부분이다. 높은 운송료를 치르고 자국으로 다시 보내는 것보다 카트만두에서 팔아 돈으로 바꾸는 쪽이 효율적이기 때문이다. 그럴 때 매입할 만한 가게를 셰르파가 안내하거니와 셰르파 본인이 가까운 사람한테 이런 가게를 경영하게 하는 경우도 적지 않다.

"코탐과 함께 경찰서에 가서 도난 신고서를 제출하고 오는 것도 괜찮겠지."

독사가 3,000루피를 손가락 끝으로 튕겨 카운터 안으로 미끄러 뜨렸다.

"생각났습니다."

마니 쿠말이 밝은 목소리로 말했다.

"오늘 아침 처음 저희 가게에 나타난 남자가 이것저것 물건을 팔러 왔었죠. 아무래도 어디서 훔친 물건이 아닌가 싶어, 한꺼번에 매입해주는 조건으로 가격을 후려쳤죠. 근데 그중에 지금 말씀하신 물건이 섞였을지도 모르겠군요. 후카마치 선생이 도둑맞았다는 그 카메라도요."

마니 쿠말이 한쪽 눈을 찡긋하며 뻔뻔스레 말했다.

"안에 들어가 말씀하신 물건이 있는지 찾아보고 오겠습니다."

8

말없이 걷는다. 후카마치 바로 앞을 독사와 앙 체링이 걸어간다. 독사는 걸을 때 왼쪽 발을 살짝 끈다. 말을 걸어도 괜찮을지 주저

하게 만드는 등이다. 대답이 없으리라는 건 알고 있다. 그럼에도 바 윗덩어리에 대고 말을 거는 것과 같은 무모한 용기가 필요했다.

"오늘 있었던 일이나 이 카메라에 대해서나 모두 잊어라, 알겠나? 누가 물으러 와도 모른다고 해. 그게 서로를 위한 일이다."

독사가 가게에서 나서기 전에 마니 쿠말에게 그렇게 말했다.

"물론이죠."

마니 쿠말이 고개를 끄덕이는 걸 확인하고 나서 코탐을 남겨둔 채 세 사람이 가게에서 나왔다. 그때부터 말없이 걷고 있다. 더르바 르 광장을 지나 뉴로드 동쪽으로.

독사와 앙 체링은, 후카마치를 코탐과 함께 그 가게에 두고 온 셈 치는 눈치다. 카메라와 요령, 그리고 작은 동제(銅製) 불상은 신문지 로 대충 싸서 독사가 지금 오른손에 든 천 가방 속에 들어 있다.

지금 말을 안 걸면 어쩌면 두 번 다시 기회가 안 올지도 모른다. 하지만 뭐라고 말을 해야 하나.

비카르산 씨? 그렇게 부르는 것도 이상하다. 후카마치는 아직 독 사의 본명도 모른다. 마음을 다지고 후카마치는 발걸음을 서둘렀다. 독사의 어깨로 다가갔다.

"가까운 데서 맥주라도 한잔하지 않겠어요?"

독사와 앙 체링의 발걸음이 멈췄다.

"맥주?"

독사가 말했다.

밝은 햇살 속에서 후카마치는 처음으로 이 남자와 가까이 마주 섰다.

독사의 눈가에 새겨진 깊은 주름이 눈에 들어온다. 피부는 까맣 다. 자외선에 의해 피부 일부가 까슬까슬 일었다.

마흔일곱? 어쩌면 쉰이 다 됐을지도. 육체가 내뿜는 압도감에는 30대 중반의 강인함이 엿보였지만 얼굴이나 몸에 들러붙은 공기에는 마흔을 넘은 자의 분위기가 감돈다.

마침 쇼핑센터 부근이었다. 뉴로드와 수크라패스가 앞에서 교차하는 위치다. 그 모퉁이 2층에 몇 번 갔던 인도 요리점이 있었다.

"근처에 아는 가게가 있어요. 잠깐 이야기할 수 없겠습니까."

"이야기?"

"당신이 갖고 있는 카메라에 대해서 말입니다."

"…."

"당신은 그 카메라가 어떤 카메라인지는 잘 알고 계시겠죠."

후카마치가 물어도 독사는 아무 말이 없다.

"그건 1924년 6월 조지 맬러리가 에베레스트 정상에 도전할 때 들고 갔던 카메라입니다. 아니, 정확히 이야기하죠. 그건 맬러리가 에베레스트 정상에 들고 갔던 카메라와 같은 기종입니다."

"…."

"그게 무슨 의미인지 아실 테죠?"

"무슨 의미인데?"

"그 카메라가 맬러리의 카메라라는 걸 전제로 두고 하는 말이지만, 당신은 그걸 어디서 구한 겁니까. 설마 당신이 첫 번째 발견자입니까?"

"만약 그렇다면?"

멈춰 선 세 사람을 피해 통행인들이 좌우로 지나간다.

후카마치는 맥주 따위는 이제 아무 상관없었다. 이젠 멈출 수 없다. 말을 꺼낸 이상 어쨌든 이 자리에서 이야기를 다 털어놓을 작정이었다.

"그 카메라는 카트만두와 같은 장소에서 발견될 만한 물건이 아니죠. 8,000미터를 넘는 눈 속에서야 발견될 카메라입니다."

"……."

"당신이 첫 번째 발견자라면 틀림없이 알겠죠."

"뭘?"

"그 카메라 안에 들어 있었을 필름에 대해서 말입니다."

"필름?"

"그 필름을 현상해보면 히말라야 등반 역사가 새롭게 쓰일지도 모르기 때문입니다."

"흐음."

독사의 목소리에는 아무 감정도 배어 있지 않았다.

"난 흥미 없어."

"당신이 흥미 있고 없고는 상관없습니다. 그 카메라를 어떤 상황에서 발견했는지 제게 가르쳐주십시오."

"싫어."

"왜?"

"싫으니까."

"왜 싫은 겁니까?"

"그것도 말하기 싫어."

독사는 딱 부러지게 말했다.

"당신한테도 마니 쿠말에게 한 이야기와 똑같은 말을 해두지. 오늘 만난 것도, 이 카메라에 대해서도 모두 잊어라, 알겠나? 누가 물어도 대답하지 마."

"서로를 위해?"

"아니, 나를 위해서다."

용건이 끝났다는 듯 독사는 발걸음을 다시 뗐다. 앙 체링이 말없이 그 옆에 따라붙는다. 독사는 왼쪽 다리를 가볍게 끌며 걸어간다. 그 리듬, 그 왼쪽 다리를 본 순간 후카마치의 뇌리에 불쑥 되살아나는 광경.

한 남자의 이름을, 후카마치는 생각해냈다.

"기다려."

후카마치가 독사에게 말했다. 그러나 독사는 멈추지 않았다. 주저 없이 계속 발걸음을 옮긴다.

"하부 씨?"

후카마치는 독사의 등줄기로 뭔가 움찔 스쳐 지나간 것처럼 보였지만 물론 착각일지도 모른다.

"당신, 하부 조지 아닌가?"

하지만 독사와 앙 체링은 망설임 없이 걸어갈 뿐이었다.

두 사람의 모습이 인파 속에 지워졌을 때, 후카마치는 한 가지 분명한 사실을 떠올렸다. 그 카메라를 샀을 때 지불한 돈, 150달러는 어디에서도 회수할 수 없었다는 것을.

3장

굶주린 늑대

1

대영제국이 처음으로 에베레스트 최고봉을 밟기 위해 원정대를 보낸 건 1921년이다. 대장은 하워드 버리Howard Bury 대령이었다. 일행은 일단 인도에서 티베트로 들어가, 티베트 쪽에서 등정을 타진했다. 이때는 7,900미터 노스콜까지 도달했었다.

첫 원정 멤버 중에는 서른다섯 살의 조지 맬러리George Mallory도 포함되어 있었다.

첫 원정에 실패하고 두 번째 원정대가 영국에서 출발한 건 다음해 1922년의 일이다. 이때 대장은 찰스 브루스Charles Bruce였다. 브루스는 대영제국시대의 영웅이라 부를 만한 인물이었다. 영국의 인도, 중앙아시아 탐험사를 언급할 때는 반드시 등장하는 이름이다. 이때도 티베트 쪽 롱북 빙하 최하단에 베이스캠프를 꾸렸다. 표고 약 5,400미터. 산소는 지상의 절반밖에 안 된다.

이 원정에도 서른여섯 살의 맬러리가 참가했다. 원정대는 첫 등정 시도에서 8,225미터 고도까지 이르렀고, 다음에는 8,326미터까지 올랐다. 이는 당연하게도 인류가 최초로 체험하는 고도였다. 이 원정도 정상을 밟는 데는 실패했고, 원정대는 되돌아갔다.

영국 에베레스트원정대가 세 번째로 이 땅에 찾아온 건 1924년의 일이다. 이 원정도 실패로 끝났다. 맬러리와 어빈이 정상 공략에 나섰다가 끝내 돌아오지 못했다. 결국 에베레스트 정상을 밟게 된 건 이후로 29년이 지난 1953년이었다.

영국 원정대의 멤버였던 뉴질랜드인 힐러리와 셰르파 텐징에 의해 세계 최고봉이 정복됐다. 중간의 정치적인 공백 기간까지 포함하면 32년에 걸친 고투 끝에 이루어진 등정이었다.

허나 —.

여기에 하나의 수수께끼가 남겨졌다. 어쩌면 에베레스트 초등(初登)은 1924년 6월 맬러리와 어빈의 발에 의해 이루어졌던 게 아닐까?

근거는 있다. 마지막으로 두 사람의 모습이 시야에서 사라졌을 때, 그들은 거의 정상 직하라 해도 좋을 장소에 이르렀었다. 맬러리와 어빈 두 사람이 정상 공격에 나섰다가 어떤 사고를 만나 돌아오지 못했다는 건 사실이다. 그런데 그 사고는 어느 시점에서 조우한 걸까.

등정 전인가. 등정 후인가. 그 누구도 알아낼 수 없는 수수께끼다. 하지만 그걸 알아낼 방법이, 단 하나 남아 있었다.

2

1차 공격조인 에드워드 노턴Edward Norton과 하워드 소머벨Haward Somervell이 체력을 소진하고 정상 공격에서 패퇴한 건 6월 4일의 일이었다. 같은 날, 다음 공격조 멤버를 선출해야만 했다. 공격조원은 두 명. 그중 한 사람은 맬러리로 이미 결정되어 있었다. 남은 한 사람은 대원 가운데서 맬러리 본인이 직접 고르기로 했다.

맬러리는 어빈을 선택했다. 앤드루 어빈Andrew Irvine은 당시 스물두 살이었다. 맬러리를 비롯한 다른 쟁쟁한 멤버와 비교하면 초라한 경력의 인물로, 이번 원정 전년인 1923년에서야 옥스퍼드대학 동(東) 스피츠베르겐 탐험대의 멤버로 활동했다. 스피츠베르겐 제도(諸

島)는 내부에 고봉과 빙하를 지닌, 북극해와 이어지는 군도(群島)다. 어빈은 그곳에서 스키를 타고 빙하를 건너 고봉 정상 몇 곳을 밟았었다. 그중에는 어빈의 이름을 딴 산도 있을 만큼 체력적으로도 정신적으로도 탐험가로서의 소질은 의심할 여지가 없었다. 게다가 산소호흡기 같은 기계를 다루는 데도 능숙했다. 맬러리가 어빈을 파트너로 선택한 이유에는 그런 면이 제일 컸다.

현재는 산소를 사용하는 게 히말라야 등반에서 상식이 됐지만, 당시에는 아직 의문을 제기하는 쪽이 많았다. 그중 하나는 산소의 효과 자체에 대한 의문이었다. 분명 산소가 적은 고산에서 행동할 경우, 산소가 공급됐을 때 움직임이 편해진다는 사실은 하나의 상식으로 통용됐다. 하지만 고도순응만 충분히 되면 산소는 필요 없다고 생각하는 사람도 꽤 존재했다.

인간이 고도에 순응할 수 있는 한계는 6,500미터 근방이라 추측된다. 그 고도보다 높이 올라가면 아무리 고도순응을 했다 하더라도 고산병에 걸린다. 움직이지도 못하고 누워만 있어도 고통에 시달리다 마지막에는 죽음에 이를 수도 있다. 하지만 순응만 제대로 됐다면 바로 죽을 이유가 없다. 8,000미터를 넘는 높이에서도 어느 정도 기간까지는 무산소로도 행동이 가능하다. 그렇기에 그사이에 무산소로 정상까지 올라갔다 돌아오면 된다. 그것이 무산소파의 의견이었다.

현재 프랑스의 게르자(GERZAT)라는 회사에서 만든 알루미늄합금 산소통은 4리터 용량에 무게가 5.7킬로그램으로 경량화됐고, 230기압, 약 920리터의 산소를 통 하나에 담을 수 있다. 그러나 1924년 당시 통 하나의 무게는 14킬로그램 가까이 됐다. 게다가 통 하나에 담을 수 있는 산소의 용량은 현재보다 훨씬 적었다. 120기압에 535리터의 산소밖에 들어가지 않았다. 그런 사정 때문에 맬러리와 어빈은 4캠프 출발 당시, 각자 두 개의 산소통 등에 짊어졌다. 히말라야 등반 때는 통상적인 등반 장비에 이 여분의 무게가 추가돼 등반가의 어깨를 짓누르게 된다.

덧붙이자면 당시 산소호흡 시스템은 너무 고장이 잘 나서 이동 중이나 높은 곳에서 행동할 때도 항상 점검하고 수리해야만 했다. 어렵사리 들고 온 시스템을 사용할 수 없는 상황도 적지 않았다. 설령 시스템이 제대로 기능한다 해도, 그 중량은 짊어지기 위해 소모되는 에너지가 산소가 선사해주는 에너지를 상쇄시켜버린다고, 반대파는 생각했다. 맬러리도 처음에는 산소 사용에 부정적인 입장이었다.

1922년 제2차 에베레스트 원정 당시, 인도로 향하는 배 안에서 맬러리는 친구인 데이비드 파이 앞으로 다음과 같은 글을 썼다.

> 그 산에 오를 기회는 지극히 적고, 인생에는 이것 말고도 다른 보람 있는 일이 많을 터인데, 이렇게 또다시 에베레스트로 향한다는 사실이 나를 무참하게 만드네. 게다가 네 개의 강철 산소통을 등에 지고 얼굴에 마스크를 쓴 채 산에 오르는 모습을 상상하면…. 허허 아무런 매력도 못 느낀다네.

덧붙이자면 지극히 영국적인 사상이 히말라야 등반에서 산소를 사용하는 행위에 브레이크를 걸었다. 그건 '산소를 사용해서 히말라야 정상을 밟는다는 건 불공정하지 않은가' 하는 생각이었다. 이것은 산소 사용을 용인하는 입장의 등반가 마음속에도 존재했다.

'아무리 불공정하다 하더라도 산소호흡 시스템을 사용해야 에베

레스트 정상에 오를 수 있다면 산소를 사용할 수밖에 없다.'

사용파는 필요악으로서 산소 사용을 용인할 수밖에 없다고 생각했다.

그런데―.

기본적으로 산소 사용에 회의적인 입장이라 여겨졌던 맬러리가, 대체 어떤 연유로 마음이 바뀐 것일까. 두 가지 측면에서 짐작해볼 수 있다.

하나는 대장이었던 브루스가 희박한 공기 속에서 심장에 충격을 받았다는 점이다. 브루스는 맬러리와 함께 6월 1일부터 5캠프 설치에 헌신적으로 몸을 바쳤다. 무산소 상태에서 수행한 가혹한 육체작업은 브루스의 심장을 약화시켰고, 이로 인해 브루스와 맬러리는 5캠프에서 철수했다. 또 하나는 1차 공격조였던 노턴과 소머벨이 역시 무산소로 패퇴한 사실이다. 아마 이 두 가지 이유로 맬러리가 산소 사용을 결심했으리라 짐작된다.

6월 6일 오전 8시 40분에 맬러리와 어빈은 산소통을 두 개씩 등에 지고 4캠프를 출발했다. 둘 다 노엘 오델Noel Odell이 만들어준 아침을 조금 먹었을 뿐이었다. 그날 중으로 맬러리와 어빈은 5캠프로 들어갔다. '5캠프는 바람이 없고 전도는 유망'이라는 내용의 편지가 포터에 의해 4캠프로 전해졌다.

6월 7일 오델은 5캠프에 들어갔고 맬러리와 어빈은 6캠프, 즉 최종 캠프로 들어갔다. 그곳에서부터 위로는 이제 캠프가 없다. 6캠프에서 정상으로 향했다가 다시 그곳으로 돌아와야만 했다. 단 하루 동안 해내야 했다.

현재와 같은 고소용 의류가 없던 시대다. 복장은 다들 제각기였다. 8,000미터를 넘은 고도에서의 비박은, 당시의 복장으로는 죽음을 의미했다.

한 장의 사진이 있다. 1924년 원정 당시 베이스캠프에 찍은 사진이다. 맬러리, 어빈, 노턴, 오델, 소머벨, 브루스 등 아홉 명의 대원이 찍혀 있는데, 낡은 트위드 차림인 사람, 외투에 목도리만 두른 사람 등 갖가지다.

부기하자면 제1차 에베레스트원정대에 참가했던 대원들의 복장은 일반적으로 다음과 같았다.

낡은 트위드.

커다란 외투.

울 목도리.

카디건.

편직 양말.

알프스 등산용 부츠.

현재와 같은 경량화된 방한도구도 용품도 없다.

제1차 원정대의 대장인 하워드 대령의 경우, 새발 무늬의 체크 상의, 최상의 더니골(Donegal, 아일랜드 북부 얼스터 주에 있는 카운티) 트위드 반바지, 캐시미어 스패츠 복장으로 원정에 참가했다.

맬러리가 마지막 공격에 나섰을 때의 복장은 승마복에 목도리였다. 4캠프에서 나왔을 때 찍은 사진을 보면 정강이에 스패츠를 두르고 등산용 부츠를 신고 있다. 오늘날 그런 가벼운 옷차림으로는 일본의 겨울 산에도 들어갈 수 없으리라.

6월 8일. 오델은 5캠프를 출발해 6캠프로 향했다. 이미 맬러리와 어빈은 6캠프에서 나섰을 테고, 상황에 따라서는 에베레스트 정상 피라미드를 정복했을지도 모른다고 오델은 생각했다.

머리 위로 구름이 드리워진 히말라야 능선을 오델은 단독으로 올랐다. 중간에 에베레스트에서는 처음 발견된 것으로 여겨지는 화석을 주웠다. 역사에 각인된 광경을 오델이 목격하게 되는 건, 그 뒤로 잠시 뒤의 일이다.

30미터 정도 바위를 올라 오델이 그 위에 섰을 때, 불쑥 구름의 일부가 갈라지며 에베레스트의 정상과 거기에 이어진 능선이 모습을 드러냈다. 그 능선의 일부, 세컨드스텝이라 불리는 장소에 오델은 두 사람의 그림자를 발견했다.

맬러리와 어빈이었다.

앞선 그림자가 눈 비탈을 이동해 상부 바위 스텝에 이르렀다. 그 뒤를 쫓아 또 하나의 그림자가 움직여, 앞서 간 그림자와 바위 스텝에서 합류했다.

오델이 본 건 거기까지였다. 다시 구름이 움직여 에베레스트 정상과 능선을 가리고 말았다. 그것이 육안으로 확인된 맬러리와 어빈의 마지막 모습이었다. 맬러리와 어빈은 그대로 에베레스트 정상을 향해 오르다, 돌아오지 못했다.

그런데 ─.

두 사람이 예정대로 6캠프를 출발했다면 두 사람의 모습은 좀 더 상부에서 목격됐어야 했다. 6캠프에서 맬러리는 포터를 통해 존 노엘John Noel과 오델 편으로 두 통의 편지를 보냈다. 그중 노엘 편으로 보낸 편지를 보면 맬러리는 이른 아침에 출발하겠다고 했다. 늦어도 오전 8시에는 정상 피라미드 밑, 바위지대를 통과하거나 능선마루를 오르고 있을 거라고 노엘에게 썼다.

6캠프의 표고가 8,156미터. 퍼스트스텝이 8,500미터. 두 사람의 모습이 보인 세컨드스텝이 고도 8,600미터. 수평거리는 별도로 치고, 두 사람은 고도차 444미터를 그 시간에 올랐다고 계산할 수 있다. 정상까지는 앞으로 200미터.

그 시간이 12시 50분. 두 사람이 예정대로 아침 6시경에 출발했다면 이미 6시간 50분이나 지난 시간이다. 6시간 이상이나 걸리고도 444미터밖에 오르지 못했다니, 아무리 8,000미터 이상의 표고라 해도 그때까지 두 사람의 페이스와 날씨, 능선의 지형을 고려하면 기이한 상황이었다.

도중에 무슨 사고라도 난 걸까. 산소통으로부터의 호흡 시스템에 문제가 생겨 고치는 데 시간이 걸린 걸까. 까다로운 바위가 있어 거기서 시간을 뺏긴 걸까. 그런 상황들을 고려할 수 있었다.

확실한 건 단 하나뿐이었다. 그건. 아직 아무도 밟지 못한 세계 최고봉을 향해 떠난 두 남자가 돌아오지 않았다는 사실.

고도 8,600미터. 이 지상에서 그 어느 곳보다 하늘과 가까운 장소에서 모습을 감춘 채 두 사람이 지상과 나누던 통신은 완전히 끊기고 말았다.

3

두 사람의 소식에 대해 실마리가 발견된 건 1933년의 일이었다.

그해 영국에서 제4차 에베레스트원정대가 결성되어 대영제국은 네 번째 세계 최고봉 도전에 나섰다. 지난번 맬러리와 어빈이 돌아오지 않은 원정으로부터 9년이 지났다.

6캠프, 즉 최후의 캠프는 이 당시 8,350미터 지점에 설치됐다. 이 원정도 실패로 끝났으나 5월 30일, 최후의 공격에 나선 퍼시 해리스Percy Harris와 로렌스 웨이저Lawrence Wager 두 사람은 6캠프에서 출발한 지 한 시간 정도 이후에 맞닥뜨린 퍼스트스텝 바로 직전, 8,380미터 부근에서 피켈 하나를 발견했다.

퍼스트스텝에 오르는 경사면 위에 그 피켈이 있었다. 당시에 맬러리나 어빈 둘 중 하나의 물건이라 짐작됐던 피켈은 후에 어빈의 물건임이 확인됐다. 이 피켈이 수수께끼를 불러일으켰다.

어빈이 이 피켈을 떨어뜨린 건 오르던 중이었을까, 내려오던 중이었을까?

세컨드스텝에서 두 사람의 모습을 봤다는 오델의 증언이 확실하다면 내려오던 중에 떨어뜨렸다고 보는 것이 자연스럽다. 만약 오르던 중에 피켈을 떨어뜨렸다고 하면 그곳보다 높은 곳으로 전진할 수 없기 때문이다. 세컨드스텝은 피켈을 떨어뜨린 곳보다 정상에 가까운 장소다. 피켈을 떨어뜨리지 않았기에 두 사람은 거기까지 갈 수 있었던 것이다.

이 장소에서 어떤 사고를 만났으리라 추측됐다. 그 사고는 내려오던 중에 일어났으리라. 무엇보다 그 피켈을, 나중에 다시 손에 쥘 수 없었던 그런 사고. 사고자의 생명과 직결될 만한 사고가 그곳에서 일어난 것이다. 게다가 시체가 그 자리에 없었다는 사실은, 사고자의 몸이 그곳보다 밑에 추락했음을 의미했다.

내려갈 때 맬러리인지, 어빈인지, 어쨌든 누군가의 발이 미끄러졌으리라. 그때 두 사람의 몸은 자일로 연결됐을까. 그랬더라면 맬러리나 어빈 중 한 사람이 미끄러져 추락하면서 남은 한 사람을 끌어당겨, 결국 둘 다 밑으로 떨어졌으리라. 좀 더 낮은 고도였다면 먼저 떨어진 동료를 남은 동료가 어떻게든 확보할 수 있었을지 모르지만, 이 고도에서 사고가 일어날 때 매 순간 적확한 대응을 한다는 건 불가능하다. 어쨌든 사고는 그 자리에서 일어나, 거기에 피켈을 남겼다.

문제는 그곳에서 사고를 일으켜 죽은 게 어빈 혼자였는지, 맬러리 혼자였는지, 그게 아니면 둘이 함께였는지다. 이제 그 대답은 이 지상에 존재하지 않는다. 결국 내려오던 중 사고를 만나 맬러리와 어빈이 함께 죽음에 이르렀다고 여기는 것이 자연스러운 흐름이리라.

하지만 그렇더라도 그것이 한층 더 큰 수수께끼에 대한 대답이 될 수는 없다. 그 커다란 수수께끼란 '맬러리와 어빈은 과연 에베레스트 정상을 밟았을까'라는 것이다.

그때 세계 최고봉의 정상은 과연 정복됐을까. 두 사람이 내려온 건 정상을 밟아서일까, 아니면 정상을 밟기 전이었을까. 피켈의 발견도 그 물음에 대한 대답이 되어주지 않는다.

이 문제에 관한 연구자인 미국인 톰 홀젤은 자신의 저서 《맬러리와 어빈의 미스터리》를 통해 복잡한 추리를 전개했다. 그는 '세컨드스텝을 오르고 난 뒤 맬러리와 어빈은 각자 따로 행동하지 않았을까'라고 기술한다.

세컨드스텝까지 오르는 데 시간을 소모해 산소가 부족했다. 그래서 어빈은 자신의 산소를 맬러리에게 양보하고 맬러리가 단독으로 정상을 노렸다. 맬러리는 정상을 향해 올라갔고 어빈은 거기서 6캠프로 내려갔다. 그 단독 행동 중에 어빈이 퍼스트스텝을 다 내려와서 발을 헛디뎌 피켈을 거기에 남기고 추락한 게 아닐까.

맬러리는 맬러리대로 정상을 밟고 돌아오는 중에 사고를 만나 추락했거나, 6캠프에 돌아오기 전에 밤이 되어 부득이하게 어느 바위 밑에서 비박을 하다가 동사한 게 아닐까. 톰 홀젤은 그런 식으로 추리를 전개했으나, 이 가설은 상상에 의지한 부분이 너무 많다. 특히 핵심이라 할 수 있는 맬러리가 정상을 밟았는지 여부는 그럴 가능성이 있다 정도의 언급에 그치고 있다.

정상까지 수직 거리로 200미터 가까이 남겨놓은 지점까지 한 사람의 등반가가 이르렀다는 사실이, 그 등반가가 정상을 밟았다는 상상을 진실로 만들어주지는 못한다. 그곳에서부터 정상까지의 노정이 그 등반가에게 아무리 쉬웠다 하더라도.

결국 영국은 제5차, 제6차, 제7차까지 1921년 이래 1938년까지 17년간 에베레스트에 원정대를 보내면서 패퇴를 거듭했다. 정식으로 에베레스트 정상을 밟은 건 제2차 세계대전 후인 1953년이다. 1921년에 첫 번째 원정이 감행된 이래 32년이 지난 5월 29일 영국 원정대 힐러리와 텐징의 발밑에 에베레스트 정상을 둘 수 있었다.

그러나 수수께끼는 그대로 남았다. 맬러리와 어빈이 1924년에 에베레스트 정상에 섰다, 그렇게 생각하는 사람이 많았고, 두 사람의 모습을 마지막으로 목격한 오델도 그중 하나였다.

정말 그때 정상을 밟았을까?

1924년 정상을 공격할 때, 맬러리는 대원인 소머벨에게 빌린 코닥사의 폴딩식 카메라를 들고 갔다.

'베스트 포켓 오토그래픽 코닥 스페셜.'

브로니 필름을 사용하는 코닥사의 이 카메라는 원정이 실시된 1924년에 발매된 최신 기종이다. 이 시점에서 확실하게 말할 수 있는 사실이 하나 있다.

만약 맬러리가 에베레스트 정상에 섰다면 반드시 이 카메라로 촬영을 했을 것이라는 사실이다. 이것만은 분명하다. 맬러리의 시체가 에베레스트 어디에 있든지, 그 시체의 등에 매달린 배낭에는 이 코닥사의 카메라가 들어 있을 것이다. 그리고 그 카메라 안에 든 필름은 지금도 현상이 가능하다.

제조사인 코닥사는 톰 홀젤의 질문에 아무리 50년이란 세월이 흘렀어도 필름 현상은 가능하다고 대답했다. 영하 30도에서 60도.

필름 보존 장소치고 에베레스트 눈 속만큼 적당한 곳은 지구상에서 쉽사리 찾기 어렵다. 즉 맬러리가 에베레스트 정상에 섰는지 여부를 알기 위해서는 맬러리의 시체를 발견하는 수밖에 없다. 맬러리의 시체를 발견하고 배낭 안에서 카메라를 회수해 그 안의 필름을 현상해서 만약 필름 속에 맬러리 혹은 어빈이 정상에 서 있는 영상이 찍혀 있다면 히말라야 등반사는 근본적으로 다시 쓰이게 된다.

이 히말라야 등반 역사상 최대의 미스터리와 관련해 새롭게 충격을 가한 사건이 일어난 건 1979년 10월 11일의 일이었다.

1980년 5월 3일, 일본산악회 대원인 가토 야스오加藤保男가 티베트 쪽에서 초모룽마, 즉 에베레스트 등정을 달성하고 있었다. 가토 야스오는 1924년 맬러리 일행이 사용했던 코스와 거의 같은 코스를 따라 오후 8시 55분, 정상에 섰다. 가토 야스오는 정상에 10분 머물고 9시 5분에 하산을 개시했다. 이미 해가 져서 도중에 가토 야스오는 어쩔 수 없이 비박을 할 상황에 처했다. 8,600미터를 넘는 극한의 땅에서의 비박이다. 과거 56년 전, 같은 장소에서 맬러리가 했을지도 모를 죽음의 비박에서 가토 야스오는 생환했다.

이번 원정에는 동시에 세계 최초로 초모룽마 북벽을 통한 등정이 감행되어, 오자키 다카시尾崎隆 대원이 정상에 섰다. 이 원정에 앞서, 1년 전인 1979년 일본에서 초모룽마 정찰대가 파견되었다. 이때 대원인 하세가와 료텐長谷川良典이 중국인 왕훙바오王洪宝로부터 이런 이야기를 들었다고 했다.

"8,100미터 지점에서 서양인 시체를 봤다."

1979년 10월 11일. 하세가와 료텐의 북동릉 원정대는 동 룽북 빙하에 대기하며, 6,500미터 지점에 3캠프를 설치하려 했다. 작업이 일단락됐을 때 왕훙바오가 하세가와에게 그 이야기를 털어놨다.

그 내용에 대해서는 1980년 1월 1일자 〈요미우리신문讀売新聞〉과 같은 해 6월 25일 요미우리신문사에서 발행된 《초모룽마에 서다チョモランマに立つ》에 상세히 기록됐다.

"그게 정말인가."

"틀림없다."

통역을 섞지 않아 더듬거리는 중국말로 나눈 대화였지만, 그 의미는 직감적으로 이해됐다. 둘이서 쪼그려 앉아 단단한 얼음 바닥에 피켈로 글자를 쓰며 필담을 나눴다.

"정말 서양인이었나?"

왕은 피켈 끝으로 눈 위에 썼다.

"영국인, 8,100."

그리고 알아보기 힘든 중국어 단어를 섞어가며 연이어 썼다.

"서양인의 얼굴. 1975년 등반 당시다. 남자, 바위 밑에 숨은 듯이 잠들어 있었다. 커다란 테라스. 옷을 만지자 너덜너덜 찢어졌다. 손에 쥐고 불었다. 산산이 날아갔다. 너무나 추워 보여 눈을 덮어 묻어줬다."

경악스러운 내용이었다.

왕은 1975년 중국 초모룽마 원정대의 1차 공격조원이었다. 그때 등정은 실패로 끝났지만….

그는 하세가와에게 분명하지 않은 발음으로 "잉글리시"라고 몇 번이나 말했다. 이런 높은 장소에서 죽어 있는 사람이라면 영국인밖에 없다. 그렇게 굳게 믿는 모양이었다.

1캠프(5,500미터) 근처에서 영국 원정대의 캠프 흔적을 발견했을 때도, 왕은 "잉글리시"라고 말하며 가리켰다. 왕의 영어는 전혀라

고 해도 될 정도로 알아들을 수 없었다. 하지만 "잉글리시"가 영
국인이라는 의미라는 건 분명 알고 있었다.

— 《초모룽마에 서다》, 요미우리신문사

맬러리, 혹은 어빈이 아닐까.

그 이야기를 들었을 때 하세가와는 그렇게 생각했다고 한다. 영
국인 시체가 그 고도에 있었다면 일단 맬러리와 어빈 외에는 생각할
수 없다. 그때 동료가 왕을 불러 이야기가 중단됐다.

그런데 지금까지 중국 측은 왜 그런 사실을 공개적으로 발표하지
않은 것인가. 1975년이라고 하면 문화대혁명이 한창일 시기다.

등산도 '마오쩌둥 국가주석에 대한 경애의 표현'이자 '국위 선양'
이었다. 당시에는 해외의 사상이나 이념, 아니 외국인 그 자체가
철저하게 공격의 대상이 되어 배척당했다.

그런 시기였다. 중국의 성스러운 최고봉, 어머니의 산인 초모룽마
고지에 외국인 시체가 존재한다는 것 자체가 용납할 수 없는 모
독이라 여긴 게 아니었을까.

하세가와 료텐은 《초모룽마에 서다》에 자신의 생각을 그렇게 기
록했다. 하세가와는 다시 한번 왕으로부터 상세한 이야기를 듣고 장
소를 확인할 생각이었다. 그러나 그 이야기를 듣기 전에 왕이 사망
했다.

다음 날 10월 11일. 하세가와 왕을 포함한 여섯 명의 대원이
3캠프를 출발, 루트 공작을 위해 노스콜로 이어지는 빙벽을 오르고
있었다. 밑으로 거대한 크레바스가 입을 벌린 경사면을 이동 중에

갑자기 여섯 명의 머리 위로 눈사태가 발생했다.

폭 50미터 남짓한 눈과 세락이 격류가 되어 여섯 명을 덮쳤다. 하세가와와 왕을 포함한 네 명이 그 눈사태에 휘말렸다. 네 사람은 세락과 함께 크레바스 쪽으로 떠내려갔다. 하세가와는 기적적으로 크레바스 가장자리에 걸려 멈췄지만, 다른 세 사람은 눈사태에 밀려 크레바스 안으로 떨어졌다.

살아남은 두 명이 하세가와를 구출하고, 남은 세 명을 찾았지만 거대한 크레바스는 눈과 얼음으로 메워져 시체를 파내기조차 불가능했다. 이렇게 되면서 맬러리와 어빈과 관련된 중요한 증언은, 왕홍바오의 시체와 함께 빙하 밑으로 영구히 봉인되고 말았다. 그러나 그 시체는 정말로 맬러리 혹은 어빈이었던 것일까.

자, 그렇다면 이 두 사람 이외에 초모룽마 8,000미터 고도에까지 올라 행방불명이 된 서양인이 있었던가.

북면으로부터의 공격은 영국 원정대가 7회(1921~1938년), 1952년 소련 원정대, 1958년 중·소 합동원정대뿐이다. 그 외에 비합법적인 단독등반도 있었지만 노스콜에조차 이르지 못했다.

소련 원정대, 중·소 합동원정대는 완벽한 실패였다. 국가의 체면(?) 때문에 이런 실패 케이스에 대해 공식적인 보도는 하나도 나오지 않아 확인할 길은 없지만, 소련 원정대원 중 몇 명이 8,200미터에서 행방불명이 되었다는 정보가 있었다. 작년 가을 정찰대에 참가했던 중국 측 등반가는 이 정보에 대해 단호히 부정하며, "소련 원정대도 중·소 합동원정대도 6,800미터까지도 못 갔다. 철저한 패배였다. 그렇기에 시체가 소련인일 가능성은 절대 불가능하다"라고 딱 잘라 말했다.

그렇다면 결론은 하나, 왕훙바오가 봤다는 시체는 맬러리 혹은
어빈이라는 것이다.

— 《초모룽마에 서다》, 요미우리신문사

그 시체가 맬러리 혹은 어빈일 가능성이 충분하다 할지라도 그
광대한 에베레스트 비탈에서 시체를 발견한다는 건 거의 불가능에
가깝다. 1986년, 톰 홀젤은 직접 에베레스트에 올라 두 사람의 시신
수색에 나섰으나 기상 악화로 새로운 사실을 발견하지 못했다.

4

좁은 비즈니스호텔 방에서 후카마치는 한숨을 내쉬었다. 침대 위
에 드러누웠다. 침대 옆으로 간신히 한두 걸음 내디딜 공간밖에 없
는 숨 막힐 것 같은 방이었다.

형식적으로 테이블 위에 작은 텔레비전이 놓여 있지만 화면은 제
대로 나오지도 않는다. 오히려 텔레비전 때문에 테이블 위로 여유 공
간이 사라졌다. 그리고 남은 사소한 공간에는 전화와 호텔 안내서가
놓여, 더는 어떤 작업도 허락할 공간이 없다.

네팔에서 돌아온 지 일주일. 가요코와는 딱 두 번 만났다. 이오카
와 후나지마의 집에는 향을 올리러 다녀왔고, 구도와 만났다. 다른
멤버들에게는 전화로 연락만 하고 구도 외에는 아직 만나지 않았다.

현상을 끝낸 포지티브 필름을 오늘 가쿠유샤의 미야가와에게 건
네기로 했다. 이번 원정에서 후카마치가 찍어온 사진이다. 원정이 실
패하는 바람에 책으로 만들자는 제안은 취소됐지만, 잡지용으로 포
지티브 필름을 몇 장 건네야만 했다.

이 호텔에 들어온 지 사흘, 후카마치는 침대 위에 드러누운 채 책

을 읽으며 대부분의 시간을 보냈다. 책이라 해도 모두 에베레스트와 맬러리와 관련된 책들뿐이다.

톰 홀젤의 책도 번역본으로 다시 읽었고, 오야분코에서 나오는 산악잡지에 게재된 맬러리 관련 전기도 복사해왔다. 그것들도 이미 한참 전에 다 읽어버렸다. 여기서 자료가 더 필요하면 가쿠유샤의 자료실을 이용하든가, 런던의 알파인 클럽에 연락을 취해야만 한다.

후카마치의 머릿속은 지금 만년설을 머리에 얹은 에베레스트의 새하얀 봉우리로 가득했다. 몇 번인가 꿈에서도 봤다. 눈에 익은 광경이다. 노스콜 위, 4캠프 부근에서 본 에베레스트의 피라미드. 왼쪽으로 북동릉의 등성이가 보이며 퍼스트스텝, 세컨드스텝을 지나 지구 유일의 장소와 이어지는 능선이 있다.

알고 있다. 몇 번이고 사진으로 본 장면이다. 그러나 이 위치에서는 한 번도 육안으로 본 적이 없는 에베레스트다. 이건 티베트 쪽에서의 장면이다. 후카마치는 쿰부, 그러니까 네팔 쪽 에베레스트밖에 보지 못했다. 왜 머릿속이 이런 장면으로 가득 찬 건가.

이 호텔로 돌아와 맬러리와 관련된 자료를 읽기 시작하면서부터다. 대부분은 오델이 올려다봤을 에베레스트의 모습이다. 하지만 오델이 본 에베레스트는 낮의 자태였지만, 후카마치의 뇌리에 떠오르는 장면은 밤이다.

새카만 벨벳이 드리워진 듯한 밤하늘에 무수한 별들이 빛난다. 어느 별이나 휘황할 정도로 반짝이는 가운데 그 빛에는 온도도 색도 없다. 차가운 무기질의 빛. 우주가 그곳에 속살을 내비친 듯한 엄청난 하늘이다.

그 하늘 속에 에베레스트 정상이 꽂혀 있다. 그 정상은 지상이 아닌 하늘에 속한 존재인 듯했다. 에베레스트가 산꼭대기만 따로 별들의 무리 속에 놓게 한 것처럼 보인다. 광기에 휩싸일 듯이 찌릿찌릿한 우주의 정적이 지상에 강림한다.

그 정적 속에서 한 남자가 설산 능선을 걷고 있다. 후카마치의 눈에는 남자의 뒷모습이 보인다. 그 뒷모습의 사람은, 무거운 다리를 질질 끌면서 그저 묵묵히 걷고 있다. 맬러리인가, 어빈인가. 그게 아니면 또 다른 누구인가.

후카마치는 알 수 없다. 인식할 수 있는 건, 자신이 그 자리에서 사로잡힌 듯 그 광경을 지켜보고 있다는 사실뿐. 에베레스트 정상을 향해 홀로 걸어가는 남자의 등을 후카마치는 통렬한 심정으로 지켜보고 있다. 그 남자가 자신을 두고 갔기 때문이다. 그 남자는 떠났고 자신은 남겨졌다.

'날 두고 가지 마.'

후카마치는 발을 앞으로 내딛으려 하지만 발이 움직이지 않는다. 후카마치의 눈에는, 그 남자가 정상으로 걸어가는 것이 아니라 하늘의 별이 되돌아가려는 것처럼 보인다. 그 남자가 정상에 이르렀는지 확인하기 전에 잠에서 깬다. 잠에서 깨고 나서도 대체 어떤 이유로 자신이 그런 꿈을 꾸게 됐는지 후카마치는 이해할 수 없다. 분명 머릿속이 맬러리의 일로 가득 차서 그러리라.

맬러리가 말과 글을 통해 남긴 몇 개의 문장이 머릿속에 남아 있다. 후카마치는 드러누운 채 머릿속에서 그 문장을 되뇌어본다.

'산이 거기에 있으니까.'

그렇게 기억하고 있는 문장이 있다.

그 말 자체는 10대 때부터 알았지만, 그 말이 에베레스트에서 사라진 맬러리라는 남자가 남긴 말이라는 걸 알게 된 건 한참 뒤의 일이다. 그 말이 게재된 곳은 1923년 3월 18일 자 《뉴욕타임스》다.

맬러리는 이미 두 번의 에베레스트 원정을 체험한 그 분야에서는 가장 유명한 클라이머 중 하나였다.

맬러리가 강연 여행 중 필라델피아에 체류했을 때 신문사 인터뷰를 하던 중에 기자로부터 다음과 질문을 받았다.

"왜 에베레스트에 오르고 싶은가?"

그 질문에 대해 "그것이 거기에 있으니까"라고 맬러리는 대답했다. 그것이란, 세계 최고봉, 이 지상에서 유일무이의 장소, 에베레스트 정상을 말한다. 이 대답이 "산이 거기에 있으니까"라는 말로 바뀌어 세상에 기억된 것이다.

"알프스에서 보낸 기분 좋은 하루는 탁월한 교향곡과 닮았다."

이 말은 1914년 맬러리가 스물여덟 살에 쓴 〈예술가인 등반가〉라는 제목의 에세이 중에 나오는 문장이다.

우락부락한 산사나이보다는 차분한 열정을 흉중에 깊이 담아둔 예술가라는 이미지가 맬러리에게 어울린다. 우울해 보이는 눈동자와 독특한 고독감과 같은 분위기가 맬러리 주위를 맴돌았다.

친구인 던컨 그랜트Duncan Grant의 누드화에 모델이 되기 위해 자신의 속살을 햇볕에 드러낸 적도 있다. 맬러리의 주위에서는 호모섹슈얼의 향기마저 피어오른다. 맬러리 자신은 어땠는지 모르지만, 사회풍속화가로 이름을 알린 에드워드 벤슨Edward Benson이 맬러리에게 호모 섹슈얼한 애정을 품었다는 건 확실하리라.

맬러리는 느낌이 좋은 인간이다. 내가 아는 가운데 가장 솔직하고 마음이 순수한 인간 중 한 사람이다. 게다가 빼어난 외모는 감탄스러울 정도로 균형이 잡혀, 그가 움직이거나 뭔가 행동하는 모습을 볼 때마다 즐겁다.

벤슨은 일기에 그렇게 기록했다.

서양 특유의 알피니스트라고 할까, 영국인 등반가를 보면 그들에게 등산이란 '자연을 정복한다'는 식의 속내가 밑바닥에 자리 잡은 것처럼 후카마치에게 느껴졌다. 이러한 느낌이 얼마나 정확한지 여부는 차치하더라도 맬러리의 등산에서는 그러한 영국인 특유의 분위기가 풍기지 않았다. 맬러리의 등산에서는 오히려 동양적인 향이 느껴졌다. 맬러리가 등산을 자연과 일체되기 위한 하나의 수단으로 여긴 듯한 대목도 발견된다.

1901년 여름, 맬러리는 산에 대해 스승 격인 로버트 어빙Robert Irving과 산 친구인 틴들, 셋이서 몽 모디(Mont Maudit)를 올랐다. 그 경험을 맬러리는 〈알파인 저널〉에 다음과 같이 기고했다.

> 이것이 이날의 끝을 장식하는 산 정상인가. 지독히 냉정하다. 우리는 결코 희희낙락할 수 없었다. 그러나 기뻤고 내심 놀라기도 했다. …우리가 적을 정복한 것인가. 아니, 적이 아닌 우리 자신이다. 우리는 성공을 손에 넣었는가. 여기서 그런 말은 의미가 없다. 우리는 왕국을 쟁취했는가. 그렇지 않다… 아니, 그럴지도 모른다….

이 문장의 배경에는 물론 유럽풍의 향기가 풍기지만, 분명히 동양적인 사고도 배어 있다고 느껴졌다. 그러나 간과해서는 안 되는 것은 1800년대 후반부터 1900년대 초반에 걸쳐 영국, 아니 유럽을 중심으로 세계 전체에 흐르고 있던 시대적 기운이다. 그 무렵 세계는 지구 표면의 지도상의 공백 부분을 채우려는, 나아가 지상 세계를 유럽, 미국, 러시아, 일본 등 열강의 세력권으로 구획 지으려는 움직임 속에 있었다.

유럽에서는 스벤 헤딘Sven Hedin 오럴 스타인Aurel Stein, 일본에서는 오타니大谷 탐험대 등이 잇따라 중앙아시아의 지도상의 공백 지역으로 탐험을 떠났다. 여기에 러시아, 영국, 독일, 미국, 청나라, 일본의 속셈이 서로 얽히며, 어떤 의미에서 티베트를 포함한 중앙아시아는 세계의 관심이 한데 모인 중심축이라 해도 과언이 아니었다.

에베레스트 첫 도전부터 등정까지, 그사이 세계는 두 번의 대전을 경험했다. 맬러리가 세계의 정상에 가겠다고 마음먹었을 때 그 배경에는 이러한 시대의 기운이 감돌고 있었다는 걸 간과할 수 없다. 그런 시대가 내뿜는 기운 속에, 영국 알파인 클럽도 맬러리 자신도 존재했으리라.

어느 나라가 가장 먼저 세계 정상을 밟을 것인가.

이 경쟁은 1953년 힐러리와 텐징에 의해 에베레스트 정상이 밟히며, 이후로는 미국과 소비에트 양대 대국 사이에서 '누가 먼저 달에 인간을 보낼 것인가'라는 경쟁으로 이동하지 않았을까 하고 후카마치는 생각했다. 그는 아폴로 계획을 우주적 규모의 등산이라고 이해했다. 달은 지구상에 맨 마지막으로 남겨진 최고봉이었던 것이다.

베이스캠프를 휴스턴에 설치하고, 1캠프로서 우주선을 우주 공간에 보내고, 달의 궤도에 오른 걸 2캠프로 삼고, 마지막 캠프로서 달 표면에 착륙해 그곳에서부터 인간의 발로 달을 밟는다. 대기가 희박하기 때문에 산소마스크를 준비하고 오르는 히말라야 등산처럼, 달 표면에 내려가는 우주비행사들은 산소를 등에 진 우주복을 입고 간다. 이만큼 히말라야 등반 시스템과 비슷한 행위가 있을 수 있을까. 후카마치의 사고는 정처 없이 뻗어갔다.

방 안에 에어컨이 돌아가는 나지막한 소리가 귀에 거슬리게 울린다. 슬슬 미야가와가 찾아올 시간이다. 그렇게 생각한 순간, 머리맡의 전화가 울렸다. 후카마치는 드러누운 채 수화기를 들었다.

"어이, 나야."

미야가와의 목소리가 들렸다. 미야가와는 후카마치와 자주 함께 일을 하는 가쿠유샤의 편집자다. 〈지평선회의〉라는 아웃도어 잡지의 부편집장이다.

"지금 1층 커피숍이야. 바로 내려올 수 있어?"

"지금 갈게."

수화기를 내려놓은 후 후카마치는 몸을 일으켰다.

5

"그나저나 하부 조지 건 말인데."

미야가와는 후카마치가 준비한 사진을 한 차례 훑어보고 나서 그 말을 꺼냈다.

미야가와는 다 본 사진을 자신의 가방에 조심스레 담고 커피를 한 잔 더 주문했다. 그 커피가 오기 전에 미야가와가 하부 조지의 이름을 입에 담은 것이다.

"뭔가 알아냈어?"

"아니, 아직도 행적이 묘연해. 짐작이 갈 만하다 싶은 사람 몇 명에게 연락을 해봤는데 아무도 하부가 지금 뭘 하는지 모르는 모양이야."

"왜 그럴까?"

"모르겠어. 애당초 어딘가 특이한 인간이라서 말이야. 그 인간이 지금 뭘 하는지 궁금해할 사람 자체가 얼마 없기도 하고."

"그런가."

"어라, 너 진심으로 하부의 행방을 알고 싶은 거야? 그렇다면 아직 포기할 필요는 없어. 기껏해야 몇 명한테 하부가 뭐하는지 물어봤을 뿐이니까. 끈덕지게 찾아보면 알 수 있겠지."

그렇게 말하며 미야가와는 가방 안에서 봉투를 꺼냈다.

"약속했던 하부의 사진."

미야가와가 봉투를 테이블 위에 올려놓았다.

"그랑드 조라스(아이거, 마터호른과 함께 알프스 3대 북벽 중 하나) 사고 당시의 사진이랑 에베레스트 원정 때의 사진. 우리 잡지에 실린 사진을 카피한 건데, 그걸로 괜찮겠어?"

"고마워. 잘 쓸게."

후카마치가 봉투를 들어 안에서 두 장의 사진을 꺼냈다.

"그런데 갑자기 왜 하부에 대해 조사하게 된 거야?"

"별일 아냐."

후카마치는 봉투에서 꺼낸 복사본 두 장을 테이블 위에 나란히 올려놓았다. 후카마치는 미야가와의 말을 거의 한 귀로 흘려듣고 있었다. 두 장의 복사본 사진에 온 정신이 뺏기고 말았다.

첫 번째 사진에는 붕대를 머리에 감고 왼팔부터 어깨까지 묶어놓은 청년이 찍혀 있었다. 30대 중반쯤 됐을까. 카메라 렌즈를 쏘아보는 듯한 험악한 시선이 카트만두에서 만난 그 남자의 눈빛과 닮았다.

두 번째 사진 속 하부 조지는 40대의 얼굴이었다. 험악한 눈빛은 30대 때보다 한층 더 맹렬해졌다. 불만과 분개가 눈빛에 선연히 담겨 있다. 가슴속에 치밀어오르는 강렬한 감정을 숨기지 못하고 카메라를 노려보는 시선이 발광한다. 그렇게 보였다. 뺨은 수염으로 뒤덮였다. 얼굴은 의심할 여지 없이 40대의 풍모였지만, 어딘가 모르게 열네댓 살 소년 같은 분위기가 사진 속에 감돌았다.

혼자서 주위의 모든 것을 적으로 돌리고, 때로는 자기 자신조차 적으로 삼아 싸우는 듯이 보이는 소년. 그러한 소년만이 가질 수 있는, 독기라 불러야 할지, 색기라 불러야 할지 종잡을 수 없는 처연한 아름다움이 표정에서 내비쳐지고 있었다.

'누구도 믿지 않겠다' 사진 속의 중년 남성 안의 소년이 카메라를 향해 말한다. '그 대신 그 누구에게도 신뢰를 얻지 못해도 상관없다'고.

나는 혼자다. 그렇게 마음 깊이 각인한 소년이 사진 속 남자의 내부에 살고 있다.

그 사진에서는 통렬함마저 읽힌다. 인쇄된 사진을 복사했기 때문에 흑백의 대비가 강해져서, 오히려 그 사진 속 남자가 흉중에 숨겨둔 무언가가 선명해진 듯이 보였다.

이 남자다.

후카마치는 그렇게 생각했다.

카트만두에서 만난 그 일본인, 그 남자와 사진 속 이 남자는 동일 인물이다. 카트만두에서 생각했던 대로 그 남자는 하부 조지였던 것이다.

4장

얼음 송곳니

1

어느새 커피가 식어버렸다.

두 모금 정도 마셔봤지만 썩 마실 만한 커피가 아니었다. 방치해 둔 커피를 응시하며 후카마치는 이토 고이치로를 기다렸다. 구도 에이지의 소개를 받고 연락을 넣어 오늘 이 찻집에서 이토와 만나기로 약속했다. 과거 하부 조지가 속했던 산악회의 회장이었던 남자다.

하부 조지.

미야기(宮城) 현 센다이(仙台) 시 태생.

1944년 1월 10일이 그의 생일이다. 1993년이면 마흔아홉 살이 될 터.

여섯 살에 교통사고로 양친과 누이동생을 잃고 지바(千葉) 현의 삼촌 집에 맡겨져 중학교를 졸업할 때까지 그곳에서 지냈다. 그때 사고로 왼쪽 대퇴부에 복합 골절을 입어 그 후유증이 조금 남았다. 현재도 걸을 때 왼쪽 다리를 살짝 끈다. 후카마치도 하부 조지라는 남자에 대해서는 그럴싸한 소문까지 포함해서 몇 건 들은 바 있다.

'천재 클라이머.'

하부 조지에게는 그런 이름으로 불린 시기도 분명히 있었지만 일본 등산 관계자들 사이에서는 '이치노쿠라의 역병신(疫病神)'이라는 이름으로 더 알려졌다. 게다가 그 명성도 1985년 히말라야 원정 당시까지로, 그 이후로 하부 조지라는 이름은 등산계에서 거의 지워졌다. 하부 조지라는 인간의 행방 자체가 그해를 전후로 아무도 모르게 된 것이다.

1985년에 에베레스트에서 그가 일으킨 사건으로 등산계에서 추방당했다는 소문도 있다.

그 하부 조지가, 왜 네팔에 있는 것인가. 그는 대체 어떠한 경위로 그 카메라를 손에 넣은 것인가.

아직까지 카트만두에서 하부 조지와 만났다는 이야기는 누구에게도 하지 않았다. 구도에게도, 미야가와에게도 그 이야기는 하지 않았다.

미야가와에게는 카트만두에서 맬러리의 카메라 기종을 문의한 적이 있었다. 그리고 일본에 돌아와서는 하부 조지의 소식을 조사해달라고 부탁했다. 허나 그 두 건을 하나로 묶어 생각할 만한 여지는 남기지 않았다. 맬러리의 카메라와 하부 조지 건은 표면적으로 완전히 별개의 일이다.

후카마치의 뇌리에 코탐과 대화를 나눌 때 가게의 그림자 속에서 튀어나온 비카르산이라 불린 남자의 얼굴이 떠올랐다. 어두운 안광을 발산하는 두 눈동자와 수염으로 뒤덮인 뺨.

카트만두에서의 일은 아직 후카마치의 마음속에 응어리진 채 남아 있다. 그래서 이렇게 이토를 만나려고 지금 기다리고 있다. 하부 조지라는 남자에 대해 알기 위해서.

그 남자가 어떤 과거를 지녔고 대체 어떤 사연으로 지금 네팔에 있는가. 그걸 알아내면 그 카메라를 어떻게 하부 조지가 갖게 됐는지 알 수 있을 만한 실마리가 보이리라. 그렇게 생각했다.

다시 네팔로 돌아가 하부를 찾는 게 불가능한 일은 아니리라. 하지만 하부를 찾아낸다 한들 그가 카메라에 대해 일러주리란 보장은 어디에도 없다. '모른다'는 한마디만 내뱉으면 그걸로 끝이다.

일본에서 하부 조지에 대해 조사하다 보면 어딘가에서 단서와 부딪치리란 막연한 예감이 들었다. 하부 조지가 네팔에 있는 이유 혹은 원인을 희미하게나마 알게 된다면 다시 하부 조지를 만나러 갈 이유도 되거니와 카메라에 대해 캐물을 무기, 어쩌면 아군이 될지도 모른다.

그렇다면 나는….

후카마치는 스스로에게 물었다.

다시 한번 그 남자와 만나겠다는 마음은 진심인가. 어째서 하부 조지에 대해 조사하려고 하는가.

그때 하부 조지의 말대로 카메라 일도, 하부 조지와 만난 일도 모두 잊고 없었던 일로 묻어버리는 것이 옳지 않은가. 그럴지도 모른다는 생각이 든다. 아니, 분명 그럴 것이다.

그러나 후카마치의 뇌리에 눌어붙은 장면이 또 하나 되살아난다.

빙하 위를 미끄러져 내려가는 두 개의 점, 그 점이 허공에 내던져지며 그 아래 눈 속으로 사라지는 광경. 이오카와 후나지마가 죽는 순간의 장면이 선명히 남아 있다.

에베레스트 정상을 밟지 못하고 돌아오던 두 사람이 그곳에서 죽었다. 시체조차 회수하지 못한 죽음이었다. 두 사람의 시체는 지금도 그 빙하 속에 있다. 산의 시간에 봉인된 채 1,000년 후일지 2,000년 후일지 모를 언젠가, 빙하 끝에 떠내려가기 전까지 두 사람의 육체는 그곳에서 잠들리라.

만약 여기서 맬러리의 카메라에 대해서도 하부 조지에 대해서도 모두 잊고 지워버린다면 나는 이번을 끝으로 다시는 산과 관계를 맺지 않는 생활로 들어서리라는 예감이 들었다. 아니, 예감이라기보다 확신에 가까웠다. 그렇게 된다면 이오카와 후나지마의 죽음도 과거의 일이 되고 만다.

그럴 수 있겠는가?

할 수 있다고 생각한다. 할 수 있기에 무서운 것이다.

시간이 지나면 친구의 죽음이든 가족의 죽음이든 모두 과거의 일이다. 어떤 장면일지라도 시간 속에서 풍화된다. '그래도 괜찮은가?' 라고 다시 묻는다.

하부 조지와 맬러리의 카메라, 지금 이것만이 자신과 산을 연결시켜주는 유일한 끈이었다.

그렇다. 이오카와 후나지마 때문에 이러는 것이 아니다. 그 원정이나 지금까지 산과 맺어온 모든 시간, 거기에 투여한 것들의 양, 그것들과 연결시켜주는 끈이 지금 자신에게는 하부 조지였다.

만약 그 카메라를 발견하지 못했더라면, 만약 하부 조지와 만나지 못했더라면 나는 쓰라린 마음을 품은 채 산과 관계없는 삶으로 천천히 걸어 들어갔으리라.

이따금 과거 산 친구들과 술이나 한잔하겠지. 이따금 하이킹 삼아 동네 산을 오를지도 모른다. 그러나 가슴을 시리게 만드는 산, 정상을 올려다보면 가슴이 짓이겨지는 듯한 벅참. 그것들과 다른 세계로 나는 걸어가게 된다.

그건 구체적으로 산에 오른다, 오르지 않는다는 차원의 문제가 아니다. 설령 산에 오르지 않더라도, 거리를 걷다 문득 애절한 마음이 치밀어 올라 하얀 산봉우리를 찾으려 빌딩 숲 너머 창공 속에서 산 정상을 시선으로 쫓는, 그런 세계와 이별하는 것이다.

떠나고 싶지 않다.

내가 지금 하부 조지를 쫓는 이유는 아마 그래서이리라.

암벽을 오른다는 건 일종의 재능이다. 산이 좋아 산에 오르기 시작했지만 나보다 재능이나 체력, 실력이 월등한 사람이 무수히 많았다. 에베레스트 정상에 선다거나 미답봉 정상을 최초로 밟는 인간이 될 수 없다는 걸 깨달았다. 그때 나는 카메라를 선택했다. 나는 등반사에 이름을 올릴 만한 등반을 해낼 수 있는 인간이 아니다. 그러나 그런 원정에 참가하거나 아직 아무도 해내지 못한 미답봉 암벽에 도전하는 사람 곁에서 지원하고 기록하는 주변인은 될 수 있을지도 모른다. 그렇게 스스로 납득시키며 지금까지 산과 연을 맺어왔다.

그런 일들과도 이번 원정에서 실패한 걸 계기로 멀어질지도 모른다는 예감이 들었다. 하부와의 일이 없었더라면.

가요코와의 문제도 결론을 내려야 한다. 그게 어떤 결론이든 간에.

허나 하부를 쫓는 동안에는 아직 끝나지 않은 것이다. 뭐가 끝나지 않았는지 스스로도 인식하지 못했지만, 아직 끝나지 않았다. 최소한 나의 산은….

나의 산이 끝나지 않은 동안에는 가요코와의 문제도, 어쩌면 다른 결론이 있을지도 모른다는 생각이 들었다. 아니, 다른 결론이란 이 세상에 존재하지 않는 산 정상과 같다. 환상의 정상이다. 그럼에도 존재하지 않는 정상을 목표로 삼고 있는 동안에는 가요코와도 굳이 결론을 내리지 않아도 되지 않을까. 그건 내가 억지로 만들어낸 도피처다.

잘 알고 있다. 이미 가요코와 내가 끝났다는 걸 알고 있다. 가요코와 만나 이제 끝내자고 말하면 가요코도 나도 편해진다.

'당신은 날 괴롭히기 위해 아직도 날 사랑한다고 말하는 거야.'

가요코의 말이 녹슨 쇳조각처럼 가슴을 찔렀다.

후카마치는 자신의 기분을 뭐라고 표현해야 할지 몰랐다. 다른 사람들도 과거의 온갖 감정에 대해 하나씩 이름 붙이며 살아가지도 않거니와 자신의 행위에 매번 이유를 달면서 살아가지도 않는다.

쓸데없는 잡념이다.

지금은 하부의 일이 마음에 걸린다. 그래서 하부에 대해 조사하고 있다. 그걸로 되지 않나. 그러다 다시 네팔로 가게 될지는 지금 고민할 필요가 없다.

찻집에 이토 고이치로가 들어온 건 약속 시간보다 7분 늦은 오후 3시 7분이었다.

2

"예, 하부 조지에 대해선 분명히 기억합니다."

이토 고이치로는 그렇게 말하며 후카마치 앞에서 담배에 불을 붙였다.

담배를 깊숙이 들이마시고 나서 천천히 연기를 내뿜었다.

"그 녀석은 항상 마지막 등산이라는 듯이 산을 탔죠. 엉덩이에 불이라도 붙었나 싶은 등반이었습니다. 그 녀석에게 산이란 말이죠."

"지금 하부 조지가 뭘 하는지는 아십니까?"

"그건 저도 잘 모르겠습니다. 후카마치 씨도 잘 아시리라 생각하지만, 1985년 에베레스트. 지금으로부터 8년 전 그 사건 전까지는 이따금 연락도 오고 엽서도 보내와서 소식을 알고 있었습니다. 하부가 우리 산악회에 들어온 때부터 그 시기까지의 일은 어느 정도 말씀드릴 수 있을 것 같습니다."

이토는 그렇게 말했다.

하부가 이토가 속했던 세이후 산악회에 입회한 건 1960년 5월이었다. 하부 나이 열여섯. 이토가 현역으로 한창 활동하던 서른의 일이었다.

"아직도 기억납니다. 저희 집에 불쑥 찾아와서 입회하게 해달라고 했으니까요."

이토가 5월 연휴 기간 동안 산에서 합숙을 하고 돌아온 날, 하부 조지가 혼자 이토 집에 찾아왔다고 한다. 당시 독신이었던 이토는 2층 자기 방으로 하부를 안내했다.

"세이후 산악회에 들어가게 해주십시오."

하부가 새빨개진 얼굴로 화가 난 듯한 어조로 그렇게 말했다고 한다. 하부는 방에 들어온 순간부터 내내 이토를 노려보고 있었다.

"입회 신청을 하러 왔다기보단 도장의 간판을 깨러 온 무술인 같 았죠."

이토가 후카마치를 보며 웃음을 지었다. 입회하고 싶다는 하부에게 어떻게 우리 산악회에 대해 알았냐고 이토가 물었다.

"봤습니다."

"뭘?"

"산악회 사람들이 걸어가는 모습을요."

이야기를 들어보니 사정은 이랬다.

하부가 얼마 전 신주쿠에 나왔는데 열 명 남짓한 등산객 한 무리가 역 구내를 걸어가는 모습을 봤다고 한다. 사람 무게보다 더 무거워 보이는 대형 배낭을 짊어지고 등산화로 바닥을 울리며 그들이 걸어가고 있었다. 주위 사람들이 그 집단을 위해 길을 열어줬다. 그 한 가운데를 아무렇지도 않게 지저분한 옷차림의 험상궂은 남자들이 통과했다. 그때 남자들이 짊어졌던 대형 배낭에 '세이후 산악회'라는 이름과 마치다의 주소가 쓰여 있는 걸 봤다고 하부가 더듬거리며 설명했다. 그 산악회의 이름과 주소를 기억했다가 사람들에게 물어 여기에 찾아온 것이었다.

"왜 우리 산악회에 들어오고 싶나?"

이토가 물었다.

"다른 사람에게 무시당하지 않기 위해서입니다."

생각지도 못한 대답이 튀어나왔다.

"다른 사람한테 무시당했어?"

"무시당했습니다."

"어떤 식으로."

"온갖 방식으로 당했습니다."

"구체적으로 어떻게?"

"한심한 눈길로 저를 바라봤습니다."

"누가?"

"다들 그랬습니다."

"왜?"

"부모님이 안 계시니까. 그리고 다리도 저니까."

"부모님이 안 계셔?"

"예, 여섯 살 때."

교통사고였다고 했다. 그때 사고로 여동생도 잃고 혼자만 살아남아 지바에 있는 삼촌 집에 맡겨졌다고 하부가 말했다.

그때 후유증으로 걸을 때 왼쪽다리를 살짝 끌게 됐다. 그런 자신의 걸음걸이를 보고 다른 사람이 자신을 무시한다고 했다.

"설마 그럴 리가 있나."

"그랬습니다."

하부는 완고했다.

"산악회에 들어온다고 무시당하지 않을까?"

"아뇨."

"어째서?"

"다른 사람이 할 수 없는 걸 하기 때문입니다."

"흐음."

"신주쿠에서 모두가 길을 피했습니다."

"그야 지저분한 몰골이 무서워서 그랬겠지."

"무시당하는 것보단 무서워서 피하게 만드는 편이 낫습니다."

하부의 대답에 일말의 망설임도 없었다.

이토는 문득 생각이 나서 하부에게 물었다.

"산을 좋아해?"

하부는 잠깐 망설이더니 고개를 숙이며 말했다.

"잘 모르겠습니다."

"산에 오른 경험은?"

"약간."

"약간이라니, 어느 정도인데?"

"그러니까, 음, 약간입니다."

"어디 가봤어?"

"잘 모르겠습니다."

"자기가 간 데가 어딘지 모른다는 게 말이 돼?"

"정말 잘 모르겠습니다. 단자와(丹沢) 어디인 것 같긴 한데."

이야기를 들어보니 다음과 같은 경험이 있다고 했다.

열한 살 때 하부는 혼자서 산에 간 적이 있었다. 7월, 여름방학이
막 시작됐을 때였다. 예전에 삼촌 가족들과 함께 하코네(箱根)에 갔
다. 그때 오다큐선(小田急線) 창밖으로 보였던 산에 오르기로 결심한
것이다. 그 산이 단자와 산괴(山塊)라 불리는 가나가와(神奈川) 현에서

가장 큰 산계(山系)라는 걸 하부가 알게 된 건 한참 뒤의 일이다.

신주쿠에서 오다큐선을 타고 서쪽으로 향해 산이 보였던 장소에서 내렸다. 대형 배낭을 멘 등산객 몇 명이 보여 그 뒤를 따라갔다. 그들과 함께 버스에 올라타 내린 장소에서 걷기 시작했다. 등산객과는 금세 떨어지고 말았고 하부는 혼자 걸었다.

혼자 산길을 걸어갔다. 지도를 보는 법도 몰랐다. 위로 올라가면 산 정상에 다다르리라, 그렇게만 생각했다. 돌아갈 때는 같은 길을 따라 내려가면 된다. 장비라 부를 만한 물건은 갖고 오지 않았다. 아동용 배낭에 점심에 먹을 빵과 물통을 넣고 사탕을 주머니에 챙겼다. 우의도 없었다. 반팔 셔츠에 반바지, 운동화 복장이었다.

길은 있지만 지금처럼 등산로로 제대로 정비해놓은 시절이 아니었다. 아무리 걸어도 정상은 나타나지 않았다. 얼마나 걸어야 정상에 이르는지도 몰랐다. 점심에 빵을 먹으며 돌아갈까 하는 생각이 문득 들었지만 다리가 저도 모르게 위로 향했다. 도중에 아무와도 만나지 못한 채 밤이 찾아왔다.

하부는 커다란 바위 밑에서 노숙을 했다. 추웠다. 밤이슬로 몸이 젖었다. 밤새도록 거의 눈을 붙이지 못하고 사탕을 핥고 물을 마시면서 허기를 견디면서 아침을 맞이했다.

일어나 잘 살펴보니 바위 바로 위가 산 정상이었고 그곳에 오두막이 있었다. 오두막에 들어가자 버스에 함께 탔던 등산객이 하부를 기억하고 말을 걸었다.

"뭐야, 너 여기까지 온 거니?"

하부가 고개를 끄덕였다.

"어젯밤에는?"

올라가다가 어두워져서 바위 밑에서 잤다고 하부는 대답했다.

"밥은 먹었어?"

낮에 빵만 먹었다고 말하자 오두막 주인이 밥과 된장국을 차려 줬다.

"혼자 왔어?"

"네."

하부가 밥을 먹으며 대답했다.

"용케 왔구나."

오두막 주인이 말했다.

열한 살의 하부는 오다큐선 시부사와(渋沢)에서 오쿠라(大倉)까지 버스를 타고 와서 거기서부터 오쿠라 능선을 따라 표고 1,490미터의 도노타케(塔ノ岳)라는 코스를 걸어온 것이다. 성인의 걸음으로도 네 시간은 걸리는 코스였다.

오쿠라로 내려간다는 등산객과 함께 하산해 그날 저녁 집에 돌아 갔다. 어디 간다는 말도 하지 않고 나와서 집에서는 소동이 벌어졌 고 경찰에 수색원을 낸 상황이었다. 삼촌 집에 맡겨지고 나서 처음 으로 삼촌이 하부에게 매를 들었다.

하부는 그때의 체험을 더듬더듬 이토에게 말했다.

"어쩌다 산에 혼자 가겠다는 생각을 했어?"

이토가 물었다.

"즐거웠기 때문입니다."

열여섯 살의 하부가 대답했다.

"즐거웠다고?"

"가족과 처음 여행갔던 곳이 산이라서…."

"산?"

신슈의 산이었다.

하부는 그의 아버지가 산을 좋아해서 여섯 살 때 처음 가족끼리 신슈의 산에 갔다고 한다. 마쓰모토(松本)에서 버스로 시마시마다니(島々谷) 입구까지 들어가, 거기서부터 1박2일에 걸쳐 걸어서 '일본 알프스'라고 불리는 가미고치(上高地)까지 갔다. 이와나도메(岩魚留)의 오두막에서 1박을 하고 도쿠고토게(德本峠)를 넘는 코스다.

그때의 산행이 즐거웠기 때문이라고 하부는 이토에게 대답했다.

거기서 돌아오는 길에 버스 사고가 나서 하부는 양친과 누이를 잃었다.

"어땠어?"

이토가 물었다.

"단자와는 즐거웠어?"

"잘 모르겠습니다."

하부가 머뭇거리며 고개를 숙이곤 뭔가 생각난 듯이 다다미 바닥을 향해 나지막이 중얼거렸다.

"그런데 아름다웠습니다."

"아름다웠다고?"

"예."

바위 밑에서 아침이 밝아올 때 산을 봤다고 한다.

후지산이 보였다. 후지산 기슭이 단자와 산괴 위를 뒤덮은 가운데 그 능선 아득히 너머로 정상에 하얀 눈이 쌓인 산들이 이어진 광경을 봤다고 했다.

아득히 먼 저편으로 펼쳐진 일군의 하얀 정상들. 아침 햇살이 자신이 서 있는 장소보다 먼 그곳을 비췄다. 그리고 멀리 보이는 산이, 자신이 서 있는 장소보다 높다는 걸 깨달았다. 하늘에서 산꼭대기로, 산꼭대기에서 자신이 서 있는 장소로, 햇살이 천천히 지상에 드리워졌다.

일본의 남알프스. 그 광경이 너무나 아름다웠다고, 하부는 더듬거리는 말투로 이토에게 말했다.

하부는 세이후 산악회에 가입했다.

3

"하부는, 참 요령 없는 녀석이었습니다."

이토 고이치로가 말했다.

장소는 마치다 역에서 가까운 이자카야 카운터였다. 한잔할 만한 가게들이 개점할 시간이 되어 장소를 옮겼다.

차가운 맥주잔 두 개가 후카마치와 이토 앞에 놓였다. 이토는 오랜만에 옛날 이야기를 해서 즐거운 눈치다. 이토 본인은 예순을 넘어 현역에서 은퇴했다. 세이후 산악회는 이미 과거와 같은 활발한 활동은 사그라들었다. 회원 수도 열 명 남짓이라 한다.

이토는 산악회의 고문직을 맡고 있으며 지금은 등산용품점을 경영한다고 했다. 등산용품점이라고 해도 대개는 아웃도어 용품을 팔았고, 겨울 시즌이 되면 등산용품은 구석에 밀어놓고 가게 안을 스키용품으로 채워놓는 형편이었다.

"그때만 해도 우리 산악회는 공격적으로 산을 탔죠. 항상 위험한 데만 다녔으니까요."

겨울 다니가와의 에보시(烏帽子) 내벽 변형 침니(사람의 몸이 들어갈 정도로 갈라진 암벽 틈) 루트.

겨울 기타호타카(北穂高) 다키다니.

겨울 가시마야리(鹿島槍) 북벽.

그런 험준한 곳을 일상적으로 다녔다.

"어딜 데리고 가더라도, 그 녀석은 다른 누구보다도 무거운 짐을 짊어지고 가장 먼저 움직였죠."

여름철에 능선을 종주할 때면 휴식 시간을 갖는다. 능선 저 밑으로 계곡물 소리가 들렸다.

"선배, 제가 물 떠오겠습니다."

급수통을 들고 하부가 한 시간이나 걸려 계곡 아래까지 내려가 물을 떠온다.

"신참 때니까 다른 사람보다 체력이 나을 리가 없었습니다. 오히려 체력적으로 다른 신참들보다 못했을 겁니다. 쉬는 시간에도 물 뜨러 다니거나 식사 준비를 거드느라 쉴 시간도 없었죠. 그래서 우리 멤버 중 제일 먼저 나가떨어지는 건 항상 녀석이었죠. 그런데…"

이토가 맥주를 입으로 가져갔다가 손끝으로 입술을 훔치더니 말을 이었다.

"나가떨어지든 지쳐 쓰러지든 간에 앓는 소리 한 번 않더군요."

신참 시절 하부 조지가 체력적으로 떨어졌다는 이야기는 후카마치로서는 처음 듣는 말이었다.

"보통 그런 식으로 행동하면 선배들한테 귀여움을 받기 마련인데, 하부는 그렇지 않았습니다."

"왜 그랬습니까?"

"안 귀여웠으니까요."

편한 일로 바꿔주려 해도 하부는 거부했고, 피곤해하는 하부 보고 선배들이 쉬라고 해도, 괜찮다며 쉬지 않았다. 그런 식으로 자기 몸을 끌고 가다가 결국 쓰러져 다른 멤버들에게 폐를 끼치는 일이 잦았다.

걸을 때는 왼쪽 다리를 살짝 끈다. 움직임은 특별히 기민한 편도 아니었고, 근성은 있지만 둔중하고 말이 없는 남자. 하부는 주위로부터 그런 평판을 들었다. 그런 하부에게서 특이한 재능을 처음 발견한 이는 이토였다.

하부가 입회하고 3년째 되던 여름, 장소는 온고의 병풍바위였다. 일본의 북알프스 마에호타카다케(前穂高岳)에서 북동쪽으로 뻗은 북릉 끝에 위치한 이 바위는 폭 1,500미터, 높이 600미터에 이르는 일본 최대의 암벽이다.

그곳의 제1룬제를 오르던 때였다. 그때까지 하부가 선두로 올라본 적은 없지만 그간 암벽 경험을 몇 차례 쌓았고, 이토가 보기에 균형 감각도 괜찮았다. 병풍바위도 처음이 아니었다. 비교적 편한 코스로 오를 만한 암벽에서 이토가 하부에게 말했다.

"하부, 선두로 올라가봐."

하켄과 카라비너(자일을 통과시키는 금속 고리)로 안전을 확보하고 하부가 먼저 올라가게 했다.

"그래서 녀석이 오르기 시작했는데, 밑에서 지켜보는 사람 입에서 절로 비명이 나오게 하더군요."

'위험해.'

이토는 입 밖으로 나오려던 목소리를 안으로 삼켰다.

"녀석이 오르는 모습을 지켜보는데, 바로 옆에 안전한 루트가 있는데도 일부러 위험한 루트를 골라 오르는 겁니다."

식은땀이 났다. 때로는 이토마저 주저할 법한 코스로 하부는 올라갔다. 위에서 합류하고 나서 이토가 하부에게 말했다.

"왜 그런 코스로 올랐어?"

"그쪽이 정상과 가까우니까요."

하부의 말투는 자신이 무슨 짓을 저질렀는지 전혀 모른다는 식이었다. 그의 나이, 아직 열아홉이었다.

암벽을 오르는 데 위험한가, 위험하지 않는가, 그런 고려는 그에게 필요하지 않았다. 어떤 코스로 가야 정상까지 가는데 가장 가까운가, 하부에게 선택의 여지란 그것밖에 없었다. 이토는 경탄했다,

"네가 오르는 방식은 위험해."

그때 이토는 하부에게 말했다.

"왜 그렇습니까?"

"바위를 두려워하지 않기 때문이야."

이토는 하부에게 바위를 좀 더 두려워해야만 한다고 일렀다.

"흐음."

하지만 하부는 이토가 하는 말이 무슨 뜻인지 이해하지 못하겠다는 듯 애매한 대답만 했다.

암벽등반이라는 분야에서 하부의 재능이 꽃핀 건 그때부터였다. 산에 들어가도 자연스레 선두에 서는 횟수가 많아졌고 스물한 살이 됐을 때는 경험치는 어떨지 몰라도, 기술적으로는 세이후 산악회의 정예와 비교해도 손색없었다. 세이후 산악회의 정상급과 어깨를 나란히 했다는 사실은, 일본에서도 유수의 클라이머 중 한 사람에 들어갔다는 걸 의미했다. 그러나 아직 하부는 무명이었다.

"바위에 오르기란 음, 일종의 재능이죠."

이토가 불쾌해진 얼굴로 후카마치를 쳐다봤다.

"그렇죠."

후카마치가 고개를 끄덕였다.

후카마치도 안다. 무거운 짐을 짊어지고 산길을 걷는 등산이라는 행위는 기본적으로 체력에 달려 있다. 재능이란 측면은 극히 사소한 영역에 불과하다. 그러나 암벽을 짚고 오르는 행위는 대전제로서 체

력이 필요하더라도, 그것만으로는 설명할 수 없는 부분이 분명 있다.

밸런스, 리듬, 자기감정 컨트롤. 바위를 오르는 행위에는 등반자의 노력만으로 다다를 수 없는 영역이 존재한다. 그건 어떠한 이름이 붙은 기술이나 방법도 아니다. 재능이라는 애매한 호칭으로밖에 부를 수 없는 것이다.

체력도 있고 배포도 있으며 기술까지 완비한 클라이머라면 의심할 여지 없이 오르긴 하지만, 일정 속도 이상을 낼 수 없는 험난한 암벽을, 경력이나 기술, 체력 모두 현격히 떨어지는 초심자에 가까운 사람이 너무나 쉽사리 올라가버리는 경우가 있다. 그건 천성이라고밖에 말할 수 없다.

산에서 짐을 짊어지고 오를 때는 둔중한 타입으로밖에 보이지 않았던 사람이, 바위에 오르면 전혀 새로운 면모를 보인다. 그런 사람의 암벽등반은 빠를 뿐만 아니라 아름답기까지 하다. 물살과 같은 리듬이 느껴진다. 이토의 말은, 하부가 그런 타입의 클라이머였다는 것이다.

"뭐, 천재였죠."

이토가 중얼거렸다.

"바위를 오를 때 하부의 움직임은 마치 나비 같달까, 바위를 따라 하늘하늘 올라가는 듯한 느낌이 들었습니다."

하부는 일본 등산계에서도 험하고 가파르기로 이름난 암벽을 차례차례 올랐다.

다니가와다케 이치노쿠라 컵 암벽등반. 쓰이다테이와(衝立岩) 정면 암벽의 등반. 이곳에는 일본에서도 유수한 인공 루트가 있다. 그곳을 하부는 처음부터 끝까지 선두로 올랐다. 다키다니라든가 병풍 바위의 어려운 루트를 겨울에 몇 번이나 올랐다.

가입한 뒤 4년째부터 5년째 사이에 거의 미친 듯이 암벽만 노렸다. 1년 동안 250일이나 산에 들어가 있었다는 전설도 이 무렵에 만들어졌다. 산악회 산행에는 반드시 나타났고, 끝나면 그 자리에 남아 바위에 매달렸다.

하부는 중학교를 졸업하고 1년 후 세이후 산악회에 들어왔다. 고등학교에는 들어가지 않았다. 대학에도 안 갔다. 삼촌의 집에서 나와 아르바이트를 하며 산에 다녔다. 나이를 속이고 하수도 공사부터 지하철 공사, 항만 잡부, 운송회사 배달원, 주철 공장 등 온갖 육체노동 현장을 전전했다. 산에 들어갈 때마다 하는 일이 바뀌었다.

세이후 산악회는 사회인 산악회다. 대학 산악부처럼 학교에서 어느 정도 예산을 지원을 받는 산악회가 아니다. 등산 비용은 전부 자비다. 스폰서가 필요하다면 자신이 스폰서를 찾아야 했다.

이러쿵저러쿵해도 회원은 다들 직업이 있다. 어떻게든 그 안에서 시간을 내서 산에 들어가고 있었다. 하부처럼 산에 모든 걸 다 건 남자와 어울릴 만한 인간은 흔치 않다.

본가가 가게를 해서 언젠가는 가게를 잇기로 결정된 사람이거나, 요령껏 일을 조절할 수 있는 직업을 가진 사람이 아니라면 힘들다. 하부는 그런 사람들과 교대로 함께 산에 다녔다.

한 사람과 일주일간 일본의 북알프스 호타카(穂高)에 들어갔다. 그 사람과 일주일 후 가라사와(涸沢)에서 헤어지고 다른 파트너가 산에 올 때까지 가라사와에 텐트를 치고 기다린다. 첫 사람과 다키다니에 들어갔으면 다음 사람과는 병풍바위에 오른다. 그게 하부의 방식이었다.

한 번 산행을 할 때마다 산과 도쿄를 왕복하는 것보다 그편이 훨씬 싸게 먹혔다.

한 명의 파트너가 떠나고 다른 파트너가 올 때까지 사흘만이라도 시간이 있으면 가미고치에서 가라사와까지 짐을 옮기는 아르바이트를 하는 등 산에서도 돈을 벌었다. 다니가와에서도, 남알프스에서도 하부는 그런 식으로 산에서 지냈다. 산에 머물다가 반나절이라도 시간이 나면 하부는 바위에 매달렸다.

"가자."

파트너에게 말했다.

"반나절밖에 시간이 없잖아. 그러다 중간에 돌아올 바에는 여기서 쉬자고."

상대의 그런 말을 하부는 용납하지 않는다.

"가자. 반나절밖에 없으니까 중간까지 가서 거기서 되돌아오면 되잖아."

이런 하부의 말에 상대는 질려버린다.

그런데도 하부는 이미 질린 상대에게 힐문한다.

"넌 뭐 하러 산에 왔어?"

이 무렵에는 그럴 수밖에 없었겠지만, 단독으로 바위에 오른다는 발상은 아직까지 하부에게 없었다. 바위에 오르려면 기본적으로 자일 파트너가 필요했다.

'이 남자가 가지 않아서 내가 오를 수 없다.'

그런 불만을 노골적으로 상대에게 내보이는 일도 있었다. 자연스레 하부와 파트너로 엮이려는 사람이 적어졌다. 그러다 주위 사람을 새삼 질리게 만든 사건이 있었다. 실제로는 사건이라 불릴 만한 일은 아니었다. 하부 조지의 언동과 관련한 에피소드다.

하부가 스물세 살 때의 일이었다. 세이후 산악회 멤버들의 술자리가 있었다. 2차로 자리를 옮겼을 때 이야기가 자연스레 산으로 옮겨가 사이좋은 자일 파트너와 함께 암벽을 타다 허공에 매달렸을 때 어떻게 할 것인가가 화제로 올랐다.

겨울, 암벽에서 허공에 늘어진 자일 위에 자신이 있고 밑에는 자일 파트너인 동료가 매달려 있다. 동료의 무게가 자신의 몸을 끌어당긴다. 자신의 체중만이라면 어떻게든 탈출할 가능성이 있지만, 동료의 체중까지 매달린 상황에서는 꼼짝할 수가 없다.

이 상태로 가만히 있다가는 틀림없이 둘 다 죽는다는 걸 알고 있다. 그렇기에 아직 체력이 남았을 때 자일을 끊어 동료를 떨어뜨리면 자신은 살 수 있다. 이럴 때 자신이라면 자일을 끊을 수 있겠는가.

"파트너가 너라면 자일을 잘라버리지."

그런 농담도 나왔지만 현실적인 문제로 고민해보면 쉽사리 대답하기 어렵다.

"아무리 내가 살 수 있다는 걸 알아도 자르기는 좀처럼 쉽지 않겠지."

"아래에 매달린 파트너가 아직 살아 있다는 걸 아는 상황이잖아."

실제로 그런 현장에 직면해보지 않으면 알 수 없겠지만, 그리 간단히 자일을 끊지는 못할 것이다. 이야기가 그렇게 흘렀다.

그때 ─.

"나라면 자른다."

그때까지 가만히 있던 하부가 그렇게 말했다.

"아무리 그래도, 상대는 너와 가까운 동료야."

"자를 수 있어."

진지한 얼굴로 하부가 말했다.

"그대로 놔뒀다간 둘 다 죽는다는 걸 빤히 알잖아. 그렇다면 잘라야 해."

"네가 밑에 매달려 있다면 어쩔 건데?"

"잘려도 어쩔 수 없다고 생각해."

하부가 딱 잘라 말했다.

다들 암벽에 매달렸다가 한두 번씩은 떨어져본 남자들로, 공중에 매달려 있다가 자일 덕분에 생명을 건진 경험이 있었다. 지상에서 수십 미터, 혹은 100미터 이상의 공간에 자신의 육체가 허공에 매달린 광경을 너무나 생생한 감촉으로 머릿속에 그려낼 수 있는 이들이다. 자일이 끊어져 떨어질 때, 자신의 체중이 순간 소실됐다가 바닥으로 자유낙하하는 순간의 소름 끼치는 느낌도 안다. 찬물이 끼얹어진 듯 싸늘한 분위기가 됐다.

"나는 자른다. 그러니까 잘려도 불평하지 않아. 그런 순간이 닥쳤을 때 잘려도 나는 상관없어."

술김에 튀어나온 농담으로 시작된 대화였다. 게다가 만약의 이야기였다. 그런 만약의 이야기에 모두가 놀랄 정도로 하부 조지가 진지한 얼굴로 그렇게 말했다고 한다.

"그런 일이 있었군요."

후카마치가 한숨을 쉬며 말했다.

"뭘 생각하는지 알 수 없는 남자였죠."

이토는 후카마치의 한숨에 대꾸라도 하듯이 나지막한 목소리로 말했다.

5장

고고한 인간

1

하부 조지가 전설의 클라이머로 그의 족적을 일본 등산계에 새긴 건 1970년, 즉 쇼와(昭和) 45년이었다. 하부가 스물여섯일 때였다.

"우리 산악회의 히말라야 원정이 계기였죠."

이토 고이치로가 말했다.

그해, 세이후 산악회는 히말라야 원정을 떠났다. 목표는 안나푸르나 주봉이었다. 표고 8,091미터, 인류가 최초로 발밑에 둔 8,000미터급 고봉.

1950년 6월 3일, 프랑스 원정대 모리스 에르조그Maurice Herzog와 루이 라슈날Louis Lachenal이 처음으로 그 정상에 섰다. 안나푸르나, 산스크리트어로 '풍요의 여신'이라는 의미다. 세이후 산악회로서는 최초의 히말라야였고 최초의 8,000미터급 고봉이었다. 고도차가 3,000미터라고 하는 남벽 루트에서 정상을 노릴 예정이었다. 그 원정에 하부는 참가할 수 없었다.

"그 녀석한테 그럴 만한 돈이 없었죠."

이토가 말했다.

해외 원정. 말은 그럴싸하지만 스폰서가 제대로 붙은 상황이 아니었다. 등산용품 제조사로부터 털옷, 아이젠, 텐트를 빌리기로 했지만 현금은 받을 수 없었다. 즉석식품 제조사가 인스턴트 라면과 건조야채 등을 무료로 지급해줬다. 하지만 역시 현금 지원은 없었다. 대형 신문사가 스폰서로 나섰음에도 출자한 금액은 전체 비용의 5분의 1에 불과했고 그것마저도 등정에 실패하면 출자 금액은 예정액의 반으로 깎이는 조건이었다.

산악회 운영비도 원정자금으로 돌렸지만 충분하지 않았다. 따라서 비용의 대부분은 원정에 참가하는 대원이 직접 내야 하는 상황이 됐다. 원정에 나서는 대원은 한 사람당 100만 엔씩 내야 했기에, 결국 그 돈을 마련할 수 있는 사람만이 참가할 수 있었다.

원정 기간은 대략 석 달 반. 예비일까지 포함하면 약 넉 달이 걸린다. 고도순응을 하며 한 달 가까이 이동을 하다 베이스캠프까지 들어가, 거기서부터 등산을 개시한다. 그사이 막대한 분량의 식량과 등산장비를 옮기기 위해 다수의 포터를 고용해야 한다. 즉 총 100명에 가까운 인원이 이동을 하게 된다. 그 비용도 결코 무시할 수 없다.

돈을 마련할 수 없는 사람은 갈 수 없다. 돈을 준비할 수 있어도 넉 달간 휴가를 얻지 못하면 원정에 참가할 수 없다. 일터를 전전하며 돈을 벌어온 하부로서는 휴가를 얻는 건 문제가 아니었다. 그러나 돈이 없었다. 1970년, 100만 엔이라는 돈은 1년 수입의 절반에 가까운 금액이었다. 그 돈을 하부는 마련할 수 없었다.

지인이란 지인은 모두 찾아가 부탁하고 개인적으로 스폰서가 돼줄 만한 등산용품점이나 지방의 기업에까지 찾아가 머리를 숙였지만 필요한 금액의 3분의 1도 모으지 못했다.

이번 원정을 포기할 수밖에 없는 상황이 되자 하부는 난폭해졌다. 술을 마시고 모임에 나타나 대원들에게 시비를 걸었다.

"체력도 기술도 나보다 떨어지는 인간은 가는데 왜 난 못 가는 겁니까?"

이토에게도 거칠게 항의했다.

"이번 원정은 성공하지 못하면 의미가 없지 않습니까. 우리 산악회로서는 반드시 정상을 함락시켜야만 하는 원정이잖습니까!"

그렇다면 저 사람이 가는 것보다 자신이 가는 게 낫다며 하부는 이름까지 들먹이며 주장했다. 곤란하게도 홧김에 그냥 내뱉는 말이 아니라, 하부는 자신의 말이 옳다고 굳게 믿었다. 대원들은 아연실색했다.

그런데 원정대가 출발하기 열흘 전부터 하부가 갑자기 말이 없어졌다. 술도 마시지 않았고 원정대의 출발 준비를 담담히 거들었다.

원정대가 출발한 2월 20일 밤. 하부는 같은 세이후 산악회의 이노우에 마키오를 불러냈다. 이노우에 마키오도 역시 다른 누구보다 뛰어난 암벽 기술을 가졌지만 돈을 마련하지 못해 원정을 포기한 남자였다. 나이는 하부와 같았지만 하부보다 1년 늦게 세이후 산악회에 들어왔다.

"결국엔 돈이야."

하부가 이노우에를 앞에 두고 이자카야에서 툭 내뱉었다.

"돈이 있거나, 돈을 빌릴 수 있는 녀석밖에 히말라야에 갈 수 없어."

그 말에 이노우에가 고개를 끄덕였다.

"나는 지금까지 모든 인생을 산에 걸었어."

하부의 일상은 분명 본인 말과 같았다. 1년에 200일 이상은 산에 들어가 있었다. 산악회에서도 발군의 수치였다. 다른 회원보다 산에 들어가는 일수가 많은 이노우에라 할지라도 기껏 120일 정도였다.

"그런데 어떻게 1년에 50일도 산에 들어가지 않는 인간이 갈 수 있어?"

'모든 걸 산에 건 나는 남고, 일하는 짬짬이 슬쩍슬쩍 얼굴을 내밀던 인간은 어떻게…'

지금까지 몇 번이나 말해온 이야기를 하부가 꺼냈다.

"무명이면 안 돼. 유명해져야만 해. 유명해지면 스폰서도 붙고 돈도 나와. 유명해지기 위해선 결국 아무도 하지 못한 걸 해내야 해."

후카마치 마코토는 지금 하부의 파트너를 했던 이노우에 마키오를 취재 중이었다.

'아무도 하지 못한 걸 해내야 해.'

"그렇게 말하는 하부의 얼굴이 갑자기 무서울 정도로 진지한 얼굴이 돼서는…."

이노우에는 후카마치에게 그렇게 말했다.

그때 이노우에는 처음으로 하부의 입에서 '귀신 슬랩(slab, 매끄러운 바위)'이라는 이름을 들었다고 한다.

"어이."

하부가 이노우에를 노려봤다.

"나랑 귀신 슬랩 해치우지 않을래."

"귀신 슬랩?"

"겨울 귀신 슬랩 말이야. 나랑 자일을 묶어서 같이 해치우자."

"무리야."

이노우에는 바로 고개를 저었다. 가능할 리 없다.

"겨울에 귀신 슬랩을 해치우자니, 자살행위나 마찬가지야."

'귀신 슬랩', 귀신도 당하고야 마는 슬랩을 줄여 그렇게 부른다. 다니가와다케(谷川岳)의 이치노쿠라(一ノ倉)에 위치한 가장 험한 슬랩이 이 귀신 슬랩이었다.

한 장의 거대한 암벽. 겨울철에는 온 사면이 눈으로 뒤덮여 수직에 가까운 빙벽이 된다. 다키자와(滝沢) 하단 루트에서부터 상단 돔 형태의 암벽까지 약 1,000미터에 이르는 장대한 루트다. 쇼와 42년

(1967년)에 올랐던 다키자와 제3슬랩보다 한층 더 컸고, 난이도가 높은 벽이었다.

'빈틈이 없다.' 그렇게 말해도 무방할 정도로 상부가 눈으로 뒤덮여 있다. 특히 다키자와 하단 루트는 슬랩에서 발생하는 눈사태가 자연스럽게 모여드는 구조로 되어 있다. 눈사태의 둥지였다.

등반 대상으로 고려하면 너무 위험한 장소였다. 여섯 발 중 네 발을 탄창에 남기고 총구를 자기 관자놀이에 대고 방아쇠를 당기는, 그 어떤 도박보다 너무나 위험도가 높은 러시안룰렛. 겨울에 귀신 슬랩에 간다는 건 그런 내기를 하는 것과 같은 수준의 이야기였다. 여름조차 인공 등반을 하면서 공중에 매달려야 하는 오버행(처마 모양으로 돌출된 바위)이 도중에 몇 곳이나 된다.

"싫어."

이노우에가 딱 잘라 거절했다.

"난 죽으러 가고 싶진 않아."

하지만 하부가 말했다.

"가자."

"가서 얼마나 끔찍한지 보고만 돌아오려고? 그런 바보 같은 짓은 안 해."

그 말에 하부는 아이처럼 떼를 썼다.

"야, 임마."

하부가 말했다.

"분하지도 않아? 돈이 있는 녀석은 히말라야에 가고 실력이 있는 우리는 남겨졌어. 그게 용납이 돼? 히말라야보다 엄청난 일을 우리가 해치우는 거야. 이노우에, 너, 그 인간들이 돌아와서 히말라야에 대해 자랑을 늘어놓는 걸 잠자코 들을 수 있겠어?"

이노우에는 당시 일을 회상하며 후카마치에게 다음과 같이 말했다.
"그 녀석은 결코 자신에게 주어진 시련에 익숙해질 수 없는 인간이
었습니다. 지금은 그걸 알겠습니다. 가족이 죽었을 때도 그랬고, 히
말라야에 못 갔을 때도 그랬죠. 그 뒤로 그랑드 조라스에서도, 그리
고 에베레스트에서도, 절대 자신의 시련을 잊지 못했죠…."

한층 더해—.

"녀석은 상처를 결코 잊지 않았습니다. 상처를 잊는다는 건 죄악
이라는 듯이. 상처를 잊으려는 자신을 용서하지 않았습니다. 잊을
것 같으면 상처에 손가락을 집어넣고 더 벌리는 한이 있더라도 잊지
않으려 했습니다. 그 모습을 옆에서 보면 철없는 아이 같을 때도 있
고 순수해 보일 때도 있었죠. 어쨌든 녀석에겐 산밖에 없었습니다.
일, 여자, 가족, 취미, 그 모든 건 녀석에게 산이었죠."

싫다고 거절하는 이노우에 앞에서 하부는 몸부림치며 오열을 토
해냈다.

"넌 뭘 위해 살아가는 거냐."

하부는 그렇게 말하며 이노우에를 규탄했다.

"산에 가기 위해서가 아니었어? 산에 못 간다면 죽은 거나 마찬가
지야. 여기서 죽은 듯이 살아갈 바에는 산에 가서 눈사태 속에서 죽
는 게 차라리 나아."

터무니없는 논리였다. 애초에 치유할 의지가 없는 상처를 몸에 지
닌 채, 아이처럼 도리질을 했다.

이노우에는 그간 몇 번이나 하부와 자일을 묶었었다. 하부가 바위
를 타는 요령, 영감, 기술에 대해서는 다른 누구보다도 신뢰한다. 하
지만 이따금 암벽 앞에서 하부가 보이는 광기에는 등줄기가 오싹해
질 때가 있었다. 선두로 오르는 하부를 밑에서 보고 있노라면 다른

곳에 훨씬 편한 루트가 있는데도 빨려 들어갈 듯이 내내 힘든 길로만 올라갈 때가 있었다.

"왜 그 루트로 간 거야?"

"올라갈 수 있다는 걸 빤히 아는 루트로 가면 지면을 걷는 거나 마찬가지잖아. 그럴 바에는 바위를 뭐하러 타. 일반 등산로를 걸으면 되지."

하부는 어이없다는 표정으로 대답했다.

"귀신 슬랩도 녀석에게는 그런 것이었습니다."

이노우에는 그렇게 말했다.

"걱정하지 마. 난 예전부터 귀신 슬랩에 대해 고민했었어. 지금 느닷없이 떠오른 생각이 아냐."

귀신도 오르지 못한다. 귀신조차 죽는다는 암벽, 그래서 귀신도 당한다는 슬랩이라 이름 붙은 암벽이다.

"몇 가지 조건만 맞으면 귀신 슬랩도 절대 불가능하지 않아."

"어떤 조건인데?"

이노우에는 자기도 모르게 묻고 말았다.

"잘 들어봐. 거기는 겨울이라도 반드시 기온이 오르는 날이 며칠 있어. 그런 날 중 달이 뜬 구름이 없는 날 밤, 다키자와 하단 루트로 들어가서 중간에 비박하고 다음 날 기온이 올라가기 전에 돔에 도착하면 돼."

그런 조건이 완비될 때까지 루트 시작 지점에서 캠프를 치고 대기하면 된다.

"날씨가 좋으면 태양열로 눈이 녹으면서 떨어질 만한 눈은 모두 떨어질 거야. 그 뒤 밤이 되면 눈이 얼어 다음 날 아침까지는 떨어지지 않지. 여름 루트는 몇 번이나 올라봤어. 밤이라도 눈의 빛과 헤드램프로 어떻게든 갈 수 있어."

첫날 밤에는 중간에 오버행 밑에서 자일과 하켄으로 암벽에 몸을 고정시키고 잔다. 만약 눈사태가 일어나도 오버행 밑이라면 휩쓸릴 걱정이 없다. 사실 단 한 곳이긴 하지만, 사람 두 명이라면 어떻게든 몸을 숨길 수 있는 장소가 그 슬랩에는 있었다. 귀신 슬랩 등반에 필요한 세세한 정황에 대해 하부가 열성적으로 토로했다. 다만 귀신 슬랩 정복을 달성하기 위해서는 등반 시 상당한 스피드가 요구된다.

"그 녀석의 이야기를 듣는 사이에 왠지 가능할 것 같다는, 그런 생각이 들고 말았죠. 그런 생각이 드니까 갑자기 흥분되더군요. 귀신 슬랩 겨울 초등이라는 훈장을 일본 등반사에 남길 수 있으니까요."

결국 '가겠다'고 하부에게 대답하고 말았다고 한다.

"다음 날 아침 일어나자마자 바로 후회했죠."

하부에게 아무래도 못 가겠다고 말해야겠다 마음먹었는데 그 말을 채 꺼내기도 전에 하부가 이노우에의 하숙집에 쳐들어왔다. 얼른 필요한 도구를 챙기고 그날 중으로 출발하자고 말했다.

"참 특이한 녀석이었죠…."

'관두자, 되돌아가자'고 이노우에는 끝까지 번뇌했다. 귀신 슬랩에 매달려 있을 때조차도 그런 번뇌에 사로잡혀 있었지만, 결국 하부에게는 말하지 못하고 두 사람은 동계 귀신 슬랩에 발걸음을 내디뎌버렸다.

이때부터 하부 조지의 전설이 시작됐다 해도 무방하리라. 일본의 중요한 암벽 중 마지막으로 남겨졌던 가장 큰 장벽을 하부가 정복했다. 동계 암벽등반에 대한 개념을 하부가 바꿔버렸다고 할 수 있다.

이후로 하부는 차례차례 일본의 까다로운 암벽을 그 누구보다 짧은 시간에 정복하게 된다. 하부가 자일을 함께 묶은 상대는 매번 바꿰었고, 이노우에와의 콤비도 이 귀신 슬랩이 마지막이었다.

"그 녀석이 말하는 짓거리를 가만히 듣고 있기가 쉽지 않더군요."

세이후 산악회의 히말라야 원정은 실패였다.

같은 시기 안나푸르나에 들어갔던 영국 원정대는 세이후 산악회가 노렸던 남벽을 넘고 정상에 섰으나, 그보다 사흘 늦게 정상을 공격했던 세이후 산악회는 벽을 오르다 패퇴했다. 산악회 대원 중 죽은 이는 없었으나 중간에 눈사태가 덮쳐 셰르파 두 명이 크레바스에 빠져 죽었다.

돌아온 멤버들에게 하부가 귀신 슬랩에 대해 말했다.

"그때 하부는 '자일 파트너가 누구였더라도 성공했을 것이다', 그렇게 말했습니다."

이노우에가 아니었더라도 가능했다는 말이다.

"틀린 말은 아닙니다. 파트너는 제가 아니었더라도 상관없었겠죠. 다른 누구와 함께했을지라도 하부는 귀신 슬랩 등반에 성공했겠죠. 하지만 전 그때 생명을 걸었습니다. 그런 제가 바로 옆에 있는 자리에서 할 말은 아니었죠."

이노우에가 한숨과 함께 그렇게 말했다.

"그 녀석은 자신이 무슨 말을 하는지, 그리고 그 말이 다른 사람에게 어떤 상처가 되는지 전혀 몰랐습니다. 그저 자신이 생각한 사실을, 정확하게 표현할 따름이었죠. 하지만 전 다시는 그 녀석과 자일을 묶을 마음이 들지 않았습니다."

이노우에는 마지막으로 한마디 덧붙인다는 듯이 말했다.

"저도 이제 마흔여덟입니다. 그 녀석도 같은 나이니까 이제 곧 쉰이죠. 저도 현역에서 떠난 지 벌써 10년이나 지났습니다. 그런 제가 하부 그 녀석이 지금 어디에 있는지 알 리가 없죠. 다만 한 가지만은 압니다."

"뭔가요?"

"그 녀석이 지금 어디에 있든지 간에, 살아 있다면 반드시 현역 등반가로 활동하고 있을 겁니다. '그는 반드시 산에 오르고 있다', 그것만은 확신을 갖고 말할 수 있습니다. 살아 있다면."

"그렇습니까."

"그 녀석 속에는, 뭐라 말해야 할지 잘 모르겠지만, 뭐랄까 귀신처럼 지독하게 살고 있으니, 절대 산을 떠날 수 없을 겁니다."

"…"

"그 녀석에게 그것 말고 다른 삶의 방식이란 없습니다."

그렇게 중얼거리는 이노우에의 말에는 부럽다는 울림이 배어 있었다.

2

기시 분타로가 세이후 산악회에 들어온 때는 1974년 4월이었다. 하부 조지가 서른 살의 일이었다.

기시 분타로는 당시 열여덟 살로 시즈오카 현(静岡県) 태생이었다. 도쿄의 대학에 입학해 상경함과 동시에 세이후 산악회에 가입한 것이다. 기시가 자신이 입학한 대학 산악부에 들어가지 않고 일부러 동네 산악회를 고른 이유는, 그곳에 하부가 있었기 때문이다. 기시도 1970년 하부가 달성한 '귀신 슬랩 신화'에 매료된 이 중 하나였다.

그로부터 4년의 세월이 흘렀지만 겨울에 귀신 슬랩을 오른 자는 하부와 이노우에 외에 아직 아무도 없었다. 몇 팀이 도전했지만 아직 아무도 얼어붙은 겨울의 그 암벽을 정복하지 못했다. 모두가 패퇴할 수밖에 없었고 그중 세 사람이 그곳에서 사망했다.

하부는 이제 일본 톱클라이머 중 한 사람에 꼽혔다. 이 시기에 하세 쓰네오라는 천재 클라이머가 서서히 두각을 나타내기 시작했다. 하세는 하부보다 세 살 어린 단독형 클라이머였다.

1969년 22세에 묘조산(明星山) 남벽 우측 페이스를 초등했고, 다음해 1970년 2월에는 하부가 해낸 귀신 슬랩에서 가까운 다니가와 다케 이치노쿠라 다키자와 룬제 슬랩 동계 초등을 해냈다. 귀신 슬랩보다는 난이도가 조금 떨어지는 곳이었지만, 하세의 놀라운 점은 단독으로 올랐다는 것이었다.

유럽 알프스의 고봉이나 벽에 일본 클라이머가 시선을 돌렸던 시기로 아이거 북벽, 그랑드 조라스의 워커스퍼 등 난이도 높은 암벽을 목표로 삼는 사람도 나타나기 시작했다. 1965년에는 요시노 미쓰히코吉野滿彦가 일본인으로서는 처음으로 마터호른 북벽을 등반했다. 세이후 산악회에서도 히말라야에 이어 유럽 알프스에 원정대를 보냈다. 하부는 그 원정에도 돈이 없어 참가하지 못했다.

"해외에만 산이 있는 게 아니다."

호기롭게 말하면서 하부는 국내에서의 등산을 한층 가열 차게 늘려갔다.

하부는 이름이 알려져도 개인적인 스폰서는 나타나지 않았다. 산에 들어가는 횟수를 줄여 반년이나 1년 정도 같은 곳에서 착실히 근무하면 돈도 모을 수 있었지만, 하부는 같은 일을 석 달 이상 지속할 수 없었다.

"죄송합니다. 내일부터 일주일 휴가를 받을 수 없겠습니까?"

일을 시작하고 2주도 지나지 않아 이렇게 말하는 인간이 속 편히 지낼 만한 직장은 없다.

"무슨 일이라도 있나?"

"산에 갑니다."

"산?"

"예."

사정을 들은 상사가 말했다.

"힘들겠네만."

"그럼 관두겠습니다."

하부는 선선히 일을 관두고 만다. 싸우고 나온 경우도 많았다.

이토가 이유를 물으면 하부는 이렇게 말했다.

"저를 한심한 눈으로 쳐다봤기 때문입니다."

"누가?"

"어린 똘마니 같은 자식이었습니다."

"어리다고 해도 너보다 선배잖아?"

"상사였습니다. 그 녀석이 트집을 잡았습니다. 제가 고등학교도, 대학교도 못 나와서 무시한 겁니다."

"그럴 리가 있나."

"그랬습니다."

자신을 무시했다며 어린 상사를 두들겨 패고 일을 때려치우고 만다. 세상 사람들이 말하는 제대로 된 사회에서 하부가 있을 곳은 없었다.

"이번에는 성실하게 일하겠습니다."

이토에게 몇 번이나 부탁해 새로운 일터로 향하곤 했지만 오래 가지 못한 것은 마찬가지였다.

일터를 자주 바꾸면 보통은 생활이 피폐해지기 마련이지만, 하부의 경우 세상의 척도에서 보자면 처음부터 황량했다. 거주하는 아파트도, 어차피 텐트에서 더 자주 생활하기에 꼭 필요한 방만 빌렸다. 욕실도 화장실도 공동으로 사용하는 다다미 넉 장 반 크기(다다미 한 장이 대략 180×90센티미터)의 좁은 목조 아파트. 오래전부터 서른 살이 될 때까지 그곳은 하부의 성(城)이었다.

하부는 때로 자신과 똑같은 생활을 동료들에게 강요했다.

"어째서 틈을 내지 못한다는 거야. 일을 산에 맞추면 되는 거지. 나는 그렇게 해왔어. 일을 산에 맞추지 못한다면 그만둬버리면 돼."

화가 나서 아무렇게나 내뱉는 말과는 조금 달랐다. 하부는 진심이었다. 진지하게 그렇게 생각하고, 그런 생각을 입 밖으로 냈다. 하부의 자일 파트너는 오래 가지 못했다. 하부의 성격과 방식을 따라갈 수 없었기 때문이다.

해외에도 못 견디게 가고 싶었다. 누구보다도 강렬히 유럽 알프스의 암벽이라든가 히말라야의 고봉을 동경했으나 기회가 주어지지 않았다.

하부 조지, 그의 나이 서른.

산의 동료들은 하나둘씩 결혼하기 시작했고 아이도 생겼다. 그에 따라 위험한 암벽에서 조금씩 멀어져갔다. 그런 시기에 기시 분타로가 입회한 것이다.

"하부 씨가 있기 때문입니다."

입회 동기를 묻자 기시는 딱 부러지게 그렇게 대답했다. '하부 씨, 하부 씨' 하며 기시는 하부를 따랐다. 누군가가 자신을 따른다. 하부는 그런 데 익숙하지 않았다. 기시가 하부를 따르는 만큼 하부는 기시를 혹독하게 다루는 모양새가 됐다.

하부 주위에 존재하기란 정신적으로 피곤한 일이다. 위험한 상황에 숱하게 맞닥뜨리거니와 체력적으로도 벅차다. 그러나 기시는 괴로운 기색을 보이지 않았다.

하부는 다른 사람에게 등반하는 방법을 하나하나 소상히 가르치는 타입이 아니다. 그런데 이상하게도 기시에게는 가르쳤다.

"봐."

가르친다고는 하지만 하부는 기시 앞에서 바위에 오르는 걸 보여줄 따름이었다. 그 모습을 보며 기시는 바위에 오르는 법을 배웠다.

"왼발부터."

기시가 바위에 매달렸을 때 그런 식으로 짧게 조언하는 정도였다.

바위에 따라서는 오른발을 처음 걸어 올라갈지, 왼발부터 올라갈지에 따라 이후 등반에서의 난이도가 상당히 달라지는 경우가 있다. 상황에 따라 바위에 발을 잘못 걸면 등반 도중 아무 데로도 움직일 수 없게 되는 궁지에 몰릴 때도 있다.

기시는 하부를 잘 따랐다. 하부도 자기를 따르는 기시를 굳이 내칠 이유가 없었다. 오히려 두 사람의 관계는 괜찮은 편이라고 말해도 좋았다.

기시는 부모님이 안 계셨다. 기시가 아홉 살 때 아버지가 돌아가셨고 열두 살에 어머니마저 잃었다. 아버지는 산에서 돌아가셨다. 겨울 일본 북알프스에 들어갔다가 가시마야리(鹿島槍)에서 눈사태에 휩쓸렸다고 한다. 어머니는 암으로 돌아가셨다.

시즈오카의 삼촌 집에서 고등학교를 다니다 졸업하고 도쿄로 나왔다. 세 살 밑 여동생은 고등학교에 다닌다고 했다. 여동생은 아직 시즈오카 삼촌 집에 있었다. 하부는 자신과 비슷한 성장환경을 지닌 기시에게 심정적으로 동질감을 느꼈던 것일까.

기시는 센스가 좋았다. 육체적으로 바위와 궁합이 잘 맞았다.

"소질이 있었죠. 오르는 방법도 하부와 아주 유사했습니다."

이토가 후카마치에게 말했다.

쉬운 바위를 오를 때는 실루엣만 보면 하부라 착각을 일으킬 만한 움직임이었다. 2년이 지나자 기시는 용이한 바위에서 후등자 역할을 맡을 정도가 됐다.

기시가 세이후 산악회에 입회하고 2년 반쯤 지난 겨울, 12월 중순. 하부와 함께 산에 들어가기로 했던 파트너가 약속을 취소했다. 일을 쉴 수 없다는 이유로.

늘 그렇듯이 하부는 파트너를 비난했다. 하부와 둘이서 산에 들어가 자일을 묶어준, 세이후 산악회에서 드문 귀중한 파트너였다. 그 파트너를 하부는 잃었다. 이제 산악회에서 하부의 파트너가 되어줄 사람은 없었다.

그때 자신을 꼭 데려가 달라고 말을 꺼낸 이가 스무 살의 기시 분타로였다.

"무리다."

하부가 말했다.

지금 가려는 곳은 겨울 산이다. 장소는 일본 북알프스 병풍바위. 암벽에는 단단히 언 눈이 들러붙었거니와 등반 도중에 비박도 해야 한다. 기시가 따라올 만한 곳이 아니다. 병풍을 해치우고 나면 이어서 기타호타카의 다키다니로 들어간다. 거기서 다시 바위에 매달려야 한다. 지식, 체력, 그리고 판단력과 기술이 필요한 입산이었다.

"해낼 수 있습니다. 데려가주세요."

"안 돼."

"제가 하부 씨 발을 잡게 되면 언제든지 놔두고 가도 괜찮습니다. 위험한 상황에는 자일을 잘라도 상관없으니까."

결국 하부가 졌다.

하부는 기시와 함께 12월 북알프스에 들어 갔다가 혼자 돌아왔다.

기시는 시체가 되어, 하부의 등에 실려 도쿠사와(德沢) 오두막으로 돌아왔다.

가미고치와 요코오(橫尾) 사이에 있는 도쿠사와 오두막은 겨울철에도 동계 전문 오두막지기가 지킨다. 밤에 누군가가 오두막 문을 두드려서 문을 열자, 거기에 온몸이 눈으로 뒤덮인 하부가 기시의 시체를 등에 지고 서 있었다고 한다.

정상적인 시체의 형상이 아니었다. 골절된 오른쪽 대퇴골이 가랑이 사이에서 폐 근처까지 들어가 있었다. 하부는 짧게 상황을 설명했다.

하부가 선두로 오르고 있었다. 정확히 말하자면 오버행이 끝난 바로 위를 횡단하고 있었다고 한다. 하부의 발 바로 밑으로는 아무 암벽도 없이 낙차 200미터의 공간뿐이었다. 기시는 바위 중간에서 확보를 하고 있었다. 그 순간 기시가 떨어진 것이다. 기시가 체중을 싣고 있었던 바위가 벽에서 떨어져 무너졌다. 당연히 선두로 오르던 하부도 암벽에서 떨어졌다.

떨어진 기시와 하부는 자일로 연결되어 있었다. 먼저 기시가 떨어진 충격으로 자기 확보를 하던 바위에서 하켄이 빠지면서 자일을 끌어당겨, 하부를 암벽에서 미끄러뜨렸다. 하지만 하부는 추락하지 않았다. 기시가 자기 확보를 하던 장소로부터 떨어지는 사이에, 암벽에 하켄을 박아 카라비너를 달고 자일을 연결시켰다. 그리고 자일 끝을 하부가 허리에 찬 안전벨트의 카라비너에 고정시켰다. 암벽 표면에서 미끄러지는 상황에서 하켄을 박아둔 장소를 이용해 자신의 몸을 멈춘 것이다.

바위에 박아놓은 하켄 하나에 하부와 기시, 두 사람의 무게를 지탱한 상황이었다. 기시는 하부의 위치로부터 30미터 아래 공중에 매달린 형태로, 아직 살아 있었다.

"기시, 괜찮아?"

하부가 말을 걸었다.

"죄송합니다."

기시의 목소리가 들렸다. 기시의 모습은 보이지 않았다.

하부 바로 1미터 아래가 오버행 상부였고, 그 밑 암벽 안쪽에 숨어 들어간 듯이 떨어진 것이다. 오버행 상부 바위에 바싹 당겨진 자일은 보였지만 그 아래는 바위에 가려 보이지 않았다.

목소리만 들으며 이야기를 나눠보니, 기시의 몸은 암벽에서 4미터 떨어진 상태로 추처럼 몸을 흔들지 않으면 암벽에는 손이 닿지 않는다고 했다. 암벽에 손이 닿아도 스치는 정도로 붙들 수는 없는 상황이었다. 불쑥 튀어나온 미끄러운 바위 표면에 붙잡을 데라곤 없었다.

하부의 움직임도 제한된 상태였다. 자일을 동여맨 허리의 카라비너가, 암벽에 박아둔 하켄의 카라비너와 부닥칠 정도로 팽팽하게 잡아당겨져 있었다. 그 자세로 완력만으로 기시를 들어올리기란 불가능했다. 자신의 체중을 이용해 밑으로 내려간다면 이론적으로는 기시의 몸을 끌어당길 수는 있지만, 1미터만 내려가도 오버행이 만들어낸 허공 속에 늘어진 꼴이 된다.

어쨌든 부자연스러운 자세로 눈앞의 바위에 두 개의 하켄을 박고, 거기에 슬링으로 자신의 신체를 확보했다. 9밀리미터 두께의 나일론 자일 끝을 동여매고 있는 카라비너를 안전벨트에서 간신히 벗겨냈다. 동시에 자일을 묶고 있던 카라비너를 하켄의 카라비너에 걸었다. 자일에 기시의 체중이 가해져 있기에 상당한 힘이 필요했지만 하부는 그 작업을 기어코 해냈다.

기껏 30센티미터였지만 이렇게 해서 간신히 슬링의 길이만큼 암벽에서 몸을 떼내어 자유롭게 이동할 수 있게 됐다. 하부는 암벽에서 상반신을 떼내 슬링에 체중을 의탁하고 아래쪽을 내려다봤다.

끝이 안 보이는 아찔한 높이. 아래에 축 늘어진 기시의 몸이 가까스로 보였다.

"지금, 자기 확보를 했어."

하부가 아래로 말을 걸었다.

"프루지크로 올라올 수 있겠어?"

"못 하겠습니다."

연약한 목소리가 새어 나왔다.

프루지크는 위에서 아래로 늘어뜨린 자일에 슬링을 연결하고 그 슬링을 이용해 위로 오르는 방법이다. 슬링이란 60센티미터 정도의 가는 나일론자일을 원으로 묶은 것이다. 용도에 따라 길이가 다르긴 하지만 바위에 오르는 사람이면 슬링 몇 개는 허리 카라비너에 걸어 놓는다. 확보를 할 때 이 슬링을 사용한다. 프루지크를 할 때도 동일하다.

슬링의 한쪽 끝을 자일에 연결할 때는 특수한 매듭을 만든다. 그렇게 하면 자일에 연결하지 않는 슬링의 한쪽 끝을 잡아당겼을 때 한쪽으로는 움직이지만 반대쪽은 움직이지 않는다. 즉 늘어진 자일 위로는 이동할 수 있지만, 아래쪽으로 이동하지 않는 매듭을 만들어 한쪽 끝을 자신의 허리 안전벨트 카라비너에 걸어두면 팔의 힘을 사용하지 않고 자일에 체중을 맡기고 쉴 수도 있고, 확보를 해둔 고도 밑으로 내려갈 일도 없다.

일단 암벽에 매달리면 위로 올라갈 때나 벽면을 횡단할 때 어쩔 수 없이 팔과 다리의 힘을 사용해야 하지만, 아무것도 하지않고 가만히 있는데도 체력을 계속 소모해야 한다면 견디기 힘들다. 그래서 이 프루지크를 사용하면 최소한 가만히 있을 때의 체력을 보존할 수 있다.

그러나 이 프루지크는 기본적으로 자신의 신체가 벽에 매달려 있을 때 가능한 방식이다. 자일로 오르는 것이 아니라, 암벽을 오르는 동시에 자일의 프루지크를 이용해서 오르는 등반 방법이다. 기본적으로 보조수단인 셈이다.

자일에 매달려 허공에 늘어진 상태에서 프루지크만으로 오른다는 건 어지간한 완력이 있어도 힘들다. 하물며 그 고도차가 30미터인데다가 겨울용 장비를 몸에 부착한 상태라면 불가능에 가깝다. 연습용 암벽장에서 체력이 남아돌 때 티셔츠 한 장 입고 오른다면 모를까, 기시는 방금 30미터라는 거리를 낙하한 상태다.

30미터를 낙하할 때의 속도를 허리의 안전벨트가 붙든 상황이지만, 그때의 충격이 기시의 내장과 등뼈에 상당한 손상을 입혔을 터였다. 그런 상황에서 프루지크로 올라온다는 건 불가능했다. 그러나 불가능하다는 걸 알아도 기시에게 계속 말을 걸어야만 했다.

멀리 조넨다케(常念岳)과 초가다케(蝶が岳)의 하얀 정상이 보인다. 은백(銀白)으로 빛나는 눈 위로 사스래 나무와 시라비소 나무가 솟은 모습이 보인다.

인기척은 없다. 일주일이나 열흘 정도 지나면 정월 휴일을 맞아 입산하는 이들이 암벽까지 와줄지도 모르지만 지금 이 넓은 천지에는 하부와 기시밖에 없다. 이대로 있으면 기시도, 하부 자신도 죽는다. 기시를 여기에 내버려두고 단독으로 오른다고 해도 자일은 필요하다. 하부는 어떻게 해야 할지 몰랐다. 몇 번인가 자일을 쥐고 기시를 끌어당겨보려 했지만 2미터도 끌어올릴 수 없었다.

처음에는 빈번히 말을 주고받았지만 점차 말문이 뚝뚝 끊겼다. 기시의 목소리가 약해져갔다. 기시는 내장에 손상을 입은 모양이었다. 한 시간, 두 시간 지나면서 하부도 체력을 잃어갔다.

3

"잘렸습니다."

하부는 도쿠자와 오두막을 지키는 이에게 그렇게 말했다.

"잘렸다?"

"자일이 바위 모서리에 닿으면서 잘렸습니다."

하부는 설명했다.

그렇게 하부는 자유의 몸이 됐다. 그 뒤 하부는 단독으로 병풍바위 끝까지 올라 여름철 등산로를 따라 내려와 기시의 시체를 회수하고 겨우 여기까지 왔다고 했다. 경찰에게도, 세이후 산악회의 멤버들에게도 하부는 똑같이 이야기했다. 만약을 위해 자일이 잘린 면을 조사했지만 거기에는 바위에 쓸려 잘린 자국이 남아 있었다.

사고. 그렇게 일이 매듭지어졌다. 이 사고로부터 한 달 뒤 하부는 세이후 산악회를 그만뒀다.

누가 이야기를 꺼냈는지 모르지만 '하부가 자른 게 아닌가'라는 소문이 세이후 산악회에 흘렀다. 하부가 본인 입으로 말했던 것과 비슷한 사고가 일어나지 않았는가, 자일이 바위에 쓸려 잘린 게 아니라 살아남기 위해 하부가 나이프로 자른 게 아닌가. 물론 현장에 하부와 기시 외에 다른 사람은 없었기에 상상에 불과했다. 그런 이야기를 하는 사람도 진심으로 하는 소리는 아니었다. 허나 진심이 아님에도, '어쩌면 그 하부라면' 그런 마음이 드는 걸 부정하기 힘들다.

'나라면 자른다.'

하부는 딱 부러지게 그렇게 말했다.

자일 파트너가 암벽에서 허공에 매달려 있다. 자신은 위, 상대는 아래. 그대로 있다가는 둘 다 죽지만, 자일을 잘라 아래 사람을 떨어뜨리면 위 사람은 살아나는 상황에 놓인다면 '나라면 자른다'라고 하부가 말했던 것이다.

'자일 끝에 바위에 쓸린 자국이 있다잖아.'

'그런 거야 나중에 얼마든지 조작할 수 있지.'

아무도 본인 입으로 그런 소리를 했다고는 하지 않는다.

누군가 그런 말을 했다며 또는 그런 소문을 들었다며, 어물쩍 하부에 대해 이야기했다. 진심이 아니라고 하지만 이내 그 대화에 현실감이 배어드는 건, 그 화제의 주인공이 하부 조지였기 때문이다.

4

하부 조지가 하세 쓰네오를 얼마나 의식했는지에 대해서는, 후카마치로서는 직접적으로 알 길이 없었다. 허나 자신보다 세 살 어린 천재 클라이머에 하부가 어떤 눈으로 바라봤는지, 후카마치는 상상할 수 있다. 나이는 세 살밖에 차이가 안 났지만, 하부에게 하세는 새로운 세대에 속한 클라이머였다. 최소한 하부는 하세를 그렇게 봤으리라고 후카마치는 여겼다.

재능이나 실력은 하세와 하부 사이에 별 차이가 없었다. 두 사람의 다른 점은 무엇보다 개성과 성격에 있었다. 그리고 아마 유명세를 탈 운도, 이 두 사람은 달랐다.

하부가 항상 어두운 기운을 육체 주위로 발산하던 것에 비해, 하세는 성격이나 등산 스타일까지 바람과 같은 상쾌함이 있었다. 하부의 등반이 산중 깊숙한 북쪽 계곡의 햇빛도 들지 않는 싸늘한 빙벽

위를 오르는 이미지라면 하세의 등반은 햇살이 찬란히 비치는 파릇
파릇한 남쪽 암벽을 오르는 이미지가 떠올랐다.

하세가 국내의 주요한 암벽을 차례차례 정복하고 유럽 알프스의
벽으로 전장을 옮겼을 때도 하부는 변함없이 국내 바위에 매달려
있었다. 기시 분타로의 죽음을 전후해서 하부는 단독등반을 선호하
게 됐다. 경우에 따라서 파트너를 짜는 일도 있었지만, 이 시기 하부
는 상당한 수의 암벽을 단독으로 올랐다.

또 하나 후카마치는 하부에 대해 조사하면서 기묘한 점이 눈에
띄었다. 하부 주위에는 여성의 흔적이 없었다. 다른 사람에게 물어
봐도 하부가 특정의 여성과 만났다는 이야기는 듣지 못했다.

"여자? 없지 않았을까요."

이토도 그렇게 말했고 다른 사람도 마찬가지였다.

"모르겠네요."

짧게 그렇게만 말했다.

"그렇지만 이거라는 소문은 없었으니까."

'이거'라면서 그 남자는 오른손을 들어 올리며 손등을 왼쪽 뺨에
댔다. '게이'나 '남창'을 가리키는 포즈다.

"…의외로 어딘가 우리가 모르는 데서 적당히 처리했을지도 모르
죠."

어쨌든 얼마 뒤 하부는 하세와 긴 대결 속으로 들어갈 참이었다

6장

능선의 바람

1

당시 하부 조지에 대해 가장 잘 아는 이는 '그랑드조라스'의 다다 가쓰히코였다. 그랑드조라스는 일본의 등산용품 제조사다.

쇼와 40년대 초(1960년대 중반) 창업 당시에는 간단한 하이킹용 신발이나 배낭, 우의, 수통 등을 만들었지만 등산에 대한 열기가 높아지면서 사회적 붐으로 대두됐을 때 본격적인 등산용품도 만들게 됐다. 겨울용 등산화, 피켈, 텐트 등을 제작했고 스키 붐이 찾아왔을 때는 스키용품으로도 발을 넓혔다. 현재는 스키와 아웃도어용품 전문 제조사로 회사 규모는 창업 당시와 비교할 수 없을 정도로 확장됐다.

후카마치 마코토는 고탄다(五反田)에 위치한 그랑드조라스 본사 빌딩 3층에서 다다와 만났다. 후카마치가 전화로 하부에 대해 취재하고 싶다는 의사를 밝히자 다다가 날짜를 지정했다.

"한 시간 정도라면 시간을 낼 수 있습니다."

오후 3시. 다다로부터 받은 명함에는 '영업본부장'이라는 직책이 적혀 있었다.

"예, 그랬죠. 제가 하부를 저희 회사 테스트 요원으로 끌어들였죠. 그는 사원이 아닌 프리랜서였지만."

다다는 직접 커피를 만들어 후카마치에게 권하며 말했다.

"죄송합니다. 손수 이렇게까지."

"아뇨. 원래 산에 다니던 인간인지라 뭐든 제 손으로 하는 버릇이 붙어서요."

드립으로 제대로 내린 커피의 진한 향이 테이블 위에 놓인 잔에서 풍겨왔다.

"스키와 아웃도어 붐으로 3년 전부터는 카누 같은 것도 내놓기 시작했지만, 산사람으로는 조금 서운한 현실이죠."

"등산하는 사람이 줄었습니까?"

"예. 텐트라든가 관련 용품들도 나가는 건 거의 다 가족용이죠. 굳이 작고 가볍게 안 만들어도 됩니다. 가스스토브도 등에 짊어지면서까지 산에 올라갈 일이 없으니까 차에 실을 수 있는 정도면 충분하죠."

"무거운 짐을 등에 지고 묵묵히 정상까지 걸어가는 사람은, 요즘 같은 세상에 통 없으니까요."

다다가 덧붙였다.

"하부가 우리 회사에 온 건 1977년이었을 겁니다."

다다가 당시의 일을 떠올리기 위해 머릿속을 더듬는 듯이 허공 위로 시선을 두리번거렸다.

"예의 자일 절단 사건으로 세이후 산악회를 관둔 뒤였을 겁니다. 하부 조지가 일을 찾는다는 이야기를 누군가에게 들었죠. 하부와는 몇 번 본 적이 있어, 제가 하부에게 연락해서 만났습니다."

그랑드조라스에서 제작 중인 신제품이 상품화되기 전에 현장에서 그걸 사용하고 의견을 내놓는 것이 하부의 일이었다. 때로는 회사에서 주최하는 아웃도어 이벤트에 참가해 참가자에게 바위와 산을 타는 기술을 가르치기도 했다. 어쨌든 간에 항시적인 일은 아니었다.

그랑드조라스의 제품을 취급하는 판매점에서 귀신 슬랩의 하부라면 좋다고 해서 등산용품점 판매 고문도 담당했다. 점원으로 일하며 등산용품을 사러 온 손님의 상담에 응해주고 손님의 등산계획을 조언하거나, 때로는 가이드를 하기도 했다.

이러한 그랑드조라스의 테스트 업무는 불과 몇 년밖에 이어지지 못했지만, 가쿠수이칸(岳水舘)이라는 등산용품점에서의 어드바이저 일은 결국 히말라야 사건 전까지 8년간 계속됐다.

'언제든 일을 쉬고 산에 들어가도 좋다'는 조건이 하부를 장기간 일을 계속하게 했지만, 기이하게도 하부는 이 시기에 상당히 많은 나날을 고문으로 일하며 보냈다. 산에는 변함없이 현역 등반가로 들어갔지만, 이전처럼 생활을 버리는 것과 같은 등산 방식은 하지 않게 됐다.

이 시기, 쇼와 52년(1977년) 여름에 하부는 처음으로 해외의 산에 오른다. 유럽 알프스의 아이거 북벽, 마터호른 북벽, 그랑드 조라스의 워커스퍼, 이 세 곳의 벽을 여름 한 시기에 다 올랐다.

이때는 단독이 아니었다. 하부보다 네 살 연상인 다다와 함께였다. 하부가 서른셋, 다다가 서른일곱.

"천재라고들 합니다만, 하부가 오르는 방식은 정말 대단하더군요. 암벽에서 한 치의 망설임도 없었습니다. 아니 이렇게 말하는 건 정확하지 않습니다. 망설이긴 하죠. 하지만 녀석은 망설이다가 결단해버립니다. 어려운 쪽으로 손을 뻗는 겁니다. 마치 바위를 무서워한 스스로에게 화가 나서 벌이라도 내린다는 듯이 말이죠. 그 어려운 바위에 손을 뻗는 겁니다. 그러고는 결국 해치워버리죠."

다다는 뭔가 문득 생각이 났다는 듯 고개를 끄덕이며 말했다.

"참 특이한 녀석이었죠. 역시 일반인의 감각으로는 이해할 수 없는 구석이 있었습니다."

"어떤 면이 그랬나요?"

"세 곳의 북벽을 여름에 모두 해치우고, 그러니까 마지막 워커스
퍼 등반을 끝내고 레쇼 산장에서 녀석과 맥주로 건배를 했습니다.
저로서는 너무나 힘든 과업을 달성한 터라 흡족한 기분으로 맥주를
마시고 있었는데, 녀석은 달랐습니다."

"…."

"녀석이 맥주를 마시며 저한테 그러더군요."

"뭐라고 하던가요?"

"이런 건 쓰레기나 마찬가지라고요."

"쓰레기?"

"예. 깜짝 놀랐습니다."

그때 하부는 다다에게 다음과 같이 말했다고 한다.

'여름에 암벽을 몇 곳 올랐다고 한들 아무 의미가 없다. 역시 겨울
북벽이다. 아무도 못한 걸 해내야 의미가 있다.'

"처음에는 하부가 농담을 하나 싶었습니다. 그런데 하부는 여름
에 3대 북벽을 탄다는 건 아무 의미 없다고 진심으로 생각하고 있더
군요. 그가 무슨 생각을 하든 자유지만, 그래도 3대 북벽을 함께 막
끝낸 상대에게 할 소리는 아니죠. 뭐 지금 와서 생각해보면 그가 하
세를 그만큼 강하게 의식했던 게 아닐까 하고 짐작해봅니다만."

하부가 다다와 함께 알프스를 다녀온 그해 2월, 두 사람보다 5개
월 먼저 하세 쓰네오는 단독으로 마터호른 북벽을 올라 정상에 섰
다. 겨울, 그것도 단독으로 마터호른 북벽을 정복한 것은 당연히 세
계 최초였다. 이로써 하세의 이름은 일본에서 세계라는 무대로 도약
하게 됐다. 하부는 그걸 의식한 것이었다. 하세라는 이름은 전혀 언

급하지 않았지만, 하부가 하세를 의식했음은 분명했다.

하부의 첫 해외 경험은 새로운 텐트와 장비의 시험을 겸한 등산이었고, 하부와 다다의 여비는 그랑드조라스에서 지원했다.

"그런 상황에서 할 만한 발언은 아니었죠."

하부가 점점 파트너를 잃었던 이유를, 다다는 그제야 이해했다고 한다.

하부가 강하게 의식한 하세는, 쇼와 52년 2월에 겨울 마터호른 북벽 등반을 시작으로 유럽 알프스의 벽을 차례차례 올랐다. 마터호른을 오른 다음 해, 쇼와 53년(1978년) 3월에 하세는 아이거 북벽을 단독으로 등반했다. 이 역시 동계 단독등반으로는 세계 최초였다. 이어 아이거를 오른 다음 해 1979년 겨울 하세는 그랑드 조라스 워커스퍼를 노렸다. 이 벽의 동계 단독등반 또한 아직 전 세계 클라이머 중 아무도 달성하지 못한 과업이었다.

첫해 마터호른 북벽, 다음 해 아이거 북벽, 그리고 다시 그다음 해에 그랑드 조라스 워커스퍼. 유럽 알프스에서도 가장 난이도가 높은 3대 북벽을, 그것도 전 세계 클라이머 중 그 누구도 성공하지 못한 겨울철에 한 남자가 단독등반을 한다는 건 세계 등반사에서도 유례없는 쾌거였다. 동계 그랑드 조라스 워커스퍼라고 하면 유럽 알프스에 남겨진 최후의 거대한 벽이라도 해도 무방했다. 이마저 오른다면 이제 유럽 알프스 등반사의 마지막 장을 장식하는 격이었다.

역사적으로 뒤늦게 유럽 알프스에 오기 시작한 일본인 클라이머에게 남겨진 '처음'이 붙는 과업은 모두 지극히 난이도 높은 위험한 벽뿐이었다. 지금까지 숱한 유명, 무명의 클라이머가 물러난 벽이었다. 이제 그걸 하세가 노리고 있다는 사실은 하부, 아니 하부뿐만 아니라 벽에 흥미를 갖고 있는 클라이머라면 모두가 상상할 수 있는 수순이었다.

'언젠가 내가.'

그렇게 생각해왔던 클라이머들도, 현실적인 문제로 인해 쉽사리 도전하지 못한 등반이었다. 위험도가 그 어느 것보다 월등히 높기 때문이었다. 둘이 오르는 게 아니라 혼자 오른다는 건, 2배에서 3배, 아니 4배 이상의 체력과 정신력이 필요하다.

텐트, 가스스토브, 하켄, 카라비너, 자일 등은 혼자 가든 둘이 가든 들고 가는 양이나 개수는 기본적으로 거의 차이가 없다. 그렇기에 둘이라면 그 중량을 둘로 나누고 배낭에 짊어질 수 있지만, 혼자일 때는 모든 중량을 자기 힘으로 들어 올려야만 한다.

벽을 오를 경우, 먼저 빈 몸으로 오른다. 출발 지점에 짐을 내려놓는다. 일단 위에 올라간 뒤 바로 현수하강(몸을 로프에 걸고 하강하는 기술)으로 원래 위치로 내려와 짐을 짊어지고 다시 똑같은 벽을 오르게 된다. 즉 두 번 같은 벽을 올라야만 하는 것이다.

기온은 영하 20도에서 30도 사이. 1년 내내 햇빛이 비치지 않는 가운데 강풍과 함께 눈보라가 쉴 없이 내리치는 북쪽 벽을 타며 일주일 이상 그런 행동을 반복해야만 한다. 샤워 물줄기처럼 눈이 쉴 새 없이 쏟아져 내리는 벽 한가운데서, 바위에 하켄을 박아 해먹 형태로 텐트를 고정하고 그 안에서 자야 하는 상황도 있다.

거의 잠들지 못한다. 도중에 정신이 나가 환청을 듣게 되고 결국에는 떨어져 죽음에 이르기도 한다. 동계 그랑드 조라스 워커스퍼는 그런 식으로 인간을 거부해왔다.

'하세가 하려고 한다면 내가 먼저.'

그런 생각을 했다고 한들 현실적으로 해낼 수 있는 일이 아니었다. 하세가 하려 한다면 어쩔 수 없다. 그게 일본뿐만 아니라 전 세계 등반가들의 생각이었다. 그런데 여기 단 한 사람, 그걸 받아들이려 하지 않는 인물이 있었다.

"그게 하부 조지였죠."

다다가 말했다.

2

"2월과 3월을 통째로 쉬면 안 될까요."

하부가 다다에게 휴가를 신청한 건 1월 중순의 일이었다.

"어디 산이라도 들어가려고?"

다다가 묻자, 하부는 중얼거리듯이 대답했다.

"아, 예."

대답하는 태도가 영 어색했고 부자연스러웠다. 표정이 굳어 있다. 다다는 금세 그 의미를 깨달았다.

"설마, 그랑드 조라스에 가려는 건 아니겠지."

다다의 말에 하부는 침묵을 지켰다.

"하세가 하기 전에 먼저 하겠다는 건가?"

하부는 질문에 가타부타 대답하지 못했다.

"가게 해주십시오."

그렇게만 말했다.

다다는 알고 있었다. 하부가 이런 식으로 침묵을 지킬 때 안 된다고 말하면 하부는 바로 일을 관두리라. 그랑드 조라스에서는 겨울용 텐트와 고어텍스를 의류를 준비하느라 한창이었다. 최종적인 체크를 위해 하부가 텐트와 의류를 들고 3월에 다니가와에 들어가기로 되어 있었다.

"가쿠수이칸 쪽은?"

"미즈노 씨에게는 아직 말하지 못했습니다. 내일 부탁드릴 생각입니다."

미즈노란 가쿠수이칸 점장 미즈노 오사무를 말한다.

"검토해볼게. 조금만 기다려봐."

다다가 말했다.

"검토해도 무리란 대답을 듣겠죠."

하부가 말했다.

다다는 어금니를 악물었다. 하부가 말하는 '무리'라는 의미를 알기 때문이다. 이번 하세의 그랑드 조라스 행에는 몇 곳의 스폰서가 붙었는데, 등산용품 업체인 '그랑드조라스(알프스의 산 '그랑드 조라스'와 동명)'도 그 안에 낀 것이다. 그랑드 조라스 워커스퍼 동계 단독 초등을 노리는 하세의 스폰서인 상황에서, 자신들의 테스트 요원인 하부가 하세보다 먼저 초등을 노리는 걸 공식적으로 허락할 리가 없다. 하부가 어디에 가냐는 질문에 아무 말도 하지 않은 데는 그런 배경이 있었다.

그랑드조라스 측으로서도 '하부가 어느 산으로 들어가는지 몰랐다. 단지 하부에게 휴가를 줬을 뿐이다'라는 모양새를 만들 수는 있지만, 결국 어디까지나 모양새일 뿐이었다.

"어째서 저는 보내주지 않는 겁니까?"

아무 말도 못하는 다다에게 하부가 물었다.

"어째서 우리 회사는 다른 사람에게는 돈까지 주면서 그랑드 조라스에 보내고 저는 보내주지 않는 겁니까."

"하부, 그렇지 않아. 우리가 돈을 주면서 하세를 보내는 게 아냐. 가는 것도 하는 것도 하세야. 하세 본인이 결심하고 본인 계획해서 본인이 가는 거야. 우리는 그런 하세에게 얼마 안 되는 돈과 용품을 제공할 뿐이야. 우리 같은 스폰서가 몇 곳이나 돼."

다다의 말은 틀린 데가 없었다.

그랜드조라스 말고도 하세를 후원해주는 기업은 몇 곳이나 됐다. 출판사, 영화제작사, 식품 제조사, 방송국, 신문사, 시계 제조사, 주류회사 등 그랜드조라스를 포함해서 열 개 남짓한 회사가 현물이나 돈을 제공하며 하세의 계획에 스폰서로 참여해 협력하고 있었다. 그 모든 것은, 두 해에 걸쳐 하세가 아이거 북벽과 마터호른 북벽 동계 단독 초등을 해냈다는 실적이 있기 때문이었다.

하부는 입을 다물었다. 머리를 숙이고 다다의 방에서 나갔다. 하부는 허가를 기다리지 않고 그랜드조라스를 관뒀다. 가쿠수이칸은 미즈노가 1개월의 휴가를 허락해줬기에 그만두지 않을 수 있었다.

"왜 하부는 그렇게까지 하세를 의식했을까요?"

후카마치가 다다에게 물었다.

"하세가 귀신 슬랩에 올랐다는 이야기는 알고 계시죠?"

"예. 유럽 알프스 3대 북벽에 도전을 시작한 해에, 하세가 하부가 해낸 귀신 슬랩을 올랐다고 들었습니다. 나중에 생각해보면 그해에 오를 예정이던 마터호른 북벽 동계 단독등반을 염두에 두고 오른 게 아닐까 싶더군요."

"그랬을 겁니다."

"그 귀신 슬랩이 하부에게 충격이었던 건가요."

"하세가 귀신 슬랩을 오르기 전에 하부에게 찾아가 의논을 했다는 이야기는 들으셨습니까?"

"그랬습니까?"

"예, 쇼와 52년 1월의 일이었을 겁니다."

"그렇다면 그 병풍바위 자일 절단 사건이 일어났던."

"예. 그 사건이 일어난 다음 해…라기보다는 같은 겨울, 1월이었죠. 하부에게 하세가 찾아갔습니다."

"오호."

"마침 하부가 저희 회사 테스트 요원을 하기로 결정했을 시기여서, 시부야의 이자카야에서 하부와 둘이서 술을 마시고 있었죠."

"그 현장에 같이 계셨던 겁니까"

"예."

둘이서 따뜻하게 데운 일본주를 마시며 산 이야기를 하고 있었다고 한다. 작은 테이블을 사이에 두고 다다미 바닥에 마주앉아 냄비 요리를 떠먹으며 술을 마시는데 두 자리 건너편 테이블에서 술을 마시던 네 명의 무리 중 한 사람이 하부에게 힐끔힐끔 시선을 보냈다. 눈에 타서 까무잡잡한 얼굴로 보아 산사람이라 짐작이 갔지만, 아는 남자는 아니었다. 그러다 그 남자가 자기 자리에서 일어나더니 하부와 다다의 자리로 다가왔다.

"실례합니다. 잘못 봤으면 죄송합니다만, 하부 씨 아니신가요?"

하부가 그렇다고 수긍하자 갑자기 남자의 얼굴이 밝아졌다. 나이는 20대 후반, 아무리 많아도 서른 정도일까.

"저는 하세라고 합니다."

남자가 자신의 이름을 밝혔다.

"하세?"

"하세 쓰네오입니다."

"아아, 그…."

하부가 고개를 끄덕이자 하세는 부끄럽다는 듯이 머리를 긁적이며 겸연쩍어했다. 흡사 체온을 넘어 태양과 같은 온기를 지닌 남자였다. 구김 없는 그 미소에 넘어가, 좀처럼 웃지 않는 하부가 저도 모르게 미소를 지었다.

"죄송합니다만, 잠깐 앉아도 폐가 안 될까요? 여쭤볼 게 있습니다."

하세가 말했다.

다다나 하부는 하세와 첫 대면이었지만 물론 하세의 이름을 알고 있었다. 일본과 유럽 알프스의 난이도 높은 벽을 차례차례 오르고 있는 남자다. 자일 파트너와 함께할 때도 많았지만 단독으로 벽을 공격하는 경우가 적지 않았다.

"괜찮습니다."

하부의 대답을 듣고 다다가 몸을 비키자 그 옆에 하세가 책상다리를 하고 앉았다. 하세의 다른 동료들은 하세 없이 셋이서 술을 마셨다.

다시 자기소개를 한 후, 하세가 테이블 위로 몸을 내밀 듯이 하며 말했다.

"하부 씨, 귀신 슬랩에 대해 들려주시지 않겠습니까?"

"귀신 슬랩?"

"예. 그만한 벽은 일본에서는 찾아보기 힘들죠. 유럽 알프스라 할지라도 여러 곳 있다고는 말 못할 겁니다. 1970년에 겨울 다키자와 룬제 슬랩에 올랐을 때 힐끗 귀신 슬랩을 봤습니다. 절로 몸이 떨리더군요."

하세의 눈이 반짝거렸다.

"엄청나더군요. 저는 감당 못할 벽이다 싶었습니다. 그런 데를 오른 하부 씨라는 분은 어떤 분인가 하고 상상했죠."

입에 발린 소리가 아니라 진심이 담긴 칭찬이었다.

"운이 좋았을 뿐입니다."

하부가 무뚝뚝한 목소리로 대답했지만, 기분 나쁘지는 않다는 건 목소리 톤으로 다다도 능히 짐작할 수 있었다.

귀신 슬랩 벽에 대한 이야기로 빠져들었다. 하세가 물으면 하부가 대답했다.

놀랍게도 하부는 귀신 슬랩에 처음 손을 댄 순간부터 끝까지 오를 때까지 자신의 일거수일투족을 거의 정확히 기억하고 있었다. 어느 오버행에 오른손을 얼마만큼 뻗으면 얼마만큼 붙들 수 있는지, 그게 몇 밀리미터 정도 돌출됐는지, 그때 자신의 움직임은 어땠는지 이자카야 다다미 위에 서서 직접 보여줬다.

하세가 특히 상세하게 물은 건 비박 지점과 그 방법에 대해서였다. 하세의 말을 들어보면 귀신 슬랩에 대해 상당히 연구한 모양이었다. 이야기가 어느 정도 일단락되자 하세가 머리를 숙이며 인사를 했다.

"정말 고맙습니다. 그럼, 저는 이만."

일어나는 하세에게 하부가 물었다.

"귀신 슬랩을 오를 건가?"

1970년 하부와 이노우에가 함께 귀신 슬랩을 오른 이후 아직 아무도 겨울 귀신 슬랩을 성공하지 못했다. 도전한 자는 몇 있었으나 모두 도중에서 패퇴했고 그중 반이 죽음에 이르렀다.

"예, 내일."

일어난 하세가 명랑한 목소리로 대답했다.

"내일?"

"예. 내일 다니가와에 들어갑니다."

얼굴에는 웃음이 떠올랐다.

'불안이란 없는가, 이 남자에게는?'

다다는 그때 그렇게 생각했다고 한다.

불안이란 없는가. 지금까지 몇 명이나 사망자를 냈고 최근에는 더 이상 오르려는 사람조차 사라져버린 겨울 귀신 슬랩. 내일 그 산에 들어가는 남자로는 도저히 보이지 않았다.

"무섭지 않습니까?"

다다가 물었다.

"무섭습니다."

하세가 대답했다.

그 목소리에 희미한 떨림이 섞여 있었다.

"무서워서 일부러 무서운 곳을 찾아다니는 거라고 할까요."

하세가 웃었다.

"누구랑 같이 올라갑니까?"

다다가 묻자, 하세가 다시 머리를 긁적이며 대답했다.

"혼자입니다."

3

"그래서 결국 하세는 단독으로 귀신 슬랩을 올랐죠."

다다는 5분의 1 정도 남은 커피를 바로 마셔 비웠다. 빈 커피 잔을 아직 손에 든 채 다다가 중얼거렸다.

"그리고 한 달 후였습니다. 하세가 마터호른 북벽을 오른 건."

"마터호른에 오르기 전 2월에 하부가 두 번째로 귀신 슬랩에 올랐죠. 단독으로."

후카마치도 중얼거렸다.

"해냈죠."

"하세에게 자극을 받아?"

"그랬을 겁니다."

단독으로 귀신 슬랩을 오르자는 발상을 한 뒤 해낸 하세도 하세지만, 그 뒤에 다시 두 번째로 귀신 슬랩을, 이번에는 단독으로 해낸 하부도 하부다.

"결국 그때까지 누군가가 겨울 귀신 슬랩에 오른 횟수는 세 번. 오른 사람은 하부, 이노우에, 하세 셋뿐이고, 두 번 오른 이는 하부 단 한 사람…."

그건 현재까지도 그대로다.

"그랬군요…."

후카마치가 고개를 끄덕였다.

하부 조지에게 유일하면서도 가장 큰 훈장은 겨울 귀신 슬랩이 었다.

'난 겨울 귀신 슬랩을 최초로 올랐다.'

어떤 사람이 어떤 해외의 산에서 어떤 성적을 올렸든 간에 그게 하부가 마음속으로 의지하는 구석이었다.

그걸 하세가 빼앗았다. 겨울 귀신 슬랩을 단독으로 오른다는 생각은 그 누구도 하지 못했다. 그런데 하세가 너무나도 쉽사리 해내 버린 것이다. 하부는 이를 갈 정도로 분했으리라, 후카마치는 상상했다.

하부가 단독으로 겨울 귀신 슬랩을 오른 건 하세가 귀신 슬랩을 오르고 한 달 후였다. 하세는 귀신 슬랩을 오를 때까지 세 번 비박했지만, 하부는 비박 두 번으로 끝냈다. 비박 횟수가 적었다는 점은 대단했으나 단독으로 겨울 귀신 슬랩을 초등한 사람이 하세라는 사실에는 변함이 없었다.

'하세가 세 번 비박한 걸, 나는 두 번 비박하고 올랐다.'

마음속에서 그런 식으로 위안 삼는 하부의 초라한 자존심을 비웃는 듯한 사건이 일어났다. 하세 쓰네오가 마터호른 북벽 동계 단독 초등을 함으로써 하부의 기록을 퇴색시킨 것이다.

아마 그때부터 시작됐으리라. 하부 조지라는 천재 클라이머가 또 한 사람의 천재 클라이머 하세 쓰네오를 마음속으로 항상 의식하기 시작한 건.

물론 그때까지도 눈부신 기록을 차례차례 달성해나간 하세를 하부는 의식했다. 하세가 쇼와 48년(1973년) 일본 에베레스트원정대 대원으로 8,350미터까지 올라 활약한 이야기도 들었다. 그러나 하세 쓰네오라는 클라이머를 현실의 인간으로 하부가 구체적으로 이미지를 갖고 의식하기 시작한 건 이때부터이리라.

4

하부 조지와 하세 쓰네오.

이 두 사람만큼 대조적인 클라이머는 없다. 후카마치 마코토에게는 그렇게 여겨졌다.

음과 양.

하부가 음이라면 하세는 양이다.

후카마치는 하부에 대해 조사하면서, 하부와 하세에 관한 등산 기록을 보이는 족족 모았다. 산악잡지에 두 사람이 기고한 문장을 읽었다. 하부는 그런 글을 거의 남기지 않았지만, 하세는 산악 관련 잡지를 중심으로 몇 개의 글을 남겼고, 특히 그랑드 조라스 워커스 퍼를 동계에 단독 등정하고 나서는 일반 잡지나 신문에까지 인터뷰 기사가 다수 실리게 됐다.

하세가 세 권의 저작까지 남긴 데 비해, 하부는 귀신 슬랩을 올랐을 때 짧은 글을 〈가쿠보岳望〉라는 산악잡지에 기고했을 뿐이다. 본인이 쓴 글은 그뿐으로, 이후로는 모두 객관적인 기록들이었다. 오히

려 하부에 대해서는 하부와 동행했던 사람의 글 가운데 그가 기록
된 문장이 많다.

하부는, 떨어지기 위해 오르는 것처럼 보일 때가 있다.

— 이토 고이치로, 세이후 산악회지 〈세이후〉 21호(1965년 6월 발행)

분명 천재적인 등반을 보여줄 때가 많지만, 그만큼 위험과 근접하
는 듯이 보인다.

— 이토 고이치로, 세이후 산악회지 〈세이후〉 22호(1965년 12월 발행)

좀처럼 웃지 않지만 웃을 때면 아이 같은 얼굴이 되었다.

— 이토 고이치로, 세이후 산악회지 〈세이후〉 23호(1966년 3월 발행)

좋게 말하자면 순수, 나쁘게 말하자면 천방지축. 하부에게는 그
런 면이 있었습니다. 결국 저는 하부와 멀어졌지만, 지금도 하부
를 떠올리면 부러운 마음이 들 때가 있습니다. 저는 하부만큼 산
과 정면으로 마주하고 정진하지 못했으니까요. 제가 하부와 멀어
지게 된 이유는, 그를 싫어해서나 미워해서가 아니었습니다. 굳이
묻는다면 좋아했을 겁니다, 아마도요. 그가 산에 대해 품는 강한
열정도, 그 기술도 존경했습니다. 다만 '함께 자일을 묶고 싶지 않
다', 제 마음이 그렇게 된 것입니다.

— 이노우에 마키오, 〈가쿠보〉, 1970년 5월호 '귀신 슬랩을 말하다'(인터뷰)

하부 씨에 대해서는 레쇼 산장에서 들었습니다. 오를 때 하부 씨
가 떨어진 곳을 지났는데, 왼쪽으로 조금 더 안전한 루트가 보였

지만 하부 씨는 바로 위로 오른 것 같더군요. 결코 불가능한 코스
는 아닌 것 같았지만, 어째서 하부 씨는 거기서 바로 위로 오르는
코스를 택했을까 불가사의하게 여겨졌습니다.

— 하세 쓰네오, 〈주간 아사히〉 1979년 4월 21일호 '그랑드 조라스에 날아들다'(인터뷰)

하부 조지라는 남자는 사람을 좋아했습니다. 싫어하지 않았습니
다. 지금은 그걸 알겠습니다. 인간 사회도, 친구와 한잔하는 것도
모두 좋아했습니다. 하부의 숨겨진 진심에는 다른 사람들과 마찬
가지로 보통 사람처럼 지내고 싶다는 마음이 있지 않았을까 싶습
니다. 하지만 그는 자기 이외의 인간에 익숙해질 수 없었습니다.
아니 자기 자신에도 익숙해지지 못했을 겁니다. 항상 자신과 싸
우는 사람이었으니까요. 그렇기에 하부는 산에 빠졌을 겁니다. 그
에게 산은, 인간 사회와 관계를 맺는 유일한 방법이 아니었을까
요. 그는 누군가에게 칭찬받고 싶다는 마음으로 가득 찼던 사람
이었습니다. 그래서 위험한 곳만 골라 다닌 게 아니었을까 짐작해
봅니다. 동료들과 술을 마실 때도 바로 돌아가든가, 끝까지 남든
가, 둘 중 하나였습니다. 끝까지 남아 마실 때면 한 집 더 가자, 한
집 더 가자며 졸라댔습니다. 가게를 옮길 때마다 사람들이 줄어
들면 쓸쓸한 표정을 짓곤 했죠. 왠지 그를 혼자 내버려 둘 수 없
어 마지막에는 결국 저와 둘이서 아침까지 같이 있게 되는 경우
가 종종 있었습니다. 그 정도로 사람을 좋아했던 인간이 용케 단
독으로 산에 들어가게 됐네 싶었죠. 아마 그는 사람이 그리워서
산에만 들어간 게 아니었을까요. 에베레스트에서의 일은 저도 책
임을 통감하고 있습니다. 제가 원정대에 그를 추천했으니까요.

— 이토 고이치로, 〈가쿠보〉, 1986년 9월호 '에베레스트의 가능성'(인터뷰)

하부는 에베레스트에서 해서는 안 될 짓을 했습니다. 재능이나 기술은 인정합니다만 산사나이로서는 평가할 수 없습니다.

— 다나베 사토시, 〈가쿠보〉, 1986년 9월호 '에베레스트의 가능성'(인터뷰)

하세 쓰네오는 산에 대해 직접 글을 남겼다.

그 산에 오르지 못한 건 산 탓이 아니다. 산은 그 등반가에게 아무 짓도 하지 않는다. 그 등반가가 산에 오르지 못했다는 건 그 등반가가 자기 자신에게 졌다는 것이다. 그뿐이다.

— 《북벽의 시詩》, 가쿠유샤

친구의 시체를 등에 지고 눈을 밟으며 내려왔다. 너덜에 이르러, 나는 다니가와를 뒤돌아봤다.
"난 아무 짓도 안 했어."
산은 언제나 그랬듯이 고요했다.

— 《북벽의 시》, 가쿠유샤

죽기 위해 산에 가지는 않는다. 오히려 살기 위해, 생명의 증표를 거머쥐기 위해 간다. 그 증표가 뭔지 나로선 형용하기 힘들다. 산에 갈 때, 위험한 벽에 매달릴 순간에는 그걸 이해하지만 집으로 돌아오면 잊어버린다. 생각해보면 산에 가는 이유는 그걸 떠올리기 위해서다.

— 《그랑드 조라스》, 가쿠유샤

산에 간다는 건 산과 대화하기 위해서다. 산과 대화하며 산 어딘가에 있을 나 자신을 찾아 헤맨다. 그런 행위 자체가 내게 있어 '산'이리라. 한층 위험하고 한층 까다로운 벽과 마주하면 마주할수록, 산과 농밀한 대화가 가능한 것 같은 마음이 든다.

— 《그랑드 조라스》, 가쿠유샤

홀로 있는 산은 깊다.

— 《그랑드 조라스》, 가쿠유샤

아마, 아니 필시 산이 아니면 안 되는 것이리라. 단순히 그런 극한상황에 자신을 몰아놓는 것이라면 그밖에도 여러 방법이 있거니와, 굳이 그럴 필요까지 있냐고 말하는 사람도 있을지 모른다. 하지만 내게, 극한상황이란 산이 선사하는 것이어야만 한다.

— 《극한으로의 등반》, 가쿠유샤

동물이 살아가기 위해서는 음식이 필요하겠지. 그리고 잠잘 수 있는 장소만 있다면. 하지만 인간은 그렇지 않다. 의식주가 충족됐다고 아무 생각도 하지 않고 아무 행동도 하지 않고 살아갈 수는 없다. 인간이 살아간다는 건 그 이외의 것, 그러니까 좀 더 높은 곳에 있는 무언가를 갈구하는 것이 아닐까.
단순히 오래 사는 게 살아가는 목적은 아니다. 그건 분명하다. 인간이 살아가는 데 중요한 건 그 길이나 양이 아니라 질이 아니겠는가.
얼마나 사느냐가 아니라 어떻게 사느냐가 중요한 것이다.
인생은 길이가 아니다.

— 《극한으로의 등반》, 가쿠유샤

그저 저곳에 있기만 한 산의 정상은 지고한 그 무엇이 아니다. 길가에 굴러다니는 돌과 똑같은 존재다.

그 산이 지고한 존재가 되는 건, 그걸 응시하는 인간의 시선이 있기 때문이다. 그 정상을 인간이 상상하고, 그 정상에 대해 인간이 절실한 동경을 품을 때 지고한 장소, 신성한 장소가 되는 것이다. 정상이 신성하기에 인간이 동경하는 것이 아니다. 인간이 영혼 깊숙한 곳에서부터 동경하기에 그곳이 신성한 장소가 되는 것이다.

— 《극한으로의 등반》, 가쿠유샤

7장

그랑드 조라스

1

그랑드 조라스는 몽블랑 북동쪽에 있다. 정상 능선은 동서로 약 1킬로미터로 뻗어 있고, 여섯 곳의 봉우리가 있다. 동봉(東峰)인 워커가 표고 4,200미터로, 이곳이 그랑드 조라스의 최고봉이다.

서봉(西峰)은 윔퍼.

크로.

엘레나.

마르게리타.

영.

어느 봉우리나 후지산보다 높다.

1865년 에드워드 윔퍼Edward Whymper가 서봉을 초등했다. 동봉인 최고봉을 처음으로 밟은 이가 호러스 워커Horace Walker다. 1868년 그곳을 처음 밟은 남자의 이름 워커에서 정상의 이름을 딴 것이다.

이 그랑드 조라스 북벽은 유럽 알프스에서 가장 유명한 벽이라 불러도 무방하다. 특히 워커로 들어가는 고도차 1,200미터의 워커스퍼가 유명한데 1938년에 리카르도 캐신Riccardo Cassin, 지노 에스포지토Gino Esposito, 우고 티조니Ugo Tizzoni 세 사람이 처음 등반했다. 동계 초등은 1963년 1월에 발터 보나티Walter Bonatti가 달성했지만 물론 단독은 아니었다. 단독 동계 초등은 1979년 하세 쓰네오의 손에 의해 이루어졌다.

후카마치도 과거에 한번 이 그랑드 조라스를 취재하기 위해 방문한 적이 있다. 장엄하고 품격 있는 산이었다. 레쇼 빙하에서 우러러 보이는 산의 자태는 아무리 오래 봐도 질리지 않았다.

"어쩔 수 없었습니다."

가게를 방문한 후카마치에게 카운터 안의 작은 회전의자에 앉은 미즈노 오사무가 말했다.

후카마치도 미즈노가 권한 같은 모양의 의자에 마주앉았다. 예순은 조금 넘어 보였지만 뼈대가 굵고 손목도 두꺼웠다. 험한 산에는 발을 뗐을지 모르지만, 여전히 산에 다닐 만한 현역의 몸이었다.

"하부가 말려도 갈 거라는 걸 알았죠. 그리고 안 된다고 말할 거면 애당초 하부를 고용하지도 않았을 겁니다."

미즈노의 등 뒤로 배낭이 빽빽이 걸려 있다. 밀레 등 외국제품이 많았지만 그랑드조라스 등의 국내제품도 보였다.

가게 안은 땀내라고도 피켈의 쇳내라고도 특정하기 힘든 독특한 냄새가 진하게 풍겼다. 후카마치는 이 냄새가 싫지 않았다. 맡고 있노라면 마음이 안정됐다.

현재 하부가 뭘 하고 있는지 알아내기 위해 처음 조사를 시작했지만 취재하는 사이 점점 하부 조지라는 남자 그 자체에 흥미를 갖게 됐다. 본래 목적은 맬러리의 카메라와 다시 한번 만나기 위해서였다. 그 카메라를 손에 넣어 맬러리의 카메라라는 걸 확인하고 싶었다. 그 때문에 하부 조지가 네팔 어디 있는지 알아내야만 했다. 그래서 시작한 조사였다.

물론 카트만두에서 만난 비카르산이라는 일본인이 하부 조지라는 걸 전제로 한 이야기였다. 그 남자가 하부라는 사실은 틀림없었다. 미야가와가 구해준 사진으로 확인한 바였다. 사실 하부의 현재 위치를 확인하기 위해서라면 자비를 들여 다시 네팔로 날아가는 방법도 있다. 하지만 지금까지도 하부가 네팔에 있으리란 보증도 없거니와 만약 카트만두 이외의 장소에 하부가 있다면 아무런 단서도 없이 그 남자를 찾기란 지난한 작업이 된다.

이토, 이노우에, 다다까지 찾아갔지만, 현재 하부가 어디에 있는지 짚이는 구석이 있는 이는 결국 아무도 없었다. 그리고 이제 간신히 미즈노에게까지 이르렀다.

"그래서 결국 하부는 떠났군요."

"그것도 혼자서 말이죠."

"혼자였습니까?"

"예. 일본을 떠날 때부터 하부는 혼자였습니다."

2월 10일 하부는 일본에서 떠났다. 하세의 예정보다 사흘 앞선 출발이었다.

단 혼자서의 출발. 그걸 사전에 알고 있던 이는 그랑드조라스의 다다 가쓰히코와 가쿠수이칸의 미즈노 오사무뿐이었다.

"그 뒤의 일은 모두가 아는 바와 거의 같습니다."

"하부는 떨어졌죠."

"그렇습니다."

하부가 레쇼 산장을 나와 워커스퍼에 매달린 건 2월 18일이었다. 하루 만에 레뷔파 크랙을 넘어, 이틀째 그 상부 벽에 매달렸을 때 하부는 떨어졌다.

낙차는 거의 50미터.

전신타박.

오른팔, 왼쪽다리 골절.

늑골 세 곳 골절.

거기서 하부의 한쪽 팔에만 의지한 탈출이 시작된 것이다. 나중에 기적의 등반이라 불리는 이 탈출행은 다시 하부 조지의 신화가 됐다. 그 탈출행은, 직후 하세가 성공한 그랑드 조라스 워커스퍼 동계 단독 초등보다 어떤 의미에서는 더 위험하고 난이도 높은 등반이라 할 수 있다. 그 기적의 등반으로 일반 매스컴에서도 하부의 이름을 기억하고 하세와 견줘 함께 기사를 써냈다.

하부의 사고를 누구보다 먼저 알고 구조대에 연락을 한 이가, 사흘 늦게 워커스퍼에 매달린 하세의 원정대였다. 하세 원정대가 암벽에 매달리기 직전, 상부 벽 어디에도 하부의 모습이 보이지 않는다는 걸 깨닫고, 하부에게 사고가 일어난 것을 알아차렸다고 한다.

"갈 때도 혼자. 돌아올 때마저도 하부는 혼자였습니다…."

미즈노가 후카마치에게 그렇게 말했다.

2

또 그 꿈을 꿨다.

별이 가득한 하늘 위로 치솟은 산 정상을 향해 홀로 등반하는 남자. 뒷모습밖에 보이지 않는 그 남자가 뒤돌아본다면. 어쩌면 그 남자는 하부 조지일지도 모른다. 처음에는 그 남자가 맬러리나 어빈이 아닐까 생각했지만, 지금은 하부일지 모른다는 생각이 든다.

얕은 잠이다.

꿈을 꾸기 때문이다. 꿈이라는 걸 자신이 인식하기 때문이다. 그 남자가 누굴까 고민한다는 것 자체가 우습다. 애당초 꿈이거니와 현실이 아니다. 그만큼 내가 머릿속으로 신경 쓰는 일이 꿈에 반영되어, 꿈의 장면도 내가 느끼는 감각도 변화시킨다. 그 남자가 하부일지도 모른다고 꿈에서 생각한다는 건, 지금 내가 하부를 그만큼 의식하기 때문이다. 낮에 미즈노 오사무를 만나 하부에 대한 이야기를 나눴다. 그게 꿈에 영향을 미쳤으리라.

이제 곧 꿈에서 깨리라.

꿈의 농밀함보다는 내 사고의 밀도가 훨씬 진하기 때문이다.

잠이 점점 얕아진다.

'으음.'

뭐였더라.

그래, 미즈노 오사무가 헤어지는 길에 말했다.

뭐라고 했지?

수기.

그래, 수기다.

"하부 조지가 쓴 수기에 대해서는 아시나요?"

미즈노가 말했다.

"아뇨, 처음 듣습니다. 어떤 수기인가요?"

"그랑드 조라스에서의 경험을 쓴 수기죠."

"돌아와서 어디에 발표했습니까?"

"아뇨, 돌아와서 쓴 글이 아닙니다. 그랑드 조라스 암벽에 오르던 그 순간순간, 그 자리에서 하부 조지가 쓴 글입니다."

"그런 글이 있다고요?"

"예. 어느 잡지에도 발표되지 않았지만요."

"미즈노 씨는 그 글을 보셨습니까?"

"아뇨. 하지만 누가 갖고 있는지는 압니다."

"꼭 읽어보고 싶습니다."

후카마치가 말했다.

"그 분의 이름을 지금 말씀드릴 수는 없습니다. 한번 여쭤는 보겠습니다만…."

미즈노가 말했다.

후카마치는 부탁드린다며 머리를 조아리고 나서 말했다.

"그런데 하부의 행방을 알 만한 사람이 누구일지 짚이는 사람이라도 있으신지."

"글쎄요…."

미즈노가 뭔가 떠올려본다는 듯이 머리 위로 가득히 늘어선 색색의 배낭을 올려다보더니 말했다.

"히말라야 등반 당시의 주치의라면 뭔가 알지도 모르겠군요."

"주치의?"

"오카모토 센지로 선생님 말입니다."

"아아, 그…."

후카마치가 고개를 끄덕였다.

오카모토 센지로라면 알고 있다. 일본산악회의 초기 히말라야 원정 시절부터 몇 번이나 주치의로 원정대에 참가했다. 하부 조지가 참가한 1985년 에베레스트원정대에도 주치의로 참가했을 터였다.

"오카모토 씨는 지금 오사카에 계실 겁니다."

미즈노가 그렇게 말하고는 오카모토 센지로의 연락처를 후카마치에게 알려줬다.

'내일 바로 오카모토에게 연락을 해야겠다.'

후카마치는 잠에서 절반 정도 의식이 깬 상태에서 그렇게 생각했다.

"그런데 어째서 하부 조지에 대해 그렇게까지 알아보시는 거죠?"

미즈노가 물었다.

"그의 산에 흥미가 생겨서…. 만약 가능하다면 하부 조지라는 남자에 대해 한 권의 책으로 정리하고 싶습니다."

후카마치는 대답했다. 가능하기만 하다면야 본인과의 인터뷰도 따고 싶다고.

하부와 네팔 카트만두에서 만난 사실과 맬러리의 카메라에 대해서는 숨겼지만, 기본적으로 진심에 가까운 이야기였다.

잠이 한층 더 얕아졌다.

방금 떠오른 이야기들이 실제로는 어떤 순서로 미즈노와 나눴는지 후카마치 본인도 알 수 없었다. 책을 쓰고 싶다는 이야기는 헤어지는 참이 아니라 처음 만났을 때 나눈 이야기일지도 모르겠다.

'아아, 그래.'

수기.

수기에 대해 떠올린 순간부터 사고가 꿈에서 그쪽으로 흘러갔다. 이제 에베레스트의 모습은 드문드문 나타날 뿐이다. 하지만 완전히 각성하기 전에, 다시 한번 그 남자가 에베레스트 정상으로 향하는 광경을 봐두고 싶었다. 그 남자에게 해야만 하는 말이 있었다.

'날 두고 가지 마.'

아니, 그것만이 아니다, 다른 할 말도 있었는데.

뭐였지.

'가요코를.'

그래, 가요코다.

'가요코를 나한테서 뺏어간…'

의식이 순간 침잠하며 다시 잠 속으로 사고가 빨려 들어간다.

남자가 서 있다.

정면을 바라보며 후카마치를 쳐다보고 있다.

아는 얼굴이다.

잊을 수 없는 남자의 얼굴.

가쿠라 노리아키. 그 얼굴이, 애절해 보이는 눈이, 후카마치를 보고 있다.

그 입술이 움직인다.

'미안…'

가쿠라 노리아키가 그렇게 말했다.

아, 이게 아니다.

이런 걸 떠올리고 싶지는 않았다.

이건 아냐.

의식이 들자 후카마치는 침대에 드러누운 채 어둠 속에서 눈을 떴다. 어두운 천장을 올려다보고 있다.

좁은 비즈니스호텔 방. 침대와 맞댄 몸 표면이 땀으로 진득했다. 어제 옷, 그 차림이다. 미즈노와 헤어지고 방에 돌아와 침대에 누웠다가 그대로 잠들고 말았다.

덥다. 에어컨을 안 켰나 보다.

머리 옆으로 디지털 시계가 보인다. 시간을 알리는 숫자가 어둠 속에서 파란 인광(燐光)을 방사 중이다.

새벽 2시.

후카마치는 상반신을 일으키고 한숨을 내쉬었다.

'미안…'

가쿠라 노리아키의 그 표정, 그 말의 억양이 후카마치에게는 지금도 선명히 떠올랐다. 가쿠라의 그 한마디가, 자신이 에베레스트로 떠날 결심을 굳히게 했다.

3

'한잔하러 가지 않을래?'라고 가쿠라가 권했을 때 후카마치는 그가 무슨 말을 하려는지 이미 알고 있었다. 이제 가까스로 편해지겠구나, 그렇게 생각했다.

2년 전. 1991년 가을이었다.

한잔 마시러 갔다. 신주쿠의 이자카야였다.

산 이야기를 했다. 오래전 함께 올랐던 산과 친구들 이야기. 10년 전 마나슬루에서 가쿠라와 알게 됐다. 가쿠라는 그 원정대 수송대원으로 참가했다. 구도를 비롯한 일당들과 도쿄에서 술을 마실 때 시간이 나면 얼굴을 비쳤다. 후카마치와는 같은 대학 출신이란 공통의 화제도 있어, 원정대라고 하는 폐쇄된 조직 안에서 자주 대화를 나눴다. 나이도 같았고, 심지어 반한 여자마저 같았다.

가쿠라는 자리를 옮겨 2차에 가서도 산 이야기를 계속했다. 가쿠라는 좀처럼 산 이야기를 그칠 기미가 안 보였다. 후카마치의 말수가 줄어드는 만큼 가쿠라는 수다스러워졌다. 아무리 마셔도 둘 다 취하지 않았다.

마지막 주문 시간이 지났을 때 후카마치가 말했다.

"이제 말해도 괜찮아."

수다를 떨던 가쿠라가 입을 다물고 고개를 숙였다.

"가요코와 만나지?"

후카마치가 그렇게 말해도 가쿠라는 고개를 들지 않았다.

긴 침묵 끝에 그제야 가쿠라가 고개를 들었다. 가쿠라가 후카마치를 바라보며 머리를 숙였다.

"미안…."

그때의 기억을 후카마치는 어둠 속에서 떠올리고 말았다.

세가와 가요코. 그때까지 3년간 후카마치와 사귀었던 여자다. 프리랜서 디자이너로 잡지 특집 페이지 디자인을 하거나 경우에 따라

일러스트도 그리며 편집 일을 했다. 세이비샤라는 출판사에서 가요코의 자리를 만들어줘서 전속으로 일했다. 거의 사원에 준하는 대우였다.

세이비샤가 주력으로 내는 월간지 〈여행과 숙소〉에서 후카마치가 일할 때 가요코와 만났다. 가요코가 스물아홉, 후카마치가 서른네 살 때 일이었다.

시원시원한 성격에 산을 좋아하는 여자였다. 암벽등반까지는 아니지만, 일본 북알프스와 남알프스의 중요한 정상은 모두 밟았다. 큼직한 눈에 다소 강인해 보이는 얼굴에는 화장기가 거의 없었다.

처음 만났을 때는 지적인 인상이면서 까다롭게 느껴졌다. 일 이야기를 하면서도 능률을 우선시해, 보기에 따라서는 냉정하다는 느낌도 들었다. 하지만 일 처리가 꼼꼼하고 세심했다. 자그마한 사진의 레이아웃까지도 자기 스타일을 관철시켰다.

후카마치가 베스트라 여긴 사진 몇 점이 가요코의 손길이 더해지자 훨씬 좋아졌다. 암벽을 오르는 클라이머를 밑에서 찍어 바위와 클라이머, 그리고 푸른 하늘만 담긴 심플한 구도의 박력 있는 사진이었다.

"이 사진, 하늘과 땅을 반대로 레이아웃 해도 될까요?"

그러는 편이 훨씬 사진의 박력을 증대시킬 거라고 가요코가 의견을 냈다. 시험 삼아 그렇게 해보자 놀랄 정도로 고도감이 창출됐다.

'하늘의 지평선'이라는 제목이 붙은 그 특집기사는 좋은 평을 얻었고, 석 달 후 후카마치의 사진을 다시 메인에 사용해 '하늘로 돌아가다'라는 특집 그라비어 페이지가 만들어졌다. 그때 후카마치는 다른 스태프들과 함께 가요코와 술자리를 가졌다.

후카마치는 그 자리에서 처음으로 가요코가 웃는 모습을 봤다.

사적인 공간에서의 그녀는, 후카마치가 생각지도 못한 생기를 드러냈다. 모노톤의 풍경이 순간 선명한 색채로 에워싸인 듯했다.

보름 후 편집부에 전화를 걸어 가요코를 꼬였다.

"한잔하러 가자."

"저, 술 세요."

그게 'OK'라는 뜻이 담긴 가요코의 대답이었다.

학생 시절에 가요코가 산에 다녔다는 걸 알고 함께 몇 번 산에 올랐다. 두 번째 등산에서 돌아오는 길에 숙박한 온천장에서 후카마치는 가요코를 안았다. 이후 가요코와는 일주일에 한 번 정도로 만났다. 후카마치는 가요코에게 빠져들었다.

지금까지 이런 식으로 관계를 맺은 여자는 몇 있었지만, 후카마치의 의식에는 항상 어딘가 냉정한 구석이 있었다. 자신은 여자에게 마음속 깊은 곳까지 빠져들 수 없는 인간이라 여겼고 실제로 그랬다. 그런데 가요코와 만나면서 남자가 여자에게 빠져든다는 것이 어떤 건지 절감하게 됐다.

가요코의 몸매는 전반적으로 호리호리했지만 가슴은 후카마치의 손에 쥐고 남을 정도로 풍만했다. 피부가 부드러워 손바닥에 달라붙는 듯한 감촉이 들었다. 한 사람의 여자가 자신의 손에 의해 점점 음란해지는 모습을 보는 쾌락. 그리고 한 사람의 여자에 의해 자신이 한층 더 음란해지는 쾌락. 남자와 여자 사이에는 이런 종류의 쾌락이 존재한다는 걸 후카마치는 처음으로 깨달았다. 실제로 그런 행위는 한 적이 없었지만, 이 여자와 좀 더 긴밀해지기 위해서라면 소변까지 마실 수 있다는 생각마저 들었다.

결혼이라는 걸 처음으로 의식한 건 후카마치 자신이 먼저였을 것이다. 결혼 이야기를 꺼내자 가요코는 말했다.

"결혼은 생각해본 적 없어. 지금 관계가 나한테는 제일 좋으니까."

"···."

"당신이라서가 아니라, 상대가 누구라도 결혼에 대해선 생각 안 해. 지금 생활 스타일이 맘에 들어."

후카마치는 그런가 싶었다. 가요코의 마음이 그렇다면 그걸로 족했다. 만약 가요코가 결혼하고 싶어지면 그때 가서 생각하면 된다.

가요코가 바쁘다는 이유로 나와 만나는 시간이 뜸해진 게 언제였더라.

아아 —.

난 또다시 불모의 사고 속으로 스스로를 침잠시키고 있다.

아무리 고민해봐야 대답은 나오지 않는다. 그래 봐야 결국 진창 속에 내 사고가 빨려 들어갈 뿐이다. 이제, 그만. 쓸데없는 생각은 그만두고, 이제부터 아침까지 어떻게 보낼지 고민하는 편이 낫다. 다시 한번 시계로 시선을 돌렸다.

새벽 2시 53분.

어느새 한 시간 가까이 당시의 일들을 떠올리고 말았다.

기분 전환을 하자. 샤워라도 해야겠다고 마음먹었을 때 후카마치는 빨간 불빛이 점등하는 걸 깨달았다. 사이드테이블 위에 올려놓은 전화기의 메시지 램프가 켜져 있다. 잠든 사이 누가 전화를 걸었나 보다. 그런데 잠에 빠져 알아차리지 못한 모양이다. 전화기 볼륨 스위치를 보자 착신음이 가장 작게 줄여져 있다. 착신음이 울리긴 했지만 후카마치를 깨울 정도의 음량이 아니었던 것이다. 후카마치는 프런트에 전화를 걸어 어떤 메시지가 왔는지 물었다.

"밤 9시경에 기시 료코 님으로부터 전화가 왔었습니다. 다시 연락하겠다고 메시지를 남기셨습니다."

프런트의 남자가 정중한 목소리로 알려줬다.

"그뿐입니까?"

"예. 더 이상 없었습니다."

후카마치는 수화기를 내려놓았다.

다시 침대 위에 드러누웠다.

기시 료코.

머릿속으로 프런트 남자가 말한 여자의 이름을 되뇌었다. 모르는 여자의 이름이다.

아니, 잠깐, 어딘가 들은 적이 있다는 느낌이 든다. 그런데 생각이 나지 않는다.

기시 료코로부터 다시 전화가 온 건 이틀 후였다.

"미즈노 씨로부터 말씀을 듣고…."

그녀가 그렇게 말해서 후카마치는 기시 료코가 미즈노가 말한 그 인물이라는 걸 깨달았다.

"기시 분타로의 여동생이에요."

그렇구나. 후카마치는 기시 료코가 누군지 그제야 깨달았다.

1976년 12월, 하부가 병풍바위에 데리고 갔다가 거기서 조난을 당해 죽은 남자의 여동생이었다.

"그, 기시 분타로 씨의…."

"네."

수화기 건너편에서 기시 료코가 수긍했다. 기시보다 세 살 연하였다고 했으니, 현재는 서른네 살일 것이다. 아마 가요코와는 동갑.

"하부 씨에 대해 여러 가지를 조사하신다고 들었습니다."

"예, 뭐."

"하부 씨한테 무슨 일이라도?"

후카마치는 미즈노에게 했던 대답과 똑같은 말을 했다.

기시 료코가 알겠다고 하며 말했다.

"후마카치 씨, 혹시 하부 씨와 어디서 만나지 않으셨나요?"

"…"

"후카마치는 분명 히말라야에 가셨죠?"

"네."

"네팔 측에서 에베레스트에 오르셨죠?"

"정상은 밟지 못했습니다만."

"그때 하부 씨와 만나지 않았나요?"

후카마치는 순간 망설였다. 하지만 이렇게까지 구체적으로 물어오는데 시치미를 뗄 수는 없었다.

"만났습니다."

"하부 씨와 만났군요. 그럼, 하부 씨는 아직도 네팔에 있군요."

기시 료코의 목소리 톤이 높아졌다.

방금 기시 료코의 말을 헤아려보면 최소한 기시 료코에게는 하부가 네팔에 있을지도 모른다고 여길 만한 근거가 있다는 뜻이다. 하지만 방금 목소리로 보면 하부가 정말로 네팔에 있을지는 확신하지 못했던 것이리라.

"료코 씨는 하부 씨가 네팔에 있다는 걸 알고 계셨습니까?"

"아뇨, 하부 씨가 네팔에 간 건 벌써 몇 년 전 일이었어요. 다만 돌아왔다는 이야기를 못 들어서, 혹시 아직도 거기에 있는 게 아닐까 생각해서…."

전화로만 이야기하기에는 화제가 다소 껄끄러워졌다. 기시 료코의 말투로 봐서 그녀는 후카마치가 모르는 하부에 대한 여러 가지 사실을 아는 듯했다.

"료코 씨. 아까 제가 하부 씨와 만났다고는 했지만, 사실 제 막연한 추측일 뿐 아직 확실하지 않습니다."

"그 말씀은?"

"카트만두에서 하부 조지와 상당히 닮은 인물과 만났습니다. 전 그에게 하부 조지가 아니냐고 물었습니다. 하지만 그는 가타부타 대답하지 않더군요."

"…"

"그러고 나서 그는 아무 말도 하지 않고 떠나버렸습니다."

"하지만 후카마치 씨는 그 사람이 하부 씨라 여기는 거죠."

"예."

"…"

"하부 씨와 다시 한번 꼭 만나고 싶은 이유가 있습니다. 그래서 하부 씨가 현재 어디에 있는지 알 만한 분과 차례차례 만나며 여러 가지 여쭤보던 중이었어요."

"실은 저도 하부 씨가 어디에 있는지 알고 싶었어요. 미즈노 씨에게 말씀을 들었을 때, 어쩌면 후카마치 씨가 하부 씨에 대해 뭔가 아는 게 아닐까 해서 이렇게 연락을 드리게 됐어요. 그런데 하부 씨의 수기를 읽고 싶으시다고요?"

"그의 수기를 갖고 계시는군요."

"예."

"어떤 사정으로 료코 씨가 그의 수기를…"

"본인이 직접 제게 맡겼어요."

"맡겼다고요?"

어째서 하부가 기시 료코에게 그 수기를 맡겼냐고 물어보려다, 후카마치는 관뒀다.

"죄송합니다. 제가 공연한 질문을…."

"신경 쓰지 않으셔도 돼요. 각오하고 전화 드렸는걸요. 이 이야기를 다른 분께 하게 되리라곤 전혀 생각지도 못하다가, 후카마치 씨가 하부 씨에 대해 뭔가 아실지도 모르겠다 싶어 전화 드릴 결심을 했어요. 사실 이틀 전 전화 드렸을 때는 안 계셔서, 마음을 놓았었어요. 결심했다고는 하지만 자꾸 마음이 흔들려서, 결국 이렇게 전화 드리는 데 이틀이나 걸리고 말았네요."

"한번 뵙고 천천히 말씀을 나누시지 않겠습니까. 그때 네팔에서의 일도 자세히 말씀드리겠습니다."

"네."

기시 료코가 승낙했다.

4

기시 료코와는 이틀 후 만났다. 장소는 신주쿠 플라자호텔 커피숍이었다.

경사진 빌딩 유리창과 벽면에 반사된 오후의 햇살이, 커피숍 바닥에서 천장까지 둘러싼 유리로 들이비쳤다.

기시 료코는 후카마치보다 먼저 와서 창가 자리에 앉아 있었다. 징표로 약속해둔 테이블 위에 놓인 산악잡지 〈가쿠보〉를 보고 후카마치가 말을 걸었다.

"기시 료코 씨인가요?"

"예."

기시 료코가 인사를 했다.

"처음 뵙겠습니다."

후카마치는 기시 료코 맞은편 의자에 앉았다.

기시 료코는 가슴팍이 크게 파인 원피스를 입고 있었다. 하얀 목이 선연히 내비쳤다. 가죽끈에 새끼손톱 크기의 터키석을 꿴 목걸이가 보였다. 푸른 터키석이 하얀 피부와 잘 어울렸다.

바깥출입을 거의 하지 않는 고양이가 처음으로 옆집으로 외출 나온 듯한 긴장감이 기시 료코에게서 엿보였다. '내 의지로 왔다, 그렇기에 언제든 내 의지로 자리에서 일어날 수 있다'는 각오가 긴장감 속에서 배어 나왔다.

커피를 주문하고 인사를 몇 마디 나누는 사이 커피가 왔다.

"이것저것 여쭤보고 싶은 게 많지만….'

기시 료코가 먼저 말을 꺼냈다.

"이러쿵저러쿵 조건을 달 마음은 없어요. 그전에 우선 제가 맡아둔 하부 씨의 수기를 읽어주세요."

기시 료코가 옆 의자 위에 둔 핸드백을 집어 들었다. 안에서 낡은 한 권의 노트를 꺼냈다. 그녀의 말은 수기와 관련해서 흥정하고 싶지 않다는 뜻이었다. 그래서 먼저 자기가 가진 패를 앞에 펼쳐 보인 것이다.

"괜찮겠습니까?"

읽고 싶었던 수기가 눈앞에 있다. 허나 아무 조건 없이 이 수기를 먼저 읽어버리면 나중에 기시 료코가 질문을 던졌을 때 거짓말을 할 수 없게 된다.

"괜찮아요."

이미 마음을 다졌는지 시원스러운 말투였다.

"그럼 감사히 읽어보겠습니다."

후카마치는 그 노트를 손에 쥐었다.

작은 노트였다. 수첩까지는 아닐지라도 일반적인 노트의 반절 크기였다. 표지 일부와 뒤표지, 속표지 일부는 검은색이었고 겉표지 전체는 회색이었다. 제목을 써넣는 공간이 있었지만 아무 글씨도 안 쓰여 있었다. 표지 아래에 '羽生(하부)'라고 작게 볼펜으로 적혀 있었다. 노트를 열어봤다.

1979년 2월 18일

살짝 오른쪽으로 치켜 올라간 둥근 볼펜 글씨로 수기는 그렇게 시작되었다.

5

하부 조지의 수기

1979년 2월 18일

춥다.

각오는 했지만 역시 춥다. 유럽 알프스의 3,000미터를 넘는 암벽인 만큼 엄동설한 속에서 밤을 보낼 것이라 각오는 했지만, 실제로 그런 온도에 내가 놓이니 상상 이상의 추위가 온몸에 스며든다. 하지만 아무리 추위도, 추위보다 내 각오가 위다.

지금, 헤드램프 불빛에 의지해 이걸 쓰고 있다. 애당초 글씨를 쓰는 행위 자체가 괴롭다. 뭔가 머리에 떠오르면 써보겠노라 노트를 들고 왔지만, 정말로 노트에 글자를 욱여넣게 되리라곤 상상하지 못했다. 머리에 뭔가 떠올라서가 아니라 사실 잠들지 못해 이걸 쓰기 시작했다. 이렇게 일어나서 밤새도록 내 안의 어떤 것과 마주한 채 지내기란 견디기 힘든 노릇이다. 이런 식으로 글을 쓰고 있노라면 정신도 다른 곳으로 돌릴 수 있고 최소한 똑같은 생각에 몇 번이나 사로잡히지는 않겠지.

손끝이 얼어붙은 듯 감각이 없다. 이따금 손끝을 강하게 문지르고 때리며 볼펜을 쥔다.

밤 12시.

기온은 두 시간 전 영하 32도.

바람이 강하다.

풍속 30미터는 되리라. 이곳은 항상 이런 바람이 분다.

지금 이곳은 레뷔파 크랙 위다. 피켈로 눈을 치워 작은 테라스를 만들었다. 벽에 하켄을 박아 거기에 비박색을 고정시키고 그 안에서 배낭에 몸을 말아놓고 자고 있다. 아니 잠들지 못해 이렇게 일어나 펜을 쥐고 있다.

꼭 도롱이 벌레 같다.

강한 바람이 불어올 때마다 내 몸이 비박색째 벽에서 떨어질 것 같다. 나도 모르게 온몸에 힘이 들어간다.

"오늘 식사는…"이라고 쓰다가 놀랐다. 불과 몇 시간 전에 먹은 식사 메뉴가 생각이 안 난다. 어떻게 된 걸까. 아아, 죽이다. 건조 쌀과 분말 수프를 건조 야채와 함께 코펠에 끓여 먹었다. 그리고 귤 두 개, 초콜릿도 조금.

바람이 불 때마다 소낙눈이 불어닥쳐 비박색과 충돌하고는 아래로 떨어진다. 무한히 이어지는 벽 어딘가에 내가 먼지처럼 들러붙은 이미지가 떠오른다. 이 천지간에 나 혼자만이 외로이 살아 있다.

8일에 걸쳐 이 암벽을 완주할 계획이었다. 나 혼자서. 잠을 자지 못하리라고 진작에 각오했으니 상관은 없지만, 손가락이 걱정된다.

동상에 걸리면 결국 피부가 검푸르게 변색하고 손가락을 자르게 된다. 그런 손가락을 몇 개나 봤다.

비박색 지퍼를 열어 밖을 보자 엄청난 별이 쏟아진다. 대지의 열이 하늘로 빠져나가는 중이다. '우두둑' 하는 소리로 벽 전체가 결빙한다는 걸 인지한다. 괜찮다. 아이젠 발톱이 박히기 힘들 정도로 눈이 덮여 얼어붙으리라.

여기에 도착하고 매일 날씨만 노려보며 지냈다. 등반에 적합한 날씨가 일주일 내내 이어지기란 이곳에서 극히 희박한 일이다. 쾌청한 하늘은 하루, 기껏해야 이틀뿐이다. 그럼에도 한 시즌, 그러니까 겨울 3개월 사이 한 번 혹은 두 번, 일주일 정도 맑은 하늘이 이어지는 때가 있다. 한겨울에 유일하다고 할 수도 있는 그 기회를 얼마나 잘 포착하느냐로 워커스퍼 단독등반의 성패가 갈린다.

신기하게도 매일 일기도를 바라보며 지구 전체, 북반구 구역, 그리고 이 지역만의 기상을 체크하는 사이, 어느샌가 일기예보보다 이 지역의 날씨를 더 정확히 읽게 됐다. 예보가 어긋날 때마다 기상예보관의 생명을 뺏는다고 하면 지금보다 곱절 이상으로 일기예보가 정확해지리라. 그리고 오늘 아침. 이 동절기에, 어쩌면 이번 시즌에 유일한 기회가 열렸다. 어제까지는 매일 먹구름이 하얀 눈 위로 흩날렸지만, 거짓말처럼 쾌청해졌다.

오늘 아침, 암벽에 매달려 레뷔파 크랙을 오르기 시작했다. 하지만 암벽 단독등반이란 두 사람이 오를 때보다 네 배는 힘든 작업이다. 혼자 오른다고 짐의 무게가 두 사람일 때보다 반으로 줄어드는 게 아니다. 외려 두 사람분에 가까운 무게의 짐을 혼자 짊어지게 된다.

드는 품도 두 배다. 1피치(암벽등반 시 다음 확보지점까지의 거리)를 빈손으로 올라, 상부에 하켄을 박은 후 현수하강으로 아래로 내려가 남겨둔 짐을 지고 다시 올라간다. 두 배에 다시 두 배가 되어 네 배가 된다.

밤, 잠들 수 없으리라 예상했다. 밤이란 수면을 위해서가 아니라 피로해진 몸을 쉬기 위해 존재한다, 그렇게 마음속으로 결론을 내리고 왔다. 그런 각오를 처음부터 다져놓지 않으면 정신적으로 너무나 고되다. 하세는 이미 레쇼 산장에 들어왔을까. 들어왔다면 내가 그랑드 조라스에 손을 댔다는 걸 알았겠지.

내가 왜 여기에 있는지 생각해본다.

하세를 원망하지는 않는다. 그 남자를 방해하려는 뜻도 없다. 훼방 놓겠다는 마음도 없다. 내 마음인데도 뭐라 표현하기가 쉽지 않다. 다만 그 남자를 의식한다. 지고 싶지 않다는 마음도 있는 것 같다. 그 남자가 싫지는 않다.

어쩌다 이런 생각을 하기 시작했을까.

의외로 이런 생각을 하기에 좋은 기회일지도 모르겠다. 내 감정을 제대로 정리할 수는 없지만, 내가 지금 여기에 있는 이유는 지키기 위해서가 아닐까. 나를 지키기 위해 여기에 와 있다.

사실 나도 마터호른 북벽, 아이거 북벽, 그리고 그랑드 조라스까지 모두 동계 단독등반을 생각해왔다. 만약 내게도 기회가 있었다면 하세처럼 혼자서 전부 했겠지. 나는 그런 인간이다. 다른 사람도 똑같으리라. 그렇기에 하세가 3대 북벽을 전부 혼자서 해내겠다는 마음은 잘못되지 않았다. 대신에 내게도 기회가 주어진다면 망설임 없이 그중 하나를 받아먹겠다.

그게 어쩌면 나를 지킨다는 의미가 아닐까 하는 생각이 든다.

나라는 인간에게는 이것밖에 없다. 바위를 오르는 것밖에 없다. 이런 내게서 하세가, 이것밖에 없는 데 그걸 뺏어갔다. 물론 하세는 그런 걸 의식하지 않았겠지.

하지만 최소한 내게서 그 남자는, 귀신 슬랩을 뺏어갔다. 내게서 뺏어간 걸 되돌리기 위해 나는 지금 여기에 온 게 아닐까. 아마 그렇겠지. '아마'라고 말한 건, 내 감정을 잘 표현하기 어렵기 때문이다. 표현하기 어려운데도 문장으로 써버리면 마음이 그편으로 쏠릴 위험이 있다. 그래서 나는 산에 대해 이것저것 글로 쓰거나 말로 표현하는 걸 별로 좋아하지 않는다. 그렇게 해버리면 내 마음속 짙은 감정이 옅어진 듯한 기분이 든다.

산사나이는 그저 오르면 그만이다.

문장이나 언어를 통해 표현하는 행위와 똑같다. 그걸 다시 글로 쓰는 행위는 이중으로 표현하는 것과 같다. 그럴 바에는 차라리 문장을 고민하는 데 드는 에너지를, 새로운 루트를 개발하는 데 사용하는 게 옳다는 마음이 든다.

이제 손가락에 한계가 왔다. 손가락을 겨드랑이 사이에 끼워 녹이면서 이후는 머릿속에서 이어가자. 실제로 쓰고 있다는 감각으로.

내 내면과 너무 깊게 마주하지 않기 위해 노력하지 않으면 이 벽은 오를 수 없다.

외톨이다.

지구상의 인간이 모두 죽어버리고 이 벽과 바람 속에 나 혼자 남겨진 듯하다.

2월 19일

떨어졌다.

실패했다.

나는, 졌다. 그랑드 조라스에 패배한 것이다. 왜 죽지 못한 걸까. 떨어지며 아무 생각 없이 죽었다면 이런 패배감 따위 의식하지 못하고 끝났을 텐데. 살게 된 이상 죽고 싶지 않다.

춥다. 온몸이 아프다. 어쩌다 이런 꼴이 돼버렸을까. 죽는다. 아마 나는 여기서 죽게 되리라. 죽는다는 말을 내 손으로 쓰자 훨씬 실감이 든다. 쓰기 전보다 쓰고 나니 더 무서워졌다.

왜 떨어진 걸까.

아아—.

제기랄. 스카이훅(미세하게 돌출된 바위에 거는 장비) 때문이다.

스카이훅을 바위에 걸고 쉬고 있었다. 그 바로 위가 오버행이었다. 루트가 보였다. 까다롭긴 했지만 거기에 루트가 있었다. 왼쪽으로 횡단해서 위로 오르는 편이 쉽고 정상적인 루트다. 그쪽에 하켄이 박힌 게 보였으니 분명했다. 하지만 그 자리에서 바로 오르는 루트가 보였다.

왼쪽으로 가는 건 내 루트가 아니다. 다른 사람이 오른 루트를 답보하는 행위일 뿐이다. 아직 아무도 오르지 않은 직등(直登) 루트야말로 내 루트다. 이 암벽에 내 흔적을 새길 수가 있다. 그것만이 아니다. 이 암벽은 직등해야 아름답다, 직등하기 위한 암벽이다. 내게는 그렇게 느껴졌다. 그런 의식이, 아마도 내 머릿속에서 꿈틀거렸으리라. 실제로는 알 수 없다. 이제 와, 당시를 떠올리며 쓰기 때문에 이내 변명 같은 문장이 되고 만다.

어쨌든 나는, 그 루트를 택했고, 그리고 떨어졌다.

직등하는 루트는 까다로웠다. 하지만 그게 불가능을 의미하지는 않는다. 처음부터 불가능한 벽이었다면 나도 직등하지 않았다. 까다로웠지만 충분히 가능한 벽으로 보였다. 완만한 오버행. 손가락과 손톱을 얹을 곳도 있었고, 벽 중간에서는 손가락을 끼워 놓을 틈도 있었다. 장비를 두 번 정도 사용하면 위로 나갈 수 있다. 게다가 여기를 직등하면 다음 전개가 편해진다. 어차피 왼쪽으로 횡단했어도 결국 다시 이 오버행 상부에 돌아와야만 한다.

최초로 이 암벽을 해치우겠다고 작정한 이상 아무도 안 간 길을 가야 한다. 이건 논리가 아니다. 오직 안전만 고려해서 루트를 골라서 갈 마음이었다면 처음부터 엄동설한에 이런 장소에 혼자 올 이유가 없었다. 돌처럼 단단히 얼어붙은 초콜릿을 씹어 목 안에 밀어 넣고 나는 직등을 시작했다.

순조로웠다. 까다롭게 보인 장소도 쉽사리 넘어섰다. 다만 여기저기 바위 파인 곳과 홈에 눈이 들러붙어 얼어붙은 게 신경 쓰였다. 저기에 실수로 체중을 실었다간 그대로 얼어붙은 눈이 떨어져 나가 추락하게 된다.

2피치 정도 오르자 작은 테라스가 나왔다. 그 위는 눈이 들러붙지 않은 유리 같은 파란 얼음이었다. 바위와 바위 사이 틈까지 얼음으로 빼곡하다. 현수하강으로 내려가 아래 내려둔 짐을 일단 거기까지 들어 옮기고 그 얼음을 오르기 시작했다.

몇백 년일까, 몇천 년일까, 그게 아니면 몇만 년일까. 그랑드 조라스가 지닌 태고의 시간이 이렇게 얼음이 되어, 바위 속에서 스며 나온 듯했다. 그런 산의 시간이 응축된 공간을 왼손에 아이스해머, 오른손에 아이스바일(피켈 헤드의 한쪽이 해머로 된 장비)을 쥐고 오르고 있노라면 기분이 고양됐다. 아이젠 발톱으로 강철 같은 얼음을 찍어, 파일을 박고 내 체중을 위로 당기며 오른다.

추락한 건 25미터 정도 올랐을 때인 것 같다. 열두 개의 아이젠 발톱을 물고 있던 오른편 얼음이 갑자기 깨지며 떨어졌다. 오른발에 실었던 체중이 갑자기 사라지는 순간, 이미 몸이 벽에서 떨어져 허공에서 허우적대고 있었다. 가까스로 벽에 쓸리던 왼발로 얼음벽을 거듭 찼다. 낙하하다가 25미터 밑 테라스와 충돌하지 않기 위해서였다.

등부터 느껴지는 어디선가 빨아들이는 듯한 낙하감.

그 순간 온갖 상념이 머릿속을 스쳐갔다.

'결국 이렇게 됐군'이라는 생각과 '이제 나는 죽는다'는 마음이 동시에 교차했던 것 같다. 몸이 한 바퀴 휙 돌았을 때 아이젠 발끝 너머로 창공이 드러나며 하얀 구름이 보였다. 그리고 왼발 아이젠 발톱에 들러붙은 하얀 얼음도 보였다. 이런 순간에, 왜 그런 사소한 부분까지 눈 속에 강렬하게 새겨지는지 신기할 따름이었다.

그 순간 어떤 마음이 들었는지도 단편적으로 기억났다. 이제 나는 하세에게 졌구나, 이제 더 이상 애쓰지 않아도 되겠구나, 이젠 편해지겠다. 그런 마음이 교대로 머릿속에 떠올랐다. 문장으로 쓰니 길게 느껴지지만 실제로는 훨씬 순간적인 찰나였다.

충격.

그 뒤로는 기억나지 않는다. 아마 낙하하던 내 체중을 자일이 지탱하면서 줄이 삽시간에 잡아당겨진 순간 바위에 부딪쳤으리라 짐작은 됐지만 디테일한 상황은 알 수 없다.

테라스가 있던 곳에 자일을 고정하고 25미터 위로 오르는 중이었다. 내 몸뚱이는 우선 밑으로 테라스 25미터 지점에 떨어졌다가, 거기서 테라스에 고정해둔 자일 길이 25미터만큼 다시 떨어졌다. 합해서 50미터.

성인 남성의 체중이 50미터 낙하했을 때의 충격을 자일이 붙든 상황이다. 자일에 탄력이 있었기에 그 충격을 중화시킬 수 있었겠지.

아마 3미터 가까이 자일이 늘어났으리라.

내가 자일에 묶여 허공에 늘어진 상태라는 걸 깨달았다. 온몸에 고통이 몰려왔다. 자일이 한껏 펴지면서 반동을 일으켜 그대로 몸이 암벽과 부닥친 것이다. 숨을 쉴 때마다 폐에 격렬한 통증이 몰려왔다. 왼쪽 갈빗대가 부러진 모양이다. 게다가 추웠다. 그나마 이 추위 덕분에 정신이 든 걸까.

시계를 보자, 세상에. 낙하하고서 4시간 반이나 지났다.

손에 나이프를 쥐고 있었다. 정신을 잃고 축 늘어진 상태에서 고통스러워 무의식중에 입고 있었던 걸 나이프로 찢어발긴 모양이었다. 양발 모두 아이젠이 벗겨졌고 아이스해머, 아이스바일 모두 어딘가에 떨어뜨렸는지 사라졌다. 왼발에 감각이 없다. 왼팔도 마비돼서 내 신체 일부로 느껴지지 않았다. 무엇보다 장갑마저 없어졌다. 아이스해머와 아이스바일은 끈으로 몸에 연결했는데, 아무래도 무의식중에 그것까지 잘라버린 모양이다.

용케 내 몸을 지탱하는 자일은 안 잘랐다. 왼손과 왼발이 전혀 움직이지 않는다. 몸 좌측이 벽면과 닿는다. 오른손과 오른발을 바위에 걸어 천천히 몸을 이동시켜 가까운 테라스로 이동해 가까스로 몸을 뉘었다.

저녁이었다. 저 멀리 이어진 산들 꼭대기에 노을이 드리워지는 광경이 시야에 들어왔다. 그 순간 새삼 내면이 공포로 휩싸였다. 간과했던 중요한 사실을 깨달았기 때문이다. 음식, 비박색, 침낭 모두 여기서 25미터 위 테라스에 뒀다는 사실이 떠올랐다.

갈빗대가 부러지고 왼팔, 왼발이 움직이지 않는다. 지금부터 해가 질 때까지 아무리 용을 써도 위쪽 테라스에는 오를 수 없다. 이 메모를 쓰는 사이 해가 져 별이 떴다. 바로 밑으로 검푸르게 가라앉은 레쇼 빙하에는 이미 밤이 찾아들었다.

춥다.

몸을 보호할 것이라곤 아무것도 없다.

배를 감싸 안는 듯한 자세로 웅크릴 따름이다. 잠드는 수밖에 없다. 허나 잠들었다가는 아마 다시 떨어지리라.

낙하하는 거리는 짧겠지만 다시 허공에 매달렸다간, 그땐,

다시 펜을 잡았다.

뭔가 쓰자.

쓸 때만은 살아 있다. 쓰지 못할 때가 죽는 때다. 그런데 뭘 써야 하나. 그래 벽에 대해 쓰자. 뭐가 그리도 초조했는지, 뭔가에 쫓기듯이 벽에 매달렸다. 벽에 매달리면 순식간에 마음이 가라앉으며 편안해졌다. 그렇지만 오르면서 몇 번이나 시선이 아래로 향했다. 내 가랑이 밑으로 언제 하세의 얼굴이 나타날지 몰라 두려웠는지도 모른다.

춥다.

머릿속이 텅 비었다.

머리를 짜내기 위해 펜을 잡는다.

쓸 게 없어졌나 보다. 몇 번이나 꾸벅꾸벅 졸았다.

가끔 몸이 붕 뜨는 듯하더니 추위를 느끼지 못하는 순간이 찾아들었다. 몸이 달아오른 듯이 따뜻해서 이상하다는 생각이 들면 갑자기 추위가 온몸을 뒤덮곤 한다.

왼손은 이미 동상에 걸렸다. 오른손으로 글을 쓰고 있다. 암흑 속

에서 쓰는 글씨가 어떤 꼴인지, 읽을 수나 있는지 알 수 없다. 아니다. 읽을 수 있든 없든 상관없다. 쓴다는 게 목적이니까. 쓰는 게 목적이다.

별이 엄청나다.
별이 엄청나다.

양손을 양 겨드랑이 밑에 넣어 녹인다.
부러진 걸까, 오른팔이 화끈거리며 부어올랐다.
손을 녹이며 쓴다.
바람이 그리 강하지 않아 살았다. 강했더라면 벌써 한 시간 전에 죽었으리라.
시간이 얼마나 지났을까.
시계를 보기가 두렵다. 봤다가 떨어지고 나서 아직 30분밖에 지나지 않았다는 걸 알게되면…. 그랬다가는 나는 미쳐버릴지도 모른다.

불빛이 보인다.
레쇼 빙하 너머다.
저쪽에 민가가 있었나.
그 불빛이 움직인다. 이쪽으로 오르고 있다. 날 구하러 오는 걸까.
아니다. 인간이 저렇게 빨리 움직일 수는 없다.
아니다, 이건 환각이다.
환각.
그렇게 생각했더니 불빛은 제자리에 있다.

움직이지 않는다.

아아.

이게 어떻게 된 걸까. 아까 보였던 불빛이 안 보인다. 그 불빛도 환각이었던가. 그게 아니면 안개가 레쇼 빙하를 타고 오르면서 불빛을 가렸을지도 모르겠다. 그랬겠지. 그렇다면 나는 아직 미치지 않았다는 뜻이다.

영하 30도쯤 됐을까.

콧물이 얼어버렸다.

이제 왼손가락의 피도 얼어버렸다. 오른손으로 만져보니 딱딱한 돌 같다.

방금
　　　떨
　　　　　어
　　　　　　졌
　　　　　　　　다.

허공에 늘어진 충격으로 눈을 떠서 차라리 죽는 게 낫지 않나 곱씹으면서 간신히 테라스로 돌아왔다. 암벽과 반대편 공간에 손발을 허우적댔다. 어째서 착각한 걸까. 어두웠기 때문이다. 어두웠기에, 체력이 떨어졌기에, 이젠 체력이 다해서 다시 떨어졌다가는 되돌아오지 못한다. 무섭다. 죽고 싶지 않다. 그래, 죽고 싶지 않다는 마음이 중요하다. 죽고 싶지 않다고 생각하면서, 안 죽어, 안 죽어 하고 되뇌는 것만으로도 아마 힘이 되겠지.

죽고 싶지 않다.

내일, 날이 밝으면.　　날만 밝으면.　　　　하자.

내일 죽을힘을 다해 올라가보자.

내　마 지 막　등 반 .

그것만 생각하자. 살아 있는 이미지. 그 이미지, 그 이미지가 중요
하다.

이상하다.

이상한 일이 생각났다.

머릿속으로 곱씹어 봐도 알 수 없어 쓴다.

떨어질 때, 왜 이젠 편해지겠다고 생각한 걸까.

하나도 편하지 않다.

편하지 않은 이유는 살아 있기 때문이다.

하지만 지금 편하지 않다고 편해지겠다는 마음을 가져선 안 된다.
편해진다는 건 죽는다는 것. 절대 죽어선 안 된다. 근데 왜 살아야
하는 걸까. 이게 지금 내게 복잡한 숙제다. 나중에 생각하자. 아니 지
금 생각하자. 뭔가 생각하는 게 낫겠지.

방금, 목소리가 들렸다.

　　　　"어―이.."　　　"어 ―― 이."

누가 구하러왔나 싶었다.

'여기야, 여기야'라고 대답할 뻔했다. 환각이나 환청에 대답하면
그걸로 끝이다.

　　　죽 음 이 다 .

아아.

기시다. 기시가 축 늘어진 채 나를 바라본다.

그때 그 모습.

거의 모든 뼈가 가슴까지 파고들었고 피로 뒤범벅이 된 처참한 얼굴.

그런데 웃고 있다.

'이쪽으로 와요'라고 손짓한다.

기시야.

기시야.

나도 가고 싶은데.

그쪽으로 가고 싶은데.

근데 아직 조라스를 오르는 중이란다.

마지막까지는 하게 해줘.

할 만큼 해보고, 있는 힘껏 다 해보고, 그래도 결국 안 된 다면 그때 너한테 가마.

나는 기시를 향해 말을 하고 말았다.

그래도 기시라면 괜찮다.

아직은 조금 더 노력하게 해줘.

기껏 25미터만 더 가면.

거기에만 가면 음식이 있다.

너 때문에 먹을 게 생각나버렸잖아.

배고프다는 것도 떠올리고 말았다.

뜨거운 욕조에 들어가고 싶다.

가미고치의 사카마키(逆巻) 온천.

다니가와에 갔다가 딱 한 번 미나카미(水上) 온천에 갔었잖아.

어이.

어떻게 올라야 할까.

이 몸으로.

　　기시, 어디에 갔어.

너라면 알겠지.

난, 내가 왜 산에 가는지 모르겠다. 확실히 알고 있다 싶다가도 생각해보면 갑자기 멍해진다.

생각하지만 않으면 확실히 안다는 건 안다.

다른 인간들이 갖고 있는 모든 걸 나는 산에다가.

내겐 산밖에 없다는 걸 안다.

그렇구나.

내일은 할 테다.

지금까지 20년 가까이, 난 바위에 매달려 올라왔다.

내일 25미터, 보여주지.

지금까지의 내 모든 걸 털어서.

기시.

　　기시야.

　　　　다시 한번 얼굴을 보여줘 봐.

괴로울 때는, 지금보다 훨씬 괴로웠을 때를 떠올리면 견딜 수 있다.

이　　정　도　쯤　이　야,

어이….

2월 20일

생환.

지금 비박색을 펴고 암벽에 박아놓은 하켄에 안전을 확보했다. 비박색 안에 기어들어가 있는 대로 옷을 껴입었다. 돌처럼 딱딱한 초콜릿을 먹고 눈을 녹여 물을 끓였다. 거기에 남은 초콜릿과 설탕을 있는 대로 다 녹여 마셨다.

비박색을 폈어도 좁은 암벽이라, 비박색 상단 두 곳을 암벽에다가 겨우 걸어놨을 뿐이다. 폴과 배낭을 이용해서 그 안에 간신히 옆으로 기댈 만한 공간을 만들었다. 따뜻한 음료를 한껏 마셨는데도 지금 아무런 기력이 일지 않는다.

생환이라 해도 기껏 하룻밤, 상황에 따라선 몇 시간 더 살 만한 허가를 따냈을 뿐이다. 지난 생의 20년 치를 밑바닥까지, 오늘 하루에 다 쓰고 말았다. 겨우 25미터를 오르기 위해, 지난 20년이 필요한 게 아니었을까.

이런 일은 두 번 다시 못하리라.

사용할 수 있는 건 오른손과 그리고 오른발뿐이었다. 그리고 이빨.

슬링을 이용해서 주 자일에 프루지크를 만들었다. 프루지크의 매듭을 아주 조금씩, 5밀리미터에서 1센티씩 주 자일 위로 미끄러뜨리며 올라갔다. 오른발로 암벽을 짚고, 오른손으로 주 자일을 쥐고, 체중을 지탱했다. 그러면서 이빨로 프루지크의 매듭을 물어 위로 이동했다. 간단한 작업이 아니다. 한 번 할 때마다 온 힘을 다 써버려, 한참을 쉬지 않으면 안 된다. 겨우 1미터 오르는데도 프루지크의 매듭이 느슨해져, 30센티 때로는 50센티 가까이 미끄러져 떨어지고 만다.

얼어붙은 매듭을 이빨로 풀어서 다시 묶었다. 이것을 정신이 까무러칠 만치 거듭했다. 아침에 작업을 시작해, 도착했을 때는 저녁이었다.

9시간? 10시간?

나는 하루 종일 그렇게 올랐다.

이제 내 안에는 아무것도 남지 않았다. 기력, 체력, 말로 표현할 수 있는 것만이 아니라, 말로 표현할 수 없는 모든 걸, 모두 이 등반에 쓰고 말았다. 그리고 손에 넣은 게, 앞으로 하룻밤, 어쩌면 몇 시간 살아남을 권리. 은총이나 행운 같은 게 아니다. 바로 내가, 내 손으로 쟁취한 권리다.

눈　　깜짝할　　사이　　밤이　　됐다.

바람이　　불어온다.

춥다.

어제보다　　훨씬　　춥다.

입안에 초콜릿을 밀어 넣었지만 녹질 않는다. 맛도 모르겠다. 혹시 내가 돌을 입안에 넣어버렸나 하는 생각마저 들었다.

오르는 동안에도 환청은 계속 들려왔다. 기시부터 이토 씨까지 나타나 선두를 바꿀까 하고 말을 걸었다.

아직까진 괜찮아요.

조금 더 하게 해주세요.

마음속으로 그렇게 대답하며 올라갔다.

뜨거운 음료를 마시자 일단 환청은 진정됐는데. 다시 시작되려는 걸까.

깜빡깜빡 조는데 밖에서 내 이름을 불러 눈을 떠버렸다.

대답은 않는다.

환청이라는 걸 알기 때문이다.

그 목소리는 내 왼편, 즉 아무것도 없이 바람만 부는 허공에서 들려오기 때문이다.

몇 번이나 눈을 뜬다.

바람이 점점 강해지며 비박색을 통째로 날려버릴 듯하다.

하켄을 박을 때 얼마나 깊이 박았는지 확인했어야 했다.

어쨌든 누군가가 내 이름을 불러 다시 깨기는 싫다.

　　　　다 어딘가로 가버려.

이젠 안 와도 좋다.

　　　　　　누가 구하러 와줄까.

지원조와 함께 오질 않았으니, 내가 이렇게 된 걸 누가 일부러 찾지는 않으리라. 만약 발견한다면 여기를 노리는 하세거나, 하세 정찰대의 일원이겠지.

　　　다 시 ,　일 어 났 다.

얼굴 위를 가렸던 비박색 일부가 떨어졌다.

하켄이 빠졌다. 밖에 나가 하켄을 다시 박을 기력은, 없다. 난 이젠 아무것도 할 수 없다. 하고 싶지도 않다.

　　　　　　맘 대 로　　해 라.

　　　　　날　　깨 우 지 만　　마.

암벽 끝, 바위 그늘에 웅크려 앉아있다.

침낭에 들어가 자일과 하켄으로 몸을 확보했다. 배낭을 엉덩이 밑에 깔고 앉아 비박색을 몸에 휘감듯이 덮었다.

방금 전에 두 번째 하켄이 빠지며 바람에 휩쓸려, 하마터면 비박색과 함께 떨어질 뻔했다.

침낭과 비박색을 뒤집어써서 어젯밤보다는 괜찮았지만 바람을 생각하면 마찬가지다. 체력이 떨어진 만큼 어제보다 조건은 오히려 나빠졌다. 이 자리에서 내 몸을 확보하는 데만 한 시간 가까이 걸리고 말았다. 그 와중에 헤드램프 전지도 거의 다 쓰고 말았다. 어딘가에 전지가 있을 텐데 그걸 찾을 기력은, 없 다 .

바위 그늘이라 강한 바람에 직접 노출되지는 않았지만, 바람이 소용돌이치며 공기를 계속 이동시킨다. 그래서 춥다.

춥다.

가만히 있으면 금방 피로해져 허리가 아파와 몇 분 간격으로 허리 위치를 조금씩 옮긴다.

밤은 이제 막 시작됐다.

다시 미쳐버릴 것만 같은 긴 밤을 보내야 한다고 생각하니 절망적이다.

이런 식으로 아등바등하다가 결국 죽게 된다면 차라리 지금 죽는 게 낫지 않을까 하는 생각이 들었다. 그래도 그런 생각이 들자마자 바로 지워버렸으니 괜찮겠지.

아까부터 행렬이 보인다.

내, 눈앞에, 바로 앞 공간에, 하얀 옷을 입은, 사람들이 하염없이 걸어간다.

다 아는 사람들이다.

근데 다 아는 사람인데도, 그 사람들이 구체적으로 누군지가 생각이 안 난다.

어딜 가는 걸까, 행렬 중 한 사람이 뒤돌아봤다.

무슨 말이라도 듣고 대답했다가는 분명 엄청 무

서우리란 느낌이 들어, 나 는 귀 를 틀 어 막 았 다 .

아까 뒤돌아본 사람의 말을 안 들어서 역시 다행이었다.

그건 생각해보면 환각이라는 결론이 나왔기 때문이다.

환각에 따라갔다가 나도 환각의 동료가 되고 만다.

코로만 숨을 쉬었더니 콧속이 아프다.

　　오른손의 손가락을 이용해 코를 풀었다.　　　　빨간, 피가
뒤섞인 셔벗 상태의 콧물이 나온다.

기침을 하자 가슴이 아프다.　　갈빗대에 금이 갔겠지.

왼손 새끼손가락과 약손가락은, 헤드램프 불빛으로 봐도 진보라
색으로 변했다.　　피가 완전히 언 모양이다.　　　이렇게 되면 손가
락을 잘라내야만 한다는 걸, 너무나 잘 안다.　　몇 번이고 봤으니까.
왼발의 발가락도 아마 끝났겠지.

머리가 간지럽다.

헬멧을 벗어 오른손가락으로 긁었다.　　머리카락 사이에 모래가
잔뜩 낀 것처럼 단단한 무언가가 손톱 틈에 낀다.　　　　　　머리
에서 부슬부슬 떨어진다. 살펴보자 굳 은 피 다 . 어제 떨어졌을
때 어딘가에 머리를 부닥친 모양이다.

헬멧이 깨져 있다.

　　　료코 씨, 무슨 말이라도 했어야 했는데. 료코 씨, 미안합니다.
이젠 뭔가 해드릴 수 있는 일이 없군요.　　할 수 없으니까.

아까부터 내 옆에서 기시가 잡아 끈다.

뼈를 분질러 세 군데쯤 접힌 그 몸뚱이가 내 손을 잡아끈다.

이제 시간이 된 건가.　　　너, 웃고 있냐, 그런 얼굴로.

그래.

이젠, 가야만 하는 거냐.

여한은 없을까.

외로웠구나.　기시.

그래, 같이 가도 괜찮다.

근데, 아직, 왠지 납득이 안 가.

내가 입 밖에 냈나, 머릿속의 생각을.

잠깐.

조금만 더.

기시.　기시야.

그런 슬픈 얼굴 하지 마.

난, 아직, 못 가겠어.

그러자, 기시의 몸이 사라졌다.

'　휘 ― 잉 '　, 바람소리.

아아, 내 소매를 잡아끈 건 바람이었나.

아무리 바람일지라도, 그쪽으로 당겨지면 새카만 밤이다.　거기
에 떨어진다.

기시는,　몇 번이나 나타나　내 소매를 잡아끌고,　나이프를
꺼내,　자일을　자르려고　했다.

몸이 접혀 키가 반으로 줄어든 주제에, 바위에 박아둔 하켄에 손
을 뻗어 뽑아내려고 했다. 그런데 꺾인 다리가 바람에 흔들리며 기
시의 시야를 가려, 하켄이 잘 안 보이나 보다.

그렇게 나를 데려가고 싶냐.

그럼, 따라갈까.

그렇게 차가운 하켄을 이빨로 물다니, 더 이상 못 봐주겠다.

"기시."

나는 정말로 목소리를 냈다.

조금만 더 기다리면 결국 네 곁에, 난 갈 거야.

언젠가 떨어질 그날이면 나는 갈 거다.

내가, 떨어질까 봐 무서워, 산을 관두거나, 널 잊고,

남들처럼 살아가려 한다면 그때, 날 데려가라.

지금은, 아직 그때가 아니다.

난 떨어지기 전까지는 갈 거니까.

반드시 갈 거니까.

일부러 떨어진다, 그건 난 못해.

기 시 야 .

기 시 야 .

그런 슬픈 얼굴 하지 마.

그런 눈으로 날 보지 마.

알잖아.

난, 절대, 나 혼자 행복해지겠다는 생각 따위 안 해.

난, 편해지자는 생각 따위 안 한다고.

알잖아.

내가 할 수 있는 약속은 이것뿐이다.

난, 여기 오는 걸 관두지 않을 거니까.

안심해.

난, 계속, 산에, 간다.

알잖아.

아아.　　잘 왔어.　기시.

맥주 마시러 갈까.

동쪽으로 갈까.

남쪽으로 갈까.

어디든 상관없어.

바닥이 흔들린다는 건 내가 우니까 그렇겠지. 거기까지 올라오면
아무리 맛없는 맥주라도 맛있긴 한데….

긴　밤 이 다 .

쓸 게 별로 없어 이젠 생각하는 것조차 귀찮아져서 그런가,
아직 미치지는 않은 것 같다. 끼니는 확실히 챙겨야 하는데 그렇게
천장에 매달려 있을 거면 이젠 가지 마. 먹지 못하는데 전신주는 어
디 갔나.

어디로….

쓰러지지 마.

긴, 밤.

긴, 긴, 밤.

긴….

간신히 졸음이 오는데, 근데 잠들면 죽는다는 게 사실인가 해서,
실험은, 할 수 없다, 증명하면 죽어버리니까….

졸리니까 부르지 마. 불러도 이젠 안 깨어나.

난….

어어이.　　　　어어어이.

소리.　　목소리.　　　　　대답, 안 해.
　　　　　　　　　　　　안 한다고.
　　　　　　　　　　　못 합니다.
　　　　　　　　대답만은….

2월 21일

생환.

2월 22일

병원 침대.
헬기로 구조를 받아 조라스 위를 날 때, 눈물이 났다.
대체 나는 여기에 뭐하러 왔던가. 조난당하기 위해, 일부러 여기
까지 왔단 말인가.

6

후카마치는 하부의 수기를 다 읽고 테이블 위에 내려놓았다.
하부의 수기는 처음에는 읽기 편했으나, 조난당하고 나서부터는
글자가 삐뚤빼뚤해지면서 거의 읽기 힘들 정도였다. 동상에 걸린 오
른손으로 볼펜을 쥐고 암흑 속에서 살아남기 위해 하부는 이 수기

를 쓴 것이다.

귀기(鬼氣)가 물씬한 문장이었다. 읽으며 몇 번이나 등줄기에 소름이 돋는 듯했다. 감당하기 힘든 물건이었다.

하부는, 레뷔파 크랙 상단에 위치한 암벽에서 헬기로 구조됐다. 하지만 헬기가 최초로 발견한 것은 아니었다. 하부의 사고를 처음 알아차린 건 하세의 정찰대로 암벽 상태를 보러 온 하라다였다. 밑에서 올려다보면 당연히 있어야 할 장소에 하부의 모습이 보이지 않자 레쇼 산장에 돌아와 그곳에 있던 산장 주인과 하세에게 알렸다.

"하부 씨의 모습이 안 보입니다."

쌍안경으로 찾다가 간신히 바위 그늘에 몸을 똬리를 튼 듯 웅크려 앉은 하부의 모습을 발견하고 헬기를 부른 것이다.

헬기가 하부 주위를 선회해도, 하부는 일단 고개를 들어 헬기를 쳐다봤다가 환각이라도 봤다는 듯 다시 고개를 떨어뜨렸다고 한다. 하부는 세 번째로 고개를 들고 나서야 헬기를 실체로 인식한 모양이다. 하부를 헬기로 끌어올려 병원으로 옮겼다.

오른팔 상완부 복합골절.

갈비뼈 세 곳 골절.

왼쪽다리 대퇴골 골절.

두부(頭部)에도 타박에 의한 상처.

전신 타박.

왼손 새끼와 약손가락 동상.

오른발 새끼와 가운데 발가락 동상.

이 네 곳의 동상 자리는 수술로 모두 잘렸다.

이 정도 부상을 입은 사고를 당하고도 한 손, 한 다리로 25미터를 혼자서 오르고 한겨울 고도 3,000미터가 넘는 장소에서 비박으로 이틀 밤을 보냈다. 유럽 등반사에도 유례없는 일이었다.

"상당히 귀중한 글이군요."

후카마치는 탄식과 함께 기시 료코에게 말했다.

"네."

"그런데 어떻게 해서 이 수기가 료코 씨에게?"

"하부 씨가 제게 줬어요."

"줬다고요?"

"예. 하부 씨가 일본에 돌아와서 한 달 정도 지났을 때 제게 찾아왔어요."

'이걸 받아주시겠습니까.'

고개를 떨군 채 더듬거리는 말투로 하부가 그렇게 말했다고 한다.

'왜요?'

'당신에게 드리고 싶기 때문입니다.'

기시 료코의 아파트에 억지로 그 노트를 두고 하부는 사라졌다.

기시 료코는 그걸 읽었다.

눈물이 났다.

자기 오빠의 죽음에 대해 하부 조지가 얼마나 괴로워했는지 이해가 됐다.

산에 있든, 그 어디에 있든, 하부는 그 수기에서처럼 마음 어딘가에서 기시와 대화를 이어왔다….

"그래서 모든 걸 알게 됐어요."

"모든 것이라뇨?"

"오빠가 죽고 나서, 누군가가 매달 제게 돈을 보내왔어요. 맨 처음에만 안에 편지가 들어 있었어요…."

'용기를 잃지 마시길.'

그런 내용의 글이 적혀 있었다고 한다.

매달 빠짐없이 1만 엔씩.

"그 돈을 보낸 사람이 하부 씨였군요."

그 편지의 글씨와 수기의 글씨가 같았던 것이다.

기시 분타로가 죽은 이래 3년 동안 한 번도 쉬지 않고 계속 돈을 보내왔다.

기시 료코는 그다음 날 하부를 만나러 갔다.

"그리고 자연스레 서로 만나게 됐어요…."

만나면서 남녀관계가 되기까지 3년이 걸렸다.

두 사람 사이는 예의 히말라야 사건이 일어나기 전까지 약 6년간 이어졌다. 그리고 그 히말라야 사건이 일어났다. 히말라야에서 돌아오고 반년 후, 하부의 모습은 일본에서 사라졌다.

"그래도 3년 전까지는 네팔에서 매달 1만 엔이라는 돈이 들어와서, 거기가 마음에 들어서 지금까지도 네팔에 있는 거라고만 생각했어요."

기시 료코가 말했다.

"3년 전까지요?"

"예."

3년 전, 그때 돈이 떨어져서 송금을 단념한 걸까. 그게 아니면 다른 이유로 네팔을 떠난 걸까. 그런 생각을 하는 사이 3년이 지났다. 그런 시기에 후카마치가 하부를 찾는다는 이야기를 들었다고 한다.

"이번에는 후카마치 씨 차례예요."

기시 료코가 후카마치에게 단호하게 말했다.

"이젠 후카마치 씨가 왜 하부 조지를 찾는지 가르쳐주세요."

더 이상 망설일 이유는 없었다.

맬러리 카메라 이야기까지 할 필요는 없었지만, 카메라를 빼면 이야기가 안 된다.

"알겠습니다."

후카마치는 마음을 다잡았다.

"왼손 약손가락과 새끼손가락이 없는 걸 제 눈으로 봤습니다. 하부 조지는 지금 네팔에 있다는 건 틀림없을 겁니다."

그러나 네팔 어디에 있는지, 왜 거기에 있는지는 여전히 수수께끼였다.

8장

사가르마타

1

후카마치 마코토는 술을 마시고 있다.

혼자다. 글라스에 큰 얼음을 넣은 위스키 더블을 주문했다.

올드 파. 스루가다이(駿河台)에 위치한 호텔 바 카운터였다.

세가와 가요코를 기다리는 중이다.

벌써 위스키가 반 정도 사라져 뱃속으로 흘러 들어갔다. 위가 불이 붙은 듯이 화끈거린다.

대체 언제부터 가쿠라와 가요코는 그런 사이가 된 걸까. 남녀관계를 따지자면 어림하기 힘들지만, 언제 서로 알게 됐는지는 안다. 그건 1991년 1월이었다. 다른 사람도 아닌 내가 가요코와 가쿠라 노리아키를 소개한 것이다.

가쿠라는 프리랜서 기자였다. 의뢰만 들어오면 뭐든 썼지만, 아웃도어가 전문 분야였다. 새로 나온 텐트나 침낭 등의 아웃도어용품을 써보고 사용 후기를 잡지에 쓰거나, 도시에 살다 지방으로 내려가 산장 등을 운영하는 사람을 인터뷰하는 글 같은 걸 썼다.

후카마치가 가쿠라를 처음 안 건 10년 전 마나슬루에서였고 1988년에 처음 같이 일을 했다. 카메라맨과 기자로서 어느 잡지의 〈대大일 낚시 명인〉이라는 코너를 근 1년간 함께 만들었다.

가쿠라는 학생시절에 산악부여서, 일본 유명 바위의 노멀 루트는 거의 다 올랐다. 마나슬루 이후에도 가쿠라와 함께 몇 번 일본 북알프스에 입산한 적도 있었다. 가쿠라의 등산은, 어깨가 가벼운 경쾌한 등산이었다. 자기 그릇에 맞는 산을 오른다. 산에 들어가 산의 공기를 호흡하며 산의 땅을 밟으며 걷는, 그런 행위 자체를 가쿠라는 즐거워했다. 그 과정에서 정상까지 밟을 수 있다면 더할 나위 없이 좋다는 주의였다. 가쿠라는 정상 사냥꾼이 아니었기에, 초등이라는 기록에 별다른 야심이 있을 리가 없었다.

가요코를 불러내 셋이서 가미고치의 호타카에 간 적도 있었다. 그랬던 가쿠라가 어쩌다 가요코와 그런 관계가 된 걸까. 후카마치는 알 수 없었다.

아아 —.

또 아무리 고민해봐야 답을 내릴 수 없는 문제를 고민하려 한다. 대답할 수 없는 걸 나는 묻고 있구나. 과거를 자책하려 한다. 대답이 없는 질문, 출구가 없는 미로, 승리가 없는 불모의 게임을 하려고 한다.

위스키가 위 점막을 아리도록 지진다.

아무리 시간이 남아도 30분이나 빨리 와서 기다릴 이유가 없었다. 하부 조지의 과거를 좇는 일로 한동안 이 불모의 게임에서 멀어질 수 있었는데, 이런 식으로 가요코를 기다리며 아무도 행복해질 수 없는 내면의 게임에 다시 에너지를 소모하고 말았다. 내면을 직시하지 않으려고 하면 할수록 직시하게 된다.

나는 세가와 가요코라는 여자에게 아직도 애정을 품고 있는가?

아아 —.

봐라. 이젠 내 마음마저 모르지 않는가.

과거에는 좋아했다. 그리고 내 내면에 의심이라는 괴물이 똬리를 틀었을 때부터 괴로워졌다.

언제부터인가 가요코는 나와 만나는 걸 피하기 시작했다. 일주일에 한 번 만나다가, 열흘에 한 번, 반달에 한 번이 됐고, 한 달에 한 번이 됐다. 그러다 한 달에 한 번도 못 만나는 경우가 잦아졌고, 만나도 여러 가지 핑계를 대며 침대에 가기를 거부했다. 만나지 못하는 이유는 일이 바빠서라고 했다. 그럼 언제 만날 수 있느냐는 질문에 모르겠다는 대답만 돌아왔다.

"일이 한가해지면 연락할게."

허나 기다려도 연락은 없었다. 집에 연락해도 자동응답기만 응답할 뿐이었다. 메시지를 남겨도 전화는 걸려오지 않았다. 직장으로 연락해도 바쁘다며 바로 전화를 끊어버렸다. 노상 바쁘다고 하지만 직장에 전화하면 정시에 일을 마치고 퇴근했다고 다른 사람이 전했다. 어쩌다 만나게 됐을 때 다른 남자가 생겼냐고 물으면 그렇지 않다고 대답할 뿐이었다.

일하고 있다고 했던 날 정시에 퇴근하지 않았냐고 어디에 갔었냐고 가요코에게 물었다.

그날은 일러스트레이터 가와모토 씨랑 외부 미팅이었어. 밤 12시 넘어서까지 말이야. 미팅이 끝나면 술도 한잔하게 되잖아. 2시가 넘어도 안 돌아왔던걸. 어떻게 그걸 알아. 가요코 맨션 앞에서 기다렸어. 날 감시하는 거야. 아냐, 널 기다린 거야. 그게 그거지. 그런 게 아냐. 그런 식으로 속박당하고 싶지 않아. 내가 언제 널 속박했어. 지금. 안 했다고. 지금 그러려고 하잖아.

마음이 멀어져갔다.

난 가요코를 좋아하는데, 그녀에게는 다른 남자가 있다. 좋아하는 남자가 생겼다면 그렇다고 이야기해달라고 후카마치가 가요코에게 말했다.

'그렇다면 나도 놓아줄게.'

'나도 이젠 편해지고 싶어.'

'나 자신을 더 이상 괴롭히고 싶지 않아.'

그런 상황이 반년 이상, 1년 가까이 이어졌다.

남자가 있다. 그건 알았다. 싫어도 알게 됐다. 그런데 왜 인정하지 않는 걸까. 이 정도 상황까지 이르면 다른 남자가 있다고 털어놓기 마련이다.

왜 말하지 않을까.

그렇다면.

그제야 후카마치는 가요코가 말하지 않는 이유는, 가요코의 상대가 자신에게 말할 수 없는 사람이기 때문이라는 생각에 이르렀다. 그럴 만한 상대라면 한 명밖에 떠오르지 않는다.

'가쿠라 노리아키.'

그 녀석인가.

그 남자인가.

하지만, 설마. 사실이었다.

생각이 거기에 이르자, 가쿠라와 가요코가 동시에 연락이 되지 않는 경우가 많았다는 게 떠올랐다. 대체 내가 무슨 짓을 하는 건가 의아해하면서, 가쿠라와 가요코에게 연락을 취해, 둘 다 동시에 안 받는다는 걸 알고 일그러진 쾌감을 느끼고 말았다.

가쿠라와 만날 때는, 아무렇지도 않게 가요코 이야기를 꺼내 속내를 떠본다.

가요코와 만날 때는, 아무렇지도 않게 가쿠라 이야기를 꺼내 속내를 떠본다.

각자의 반응을 훔쳐보면서 확신이 깊어졌다.

언젠가 너희 둘을 궁지에 몰아넣겠다. 궁지에 몰아넣고 가요코 본인의 입으로 이미 내가 다 알고 있는 사실을 털어놓게 만들겠다.

너무나 어두운, 점액질 같은 쾌감….

내가 알고 있다는 걸 너희 둘 다 알고 있다. 알고 있다는 걸 숨기고 있다. 그 거짓말에 나도 한몫 거들겠다.

이 게임에서 가장 먼저 떨어져나간 건 가쿠라였다.

"미안….”

가쿠라가 자백했다.

조금 더 일찍 털어놓을 생각이었다고 가쿠라가 말했다.

결혼할 생각이라고도 말했다.

전혀 편해지지 않았다.

나와의 결혼은 그리도 마다했던 가요코가, 어째서 가쿠라와는 결혼을 결심한 걸까.

호흡하기조차 괴로운 나날이 이어졌다. 마음이 황량해졌다. 그런 시기에 에베레스트 이야기가 나와, 떠날 결심을 한 것이다. 에베레스트에 가면 자신이 구원받을지도 모른다는 생각에.

허나—.

후카마치가 에베레스트로 떠나기 반년 전 겨울, 이치노쿠라에서 가쿠라 노리아키가 죽었다.

눈사태 때문이었다.

2

후카마치는 침대 위에 드러누워 천장을 노려봤다.

발가벗었다. 후카마치의 몸 바로 옆에는 세가와 가요코의 나체가 누워 있다.

후카마치도 가요코도 움직이지 않았다. 어느 쪽도 말문을 열지 않는 상태가 15분 이상 이어졌다.

호텔 방이다.

아래 바에서 가요코를 기다렸다. 7분 정도 늦게 가요코가 나타났다. 바에서 한 시간 반 정도 마시고 가요코를 유혹했다.

"이 호텔에 방을 잡아놨어…."

가요코는 말없이 고개를 끄덕이고, 말없이 방까지 따라왔다.

샤워를 하고 후카마치는 가요코를 안으려 했다.

안을 수 없었다. 후카마치의 물건이 기능하지 않았다. 그래서 드러누웠다. 아무 말도 하지 않고 천장만 노려봤다.

"이젠 끝내요…."

후카마치의 옆에서 목소리가 흘러나왔다.

가요코가 경직된 목소리로 그렇게 말한 것이다.

"끝내?"

"응."

"뭘 끝내자는 거야?"

후카마치가 물었다.

가요코가 무슨 말을 하는지 알고 있다. 알면서도 물어봤다.

"이런 거…."

가요코의 가녀린 목소리.

가요코는 있는 용기를 다 쥐어 짜내서 말했으리라.

"이런 거라니?"

역시 알면서도 다시 물었다.

심술궂어졌다.

"이런 식으로 만나는 거, 이젠 끝내자고요."

침묵….

"왜?"

침묵 끝에 후카마치가 물었다.

"아무도 행복하지 않으니까."

"…"

"이렇게 계속해봐야 아무도 행복하지 않잖아."

"…"

"당신이나 나나."

후카마치는 아무 말도 할 수 없었다. 가요코가 하는 말이 뭔지 알았다. 너무 잘 알아서 쓰라릴 정도였다.

하지만—.

"당신은 날 괴롭히기 위해 아직도 날 사랑한다고 말하는 거야."

가요코의 목소리가 높아졌다.

이건 복수일까?

가요코를 괴롭히기 위해 나는 가요코를 사랑한다고 하는 걸까.

가요코를 안은 건 가쿠라가 죽고 두 달 후였다. 가요코와 만나, 술을 마시고 가요코를 집에 바래다주다가 그대로 따라 들어가 거의 범하듯이 안았다. 그때는 안을 수 있었다.

"차라리 용서 못하겠다고 해."

"…"

"그쪽이 서로 편하게 살아갈 수 있으니까."

"편하다고?"

"그래."

"그렇지 않아."

"그렇지 않아?"

그렇다, 그렇지 않다.

"뭐가 그렇지 않은데?"

"난 편해지겠다는 마음 따위 없어."

"…."

"편해지겠다고 이런 짓을 하는 게 아냐, 난…."

'난 납득하고 싶을 뿐이야.'

후카마치는 그렇게 말하려다 더는 말을 이어갈 수 없었다.

이 여자와 더 이상 함께 지낼 수 없다면 그걸로 됐다. 다만 그전에 납득하고 싶었다. 그 납득이, 아직도 안 되는 것이다.

후카마치는 자신이 출구가 없는 깊고 어두운 수렁에 처박힌 듯이 느껴졌다. 그 밑바닥에서 드러누워 천장을 올려다본다.

하늘 저편에 하얗게 눈을 뒤집어쓴 산꼭대기가 반짝거리는 게 보였다.

'사가르마타.'

세계에 단 하나밖에 없는 지상 최고점.

아아 —.

이를 수 없는 그 정상에 매달린 듯이 후카마치는 한숨을 내쉬었다.

3

후카마치는 일하는 짬짬이 집요할 정도로 하부 조지에 대한 조사를 이어갔다.

하부에 대한 모든 걸 다 알아내겠다. 그 작업에 몰두하면서 세가와 가요코와 자신 사이에 드리워진 결론에서 도망치려는 걸지도 모른다, 후카마치는 그렇게 생각했다.

이제는 맬러리의 카메라보다 하부 조지라는 인간에게 한층 빠져들었다. 물론 맬러리의 카메라와 그로 인해 야기될 상황에 대해 잊지는 않았다. 다만 그 카메라에 이르기 전에, 하부라는 인간에 대해 철저하게 다가갈 필요가 있다고 후카마치는 판단했다. 그게 하부가 어디 있는지 알아낼 방법인 동시에 카메라가 있는 장소에 이르는 방법이라 여겼다.

최소한 지금 일본에 있으면서 할 수 있는 일은 하부에 대해 조사하는 것이다. 예의 히말라야 사건에 대해서도, 이제 후카마치는 많은 걸 알게 됐다. 사실 히말라야에서 하부가 일으킨 사건에 대해 후카마치도 예전에 소문으로 들은 적이 있다. 산사람들 사이에서는 유명한 사건이었다. 후카마치는 당시 사건의 관련자들을 한 사람씩 방문해서 직접 이야기를 들으며 조사했다. 기시 료코와 다른 사람의 이야기를 종합해보면 하부는 히말라야 원정 후 일본에 돌아와 반년 정도 머문 모양이었다. 그 뒤 갑자기 하부에 대한 소식이 일본에서 사라졌다.

하부는 네팔에 있다. 하지만 어디에 있는지는 알 수 없다. 송금지 주소도 적혀 있지 않았다고 한다. 송금은 3년 정도 이어졌다. 처음은 1만 엔이었지만 때로는 8,000엔, 5,000엔인 적도 있었다고 한다. 일본에서 보내는 돈이 아니다. 임금이 싼 네팔에서의 송금이다. 하부는 거기서 일을 한 걸까. 한 달에 1만 엔이든 5,000엔이든 피땀이 밴 돈이었으리라.

그게 3년 전부터 끊겼다.

하부의 히말라야 원정이 1985년 가을. 일단 일본에 돌아온 하부가 그다음 해 다시 네팔에 갔다고 하면 그 이전 해 히말라야 원정 당시 하부가 모습을 감춘 계기가 된 어떤 정황이 있었다고 추정할 수 있으리라. 소문으로 알려진 예의 그 사건인가. 어쨌든 1985년 히말라야 원정에 그 열쇠가 있을 법했다.

4

도쿄산악협회가 히말라야 원정을 계획한 건 1984년의 일이었다.

에베레스트. 남동릉에서 오르는 노멀 루트가 아닌, 동계 남서벽 등정이라는 미답의 신 루트를 노린 원정이었다. 특정 산악회에 국한하지 않고 소속이 없는 사람, 전국 곳곳 산악회의 인물들까지 인재를 모아 등정을 노린다.

대형 신문사가 스폰서로 나섰다. 대학 산악부, OB, 산악회의 정상급 인원들이 모여들었다. 그 멤버 중에 하부 조지도 들어갔다. 그리고 하부에게는 운명의 상대라 할 수 있는 하세 쓰네오도 대원으로 참가했다.

입산은 1985년 12월. 동계 등정이라는 훈장을 따내기 위해서는 12월에 들어가서 등산을 개시해야 했다. 그렇지 않으면 동계 등정으로 인정받지 못하기 때문이다.

12월 전에 베이스캠프 설치나 그곳까지의 수송 작업 등의 세부적인 준비를 실시해도 무방했지만, 베이스캠프 위로 등산하는 것은 12월에 들어서고 나서 해야만 했다.

이때 하부 조지의 나이, 마흔하나.

하세 쓰네오, 서른여덟.

하부가 멤버로 선출된 이유는 대원 심사위원 중에 세이후 산악회의 이토 고이치로가 있었기 때문이다. 이토가 대원으로 하부를 강력히 추천했다고 한다.

"별의별 괴팍한 성격을 지닌 인물이 모인 집단에서, 누구보다 더 괴팍한 그 남자가 제대로 어울릴 수 있을까요?"

그렇게 말하며 반대를 표한 위원도 있었지만, 이토는 주장했다.

"하부의 산에서의 능력은 발군입니다. 잘만 사용한다면 최강의 전력이 될 겁니다."

그렇게 하부는 멤버로 뽑혔다.

마흔하나라는 하부의 연령에 대한 우려의 목소리도 있었으나 하부의 체력은 30대 초반과 같다는 이토의 의견에 모두가 납득했다. 이토에게 직접 전화로 그 통보를 들은 하부는 눈물을 흘리며 감격했다고 한다. 하부가 이토로부터 전화를 받은 현장에 함께했던 기시 료코가, 당시의 모습에 대해 후카마치에게 전했다.

"해내겠어. 반드시 해내고야 말겠어…."

평소 말이 없던 하부가 그날 밤만은 흥분해서, 날이 밝을 때까지 연신 혼잣말처럼 중얼거리거나 신음을 토했다고 한다.

"이토 씨는 좋은 분이야. 역시 날 신경 써줬어."

다음 날 하부는 그답지 않게 술병을 들고 이토 집까지 인사하러 갔다고 한다. 왜 하부를 멤버에 넣으려고 애썼냐는 후카마치의 질문에 이토는 이렇게 대답했다.

"그랑드 조라스 일도 있었고, 그 남자의 인생에 한 번은 기회를 만들어주고 싶었습니다."

일반적인 등산에는 소소하게 스폰서가 붙는다고 해도 자기 부담금이 너무 커, 하부로서는 도저히 그 비용을 치를 수 없었다. 이번에는 대형 스폰서가 붙었다. 물론 자기 부담금이 상당하긴 했지만, 하부가 치르지 못할 금액은 아니었다. 그런 정황을 고려한 추천이었다.

마흔하나라는 하부의 나이를 생각해봐도 에베레스트 미답 암벽으로의 직등은 두 번 다시 찾아올 기회가 아니리라. 설사 하부 본인이 등정하지 못하더라도 등정 성공을 위해 큰 전력이 되리라.

허나—.

그런 이토의 기대를 하부는 멋들어지게 배신하게 된다.

5

개인 한 사람이 8,000미터급 고봉 등정이란 결과를 달성하기까지는 실로 다양한 역학에 지배된다. 최초의 역학은 우선 원정대원에 뽑혀야 한다. 원정대 멤버로서 참가하지 못하면 애당초 등정이 불가능하다.

다음은 체력이다. 그 개인에게 얼마만큼 체력이 있는가. 허나 아무리 체력이 풍부하다 한들 등정 시에 그 체력이 남아 있지 않으면 의미가 없다.

다음은 건강이다. 아무리 체력이 있어도 고도순응에 실패해 고산병에 걸리거나 다른 병에 걸려버리면 등정 멤버로 들어갈 수 없다. 강인한 의지도 필요하다.

다음은 부상. 그리고 인망, 혹은 인맥이라 불러도 무방하다. 부상도 없고 건강하고 체력이 남아 있다 해도, 대장이 그 개인을 등정대원으로 뽑아주지 않으면 등정은 불가능하다.

그리고 행운도 필요하다. 베이스캠프, BC부터 1캠프(C1), 2캠프(C2), 3캠프(C3), 4캠프(C4), 5캠프(C5), 6캠프(C6) 순으로 캠프를 올라가 최종적으로 C6에서 정상 공격조가 등정을 목표로 출발하게 된다. 그때까지 대원 전원이 짐을 옮긴다. 다 함께 텐트를 비롯한 짐들을 들고 캠프를 설치해나가며 식량, 연료, 산소 등을 조금씩 위로 가져간다. 모두 작업이 끝났을 때 자신이 어디에 있느냐가 중요한 포인트가 된다. 날씨나 원정대 전체 일정의 변동에 따라 달라지기도 하지만, 당시 로테이션 상황으로 인해 때마침 베이스캠프나 C1에 위치하면 등정대원에 뽑힐 수 없다. C6에 위치했다 하더라도, 텐트 설치 등으로 체력을 소모해 등정대원에 뽑히지 못하는 케이스도 있다.

대부분의 경우, 아직 C6가 설치되기 전에 등정대원으로 몇 개의 조가 꾸려지게 된다. 그 멤버들은 캠프 설치가 어느 정도 진행된 무렵부터 체력을 보존한다. 즉, 텐트를 설치하지 않고 설치된 텐트를 이용하며 캠프 위로 올라가 고도에 몸을 적응시키면서 언제든지 C6에 들어갈 위치에서 대기하게 된다. 이건 하나의 이상적인 형태로, 실제로는 그런 식으로 순리대로 이루어질 리가 없다.

대개의 경우, 날씨와 시간에 쫓겨 체력이나 정신력이 개인이나 원정대나 모두 한계에 부딪힌 상황에서 등정대원을 뽑게 된다. 그 등정대원을 결정하는 건 대장이다. 그 대장의 개인적 기호에 따라 등정대원으로 뽑힐 확률이 달라지는 경우도 적지 않다.

'저 녀석을 정상에 밟게 해주고 싶다.'

대장이 그렇게 마음먹었다면 캠프 설치 로테이션 중 자연스레 그 대원에게 유리한 상태로 유도할 수 있다.

C5가 고도 약 8,300미터. C6 정도 되면 고도가 8,350미터를 전후한다. 난방이 잘 되는 방에서 영양가 높고 맛있는 음식을 먹으며 최고의 잠자리에서 잠을 잔다고 하더라도, 아니 아무것도 하지 않고 잠만 자도, 이 고도에서는 체력이 소모된다. 더더군다나 좁은 텐트 안에서 극한(極寒)을 견뎌내며 텐트 설치를 위해 체력을 소모하는 상태라면 이 고도는 지옥과 마찬가지다.

일단 산소가 풍부한 베이스캠프로 돌려보내, 체력이 어느 정도까지 회복될 때까지 쉰다. 다른 대원이 위로 올라가고, 위에 올라갔던 대원이 내려온다. 그런 로테이션으로 움직이게 된다.

휴식을 취하는 베이스캠프마저 표고 5,400미터나 되어 산소의 양은 지상의 반밖에 되지 않는다. 이런 상황 속에서 대장의 의도가 들어가면 특정 대원이 정상에 설 가능성이 높아진다.

하지만 대원들도 각자 여러 가지 계산을 한다. 자신에게 유리한 포지션을 갖기 위해 일부러 몸 상태가 나쁘다고 하고 예정보다 빨리 베이스캠프로 돌아가거나, 아침에 출발하는데 능장을 부리기도 한다. 대원들끼리 서로 눈치 보는 상황이 시작된다.

대학 산악부라면 상하 관계가 존재한다. 선배의 명령은 절대적이며 산악부에 대한 충성도도 높다. 산악부의 등정 성공을 위해 개인의 영달도 포기하고 그걸로 납득한다. 하지만 별개의 산악회에서 묶인 무리, 혹은 한 마리 늑대와 같은 무리들이 모인 이번 원정대와 같은 상황이라면 등정에 이를 때까지 어느 단계에서 반드시 개인과 원정대 사이의 충돌이 벌어진다. 하부가 참가한 그 원정대는 폄하하자면 용병을 이합집산한 원정대였다.

대원은 서른 명. 다들 실력자다. 경력이나 실력만으로 따지면 어느 누가 정상을 밟아도 이상하지 않을 인재들이 모였다. 게다가 다들 적지 않은 개인부담금을 냈다. 다른 사람의 등정을 위해 짐을 들러 왔을 리가 없다. 모두가 등정을 노리고 있다.

하지만 대장이나 대원 개개인의 생각과는 별개로, 로테이션은 기후의 급변과 같은 개인의 사정이나 인간의 지혜가 이제는 미치지 않는 상황이 발생한다. 폭설로 며칠이나 C6이 봉쇄되어 체력을 다 소모한 끝에 아래로 내려갈 수밖에 없는 경우도 있거니와, 오르는 도중에 눈사태와 만나 생명을 잃는 사고도 발생할 수 있다는 것을 부정할 수 없다.

마지막에 작용하는 역학이, 바로 천운이다.

애당초 하부도 다른 사람이 자신을 좋아하리라 여기지 않았다.

인간관계, 그 역학에서 하부는 논외였다. 또 하나, 하부는 하늘이라는 역학, 천운으로부터 버림받았다.

6

하부는 어느 누구보다 많이 일했다. 누구보다 무거운 짐을 들고 하부는 올랐다. 히말라야의 짐 운반은 아무리 체력이 왕성한 사람일지라도 기껏해야 15킬로그램에서 20킬로그램, 과하게 져도 25킬로그램까지다. 그런데 하부는 30킬로그램을 짊어졌다.

무모했다.

모든 대원에게, 특히 대장에게 자신의 컨디션을 어필하는 건 중요하지만 짐 운반 단계에서 무리를 하면 몸이 상하기 십상이다. 하지만 하부에게는 의지가 있었다.

당시 하부는 전설을 지닌 인간이었다. 두 번에 걸친 귀신 슬랩 동계 등반. 그랑드 조라스에서의 기적적인 생환.

그럼에도 나이는 마흔하나. 베이스캠프 위로는 올라가지 않는 쉰하나의 대장 와가 료이치를 제외하면 전력 멤버 가운데 최고령이었다.

'저 사람이 하부인가?'

그런 눈매로 젊은 대원이 하부를 쳐다봤다.

"얼마나 할 수 있을까."

"다 옛날 이야기겠지. 지금 나이에 뭘 하겠어."

"저러다 발목을 붙잡는 거 아냐?"

"마흔하나라잖아."

그런 숙덕거림도 귀에 들려왔다.

'저 사람이, 그 하부인가' 하는 웅성거림에, '내가 그 하부다'라고 우렁찬 목소리로 대답이라도 하는 듯 하부는 무거운 짐을 등에 졌다.

마찬가지로 전설적인 존재인 하세 쓰네오는 자기 페이스를 잃지 않았다. 다른 사람들과 똑같이 짐을 지고 담담히 올라갔다. 하부는 하세와는 필요 이상의 대화를 나누지 않았다. 이야기할 필요가 있을 때 최소한의 말만 나누었다. 아침에 인사할 때도 먼저 말을 거는 건 하세였다. 하부는 그에 답례만 했다.

애당초 하부는 하세에게만 그런 게 아니었다. 어느 대원에게나 똑같이 그런 식으로 대했다.

"위험한 일은 절대 하지 마세요."

기시 료코는 하부가 일본을 떠나기 전날 밤, 그렇게 말했다.

하부는 쓴웃음을 지으며 중얼거렸다고 한다.

"그 말은 산에 가지 말라는 말과 같아."

그러고 나서 하부는 진지한 표정으로 말했다.

"죽음에 이를 수밖에 없는 행위만은 하지 않겠어."

무서운 말이었다.

7

남서벽 등반은 극도의 난항을 겪었다.

표고 8,300미터 근방의 기온이 낮에도 연일 영하 36도를 기록했다. 눈이 깊었다. 남은 날이 점점 줄어들었다. 도중에 눈에 시간을 뺏겼다.

그 뒤에는 지상 최대라 불리는 거대한 암벽이 기다리고 있었다. 하늘을 뒤덮어 바람을 다 들이 맞는 암벽이었다. 오래 머무르려고 해도 가져온 식량이 제한되어 어쩔 수 없다. 남서벽 정상 등반이 위태로워졌다.

"별동대를 편성해서 노멀 루트인 남동릉을 공격하자."

대장 와가가 제안했다.

이때 지금까지 한 번도 개인적인 의견을 입에 담지 않았던 하부가 처음으로 발언을 했다.

"전 반대입니다."

'왜냐면'이라며 하부는 목소리를 키웠다.

남동릉은 지금까지 동계에도 몇 번이나 올랐던 루트다. 그쪽으로 오른다는 게 무슨 의미가 있는가. 남서벽을 오르는 것만이 의미 있다. 이 상태로는 남서벽을 오르지 못할지도 모른다. 하지만 가능성이 완전히 사라진 것도 아니다. 지금 대원의 힘을 양분했다가는 남아 있는 가능성이 한층 줄어들지 않겠는가. 남서벽 등반을 계속해야 한다.

말하는 동안 하부의 목소리는 흥분으로 인해 떨렸고, 눈가에는 눈물이 고였다.

그러나 이번 원정 뒤에는 큰 스폰서가 붙어 있다. 이번 원정대의 목적은 남서벽이지만 그쪽으로 등정을 못한다면 아무리 노멀 루트라 해도 정상을 밟은 것과 그렇지 않은 것에는 큰 차이가 있다. 스폰서에게 최소한 체면이 선다.

게다가 이번 원정에는 영상 팀까지 참가했다. 남동릉에서 정상을 노리는 별동대를 편성한다고 해도 남서벽을 포기하는 게 아니다. 운이 좋으면 양쪽에서 정상을 밟을 수 있을지도 모른다. 와가가 그렇게 말했다.

아무리 노멀 루트라 해도 세계 최고봉은 최고봉이다. 그 정상을 밟을 기회가 대원들에게 두 번 있으리란 보장은 없다. 많은 대원들의 대장의 의견에 찬성했다.

"이해해주지 않겠나, 하부 군."

"그렇게는 못하겠습니다."

하부는 아이처럼 그 자리에서 떼를 썼다. 눈에 눈물이 그렁그렁했다.

"이제 와서 노멀 루트가 무슨 의미가 있습니까. 조금이라도 가능성이 남았을 때 남서벽으로 원정대의 전력을 투입해야 하지 않겠습니까."

하지만 결국 원정대는 양분됐다. 하부는 남서벽 팀에 남았고, 하세는 남동릉 팀으로 떠났다.

"그 뒤 하부는 귀신이라도 들린 듯 했습니다."

와가가 당시를 술회했다.

"선두에 서서 짐을 운반하며 루트를 만들 때까지 혼자서 두 몫, 세 몫을 했습니다. 그런 사람은 이후로 두 번 다시 보지 못했죠."

하부의 육체에서 무한한 체력이 샘솟는 듯이 보였다고 한다.

"제 입으로는 등정 가능성이 남았다고 했지만, 사실 남서벽은 포기한 상태였습니다."

그런데 하부의 노력으로 등정 가능성이 비치기 시작했다.

루트 개설 작업을 전부 마치고 6캠프에 두 명, 5캠프에 두 명이 남은 상황이었다. 하부는 6캠프에 있었다. 정상 공격일이 내일로 잡히면서 눈이 내리기 시작했고 이내 눈보라가 되었다. 이틀간 눈이 몰아치다 사흘째 날이 갰다. 하지만 사흘째도 움직일 수 없었다. 바위와 과거에 쌓인 눈 위로 새롭게 덮은 눈이 바람과 태양에 의해 표층 눈사태를 일으키기 쉬웠기 때문이었다. 눈이 가라앉을 때까지 하루를 기다려야만 했다.

"고민스러웠습니다."

와가가 후카마치에게 말했다.

대체 어떤 순서로 정상 공격을 실행해야 할까. 기회는 C5의 두 명과 C6의 두 명에게만 있다. 네 사람을 동시에 정상에 보낼 수는 없다. 한쪽이 공격을 할 때는 다른 한쪽이 지원 역할을 수행해야 하기 때문이다.

C5에는 가와기타 마사요시(32세)와 모리타 가쿠지(29세). C6에는 하부 조지(41세)와 이시와타 도시조(31세). 체력 소모가 심한 쪽은 당연히 위쪽 캠프에 있는 하부와 이시와타다. 그러나 현재 하부의 컨디션이 좋다. 체력으로만 따지면 C5에 있는 두 사람과 마찬가지다.

하지만 문제가 두 가지 있었다. 하부와 함께 있는 이시와타의 체력이 나쁘지는 않지만 하부만큼은 아니라는 점. 그리고 눈 문제도 있다.

일기예보로는 지금의 좋은 날씨는 사흘간 이어진다고 했다. 6캠프에서 상부 암벽으로 올라갈 때까지 고도차 200미터 정도 되는 험난한 암벽이 몇 곳 있다. 그 암벽에 신설이 달라붙어 위험했다. 눈이 굳을 때까지 기다려야만 한다. 그곳을 통과한 뒤에도 최후의 난관이라 할 남서벽의 마지막 벽을 오를 체력이 아직 남아 있을까.

고민 끝에 와가는 결론을 내렸다. 공격 기회는 각 한 조에 한 번씩 두 번이 있다. 최초의 공격은 지금 C5에 위치한 가와기타와 모리타가 실시한다. 첫날 눈이 가라앉는 걸 기다렸다가 이틀째 가와기타조와 하부 조가 서로 캠프를 바꾼다. 하부 조가 C6에서 C5로 내려가고, 가와기타 조가 C5에서 C6로 올라간다. 그렇게 하면 C5와 C6 사이의 눈 쌓인 곳을 반반씩 처리하게 된다.

사흘째는 가와기타 조가 C6를 출발하여 남서벽 상부에 매달려 공격을 감행한다. 그리고 정상을 함락하면 오케이. 이어 사흘째에 하부 조가 C5에서 바로 정상까지 공격을 실시. 그 사이 가와기타 조는 C5까지 내려온다. 정상을 밟든 못 밟든 간에 그날 밤 하부 조는

C6에 머물렀다가 다음 날 C5로 내려간다.

설령 사흘째 공격으로 가와기타 조가 정상을 밟지 못했을 경우에도 사흘째에는 하부 조가 C5를 출발해서 상태가 좋으면 그대로 정상을 노리고, 상태가 안 좋으면 C6에 머물렀다가 닷새째에 재차 정상을 노린다.

"이게 최선이라고 저는 생각했습니다."

하지만 하부는 납득하지 못했다. 왜 자신이 2차 공격조로 물러나야만 하는가.

"제가 가장 노력했습니다."

하부는 분명히 말했다.

"제가 있었기 때문에 여기까지 루트를 만들 수 있었고, 캠프도 설치할 수 있지 않았습니까. 그랬던 제가 어째서 두 번째입니까. 첫 번째에 누군가가 올라버리면 두 번째는 쓰레기나 마찬가지입니다."

하부는 대놓고 말했다.

현장에서 할 만한 말이 아니었다. 어느 캠프에나 사람이 들어가 있었고, 무전에 의한 교신은 모두의 귀에 들어간다.

"이해해주게. 부탁함세."

와가가 말했다.

"저는 그렇게 못하겠습니다."

하부가 말했다.

"그때, 하부 씨는 울면서 교신하고 있었습니다."

C6에 함께 있던 이시와타가 후카마치에게 당시의 상황에 대해 말했다.

"사실, 전 하부에게 초등을 노리게 할 작정이었습니다."

와가는 당시에 대해 그렇게 말했다.

누가 어떤 상황에서 출발하든지 간에 1차 공격조의 등정은 확연히 무리라고 판단했다고 와가는 말했다. C6을 출발하면 바로 험난한 암벽이 나온다. 거기서 시간과 체력을 다 소모하고 그 뒤의 암벽을 오를 시간이나 체력이 남지 않으리라.

등정 가능성을 따지자면 2차 공격조가 더 컸다. 하지만 1차 공격조에 하부를 사용해버리면 하부는 2차 공격조에 들어갈 수 없다. 1차 공격조가 등정할 수 없다면 그 시점에서 체력을 한계까지 소모했음을 의미하기 때문이다. 하부라면 아래로 내려올 체력까지 1차 공격에 다 써버릴 것이다. 그렇게 되면 2차 공격은 가와기타 조에게 넘어간다.

그럴 경우 암벽에 매달리는 지점까지는 가와기타 조가 갈 수 있으리라. 하지만 거기서부터 필요한 암벽 기술은 가와기타 조가 하부조보다 떨어진다. 그 가혹한 조건 하에서 가와기타 조가 남서벽을 함락시킬 수 있으리라고는 여겨지지 않았다.

애당초 등반 리더로서 하부와 하세가 이 원정에 참가하기로 된 것이었다. 암벽에서의 능력은 세계적으로도 발군이라 할 두 사람이 원정대에 참가했다. 두 사람 중 누구든 간에 반드시 남서벽을 공격해 성공하리라는 기대가 걸려 있었다. 하지만 그중 한 사람인 하세는 남동릉으로 위치를 옮겼다.

지금 남서벽을 함락시킬 사람은 하부 조지뿐이었다. 그러나 1차 공격으로는 아무리 하부라 할지라도 남서벽을 함락할 수 없다. 1차 공격조로 뽑힌 가와기타 조는 굳이 말하자면 하부의 남서벽 함락을 위해 눈을 치우는 역할이었다. 하지만 그런 말을 대놓고 할 수는 없었다.

공공연히 말하지 않더라도 가와기타 조는 그 사실을 이해했다.

하부의 파트너인 이시와타도 이해했다. 이해하지 못한 이는 하부 혼자뿐이었다. 아니 하부도 논리적으로는 이해했으리라. 허나 감정적으로 하부는 받아들일 수가 없었다.

"제가 왜 두 번째입니까?"

하부는 양보하지 않았다.

"그게 최선이다."

와가가 간절하게 말했다.

이게 하부 개인의 등산이라면 상관없다. 하부가 돈을 내고 대원을 모집해 여기까지 왔다면 상관없다. 하부 본인이 납득하기 위해 어떤 결단을 내려도 상관없다. 아무리 그 결과가 등정 실패로 귀결되는 선택이었다 하더라도 하부에게는 그럴 권리가 있다.

하지만 이번 원정은 다르다. 참가한 모두가 혼신의 각오로 시간과 돈을 필사적으로 투자해 스폰서를 모아 여기까지 겨우겨우 왔다. 대장으로서는 하부의 납득 여부보다 원정대 전체로서 등정을 우선할 수밖에 없다.

"알겠습니다…."

이윽고 하부의 목소리가 울렸다.

"내려가겠습니다."

하부의 건조한 목소리가 들렸다.

이튿째, 하부는 이시와타와 C6에서 내려왔다. 중간에 가와기타 조와 엇갈렸을 때 하부는 미소마저 지으며 말했다.

"힘내라."

하부와 이시와타는 C5에 도착했다. 하지만 하부는 C5 텐트에 들어가지 않았다.

"넌 남아라. 난 내려갈 테니…."

하부는 무미건조한 목소리로 이시와타에게 말했다.

"왜 그러세요, 하부 씨?"

이시와타가 말했다.

"내 산은, 끝났어."

하부는 짧게 그렇게만 말하고 그대로 C4를 향해 발걸음을 내디뎠다.

8

결국 하부는 단독으로 비박을 하며 베이스캠프로 내려왔다.

남서벽 동계 초등은 실패했고, 남동릉 쪽은 하세와 미시마라는 남자가 등정에 성공했다.

9장

암벽의 왕

1

"그거, 쉽지 않겠는데."

미야가와가 말했다.

긴자(銀座), 지하에 위치한 비어홀.

이미 8월에 들어섰다.

후카마치 마코토는 작은 테이블을 사이에 두고 미야가와와 마주앉았다. 두 사람의 커다란 맥주잔에 든 맥주가 반 이하로 줄어들었다.

"7년은 무린가."

후카마치는 미야가와에게 그렇게 말했다.

"요모조모 조사해봤어. 업무로 입국해도 6개월이야. 6개월이 지나면 일단 출국해야 돼. 국외로 나갔다가 다시 돌아올 수는 있어. 그렇지만 바로 돌아오는 것도 쉽지 않아. 몇 달 지나야 해."

"네팔도 과거보다 상당히 까다로워졌다는 이야기는 들었어."

"설령 하부 조지가 원정 뒤 1986년에 다시 네팔에 들어갔다고 해도 1993년인 올해까지 근 7년 내내 네팔에 있을 수는 없어."

"그 사이에 일본에 돌아온 흔적도 없어."

"아무에게도 들키지 않고 돌아오는 건 어렵지 않아. 게다가 국외로 나가야 한다고 굳이 일본에 돌아올 필요는 없지. 인도로 내려가는 수도 있으니까."

"그건 그렇지."

"네팔 정부와 관련된 중요한 업무라면 비관광 비자를 받을 수 있어. 이 비자는 1년이지. 하지만 1년이 기간이 지나면 연장 수속을 밟아야 해. 그 뒤는 정부 관계자와 얼마나 깊은 커넥션이 있는가에 달렸지만."

미야가와가 맥주잔을 오른손으로 들어 올려 맥주를 목으로 넘겼다.

"제길, 맬러리라⋯."

미야가와가 입가를 훔치며 중얼거렸다.

다들 일을 마치고 이런 곳에 스멀스멀 들어올 시간이었다. 해가 져도 아직 바깥에 잔광이 남아 있는 시간. 두 사람 주위는 이미 빈자리 하나 없이 사람들로 빼곡히 들어차 있었다.

미야가와에게 네팔에서 하부 조지로 보이는 사람과 만났다는 이야기를 한 건 일주일 전의 일이다. 결국 다시 한번 네팔에 가야 한다고 후카마치는 생각했다. 자비로 가야 하지만, 업무와 엮어서 가면 경비에 보탬이 된다. 바로 돈이 되지는 않겠지만 그 카메라가 진짜 맬러리의 물건이라면 '빅뉴스'다. 설령 그렇지 않더라도 하부가 현재 뭘 하는지 알아내는 것만으로도 나름 기삿거리가 된다.

'자비로 가고 기삿거리가 된다면 원고료 외에 대우에 따라 교통비나 숙박비를 따로 받겠다.'

그 정도의 약속은 구두로나마 받아두면 괜찮겠다 싶어 이야기를 꺼냈다. 게다가 현재 사정을 알리고 요모조모 협력해줄 사람을 일본에 두는 편이 편리하다. 만약 네팔에 가 있는 동안에 일본에서 움직여줄 사람이 있다면 도움이 될 것이다.

맬러리의 카메라에 대한 이야기를 하자 미야가와의 목소리가 커졌다.

"정말이야? 진짜 정말이라면 이건 엄청난 뉴스야!"

미야가와도 맬러리의 카메라가 지금 시점에서 발견되는 의미를 충분히 인지했다.

"알았어. 협력할게. 그게 사실이라면 비용은 전부 우리가 댈게."

그렇게 말한 미야가와가 물어왔다.

"이 건에 대해 또 누구한테 말했어?"

"아니, 네가 처음이야."

"좋았어. 그럼 이 건은 너랑 나만 아는 비밀이다. 사내에도 한동안은 비밀로 해둘게. 섣불리 말했다가는 반드시 어딘가에 새나갈 테니까."

미야가와의 목소리가 떨렸다.

"흥분되냐?"

"당연하지, 맬러리라고! 그가 에베레스트를 초등했는지 미스터리가 풀릴지도 모른다니."

후카마치는 하부 조지의 네팔 체재에 대해 조사해달라고 미야가와에게 부탁했다. 그 정보를 지금 받는 중이었다.

"그리고 여권도 문제가 돼. 어떤 커넥션을 동원해서 용케 비자를 연장했다고 해도 5년이면 여권 유효기간이 끝나."

미야가와가 빈 맥주잔을 손가락으로 튕겼다.

"그렇겠군."

"물론 대사관에서 새로 발급받을 방법은 있어."

"만약 하부가 네팔 일본대사관에서 새로운 여권을 만들었다면 그 선을 통해 하부가 어디 있는지 알아볼 수 있지 않을까?"

"일반적으로는 무리겠지. 외무성에 전화해서 '알려주세요'라고 물어본다고 '네, 그러죠' 하고 넙죽 가르쳐줄 리는 없으니까."

"하지만 해외에 머물고 있다면 현주소 같은 정보가 데이터로 외무성에 보관돼 있지 않겠어? 일본 연락처 정도는 알 수 있을 거야."

"외무성 직원 중에 지인이 있어. 그런 걸 알아보는 게 가능한지는 물어볼게. 어쨌든 이렇게 된 이상 카트만두로 날아가서 거기 있는 일본인이나 셰르파에게 하부에 대해 묻는 편이 빠르지 않겠냐. 뭐라고 했지? 하부한테 다른 이름이 있다면서."

"비카르산 말이야?"

"그래, 그 이름으로 뒤지면 뭔가 나오겠지."

"네팔이라…."

"여기서 고민하는 것보단 그쪽에 가는 게 낫지 않겠어?"

미야가와가 맥주잔을 들어 올리다가 잔이 비었다는 걸 깨닫고 다시 테이블에 내려놓으며 후카마치를 바라봤다.

"가버려."

"하지만 그전에 알아봐야 할 일이 있어."

"뭔데?"

"하세."

"하세? 1년 전 죽은 그 하세 쓰네오 말이야?"

"그래."

후카마치가 턱을 당기며 수긍했다.

2

세가와 가요코와 연락이 끊긴 건 오봉(お盆, 8월 15일을 전후로 한 백중맞이 휴일)이 끝날 무렵이었다. 오봉이 지나 전화를 걸었더니 테이프에 녹음된 기계음의 여성 목소리가, '지금 거신 전화번호는 현재 사용할 수 없습니다'라고 후카마치에게 통보했다.

세이비샤로 전화를 걸어보자, 알고 지내던 여성 편집자가 후카마치에게 말했다.

"가요코 씨는 관뒀어요."

"관뒀다고요?"

"예."

"언제요?"

"8월 13일에요."

"연락처 알죠?"

"예."

"그럼 가르쳐주세요."

"그게…."

그녀가 우물거렸다.

"왜 그래요?"

"후카마치 씨에게는 가르쳐주지 말라고."

"제게요?"

"예."

씁쓸한 목소리였다. .

그녀도 후카마치와 세가와 가요코 사이의 일을 대충 아는 눈치였다. 연락처를 알려주지 말라고 가요코가 말했다면 둘 사이의 더 깊은 사정까지 알지도 모른다.

"상황이 정리되면 편지를 쓴다고 했어요. 어딨는지 찾으려 들면 어떻게든 알아낼 수 있겠지만, 그래도 한동안은 자기를 찾지 말아달라고…."

"찾지 말라고요…."

"예."

후카마치는 호흡을 몇 차례 가다듬었다.

"알았다고, 그녀에게 그렇게 전해주세요."

짧은 인사를 건네고 후카마치는 수화기를 내려놓았다.

가요코는 왜 사라진 걸까. 이유는 알고 있다. 이젠 끝이라고 판단했기 때문이다. 내가 납득하기를 기다리지 않고 가요코 자신이 먼저 발을 뺀 것이다. 내가 어떤 결론을 내리든지 간에 스스로 이제 끝이라고 판단했기 때문에 모습을 감춘 것이다. 애당초 그녀는 세이비샤의 정식 직원도 아니었다.

'하지만, 아무리 그래도…'

후카마치는 입술을 깨물며 숨을 토했다.

오랫동안 일하며 익숙해진 직장을 가요코는 그만뒀다. 고만고만한 수입이라 해도 어엿하게 자기 자리까지 있었던 직장이었다. 세이비샤의 전속 디자이너처럼 일을 해왔기 때문에 앞으로 일을 찾기가 좀처럼 쉽지는 않으리라. 그러나 그런 모든 사태를 예감하면서도 가요코는 회사를 그만두고 주소까지 옮겼다.

내가 그렇게까지 가요코를 몰아붙였나? 못할 짓을 했다. 하지만 자신에게 그 외에 어떤 방법이 있었는지 묻는다면 대답할 수 없었다.

어쩌면 세이비샤에서 책상은 치우게 됐지만, 중요한 업무는 남겨두고 자택에서 근무하고 있을지도 모른다. 다시 전화를 걸어 그녀가 하던 업무 상황을 물어보려다 관뒀다.

알아본다고 달라지는 건 없다. 이게 자신과 가요코 사이의 결론이었다. 이미 내려진 결론을 가요코가 몸소 가르쳐준 것이다. 이런 식으로 그녀가 납득을 구해왔다면 이걸로 납득해야 하리라.

가요코가 내린 결론을 존중해야 하지 않겠는가. 그렇게 생각하자.

그러나 내가 내렸어야 할 결론을 빼앗긴 마음이 든다. 항상 그랬다. 후카마치는 과거를 반추했다.

항상 그랬다. 자신이 마음을 정하지 못하고 망설이는 사이, 상황이 먼저 나서서 결론을 내려버렸다. 이제 와서 누가 나쁘다고 탓하고 싶은 마음은 없다. 모든 일에 하나하나 결론을 내리며 살아갈 수는 없다. 인간이란 늘 결론짓지 못한 일들을 마음속에 품고 다음으로 넘어가야만 한다.

그런 것이다.

그 정도는 안다. 그걸 아는데도 너무나 갑작스럽다. 느닷없다.

생각해보면 역시 당연한 일이다. 이런 걸 후카마치에게 의논할 리가 없다. 가요코가 내린 결론을 존중하자고 후카마치는 이를 악물며 마음을 다잡았다.

수화기를 내려놓고, 후카마치는 다다미 위에 드러누웠다. 다다미 여섯 장 크기의 공간. 건너편에는 거실과 부엌을 겸한 다다미 여덟 장 크기의 방이 있다.

자신의 아파트. 카메라 기재라든가 산과 관련된 도구가 난잡하게 널브러져 있다. 거실 사이의 칸막이를 터서 넓혔지만 업무용 책상과 책장, 자료 케이스, 그리고 촬영 필름 보관용 선반을 들여놓아 드러누울 공간만 간신히 남았다.

어이, 후카마치.

목소리가 들린다.

너, 이제 몇 살이냐.

곧 마흔이지.

이게 마흔을 목전에 둔 남자의 방이냐.

반듯한 학생이면 훨씬 제대로 된 방에서 산다.

이렇게 살 거냐.

이런 식으로 계속 살 거냐.

언제까지 카메라맨으로 먹고살 수 있을 거 같아?

이따금 원고 나부랭이나 긁적이고, 한 달에 기껏 일 몇 건 받으면서 변변히 돈이나 모았냐?

전혀 없다.

에베레스트에서 거의 다 썼고, 돌아와서도 싸구려 방이라 해도 비즈니스호텔에서 일주일이나 머물렀다.

지금 당장 융통할 수 있는 현금은 얼마나 되냐?

산, 그것 좋지.

에베레스트라니 얼마나 멋진가.

폼도 나겠지.

하지만 에베레스트에 간다고, 정상을 밟았다고 모든 것이 끝나지는 않는다. 일본으로 돌아와, 이 방으로 돌아와, 에베레스트에서 보낸 것보다 훨씬 긴 시간을 앞으로 살아가야만 한다.

일상 속에서 낙오되면 어쩔 셈이냐. 그럴 때마다 히말라야에 갈 건가. 그럴 때마다 에베레스트에 올라 친구를 하나씩 잃어갈 건가.

제길, 버리고 싶다.

버릴 수 있는 건 모두 여기에 버리고, 가벼운 몸으로 어딘가로 떠나버릴까. 뭐가 어떻게 되든 상관없다. 이젠 그 어떤 것과도 엮이고 싶지 않다….

힘이, 빠졌다.

하지만 —.

후카마치는 생각했다.

그렇지만, 이라고 생각했다.

사람은 살아가야만 한다. 나도 앞으로 몇 년이 될지 몇십 년이 될지 모르지만 살아가야만 한다. 안락한 시간일지 고달픈 시간일지 모르지만, 죽기 전까지 그 시간을 살아가야만 한다.

어차피 살아간다.

살아야 한다는 걸 안다.

그걸 안다면 죽기 전까지의 그 시간을, 뭔가로 채워 넣어야만 한다. 어쨌든 뭔가를 채워야 한다.

그걸 안다면. 어차피 시간을 채워야 한다면 다다르지 못할지도 모를 이해. 정체를 알아내지 못 할지도 모를 대답, 밟지 못할지도 모를 정상을 향해 발을 내디뎌보는 것도, 그런 식으로 채워가는 것도 나의 방식이 아닐까.

파란 하늘 위로 쭉 뻗은 한 점. 이 지상에 단 하나밖에 없는 장소. 지구의 정상. 그곳에 내 마음을 투사하고 싶다. 어느 술집에서 술을 마시든, 만취해서 어느 골목길에서 쓰러져 자든, 마음속에는 그 하얀 정상을 품고 있으리라. 그곳에 머무르고 싶다.

진정이 안 된다.

아마. 그 정상을 마음속에 깊이 담아두는 것이 그곳에 머무르는 방법이겠지.

알고 있다. 알기에.

후카마치는 자신에게 말했다.

'지금은 지쳤다. 지금은 아무 생각하지 않고, 넋 나간 듯이 잠시만 천장을 올려다보게 해줘…'

3

하세 쓰네오가 죽은 건 1991년 10월의 일이었다. 카라코람산맥 K2 등반 중 눈사태로 사망했다.

K2는 '카라코람2'라는 의미의 측량 기호다. 그대로 산 이름이 됐다. 카라코람산맥은 지형적으로 히말라야 산맥과 연속되지는 않지만 등반사에서는 넓은 의미에서 히말라야 산맥에 포함된다. 표고 8,611미터. 파키스탄 북동 끝에 위치한, 에베레스트 다음으로 높은 세계 제2의 고봉이다. 발티족 언어로는 초고리.

1954년 이탈리아 원정대의 아킬레 콤파뇨니Achille Compagnoni와 리노 라체델리Lino Lacedelli에 의해 그 정상이 정복됐다. 하세 쓰네오에게는 1985년 에베레스트 이후 두 번째 8,000미터급 고봉 도전이었다. 하세는 단독으로 이 산에 도전하려고 했다. 일본인 지원조가 열 명 따라와, 5,400미터 지점에 베이스캠프를 설치했다. 단독 등정이 성립하는 조건 중 하나로 베이스캠프 위쪽으로는 일절 다른 사람의 협력을 받아서는 안 된다는 암묵적인 양해가 있다.

반대로 베이스캠프까지는 어떤 방법을 사용해도, 설령 헬기를 타고 직접 들어와도 상관이 없었다.

이외에 포터가 스무 명. 네팔에서 부른 셰르파 네 명이 서포터로 붙었다. 서포터라고 해도 그들은 촬영 팀을 위한 대원이었다. 1캠프, 2캠프, 3캠프, 4캠프, 이런 순서로 캠프를 올라가지만 이는 촬영 팀을 위한 캠프로 하세는 자력으로 자신의 캠프를 위한 모든 것을 지고 올라야 했다.

지원조와 하세가 관계를 맺는 경우는 무전에 의한 교신이 전부로, 그 외에는 하세에게 사고가 일어났을 때뿐이다. 4캠프까지는 지원조가 만든 길을 이용할 수 있지만 8,000미터를 넘어선 지점부터 지원조는 하세보다 앞서가지 않는다. 그런 조건을 스스로에게 부가한 도전이었다.

무산소.

에베레스트에서 자신감을 얻은 하세의 선택은, K2 무산소 단독 등정이었다. 그런데 베이스캠프에서 1캠프를 설치하러 오르던 도중 표고 6,000미터도 못 미치는 장소에서 하세는 눈사태에 휘말려 죽고 말았다.

마흔네 살. 현역 등반가로서는 마지막이었을 도전이었으리라.

믿을 수 없었습니다.

지금도 믿을 수 없습니다. 저는 K2가 두 번째라 잘 알고 있습니다. 제가 아는 한, 지금까지 단 한 번도 눈사태가 일어난 적이 없는 장소였습니다.

물론 이론상 경사면에 눈이 쌓이면 아무리 완만하더라도 눈사태가 일어날 가능성이 있다는 건 압니다. 그렇지만 그곳은 그럴 만한 장소가 아니었습니다. 경사면도 완만했고 추운 날씨가 며칠이나 이어졌습니다. 신설이 쌓이지도 않았습니다. 눈도 단단히 굳어서 헤쳐나갈 필요가 없을 정도였습니다. 이번 루트 중에 가장 안전한 장소였습니다.

고도순응을 위해 잠깐, 그런 가벼운 마음으로 하세는 베이스캠프에서 나갔습니다. 물론 베이스캠프에서 출발하는 장면은 찍었습니다. 출발 장면을 찍고 나서 20분쯤 늦게 저희 네 명은 하세를 따라갔습니다. 30분 정도 걸었더니 앞서가는 하세가 보였습니다. 왼쪽에서 오른쪽으로 완만하게 경사진 활짝 트인 눈길을 하세가 걸어가고 있었습니다. 괜찮은 장면이 나올 것 같아, 하세의 뒷모습을 촬영하기 위해 삼각대를 세팅하려고 준비하는데, 그때 그게 보였습니다.

경사면 위로 파란 하늘을 향해 팍 하고 구름 같은 하얀 연기가 피어올랐습니다. 처음엔 구름인가 싶었습니다. 그런데 구름이 아니었습니다. 그 하얀 연기 같은 것이 점점 덩치를 키워가며 창공으로 펼쳐지더니 경사면을 따라 빠른 속도로 내려오는 모습이 보였습니다. 쿵 하는 눈사태 소리가 들린 건 그 뒤였습니다.

눈사태다.

그렇게 생각이 들었을 때 하세도 알아차렸습니다.

이쪽을 향해 필사적으로 뛰어왔습니다. 하지만 이쪽에서 보기에는 아무리 하세가 서둘러도 무리라는 걸 알 수 있었습니다. 하세가 이동해야만 하는 거리와 위에서 굴러 내려오는 거대한 눈사태, 그리고 떨어져 내려오는 속도.

도저히 안 된다.

확연히 알 수 있었습니다. 무섭다는 말을 쉽사리 내뱉곤 하지만, 실제로 공포에 휩싸인 그 순간에는 항문이 바짝 조이는 듯한 기분이 들었습니다.

하세는 얼마 뛰지도 못하고 눈 깜짝할 사이 눈사태에 휘말리고 말았습니다. 저희는 미동도 하지 못했습니다. 목소리조차 바로 나오지 않았습니다.

하세가 휘말린 순간,

"눈사태다!"

"야!"

"뛰어!"

누가 뭐라고 했는지 기억도 안 나지만, 아무튼 외쳤습니다, 저희는. 그리고 피켈만 들고 뛰어갔습니다. 살아만 있어 달라고 마음속으로 빌며 현장에 달려갔지만, 도착했을 때 이미 글렀다는 걸 알 수 있었습니다. 멀리서 볼 때는 아름다운 뭉게구름 같았는데 가까이 와서 보니 엄청난 눈사태였습니다. 여기저기 나뒹구는 얼음 같이 단단한 눈덩어리를 보니 살기는 어렵다는 걸 직감했습니다. 그래도 천운으로 살아 있을지도 모른다는 생각을 버릴 수 없었습니다.

그렇다면 최초 20분에 달렸습니다. 20분 이내에 파묻힌 하세를 구해낸다면 소생할 수 있을지도 모른다, 구조 요청을 하기보다는 네 사람이 함께 하세를 찾다가 20분이 지나면 한 사람이 베이스캠프로 가서 사람을 부르면 된다, 그런 마음으로 찾았습니다.

네 사람이 일렬로 서서 피켈로 눈 위를 찌르며 경사면을 이동했습니다. 피켈의 뾰족한 쪽을 눈 속에 찔러 넣으며 20센티미터씩 이동해 나갔습니다. 눈 안에 시체가 파묻혔다면 찔렀을 때 감촉이 느껴질 테니.

결국 하세의 시체를 발견한 건 다음 날이었습니다.

— 기타하마 슈스케(카메라맨), 〈가쿠보〉, 1992년 1월호(인터뷰)

나는 비열하다.

커피숍에서 이와하라 히사야를 기다리며 후카마치는 그렇게 생각했다.

일에 빠져 생각하지 않으려고 한다.

일을 핑계로 잊으려고 한다.

가요코에 대해….

아니, 지금 내가 하는 건 아직 일이라 할 수도 없다.

취미.

어쩌면 한 푼의 수입도 기대할 수 없는 작업. 그 작업에 몰두하면서 생각하지 않으려 한다. 하지만 의식 깊은 곳에서는 항상 끈적끈적한 타르와 같은 무언가가 침잠해서 결코 사라지려 하지 않았다. 무언가에 몰두하려고 하면 할수록 더 시커멓고 묵직한 그것이 깊이 뿌리를 뻗는다.

일로 도망치려 한다.

그러나 비열하든 어쨌든 간에 그게 나다. 가요코의 마음을 떠나보낸 것도 나다. 가요코에게 다른 남자가 생겨서 그 일로 허우적댄 것도 나고, 지금 이렇게 일이라 할 수 없는 무엇 때문에 이와하라를 기다리는 것도 나다. 자포자기할 수는 없다. 자신이 한 여자로 인해 황망해한다면 그 황망함도 나의 것이다. 무언가에서 도망치려 해도 자신으로부터 도망칠 수는 없다….

후지미 호텔. 시나가와(品川)에 위치한 작은 호텔 커피숍. 이와하라 히사야의 직장이 이 근처라 후카마치가 전화를 걸어 만나고 싶다고 청하자 이와하라가 이 호텔을 지정했다.

"낮에 한 시간 정도 시간을 낼 수 있습니다."

이와하라가 말했다.

그래서 지금 후카마치는 이와하라를 기다리는 중이다.

왜 이와하라에게 연락을 한 걸까? 실은 얼마 전 무심코 하세 쓰네오의 일기를 읽었다. 하세가 죽은 후에 출판된 유고집이다. 하세가 잡지에 쓴 글 중 아직 책으로 묶이지 않은 원고와 미발표 원고를 모은 책이었다. 《천상의 암벽》, 그 안에 '일기'가 들어 있었다.

장 제목은 'K2 일기'라고 붙였지만, 그 제목은 하세 본인이 붙인 건 아니다. K2 단독 등정을 작심하고 실행으로 옮기기까지의 경황을 일기 같이 메모한 글로, 활자화되면서 'K2 일기'라는 제목이 붙었다. 단어만 나열한 부분도 있고, 본인만 알아볼 수 있는 메모 같은 대목도 있었다. 결국 나중에 등정에 성공했더라면 하세는 이 메모를 기초로 제대로 된 원고로 만들 의도였으리라.

그 'K2 일기' 중에 마음에 걸리는 문장이 있었다.

5월 3일 카트만두

8,000미터봉, 무산소, 단독 등정. 할 작정이다. 말하지 않아도 알 수 있다. 가슴이 두근거린다. 이런 아이디어가 있었다니. 진지하게 고민해보면 불가능하지 않다.

나도.

기껏 이런 문장이었지만, 후카마치는 이상하게 마음에 걸렸다. 그래서 이와하라와 만나기로 했다.

이와하라는 《천상의 암벽》을 출판한 게이류샤 출판사에서 근무한다. 등산이나 아웃도어 관련 책을 편집하는 부서의 책임자다. 현역 클라이머로 활동했던 경력을 지녔고 나이는 하세와 동갑이라 올해로 마흔여섯일 터였다.

약속 시간인 12시에 정확히 이와하라가 모습을 드러냈다.

4

"예, 제가 고집을 부려 제 손으로 전부 만들었습니다. 하세가 손으로 쓴 메모까지도 모두 직접 확인했죠."

이와하라가 말했다.

커피가 바로 나왔지만, 이와하라는 손을 대지 않았다.

첫 대면은 아니다. 직접 일을 같이 한 적은 없지만, 후카마치가 게이류샤의 일을 몇 건 맡으면서 이와하라와는 몇 번 얼굴을 조우하며 명함을 교환했다. 오랜만에 만나 한 차례 인사를 주고받았다.

이야기는 하세 쓰네오의《천상의 암벽》으로 옮겨갔다.

"하세 씨가 K2 무산소 단독 등정을 진지하게 고민하기 시작한 게, 그가 1990년에 네팔에 갔다가 돌아와서라고 들었습니다."

후카마치가 말했다.

"5월이었나요."

이와하라가 커피에 손을 뻗으며 말했다.

"예."

후카마치가 들고 온《천상의 암벽》을 내밀어 그 문장이 실린 페이지를 펼쳤다.

"그러니까 여기에 쓰여 있듯이 그 아이디어는 네팔에서 시작됐다고 볼 수 있겠군요."

"그렇겠군요."

"하세 씨는 어쩌다 네팔에서 이런 아이디어를 떠올렸을까요?"

"글쎄요. 네팔이야 8,000미터급 고봉으로 둘러싸인 곳이다 보니 절로 그런 생각이 들지 않았을까요."

"그런가요."

생각이야 누구든지 머릿속에서 떠올릴 수 있다.

히말라야 8,000미터급 고봉 무산소 단독 등정. 하지만 꿈같은 이야기다. 가능할 리 없는 발상이다. 강인한 체력과 정신력, 그리고 엄청난 천운이 따라야만 한다. 바로 공격할 수도 없기에 8,000미터 고도에 신체를 순응시키는 훈련도 거듭해야만 한다. 순응 훈련을 시작하더라도 트레이닝 기간까지 포함하면 반년은 족히 걸리리라. 고도순응을 위한 등산이라면 단독일 필요가 없기에, 그 훈련만으로도 일반적인 8,000미터급 고봉 등산에 드는 시간과 자금이 필요하다.

등산 허가와 제반 준비만 생각해도 시작하는 데 2년은 걸린다. 그것
도 스폰서가 붙었을 때의 이야기다. 등반가에게 상당한 네임 밸류와
실적이 없다면 무리다.

히말라야 8,000미터급 고봉 무산소 단독 등정에 처음 성공한 건
라인홀드 메스너Reinhold Messner였다. 1978년 8월에 낭가파르바트
8,126미터 정상에 메스너가 섰다. 메스너 외에는 한 줌에 가까운 사
람밖에 없었다. 동계에 그 일이 가능한가?

1985년 데날리에서 죽은 우에무라 나오미植村直己가 1981년에 에
베레스트 '일본 동계원정대'로 등정을 시도했지만 실패했다. 그걸 현
실 속의 비전으로 하세가 머릿속에 그렸다면 어떤 계기가 있었다고
상정해볼 수 있다.

"하세 씨가 네팔에서 누군가와 만났을 경우는 생각해볼 수 없을
까요. 거기서 누군가와의 만남이 계기가 되어…."

"K2 무산소 단독을 떠올렸다?"

"예."

'8,000미터급 고봉, 무산소, 단독 등정.'

'할 작정이다.'

'말하지 않아도 알 수 있다.'

하세 쓰네오의 일기라고도 메모라고도 할 수 없는 그 문장에는
명백히 누군가를 상대로 상정했다는 기미가 보인다.

'8,000미터급 고봉, 무산소, 단독 등정.'

이것만으로는 알 수 없지만, 하세는 이어서 쓰고 있다.

'(그걸) 할 작정이다.'

이건 자기 자신이라기보다 다른 별개의 인간이 '할 작정이'라고 생
각하는 편이 자연스러운 느낌이 든다.

'말하지 않아도 알 수 있다.'

이 문장은 자신이 아닌 다른 사람이 (8,000미터급 고봉, 무산소, 단독 등정을) '할 작정'이라는 걸 '말하지 않아도 알 수 있다'는 것이리라.

'나도'

이 대목은, 하세에게 '8,000미터급 고봉, 무산소, 단독 등정'이란 아이디어를 제공한 인물이 존재한다는 걸 방증하지 않을까. 후카마치가 그 생각을 이와하라에게 말했다.

"하세 씨는 누군가와 카트만두에서 만난 게 아닐까요."

"물론 생각해볼 수 있는 이야기지만, 그렇다면 대체 누굴 만났을까요?"

반대로 이와하라가 후카마치에게 물었다.

'하부 조지.'

후카마치는 그 이름을 입 밖에 낼 뻔한 걸 간신히 참았다.

어쩌면—.

막연한 감이지만, 1990년에 네팔에서 하부 조지와 하세 쓰네오는 만나지 않았을까. 우연한 만남인지 의도된 만남인지는 알 수 없지만, 두 사람은 만나지 않았을까. 그때 하세는 8,000미터급 고봉, 무산소, 단독 등정에 대한 구체적인 이미지를 떠올리게 된 게 아닐까.

하지만 이건 상상에 불과하다. 이 상상이 얼마나 정확한지, 그걸 확인하고 싶어서 이와하라를 만나러 왔다. 그런데 하세가 하부를 만났다고 하면 왜 하세는 그 사실을 숨긴 걸까. 메모에조차 왜 만난 상대의 이름을 쓰지 않은 걸까.

만약 하세가 누군가를 정말 만났고, 만난 사람의 이름을 알리고 싶지 않은 사정이 있었다면 메모에 그 이름을 쓰지 않았을 가능성은 충분하다. 가령 일기에도 감추는 내용이 있기 마련이다. 언젠가 누군가가 읽을지도 모를 가능성이 내포된 이상, 알리고 싶지 않은 사실을 쓰지 않는 경우가 있다. 게다가 나중에 활자화되어 누구나 읽게 될지 모를 메모라면 그런 의식은 좀 더 강하게 작용한다. 그렇다면 메모 내용은 당시의 정황을 자신만 떠올릴 수 있게 기호적인 언어로 표기하는 게 좋다. 그랬다고 하면 하세는 왜 하부, 혹은 다른 누군가와 만난 사실을 숨기려고 했는가. 그게 아니라면 나의 지나친 상상인가.

"이와 관련해서 짐작할 만한 내용이 있는 하세 씨의 다른 메모는 없었나요?"

"네팔에서 무산소 단독 등정 아이디어를 떠올리게 만든 상대와 만났다는 걸 기록한 메모 말인가요?"

"예."

"글쎄요, 이거다 싶은 건⋯."

"하세 씨가 네팔에 간 건, 광고 촬영 때문이었다고 들었습니다."

"예. 텔레비전용 커피 CF 촬영이 있었습니다. 포카라 쪽으로 들어가서 마차푸차레와 안나푸르나를 배경으로 찍었을 겁니다."

"그때 스태프 중에 당시의 일을 기억할 만한 분이 계실까요?"

"그렇다면 카메라맨인 기타하마 슈스케 씨가 제일 잘 알 겁니다."

"카메라맨으로 하세 씨와 K2 원정에도 같이 가셨던 분이죠?"

"예. 네팔에서의 광고 촬영으로 연을 맺게 돼서, 하세의 K2 원정에서도 카메라를 들게 됐죠."

이와하라가 수첩을 꺼내 기타하마 슈스케의 연락처를 후카마치에게 가르쳐줬다. 후카마치가 기타하마 슈스케의 전화번호를 받아 적는 걸 기다리면서 이와하라가 말했다.

"그나저나 설마 제가, 하세 쓰네오의 책을 만들게 되리라곤 상상도 못 했죠."

"무슨 말씀이신지."

"저와 하세 쓰네오는, 과거에 묵은 인연이 있었죠."

"…"

"어렸을 때입니다. 벌써 20년 가까이 지난 일이군요."

"무슨 일이라도 있으셨나요."

"있었죠. 그 일로 하세 쓰네오와는 멀어졌죠. 한때는 미워하는 감정도 가졌으니까요."

"미워하셨다고요?"

"예. 물론 지금은 그렇지 않습니다. 그러니까 이렇게 말씀드릴 수 있죠."

"괜찮으시다면 이야기를 들을 수 있을까요."

"물론 괜찮습니다."

이와하라가 남은 커피를 비우고 마음을 다잡는다는 듯이 잔을 내려놓았다.

"그건 1974년 3월의 일이었습니다."

"거의 20년 전의 일이군요."

"저나 하세나 스물일곱쯤 됐을 겁니다. 바위에 매달리는 고통과 쾌감에 흠뻑 빠져들었던, 가장 쌩쌩했던 시절이었죠…."

아스라한 과거를 읊는 듯한 어조로 이와하라가 이야기를 시작했다.

5

이와하라 히사야는 그 무렵 가쿠료카이라는 산악회에 소속되어 있었다. 중견급의 산악회였고, 이와하라의 실력은 그 안에서 발군에 속했다. 공격적으로 산을 타는 여타의 산악회의 탑 클래스와도 충분히 어깨를 나란히 할 만큼 기술과 체력, 정신력을 소유했다. 하지만 신 루트 초등이라는 훈장은 그때까지 전혀 없었다. 자일을 같이 묶고 신 루트를 개척할 파트너를 만날 운이 없었던 것이다.

이와하라는 몇 년 전부터 다니가와다케 이치노쿠라의 다키자와 주타로(重太郎) 슬랩을 노렸다. 당시 다니가와다케 이치노쿠라에 남은 최후의 동계 미답 루트. 귀신 슬랩 정도는 아니었지만 이 슬랩도 겨울에는 눈사태의 둥지가 됐다. 야심 넘치는 등반가라면 '언젠가는' 하면서 마음속으로 노리곤 했지만, 현실적인 문제로 좀처럼 손대기 힘든 암벽이었다.

"3년 정도 매일같이 그곳에 가서 일주일에서 열흘, 눈사태가 떨어지는 상황을 조사하고 연구했죠."

이와하라가 말했다.

드디어 결심을 내린 시기는 1974년 3월.

"이날을 위해 3년간, 저희 산악회의 기타자와 가즈미라는 남자를 단련시켰습니다. 둘이서 몇 번이나 겨울 암벽을 올랐죠. 이치노쿠라만이 아니라 호타카의 다키다니도 병풍바위도 다 올랐습니다."

기타자와는 산악회에서 이와하라 버금가는 실력자가 됐다.

"주타로 슬랩에 오르지 않을래?"

이와하라가 슬랩에 오르기 이전해 11월에 기타자와에게 의사를 타진했다.

"진심이세요?"

기타자와는 겁을 냈다.

"할 수 있어. 틀림없이 가능해. 거기 눈사태는 어떻게 달라붙느냐에 따라 다르긴 하지만 일정한 리듬이 있어. 코스도 이미 정해놨다고…."

이와하라는 그때까지 꼼꼼하게 기록해둔 노트를 펼쳐 보였다.

"3월 초순 현지에 들어가서 일주일 정도 기상도를 들여다보며 기회를 기다리는 거야. 반드시 하루나 이틀 정도 기회는 찾아와. 그때 단숨에 주타로 슬랩을 해치워버리는 거야."

계획에 기타자와가 동참했다.

"저와 기타자와는 출발 전에 유서까지 쓰고 나왔습니다. 그걸 친구에게 맡기고 도쿄에서 나왔죠."

그 정도로 단단히 각오했어도 출발 전 열흘간은 음식이 목에 넘어가지 않았다. 먹기만 하면 게워냈다.

텐트에서 사흘을 기다렸다. 닷새째 절호의 컨디션이 형성됐다.

주타로 슬랩에 오르기 시작해 한 시간 반쯤 지났을 때 까다로운 곳과 부닥쳤다. 그리 크지 않은 오버행.

좌우로 우회하는 게 최선일까, 어느 쪽으로 가야 하나. 망설이고 있는데 밑에서 무서운 속도로 올라오는 남자가 있었다. 그 남자는 혼자였다. 순식간에 오버행 밑까지 쫓아왔다. 하세 쓰네오였다.

"하세라고 합니다."

그 남자가 방긋 미소 지으며 인사했다.

"하세라는 이름은 알고 있었죠. 일본 암벽에 차례차례 신 루트를 개척한 남자였으니까요. 겨울 이치노쿠라에 올 만한 사람이라면 하세라는 이름을 한 번은 들어봤을 겁니다. 하세 쓰네오는 이미 그만큼 유명세를 떨쳤으니까요."

이 남자가 그 하세인가. 이와하라와 기타자와의 눈에는 하세가 눈부셔 보였다.

"위험한 곳이네요. 20분 정도 걸리지 않을까 싶었는데 30분 걸리고 말았어요."

하세의 말투는 시원시원했다.

"깜짝 놀랐습니다. 저희가 한 시간 반 걸린 구간을 30분 만에 왔다니까요."

성큼성큼, 그런 표현이 딱 어울렸다. 수직의 암벽을 마치 걸어가는 듯이 하세는 두 사람을 추월해갔다. 이와하라와 기타자와도 페이스를 높였다.

30분 정도 지났을 때 하세에게 따라붙었다. 눈이 쌓여 깊은 눈을 헤쳐나가야 하는 장소였다. 하세는 혼자서 눈을 헤치며 올라갔다. 이와하라와 기타자와가 바로 하세를 따라잡을 수 있었던 건 하세 혼자 눈을 헤쳐나갔기 때문이었다. 앞선 사람이 눈을 헤쳐서 만들어진 길을 뒤에서 따라 올라가면 상당히 편하다.

"교대하며 갈까요?"

이와하라가 하세를 따라잡고는 말을 걸었다.

"부탁드립니다."

셋이서 교대로 눈을 헤치며 전진했다. 그런 장소가 두 곳 정도 있었다.

"그럼."

그곳을 다 지나서 이제 눈을 헤치고 나갈 곳이 사라지고, 얼음과 암벽만이 남자 하세는 그렇게 말하고 두 사람을 남겨둔 채 암벽을 오르기 시작했다. 이와하라와 기타자와가 주타로 슬랩에 다 올랐을 때 이미 그곳에 하세의 모습은 없었다. 두 사람이 하세와 만난 건 밑에 내려와 도아이(土合)의 등산지도센터 앞에서였다.

"야아."

하세가 배낭을 내려놓고, 막 내려오는 두 사람에게 방긋 웃으며 오른손을 내밀며 악수를 청해왔다. 이와하라가 그 손을 잡은 순간,

하세가 미소를 지으며 다음과 같이 말했다고 한다.

"2등 축하드립니다."

아연실색하게 만드는 말이었다.

6

후카마치는 맥주를 마시며 미야가와를 기다렸다. 얼마 전에도 미야가와와 만났었다. 그때와 마찬가지로 긴자 지하에 위치한 비어홀이었다.

서늘한 여름이었다.

비가 연신 내렸다. 태풍이 규슈(九州)를 직격해 폭우를 미나미규슈(南九州)에 쏟아부었고 가고시마(鹿児島)와 구마모토(熊本) 일대의 강을 범람시켰다. 강물이 넘쳐 강 속의 토지를 침식해서 무너진 민가가 흙빛 탁류에 밀려 들어가는 장면이 텔레비전에서 흘러나왔다. 그 집은 격류 속에 회전하며 뒤집혔다가 결국엔 붕괴되서 탁류 속으로 빨려 들어갔다.

해가 드는 날이 드물었고, 들더라도 길게 이어지지 않았다. 서늘한 여름이라 해도 당연히 여름은 여름이다. 어쨌든 기온은 높았다. 에어컨을 틀지 않은 방에서 원고를 쓰다 보면 손은 땀으로 범벅이 됐고 원고용지가 팔과 팔꿈치에 들러붙었다. 가끔은 이런 데 와서 맥주를 마시지 않으면 견디기 힘들었다.

집에 틀어박혀 지내면 기분이 침잠됐다. 되도록 작업이나 다른 사람과의 만남을 통해 시간을 메우려고 했지만, 누군가를 기다리다 상대가 늦는 이런 때는 이내 가요코에게로 의식이 쏠린다.

'미야가와, 얼른 와.'

후카마치가 속으로 중얼거리며 시계를 봤다. 약속 시간은 이미

10분이나 지났다. 기타하마 슈스케와 방금 전까지 함께 이야기를 나눴다. 긴자 다이이치 호텔 커피숍이었다. 1990년 광고 촬영으로 카트만두에 들어갔을 때 하세가 'K2 무산소 단독 등정'이라는 아이디어를 얻을 만한 정황이 있었는지를 물었다.

"짐작 가는 일이 있으신가요?"

"글쎄요?"

기타하마를 고개를 저었다.

"카트만두에서 그런 아이디어를 떠올렸다면 그럴 만하다는 생각이 들긴 하네요. 하지만 어떤 계기가 따로 있었는지, 저도 거기까지는. 만약 카트만두에서 하세가 그런 생각을 처음 했다면 그 아이디어를 최초로 들은 사람은 저일 겁니다."

"괜찮으시다면 그때 일에 대해 들려주시겠습니까."

"예, 그러죠."

기타하마가 쾌히 승낙하고 이야기를 시작했다.

카트만두 체재 마지막 밤이었다. 늦은 밤 하세가 기타하마의 호텔 방으로 찾아왔다고 한다. 하세는 럭시가 든 수통을 한 손에 들고 문 앞에 서 있었다. 잠이 안 온다며 가볍게 한잔하지 않겠냐고 말했다.

"들어오시죠."

기타하마의 말에 하세가 방으로 들어왔다. 하세는 의자에, 기타하마는 침대에 앉아 머그컵 두 잔에 럭시를 따라 일단 건배를 했다.

"기타하마 씨. 예컨대 말이에요. 8,000미터가 넘는 산에 단독으로 산소 없이 제가 오르겠다고 하면 웃으시겠어요?"

하세가 의자에서 일어나며 느닷없이 그런 이야기를 꺼냈다고 한다.

촬영 스태프 중에서 기타하마가 등산 경험이 가장 많았다. 대학 때 산악부에 속했고 그 당시 인도의 7,000미터급 봉우리에 도전한 적도 있었다. 하세에게는 촬영 스태프 중 자신의 아이디어를 털어놓을 상대로 기타하마가 가장 적절한 사람인 셈이었다. 에둘러 설명할 필요 없이, 한 인간이, 단독으로, 그것도 무산소로 8,000미터급 고봉 정상에 선다는 계획이 어떤 의미인지 기타하마는 알 만한 사람이었던 것이다.

"왠지 모르겠지만 당시 하세는 자신의 아이디어에 상당히 흥분한 듯이 보이더군요."

기타하마가 후카마치에게 말했다.

"그렇다면 에베레스트를?"

기타하마가 하세에게 물었다.

"에베레스트는 이미 메스너가 1980년에 티베트 쪽에서 무산소 단독 등정에 성공했으니까요."

"그럼 어딜 노리겠다는 건가요?"

"초고리, K2…."

하세가 세계에서 두 번째 높은 산의 이름을 거명했다.

본인이 말하고 나서는 웃었다. 그 웃음은 자신이 하는 이야기가 농담이라고 하는 듯도 했고, 무심코 노골적인 바람을 입에 담고 만 자신이 부끄러워 얼버무리는 듯도 보였다. 그 뒤로 이런저런 화제로 이야기가 정처 없이 옮겨 다니다, 결국 하세는 한 시간쯤 지나 럭시를 다 비우고 자기 방으로 돌아갔다.

"일본에 돌아가고 두 달 후에 하세에게 전화가 와서, 정식으로 K2 건을 의뢰하더군요."

'기록용 영상을 찍어주시겠습니까….'

K2 무산소 단독 등정에 도전하는 모습을 방송용으로 촬영해달라고 하세가 부탁했다고 한다. 그 원정에 기타하마가 참가했고, 하세

는 그곳에서 눈사태로 사망했다.

"하세 쓰네오가 무산소 단독 등정이란 아이디어를 떠올릴 만한 힌트를, 카트만두에서 누군가와 만나 얻었으리라고는 생각할 수 없을까요?"

"전혀 없다고는 말할 수 없겠지만, 그렇다면 누굴 만났을까요?"

"구체적으로 누구라고까지는…."

"이렇다 싶은 사람이 떠오르지 않는군요. 제가 아는 한 누군가와 만났다는 이야기는…."

"그래도 누군가와 만났을 기회는 있었겠죠?"

"물론이죠. 하세가 스태프들과 별도의 행동을 하는 일도 몇 번 있었고, 하세가 등장하지 않는 장면을 찍는 날에는 자유시간을 가졌으니까요. 누군가를 만났다면 그때였겠죠."

"알 길이 없겠군요."

"예…. 아, 한 번 묘한 일이 있긴 있었습니다."

"묘한 일이라뇨?"

"어느 날 저녁에 저와 카트만두 시내를 걷고 있는데 누군가를 봤다고 하세가 말한 적이 있었습니다."

"누구를 봤다던가요?"

"누구였더라…. 아, 셰르파였습니다. 셰르파인데 꽤 유명한 사람이었습니다. 이젠 꽤 나이 먹은 사람일 텐데…."

"노인이었나요?"

"예. 몸만은 여전히 꽤 다부져 보이더군요."

"기타하마 씨도 만나셨습니까?"

"음, 만났다기보다는 그냥 봤을 뿐이죠. 인드라초크 부근이었을 겁니다. 무슨 가게인지는 모르겠지만 가게처럼 보이는 건물 입구에서 그 노인이 나오더군요….”

하세가 먼저 그 셰르파족 노인을 발견했다고 한다.

둘이서 인드라초크를 걷는데 하세가 불쑥 멈춰 섰다. 기타하마도
발걸음을 멈췄다.

“왜 그래요?”

기타하마가 물었는데 하세의 시선이 전방에서 움직이지 않았다.
기타하마가 하세의 시선을 따라가 보자 그 끝에 셰르파족 노인이
서 있었다고 한다. 방금 가게 입구에서 나온 듯 했다.

“분명 입구 앞에 코끼리 구름이 그려진 가게였습니다.”

“코끼리?”

“가네샤였을지도 모르겠군요.”

“아는 분인가요?”

기타하마가 묻자 하세가 대답했다.

“셰르파 앙 체링이에요.”

“앙 체링?”

“1985년 에베레스트 당시 저희 원정대와 동행했던 셰르파죠.”

“아, 그때.”

두 사람은 그런 대화를 나누며 잠시 셰르파, 앙 체링에게서 시선
을 떼고 있었다. 다시 시선을 돌렸을 때는 이미 앙 체링의 모습은 사
라졌다.

“마지막 타이거죠.”

하세가 기타하마에게 말했다.

“타이거라고 하면 영국 원정대가 셰르파에게 붙인….”

“그렇죠.”

타이거는 일종의 칭호다. 그 칭호가 처음 탄생한 건 1924년의 일

이다. 그해 영국은 제3차 에베레스트원정대를 히말라야에 보냈다. 멜러리와 어빈이 정상을 향해 떠났다가 행방불명이 된 사건이 일어난 원정이었다. 원정 당시 8,000미터 이상의 고도까지 올라 활약한 셰르파 네 명을 타이거라 부르기 시작하면서, 이후 히말라야에서 공적을 세운 셰르파에게 타이거라는 칭호와 함께 호랑이 얼굴의 의장(意匠)이 찍힌 타이거 배지가 수여됐다. 지금은 타이거 배지 제도가 사라졌지만, 앙 체링은 그 마지막 시기에 배지를 받은 셰르파 중 한 사람이었다.

"이제 예순은 넘었겠죠. 저희 원정 당시에도 50대 중반이었으니까요."

"아직도 현역인가요?"

"저희와의 원정이 아마 마지막이었을 겁니다."

"마지막?"

"사고가 있었어요."

"어떤 사고였기에."

"남서벽으로 도전하던 팀에서 일어난 사고였죠. 아니, 정확히는 사고라고 할 수 없을지도 모르겠군요. 사고로 커지기 전에 하부 씨가 처리했다고 하니까."

1985년 원정 중 다음과 같은 일이 일어났다고 한다.

최종 캠프인 C6를 설치하던 중의 일이었다. C6의 표고는 약 8,350미터. 하부를 포함한 일본인 대원과 셰르파 두 명이 캠프 설치를 맡았다. 하부는 설치를 완료한 C6에 앙 체링과 둘이 남아서 그 위로 루트를 만들기로 되어 있었다. 하부와 앙 체링은 몇 곳에 고정 로프를 설치하는 작업을 하는 중이었다. 그 작업 중에 앙 체링이 추락한 것이다.

수직에 가까운 암벽으로 떨어져 20미터 밑 암벽에 걸려 멈췄다. 앙 체링은 아직 살아 있었다. 위에서 말을 걸면 대답은 했다. 하지만 발을 다쳤는지 움직이지 못했다. 하부 혼자서는 도와줄 수 있는 상황이 아니었다.

앙 체링이 떨어진 장소까지 횡단해서 하켄을 박고 자일을 내린 후 거기서 밑까지 내려간다. 거기까지는 가능한 상황이었다. 하지만 그 뒤는 어쩔 것인가.

앙 체링은 자력으로 오를 수 없다. 하부가 업어야 한다. 앙 체링의 체중과 입은 옷과 도구까지 더하면 엄청난 하중이다. 도구는 그 자리에 버린다 해도 등산화와 옷은 불가능하다. 고소용 등산화만 해도 무게가 상당하다. 거기에 자신의 체중과 몸에 지닌 도구의 무게가 있다. 게다가 8,500미터에 가까운 표고. 자일로 앙 체링의 체중을 위로 당기는 건 불가능하다. 완력만으로 한 사람 몫의 무게를 20미터 위로 끌어올린다는 건 불가능하다. 하부가 등에 지고 위까지 올라가야만 하는 상황이었다. 또한 이후로도 C6까지 200미터 가까이 내려가야 했다. 지상의 3분의 1밖에 산소가 없는 상태에서 가능한 행동인가!

C5의 멤버들에게 무전으로 도움을 요청해도 여기까지 오는 데만 하루가 걸린다. 하룻밤을, 몸을 피할 곳이라곤 아무 데도 없는 암벽에서 보내야 한다. 하부라면 그렇게라도 비박할 수 있을지 모르지만, 앙 체링은 견디지 못하리라. 그리고 C6까지 내려가는 데만도 반나절이 걸린다. 자신의 발로 움직일 수 없게 된 사람은 죽게 내버려 둬도 어쩔 도리 없는 장소였고, 그런 상황이었다.

어쨌든 하부는 무전기로 C5에 상황을 설명하고, 자신은 자일로 앙 체링이 위치한 암벽까지 내려갔다. 앙 체링의 상태는 상상했던 것보다 안 좋았다. 오른쪽 대퇴골이 부러진 듯했다. 등도 바위에 강하게 부딪쳐, 뼈 어딘가에 이상이 생긴 모양이었다. 게다가 열이 났다. 앙 체링은 열이 난 걸 숨기고 이 고도에서 행동한 것이었다. 이런 데서 비박을 했다가는 틀림없이 앙 체링은 죽는다. 하부는 남은 자일을 잘라서 앙 체링을 자신의 등에 묶고 암벽을 올라, 위태로운 횡단과 하강을 거듭한 끝에 C6까지 앙 체링을 옮겼다고 한다. 초인적인 체력이었다.

다음 날 C5에서 다른 셰르파와 대원들이 올라와 앙 체링을 아래 베이스캠프까지 내려보냈다고 한다. 그런 일이 1985년 에베레스트 원정에서 벌어졌다고 하세가 기타하마에게 말해줬다. 그리고 기타하마가 그 이야기를 후카마치에게 들려준 것이다.

최소한 하세가 앙 체링을 카트만두에서 봤다는 건 사실인 듯하다.

앙 체링.

후카마치가 카트만두에서 하부와 만났을 때 하부와 함께 있던 남자의 이름이 앙 체링이었다.

미야가와는 약속 시간에서 30분 지나서야 나타났다.

7

"미안, 늦었네."

자리에 앉으며 미야가와가 사과했다.

"자료실에서 이것저것 찾다 보니까 생각보다 시간이 걸려버렸어."

"자료실?"

"응. 그전에 하부 여권 문제부터 이야기할게."

"뭔가 알아냈어?"

"외무성 지인에게 부탁해서 알아봤어. 특별히 확인해주는 거니까

입단속을 확실히 해달라고 하더군. 어쨌든 알아냈어."

미야가와가 웨이터에게 생맥주를 주문했다.

"하부의 여권 기한은 아무래도 1991년 3월에 끊긴 듯해."

"뭐라고?"

"그 뒤로 새로 여권을 발급받지 않았어."

"그럼, 카트만두에서 만난 게."

"그게 하부라면 불법으로 체류하고 있다는 거지…."

"틀림없이 하부였어."

"그렇다면 설명이 되잖아."

"뭐가?"

"하부가 자신의 이름을 밝히지 않았다면서. 자신이 네팔이 있다
는 사실이 알려지면 예기치 않게 자신의 불법체류가 발각될 수도 있
잖아."

미야가와가 거기까지 말했을 때 맥주가 나왔다.

미야가와가 맥주를 마시고 맥주잔을 테이블 위에 내려놓는 걸 지
켜보고 나서, 후카마치는 기타하마에게 들은 이야기를 미야가와에
게 알렸다.

"앙 체링이라…."

이야기를 다 들은 미야가와가 그렇게 말하며 팔짱을 꼈다.

"어떻게 생각해?"

후카마치가 물었다.

"하세가 하부와 만났을 가능성이 있다…. 그렇지?"

"응."

후카마치가 수긍했다.

"그리고 난 하세와 하부, 두 사람과 관련해서 한 가지 깨달은 바가

있어."

"뭔데?"

"두 사람은 항상 대구(對句)를 이뤄왔어."

"…."

"한쪽이 뭔가 하면 다른 한쪽이 다시 비슷한 일을 해. 귀신 슬랩만 봐도 그래. 처음에 하부가 오르자, 다음에 하세가 단독으로 올랐어. 그러자 하부가 다시, 이번에는 단독으로 다시 귀신 슬랩을 올랐어…."

"…."

"그랑드 조라스 때도 그랬어. 히말라야 때도, 하부는 남서벽, 하세는 남동릉. 그리고 이번에는…."

"이번엔?"

"하세가 세계 제2의 고봉, K2를 무산소 단독 등정을 노렸다. 그렇다면 즉…."

"하부도 노렸다는 건가?"

"그래."

"뭘?"

"에베레스트 무산소 단독 등정."

후카마치가 딱 잘라 그렇게 말하고 미야가와를 바라봤다.

'설마'라고 미야가와는 말하지 않았다. 숨을 깊이, 천천히 들이마시고는 말했다.

"너도 그렇게 생각했냐."

"너도라니, 너도 그런 생각을 했어?"

"그래."

미야가와는 옆 의자에 뒀던 가방에서 커다란 종이봉투를 꺼내서 테이블 위에 놓으며 말했다.

"꺼내봐."

후카마치가 봉투를 집으며 미야가와를 힐끔 쳐다봤다.

"뭐야?"

"조사하다 늦었다고 했잖아. 그거야."

후카마치는 봉투 안에서 스테이플러로 찍은 문서를 꺼냈다.

"이건…."

"지금까지 히말라야 8,000미터급 고봉을 무산소로, 그것도 단독 등정한 사람들의 리스트야."

후카마치는 문서를 뒤적거리며 시선을 아래로 고정시켰다.

8

이 지구상에는 자이언트라 불리는 표고 8,000미터가 넘는 고봉이 총 14개 있다. 그중 1993년까지 11개가 무산소 단독 등정됐다.

횟수는 16회. 등정자는 11인. 그중에는 라인홀드 메스너처럼 두 번 등정한 사람도 있다. 구체적으로 거명하자면 다음과 같다(BC는 베이스캠프의 약자).

● 에베레스트(8,848미터)

1980년 8월 라인홀드 메스너(이탈리아) 신 루트

1988년 9월 마르크 바타르(Marc Batard, 프랑스) BC—정상 24시간 *

● K2(8,611미터)

1986년 7월 베노아 샤무(Benoit Chamoux, 프랑스) BC—정상 24시간 *

● 칸첸중가(8,586미터)

1983년 5월 피에르 베긴(Pierre Beghin, 프랑스) 노멀 루트

- 로체(8,516미터)

1990년 5월 토모 체센(Tomo Česen, 슬로베니아) 남릉 초등

- 마칼루(8,486미터)

1981년 10월 예지 쿠쿠츠카(Jerzy Kukuczka, 폴란드)

1981년 마르크 바타르(프랑스) 서릉

1981년 피에르 베긴(프랑스) 남벽

- 초오유(8,201미터)

1978년 가을 미샤 자키(이란) 등정이 의문시 됨

1987년 겨울 페르난도 가리도(Fernando Garrido, 스페인) 동계 유일의 단독

- 다울라기리(8,167미터)

1981년 6월 가무로 히로노부(禿博信, 일본) 노멀 루트 *

- 마나슬루(8,163미터) 없음

- 낭가파르바트(8,126미터)

1978년 8월 라인홀드 메스너(이탈리아) 신 루트

- 안나푸르나(8,091미터) 없음

- 가셔브룸 1봉(8,058미터)

1985년 에리크 에스코피에(Eric Escoffier, 프랑스) 노멀 루트 24시간 *

- 가셔브룸 2봉(8,035미터)

1985년 에리크 에스코피에(프랑스) 노멀 루트 24시간 *

- 브로드피크(8,047미터)

1984년 6월 크리스토프 비엘리키(Krzysztof Wielicki, 폴란드) BC—정상 24시간 왕복 *

1986년 8월 베노아 샤무(프랑스) BC—정상 24시간 왕복 *

- 시샤팡마(8,013미터) 없음

위 중에서 '*' 마크가 달린 건 엄밀히 말하면 단독 등정이라 할 수 없다. 같은 시기에 다른 원정대가 같은 산 정상을 노리면서 그 원정대가 설치한 루트를 단독 등정자가 이용했기 때문이다. 다른 원정대가 만든 루트를 이용해 오른다면 엄밀한 의미에서의 단독 등정보다 한층 편하거니와 애당초 단독 등정이란 의미도 소실되고 만다. 그 외에도 마칼루에서 마르크 바타르와 피에르 베긴은 등반 중반부터 단독으로 올랐다.

그리고 8,000미터급 고봉이라고는 하지만 8,013미터인 시샤팡마 정도의 낮은 산은 원래 무산소로 오르던 산이라, 새삼 '무산소'라는 의미가 없다. 즉 8,000미터급 고봉 무산소 단독 등정으로서 의미가 있는 것은 다음 네 번의 기록이라 할 수 있다.

1980년 라인홀드 메스너의 에베레스트
1981년 예지 쿠쿠츠카의 마칼루
1983년 피에르 베긴의 칸첸중가
1990년 토모 체센의 로체

미야가와가 가져온 용지에는 대략 이러한 내용이 적혀 있었다.

9

"8,000미터급 고봉 무산소 단독 등정을 이룬 사람이 이 정도나 될 줄은 몰랐네."

후카마치가 말했다.

"나도 그랬어. 조사하면서 놀랐지."

미야가와는 여전히 팔짱을 낀 채 말했다.

"이걸 보면 에베레스트 무산소 단독 등정은 메스너와 마르크 바타르가 이미 해냈어. 다른 사람도 아닌 하부가 이미 누군가가 이룬 걸 다시 도전할까?"

후카마치가 물었다.

"메스너는 티베트 쪽에서 올랐지. 마르크 바타르는 네팔 쪽이었고. 단 마르크 바타르의 경우, 그가 단독으로 올랐을 때 이미 다른 몇 곳의 원정대가 에베레스트에 들어가 있었지. 바타르는 다른 원정대가 만든 루트를 이용한 거지."

"그렇다면 엄밀한 의미에서 네팔 쪽에서부터 무산소 단독 등정은 아무도 달성하지 못했다는 건가."

"뭐, 그런 셈이지. 하지만 하부라면 더 말도 안 되는 도전을 머릿속에 그리고 있을지도 모르지."

"예를 들면?"

"동계 에베레스트 남서벽 무산소 단독 등반."

미야가와 그렇게 말하고는 후카마치의 얼굴을 말끄러미 쳐다봤다.

설마.

그럼에도 함부로 고개 저을 수 없는 면모가 하부라는 남자에게는 존재했다.

"으음⋯."

후카마치는 긍정도 부정도 아닌, 그저 애매하게 고개를 끄덕였다.

"후카마치, 가버려⋯."

미야가와가 말했다.

"으음⋯."

"여기까지 온 이상 이젠 갈 수밖에 없어. 하부 조지와 맬러리의 카메라⋯. 이건 상당히 재미있는 기삿거리야."

"알아."

후카마치는 스스로를 납득시킨다는 듯이 고개를 끄덕였다.

10장

독사의 거리

1

파란 하늘. 저 높이 우주까지 다다를 듯한 화창함. 그 밑으로 뻗은 하얀 능선. 하얀 정상이 허공 속 바람에 휘날린다.

고개를 들어 올려다보면 밝고도 애처로운 하늘 한가운데 정상이 고고히 우주와 맞닿아 있다. 그 정상을 향해 검은 점 하나가 능선을 따라 이동해간다.

후카마치는 아래에서 그 광경을 지켜보고 있다. 상당히 오래전부터 지켜봤는데도 검은 점은 아직도 정상까지 한참 멀어 보인다.

대체 누구일까. 왜 그는 저 정상을 향해 오르려 하는가.

후카마치로서는 알 수 없다.

맬러리일지도 모른다. 어빈일지도 모른다. 하부 조지일지도, 하세쓰네오일지도 모른다는 생각이 들었다가, 가요코일지도 모르겠다는 생각이 든다. 그게 아니면 가쿠라 노리아키인가.

아직 정상에 이르지 못한 채 1924년 그때부터 지금까지 정상을 향해 올라가는 맬러리 혹은 어빈의 모습을 나는 보고 있는 걸까. 오델이 올려다본, 그 구름 위는 이처럼 애처로울 정도로 맑게 갠 파란 하늘과 하얀 능선이 펼쳐졌던 걸까.

모르겠다.

내가 아는 건, 그는 발걸음을 내디뎠고 나는 여기 남겨졌다는 사실이다.

가슴이 아리다.

애달프다.

나도 가야하는데.

'기다려줘.'

후카마치는 마음속으로 소리쳤지만 능선에 있는 사람에게까지는 목소리가 닿지 않는다.

나는 남겨지고 말았다.

내팽개쳐졌다.

가요코로부터인가. 하부 조지로부터인가. 아니, 어쩌면 내가 나 자신을 내팽개쳤을지도 모른다. 정상을 향해 능선을 홀로 오르는 저 남자는, 바로 나다.

'어이.'

후카마치는 외쳤다.

'어어이.'

'어어어어이.'

2

잠에서 깼다.

또 그 꿈을 꿨다. 정신을 차리자, 이미 익숙해진 비행음이 지하 깊은 곳에서부터 울려오는 지진소리처럼 시트에 기댄 등을 감싸왔다.

비행기 안이었다. 나리타(成田)를 출발해 홍콩을 경유한 후 카트만두로 향하고 있다. 불이 꺼진 기내는 어둡고 적막했다. 대부분의 승객이 잠들었지만 군데군데 독서등이 켜져 있다. 후카마치는 좌측 창가 자리에 앉았다. 하늘과 땅의 경계를 알 수 없는 칠흑 같은 어둠이 창밖에 펼쳐졌다. 창에 얼굴을 가까이 대고 깊고도 넓은 암흑을 내려다보자, 불현듯 아득한 저 밑에서 선연한 빛살의 무리가 들이비쳤다. 암흑 속에서 발광하는 형태도 불명확한 심해어를 내려다보는 듯한 기분이 들었다.

10월 중순. 8월에 결심을 하고도 결국 출발하기까지 2개월 남짓한 기간이 걸리고 말았다. 취소할 수 없는 약속들이 있었고, 출발하는 데 돈이 필요하기도 했다. 상황에 따라서는, 카트만두에서 루클라로 이동해 남체 바자르나 에베레스트 베이스캠프까지 가게 될지도 모르기에 고도순응을 위한 트레이닝을 일본에서 해둬야 했다.

후카마치는 기소코마(木曾駒)에서 몸을 단련했다. 기소코마는 표고 2,956미터, 즉 약 3,000미터다. 그리고 로프웨이 종점에 위치한 센조지키(千畳敷)에 숙소가 마련되어 방을 잡을 수 있다. 전기도 들어오고 식사도 나온다. 2,700미터에 이르는 표고라 숙박을 하면서 기소코마 정상까지 하루에 한 번씩 왕복하면 고도순응 훈련에 상당한 도움이 된다.

숙소에서 일을 하면서 고도순응이 가능하다는 점도 큰 장점이었다. 그곳에서 3박을 하며 세 차례 기소코마 정상에 올랐다. 낙엽송이 멋들어지게 갈색 잎으로 변했고 산 전체가 불길에 휩싸인 듯이 붉게 물들었다. 그 색채가 아직도 뇌리에 남아 있다.

가요코에게는 물론 이번 네팔 행을 알리지 않았다. 알리고 싶어도 연락처를 몰랐다. 가요코를 알고 있는 지인에게 네팔에 간다고 알렸기에 이번 여행에 대해 알지도 모르지만, 별 의미는 없었다. 자신의 네팔행을 가요코가 안다고 그녀의 마음이 바뀔 리도 없거니와 두 사람 사이의 문제에 새로운 전기가 생길 까닭이 없었다.

출발을 결심하고서 기시 료코와 그 사이 몇 차례 만났다. 후카마치와 함께 네팔에 가고 싶어했지만 그녀에게는 일이 있었다.

"10월 말이면 열흘 정도 시간을 낼 수 있을 것 같아요."

료코는 말했다.

"10월 말부터 11월초 정도에, 후카마치 씨가 그때까지 네팔에 계신다면 갈까 하고 생각 중이에요."

료코는 그녀 나름으로 하부 조지를 걱정했다. 하부 조지가 아직 네팔에 있다면 어떻게든 그와 만나고 싶은 눈치였다.

"하부 조지와 만나고 싶어요?"

"만나고 싶어요."

"무작정 간다고 만날 수 있으리란 보장은 없어요."

"알아요."

그래도 괜찮으니 가고 싶다고 했다.

후카마치는 그녀에게 네팔 쪽 연락처를 알려줬다. 전에도 이용했던 여행대리점 지사에 정기적으로 연락해둘 테니, 네팔에 오면 그쪽을 방문해달라고 말했다.

몇 번 만나는 사이, 후카마치는 그녀에게 점차 호감을 품게 됐다. 말수가 적어 필요한 이야기 외에는 쉽사리 말문을 여는 편은 아니었지만, 한 번 말을 꺼내면 다부지고 요령 있었다. 겉보기에는 연약하고 고요한 인상이었지만 심지가 굳은 여성이었다.

'정말로 기시 료코가 와준다면…'

언제부턴가 마음속에 그런 생각이 움텄다는 걸 깨닫고, 후카마치는 스스로에게 놀랐다. 자신에게 그런 감정이 다시 생길 정도로 아직도 생기가 남아 있으리라곤 생각지 못했던 것이다.

"히말라야라…"

출발 이틀 전에 만난 미야가와가 술을 마시며 중얼거렸다.

"언젠가는 한 번 내 눈으로 직접 보고 싶었는데 말이야. 이런 일을 한다면서 아직 한 번도 가본 적이 없네."

"꼬드긴 사람이 누군데 그런 소리야."

"그럼 너도 날 꼬드겨."

"그래, 일 같은 거 다 팽개치고 나랑 같이 가자."

"진짜 그러고 싶어."

"저질러버려."

"헛소리 그만해. 내 마음대로 일을 관두려고 해도 정리하려면 나름의 시간과 과정이 필요하니까."

미야가와가 한숨을 내쉬며 말했다.

"요새 아웃도어가 붐이라고는 하지만, 등산 쪽은 완전히 활력을 잃었어. 잡지도 안 팔린 지 오래고 산에 가는 사람도 부쩍 줄었지. 아마 일본 북알프스 깊숙한 곳에 있는 산장 몇 곳은 문을 닫아야 할 거야."

"그래서 이런 사건과 맞닥뜨리니 왠지 가슴이 두근거려."

"두근거려?"

"그래. 세계에 아직 미답봉의 자이언트가 무수했던 시기에 벌어졌던 가장 큰 사건과 지금 내가 관련된 셈이잖아. 그런 생각을 하면 오랜만에 이유도 없이 피가 끓고 만다고."

후카마치는 비행기 안에서 미야가와의 말을 반추했다.

기내 아나운서가 앞으로 30분 후 카트만두에 도착한다고 알렸다. 암흑으로 뒤덮인 바깥 저 멀리 아득한 곳에서 다문다문 들이비치는 빛이, 여기저기서 덩어리지며 점차 수를 늘려갔다. 도쿄나 홍콩의 광량과는 비교되지 않지만 제법 되는 불빛이 밤하늘 밑으로 보였다. 처음 네팔에 방문했을 때와 비교하면 광량이 열 배 이상 늘었다.

처음 기내에서 내려다봤을 때는 불빛과 불빛 사이의 거리가 왠지 적당해 보인다고 느꼈었다. 너무 가깝지도 않고 너무 멀지도 않고. 인간의 육성이 서로 다다르는 거리. 빛과 빛 사이의 어둠이, 그때는 따뜻하게 보였다. 인간의 체온을 품은 어둠이었다. 저 빛과 빛 사이에, 무수한 인간과 소, 개, 원숭이, 닭, 온갖 생물들이 부대끼며 북적거리고 있다.

카트만두.

비행기가 비스듬히 기울어지며 불빛이 쓰윽 하고 어둠 속에서 다가오는 순간, 감동이 용솟음쳤다.

'아아, 난 드디어 여기로 돌아왔구나.'

3

그리운 거리였다.

귀로 날아드는 이국의 언어. 거리를 빼곡히 채운 사람과 개, 소들에게 앞길이 막혀 거세게 경적을 울리는 낡은 차들. 호객하는 목소리. 떠들썩한 거리를 후카마치는 걷고 있다.

오른쪽 어깨에 카메라를 비스듬히 맸다. 강한 배기가스 냄새도, 사람과 짐승의 땀내도 아늑하게 느껴진다. 적당한 온도의 온탕 안에 몸을 담근 듯한 기분이었다.

인드라초크를 걷고 있다. 자신의 귀와 혀, 촉감까지 이 거리와 이렇게나 익숙했는지 미처 생각하지 못했다.

하부 조지와 맬러리의 카메라를 쫓아 이내 여기로 돌아오고 말았다. 비카르산, 하부 조지의 네팔 이름이다. 독사라는 의미의 네팔어다. 이제는 고개를 주억거릴 정도로 그 이름의 유래를 잘 알게 됐다. 하부 조지의 하부, 이 '하부'가 맹독을 가진 뱀인 반시뱀과 발음이 같다. 그런 이유로 하부는 네팔에서 독사를 의미하는 비카르산이라 불리게 된 것이라 납득했다.

그나저나 하부 조지와 다시 이 나라에서 만날 가능성이 있을까. 몇 가지 실마리는 있다.

하나는 셰르파인 앙 체링이다. 하부와 동행했던 앙 체링이 사는 곳을 찾아내면 하부의 거처를 찾은 것과 매일반이지 않을까. 타이거 라는 호칭을 받은 인물이라면 카트만두에서 얼마든지 정보를 구할 수 있으리라.

영국 원정대에서 포터로 일했던 코탐은 앙 체링과도 아는 사이였고 비카르산과도 알았다. 코탐이 비카르산과 관련된 누군가의 집에서 그 카메라를 훔쳤다는 사실도 알게 됐다. 코탐과 다시 만나 그 일에 대해 물어보면 최소한 맬러리의 카메라를 보관했던 집이 어딘지는 알 수 있으리라. 물론 그 집이 에베레스트 가도(街道) 어디쯤이라는 건 예상할 수 있다. 아마도 루클라에서 에베레스트 베이스캠프로 가는 사이 어디엔가 위치한 셰르파족 마을이리라. 차라리 남체 바자르로 바로 가서 비카르산과 앙 체링에 대해 묻는 편이 의외로 빠를지도 모른다.

또 하나, 하세가 앙 체링을 봤다는 '가네샤'라는 가게가 카트만두 어딘가에는 있을 터였다. 그 가게를 찾아내서 이야기를 듣는 방법도 있다.

또 다른 실마리로는 애당초 후카마치 본인이 맬러리의 카메라를 발견한 가게, '사가르마타'도 있다. 그 가게 주인인 마니 쿠말이 앙 체링의 이름을 인지했다. 얼굴은 몰라봤지만, 이름과 그 이름이 의미하는 바를 알고 있었다. 경우에 따라서는 마니 쿠말이 앙 체링에 대해 뭔가 아는지도 모른다.

어느새 더르바르 광장으로 나왔다. 다들 무슨 용건인지 혹은 무작정 나온 것인지 수많은 사람이 돌아다녔고, 어떤 이는 가게 입구나 처마에 몸을 내려놓고 망연히 거리를 쳐다보고 있다. 이 일대로 네팔에 사는 온갖 인종이 다 모여든 듯했다.

구룽, 네왈, 구르카, 셰르파…. 후카마치로서는 더 이상 구별할 수 없을 만큼 많은 인종이 서로 어깨를 스치며 걸었고, 또 앉아 있었다. 무슨 사연이 있어 이렇게 모였을까.

인도 사두 복장을 한 남자가, 관광객이 자신을 향해 셔터를 누를 때마다 어슬렁어슬렁 앞으로 나와 손을 내민다. 돈을 달라는 의미다. 변하지 않은 풍경이, 여기에 있다.

구왕궁 모퉁이를 오른쪽으로 꺾으면 시바 파르바티 사원이 보인다. 오후의 햇살을 받아 사원 서쪽 지붕이 반짝거린다. 돌계단 위로 그늘진 지붕 밑에 남자들이 떼 지어 모여 있다. 카드 도박을 하는 중이다. 맨발의 남자도 보이고 다 해진 신발을 신은 남자도 보인다. 발가락이 반 정도 드러난 흙먼지를 뒤집어쓴 구멍투성이 농구화. 타망족, 구룽족 남자들.

후카마치는 돌계단을 천천히 올라가서 남자들에게 인사를 건넸다.

"나마스테."

남자들 몇몇이 고개를 돌렸다. 햇살에 탄 갈색 얼굴에 안구의 흰자만이 유달리 눈에 띈다.

"나마스테."

카드를 하지 않은 구경꾼 중 넉살 좋아 보이는 두 남자가 대답을 한다. 일본인이 무슨 일거리를 주지 않을까 하는 기대감이 그들의 얼굴에 비쳤다. 후카마치는 머릿속에 새겨둔 코탐의 얼굴을 찾았지만, 그 자리에 없었다.

"구룽의 코탐이라는 남자를 찾는데, 요새도 일을 찾아 카트만두에 나와 있나?"

더듬거리는 네팔어로 물었다.

"모르겠소. 포카라에서도 일이 없는 건 아닐 테니, 올해는 거기에 있을지도."

인사를 한 남자가 말했다.

아무래도 이 남자는 판돈을 다 날렸는지, 카드 무리에서 이탈한 모양이었다. 그가 실제로 코탐이라는 이름을 알리란 보장도 없다.

"그래도 카트만두에서 일이 있다면 그쪽으로 가진 않았을 텐데?"

"그야 그렇지만."

카트만두에 근거지를 두고, 에베레스트로 떠나는 원정대에서 포터를 해서 돈을 모아 카트만두에서 이것저것 사서 돌아간다. 이것이 그들로서는 가장 무난한 상황이다.

"뭔가 일거리를 가져온 게 아닌가?"

"미안하지만 일이 아니다. 하지만 돈벌이는 있소."

돈벌이가 있다는 말이 귀에 들어왔는지 남자들의 주의가 후카마치에게 쏠렸다.

"코탐이 어디 있는지 가르쳐주면 돈을 주겠소."

카드를 잡은 남자들의 손놀림이 멈췄다.

남자들의 눈은 이제 후카마치에게 향해 있다. 생김새만으로 봐서는 여기 있는 모두가 코탐에 대해 알 리 없겠지만, 의외로 그들에게서 코탐의 행방에 대한 정보가 나올지도 모른다.

"보름쯤 전에 이 동네로 진작 나왔을 텐데."

코탐과 같은 구룽족 남자가 낌새를 살피는 듯한 눈초리로 후카마치를 바라보며 말했다.

"코탐에게 무슨 볼일이 있어서?"

의심스러운 눈초리를 보낸다.

그들 중 다수가 코탐처럼 '사가르마타'를 드나든다. 나라달 라젠드라와 같은 남자에게 '상품'을 들고 간 일이 한번쯤은 있으리라.

"물어볼 게 있다."

후카마치는 처음 한 말을 다시 되풀이 말했다.

"뭔가?"

후카마치는 여기서 비카르산의 이름을 꺼내야 하나 망설였다.

비카르산에 대해 안다면 코탐이 제대로 한탕 챙길 뻔한 건이 그 남자로 인해 수포로 돌아갔다는 사실을 모를 리가 없다. 비카르산의 이름이 나오면 경계할지도 모른다. 조급하게 굴 필요 없다. 다행히도 지난번에 이 자리에서 코탐에 대해 물었을 때의 멤버는 없는 듯하다. 있었다면 후카마치를 알아봤을 것이다.

후카마치가 잠시 입을 다물자 그들의 경계하는 눈빛이 더욱 강해졌다. 후카마치는 질문을 알아듣지 못했다는 시늉을 하고 주머니에서 미리 준비해둔 1달러 지폐를 꺼내, 자신에게 되물은 남자에게 건넸다. 이어 자신에게 손을 내미는 남자들 모두에게 1달러를 쥐여줬다. 총 13달러. 다 건네고 나서 다시 남자들을 향해 말했다.

"그렇다면 비카르산이라 불리는 남자에 대해 아는 자는 없나?"

대답하는 사람은 없었다.

모르는 것 같기도 하고 알면서도 모르는 척하는 것 같기도 하다. 타국의 언어를 구사하는 외국인의 표정을 읽기란 좀처럼 쉽지 않다.

"코탐도 좋고 비카르산이라도 좋소. 그리고 앙 체링이라는 셰르파도 상관없소. 이 세 사람 중 누구라도 좋으니 있는 곳을 안다면 가르쳐주지 않겠나. 방금 준 돈보다 훨씬 많은 돈을 지불하겠다. 당장이 아니라도 상관없다. 내일 이 시각쯤 다시 올 테니 그때까지 생각이 났거나 그들에 대해 알아본 사람이 있으면 그 사람에게 돈을 지불하겠소."

후카마치는 그렇게 말하고는 그들에게서 등을 돌리고 오래된 사원 계단을 내려갔다.

지금 이 순간부터 시작됐다. 이제 발걸음을 돌릴 수는 없다.

하부 조지와 닿을 것인가 닿지 못할 것인가. 어쨌든 이미 자신은 이곳 카트만두에서 하부를 향해 한 발 내딛고 말았다.

4

관점에 따라서는, 하부 조지라는 남자는 일본 등산계에서 과거의 사람이라 볼 수 있다. 이미 잊힌 등반가.

근대사의 한 시기에 뚜렷한 형태로 존재했던 꿈. 지구 전역을 인간의 발로 밟겠다고 하는 세계적인 운동.

영국, 미국, 러시아, 이탈리아, 덴마크, 독일, 뉴질랜드, 그리고 일본.

프랜시스 영허스번드Francis Younghusband.

오럴 스타인.

스벤 헤딘.

그랜빌 브루스.

조지 맬러리.

오타니 탐험대의 다치바나 즈이초橘瑞超.

가와구치 에카이河口慧海.

에드먼드 힐러리.

다양한 나라의 다양한 사람들이 이 지구상에서 하늘과 가장 가까운 장소를 찾아 방황했다. 그런 정신, 혹은 운동. 그것을 담당했던 사람은 시대와 함께 바뀌었고, 때로는 죽어서 세상을 떠났다. 어찌면 하부 조지라는 남자는 그런 정신의 마지막 계승자가 아닐까. 최소한 현역 등반가로서 그런 시대의 정신적 유산을 짊어지고 체현해 나가는 이는, 이제 하부 조지뿐이지 않겠는가. 그런 생각이 후카마치의 뇌리에 스친다.

세계를 둘러봐도 이미 그런 류의 등반가는 눈에 띄지 않는다. 어쩌면 라인홀드 메스너라는 초인(超人)이 그런 인물이었을지도 모르지만, 메스너는 이미 현역 등반가로서는 현장에서 멀어졌다. 하부 조지가 아직도 현역으로 남아 하늘에 속한 정상을 밟는 데 흥미를 갖고 있다면 그런 의미에서 그야말로 최후의 등반가가 아닐까.

어쩌면 하부라는 남자는, 그런 정신이 히말라야를 향해 걸어온 역사의 마지막 페이지를 덮기 위해 이 세상에 태어난 인간이지 않을까. 이미 우에무라 나오미도 이 세상 사람이 아니었고, 가토 야스오도 죽었으며, 그리고 하세 쓰네오도 세상을 떠났다.

1800년대부터 면면히 전해져온 히말라야 등반사의 막이, 지금 하부에 의해 조용히 내려지는 걸지도 모른다. 난 맬러리의 카메라를 통해 그 마지막 무대의 관객석에 착석하려는 것이다. 마음속 깊은 곳에서 솟아오르는 불가사의한 열기에 몸이 휘감기며, 후카마치는 혼잡한 거리 속으로 걸어갔다.

후카마치는 이내 타멜 거리에 들어섰다.

5

마니 쿠말은 처음 후카마치의 얼굴을 본 순간, 놀랐다가 입술 양 끝을 끌어 올리더니 얼굴에 웃음을 띠었다.

"나마스테."

후카마치는 마니 쿠말의 가게 '사가르마타'에 들어가며 그렇게 인사했다.

"나마스테."

마니 쿠말이 합장을 하며 답례했다.

"날 기억하나?"

후카마치가 묻자 마니 쿠말이 오랜만이라는 듯 오른손을 내밀 었다.

"물론이죠, 손님."

더할 나위 없는 접대 태도였다. 후카마치도 오른손을 내밀어 악수 했다.

"카트만두에는 언제 돌아오셨나요?"

방긋 웃으며 묻는다.

"어제."

후카마치는 짧게 대답한 뒤 마니 쿠말의 눈을 응시했다. 마니 쿠 말은 눈을 피하지 않았다.

"아, 그러셨군요."

전과 변함없는 가게 안. 프랑스제 배낭과 침낭. 스위스제 피켈. 그 런 물건들이 벽에 걸렸거나 천장에 늘어져 있었다. 입구 가까운 벽 에는 중국제 짜름한 물통을 열 개 가까이 한데 모아뒀다. 어느 가게 에 가나 볼 수 있는 물건이었다.

"이번에는 또 어인 일로 저희 가게에."

"또 어디서 재미있는 카메라라도 구해다 놨으면 사볼까 해서."

이번에는 후카마치가 미소 지을 차례였다.

"농담도 참⋯."

그제야 처음으로 마니 쿠말은 시선을 피하더니, 카운터 밑에서 엉 덩이를 간신히 걸터앉을 수 있는 자그마한 철제의자를 꺼냈다.

"이거라도 괜찮으시면 앉으시죠."

"괜찮다. 서서도 충분히 이야기 가능하다."

"무슨 말씀을 하시려고."

"카메라 이야기라고 하지 않았나."

"아하…."

"사실 그 물건을 가져왔던 코탐이나 카메라 주인인 비카르산과 다시 만날 수 없을까 해서 왔다."

"역시 그 카메라와 관계 있는 일이었군요."

마니 쿠말이 말했다.

"…."

"손님, 가르쳐주시죠. 대체 그 카메라의 정체가 뭡니까. 어떤 사연이 있는 물건이기에 그러십니까. 궁금해 죽겠습니다."

"미안하지만 말하기 힘들군."

"허허, 역시 말하기 힘들 정도로 내막이 있는 카메라였군요."

후카마치는 마니 쿠말의 말을 무시했다.

"지난번에 당신 태도를 보니, 비카르산과 앙 체링을 아는 모양이던데."

"허허…."

"돈을 치르지. 그들이 어디 있는지 가르쳐주기만 한다면."

"과연."

마니 쿠말의 눈에 교활한 빛이 감돌았다.

그는 갑자기 표정을 바꾸며 말했다.

"당신 바람에 응해드릴 수 있을 것 같습니다. 물론 제가 지금 그들이 어디 있는지 안다는 뜻은 아니지만, 알아보는 정도야 충분히 가능하겠죠. 그런데 말입니다."

"그런데?"

"저랑 손을 잡지 않으시겠습니까?"

"손을 잡는다?"

"손님, 지금 혼자시죠? 누군가를 찾고 싶어도 이 네팔에서 혼자서는 쉬운 노릇이 아니죠. 이 건과 관련해서 제가 당신에게 요모조모 협력을 드릴 수 있는 일이 많을 겁니다."

"무슨 말인지 잘 모르겠군."

"그러니까 그 카메라가 다시 당신 손에 돌아오도록, 제가 도움을 드리겠다는 말씀이죠. 제 입으로 말씀드리긴 그렇지만 이런 일에 저라는 놈은 제법 쓸모 있는 인간입니다."

"그래서."

"그 대가라고 말하기는 좀 그렇습니다만."

마니 쿠말이 후카마치를 힐끗 쳐다보고는 시선을 떨궜다가 다시 후카마치를 바라봤다.

"그 카메라가 당신 손에 돌아가도록 조치해드린다면 그 대가로 어떤 사정인지 말씀해주시지 않겠습니까? 그게 싫으시다면 그 카메라가 당신 손에 돌아와서 당신한테 발생하는 이익의 일부를 정당한 보수로 제게 주시든가요."

마니 쿠말은 후카마치를 뚫어지라 쳐다보며 말했다.

그의 제안은 거침없었다. 카메라를 손에 넣게 해주는 대신 돈을 내라는 이야기다. 그게 아니면 무슨 사정인지 말하든가. 사정을 말해주면 아마 마니 쿠말은 카메라를 손에 넣고는 자신에게 넘겨주지 않겠지. 상황에 따라서 마니 쿠말은 자신이 사정을 가르쳐주든 말든 간에, 본인이 카메라를 챙겨버릴지도 모른다. 아니 분명 그러리라.

카메라를 찾는 과정이 합법적인 경로로만 이루어질 리가 없다. 지난번에 마니 쿠말이 카메라를 돌려준 건 비카르산에게 위협을 당했기 때문이었다. 위협받을 만한 이유는 있었다. 비합법적으로 장물을 팔았다는 걸 비카르산에게 들켰기 때문이다. 마니 쿠말이 카메라를 갖고 있다는 사실을 비카르산도 알고 있었다. 하지만 이제 비카르산이 갖고 있는 카메라를 불법적으로 강탈을 해도, 누가 그랬는지 모르게만 처리한다면 마니 쿠말도 안전하다. 비카르산이 다시 찾아오더라도 모르는 일이라 잡아떼면 그만이다.

껄끄러운 이야기를 이 남자에게 듣고 와버렸다. 후카마치는 이 가게에 발을 들인 걸 후회하기 시작했다. 어쩌면 자기 때문에 하부 조지에게 위해가 가해질지도 모른다.

"내가 그 카메라에 관심을 갖는 건 순전히 개인적인 이유다. 다른 사람에게는 아무런 의미나 가치가 없는 물건이다."

"그러시겠지요."

"다른 데 가져가봐야 사줄 데도 없을 것이다."

"흐음."

"당신이 그 카메라를 가져다줄 필요는 없다. 당신은 그저 비카르산이 어디 있는지만 알아봐주면 된다. 알아내면 보수를 치르겠다. 하지만 그 이상은 관여하지 마라."

후카마치는 그렇게 말했다.

후카마치는 마니 쿠말에게 이삼일 뒤에 다시 들르겠다고 말하고 가게를 나섰다.

6

가게를 뒤로하고 발걸음을 내디뎠을 때 강렬한 불안감이 후카마치의 등덜미를 붙들었다. 마니 쿠말이 카트만두의 뒷세계에서 얼마나 잘 알려져 있는지는 모르지만, 어쨌든 끈이 닿아 있다는 것만은 확실하다. 대단한 실력자라면 본인이 직접 가게를 운영하지는 않겠지만, 뒷세계와 연결된 이상 영향력을 쉽사리 부정할 수는 없었다.

어쨌든, 만약을 위해 호텔을 바꿔야 하나. 아니다, 바꿔봐야 어차피 호텔에 머무는 한 똑같은 조건이다.

호텔에 머문다면 결국 내 위치는 발각되리라. 매일 숙소를 바꾼다면 좀 낫겠지만, 그래봐야 결국 감시망에 잡히겠지. 지난번에는 호텔 방에 둔 카메라를 마니 쿠말에게 도둑맞았다. 이번에 도둑맞을 만한 물건이라면 현금과 카메라 기자재 정도다.

현금은 몸에 지참하고 다녔고, 카메라 기자재는 따로 챙겨 사이유 트래블의 사이토에게 부탁해 여행사 사물함에 넣어놨다. 지금 갖고 있는 건, 카메라 한 대와 카메라 몸체에 부착된 40~80밀리미터 줌 렌즈 하나뿐이다.

호텔을 바꿀 필요는 없다. 사이토의 소개로 왕궁에서 가까운 저렴한 숙소를 잡았다. 1박에 일본 엔으로 800엔 정도다. 작긴 하지만 1인실이고 문에 자물쇠도 걸 수 있다. 다소 엉성하지만 작은 테이블과 전기스탠드도 달려 있다. 식사는 별도다. 공동 화장실과 공동 샤워실. 그런대로 지낼 만한 환경이다. 도미토리에서 다른 사람과 방을 같이 쓸 각오를 하면 좀 더 싼 곳이 얼마든지 있겠지만, 그러면 개인적인 작업을 할 수 없다.

사가르마타에서 나온 뒤 발길 닿는 대로 마구 걸어갔다는 걸 깨달았다. 예정대로라면 사가르마타에서 나와서 가네샤를 찾을 생각이었다. 기타하마가 하세와 함께 걸어가다가 가네샤에서 나오는 앙체링을 하세가 목격했다고 했다. '가네샤'라는 이름을 어떻게 기억하냐고 후카마치가 기타하마에게 물었다.

"어라, 어떻게 내가 기억했지?"

기타하마가 잠깐 고민하더니 말했다.

"맞다. 코끼리 얼굴을 한 신(神)의 모습이 간판에 그려졌었고, 알파벳으로 'Gaṇeśa'라고 쓰여 있었죠."

'가네샤'는 힌두 신의 이름이다. 코끼리의 얼굴에 사람의 신체를 지닌 범명(梵名), 즉 산스크리스트어 이름은 난디케시바라라고 한다. 시바 신의 가신으로 가나바티, 비나야가라는 이름도 있다. 장해(障害)의 주인이면서도 장해의 제거자이기도 한, 상반되는 성격을 지녔다. 이는 시바 신이 창조와 파괴라는 두 개의 성격을 한데 지닌 신이라는 걸 생각하면 인도적인 사고로서 부자연스럽지 않다. 이 신이 불교에 편입되면서 불교의 수호신 중 하나가 되었다.

일본에서는 쇼덴(聖天, 성천), 간기텐(歡喜天, 환희천)이라 불리는 밀교의 신으로 두 개의 몸이 마주보고 교합한 상으로 표현되는 경우가 많다. 여기서 환희는 섹스에서의 환희가 아닌, '감미로운 과자'의 환희에서 유래했지만, '환희'라는 측면에서 섹스의 신으로 추앙받는 면도 있다.

인드라초크 부근 어느 거리에 그 가게가 있을 터였다. 호텔에 돌아가 봐야 별달리 할 일이 없었다. 최소한 가게 위치 확인 정도는 해두는 게 나으리라. 후카마치는 가네샤 위치를 확인하기로 마음먹고 인드라초크를 향해 발걸음을 내디뎠다.

7

'가네샤'는 금세 찾았다.

후카마치는 타멜에서 타히티 광장을 빠져나와 인드라초크를 향해 걸어가고 있었다. 그 길에서 인드라초크 길과 맞닿는 곳 오른편에 아카시 바이랍 사원이 있다. 거기서 다시 오른쪽으로 들어가는 골목길에 들어서자 그 중간에 찾던 가게가 보였다. 인드라초크로 들어가기 직전, 오른쪽으로 난 골목길을 두리번거렸더니 간판에 눈에 들어왔다.

아카시 바이랍 사원에서 길이 교차하는 위치에서 다섯 번째 골목길로 들어가자, 사원 건너편에 늘어선 가게 가운데 '가네샤'가 보였다. 간판은 가게 입구 위에 걸려 있었다. 나무 간판 좌측에 가네샤의 그림이 그려져 있다. 햇살과 바람으로 물감이 너덜거려 이미 바랬지만, 분명 가네샤였다. 그 그림 옆에, 'Gaṇeśa'라고 알파벳으로 쓰여 있다. 의미는 바로 알 수 있었다. 외국인 전문 가게였기 때문이다. 등산용품점이다. 사가르마타와 비슷한 가게였지만 좀 더 내실 있게 보였다. 가게 밖 도로 쪽으로도 배낭과 침낭이 비어져 나오도록 잔뜩 걸려 있었다. 외국 원정대가 네팔을 떠나면서 놔두고 가거나 팔고 간 물건을 여기서는 상품으로 진열했겠지, 후카마치는 골목과 인드라초크가 교차하는 위치에 서서 대각으로 가네샤를 바라봤다.

가네샤를 향해 걸음을 떼려는 그 순간, 가게 입구에서 한 남자가 나왔다. 거무스름한 피부에 몸집은 작았지만 단단한 체구의 노인. 머리에는 백발이 섞여 있었다. 그 남자다. 반년 전쯤 카트만두에서 만났던 남자. 비카르산, 독사라 불리는 하부 조지와 함께 있던 남자. 앙 체링이었다.

후카마치는 자기도 모르게 사원 그늘에 몸을 숨겼다. 그 그늘에서 훔쳐보자, 앙 체링은 천천히 가게에서 나와 후카마치 반대편으로 등을 돌리고 걸어갔다. 세 개의 산소통이 묶여 있는 지게를 등에 지고 있었다. 수중 다이빙할 때도 다이버들이 등에 통을 지지만, 다이버용 통 안에는 기본적으로 공기를 넣는다. 산소가 아니다. 하지만 등산할 때 등에 지는 통은 산소통이다. 안에 산소를 담아놓고 사용할 때는 공기와 산소를 혼합해 호흡하게 된다. 바로 그 등산용 산소통이었다.

왜 산소통을? 산소통을 준비했다는 건, 앙 체링과 관계있는 누군가가 곧 히말라야 8,000미터급 고봉에 오른다는 걸 의미한다. 그 이외에는 생각해볼 여지가 없다.

후카마치는 순간 주위를 둘러봤다. 앙 체링에게 동행이 있는지 확인했다. 혹시 하부 조지와 동행했을지도 몰랐기 때문이다. 동행은 없어 보였다.

망설임은 잠깐이었다. 가네샤에 들어가는 것보다 이대로 앙 체링이 어디로 가는지 미행하는 편이 낫다. 앙 체링이 가려는 장소에 하부 조지가 있을지도 모르기 때문이다. 후카마치는 앙 체링의 뒤를 따라 걸었다.

그나저나 이런 우연이…. 여기서 앙 체링을 보게 되리라고는 생각하지 못했다. 하지만 곰곰이 따져보면 순전히 우연이라고만은 할 수 없다. 기타하마가 하세와 함께 그 가게에서 나오는 앙 체링을 봤고, 상상이긴 하지만 그 뒤에 하세는 하부 조지와 만났을지도 모른다.

만약 만났다면 앙 체링이 바로 열쇠가 되는 인물이다. 다음 날, 혹은 그다음 날, 하세는 혼자 다시 가네샤에 찾아왔으리라. 거기서 다시 앙 체링과 만났을 것이다. 앙 체링과 만났기에 하세는 하부 조지와 만날 수 있었으리라. 즉 그만큼 앙 체링은 이 가게에 빈번히 출입한다는 것이다. 후카마치도 앙 체링이 있는 곳에 대해 뭔가 정보를 얻을 수 있지 않을까 싶어 '가네샤'로 온 것이다. 전적으로 우연만은 아니지만, 행운이 깃든 건 사실이다.

후카마치는 거리를 두고 앙 체링의 뒤를 따랐다. 앙 체링이 얏카

길로 들어가 오른쪽으로 꺾었다. 그대로 직진하면 체트라바티 광장으로 들어가는 길이 나온다. 인드라초크 부근에 비해 통행인의 수가 반쯤 줄었다.

"가루노스."

뒤에서 누군가가 불러세웠다. '가루노스'는 일본어로 '실례합니다' 정도의 의미다. 멈춰 서서 뒤돌아봤다. 이런 장소에서 누군가가 자신을 부를 이유가 없었다. 하지만 뒤에 서 있는 남자가 자신을 불렀으리라 짐작됐다. 그 남자는 후카마치를 보고 만면에 미소를 짓고 있었다. 이윽고 후카마치는 그 남자가 누군지 기억이 났다. 아까 더르바르 광장 사원 밑에서 만났던 남자다. 도박에서 판돈을 날리고 동료들이 도박하는 모습을 지켜보던 남자.

"마침 잘 만났습니다요, 나리."

남자가 말했다.

"액틴 바르카노스."

후카마치는 남자에게 잠깐 기다리라고 말하고 고개를 돌려 앙 체링을 찾았다. 그러나 방금 전까지 20미터 앞에서 체트라바티 광장으로 접어들던 앙 체링의 모습이 사라졌다.

'이런…'

빠른 발걸음으로 체트라바티 광장을 향해 뛰었다. 없다. 체트라바티 광장 입구에 서서 둘러봤지만 낯선 사람들로 혼잡할 뿐 앙 체링의 모습은 그곳에 보이지 않았다. 광장은 후카마치가 걸어온 길을 포함해 여섯 갈래의 길이 모이는 곳이다. 다른 다섯 길 중 하나로 들어간 걸까. 그게 아니면 광장에 접어들기 전, 좌우로 줄지어 서 있는 집들 중 어딘가에 들어간 걸까. 어쩌면 건물과 건물 사이, 길이라 부르기에는 너무 좁은 틈으로 들어가버린 걸까. 고의인지 우연인지 앙 체링은 자신의 모습을 완전히 지우고 말았다.

"나리, 무슨 일로 그렇게 갑자기 뛰어가신 겁니까?"

뒤따라와서 후카마치 옆에 선 남자가 말했다.

"아는 여행자를 본 것 같았는데 아무래도 잘못 봤나 보군."

후카마치는 거짓말을 했다.

이 남자에게 사실을 이야기해봐야 아무 소용없다. 그리고 어쩌면 이 남자는 자신이 앙 체링의 뒤를 미행한다는 걸 알고, 방해하기 위해 일부러 말을 걸었을지도 모른다.

"미안. 그런데 용건은?"

후카마치가 물었다.

"아까 나리가 말씀하신 이야기 말입니다."

"뭔가 알아냈나?"

"알아냈냐고 물어보시면 좀 그렇습니다만. 알 만한 사람한테 바로 이야기를 해봤습니다. 판돈도 떨어졌고 할 일도 없어서…."

"그래서?"

"그랬더니 그 건과 관련해서 재미있는 이야기를 아는 사람이 있었습니다."

"재미있는 이야기?"

"그렇다면서 저한테는 가르쳐주지 않았습니다. 그 녀석은 제가 나리께 멋대로 말씀드리고 돈을 혼자 독차지할까 봐 걱정하더군요."

사실일까? 순간 후카마치는 고민했다,

"내일 나리가 오시면 이 이야기를 말씀드리려고 했습니다. 그런데 더르바르 광장으로 돌아가려는데 마침 거기에서 나리를 뵌 겁니다. 내일 동료들과 나리를 뵙는 것보다 이런 식으로 둘이서 따로 보는 게 저로서는 낫습니다. 그래서 나리를 불렀죠."

"그래서?"

"시간 있으시면 잠깐 그 남자 있는 데까지 같이 가면 어떨까 해서요. 별로 멀지도 않고 방금 나온 길이라 아직 거기에 있을 겁니다. 아, 그전에 돈 문제에 대해 확인해두고 싶습니다. 정말로 주시는 겁니까?"

"물론. 나한테 쓸모 있는 이야기를 한다면 그만큼 값을 쳐주지."

후카마치가 말하자 새 울음소리 같은 소리를 내며 남자가 웃었다.

"부탁이 있습니다."

"부탁?"

"혹시 그 이야기를 듣고 돈을 주시게 된다면 그 남자랑 저랑 반반 나눠서 주셨으면 해서 말입니다."

8

남자는 걸어가며 마갈의 모한이라고 자신을 소개했다. 마갈족의 모한. 후카마치로서는 모한이 남자의 성인지 이름인지 알 수 없었지만 굳이 묻지는 않았다. 그저 모한이라고만 이해했다. 북서쪽, 즉 스와얌부나트 사원 방면으로 후카마치를 안내하는 듯했다. 걸어가다 산양 목에 끈을 묶어 끌고 있는 남녀들과 제법 마주쳤다.

"오늘은 유달리 산양을 끌고 가는 사람이 많군."

후카마치가 아까부터 눈에 띄던 일을 모한에게 물어봤다.

"이제 다사인이니까요."

모한이 천연덕스러운 얼굴로 말했다.

그런가, 다사인인가. 다사인은 매년 10월에 행해지는 네팔의 축제다. 물소의 악마를 퇴치한 두르가 여신을 찬양하는 축제로 힌두교 신화에 밑바탕을 두고 있다. 기간은 열흘. 이 축제 기간 동안에는 거의 네팔 전역이 다사인으로 떠들썩해진다. 지방에서 나와 있는 사람들은 축제 기간에는 다들 집으로 돌아가 가족과 함께 축제를 기원한다.

여신 두르가로부터 새로운 생명력을 받기 위해 제물로서 물소의 목을 베어 바쳤고, 고기는 일가와 동네 사람들과 나눠 먹는다. 섹슈얼리티 신앙의 색채가 진하다.

"돈 없는 사람들한테는 물소는 무리라서 대신 산양을 바칩니다. 더 가난한 집에서는 고기를 사 먹는 정도죠."

모한이 말했다.

"네팔에서 소를 받드는 것으로 알고 있는데?"

힌두에서 소는 무수히 존재하는 신들의 권속(眷屬)이다. 힌두교 세력이 강한 네팔에서는 소를 상당히 중히 여겨, 카트만두 시내를 소들이 아무렇지도 않게 다녔고, 주인 모를 소들이 사원 광장이나 길가에 편히 드러누워 있다.

"소와 물소는 다릅니다. 물소는 잡아먹어도 됩니다."

산양을 키우지 않는 집에서는 이웃에서 나눠 받거나, 정육점에 가서 살아 있는 산양을 사서 집에서 목을 벤다고 한다. 산양을 데려가는 사람이 많았던 데는 그런 이유가 있었다. 어떤 정육점에서는 손님에게 살아 있는 산양의 목을 그 자리에서 베서 해체해준다고 한다.

어느샌가 변두리와 같은 한적한 분위기가 물씬한 구역에 다다랐다. 건물들이 한적했고 수풀과 광장이 눈에 많이 띈다. 모한은 벽돌로 외벽을 쌓아 올린 카트만두에 특유의 건물 앞에 멈춰 섰다.

"여기서 잠깐만 기다려주시죠."

모한이 건물로 들어갔다가 곧 돌아왔다.

"마침 잘됐습니다. 좋아하더군요. 들어오시죠."

후카마치는 모한의 말을 따라 그 뒤를 따라 들어갔다.

건물 안은 전등이 켜져 어두웠다. 어두침침한 공간 안에 나뭇결이 들뜬 낡은 목조 계단이 보였다. 모한은 계단 뒤로 돌아 기껏 판자 몇 장이나 덧댔을까 싶게 엉성해 보이는 문을 밀어 열었다. 그곳은 건물로 사면을 둘러싼 안뜰이었다. 각 모서리에는 힌두 신들의 석상들이 조각됐고, 그 머리와 얼굴에는 새빨간 염료가 칠해져 있었다. 그 상 앞에 네 명의 남자가 서 있었다. 그리고 한 마리의 산양. 지면에는 양동이 하나와 세면대가 둘. 세 남자는 맨발이었고 한 남자만 신발을 신었다. 그 신발을 신은 남자가 눈에 익었다.

"후카마치 나리를 모셔왔습니다."

모한이 그 남자를 향해 말했다.

"오랜만이군."

그 남자, 나라달 라젠드라가 말했다.

"당신이었나."

후카마치는 경계심을 높이며 거리를 뒀다.

나라달 라젠드라. 지난번에 마니 쿠말의 가게에서 만났다. 코탐이 훔친 물건을 일단 이 남자가 매입했다가 마니 쿠말의 가게에 그 카메라를 팔았다. 이 남자는 이 일대에서 그런 은밀한 작업을 행하겠지.

"혹시 내가 사기를 당한 건가?"

후카마치가 말했다.

"사기가 아니다. 모한이 말했겠지만, 난 비카르산과 앙 체링 두 사람이 어디에 있는지 짐작 가는 바가 있고, 경우에 따라서는 당신에게 가르쳐줄 수도 있지. 모한에게는 그저 내 이름을 말하지 말라고 했을 뿐이다…."

"그래서 날 부른 용건이 뭔가?"

"일본인은 성질이 급하군. 네팔에는 '비스타리'라는 좋은 말이 있지. 천천히, 여유를 가지라는 뜻인데, 알고 있는가?"

"아아."

후카마치가 고개를 끄덕였다.

등산 중에 이따금 셰르파들이 이 말을 썼던 기억이 났다.

"마침 아주 좋은 때 왔다. 일본인에게는 제법 신기한 구경을 시켜주지. 이야기는 그 뒤에. 시간은 있겠지?"

지난번과는 딴 사람인 듯한 말투다. 마니 쿠말의 가게에서의 보였던 정중한 어조는 자취를 감췄다. 아마 지금이 본래의 그의 모습에 가까우리라.

"뭘 말인가?"

"잘 지켜봐라."

나라달 라젠드라가 산양의 눈을 뚫어져라 쳐다봤다.

후카마치도 그 눈길을 따라 산양을 쳐다봤다. 산양이 찔끔찔끔 몸을 떨고 있는 게 느껴졌다. 산양의 안구는 빨갛게 충혈됐고, 입 양쪽 끝에는 거품을 물었다. 명백한 공포의 표정이 산양의 온몸에서 드러나고 있었다.

"자, 이제 시작하지."

나라달 라젠드라의 말에 세 남자가 고개를 끄덕이더니, 한 남자가 산양의 목에 감긴 끈을 짧게 고쳐 잡아 끌어당기고는 산양의 뿔을 하나씩 양손으로 잡았다. 산양이 갑작스레 격렬히 저항하기 시작했다. 다른 남자가 산양의 몸통을 끌어안아 둘이서 산양이 움직이지 않게 눌렀다. 산양의 저항은 한층 격렬해졌다. 산양의 목에서 찌부러진 듯한 소리가 터져나온다. 세 번째 남자가 허리띠에 끼워놨던 쿠크리를 오른손으로 뽑아 들었다. 후카마치는 그제야 그들이 뭘 하려는지 알았다. 세 사람은 산양의 목을 떨어뜨려 여신 두르가에게 살아 있는 제물로 바치려는 것이었다.

산양이 두려워한 이유는, 곧 다가올 자신의 운명을 알아차렸기 때문이다. 정육점에서 사온 산양이겠지. 이 산양은 가게 앞에 끈이 묶인 채 몇 마리나 되는 산양이 죽어 해체되는 광경을 봤을 것인가. 그 자리에서 똑똑히 목격했던 바가 자신에게 닥쳐왔다.

"됐나."

"잘 눌러."

남자들이 서로 상태를 확인하면서 일하기 편하게 위치를 잡았다. 산양의 머리가 강하게 밑으로 눌리면서 수평이 된 가늘고 긴 목이 남자들 손 앞에 여실히 드러났다. 쿠크리를 든 남자가 일그러진 부메랑 모양의 칼을 양손에 거머쥐고 내려쳤다. 칼이 산양의 목에 얕게 박히며, 쩽 하는 소리가 났다. 단단한 물건과 맞부딪치는 소리. 칼이 산양의 목뼈에 닿은 것이다. 피가 흐르며 산양의 목덜미 털을 적셨다.

산양은 필사적으로 바둥거렸지만, 제2격, 제3격이 연속으로 가해졌다. 칼로 내려칠 때마다 상처가 깊어지며 틈이 빠끔히 벌어져 하얀 뼈의 일부가 드러났다. 연신 칼을 내려칠 때마다 쿠크리에 깨져나간 뼛조각이 마구 튀었다. 산양이 무릎을 꿇기 전에 목이 먼저 떨어졌다. 남자 하나가 얼른 산양의 목을 바닥에 내려놓고 세면대를 끌어당겼다. 머리가 없어진 산양의 목을 안고 있던 남자가, 팔의 힘을 빼자 목이 소실된 상처 부위에서 세면대 안으로 뜨뜻미지근한 피가 콸콸 소리를 내며 흘러나왔다. 어른의 엄지손가락 굵기만 한 피가 아직도 움직이는 심장의 박동에 맞춰 벌컥벌컥, 마치 호흡하듯이 세

차게 뿜어져 나왔다. 세면대 속 핏덩어리에서 온기가 배어 나왔다. 남자들 품속 산양의 몸이 연신 경련을 일으키다가 이윽고 움직임이 멈췄다.

산양을 거꾸로 들어 몸 안의 피를 거의 다 빼내고 다시 목 밑으로 칼을 쑤셔 밀어, 가슴, 배, 하복부 순서로 일직선으로 가죽을 잘라낸다. 왼손으로 가죽을 잡아 벗겨내면서, 가죽과 육질 사이에 칼끝을 밀어 넣자 깨끗하게 가죽이 벗겨졌다. 전체적으로 하얗고 군데군데 누르스름한 지방층으로 덮인 얇은 속살이 드러났다. 껍질을 벗겨냄에 따라 속살이 점점 면적을 넓혀갔다. 사지(四肢)에까지 쿠크리의 칼끝이 들어가며 산양은 완전히 다 벗겨졌다.

배를 가르고 내장을 꺼낸다. 간, 담낭, 창자, 녹색의 액체로 뒤덮인 위. 위 안에는 반 정도 소화되어 질척해진 풀이 들어 있었다. 내장을 깨끗하게 발라내고 양동이와 세면대에 나눠 넣는다. 이제 머리통을 쪼개고 눈동자와 뇌까지 꺼냈고 다음에는 사지까지 잘라내자 지금까지 산양이었던 것이 생명감이 희박한 단순한 살덩어리가 되어, 정육점에 어울릴 만한 물체가 되고 말았다. 어느새 개 대여섯 마리가 몰려와 지면에 흘린 피를 핥으며 세면대 위의 내장을 물고 가려다, 남자들에게 쫓겨났다.

"어떻습니까. 뼈도 골수까지 먹고, 머리도 볼살과 두개골에 붙은 고기까지 먹습니다. 먹지 않은 건 두개골과 뿔, 그리고 껍질 정도입니다."

나라달 라젠드라의 말투가 이때만 정중해졌다.

"당신이 지금 본 건 특별한 광경이 아니다. 이곳 카트만두 여기저기서 벌어지는 일이고, 카트만두를 떠나서도 네팔 어느 지방, 어느 마을의 집에 가더라도 일상적으로 볼 수 있는 광경이다."

나라달 라젠드라가 말했다.

지금 눈 앞에 펼쳐진 피비린내 나는 광경은 인간이 살아가기 위해 반드시 필요한 배경 같은 것이다. 하지만 후카마치는 적잖은 충격을 받았다. 처음 보는 광경은 아니다. 과거 히말라야 원정에서도 본 적이 있다.

그러나 다른 생명을 빼앗아 살아간다….

인간만이 아니라, 대개의 생명이 생을 유지하기 위해서는 다른 생명의 죽음이 필요하다. 죽여서 먹는다. 이 당연한 도식이 일본이란 사회 속에서 생활하다 보면, 생을 건사하기 위한 각각의 작업들이 극히 분업화되어 시야에서 멀어진다.

"죽여서 먹는다. 산양을 미워하는 것도 아닌데 말이다. 서로 아무런 관계도 없다. 산양으로서는 부조리하겠지. 왜 인간과 산양은 일방적으로 먹고 먹히는 관계가 돼버렸을까. 그 이유를 알겠나?"

"글쎄."

"이유는 단 하나. 산양이 인간보다 약한 생물이기 때문이다."

"…"

"아마, 인간과 인간의 관계에도, 인간과 산양의 관계와 비슷한 면이 있지 않을까."

"한쪽이 한쪽을 먹는?"

"그래. 미움이고 뭐고 아무것도 없어. 먹히는 쪽으로서는 '왜 이래야만 하는 걸까', 그런 마음밖에 안 들겠지만 말이다. 그저 먹히는 쪽이 먹는 쪽보다 약했다는 이유만으로 말이지."

나라달 라젠드라는 솜씨 좋게 해체된, 과거 산양이었던 것에 눈길을 돌렸다. 남자들이 고기와 내장으로 수북한 세면대와 양동이를 들고 건물 안으로 들어갔다. 모두 다 들고 가자 산양이 거기에 있었다는 증거는 땅바닥에 스며든 희미한 혈흔뿐이었다. 후카마치와 나라달 라젠드라와 모한, 세 사람이 그 자리에 남았다.

"모한, 네 용무는 끝났다. 약속된 돈을 받고 돌아가도 좋다."

그 말을 듣고 후카마치가 10달러 지폐를 꺼내 모한에게 건넸다.

"괜찮겠습니까?"

모한이 물었다. 후카마치가 원래 주기로 한 돈은 그 액수의 반이었기 때문이다.

"신경 쓰지 마라. 감사의 뜻이다. 덕분에 재밌는 구경도 했으니."

후카마치가 그렇게 말했다.

9

작은 나무 테이블을 사이에 두고 후카마치는 나라달 라젠드라와 마주 봤다. 건물 2층 창가다.

두 잔의 다르질링 티에서 향기로운 향이 피어올랐다. 그리고 묘하게 감미로우면서도 아주 살짝 코끝이 아린 듯한 향…. 해시시 향이다.

이 방에서 몇 차례 해시시를 피운 모양이다. 어쩌면 카트만두 시내에 돌고 있는 해시시나 마약류 중 일부가 나라달 라젠드라가 취급하는 상품일지도 모른다.

"우선 말해두고 싶은 게 있다. 여기서 자네와 내가 만났다는 사실은 마니 쿠말도 모르는 일이다. 그리고 지금부터 자네에게 하려는 말도 마니 쿠말은 모른다."

"왜 그런가. 당신과 마니 쿠말은 동료 아닌가?"

나라달 라젠드라는 얼굴을 찡그리며 목을 좌우로 저었다.

그는 도톰한 뺨에 높은 콧대 밑으로 수염을 길렀다. 겉으로만 보기에는 50대 중반쯤일까. 실제로는 아직 40대 후반일지도 모른다.

"아니, 동료는 아니다. 가끔 사업상 협력하는 일은 있지만. 내 손에 여러 가지 물건이 들어온다. 일반적으로 시장에 흘러 들어가지 않는 물건 말이지."

"장물인가."

"장물이라고는 말하지 않겠다."

나라달 라젠드라가 미소를 지으며 말했다.

"어쨌든 그런 물건을 그 가게에다 팔 때가 있다. 서로 비즈니스지. 내게도 그에게도 이익이 생기니까. 나로서는 그 가게가 없어도 별 상관없고, 그도 내 물건만 취급할 필요가 없지. 비즈니스 이상의 관계는 없다. 그러니 그곳과의 거래로 손해가 생긴다면 언제든지 그만둘 수 있다."

"그래서 하고 싶은 이야기가 뭔가?"

"나야말로 자네한테 묻고 싶군. 대체 왜 비카르산과 앙 체링에 대해 알아보려 하나?"

"…"

"그 카메라 때문인가?"

"…"

"말이 없는 걸 보니 그런가 보군. 대체 무슨 일인가? 그런 카메라 때문에 설마 일본에서 다시 네팔까지 올 줄이야. 그렇다면 일본과 네팔을 오가는 왕복 항공료와 여기서의 체재비, 게다가 그리 바쁘다는 일본인이 굳이 일까지 쉬면서 올 만큼 그 카메라가 가치가 있다는 건가. 그 카메라는 내가 상상했던 것보다 훨씬 가치 있는 물건이라는 뜻이군…."

나라달 라젠드라는 말하고 나서 갑자기 생각났다는 듯이 말했다.

"설마, 마니 쿠말의 가게에 가서 비카르산의 거처라든가, 더르바르 광장에서 행적을 뒤졌다는 이야기를 그에게 꺼내지는 않았겠지?"

"유감스럽지만 그랬다."

"왜 그런 짓을 했나. 당신이 그랬다면 그 남자도 충분히 머리를 굴렸을 것이다. 그도 놀랐겠지. 자신이 생각했던 것보다 그 카메라가 훨씬 가치가 있다는 걸 알게 돼서."

"잠깐. 당신은 뭔가 오해하고 있다."

"흐음, 뭐가 그런가?"

"그 카메라의 가치. 그 카메라의 가치를 왜 돈으로 따지려 하는거지. 세상에는 돈으로 바꿀 수 없는, 개인적으로만 가치 있는 물건도 있다. 그 카메라가 내게는 그런 물건이지. 내게는 네팔까지의 왕복 항공료보다 가치 있지만 다른 사람에게 그 카메라는 단순한 중고 카메라, 그 이상 이하도 아니다."

"당신도 오해하고 있군, 몇 가지 점에서…."

"…."

"분명 세상에는 돈으로 바꿀 수 없는 가치라는 게 있다는 걸 나도 안다. 하지만 지금 내가 그런 가치와 직면했다고는 믿기 어렵군."

"…."

"또 하나 그 카메라가 내게 가치가 있든 없든, 문제의 본질은 바뀌지 않는다. 그 카메라가 당신, 혹은 그 누군가에게 가치가 있다면 그것만으로 내게는 충분히 장사거리가 된다."

나라달 라젠드라의 말은 지극히 당연했다. 그가 후카마치의 눈을 뚫어져라 응시했다.

"아까 내가 지금부터 하는 이야기를 마니 쿠말도 모른다고 했지. 사실 난 마니 쿠말 모르게 여러 가지를 공부했다."

나라달 라젠드라의 눈길은 여전히 후카마치를 훑고 있었다. 그 눈빛 속에는 후카마치의 반응을 즐기려는 듯한 기색도 엿보였다.

"후카마치 씨, 지난번에 카트만두에서 책을 사셨더군요."

갑자기 정중한 말투가 됐다. 후카마치의 심장이 요동쳤다.

책? 그렇다. 분명 난 책을 샀다. 무슨 책이었더라. 그래, 그건《에베레스트 이야기》와《맬러리와 어빈의 미스터리》다. 후카마치는 자기도 모르게 나올 뻔한 말을 간신히 목 안으로 밀어 넣었다.

그렇다, 분명 그 책이었다. 맬러리 원정 당시의 상황을 확인하고 싶어 여행이나 트레킹 하러 온 사람들이 팔고 간 책을 중고서점에서 구입했다. 그런데 어떻게 이 남자가 그 사실을 아는 걸까.

"조지 맬러리는 1924년 영국 원정대에 참가했죠…."

나라달 라젠드라가 만면에 웃음을 띠며 희색을 노골적으로 드러냈다

"놀라셨군요. 어떻게 제가 당신이 산 책까지 아는지."

"그렇다."

후카마치는 솔직히 시인했다.

"조사했으니까요. 그날 당신은 호텔에서 카메라를 도둑맞았죠. 당시 당신을 미행한 사람이 있었다면 어떨까요. 당신이 언제 호텔로 갑자기 돌아갈지 모르니까 카메라 도둑의 동료가 당신을 감시했다고 생각하면 이해하기 쉽겠죠."

"그랬군."

"그랬다면 어땠을까 하고 드리는 말씀입니다."

"그래서?"

"당신이 서점까지 가서, 일본 책도 잔뜩 있는데 굳이 영어 책 두 권을 샀다면 어느 정도 신경 쓰이기 마련이죠. 마니 쿠말은 그 보고

를 듣고도 아무것도 모르는 눈치였습니다만. 저는 신경이 쓰이더군요. 그래서 당신이 무슨 책을 샀는지 서점에 가서 알아봤죠. 그리고 방금 제가 말씀드린 제목의 책이란 걸 알게 됐습니다…."

"…."

"그런데 같은 책은 더 이상 없더군요. 같은 책이 들어오면 서점에 진열하지 말고 저한테 가져오라고 말해두고는, 실은 잊어버렸죠. 그런데 열흘쯤 전에 책이 제 손안에 들어왔습니다.《맬러리와 어빈의 미스터리》한 권뿐이었지만. 5일 전에 다 읽었습니다. 깜짝 놀랐습니다. 당신이 찾던 게 맬러리가 사가르마타 정상까지 들고 갔던 카메라였다니."

후카마치는 아무 말도 할 수 없었다. 나라달 라젠드라는 말을 멈추고 묵묵히 듣고만 있는 후카마치를 잠시 바라봤다.

"그럴 때 당신이 다시 일본에서 돌아와 그 카메라를 찾는다는 이야기를 들었습니다. 처음에는 꿈같은 이야기라 여기고 내버려두는 편이 현명하다고 판단했죠. 그런데 당신이 왔다는 이야기를 듣는 순간, 상황이 달라졌습니다. 당신에게는 그 카메라가 진짜라고 믿을 수밖에 없는 뭔가가 있는 거지요."

후카마치가 살짝 한숨을 내쉬었다. 자신에게도 뭔가 특별한 근거가 있는 건 아니었다. 굳이 있다 치자면 그건 꿈이었다. 그게, 맬러리의 카메라이기를 바라는 갈망이었다. 만약 그게 진짜라면…. 그 꿈을 좇아간다면 지금 자신의 감옥과도 같은 현실에서 탈출할 수 있을지도 모른다고 생각했기 때문이다. 그 꿈의 한 가닥을 붙들고 결국 여기까지 온 것이다.

허나 이 남자에게 어떻게 설명할 것인가. 후카마치에게 시선을 둔 채 나라달 라젠드라가 말했다.

"그 카메라가 맬러리의 카메라인지는 아직 모른다. 설령 동일 기종이라 해도 맬러리가 들고 간 카메라였는지 알 수 없다. 객관적으로 따져보면 다른 카메라일 가능성이 높다. 70년도 전에 에베레스트 정상을 향해 떠났을 카메라가, 이제 와서 카트만두에 나타날 이유가 어디 있는가?"

"하지만 만약 그 카메라가 진짜라면. 그에 따라 에베레스트를 처음 등정한 이가 누군지 알 수 있다면 해외 매스컴에 상당한 금액으로 팔 만한 소재가 아니겠습니까? 당신들 일본인에게는 별로 큰돈이 아닐지도 모르겠지만, 우리 네팔인들에게는 엄청난 금액이죠. 어떻습니까?"

"어떠냐니?"

"같이 손을 잡자는 겁니다."

"손?"

"그렇습니다. 당신과 제 목적은 같습니다. 같이 손을 잡아, 그 카메라로 창출되는 이익을 서로 반반씩 나누자는 말입니다."

"…"

"전 그 일본인이 어디에 사는지 바로 알아낼 수 있습니다. 당신은 일본인이기에, 그 카메라를 우리 손에 넣기 위해 그와 이야기할 수 있죠. 또 그 카메라를 어디에서 입수했는지도 알아낼 수 있을 겁니다…"

"그 남자가 말할 리 없어."

"그럼 당신은 뭐 하러 카트만두에 온 겁니까. 카메라의 행방을 왜 이제 와 찾으려는 겁니까?"

나라달 라젠드라가 물었다. 그 질문은 후카마치가 스스로를 다그쳐온, 날카로운 광택을 내뿜는 칼날과도 같은 질문이기도 했다. 대체 카트만두까지 와서 뭘 하려는 건가. 하부를 구태여 찾아내서, 카메라에 대해 물어서 뭘 어쩌겠다는 건가.

'세계에 인간의 발이 밟지 못한 자이언트가 무수했던 시기의, 그 꿈을 다시 한번 볼 수 있을지도 모르잖아.'

출발 전 미야가와가 했던 말이 후카마치의 귓가에 남아 있었다.

11장

다사인 축제

1

거의 하루 종일 호텔에서 잠을 잤다.

어제는 너무 많은 일이 있었다. 육체적으로는 아직 긴 비행의 피로가 남았고, 정신적으로도 아직 가요코와의 일이 침전물처럼 몸속어딘가에 가라앉아 있다. 책을 읽지도 않으면서 침대 위에 드러누워천장을 올려다보며 이따금 창문에서 변화해가는 햇빛의 움직임을눈으로 좇았다.

한 차례 늦은 아침을 먹으러 나갔다 왔다. 식사는 그때로 끝. 어느샌가 창문으로 들이비치는 햇살이 사라져 어두워졌고, 바깥의 암흑이 방 안까지 밀려 들어왔다.

"이삼일 생각해보고 같이 할 마음이 들면 연락해주지 않겠습니까."

나라달 라젠드라가 헤어지는 길에 그렇게 말했다. 아무리 맬러리의 카메라가 진짜라 할지라도 일본이나 유럽, 미국의 감각으로는 엄청난 사업감이라고는 할 수 없다. 하지만 네팔이란 나라에서는….나라라기보다 이 나라의 개인에게 있어서는 큰 기회이리라.

그렇다면 나에게는 어떤가. 맬러리의 카메라를 발견함으로써 에베레스트 초등의 수수께끼가 풀린다면 분명 큰 화제가 된다. 이 건을 단독으로 보도한다면 업계에서 내 위치가 올라가리라.

매력을 느꼈다. 산과 관련된 직업인으로서 큰 쾌감도 맛보리라. 허나 그뿐만은 아니었다. 이번 건은 그것만이 아니었다. 좀 더 절실한, 떠올릴 때마다 가슴을 찌릿하게 하는 면이 있다. 미야가와는 그걸 '꿈'이라 했다. 그러나 후카마치는 뭐라 이름 붙여야 할지 알 수 없었다. 돈이나 특종, 그런 것과는 별개의 요소가 농밀하게 들어앉았다.

'이걸 남의 손에 맡기고 싶지 않다.'

지극히 개인적이지만 자신의 내면에서 유일하게 명확한 건 그런 의지와 감정이었다. 만약 이와 관련된 진상을 맨 처음 아는 자가 있다면 그건 자신이어야만 했다.

내가 최초다.

'이런.'

후카마치는 쓴웃음을 지었다.

이건 산에 대한 발상과 똑같지 않나. 자신이 최초로 접근한 미답봉의 정상을 다른 이의 발에 밟히게 만들고 싶지 않다는 것과 같다. 대체 난 언제 그런 권리를 손에 넣은 걸까. 후카마치는 자문했다.

그때다. 마니 쿠말의 가게에서 그 카메라가 맬러리의 카메라가 아닐까 처음으로 알아차렸기 때문이다. 처음으로 알아차렸다. 그 일로 인해 자신은 그런 권리를 손에 넣은 것이다. 또한 하부 조지라는 남자에게도 깊이 빠져들었다. 이미 하부와 맬러리의 카메라는, 자신의 내면에 하나로 합쳐져버렸다. 이젠 떼낼 수 없다. 하부가 네팔에서 뭔가 하려한다는 낌새까지는 분명히 손안에 쥐었다.

뭘 하려는 걸까?

맬러리의 카메라나 하부, 어느 쪽을 더듬어가도 그 끝은 하나인 것 같다는 느낌이 들었다. 그 끝에 존재하는 것. 그건 아마도 이 지구상에 존재하는 단 하나의 점. 지상 최고봉인 에베레스트 정상이다. 뭔가 있다면 그곳에 있으리라. 그것이 지금 가슴속에 응어리진 것에 대한 대답일까. 거기에 다다르면 내 가슴에 응어리진 것, 그리고 이 지상의 모든 것들이 종결되지 않을까. 다 해결되지 않을까. 그걸 꿈이라 부른다면 꿈이다.

후카마치는 하루 종일 호텔 침대에 누워 그런 생각을 정처 없이 이어갔다.

아아. 어쩌면 난 에베레스트 정상에 서고 싶은 게 아닐까.

그런 생각이 들었을 때 움찔하며 심장이 유달리 뛰었다.

내 심장이 왜 이러지? 그런 생각은 지금껏 한 번도 못 해봤다. 아니. 지금까지 생각해본 적 없다는 건 거짓말이다. 언제였나. 정말 어느 한때 그 정상을, 자신의 발로 밟고 싶다는 생각을, 꿈일지라도 안 해본 산사람이 어디 있겠는가.

없을 리가 없다. 단 한 번이라도. 누구나 한 번은 가슴에 품는다.

그리고 어느새 잊어버린다. 아니 잊는 게 아니다. 포기하게 되는 것이다. 자신에게 그 정도의 기량은 없다고. 혹은 돈이 없다고.

그런데 하부 조지라는 남자는 지금까지도 그걸 포기하지 않은 게 아닐까. 자신이 아득히 오래전에 내던진 걸, 아직도, 지금까지도 가슴에 품어온 남자. 하부에게 매료된 건 그의 그런 부분 때문일지도 모른다. 일본에서는 이미 잊힌 천재 클라이머. 나는 그 남자를 끝까지 지켜보고 싶다.

만약 하부의 가슴에 아직도 그 불꽃이 살아 있다면 나는 질투할까. 하부가 이미 모두 다 포기하고, 그저 네팔 등산계에서 포터 노릇이나 하며 사는 남자라면 안도하며 일그러진 쾌감을 느낄 것인가. 후카마치로서는 자신의 마음속 그것에 뭐라 이름 붙여야 할지 몰랐다.

2

이튿날 후카마치는 다시 거리로 나갔다. 트레킹 때 혼자 지낼 텐트와 다른 잡다한 물건들을 사야 했기 때문이다.

흔히 에베레스트 가도라 부르는 길을 따라 쿰부 지방으로 가는 트레킹이다. 셰르파족 마을에서 마을로 이동하며 도보로 걸어가는 길이다. 차는 이용할 수 없다. 자신의 발로 걷든가 말이나 야크를 이용해야 한다. 루클라까지 비행기로 들어갔다가 그 뒤로 걸어가는 게 일반적인 루트로, 네팔 쪽에서 에베레스트를 노리는 원정대는 예외 없이 이 루트를 이용하게 된다. 후카마치 본인도 지난번에 이 루트를 따라 에베레스트까지 들어갔다. 에베레스트 베이스캠프까지는 트레킹 허가증으로 들어갈 수 있고, 최종적으로 표고 5,450미터 고도까지 걸어갈 수 있다.

다사인이 끝나고 나면 본격적으로 그곳까지 걸어갈 계획이다. 마니 쿠말이나 나라달 라젠드라는 이제 상관없다. 어쨌든 현지로 날아가서 거기서 셰르파 마을을 하나씩 하나씩 이 잡듯이 뒤져보면 될 일이다. 그렇게 각오를 굳히자 마음이 편해졌다. 차라리 가네샤에서 텐트와 각종 장비를 마련하면서 앙 체링에 대해 물어보자 싶었다.

가네샤는 트레킹 용품부터 본격적인 동계 등반이나 암벽용품까지 물건을 제대로 갖추고 있었다. 도쿄의 등산용품점과 거의 유사했다. 다른 점이라면 가게에 진열된 제품이 대부분 중고품이고 다양한 연대의 물건들이라는 정도다. 중국제 수통이 한가득 보이는가 하면 프랑스제 파일과 스위스제 피켈이 놓여 있고, 심지어 국적을 알 수 없는 주마(로프에 걸고 올라가는 등강기)와 자일도 팔았다.

침낭과 헤드램프도 준비해야 했다. 혼자 지낼 텐트와 건전지 몇 개, 그리고 일본에서 들고 오는 걸 잊은 선글라스. 일단 이 세 가지를 살 작정이었다. 선글라스와 건전지는 바로 결정했지만 텐트를 고르는 데 시간이 걸렸다. 텐트는 혼자 쓰더라도 1인용보다 2인용을 사서 혼자 쓰는 편이 낫다. 1인용은 정말로 딱 한 사람이 잠잘 공간밖에 없기 때문이다. 텐트 몇 개를 실제로 펴서 찢어진 데가 없나 살펴보고, 내피가 제대로 달려 있는지 확인해야만 했다.

결국 프랑스제 돔형 2인용 텐트를 샀다. 혼자서 모든 짐을 져야 한다면 1인용 텐트를 샀겠지만, 이번 트레킹에는 통역과 가이드를 겸한 셰르파 한 명과 포터를 고용하기로 했다. 짐과 식재료의 태반은 포터가 들게 된다. 텐트를 포장할 때 일본어 단어를 조금 알아듣는 점원에게 말을 걸어봤다.

"요전에 셰르파 앙 체링이 가게에서 나오는 걸 봤는데…."

후카마치의 말에 셰르파족으로 보이는 점원의 얼굴이 갑자기 밝아졌다.

"앙 체링을 아십니까?"

"알지. 꽤 오래전에 일본 원정대가 에베레스트에 들어왔을 때 나도 대원이었어. 앙 체링은 우리 원정대와 함께 했었지."

"그는 위대한 셰르파죠."

점원은 텐트를 신문지에 싸서 끈으로 묶고는 후카마치 발치에 내려놨다. 후카마치는 텐트로 손을 뻗지 않고 점원에게 물었다.

"그는 지금도 현역인가?"

"나이가 나이니까. 원정대에는 좀처럼 따라가지 않는 것 같지만, 가끔 트레킹하는 사람을 상대로 가이드는 하는 모양입니다."

"아직도 가이드를 하는군. 그렇다면 이번 트레킹 안내를 그에게 부탁하고 싶은데 어디다 문의하면 되나?"

"어느 여행대리점과 공식적으로 계약은 안 한 것 같으니, 본인에게 직접 부탁할 수밖에 없을 겁니다. 그렇게 찾아온 사람하고만 일을 하는 모양입니다."

"그에게 어떻게 연락하면 되나?"

"남체 근방에서 그의 이름을 꺼내면 연락이 될 텐데…. 에베레스트 가도로 간다면 카트만두에서 부탁하는 게 낫지 않을까요?"

"앙 체링이 지금 카트만두에 있나?"

"글쎄요."

"요전에 가게 앞에서 앙 체링을 봤을 때, 산소통 몇 개를 들었던데. 그가 요새도 큰 원정대 일을 하는 건가."

"저도 잘…."

점원은 곤란하다는 듯이 암막 안으로 시선을 던졌다. 그러자 그 시선을 받고 암막 안에서 몸집이 작고 나이가 다소 지긋한, 셰르파족으로 보이는 남자가 천천히 걸어 나왔다. 아무래도 그가 이 가게의 주인인 듯싶었다.

"무슨 일인가?"

남자가 점원에게 물었다.

"이 손님이 앙 체링에게 연락할 수 있냐고 물어서…."

젊은 점원의 뉘앙스에서, 앙 체링이 카트만두에서 머무는 곳의 연락처를 아는 듯이 느껴졌다.

"뭐?"

주인이 후카마치를 바라봤다.

"앙 체링에게 트레킹 가이드를 부탁할까 하는데 연락처를 몰라서 그렇습니다."

후카마치가 젊은 점원에게 했던 설명을 다시 주인에게 했다.

"흐음…."

이야기를 다 들은 주인이 중얼거리며 후카마치를 응시했다. 눈앞의 일본인이 어떤 인간인지 헤아려보는 눈치다. 날카로운 눈매다.

3

"앙 체링의 연락처를 아시는지요?"

후카마치가 주인에게 물었다.

"알긴 압니다만…."

"그럼 가르쳐주십시오. 문의는 제가 직접 할 테니."

"안 할 겁니다. 그는 트레킹 가이드를 쉽게 하지 않습니다."

"왜 그런가요?"

"다른 사람의 중개 없이 본인에게 직접 문의하는 사람의 가이드를 할 리가 없죠. 그와 상당히 친하든가 그렇게 친한 사람의 소개가 아니라면 말입니다. 손님께서는 어느 쪽도 아니니까요."

"당신이 말하는 친하다는 정도가 어느 정도를 말하는 건지 모르겠지만, 전 그와 안면이 있죠. 그의 친구인 비카르산과도."

"그럼 직접 부탁하시죠."

"그러니까 어디 있는지 모른다고 하지 않았습니까."

"가르쳐드릴 수 없습니다."

단호한 말투였다.

"그럼, 말이라도 전해주시죠. 후카마치라는 일본인 카메라맨이 에베레스트 방면으로 가이드를 부탁한다고. 사진을 찍으며 걸을 예정이고 일당은 그가 일반적으로 받는 액수의 두 배라도 상관없다고."

"인심이 후하시군요."

"일이니까요. 제가 치르는 게 아니라 저와 계약한 잡지사에서 치를 테니까…."

"…."

"어쨌든 이야기만이라도 전해주시죠. 그래도 안 된다면 저도 포기
하죠…."

후카마치는 10달러 지폐를 꺼내 작게 접어 주인 손에 쥐어줬다.

4

후카마치는 침대에 드러누워서 천장을 보고 있다. 천장에 밴 갈색
얼룩. 벽지의 모양. 이제 외울 정도로 지긋지긋하다. 반나절이나 이렇
게 천장을 올려다보고 있다. 하루걸러 기력이 쇠한다.

몸을 일으켜 거리로 나가 아직 못 산 물건을 구입해야 했다. 그런
데 좀처럼 일어나지를 못하겠다. 어제 가네샤 주인에게 억지로 10달
러를 쥐어주고, 앙 체링에게 자신에 대해 전해달라고 부탁한 일이 원
인이었다. 하부가 다른 사람에게 자신에 대해 알려지기를 싫어한다
는 걸 알고 있다. 그걸 무리하게 알려고 하는 자신은 대체 뭔가. 모
르겠다.

한 가지는 분명히 안다. 이대로 아무것도 하지 않고 돌아갈 수는
없다는 것이다. 돌아가봐야 그 나라에 자신이 존재할 곳은 없다. 이
건에 대해 끝까지 추적할 만큼 했을 때, 어떤 결과가 나오든지 간에
그제야 받아들일 수 있으리라. 그런 납득 없이 자신은 이 거리, 이곳
외에 어디에도 갈 데가 없다.

아아, 난 또다시 그제와 같은 사고를 마음속에서 곱씹고 있다.

이젠 어지간히 하고 마음 다잡고 하부를 찾는 데 매진해야 한다.

그때 문에서 노크 소리가 났다. 하부는 침대 위에서 상반신을 일
으키며 말했다.

"Who is it(누구십니까)?"

"저예요."

여자의 목소리가 들렸다. 일본어다. 귀에 익은 목소리였다.

"기시예요."

'기시? 설마 기시 료코인가?'

후카마치는 문으로 걸어가 손잡이를 쥐고 안으로 잡아당겼다. 거기에 청바지를 입은 여자가 서 있었다. 여자의 하얀 면 티셔츠 옷깃 사이로 청록색 터키석이 보였다. 기시 료코가 후카마치를 보며 미소 짓고 있었다.

"료코 씨, 어떻게 여기에?"

"일, 다 끝내버렸어요."

료코는 번역가다. 영어로 쓰인 추리소설을 일본어로 번역해서 출판한다. 번역료와 번역 인세가 료코의 수입이다. 번역한 책이 베스트셀러가 된다면 좋겠지만 그런 일은 좀처럼 없고, 그럭저럭 팔리는 책, 그럭저럭 안 팔리는 책을 번갈아 작업하면서 여자 혼자 살아갈 만큼의 돈을 벌고 조금씩 돈을 모은다. 드는 품에 비해 그다지 벌이가 좋은 일이라고는 할 수 없다. 장점이 있다면 자신의 시간을 자신이 관리할 수 있다는 점이다. 주어진 시간의 주인이 자신이라는 점은 다른 무엇과도 바꿀 수 없다. 예전에 료코가 후카마치에게 그렇게 이야기한 적이 있었다.

후카마치가 카트만두로 떠나기 전, 료코가 앞으로 열흘 정도 걸릴 것 같다고 했던 일을 약 일주일 만에 끝낸 셈이다. 보통 이런 일들은 예정보다 지연되기 마련이라 아무리 빨라도 료코가 오는 건 10월 말이나 11월 초라고 후카마치는 생각하고 있었다. 상황에 따라서는 료코가 올 때쯤이면 후카마치가 일본에 돌아가버려 네팔에 없을 가능성도 있었다. 료코가 카트만두에 합류하는 걸 내심 기대하면서도 반쯤은 포기하고 있었다. 그 료코가, 지금 눈앞에 있다.

"지금 이 호텔에 막 체크인 했어요. 방은 후카마치 씨 옆…."

료코는 얼굴에 눈부신 미소를 떠올리며 그렇게 말했다.

료코라는 여자는 원래 이런 사람일까? 후카마치는 어리둥절했다. 그때까지 깊게 침잠했던 사고가, 료코의 출현과 함께 후카마치의 내면 속에서 사라졌다.

5

다음 날 아침 호텔 1층 커피숍에서 후카마치와 료코는 늦은 아침을 먹고 있었다.

손님이 여덟 명 들어오면 꽉 차버리는 커피숍이다. 프런트 로비도 겸한 공간이다. 여기서 간단한 아메리칸 스타일의 식사를 할 수 있다. 낡은 판자가 바닥에 깔렸고 아궁이를 겸한 스토브 위 주전자가 온기를 피어올리고 있다. 슬슬 거리의 온도가 오르기 시작할 무렵이지만 아침에는 방 안에 불을 피워도 크게 의식되지 않았다.

어젯밤 후카마치의 방에서 지금까지의 일을 료코에게 전하며 늦게까지 많은 이야기를 나누었다. 료코와 관련한 사적인 이야기까지 나왔다.

"하부와 만나서 어떻게 할 건가요?"

"정말 솔직히 저도 모르겠어요…. 당장은 그 사람과 만나서 그 사람이 지금 뭘 하는지, 뭘 생각하는지, 그걸 알고 싶을 뿐이에요. 뭘 어쩌겠다는 마음보다는 그게 우선인 것 같아요."

어떻게 되든 간에 자신의 마음을 확실히 하고 싶다고 했다.

"우리 두 사람, 아직 아무것도 정리 안 됐어요…."

술을 마시는 사이, 후카마치는 이 여자를 안고 싶다는 충동에 휩싸였지만, 물론 자제했다. 료코는 자기 방에 돌아갔고, 후카마치도 자신의 침대에 몸을 뉘었다. 최소한 하부와 만날 때까지 자신과 료코는 이런 식으로 관계를 이어가겠지. 잠들기 직전 후카마치는 막연히 생각했다.

아침 식사 후 료코와 커피를 마시는데, 느긋한 발걸음으로 커피숍에 들어오는 남자가 보였다. 후카마치는 건너편 료코 어깨너머로 그 남자의 모습을 발견했다. 후카마치의 시선이 변하는 걸 알아차리고 료코가 작은 목소리로 속삭였다.

"무슨 일이에요?"

"마니 쿠말."

후카마치도 목소리를 낮추며 그 이름을 말했다.

이미 마니 쿠말은 후카마치와 눈길을 맞췄다. 그 시선을 더듬어 따라오기라도 하듯 마니 쿠말이 다가왔다.

"오랜만입니다."

방긋방긋 웃는 얼굴만은 아무 사심이 없어 보인다.

"말씀 중에 끼어들어 죄송합니다만, 잠깐 괜찮을까요?"

"용건이 뭔가?"

"며칠 전, 당신이 제 가게에 오셨던 그 건 말입니다. 방해가 안 된다면 앉아도 될까요?"

후카마치가 료코를 살피자 분위기를 알아차린 그녀가 고개를 끄덕였다.

"앉으시죠."

"그럼 실례를 무릅쓰고 앉겠습니다."

마니 쿠말이 사각 테이블 한쪽 의자에 앉았다.

후카마치로부터는 왼쪽, 료코에게는 오른쪽이 되는 위치다.

"자, 뭐부터 말씀드리면 좋을까나."

마니 쿠말이 료코에게 힐끗 시선을 날렸다가 후카마치를 향해 물어본다는 듯이 시선을 돌렸다.

"이쪽은 내 지인 기시 씨입니다. 이 건과 관련해서 그녀에게는 아무것도 숨길 필요 없습니다."

"그거 다행이군요. 흉중을 털어놓고 나누는 대화만큼 서로를 이해할 수 있는 것은 없죠."

그때까지의 대화는 모두 네팔어로 이루어졌다. 료코는 거의 알아들을 수가 없었다. 후카마치는 료코에게 짧게 지금까지의 대화를 설명하고 마니 쿠말에게 말했다.

"괜찮으시다면 영어로 말씀을 나눌까요. 영어라면 그녀가 저보다 훨씬 능숙하니까요."

"All right(알겠습니다)."

마니 쿠말이 고개를 크게 주억거리고는 말했다.

"제 이름은 마니 쿠말이라고 합니다. 제 서툰 영어가 이해가 되시나요?"

"Yes, I understand you perfectly(충분히)."

료코가 유창한 영어 발음으로 대답했다.

"감사합니다. 그나저나."

마니 쿠말이 후카마치에게 시선을 돌리며 말했다.

"비카르산과 앙 체링에 대해 뭔가 알아내신 거라도?"

"아니."

후카마치가 고개를 가로저었다.

"제가 뭘 좀 알아냈습니다. 이를테면 비카르산의 거처라든가, 그가 지금 어디에 있는지 등 말이죠."

"정말인가요?"

료코가 먼저 물었다.

"정말입니다."

"어디에 사는가?"

후카마치가 묻자 마니 쿠말이 느긋이 미소를 띠우며 말했다.

"죄송하지만 지금은 말씀드릴 수 없습니다. 차차 말씀드릴 수 있 겠죠. 후카마치 씨와 교섭을 하면서 말입니다."

"교섭?"

"예, 당신과 저 사이에는 아직 거래해야 할 일들이 몇 가지 남았으 니까요."

"거래?"

"그 카메라 건 말입니다. 더 쉽게 말씀드리자면 그 카메라가 창출 해낼 이익과 관련해서 저와 당신이 어떻게 분배를 하면 되는지…."

"당신이 가져온 정보에 대해서는 제대로 돈을 치르겠지만, 그 이 상은 약속 못한다."

"제가 가져온 정보에 대해 돈을 치를 마음은 있다는 거죠?"

"그렇다."

"그렇다면 저와 당신 사이에 별문제는 없는 것 같군요."

"거래 이야기는 나중에 하지. 그보다 비카르산이 지금 어디에 있 는지 안다고?"

"예."

"어딘가?"

"그건 가르쳐드리죠. 가르쳐드린다고 사정이 바뀔 리는 없으니 까요."

"그럼 말해달라."

"중국입니다."

"중국?"

"정확히 말하자면 티베트죠."

"그가 왜 거기에?"

"글쎄요. 한 달 전쯤에, 앙 체링과 함께 낭파 라를 넘어 티베트에 들어갔다는 이야기가 제 귀에 들어왔죠. 그런데 20일쯤 지나 앙 체링 혼자 돌아왔으니, 비카르산은 아직 티베트에 있지 않을까 싶네요."

"낭파 라라고 하면?"

"네팔 쪽에서 보자면 에베레스트 가도를 따라 쭉 가다 남체 바자르에서 왼쪽으로 벗어나 한참 걸어가면 나타나는 고개입니다. 옛날부터 티베트인과 셰르파들이 이용해온 표고 6,000미터에 가까운 고개죠."

거기서 더 들어가서 빙하를 건너 모레인 지대를 내려가면 티베트의 팅그리라는 작은 마을이 나온다. 그러나 국경을 넘기 전에 검문소가 있다. 이미 여권 기한을 넘긴 하부는 어떻게 통과했을까? 후카마치가 그 의문을 입에 담았다.

"검문소라고 해도 토박이 셰르파나 티베트인은 상관없습니다. 그들은 항상 아무런 검사 없이 국경을 왕래해왔으니까요."

"…"

"비카르산은, 당신이 봤다시피 겉보기만으로는 셰르파와 구분할 수 없습니다. 말도 통하는 만큼 셰르파인 척하면 국경을 넘는 데 아무 문제 없겠죠."

과연, 후카마치는 한참 전에 봤던 하부의 얼굴을 떠올리며 고개를 끄덕였다.

"그런데 비카르산은 왜 티베트까지 갔지?"

"글쎄요, 저도 그건 잘 모르겠군요."

마니 쿠말이 서양인들처럼 어깨를 으쓱해 보였다.

"비카르산이 일본인이라는 사실이 의외로 남체 근방에서는 알려진 모양이더군요. 그런데도 그가 무슨 일로 이 나라에 머무는지는 아무도 모르는 것 같지만."

"본명도 알려졌나?"

"글쎄요, 거기까지는 저도. 셰르파라고 하면서 각국의 원정대에서 일을 한다고 하더군요. 일본 원정대의 일은 하지 않나 봅니다만."

"그럼, 이제 비카르산이 있는 장소를 가르쳐주시지."

"…"

"에베레스트 가도의 어느 마을인가, 아니면 여기 카트만두인가. 나도 둘 중 하나라고는 짐작했다. 사실 당신 대답을 기다리지 않고 혼자서 찾으러 갈 생각이었다. 남체 바자르를 돌아다니며 셰르파들에게 물어보면 어떻게든 알 수 있겠지."

후카마치가 주머니에서 지갑을 꺼내 50달러 지폐를 꺼내서 테이블 위에 올려놨다.

"뭡니까, 이건?"

"조사비용이다. 지금까지 가르쳐준 내용에 대한 몫이다."

후카마치는 50달러 지폐를 한 장 더 꺼내 먼저 둔 50달러 지폐 옆에 내려놓았다.

"이건, 당신이 가져온 남은 정보를 모두 말해주는 몫이다. 이 이상은 나도 줄 수 없다."

"허허, 이것 참."

마니 쿠말이 양손을 들어 올리며 쓴웃음을 짓는다.

"진심이다."

"왜 이러십니까."

"솔직히 말하지. 난 당신을 믿지 않는다. 만약 그 카메라와 관련해서 큰 사업 건수가 발생하더라도 난 당신과 비즈니스 파트너가 될 마음은 없다. 말하기 싫다면 두 번째 50달러는 서로 손을 끊는 비용이라 치지. 당신은 내게 더 이상 아무런 정보를 제공할 필요가 없다. 대신 이제 만나는 것도 오늘로 끝이다."

오해가 없도록 딱 부러지게 말했다. 지난번에 마니 쿠말의 수작으로 카메라를 도둑맞았다. 그런 남자와는 앞으로 함께할 수 없다. 무슨 약속을 하든지 간에 결국엔 휴지 조각이 되리라. 후쿠마치와 마니 쿠말은 잠시 서로의 얼굴을 응시했다.

"알겠습니다."

마니 쿠말이 살짝 숨을 토하며 말했다.

"아쉽군요, 정말로."

테이블 위에 놓인 지폐 중 후카마치가 처음 내려놓은 50달러짜리를 오른손 엄지와 집게손가락으로 집어 올렸다.

"이건 받아두죠."

"또 한 장 남았다."

"그건 제가 받을 수가 없겠습니다."

"왜 안 받나?"

"전, 제가 아는 바를 당신에게 말할 마음이 없거니와 이 건과 관련해서 포기할 마음도 없기 때문입니다. 결국 어딘가에서 다시 얼굴을 마주칠지 모르니까…."

마니 쿠말이 천천히 자리에서 일어났다. 일본인이 그러는 것처럼 정중히 머리를 조아리며 등을 돌리고 자리에서 물러났다.

"그럼 오늘은 이만 실례하겠습니다."

마니 쿠말이 사라지자 료코가 크게 숨을 내쉬며 몸에서 힘을 뺐다.

"가슴이 콩닥거려서 혼났어요. 몸속의 근육이 다 굳은 것 같네."

테이블에 팔꿈치를 내려놓고 심호흡을 하는 료코를 보며 후카마치가 입을 열었다.

"그에게는 사실대로 말해버리는 편이 나았을지도 모르겠군요."

"뭘요?"

"이 일이 그가 상상하는 것만큼 큰 건이 아니라고 말이에요."

"그건 모를 일이죠. 카메라 안에 든 필름이 어디에 있는지까지 밝혀진다면 상황에 따라서는 상당히 큰돈이 움직일 거예요. 맬러리가 1924년에 에베레스트 정상에 서서 미소 짓는 사진이라면 말이에요. 그 사진과 함께 손에 넣게 된 배경까지 함께 묶어 팔면 엄청난 돈이 들어오지 않겠어요?"

"정말 그렇게 생각해요?"

"그럼요. 영국이 에베레스트 초등을 위해 원정에 쏟아부은 돈은, 실상 그 한 장의 사진 때문이었잖아요."

"…"

"잡지나, 책, 방송국까지 소유한 기업이라면 그 사진 한 장이 야기할 경제효과를 결코 무시하지 않을 거예요."

"마니 쿠말은 어디까지 알고 있을까?"

후카마치가 혼잣말처럼 중얼거렸다.

그게 맬러리의 카메라라는 걸 알아차렸을까? 나라달 라젠드라가 눈치챈 이상, 그 정보가 마니 쿠말에게까지 새나갔을 가능성도 있다. 허나 마니 쿠말이 나라달 라젠드라와 같은 정보를 손에 쥐었다고 해도, 그 의미를 어디까지 알아냈는지는 알 수 없다. 어쨌든 특이

한 후각을 가진 남자다.

"왠지 엄청난 곳에 와버린 느낌이네요."

료코가 그렇게 말하며 작게 숨을 내쉬었다.

6

점심을 먹고 가네샤로 이동했다.

료코는 네팔이 처음이다. 유럽과 미국 이외의 나라에 온 것도 이번이 처음이었다. 기이하다 할 정도로 활기가 충만한 거리의 소란스러움에, 료코도 처음에는 당황하는 듯하더니 곧 적응하는 눈치다.

인드라초크를 걸어 가네샤 앞까지 왔다. 가게 안으로 료코와 함께 들어가 점원에게 말을 걸었다.

"주인은?"

점원은 후카마치의 얼굴을 기억했는지, 바로 안으로 들어갔다가 곧이어 주인과 함께 나타났다.

"아직 이틀도 채 안 됐습니다만…."

주인이 내민 오른손을 후카마치가 오른손으로 잡았다.

"혹시 연락이 닿았다면 오늘쯤이면 물어볼 수 있지 않을까 싶어서요."

"기가 막힌 타이밍이군요. 앙 체링과는 어제 연락이 닿았습니다."

주인이 그렇게 말하며 후카마치 옆에 서 있는 기시 료코에게 시선을 돌렸다.

"이 분은?"

"기시 씨라고, 제 친구입니다."

후카마치가 말했다.

"친구라, 허허. 제 아내도 제게는 친구입니다."

주인이 웃으며 그렇게 말하고는 료코를 향해 말했다.

"다와라고 합니다."

네팔어이긴 했지만 료코는 그 말의 의미를 알아들었는지, 영어로 대답했다.

"기시 료코라고 합니다."

"그녀는 네팔어는 못하지만, 영어라면 가능합니다."

후카마치가 영어로 주인인 다와에게 말했다.

"오케이."

다와는 그렇게 말하고 다시 후카마치를 바라봤다.

"앙 체링에게 제 말을 전했나요?"

"전했습니다."

"뭐라고 하던가요?"

"당신이 여기에 온 타이밍은 좋았지만, 결과는 그렇지 않습니다."

"…"

"자신도, 비카르산도, 미스터 후카마치와는 만날 생각이 없고 그 건과 관련해서 아무런 정보를 제공할 마음이 없다고 전해달라고 하더군요."

"더 이상 기대할 여지가 없는 말이군요."

"후카마치 씨. 저는 이번 일과 앙 체링의 발언과 어떻게 관련됐는지 당신에게 설명을 듣지 못한 것 같군요."

"설명?"

"그제, 당신은 저한테 숨긴 게 있다는 말씀입니다. 뭘 숨겼는지 모르겠지만 앙 체링은 아무런 정보를 당신에게 줄 수 없다고 하더군요."

다와가 분명히 말했다. 후카마치가 무슨 말을 하든 간에 다와의 대답은 변함없었다. 앙 체링은 안 된다고 했다. 이젠 말을 전할 이유가 없다고.

"알겠습니다…."

후카마치는 포기하고 머리를 숙였다.

가게를 나가야겠다는 마음에 인사하기 위해 다와를 봤을 때 다와의 표정이 아까와 달라졌다. 다와는 깜짝 놀란 얼굴로, 기시 료코의 목 언저리를 응시하고 있었다. 목 밑 부분의 하얀 피부 위로 가는 가죽끈에 끼운 청록색 터키석이 걸려 있었다. 다와의 눈이 그 돌에서 움직이지 않았다.

"당신… 아니, 기시 씨라고 하셨죠…."

"예."

"어떤 연유로 그 돌을 갖게 됐는지 여쭤봐도 될까요?"

"선물 받았어요."

"누구에게?"

"3년 전 당신이 비카르산이라 부르는 일본인, 하부 조지라는 사람에게 받았습니다…."

"오"

낮은 탄식을 토했다.

"왜 그러신지?"

"아니요, 보기 드물게 아름다운 터키석이라서요. 이 동네서 파는 물건 중에는 가짜가 많죠. 대부분의 관광객들은 가짜를 사게 됩니다만 그건 진짜군요. 소중히 간직하시길 바랍니다. 그 말을 하고 싶었습니다."

다와가 그렇게 말을 마치고 정중히 머리를 숙였다.

"그럼 오늘은 이만."

돌아가라고 재촉하는 듯한 제스처였다. 돌아갈 수밖에 없었다.

후카마치와 료코도 머리를 숙이고 가게에서 나섰다.

7

시타르의 완만한 선율이 한없이 귀로 스며들었다. 애조 띤 독특한
남자의 목소리를 들어보니 실연의 노래를 부르는 듯했다. 라이브로
연주되는 인도 음악.

뉴로드의 한 구역에 있는 인도 식당에서 후쿠마치는 료코와 마주
앉아 사프란이 듬뿍 들어간 카레를 먹으며 싱하 맥주를 마시고 있
었다. 무슨 영문인지 모르겠지만 이곳에는 태국 맥주밖에 없었다.
카트만두가 처음인 료코를 위해 시내를 한참 돌아다니다가 2층에
있는 이 가게로 들어왔다.

해가 지기에는 아직 시간이 좀 남았다. 둘 다 목이 말랐는지 한
병을 비우고 두 병째를 마시는 중이었다. 원래 병 자체가 일본 맥주
병보다 용량이 많다. 이야기는 자연스레 가네샤에서 있었던 일로 옮
겨갔다.

"왜 그런 이야기를 꺼냈을까요?"

료코는 아직 생각이 정리되지 않았는지 중얼거렸다. 헤어지는 길
에 다와가 한 말이 마음에 남은 모양이었다.

"하부 조지한테 받았다고 했죠?"

"예. 3년 전에 네팔에서 하부 씨가 보내줬어요. 이 돌만 달랑."

말하면서 료코는 오른손 끝으로 터키석을 만지작거렸다. 줄도 없
이, 그저 구멍만 뚫린 터키석만 하나. 그래서 료코는 자기 손으로 가
죽끈을 꿰어 목에 걸었다고 한다.

'소중히 간직해주길.'

그렇게만 쓰인 편지와 함께였다고 한다. 어쩌면 다와는 이 돌을

전에도 본 적이 있는 게 아닐까. 대체 어떤 사연이 담긴 돌일까.

"그 사이, 하부 조지를 만나러 네팔에 가야겠다는 생각은 안 했어요?"

후카마치가 물었다.

"몇 번이나 했죠. 그치만 하부 씨는 자신이 어디 있는지 전혀 밝히지 않았어요. 그러니 제가 편지를 보낼 방도가 전혀 없었죠. 언제나 일방적으로 편지와 돈만 보냈어요. 이 터키석도 하부 씨가 일방적으로…."

"그렇군요…."

후카마치는 맥주잔을 비우고는 병에 남은 맥주를 모두 따랐다. 난(인도 정통 화덕인 탄두리에 구운 빵) 위에 카레를 얹어 먹었다. 일본에서 카레라 불리는 음식과는 달리, 향신료가 듬뿍 들어간 매운 요리다. 탄두리 치킨도 일본에서 파는 것보다 육질이 탄탄했다.

시타르의 음색. 해가 뉘엿뉘엿 지는 황혼에 후카마치와 료코는 밖으로 나왔다. 계단을 내려가 뉴로드를 향해 걸어가려는데 후카마치는 바로 앞에 서 있는 남자를 알아봤다. 셰르파 앙 체링이었다.

"기다렸다."

앙 체링이 불쑥 말을 꺼냈다.

"기다렸다고?"

"그래."

"볼 이유도 없고 연락받을 마음도 없다고 하지 않았나?"

"그랬지."

"그런데 어째서?"

"사정이 바뀌었어."

"어떻게…."

앙 체링은 아무 말도 않고 료코를 뚫어져라 쳐다봤다.

아마 가게에서 나왔을 때부터 누군가가 미행했으리라. 이 카레 가게에 들어온 걸 확인하고 나서 앙 체링에게 보고했을 것이다. 그래서 앙 체링은 여기서 우리를 기다린 것이리라.

"기시 료코 씨죠…."

앙 체링이 영어로 말했다.

후카마치는 작은 목소리로 바로 앞에 서 있는 셰르파족 노인이 앙 체링이라고 료코에게 말해줬다.

"예."

료코가 대답했다.

주름과 상처투성이인 앙 체링의 오른손 집게손가락이 료코의 가슴팍으로 향했다.

"그걸 보여줄 수 있을까요?"

"예."

료코는 터키석을 목에서 벗어 앙 체링에게 건넸다. 그는 터키석을 받아들어 억센 손바닥 위에 얹고 쓰다듬는 듯한 눈매로 쳐다봤다.

"고맙습니다."

이윽고 앙 체링이 터키석을 료코의 손에 돌려줬다.

"당신에게 한 가지, 아니 두 가지 하고픈 말이 있소…."

앙 체링의 목소리에 뭔가 애절한 듯한 여운이 느껴졌다.

"그게 뭔가요."

"하나는, 그 돌을 소중히 간직해달라는 것이오…."

"또 하나는요?"

"당신에게 해가 되는 이야기가 아니오. 네팔을 떠나 일본으로 돌아가라는 거요."

"어째서요?"

"사정을 다 설명할 수는 없소. 얌전히 관광을 하고 일본으로 돌아간 뒤, 하부 조지라는 남자가 있었다는 기억을 전부 잊어버리시오…."

"그러니까 어째서…."

"일본으로 돌아가시오. 그 말을 하려고 왔소…."

앙 체링은 그렇게만 말하고 돌아섰다.

"비카르산은 지금 티베트에 있죠?"

그의 등에다 대고 후카마치가 말했다.

발걸음을 내딛던 앙 체링이 잠깐 움찔했다가 곧 다시 움직이기 시작했다.

"뭐 때문에 하부는 티베트에 간 겁니까?"

앙 체링은 대답하지 않았다. 그대로 걸어가더니, 그의 모습은 황혼에 잠긴 뉴로드의 인파 속으로 사라졌다.

8

료코가 돌아오지 않았다. 해가 지기 전까지는 돌아오겠다던 료코가, 저녁 8시가 되도록 모습이 보이지 않는다. 후카마치는 호텔 방에서 초조하게 기다렸다. 대체 무슨 일이 생긴 건가.

오전에 둘이서 택시를 타고 파탄까지 갔었다. 파탄은 카트만두에서 남쪽으로 5킬로미터 떨어진 곳에 있다. 카트만두 분지에 위치한 제2의 번화가다. 바그마티 강을 건너면 바로 나오는 고도(古都). 카트만두에서 팔리는 대부분의 불상이 이 거리에서 만들어진다. 파탄에 가자는 이야기는 료코가 먼저 꺼냈다. 어젯밤 호텔에서 지도를 들여다보다가, 료코가 불쑥 말했다.

"파탄이었어요."

"뭐가요?"

후카마치가 물었다.

"이 터키석을 하부 씨가 보냈을 때 소인이 파탄이었어요. 신기한 이름이라 똑똑히 기억나요…."

"틀림없어요?"

"예. 그전까지는 계속 카트만두였는데, 마지막만 소인이 파탄이었어요."

"마지막?"

"이 돌을 마지막으로 하부 씨로부터 소식이 끊겼거든요."

"편지 같은 건 없었어요?"

"같이 오긴 했는데…."

"이번이 마지막이라는 식으로 편지에 쓰여 있지는 않았어요?"

"아뇨. 전과 같았어요. 자신이 네팔에서 뭘 한다거나, 어디에 산다거나 하는 내용은 전혀 없이, 터키석을 보냅니다, 소중히 간직해 달라."

"그뿐?"

"그뿐이었어요."

하부답다고 하면 하부답긴 한데, 무뚝뚝하면서도 아무 여지가 없는 글이란 느낌이 들었다.

"그 터키석 목걸이를 본 가네샤 주인과 앙 체링의 반응이 남다른 것 같더군요."

"무슨 사연이라도 있는 걸까요."

료코가 그렇게 말했을 때, 후카마치의 머리에 한 가지 떠오른 바가 있었다.

"잠깐 그 지도 좀…."

후카마치는 테이블 위에 펼쳐놓은 지도를 손에 들어 자신이 보기 편한 각도로 기울였다.

"봐요, 여기."

후카마치가 손가락으로 가리킨 곳은 카트만두 남쪽, 체트라바티 광장이었다.

"여기서 앙 체링이 모습을 감췄어요."

"…."

"봐봐요. 여기서 서쪽으로 가면 바로 비슈누마티 강이고 남쪽으로 가면 바그마티 강이에요. 여기서 조금만 더 가면 파탄이 나와요."

체트라바티 광장에서 바그마티 강까지는 1킬로미터도 떨어져 있지 않다. 셰르파나 여느 네팔인에게 1킬로미터라는 거리는 아무것도 아니다. 지극히 일상적으로 걸어 다니는 거리다.

"가보고 싶어요."

료코가 말했다.

앙 체링과 하부가 산에서 내려왔을 때, 항시 묵는 장소나 그와 관계있는 곳이 파탄에 있다고 충분히 짐작할 수 있었지만, 무작정 간다고 확인할 수 있다는 보장은 없었다.

사실 트레킹용 물품을 갖추고 루클라까지 갈 비행기 티켓을 수배해야 하는 상황이었지만 서두를 이유는 없었다. 하부는 지금 티베트에 갔고, 앙 체링도 카트만두 분지에 있다. 파탄이라는 오래된 거리를 료코와 함께 걷는 것도 나쁘지 않을 듯했다.

"한 번 가볼까요."

그렇게 이야기는 정리하고 그들은 택시를 타고 갔다.

비슈누마티 강은 남쪽으로 흘러, 파탄에서 벗어나 바그마티 강으로 합류한다. 그 합류점을 중심으로 택시를 타고 돌아다녔다. 물소들이 몸을 내려놓은 강물에서 수영하는 아이들을 바라보며 오전 시간을 보내고, 점심에는 파탄의 더르바르 광장으로 가서 차에서 내렸다.

작은 식당에 들어가 네팔 음식을 먹었다. 네팔 요리라고 해도 카레다. 료코는 맵다고 하면서도 즐거워했다. 일본에서 거의 마시지 않는 콜라가 이 기후에서는 목으로 잘 넘어간다.

"바로 눈에 띄리라곤 여기지 않았지만, 그래도 역시 무리인 것 같네요."

료코가 단숨에 차가운 콜라를 반 정도 비우고 말했다.

가게 안에서 거리를 내다보자 원색의 사리를 입고 햇빛 속을 걸어가는 여인들이 보인다. 진한 피부색의 남녀들.

"무슨 생각으로 네팔에 정착한 걸까요."

료코가 불쑥 말을 꺼냈다.

"하부 말인가요?"

후카마치가 묻자 료코가 꾸벅 고개를 끄덕였다.

"오빠 일로 하부 씨가 마음의 부담을 진 걸까요. 그래서…."

료코는 그 뒤로 말을 잇지 않았다. 후카마치에게 물어봐야 대답할 수 없다는 걸 료코 본인도 잘 알았다.

기시야.

기시야.

나도 가고 싶은데.

그쪽으로 가고 싶은데.

하부의 수기 내용이 후카마치의 머릿속을 스쳐갔다.

조금만 더 기다리면 결국 네 곁에, 난 갈 거야.

언젠가 떨어질 그날이면 나는 갈 거다.

내가, 떨어질까 봐 무서워, 산을 관두거나, 널 잊고,

남들처럼 살아가려 한다면 그때, 날 데려가라.

지금은, 아직 그때가 아니다.

난 떨어지기 전까지는 갈 거니까.

반드시 갈 거니까.

일부러 떨어진다, 그건 난 못해.

"하부와 관련해서, 한 가지만은 확실히 알겠어요."

후카마치가 스스로를 다독이듯이 말했다. 료코가 눈동자를 말똥거리며 후카마치를 바라봤다. 자기도 모르게 움츠러들 정도로 료코의 눈동자가 가까이 다가오며 후카마치의 눈동자를 응시했다.

"어디에 있든 무슨 일이 있든 살아서 몸이 움직이는 한, 그는 산에서 현역일 겁니다."

료코가 목에 걸린 터키석을 오른손 엄지와 집게손가락으로 잡고 눈길을 떨어뜨렸다.

"여기에 뭐가 있는 걸까요…."

"흐음."

"다와와 앙 체링은 이 터키석에 대해 뭔가 아는 것 같았어요…."

"소중히 간직해달라고 말했죠."

"하부 씨에 대해 잊고 일본에 돌아가라고도 했죠. 무슨 의미일까요."

"글쎄요."

짐작되지 않았다. 터키석과 무슨 관련이 있는 것일까. 어제부터 료코와 몇 번이나 나눈 대화였다.

"저요…."

료코가 터키석을 손에 쥐고 속삭였다.

"예…."

"이걸 받고 나서 3년 동안 내내 하부 씨만 기다리며 가만히 있지는 않았어요."

"…."

"그사이 만난 남자가 있었어요."

"…."

"어엿한 남녀 관계였죠…."

료코가 후카마치에게 시선을 날렸다. 후카마치는 그 시선이 느껴졌지만 자기도 모르게 피하고 료코의 손을 바라봤다.

"놀랐어요?"

아까보다 더 강렬한 눈빛으로 후카마치를 바라보는 게 느껴졌다.

"딱히 놀랄 일도 아닌가요…."

"지금 그 남자 분하고는?"

후카마치가 살짝 갈라지는 목소리로 물었다. 그 질문에 료코는 대답하지 않았다.

"이 돌 하나만 믿고 3년이나 기다릴 이유가 없었죠. 그 사람, 전에도 그랬으니까. 항상 어딘가에 혼자 가버렸죠. 돌아오면 제가 늘 기다리고 있을 거라고 생각했을까요?"

료코가 눈물을 흘리나 싶어 후카마치는 고개를 들었다. 료코의 시선은 그대로였다. 료코는 눈물을 흘리지 않았다. 입가에 희미한 미소를 띠고 후카마치를 바라보고 있었다.

"후쿠마치 씨는 어째서 이런 데까지 온 거예요?"

"맬러리의 카메라가 마음에 걸렸으니까요. 그럴 수만 있다면 그 카메라와 안에 들어 있던 필름을 손에 넣고 싶으니까…."

"그것뿐인가요?"

"하부 조지라는 남자도 마음에 걸렸어요. 그가 지금 무슨 생각을 하는지, 뭘 하려는지, 그걸 알고 싶었어요."

본인 입으로 말하면서도 거짓말이 아닌가 하고 스스로를 다그쳤다. 후카마치는 공허했다. 말로 표현하게 되면 왜 이런 식으로 자신을 기만하게 되는가. 아마 난 그 산 정상에 다가서는 일에 관련되고 싶은 것이리라. 후카마치는 생각했다.

인간의 발에 몇 번이나 밟혔어도, 그 정상이 세계 최고봉이라는 사실은 바뀌지 않는다. 그 '정상'과 관계 맺고 싶다. 그 마음이 지금의 자신을 지탱하고 있으리라. 만약 지금 나에게서 맬러리의 카메라와 하부, 그리고 그 정상을 제외하고 나면 뭐가 남을까. 아무것도 남지 않는다. 나는 닻줄이 풀려버린 조각배처럼 어딘가로 표류하고 말겠지.

인간이 어떤 행동을 할 때마다 다른 사람에게 설명할 수 있을 법한 동기를 지니고 행동하지는 않는다. 지금 내가 그렇다. 지금 이 일을 그만둔다면 나는 두 번 다시 그 정상과 관련된 장소에 설 수 없다. 그것만은 확실했다.

후카마치는 료코와의 대화를 접고 자리에서 일어났다. 가게에서 나와 밝은 햇볕이 내리쬐는 거리로 나왔다. 둘이서 터벅터벅 걸어가며 근처의 토산품 가게나 불구점(佛具店)을 구경하면서 파탄 거리를 정처 없이 헤맸다. 해가 지기 전에 삼륜 택시를 타고 카트만두에 돌아왔다. 도중에 뉴로드에서 료코를 내려줬다. 주변을 잠깐 돌아다니

며 과일이나 사서 저녁 전에는 호텔에 돌아오겠다고 해서 후카마치
는 료코를 내려주고 일단 먼저 호텔로 돌아왔다. 그랬던 료코가 아
직 돌아오지 않았다.

무슨 문제라도 생긴 걸까. 어두운 방 안에서 료코를 기다리는 사
이 어느새 밤 9시가 됐다. 강렬한 불안이 쉼 없이 증식해 이제 곧 후
카마치의 입으로 터져나올 것만 같았다. 문제가 생겼다. 그렇게 생각
할 수밖에 없었다.

사고인가, 그게 아니면 다른 일이 생긴 건가. 저녁 전이라 하면
6시에서 7시 사이를 가리키지 않을까.

그런데 밤 9시가 되어도 돌아오지 않았다. 설령 어떤 일로 늦어지
는 것이라면 반드시 전화를 했을 것이다. 하지만 전화도 없었다. 료
코의 신상에 무슨 일이 일어난 게 틀림없다.

어떻게 해야 하나? 사이유 트래블의 사이토에게 전화를 걸어 의
논해볼까. 아니, 바로 경찰에 연락을 취해야 하나. 망설이고 있을 때
방 전화가 울렸다.

'료코인가?'

수화기를 들었다.

"후카마치 씨인가?"

남자의 목소리가 들렸다. 일본어였다. 쿵 하고 후카마치의 심장을
때리는 소리가 들렸다.

"예, 그렇습니다."

"기시 료코 씨가 거기 있는가?"

"아뇨. 누구십니까?"

남자는 후카마치의 질문을 무시하고 물었다.

"어디에 갔나?"

"시내에 나갔습니다."

"지금 이 시간까지도?"

"예."

"누구와?"

"혼자 나갔습니다."

"뭐라고?"

남자의 목소리가 날카로워졌다.

"하부 씨, 하부 조지 씨 아닌가요?"

후카마치가 묻자 잠깐의 침묵 후 짧게 중얼거리는 목소리가 돌아왔다.

"그렇다."

"지금 어디 계신가요. 어떻게 기시 료코 씨가 이 호텔에 있다는 걸 아는 겁니까?"

그 질문에 남자, 즉 하부는 다시 무시했다.

"방금 료코의 방에 전화를 걸었다. 그런데 아무도 받지 않았어. 당신 방에도 없다니, 대체 어떻게 된 건가?"

"해가 지기 전에는 돌아온다고 했는데…."

"아직 돌아오지 않았다는 건가?"

목소리에서 조바심이 묻어났다. 후카마치가 그렇다고 하자, 다시 하부는 침묵했다. 아까보다 긴 침묵이 흘렀다.

"그곳으로 가지."

하부가 말했다.

"예?"

"이제 당신에게로 가겠다. 30분도 안 걸릴 거야. 방에서 움직이지 마라."

후카마치가 대답할 사이도 없이 전화가 끊겼다.

9

문에서 노크 소리가 들린 건 23분 뒤였다.

"누구십니까?"

"하부다."

남자의 목소리가 짧게 대답했다.

문을 열자 거기에 비카르산, 독사라고 불리는 남자인 하부 조지
가 서 있었다.

"들어간다."

진한 짐승의 냄새를 몸에 두른 하부 조지가 방으로 들어왔다. 날
카로운 칼날이 콧속을 파고드는 듯한 짐승의 체취.

아래로는 낡아서 너덜너덜해진 무거워 보이는 등산화가 보였다.
방바닥을 밟을 때마다 단단한 소리가 울렸다. 하부의 얼굴은 햇살
에 까맣게 타서 여기저기 피부가 벗어졌다. 입술까지 검게 타서 벗어
져 있다. 인간의 피부가 어떤 때 그렇게 되는지 후카마치는 알고 있
었다. 대기가 희박한 고산에서 장기간 태양에 노출될 때 인간의 피
부는 그렇게 된다. 강한 자외선이 얼마나 인간의 피부를 상처 입히
는지는 후카마치도 직접 경험했다.

"티베트에 들어갔다고 들었는데…."

후카마치가 말했다.

그것도 상당히 표고가 높은 장소. 필시 티베트 쪽에서 히말라야
의 7,000~8,000미터급 봉우리에 들어가지 않았을까.

그는 청바지에 티셔츠를 입고 그 위에 땀이 밴 울 셔츠를 받쳐 입
었다. 티베트에서 돌아온 지 아직 얼마 안 됐다는 느낌이었다. 온몸

에서 강렬한 자극을 내뿜는 남자였다. 방 안에 존재하는 것만으로 온도가 2~3도 오른 듯한 기분이 든다.

"나에 대해선 신경 쓰지 마. 지금은 료코 일이 급하다."

하부가 침대에 걸터앉았다. 스프링이 삐걱거리며 하부의 엉덩이가 침대에 깊게 내려앉았다.

"기시 료코에게 무슨 일이 일어난 건가요?"

"그런 모양이다…."

하부는 자신의 무릎에 손을 얹고 후카마치에게 강렬한 눈빛을 날렸다.

"어제 티베트에서 돌아왔다."

"어제?"

"앙 체링으로부터 료코가 왔다는 이야기를 들었어."

"앙 체링이 그녀보고 일본으로 돌아가라고 하더군요."

"그건 내 의사였다."

"왜? 그녀는 당신을 만나기 위해 여기 카트만두까지 일부러 찾아왔다고요."

"그 이야기는 됐다."

하부가 후카마치의 말을 가로막고 말했다.

"아까 내게 편지가 도착했다."

"편지?"

"우표를 붙인 봉투에 담겨온 게 아냐. 종이를 돌에다 싸서 창문으로 내 방에 던진 모양이더군. 창문을 열고 잠깐 밖에 나갔다 왔더니 바닥에 떨어져 있었지."

"무슨 편지였나요?"

후카마치가 묻자 하부가 아무런 말 없이 셔츠 안주머니에서 접힌 종이를 꺼냈다.

네팔에서는 손쉽게 구할 수 있는 일반 종이였다. 후카마치가 받아서 펼쳐봤다. 파란색 볼펜으로 영어가 쓰여 있었다. 그리고 모든 글자를 일일이 알파벳 대문자로 써놓았다. 자신의 필적을 감추기 위해 그랬으리라.

RYOKO KISHI IS WITH US RIGHT NOW. WE WANT TO TALK ABOUT OUR BUSINESS WITH YOU. WE WILL GET IN TOUCH WITH YOU.

기시 료코라는 여자는 지금 우리와 함께 있다. 비즈니스 이야기를 하고 싶다. 나중에 다시 연락하겠다.

"이건?"

"료코를 납치해서 자기들이 데리고 있다는 이야기지."

"⋯."

후카마치는 하부의 말이 내포한 뜻을 깨달았다. 영어로 쓴 이유는 네팔인인지 일본인인지 혹은 다른 나라 사람인지 모르게 하기 위해서이리라.

"이 비즈니스라는 건 카메라 얘긴가?"

"아마 그렇겠죠."

비즈니스, 그것만으로는 법적으로 협박이 성립하지 않는다. 하지만 의미하는 바는 명백한 협박이다.

"내가 있는 곳에는 전화가 없어. 그래서 이런 식으로 편지를 보낸 것 같군."

"하지만 왜 당신에게 이런 편지를?"

"나와 료코의 관계를 아는 녀석이 그쪽에 있다는 거겠지."

"그렇다면 혐의를 둘 만한 사람을 좁힐 수 있겠군요."

"사가르마타의 마니 쿠말이든 나라달 라젠드라든, 아무나 조금만 조사하면 충분히 알아낼 기회는 있겠지."

하부가 혀를 차며 혼잣말처럼 불쑥 말했다.

"편지에 쓰여 있는 내용이 사실이라면."

편지를 읽고 그 내용이 사실인지 확인하기 위해 하부는 후카마치에게 전화를 건 것이었다.

그때 다시 전화가 울렸다. 후카마치가 수화기를 들었다.

"후카마치 씨인가?"

남자 목소리였다. 이번에는 영어였다. 하지만 영어가 모국어라는 느낌은 안 들었다. 네팔 억양이 발음에 섞여 있다.

"그렇다."

"거기에 비카르산도 함께 있겠지."

후카마치가 하부를 힐끗 봤다가 시선을 침대 옆에 있는 사이드테이블로 옮겼다. 거기에도 같은 회선의 전화기가 한 대 더 있다. 하부는 후카마치의 시선보다 빨리 움직여 사이드테이블의 전화기에서 수화기를 들었다.

"있다."

후카마치가 말했다.

"바꿔달라."

남자가 말했다.

"여기 있다."

하부가 낮은 목소리로 말했다.

"어떤가. 편지에 쓰인 내용이 사실인지 확인했나?"

"내 뒤를 따라왔군."

"글쎄."

"용건을 말해라."

"비즈니스다. 우리가 소유한 상품을 적당한 가격에 넘기고 싶다."

"얼만가?"

"카메라. 그리고 당신이 그 카메라를 손에 넣게 된 경위와 카메라 속에 들어 있었을 필름도 함께."

"건네주면 상품은 우리에게 무사히 넘어오나."

"비즈니스라고 하지 않았나. 장사는 확실히 한다."

"싫다고 하면?"

"네팔에는 상품을 영원히 못 보게 해줄 곳이 꽤 많지. 빙하 크레바스 사이로 떨어지면 상품이 어떻게 될 것 같나?"

"거래에 응하지."

"현명하군."

"그전에 상품이 무사한지 확인시켜달라."

"물론."

"지금 거기에 있나."

"아니. 귀중한 물건이라서 말이야."

"언제 확인할 수 있나."

"내일 낮에 다시 전화하지. 이 전화로 말이야. 확인되면 그때 비즈니스 이야기를 하지."

"그녀에게 손대지 마. 만약 그녀에게 무슨 일 생기면 죽을 때까지 쫓아가 널 찾아내서 아까 네가 말한 크레바스 안에 네 놈 시체를 떨어뜨려주지."

하부의 말에 상대가 살짝 웃음기를 머금었다.

"이 건이 밖으로 새면 모두 무효다. 상품을 상처 없이 갖고 싶다면 아무에게도 말하지 마."

"알고 있다."

"그럼, 내일."

그렇게 말하고 전화가 끊겼다.

멍하니 수화기를 쥐고 있던 하부가 말없이 전화기에 돌려놨다. 후카마치도 수화기를 내려놓고 크게 숨을 내쉬었다.

"어떻게 할 건가요?"

후카마치가 물었다.

"건네야지. 그 수밖에 더 있나."

"건네면 그녀가 돌아올까요?"

"모르지."

"…"

"료코가 녀석들의 얼굴을 봤다면 무사히 돌아오기 힘들지도 몰라."

"경찰에 알리는 게 낫지 않을까요?"

"안 돼. 그런 짓을 했다가는 료코는 절대 돌아오지 못할 거야."

"그럼 어떻게 하려고요."

"몰라."

하부는 팔짱을 끼고 허공을 노려봤다.

12장

산악귀

1

전화는 아직 오지 않았다. 한 시간 후면 이제 곧 낮 12시다. 후카마치는 하부와 함께 자기 방에서 전화를 기다렸다. 아침 9시에 하부가 후카마치의 방으로 찾아왔다. 그때부터 두 사람은 두 시간이나 말없이 허공을 노려보고 있었다.

"진심일까요?"

침대에 걸터앉아 입술을 굳게 다문 하부에게 후카마치가 말을 걸었다.

하부의 복장은 어젯밤과 같았다. 덥수룩하게 자란 머리도, 다박수염도, 너덜너덜 벗겨진 피부도 그대로다. 눈동자만 형형히 빛나며 시선을 어딘가로 방사한다. 그 시선이 후카마치로 향했다.

"뭐가?"

"녀석들 말이죠. 외국인까지 납치하면서 카메라를 손에 넣은 후 어떤 식으로 돈을 챙기려는 걸까요?"

"내가 그걸 어떻게 알아."

"그 카메라 이야기를 블랙마켓에 흘려봐야 큰돈은 안 되죠. 밖으로 꺼내서 햇살이 비추는 장소로 나와야만 돈이 됩니다. 그 과정에서 범죄행위가 있었다면 밖으로 꺼낼 수가 없죠…."

"…."

"설마 관계자 전원을 다 죽이지는 못할 테고. 상대가 외국인이라면 리스크가 너무 큽니다."

"…"

"게다가 그 카메라를 손에 넣은 비카르산이라는 사람이 있어야만 이야기가 성립하죠. 그렇다면 저쪽은 당신을 적으로 삼겠다는 이야기나 마찬가지 아닙니까."

"잘 아는군."

"왜 그럴까요?"

"난 모른다고 했어."

"그럼 아는 것에 대해 묻죠. 그 카메라는 당신이 발견한 겁니까?"

후카마치가 물었다.

지금은 아무리 하부라도 이 자리에서 도망칠 수 없다. 후카마치의 질문에 대답을 하든 말든 간에 후카마치가 하는 말을 들을 수밖에 없다.

"그래."

이미 하부는 후카마치에게서 시선을 떼고 창문을 보고 있었다.

창밖 거리의 소란한 소리가 방 안까지 울린다. 자동차 엔진 소리. 경적 소리. 그리고 사람들 목소리. 어딘가에서 공사라도 하는지 그 소음도 방 안으로 날아든다.

"어디서 발견한 겁니까?"

"그걸 당신한테 말할 이유는 없어."

"그 카메라는 에베레스트 8,000미터 이상의 장소에만 존재할 수 있는 물건입니다. 하부 씨가 그걸 발견했다면 에베레스트 표고 8,000미터보다 높은 데까지 올라갔다는 이야기군요."

"…"

"그 카메라 안에는 필름이 들어 있었을 겁니다. 그 필름은 지금 어디에 있습니까?"

"…"

하부는 대답하지 않았다. 잠자코 전화기만 노려봤다. 하부를 옆에서 바라보며 후카마치는 생각했다.

안다.

나는 안다고.

당신은 그 에베레스트에, 지상 유일의 장소에 단독으로 오르려고 한다. 스폰서도 없이 혼자서, 자신의 힘만으로.

이미 올랐나? 올랐겠지. 그러니까 당신에게 그 카메라가 있는 것이다. 당신이 그 카메라를 갖고 있다는 건, 당신이 8,000미터보다 높이 올라갔다는 거겠지.

그래, 어땠나? 정상은 밟았나? 밟지 못했겠지. 밟지 못했으니 당신이 지금도 네팔에 남아 있겠지.

하부의 옆얼굴을 바라보면서 후카마치의 뇌리에 다양한 생각들이 연이어 떠올랐고 퍼즐 맞추듯이 맞춰져갔다. 이런 생각은 지금 처음으로 후카마치의 뇌리에 떠올랐다. 하지만 오래전부터 후카마치의 머릿속에서 몇 번이나 단편적으로 떠올랐다가 사라진 사고들이다. 그게 지금 하나씩 하나씩 제자리를 찾아 하나의 그림을 이루려 했다.

후카마치는 내면에서 강렬한 흥분이 치솟아 오르는 걸 느꼈다.

"하부 씨. 당신이 노리는 건 에베레스트를 네팔 쪽에서 무산소 단독 초등하는 것 아닌가요?"

후카마치가 또렷이 말했다. 그리고 하부의 옆얼굴을 봤다.

하부의 표정은 변함없었다. 잠자코 허공만 노려보고 있다. 이윽고 그 얼굴이 천천히 후카마치 쪽을 돌아봤다.

"어떻게 그걸 알았지…."

억양을 죽인 경직된 목소리로 하부가 말했다. 이번에는 후카마치가 침묵할 차례였다.

"어떻게 그걸 알았어?"

하부가 다시 물었다. 후카마치는 대답하지 않았다.

"그건 앙 체링과 나밖에 모르는 일이다. 아무에게도 말하지 않았어. 그걸 어떻게 당신이 알지?"

"말했습니다."

후카마치가 말했다.

"말했다고?"

"당신이."

"내가?"

"그래요."

"언제? 누구한테?"

"하세 쓰네오에게요."

후카마치가 말했다.

도박이었다. 도박이긴 했지만 확신이 있었다. 틀림없이 하세와 하부는, 여기 네팔에서 만나 이야기를 했을 것이다.

"1990년 당신은 카트만두에서 하세 쓰네오와 만나지 않았나요?"

후카마치의 바라보던 하부의 눈이 먼 곳에 초점을 맞추는 듯이 순간 허공에 떴다. 침묵이 흐르고 하부가 중얼거렸다.

"그런가, 하세인가."

"만났군요."

"아아, 만났어."

하부가 시인했다.

"하세가 당신에게 말했나."

"아뇨."

후카마치는 조용히 고개를 저었다.

"그럼, 어떻게 알았지?"

"추리했습니다."

"추리?"

"1990년 이후, 하세 쓰네오는 갑작스레 8,000미터급 고봉 무산소 단독 등정에 의욕을 보이기 시작했습니다. 더 구체적으로 말하자면 네팔에 광고 촬영을 다녀온 이후죠. 하세는 바로 여기 네팔에서 그 발상을 얻은 게 아니었을까요."

"그것만으로 나와 만난 걸 어떻게 알지?"

"하세는 가네샤 앞에서 앙 체링을 목격했습니다. 당신과 앙 체링이 함께 있는 걸 저도 카트만두에서 봤죠. 그래서 당신과 하세가 만난 게 아닐까 하는 추측이 가능하더군요."

"그래서?"

"당신과 하세에게는 항상 부합하는 면이 한 가지 있습니다."

"부합?"

"공통된 면이 있다는 겁니다."

"그게 뭔데?"

"그건 당신이 하면 하세도 하고, 하세가 하면 당신도 한다는 겁니다."

"…."

"귀신 슬랩이 그랬죠. 당신이 귀신 슬랩을 오르자, 하세가 귀신 슬랩을 올랐죠. 그리고 당신은 다시 귀신 슬랩을 올랐습니다…."

"…."

"하세가 그랑드 조라스를 오른다고 하자 당신도 그랑드 조라스로 갔고, 당신이 히말라야에 가서 에베레스트 남서벽에 도전했을 때 하세도 역시 같은 원정대의 별동대로 노멀 루트를 통해 에베레스트에 올랐습니다…."

"…."

"그래서 하세가 8,000미터급 고봉 무산소 단독 등정을 노린다고 했을 때 당신도 역시 히말라야 8,000미터급 고봉 무산소 단독 등정을 노리지 않나…."

후카마치가 거기까지 말하는 동안 하부는 말없이 후카마치를 지켜보기만 했다. 침묵이 흘렀다. 후카마치는 급박해지는 호흡을 가라앉히며 하부가 입을 열기를 기다렸다.

"그랬군…."

하부가 조약돌이라도 던지듯이 툭 말을 내뱉었다.

"당신 말대로라면 하세가 K2에서 죽었으니 나도 죽게 되겠군."

건조한, 경직된 목소리였다. 불쑥 등줄기가 오싹해질 것 같은 표정을 하부가 지었다. 하부가 미소를 지은 것이다. 정신이 번쩍 드는 차가운 웃음이었다.

"그럴 리가."

"언제였지, 하세가 죽은 게."

"1991년입니다."

"잘도 조사했군."

"…."

"그랬다면 나에 대해서도 이것저것 조사했겠군. 그래서 료코까지 카트만두에 데려온 건가."

"…."

"그래서 재밌었나?"

작은 목소리로 하부가 후카마치에게 물었다.

"이봐, 재밌었냐고?"

후카마치는 하부가 던지는 질문의 의미를 바로 이해하지 못했다.

"다른 사람의 과거를 멋대로 조사해서, 이 멀고도 먼 카트만두까지 행차하셔서 말이야. 게다가 여자까지 데려와서, 지금 이 꼴인가."

"…."

"이봐. 내가 하려는 게 뭐든 간에 그건 당신과는 관계없어. 전혀 말이야. 남이 하려는 일에 괜한 참견 마. 알겠나. 당신은 당신 할 일이나 똑바로 하라고. 남 일에 끼어들지 말고…."

후카마치는 어떤 말도 할 수 없었다.

후카마치가 무슨 말이라도 해보려고 입을 열었을 때 전화가 울렸다.

2

후카마치가 수화기를 들었다.

"약속대로 기다렸군."

어제와 같은 목소리가 수화기에서 들렸다.

"료코는?"

후카마치가 물었다.

후카마치는 사무용 테이블 위의 수화기를 들고 있었다. 다른 한 대의 전화기, 침대 옆 사이드테이블에 놓인 전화 수화기는 이미 하부가 귀에 대고 있었다.

"그녀를 바꿔라. 무슨 이야기를 하든 그다음이다."

"일본인은 성질이 급하군. 비즈니스를 할 때는 여유가 있어야 하는데 말이지."

"그녀를 바꿔."

"오케이. 지금 여기에 있으니 바꿔주지. 바꿔준다고 해도 수화기
는 내가 들고 있을 거다. 20초 시간을 주지. 20초가 지나면 바로 뺏
겠어."

짧은 침묵 후 료코의 목소리가 수화기에서 들렸다.

"여보세요."

"료코 씨. 괜찮아요? 어디 다친 데는 없어요?"

"없어요. 지금까지는."

"어떻게 된 거예요?"

"뉴로드에서 어떤 남자가 말을 걸었어요. 비카르산이 절 찾는다고
요. 둘이서만 할 이야기가 있다면서. '그 사람은 저랑 만나고 싶지 않
다고 했잖아요' 하고 물었더니 그렇지 않다고, 같이 있던 남자와 만
나기 싫었던 거라며 저와는 만나고 싶어한다더라고요. 그리고 차에
태워 여기로 데려왔어요."

"여기? 어딘지 알겠어요?"

"잘 모르겠어요. 강이 가깝고…."

거기까지 말했을 때 갑자기 료코의 목소리가 멀어졌다.

"장소를 물어봤자 아무 소용없어. 기껏해야 한두 번 카트만두를
돌아다녔을 외국인이, 차로 이동한 장소가 어딘지 어떻게 알겠나. 일
부러 복잡하게 움직이기까지 했으니."

남자가 하는 말의 의미가 뭔지 후카마치는 바로 이해했다.

"이걸로 여자가 무사하다는 사실은 알았겠지. 안심하고 비즈니스
이야기를 하지."

"원하는 게 뭔가. 조건을 말해라."

"당신하곤 할 말이 없어. 비카르산이 거기 있겠지. 그 남자와 전화를 바꿔라."

후카마치는 바로 건너편 침대에 앉아 수화기를 귀에 갖다 댄 하부를 쳐다봤다. 하부가 고개를 끄덕였다.

"여기 있다."

하부가 말했다.

"있었군."

"조건을 말해라."

"내가 원하는 건 그 카메라와 카메라 안에 든 필름. 그리고 그 카메라를 당신이 입수하게 된 경위에 대한 정보였지. 하지만 조건을 바꾸겠다."

"어떻게?"

"돈으로 달라."

"돈?"

"현금이다. 일본 엔으로 100만 엔. 미국 달러로 1만 달러. 어느 쪽이든 상관없어. 먼저 준비되는 쪽으로 상품과 바꾸겠다."

"…."

"일본인에게는 별 액수가 아니겠지. 오늘 바로 준비하라고는 말하지 않겠다. 저녁에 다시 전화하지. 내일까지는 준비해. 경찰에 말했다가는 상품은 크레바스 속으로 들어가고, 연락도 그걸로 끝이다."

일방적으로 그렇게만 말하고 전화는 끊겼다.

"쳇."

수화기를 귀에서 떼며 하부가 혀를 찼다.

"무슨 일이 생긴 건가."

그렇게 말하며 하부가 수화기를 내려놓았다.

"무슨 일이라뇨?"

후카마치가 자신의 수화기를 내려놓으며 말했다.

"모르겠어. 갑자기 카메라보다 현금을 원한다고 하잖아. 그 속사정까지 내가 어떻게 알겠나."

"카메라로 얻을 수 있는 이익이 큰돈이 아니라고 판단한 걸까요."

"모르겠어. 어쨌든 이걸로 료코가 무사하다는 것만은 알았어."

"100만 엔이라고 했죠."

"1,000만 엔을 부르지 않아서 고맙다고 해야 하나."

100만 엔. 대개 평균적인 일본인이라면 준비할 수 있을 만한 금액이고, 여행자에 따라서는 그 정도 돈을 해외에 들고 가는 사람도 있으리라. 하지만 1,000만 엔이라고 하면 아무나 준비할 수 있는 금액이 아니다. 준비할 수 있다고 해도 장소가 해외라면 시간이 걸린다. 1,000만 엔을 치를 수 없다고 하면 경찰에 연락할 수밖에 없다. 그렇게 생각해보면 100만 엔이란 숫자는 상당히 현실적인 액수라 할 수 있다.

료코의 목소리가 생각했던 것보다 침착해서 고마웠지만, 상대는 여차하면 료코를 죽이겠다고 위협하는 상황이다. 료코도 자신이 어떤 거래에 이용되는지 알고 있으리라. 료코의 심정을 생각하자 내장이 뒤틀리는 듯한 불안이 후카마치에게 밀어닥쳤다.

"어떻게 할 겁니까?"

후카마치가 물었다.

"어떻게라니."

"경찰에 연락을 해야 할까요."

후카마치는 경찰에 연락하는 게 가장 낫지 않나 하는 생각이 들기 시작했다. 100만 엔이라는 돈은 어떻게든 준비할 수 있겠지. 하지만 그 돈을 건네도 료코가 무사히 돌아온다는 보장은 없다. 이미 이런 상황에서 외국인인 자신들이 할 수 있는 일이란 없다.

"그건 싫어."

하부가 딱 잘라 말했다.

"왜요?"

"어쨌든 싫어."

"경찰을 믿지 못하겠다는 겁니까. 그게 아니면 네팔 경찰이라서?"

"아냐."

"그럼 왜 싫다는 겁니까!"

"흥, 당신은 경찰을 믿나? 경찰한테 말하면 그들이 뭔가 해줄 거라 생각하나?"

"…."

"믿느냐 안 믿느냐를 말하라면 난 경찰을 안 믿어. 경찰만이 아냐. 네팔 경찰이라서가 아냐. 난 다른 사람을 믿지 않아. 그뿐이야."

완강한 발언이었다.

"더 말해볼까. 난 운명도 믿지 않아. 나 자신마저도. 난 다른 사람의 자일 파트너도 되고 싶지 않고, 다른 사람의 자일 파트너도 해주고 싶지 않아. 내가 한 명 더 있다고 해도 함께 자일을 묶고 싶지 않아."

불길에 몸이 휩싸이기라도 한 듯이 하부는 얼굴을 일그러뜨리며 말했다.

후카마치는 말문이 막혔다. 날카로운 침묵의 칼날이 후카마치의 피부를 찔러왔다. 그 고통을 더 이상 감내할 길이 없어 후카마치가 입을 열었다.

"그렇다면 어쩔 셈입니까?"

이번에는 하부가 침묵했다.

"어떻게 할 거냐고요?"

후카마치가 다시 물었다.

"기다려."

하부가 낮은 목소리로 으르렁거리듯이 말했다.

"기다리라니, 뭘 기다리란 말입니까."

"어제, 연락을 받고 나서 내 나름대로 손을 써뒀어."

"손을 썼다고요?"

"앙 체링이 지금 상황을 알아. 마니 쿠말과 나라달 라젠드라의 주변을 뒤지고 있어."

"그 인간들 짓인가요?"

"어느 쪽이 했는지, 혹은 둘이 같이 공모를 했는지, 그것까지는 몰라. 하지만 그 카메라에 대해 아는 녀석이라면 마니 쿠말이나 나라달 라젠드라, 그리고 그 주변 인간들뿐이야. 그들 중에 범인이 있다면 곧 윤곽이 잡힐 거야."

하부가 그렇게 말했을 때 다시 전화가 울렸다.

후카마치가 방금 전에 내려놓은 수화기를 들어 귓가로 가져갔다.

"This is An Tuerin(앙 체링입니다)."

한 차례 말을 나눈 적이 있는 목소리. 앙 체링이었다.

"후카마치 씨인가?"

앙 체링이 영어로 말했다.

"예, 후카마치입니다."

후카마치도 영어로 대답했다.

"거기에 비카르산이 있지 않나?"

"있습니다."

"그를 바꿔주지 않겠나."

"예."

대답하고 후카마치가 하부를 쳐다보며 들고 있던 수화기를 내밀었다.

"앙 체링입니다."

하부는 후카마치에게서 수화기를 받아들고 귀에 댔다.

"어떻게 됐지?"

하부가 물었다.

하부의 말에 앙 체링이 뭐라 대답했는지 '응'이라고 대답하면서 하부는 계속 이야기를 들었다.

"그래서?"

"아아, 그렇다면."

"그렇군."

이따금 하부의 목소리가 높아진다.

"알았어…."

이윽고 하부가 그렇게 말하고 수화기를 내려놓았다. 하부가 후카마치를 노려보듯이 쳐다봤다.

"뭐라고 하던가요?"

"마니 쿠말이 온다는군."

"온다고요? 마니 쿠말이요?"

"그래, 여기에."

"여기에?"

"할 이야기가 있다는군."

"무슨 말을 하겠다고."

"오기 전까지는 몰라. 아마 료코와 관련된 이야기겠지."

3

약 15분 뒤 앙 체링과 함께 마니 쿠말이 호텔 방에 찾아왔다.

노크 소리가 들려 문을 열자 거기에 앙 체링이 서 있었고 그 뒤로 마니 쿠말이 여전히 짜증스러운 미소를 지으며 서 있었다.

앙 체링과 마니 쿠말이 천천히 방으로 들어왔다. 문을 닫은 건 앙 체링이었다. 마니 쿠말은 마치 자신이 앙 체링을 거느리고 오기라도 한 것처럼 방 한가운데 서서 일동을 둘러봤다.

"이것 참 큰일이 벌어졌군요."

마니 쿠말이 말했다.

마치 이 자리에 세 명이 아닌, 그보다 많은 청중이라도 있다는 듯한 모습이다.

"여기 계신 타이거 앙 체링이 찾아오시지 않았어도, 이 건과 관련해서 제가 먼저 찾아뵈려고 했습니다."

마니 쿠말은 비굴해 보이기까지 한 웃음을 입가에 띠었다.

"제 주위가 이상하게 소란스러운 것 같아 무슨 일인지 확인해봤죠. 그랬더니 생각했던 대로 미스 료코의 건이었습니다. 그런 와중에 앙 체링이 제게 찾아오셔서 이쪽으로 안내해달라고 부탁을 드리게 됐습니다."

"료코가 납치됐다는 걸 알았나?"

하부가 물었다.

"예. 알고 있었습니다. 제 지인의 작품이니까요."

"뭐라고?"

하부가 침대에서 벌떡 일어났다.

"우선 제 이야기부터 좀 들어주시겠습니까."

마니 쿠말이 하부의 행동을 제지하듯이 움찔 뒤로 물러나 보였다.

"전 장사꾼입니다. 어떤 상품이든 어떤 정보든 매입해서 얼마에 팔아야 돈이 남을까만 고민하는 인간입니다. 그런 제가 보기에도 이번 미스 료코 납치는 잘못된 일입니다. 방법이 나빴습니다."

하부가 다시 침대 위에 걸터앉아 팔꿈치를 양 무릎에 얹고 마니 쿠말의 말을 들었다. 표정이 돌처럼 굳어져, 후카마치의 눈에는 그가 무슨 생각을 하는지 알 수 없었다.

"당신이 납치하라고 명령했나?"

후카마치가 물었다.

"노, 노."

마니 쿠말이 고개를 좌우로 저었다.

"료코 씨를 납치한 건 당신도 잘 아는 마갈의 모한입니다."

"모한?"

후카마치는 그 이름을 분명히 기억했다. 자신을 나라달 라젠드라에게 안내했던 남자였다.

"그리고 역시 처음 듣는 이름은 아니겠지만, 모한과 함께 미스 료코를 납치한 자는 애초에 카메라를 훔쳐냈던 코탐."

"…"

"그리고 또 한 명, 그자가 이쪽으로 전화를 걸었겠죠, 타망 무갈이라는 남자입니다. 그리고 몇 명 거드는 녀석들도 있을 테지만, 제가 아는 한 이 세 명의 짓입니다."

"뭐 하는 놈인가? 그 타망 무갈이란 녀석은."

하부가 물었다.

"부탄에서 온 난민이라는군."

그때까지 입을 다물고 있던 앙 체링이 말했다.

"부탄?"

"응."

양 체링이 고개를 끄덕였다.

당시 네팔은 부탄과의 민족분쟁으로 골머리를 썩고 있었다. 문제의 발단은 1990년 즈음부터 활발해진 네팔 민주화운동이었다. 우선 그 전년도인 1989년 통상협정 개정에 따라 인도가 네팔에 대한 경제 봉쇄를 실시했다. 이로 인해 석유 등의 연료와 생활물자가 네팔에 들어올 수 없게 되면서 네팔의 물가가 폭등했다. 그런 배경 아래 네팔 공산당의 활동이 활발해졌고, 1990년 4월, 공산당과 학생을 중심으로 한 데모가 카트만두에서 벌어졌다.

데모대의 수는 약 십 만 명. 대부분 이십 대 젊은이들로, 왕실을 향해 민주화를 강하게 요구했다. 이 데모대에 경찰이 발포해 오십 명 이상의 사망자와 이백 명 이상의 부상자가 나왔다. 이때 이탈리아 취재기자 두 명을 포함해 일곱 명의 외국 저널리스트와 카메라맨이 경찰의 발포와 구타로 사망했다.

1991년 5월, 정당의 참여를 통한 30년 만의 실질적인 총선거가 실시돼 네팔국민의회당(NCP)이 과반수 의석을 획득한다. G. P. 코이랄라 정권의 탄생이었다.

네팔의 정치세력은 우선 정권을 장악한 네팔국민의회당, 통일공산당, 구왕궁파라 부를 만한 국민민주당(NDP) 등 크게 셋으로 나뉜다.

어쨌든 1991년 5월로 왕궁은 네팔의 최고 권력자 자리에서 물러났다. 국왕이 네팔이란 나라의 상징적 존재가 된 것이다. 이러한 상황 때문에 왕 체제인 이웃 나라 부탄에서 위기감을 느끼게 된다. 부탄에는 오래전부터 이주해서 살고 있는 네팔계 주민이 무수히 많다. 네팔 민주화운동의 불똥이 부탄으로 튀어, 이 주민들을 중심으로 부탄 왕 체제를 비판하기 시작한 것이다. 이를 우려한 부탄 정부가 네팔계 주민의 국외 퇴거를 명령했다.

이에 따라 대량의 난민을 네팔이 떠맡아야 하는 상황이 됐다. 그렇지 않아도 증가하던 네팔 인구가 삽시간에 불어나면서 물자, 에너지, 식량 부족이 한층 심각한 문제로 대두됐다. 이 네팔계 주민을 중심으로 부탄 정부에 대한 무장투쟁에 나선 이들이 나타났고, 이 과격파들을 체포하기 위해 부탄 정부는 인도까지 끌어들이려고 했다.

1993년에는 우기에 홍수가 일어나 네팔에서 2,000여 명의 사망자가 발생했다. 바로 지금, 네팔은 카트만두를 중심으로 혼란의 한복판에 있다고 할 수 있었다.

"모한도 부탄에서 온 난민이니, 아무래도 무갈과 모한이 이 사건의 주모자인 모양입니다."

마니 쿠말이 말했다.

"내가 조사한 바로는 모한은 과격파에 속했던 적이 있었고, 나라달 라젠드라는 그쪽에다 자금 조달을 한다는군. 나라달 라젠드라가 그런 일을 한다는 건 뒷세계에서는 암묵적으로 다 아는 사실인 모양이야."

앙 체링이 말했다.

"물론 나라달 라젠드라가 무슨 일을 하는지에 대해 저도 듣고는 있었습니다."

마니 쿠말이 앙 체링의 말을 긍정했다.

"그럼 나라달 라젠드라가 이번 건을 기획했다?"

후카마치가 물었다.

"거기까지는 모릅니다. 제가 말해두고 싶은 건 그들이 제게 그 건을 가지고 왔다는 겁니다.

"가지고 왔다고?"

후카마치가 물었다.

"그제. 그러니까 호텔로 당신을 만나러 간 날이었습니다. 그날 저녁에 제 가게로 모한과 무갈이 찾아왔더군요. 카메라와 필름을 손에 넣으면 얼마에 사겠느냐고 묻더군요."

"그래서?"

"모한에게 들었습니다. 그 카메라가 어떤 물건인가를. 듣고 보니 과연 일본의 저널리스트가 탐낼 만한 물건이더군요. 잘만 거래하면 상당한 외화가 이 나라에 들어올 곳 같았죠."

"…"

"물론 너희들이 실망하지 않을 금액은 보장하겠다고 말했습니다. 얼마냐고 재차 묻기에, 실물을 보지 않으면 약속할 수 없다고 말했습니다. 어쨌든 다른 누구보다 좋은 가격에는 사주겠다고 했죠. 그리고 그들 두 사람이 다시 찾아온 건 어젯밤이었습니다. 손에 넣었다고 하더군요. 카메라와 필름이냐고 묻자, 아니라면서 아직은 반만 손에 넣었다고 모한이 말하더군요.

"반?"

후카마치가 물었다.

"손에 넣은 건 여자고, 여자와 카메라와 필름과 교환할 생각이라고. 그래서 전 그때 처음으로 그들이 미스 료코를 납치했다는 걸 알게 됐습니다…."

"…"

"이야기를 듣자마자 저는 말했습니다. 너희들과 거래하지 않겠다고."

"왜 그랬지?"

"생각해보시죠, 이건 범죄입니다. 심지어 외국인을 상대로 했기에 성공 확률이 지극히 낮습니다. 게다가 그 녀석들은 제 조직을 이용하려고 했습니다. 하찮은 조직이지만 저도 이 카트만두의 뒷세계에서는 조금 알려져 있습니다. 인도, 영국, 부탄, 중국에도 몇몇 인맥이 있습니다. 하찮다고는 하지만 그들이 저지른 범죄 때문에 제 조직까지 날아갈지도 모를 일이죠."

"……"

"저는 그들에게 말했습니다. 이 이야기는 못들은 걸로 하겠다고. 너희들이 내가 모르게 카메라를 손에 넣었다면 모를까, 이제 그 방법을 알게 된 이상 협력할 수 없다고 말입니다."

"왜? 카메라를 그리도 탐냈으면서?"

"제대로 된 비즈니스로 손에 넣었으면 모를까, 외국인을 납치해서 손에 넣은 카메라가 대체 무슨 돈벌이가 되겠습니까?"

"……"

"그 카메라와 필름은 바깥세상에 나와야만 돈이 되는 물건입니다. 블랙마켓에 넘겨서는 별 돈이 안 됩니다. 바깥에 노출해서 매스컴이 소란을 떨어야 돈이 생기죠. 그 카메라를 입수하게 된 경위가 납치라는 수단이라면 바깥에 나오기는 다 글렀죠."

후카마치는 깜짝 놀랐다.

방금 전 자신이 하부에게 한 말을 마니 쿠말이 똑같이 지적했기 때문이다. 마니 쿠말의 말이 사실이라면 그는 두 사람과 거래를 하려다가 사정을 들은 순간 거부했다는 것이다.

"솔직히 말씀드리죠. 정확히 말하자면 제가 이 건에서 손을 뗀 이유는 범죄라서가 아닙니다."

마니 쿠말이 후카마치와 하부를 향해 싱긋 웃음 지었다.

"그 범죄가 빤히 드러날 게 눈에 보였기 때문입니다. 잘 될 리가 없다는 걸 알았기 때문입니다."

"만약 아무도 모르게 일이 잘 처리된다는 확신이 있었다면."

후카마치가 묻자 마니 쿠말이 고개를 저으며 하얀 치아를 드러냈다.

"거기까지 말해야겠습니까. 전 그들에게 말했습니다. 바로 여자를 풀어주고 갖고 있는 돈을 모두 챙겨 인도로 도망쳤다가 2~3년 뒤 상황을 보고 돌아오라고 말입니다."

"그래야겠지."

하부가 고개를 끄덕였다.

"이대로 내버려 뒀다가 그들의 납치가 공공연히 드러났을 때, 저도 공범자로 몰릴지도 모릅니다. 그래서 당신들에게 이야기해두자고 결심한 겁니다."

"그랬군. 이제 알겠어."

하부가 양 무릎 위로 깍지를 꼈다.

"그래서 녀석들이 갑자기 돈을 요구했군."

"호오, 돈을 달라고 하던가요?"

"100만."

"일본 엔으로?"

"그래."

"그랬군요…."

마니 쿠말이 감탄했다는 듯이 고개를 끄덕였다.

"나라달 라젠드라가 이 건과 관련됐을 가능성은?"

"아마 아닐 겁니다."

"어째서?"

"그 남자도 방금 제가 말씀드린 이야기 정도는 능히 헤아릴 만큼 머리가 좋으니까요."

"녀석들 셋과 료코는 지금 어디에 있나?"

"모릅니다. 코탐이 그녀와 함께 어딘가에 있고 모한과 모갈이 저희 가게로 온 모양입니다. 그리고 설령 안다고 해도 그것까지 말씀드리긴 어렵습니다. 그랬다간 저도 이쪽에서 장사하기 힘드니까요. 제가 여기로 찾아와 말씀드린 이유도 이 장사를 계속하기 위한 어쩔 수 없는 선택이었습니다. 하지만 그들이 어디에 있고, 무슨 꿍꿍이속인지 다 나불댈 수는 없는 노릇이죠. 아까 말씀드렸다시피 알지도 못하고요. 거짓말이 아닙니다. 몰라서 다행이라고 여기니까요."

마니 쿠말이 후카마치에게 시선을 돌리며 물었더.

"그나저나 경찰에는 알렸나요?"

"아직."

"어떻게 할 생각입니까?"

"…"

"섣불리 알렸다가는 그녀의 생명이 위험합니다. 그렇다고 요구하는 돈을 그들한테 넘겨준다 한들 그녀가 무사히 돌아온다는 보장도 없죠. 그녀는 그들 세 사람의 얼굴을 봤으니까요."

"…"

"이것 참 안타깝군요. 당신들과 좋은 비즈니스 파트너가 되고 싶었는데 말입니다. 이런 상황에 이른 이상 이젠 기대하기 힘들겠군요."

마니 쿠말이 세 사람을 둘러보고,

"제 용건은 이걸로 끝났습니다. 그럼 저는 실례하겠습니다."

그렇게 말하며 등을 돌렸다.

"아, 제가 경찰에 연락하지 않은 게 문제가 되면 경찰에 알렸다가

는 그녀에게 위해가 갈지도 모른다고 판단해서 그랬다는 걸로 처리
하면 되겠죠?"

다시 세 사람을 둘러보며 말하고 발걸음을 돌리는 마니 쿠말에게
하부가 말했다.

"아까 나라달 라젠드라는 이 건을 모른다고 했지?"

"예. 정확히 말하자면 그가 이 건을 기획 혹은 명령했거나 사전에
알았는데 말리지 않았거나 한 것은 아니었을 거라는 말이었습니다.
지금 현재 이 일을 그가 아는지 어떤지는 제가 말씀드릴 바는 아니
겠죠. 하지만 지금은 나라달 라젠드라가 이 건을 알아챘을 가능성
이 높겠죠."

"알았다."

"그럼 이만 실례해도 괜찮을까요."

"그러시든지."

하부가 승낙하자 마니 쿠말은 새삼 정중히 머리를 숙이고 발걸음
을 돌려 방에서 나갔다. 문이 닫히고 마니 쿠말의 발소리가 멀어져
가는 걸 확인하고 하부가 벽을 노려보듯이 바라보고 서서는 입을
열었다.

"이제 뭘 해야 할지 결정했어."

"뭘요?"

"바로 나라달 라젠드라를 만나러 간다."

"만나서 어쩌려고요?"

"과격파 출신들이 사는 장소, 숨을 만한 장소를 나라달 라젠드라
에게 물을 거야. 강에서 가까운 곳으로."

"전화는?"

"밤까지는 시간이 있어. 생각하기에 따라선 밤까지밖에 시간이

없다고 말할 수도 있겠지만."

하부는 이미 나갈 채비를 했다.

"저도 가겠습니다."

하부 앞을 후카마치가 가로막고 섰다. 하부가 눈을 가늘게 뜨고 후카마치를 바라봤다.

"어차피 밤까지 전화를 기다릴 필요는 없으니까요."

"맘대로 해."

하부가 말했다.

후카마치는 숨 막힐듯한 짐승의 체취가 콧속으로 밀려들어오는 느낌이 들었다.

13장

구르카

1

현재, 네팔은 많은 문제를 안고 있다.

빈곤.

인구 증가.

삼림 파괴.

이런 문제가 마지막에는 경제로 수렴된다.

1988년 여름, 방글라데시의 삼각지대에 큰 홍수가 닥쳤다. 원래 이 지역은 큰 홍수가 났을 때 하천이 범람해 운반된 흙으로 조성된 토지다. 유라시아 대륙을 흐르는 큰 강인 갠지스 강, 브라마푸트라 강, 메그나 강이 이 삼각지대에 집중돼 있어, 우기에는 범람을 거듭했다. 7월부터 9월에 걸친 몬순 시기의 홍수는 매년 일어나기에 드문 일도 아니었다. 그러나 그해, 1988년의 홍수는 예년과 달랐다.

강의 수위가 올라가기 시작한 건 7월부터였다. 8월 들어서는 연일 폭우가 쏟아지며 수위를 한층 높였다. 방글라데시 정부에서 이상을 감지한 건 8월 말이었다. 수도 다카에서 북쪽으로 160킬로미터 지점에 위치한 보병 주둔지에서 긴급 연락이 들어왔다.

가타일 군(郡)의 농민 3만 명이 주둔지까지 피난을 왔다고 했다. 산양과 당나귀를 비롯한 약 1만 2천 마리의 가축에 가재도구까지 싣고 토지를 버리고 온 것이다. 군에서 헬기를 띄워 상황 시찰에 나섰다.

"어디에도 육지가 보이지 않습니다."

헬기 조종사가 보고했다. 그 지역 일대가 모두 수몰되어 주민 30만 명이 집을 버렸다. 이례적으로 급속한 수몰 지역의 확산 속도였다.

9월, 침수는 전 국토로 퍼져갔다. 3대 하천뿐 아니라, 서로 교차하는 크고 작은 250여 개의 하천이 모두 범람해 국토의 62퍼센트가 수몰되고 말았다. 무너진 다리가 1,500여 개. 수몰된 도로가 3,500킬로미터. 1억 1,000만 명의 국민 중 수해로 집을 잃은 이가 3,000만 명. 이 홍수의 원인 중 하나가 히말라야 산악 지역의 삼림 파괴였다.

네팔에서는 매년 약 43만 명의 비율로 인구가 증가해왔다. 인구가 늘어나면 늘어날수록 국민 한 사람이 이용하는 에너지의 양이 증가한다. 네팔의 경우 에너지의 대부분을 석유가 아닌 장작에서 얻는다. 2,000만 명이 넘는 네팔 인구의 대다수가 산악 지역에 사는 농민이다. 이 사람들이 아침, 점심, 저녁 식사를 준비하는 것만으로도 많은 장작, 즉 삼림이 사라지게 된다. 전기 공급은 도시 지역과 일부 마을에 국한됐고, 난방도 장작불에 의지한다. 그리하여 매년 1인당 약 1톤의 나무가 소모된다.

가축의 대변은 대부분 연료로 사용하기 때문에, 밭에 뿌릴 비료의 양이 적어 토지는 힘을 잃어간다. 나무를 베어 산악 지역의 삼림이 사라지면서, 몬순 시기의 강우로 표토가 유출된다. 표토의 유출로 네팔 농업 생산량이 매년 1퍼센트 떨어지고 있다. 이 표토는 히말라야 산기슭을 지나 갠지스 강으로 흘러 들어가 하류부의 방글라데시에서 모여, 하천의 바닥을 높인다. 과거보다 방글라데시의 하천 바닥은 2미터나 상승했다. 이러한 하천 바닥 상승이 홍수의 규모를 확대시키는 것이다.

그러나 원인을 제공하는 네팔 히말라야 산악 지역의 삼림 채벌은 줄어들지 않고 줄곧 늘어나고 있는 실정이다. 일부 일본인이 남체 바자르 부근에 식목을 시작했으나 아직은 규모가 미약하다.

1990년에는 경지 1헥타르당 아홉 명이 부양해야 하는 상황에 이르렀다. 인구의 증가가 이에 박차를 가했고, 1989년 3월 양국 간 통상협정을 인도가 거부함으로써 석유가 들어오지 않게 되자, 에너지를 한층 더 나무에 의존하는 사태에 이르렀다.

경제적으로 궁핍한 이 나라에서 관광은 외화를 획득하는 데 큰 몫을 담당한다. 에베레스트, 마나슬루, 초오유 등 세계 최고봉을 포함한 8,000미터급 고봉이 이 지역에 밀집돼 있다. 트레킹족, 외국인 등반가들이 남기고 가는 돈과 입산료 등 히말라야를 중심으로 한 관광이 커다란 수입원이다. 그리고 또 하나, 외화를 획득하는 데 큰 몫을 담당하는 이들이 구르카라 불리는 사상 최고의 병사들이다.

2

건물 2층 방에서 후카마치와 하부, 그리고 앙 체링은 나라달 라젠드라와 마주앉았다. 며칠 전 후카마치가 나라달 라젠드라와 만났던 그 방이다. 작은 나무 테이블 위에 놓인 네 개의 잔에서 김과 함께 다르질링 차 향이 피어올랐다.

또 한 사람, 쿠크리를 허리에 찬 남자가 라젠드라 뒤쪽에 서서 세 사람을 노려보고 있다. 스와얌부나트 사원에서 가까운 나라달 라젠드라의 집을 방문했을 때, 후카마치 일행을 다섯 명의 남자가 에워쌌다.

"나라달 라젠드라와 만나고 싶다."

하부가 말하자,

"무슨 용무이지?"

남자가 물었다.

"라젠드라한테 직접 말하겠다. 있나, 없나?"

하부가 목소리를 낮추며 말했다.

"뭐라고?!"

남자들의 안색이 바뀌며 분위기가 험악해지려는 찰나 건물에서 나라달 라젠드라가 나왔다. 그는 후카마치를 바로 알아보고 남자들에게 말했다.

"올라오시라고 해라."

세 사람은 건물 2층으로 올라갔다. 남자들은 그 자리를 지키려 했지만 나라달 라젠드라는 차를 준비하라는 명령과 함께 한 사람만 남기고 내보냈다. 그렇게 해서 지금 후카마치와 하부, 앙 체링은 나라달 라젠드라와 마주앉았다.

"타이거 앙 체링께서 일부러 여기까지 오시다니 영광입니다."

낮고 침착한 목소리로 나라달 라젠드라가 말했다. 하부도 앙 체링도 아무 말이 없었다. 후카마치도 말문을 닫았다.

"그나저나 용건이?"

나라달 라젠드라가 물었다.

"부탄의 과격파 무리가 이따금 여기에 출입한다고 들었다."

하부가 나라달 라젠드라를 정면으로 바라보며 말했다.

"그런 인간이 있을 만한 곳을 내게 가르쳐주면 좋겠군."

3

"뭐 때문에 그러지?"

나라달 라젠드라가 하부에게 되물었다.

"알고 싶으니까."

"그러니까 왜 알고 싶은 건가?"

"그럼 좀 더 구체적으로 묻지. 마갈의 모한이나 타망의 무갈이 어디 있는지 가르쳐주지 않겠나."

"왜?"

하부는 나라달 라젠드라의 말을 무시했다.

"모한이 여길 출입한다는 걸 안다. 그 녀석은 지금 어디 있나?"

나라달 라젠드라는 어깨를 움츠리며 웃어보였다.

"어지간히도 말하기 싫은 이유라도 있습니까?"

침착한 어조였다. 하부는 입술 악물고 나라달 라젠드라를 노려봤다. 호흡을 두 차례 정도 고르는 시간 동안 서로 숨을 멈추고 상대방의 얼굴을 응시했다.

"알고 있지…."

하부가 말했다.

"당신은 알고 있지. 모한과 무갈이 무슨 짓을 했는지?"

"두 사람이 코탐과 짜서 일본인 여성을 납치한 건을 말하는 거라면…."

"당신이 시켰나?"

"설마. 저지르기 전에 알았다면 못하게 했지."

"마니 쿠말도 그러더군. 당신이 사전에 알았다면 말렸을 거라고."

"고마운 말씀이군."

"그래서 지금 어디에 있나?"

"짐작 가는 데를 뒤지는 중이다. 조만간 알게 되겠지."

"뒤진다고?"

"이쪽도 다소 책임을 느낀다는 뜻이야. 세 사람 모두 내 처소를 드나들던 사람들이었으니."

"…"

"나한테 팔러오지 않고 마니 쿠말에게 갔다는 것도 알아. 알긴 아는데…"

"마니 쿠말도 바보가 아니다…"

"착한 사람이라고는 말 못 해도 바보는 아니지. 최소한 장사와 관련해서는. 그런 방식으로는 카메라를 돈으로 바꿀 수 없다는 걸 바로 깨달았겠지. 하지만 그걸 모르는 인간들이 있어…"

"코탐과 모한, 무갈."

"그렇다."

나라달 라젠드라가 고개를 끄덕였을 때 문에서 노크 소리가 났다.

"들어와."

나라달 라젠드라가 말하자 한 남자가 방 안에 들어와 사람들을 둘러보고, 그에게 경계의 눈빛을 보냈다. 나라달 라젠드라가 괜찮다는 눈짓을 보내자 남자는 그의 곁으로 다가가 귓가로 입을 가져갔다. 잠시 남자의 이야기에 귀를 기울이던 나라달 라젠드라가 고개를 끄덕이며 자리에서 일어났다.

"지금 코탐을 찾아냈다. 아래층에 있다."

"뭐라고?"

하부가 일어났다.

"같이 가겠나?"

"그래도 될까?"

"상관없다. 코탐에게 물어보면 료코와 그들 일당이 어디 있는지 알 수 있겠지. 허나 문제는 어디 있느냐가 아니다. 어차피 카트만두에 있는 한 그들이 어디 있는지 알아내는 건 시간문제였다. 중요한 건 장소가 아니라 료코의 안전이지."

"왜 우리를 돕는 건가?"

"돕냐고?"

"그래."

"그렇지 않아. 나는 당신들을 돕는 게 아니다. 나를 위해 이러는 거지. 출처를 알 수 없는 장물을 파는 거야 그렇다 치더라도, 외국인 납치 사건과 연관될 수는 없는 노릇이지. 이 건이 시끄러워지면 우리도 곤란해진다. 소란을 피우고 싶지 않다."

나라달 라젠드라는 이미 문 쪽으로 향해 있었다.

"같이 가겠나, 어쩌겠나?"

멈춰 서서 돌아봤다.

"가지."

하부가 경직된 어조로 말했다. 후카마치도 이미 의자에서 일어나 있었다.

4

코탐은 세 명의 남자들에게 둘러싸여 부들부들 겁먹은 표정으로 방구석에 서 있었다. 바닥은 눅눅한 흙으로 되어 있고, 벽은 벽돌을 쌓은 것이었다. 작은 창이 좌우로 하나씩 있지만 목제 창문은 닫혀 있었다. 불빛이라고는 판자 틈으로 비쳐 들어오는 햇빛뿐이었다. 칼날 같이 가는 광선이 코탐의 볼을 비추고 있었다. 테이블이 하나. 의자는 없었고, 바닥에는 빈 병과 빈 캔이 굴러다녔다. 후카마치에게도 낯익은 얼굴이 공포로 일그러져 있었다. 나라달 라젠드라가 작은 목제 테이블을 사이에 두고 코탐과 마주섰다.

"인드라초크에서 밧줄을 들고 어슬렁거리는 걸 발견하고 이쪽으로 데려왔습니다. 도망치려고 했지만 저희는 세 사람이라…."

아까 방에 찾아왔던 남자가 이번에는 모두에게 들리는 목소리로 설명했다.

"알았다…."

나라달 라젠드라가 남자의 말을 한 손을 들어 제지하고 코탐에게 말했다.

"당치도 않은 짓을 저질렀더군."

코탐이 눈을 내리깔았다.

"모한과 무갈, 그리고 데리고 간 아가씨는 어디에 있나?"

코탐은 대답하지 않았다.

"쿠크리를…."

나라달 라젠드라가 오른손을 내밀자 바로 앞에 있던 남자가 허리에 찬 쿠크리를 칼집에서 빼내 그에게 건넸다. 날이 반듯하게 섰고 묵직해 보이는 철제 칼이었다.

"코탐을 붙잡아라."

나라달 라젠드라의 말에 세 남자가 코탐의 양팔과 등을 잡고 눌러서 움직이지 못하게 했다.

"손을…."

나라달 라젠드라의 말에 남자들이 코탐의 오른쪽 손목을 잡아 손등을 눌러 다섯 손가락을 펼쳤다.

"하, 하지 마. 하지 말라고!"

코탐의 눈이 뒤집히며 새된 목소리를 질렀다. 나라달 라젠드라는 그 말에 전혀 개의치 않고 단숨에 쿠크리를 내려쳤다. 코탐이 비명을 질렀다. 나라달 라젠드라가 내려친 무거운 손도끼 같은 칼이 코탐의 오른손 엄지를 때린 것이다. 칼날이 아니었다. 두꺼운 칼등으로 내리친 것이었다. 뼈와 살이 찌부러지는 소리가 울려 퍼졌다.

"말하기 싫다면 말하지 않아도 좋다."

다시 내려쳤다. 이번에는 집게손가락이었다. 그 손가락도 부서졌다. 살이 파이며 피와 함께 하얀 뼈가 보였다. 다음 손가락을 내려치기 전에 코탐이 외쳤다.

"말할게. 말한다고. 모두 말할 테니까!"

코탐은 손가락을 내려치지 말라고 애원했다. 그 순간 그때까지 잠자코 지켜보던 앙 체링이 낮은 목소리로 중얼거렸다.

"그래, 이제 알겠군…. 나라달 라젠드라, 어디선가 본 얼굴이다 싶었는데. 당신 구르카인가?"

5

바그마티 강을 좌측으로 두고 차가 달린다.

지독한 도로였다. 노면에 수많은 요철과 함께 사방에 돌이 굴러다녔다. 앞서 달리는 차가 대량의 흙먼지를 휘날려 후방의 차는 창문을 꽉 닫아야만 했다. 비가 내리면 길이 얼마나 질척거릴지 상상하고 싶지도 않았다.

후카마치는 뒷좌석에서 외국인의 강한 체취를 맡고 있었다. 카트만두 시내를 흐르는 바그마티 강은 북쪽에서 흘러온 비슈누마티 강과 합류해 남쪽으로 흐른다. 차는 카트만두에서 나와 바그마티 강을 따라 남쪽을 향하는 중이다. 이 길은 카트만두에서 17킬로미터 남하해 닥신칼리로 이어진다. 닥신칼리에는 시바 신의 부인인 칼리를 여신으로 모시는 사원이 있다. 여신 칼리는 피를 좋아하는 암흑의 신으로 매주 화요일과 토요일에 이 여신에게 산양이나 닭의 피를 산 제물로 봉헌한다.

여신 칼리를 믿는 힌두교도가 산양과 닭의 목을 차례차례 잘라 떨어뜨리는 광경을 후카마치는 과거 히말라야 원정 당시 본 적이 있었다. 이번에는 나라달 라젠드라의 처소에서 보게 됐다.

칼리에게 봉헌된 동물들은 내세에는 높은 지위의 동물로 태어난다고 하지만 후카마치로서는 피비린내만 물씬 풍기는 광경일 따름이었다.

길은 닥신칼리에서 끝나 거기서부터는 차로는 갈 수가 없다. 닥신칼리에 도착하기 직전 바그마티 강 근처 가옥에 모한과 무갈이 기시 료코와 함께 있다고 코탐이 말했다. 료코를 묶어둔 밧줄이 낡아서 끊어질 듯해 코탐이 새 밧줄과 식재료를 사러 카트만두까지 나왔다가 나라달 라젠드라의 부하들 눈에 띄어 끌려온 것이다.

운전수는 코탐을 잡았다고 나라달 라젠드라에게 고한 남자였다. 조수석에 나라달 라젠드라가 앉았고 뒷좌석에 후카마치, 하부, 앙 체링이 앉았다. 그리고 다섯 명이 탄 차 한 대가 뒤따라왔다. 그쪽에는 코탐과 네 남자가 함께 타고 있다.

"모한은 어디서 들었는지 그 카메라에 대해 상당한 흥미를 드러냈습니다. 그 녀석이 카메라에 대해 묻길래 제가 상당히 가격이 나가는 물건이라고 했습니다. 그러자 모한이 무갈에게 이야기를 꺼내….."

그렇게 납치를 계획했다고 한다.

처음에는 나라달 라젠드라에게 가져가서 팔까 생각했다가 그가 반대할지도 몰라 두려워져, 마니 쿠말에게 이야기를 꺼냈다고 한다. 그런데 마니 쿠말이 상대해주지 않았다. 그러자 다른 방법을 찾지 못하고 얼마 안 되는 돈이라도 손에 넣어서 인도 쪽으로 도망칠까 의논했다고 한다. 상황에 따라서는 자신들의 얼굴을 본 여자를 죽여서 시체를 산속에 묻고 돈이고 뭐고 간에 도망치자는 이야기도 나온 모양이었다.

왜 여자를 납치했냐고 묻자 꺼질 듯한 목소리로 코탐이 말했다.

"돈이 필요해서…."

차가 종종 흔들렸다.

일본의 포장된 도로라면 20분도 안 걸려 도착했겠지만 지금 길 상태로는 한 시간은 족히 걸릴 듯했다.

"라젠드라…."

앙 체링이 갑자기 침묵을 깨고 나라달 라젠드라에게 말을 걸었다.

"하나 물어봐도 되겠나."

"뭐지?"

나라달 라젠드라가 시선을 정면을 둔 채 말했다.

"왜 당신 같은 사람이 이런 진흙탕 같은 곳에 발을 담그면서까지 부탄 난민 과격파들의 뒤를 봐주고 있는 거지?"

나라달 라젠드라는 긴 침묵 끝에 불쑥 중얼거렸다.

"가난하니까…."

"이 나라가 가난하니까. 가난했기에 나는 구르카가 됐고, 이 나라가 가난했기에 많은 네팔인이 부탄으로 돈 벌러 떠났다가 같은 이유로 지금 네팔로 돌아오게 됐지. 모한 일당이 그녀를 납치한 이유도 따지고 보면 마찬가지지…."

"하지만 돈이라면 지금 당신은…."

"그럭저럭 있지. 구르카였으니까…."

"영국으로부터 빅토리아 십자훈장까지 받지 않았나."

앙 체링의 말에 나라달 라젠드라의 얼굴에 살짝 웃음이 돈 것처럼 보였다.

"그건 당신도 마찬가지 아닌가. 앙 체링 당신도 영국으로부터 타이거 배지를 받았지…."

이번에는 앙 체링이 침묵할 차례였다.

"그래, 타이거 배지가 당신에게 뭘 안겨주던가?"

다시 침묵이 흘렀다.

"구르카라…."

그때까지 말문을 닫고 있던 하부가 불쑥 중얼거렸다.

"훈장도 타이거 배지도 내게는 아무 인연 없는 세상이로군."

감정을 죽인 나지막한 목소리였다.

6

통칭 구르카. 이는 흔히 말하는 구르카 용병이다.

구르카 용병은 영국 육군에 배속된 네팔인 병사 외인부대를 가리킨다. 백병전에는 무적으로 지상 최강의 부대로 일컬어진다. 그 주체는 네팔 수도 카트만두 서쪽과 네팔 동부 히말라야 산악 지역 및 포카라 주변에 사는, 구룽족과 마갈족을 비롯한 다섯 부족이다. 구룽과 타파족을 총칭해 구르카족이라 부르며, 그들은 인도 쪽 다르질링과 칼림퐁 주변 지역에도 거주한다. 현재 네팔 왕국을 창건한 '구르카 공국'을 낳은 것도 구르카였다.

1815년 당시 인도를 지배하던 영국 동인도 회사와 구르카 공국의 이해가 대립하면서 구르카는 영국과 전투를 벌였다. 그때 영국 측이 구르카의 용맹함에 놀라, 식민지군의 일원으로 그들을 받아들인 것이 영국 육군 구르카 용병부대의 시작이었다.

원래 산악 지역에 사는 민족이라, 그 육체의 강인함과 폐활량, 인

내력 등의 기초체력은 다른 민족보다 월등히 뛰어났다. 달리다가 엎드려 총을 겨냥하고 사격하는 데까지 걸리는 시간이 대략 0.5초. 영국 역사에서 그들 구르카 용병은 항상 최전선인 동시에 가장 가혹한 장소에서 싸웠다.

1875년 세포이 반란 당시 인도병을 진압하기 위해 가장 먼저 투입된 부대가 구르카 용병이었다. 제1차 세계대전 당시에는 20만 명의 구르카 용병이 전장에 투입되어 4만 명이 사망했다. 제2차 세계대전 때는 35만여 명의 구르카 용병이 영국을 위해 싸웠다. 당시 네팔 인구는 약 900만 명이었다.

제2차 세계대전 때 사하라 사막에서 롬멜 휘하 독일 기갑 사단를 격파했으며 일본군의 임팔 작전(1944년 인도 북동부 도시 임팔 함락을 목적으로 일본 육군에 의해 감행된 작전. 무모한 작전의 대명사로 자주 인용됨)을 분쇄한 것도 구르카 용병이었다.

전쟁이 끝나고는 말레이시아 반도나 보르네오의 정글에서 공산 게릴라와도 싸웠다. 1982년 포클랜드 전쟁 때 최전선에 파병된 것도 역시 구르카 용병이었다. 1815년 이래 영국이 싸운 모든 전장에 구르카 용병이 있었다고 해도 무방하다.

구르카 용병의 역사는 조국 네팔을 위해서가 아니라 항상 타국인 영국을 위해 목숨을 걸고 싸웠다. 1992년에는 인원이 약 5개 대대 7,300명. 그랬던 인원이 1997년 홍콩의 중국 반환까지 2개 대대 2,500명으로 감소했다.

구르카 용병이 되기 위해서는 가혹한 테스트를 통과해야 한다. 만약 시험에 합격하면 그것만으로도 지역에서는 커다란 존경의 대상이 된다. 구르카 용병이 되면 고액의 외화를 벌 수 있고, 퇴역 후에도 연금이 보장되며, 영어를 배워 외국에 나가는 것도 허락된다.

구르카 용병이 1년간 네팔에 송금하는 외화 총액은 약 1,700만 달러에 달한다. 네팔이란 나라가 외화를 획득하는 수단으로써 구르카는 히말라야라는 관광자원과 함께 큰 재원이다. 나라달 라젠드라는 바로 전 구르카 용병이었다.

"사람을⋯."

후카마치는 거기까지만 말하고는 이어지는 말을 목구멍으로 삼켰다.

'사람을 죽인 적이 있습니까.'

나라달 라젠드라에게 그렇게 물으려다 후카마치는 관뒀다. 뒷좌석에서 그의 등을 보고 있자 떠오른다고 함부로 물어볼 수 없는 질문이라는 걸 깨달았다.

'그건 바티(네팔 특유의 찻집)에서 가서 차가 있냐고 묻는 거나 마찬가지다.'

그런 대답이 돌아올지도 몰랐고, 아무 대답도 안 할 것 같다는 마음도 들었다.

빅토리아 십자훈장을 받았다는 인물이다. 영국에서는 가장 권위 있는 훈장이다. 외국인으로 그걸 손에 넣은 사람은 그리 많지 않다.

"저기로군요."

운전을 하던 남자가 불쑥 말했다.

다들 눈이 전방으로 향했다. 일단 강에서 멀어지던 길이 다시 강과 가까워지는 지점 부근으로, 길 왼편에 벽돌 건물이 하나 보였다. 운전수가 그 건물을 말한다는 걸 바로 알 수 있었다. 그 앞에 오래되어 도장(塗裝)이 벗겨져 너덜거리는 차가 한 대 세워져 있었다.

"사람이 있습니다."

굳이 말할 필요가 없었다.

후카마치도 그 광경이 보였다. 두 남자와 한 명의 여자. 한 남자가 운전석에 타려고 했고, 또 한 남자가 여자와 함께 뒷좌석에 타려는 모습이 보였다. 여자는 손이 뒤로 결박된 상태였다. 여자와 함께 있는 남자가 눈에 익었다.

"모한입니다."

운전수가 말했다.

여자가 누군지는 당연히 알았다. 기시 료코였다. 기시 료코를 먼저 뒷좌석에 태우고 차에 타려던 모한이 시선을 이쪽으로 돌렸다. 차의 정체를 바로 눈치 챘는지 모한이 운전석의 남자를 향해 뭐라고 외쳤다. 모한이 차에 다 올라타기 전에 차가 발진했다. 부르릉 하고 후카마치가 탄 차가 속도를 높였다. 그럼에도 후카마치 일행이 그 집 앞에 이르기 전에 기시 료코를 태운 차는 도로로 나와 닥신칼리 방면을 향해 달리기 시작했다.

흙먼지가 맹렬히 날렸다. 그 흙먼지 속으로 차가 뛰어들었다. 필시 코탐의 귀가가 늦어지자 불안해진 나머지 장소를 옮기려는 참이었으리라. 그들은 당황한 기색이 역력했다. 말이 끄는 수레를 추월하며 속도를 높였다. 넓은 길이 아니다. 그들이 추월당하지 않겠다고 작정하면 충분히 그게 가능한 길이었다. 이따금 백미러로 모한이 이쪽을 확인하는 모습이 흙먼지 사이로 비쳤다.

"괜찮습니다. 이 길은 막다른 길이니까요."

운전수가 말했다.

그건 후카마치도 알았다. 문제는 막다른 길이 나와 차가 움직이지 못하게 되는 순간이었다. 그들은 료코의 목숨을 방패삼아 도망치려 하리라. 궁지에 몰린 그들로부터 료코를 어떻게 구해낼 것인가.

료코를 태우고 앞서 달리는 차가 오른쪽으로 방향을 틀었다. 오르막 산길이었다. 길은 한층 험난하고 좁아졌다. 차 한 대를 두 대의 차가 쫓는 상황. 길은 산등성이를 따라 구부러지고 주름졌다. 갓길에 가드레일 같은 건 전혀 없다.

"이제 곧 차가 움직일 수 없을 겁니다."

지금 가는 길도 실상 차가 다닐 만한 길이 아니었다. 왼편 낭떠러지에서 돌과 바위가 쉴 새 없이 떨어졌다. 타이어가 그 위를 올라타며 차체 밑으로 연이어 충격이 가해졌다. 엄청나게 들썩이는 몸을 지탱하기 위해 앞좌석 시트를 붙잡아야만 했다.

그 순간 전방에서 격렬한 브레이크 소리와 함께 타이어가 지면을 파헤치는 소리가 터져 나왔다. 흙먼지가 지면과 거의 같은 색으로 변했다가 갑자기 시야가 트였다. 흙먼지를 날리던 차가 안 보인다. 후카마치가 탄 차가 기시 료코가 탄 차를 추월한 것이다.

기시 료코가 탄 차?

"떨어졌다!"

운전수가 차를 세우며 외쳤다.

그때 하부는 이미 문을 열어 밖으로 뛰쳐나가 있었다. 아직 가라앉지 않은 흙먼지를 들이마시며 후카마치도 하부와 함께 낭떠러지 가장자리에 섰다.

아래를 내려다봤다. 아찔한 낭떠러지, 밑은 좁은 계곡이었다. 높이는 약 60미터. 낭떠러지 가장자리에서 60도에 가까운 경사면이 10미터 가량 이어지다 밑으로 툭 잘린 듯이 수직으로 떨어졌다. 그 툭 잘리는 지점 바로 앞에 두 그루의 바냔 나무가 있다. 떨어진 차는 두 그루의 나무 사이에 비스듬히 걸려 있었다. 차 위로 돌멩이와 모래가 떨어져 부닥치는 소리가 끊이지 않았다.

후카마치와 하부의 발끝이 딛고 있는 낭떠러지 가장자리에서도 계속 돌멩이와 모래가 차를 향해 떨어졌다. 지반이 몹시 약한 낭떠러지인 듯싶었다.

운전석 문이 열려 있었다. 본인이 뛰어내렸는지, 내동댕이쳐졌는지 모르겠지만 무갈로 추정되는 남자가 거기에서 조금 떨어진 관목 수풀에 매달려 위를 올려다보고 있었다. 뺨에서는 피가 흘렀다.

저 남자가 호텔에 전화를 했겠지. 뒷좌석 문은 닫혀 있었다. 안에는 아직도 모한과 료코가 있으리라.

"료코!"

하부가 불렀지만 대답이 없었다.

눈앞에 펼쳐진 경사면으로 내려가는 건 위험했다. 발치의 돌과 모래가 부서져 떨어져 내린다. 게다가 60도 경사가 끝까지 이어진다면 모를까, 중간에 끊겨 수직으로 떨어지기에 발을 끄러뜨리며 내려갔다가는 바로 추락할 것이다.

차가 나무에 걸린 곳까지 내려가 그곳에 체중을 실으면 좋으련만 그랬다가 부하가 걸려 나무가 지탱하지 못하고 차와 함께 떨어질 가능성도 있다. 섣불리 나섰다가는 수직 암벽에서보다 더 위태로운 상황이 닥칠 수 있었다. 60도라고 하면 위에서 내려다볼 때는 거의 수직이나 마찬가지다.

"밧줄."

하부가 낮은 목소리로 앙 체링에게 말하자 그가 차로 돌아갔다.

그런가. 뒷좌석에 밧줄이 있다. 후카마치는 코탐이 붙잡혔을 때 밧줄을 갖고 있던 게 기억났다. 뒤따라온 차에서 일행이 내려 나란히 섰다. 누군가가 낭떠러지 사면을 내려가려고 했지만 바로 발끝에서 흙이 무너지자 다급히 물러났다.

바지직 하고 나무에서 소리가 나더니 밑으로 기울어지면서 차가 움직였다. 엄청난 양의 돌과 모래가 밑으로 떨어졌다. 두 그루의 나무와 함께 차가 그대로 떨어지나 싶었는데 다행히 기울어지기만 했을 뿐 차는 떨어지지 않았다. 한 그루의 나무가 간신히 차의 무게를 지탱하는 모양이었다. 앙 체링이 밧줄을 챙겨 돌아왔다.

"당신은 산 전문가였지."

나라달 라젠드라가 말했다.

"그래."

하부가 대답하며 어깨에서 등으로 밧줄을 둘둘 말아, 가랑이 사이로 빼내 현수하강을 할 채비를 갖췄다.

"가능하겠어?"

"지금 이 수밖에 더 있겠나."

앙 체링이 낭떠러지 위에서 안전을 확보하고 후카마치는 앙 체링 뒤에서 다시 안전을 확보했다. 삼베로 만든 밧줄이었다. 가늘긴 했지만 바위 모서리에 쓸리지 않는 이상 쉽사리 끊어지지는 않으리라. 사람 두 명의 중량을 공중에 매달린 상태에서 끌어올리는 건 불가능하다. 하지만 사면을 자력으로 오를 때 보조적인 역할로 사용한다면 충분히 도움이 된다.

준비가 다 됐을 때 하부는 이미 몸을 뒤로 돌려 낭떠러지 사면에 발을 딛고 있었다. 하부의 발끝에서 모래와 돌이 바스락바스락 소리를 내며 떨어졌지만 그 양은 많지 않았다. 새와 같은 날렵한 발놀림으로 하부는 곧 차에 도착했다.

차에 자신의 무게를 싣지 않고 문을 열었다. 하부는 안에서 우선 한 남자를 끌어당겼다. 모한이었다. 모한은 살아 있었다. 코에서 피가 흘렀고 움직임을 보니 왼쪽 어깨가 나간 듯했다. 왼팔을 거의 움직이질 못했다.

모한을 가까운 관목에 기대세우고, 하부는 다시 뒷좌석 안으로 상반신을 밀어 넣었다. 모한이 문 앞에 있었고 더 안쪽에 료코가 있는 모양이었다.

그때 다시 불쾌한 소리가 울려 퍼졌다.

바지직 바지직. 나무 꺾이는 소리와 함께 돌멩이와 모래가 엄청나게 떨어지는 소리.

후카마치의 등줄기로 굵은 뱀이 스르륵 스쳐지나가는 듯 서늘한 감촉이 느껴졌다.

하부가 차 안에서 양 손목을 결박당한 료코를 끌어내는 순간, 굉음과 함께 나무 한 그루가 기울어지더니 이어 두 번째 나무도 뿌리째 지면에서 떨어져 무수한 토사와 함께 낙하했다. 하부의 발치가 움푹 파이는 느낌과 함께 후카마치의 손에 강한 충격이 밀려왔다. 가는 삼베 밧줄이 팽팽해졌다. 공포가 후카마치의 등줄기를 줄달음쳤다.

하부는 허리 벨트에 밧줄을 가볍게 감긴 했지만 단단히 묶은 상태는 아니었다. 제대로 묶었다 한들 이 밧줄이 사람의 체중이 낙하하는 충격을 견딜 수 있을 것 같지는 않았다. 게다가 기시 료코까지 함께였으니 밧줄에 가해지는 부하는 훨씬 커졌을 터. 엄밀히 말해 낙하라기보다는 미끄러져 떨어지는 쪽에 가까웠지만, 그래도 상당한 중량이 이 밧줄에 가해진다.

나무와 차가 계곡 바닥에 충돌하는 굉음이 터져 나왔다.

후카마치의 손아귀에서 최소한 하부의 체중이 밧줄에 걸려 있다는 느낌은 지워지지 않았다. 그러나 우지직 하며 밧줄의 섬유가 차례차례 끊어지는 감촉이 손에 전해졌다.

끊어진다. 이제 몇 초 못 견딘다. 그런 생각이 들었을 때, 순간 후카마치의 손에서 무게가 사라졌다.

"하부 씨!"

후카마치가 벌떡 뛰쳐나가 낭떠러지 끝에 서서 밑을 내려다봤다.

"살아 있어."

나라달 라젠드라의 목소리가 들렸다.

옅어지는 흙먼지 속으로 후카마치도 그 광경을 보고 있었다.

토사가 무너져 내린 뒤 그때까지 그 밑에 가려져 있었던 암벽의 일부가 노출됐다. 그 암벽에 나무의 가장 두꺼운 뿌리가 암벽에 달라붙어 있었다. 잎과 가지는 계곡 쪽으로 늘어졌지만 나무는 뽑히지 않았다. 다른 한 그루의 나무와 차만 떨어진 것이었다.

나무의 두꺼운 뿌리를 오른손으로 잡아 양발을 암벽에 얹고, 왼팔에 기시 료코를 안은 하부가 보였다. 무지막지한 완력이었다.

'행운?' 후카마치의 머릿속에는 그 단어가 떠올랐지만, 바로 부정했다. 하부가 구했다면 그건 행운이 아니다. 하부는 자신의 완력으로, 운명으로부터 자신의 생명을 강인하게 잡아끌어왔다. 밧줄을 다시 하부에게 늘어뜨렸다. 두 다리로 자신과 료코의 체중을 받친 상태에서, 나무뿌리를 잡고 있던 오른손을 떼고 밧줄을 움켜쥐었다. 앙 체링과 후카마치는 천천히 밧줄을 잡아당겼다.

하부는 오른손으로 끈을 잡고 무너지려는 사면을 천천히 올라왔다. 지친 기색은 전혀 보이지 않았다. 사면을 오를 때 억센 근육이 내비쳤고 리듬에는 흐트러짐이 없었다. 그의 몸이 날렵하게 위로 상승한다. 사면에 다 오르자 기시 료코의 손을 결박한 끈을 앙 체링이 나이프로 잘랐다.

"하부 씨."

기시 료코가 하부 앞에 서서 말했다.

"료코…."

하부는 숫기 없는 중학생처럼 기시 료코의 어깨를 향해 머뭇머뭇 손을 뻗었다.

"드디어 만났군요."

기시 료코가 하부에게 안겼다. 그 광경을 바라보던 후카마치의 가슴에 날카로운 통증과 같은 감정이 뜨거운 온도와 함께 치밀어 올랐다.

7

후카마치는 나라달 라젠드라의 방에서 주전자로 막 따른 따뜻한 커피를 마시고 있었다.

저녁이었다. 방금 전 의사가 기시 료코를 진찰하고 돌아갔다. 몇 곳에 쓸린 상처와 타박상, 멍이 생겼지만 뼈나 내장에는 이상이 없다고 의사가 말했다. 나라달 라젠드라와 각별한 사이라는 그는 연고와 습포제를 몇 개 두고 방에서 물러났다. 방에는 나라달 라젠드라와 운전을 했던 남자, 그리고 하부 조지, 앙 체링, 기시 료코, 후카마치 이렇게 여섯 명이 있었다. 각자의 의자가 준비되어 모두들 앉아 있었다.

불이 켜졌다. 형광등이다.

모한과 무갈도 간신히 계곡에 떨어지지 않고 구출되어, 지금은 건물 1층에 얌전히 갇혀 있다.

"무사해서 다행이다."

나라달 라젠드라가 울림이 좋은 목소리로 말했다.

"신세를 졌는지 어쨌는지 잘 모르겠지만, 당신한테는 일단 인사를 해두지. 당신 덕분에 일이 잘 끝났으니…."

하부가 무표정한 얼굴로 말했다.

"인사는 됐네. 내게도 나름의 입장이란 게 있어서 가능한 한 큰 소동 없이 수습하고 싶었으니까. 그녀가 무사하다는 데 감사할 뿐이지."

"나도 마찬가지다. 더 이상 일을 키우고 싶지 않아."

"그 말인즉?"

"경찰한테까지 가고 싶지 않다는 말이다. 물론 그녀가 받아들이지 않는다면 이야기는 달라지지만."

하부가 기시 료코를 바라봤다.

"저는 상관없어요. 오늘밤 실컷 잠만 잘 수 있다면…."

"그럼, 그렇게 정리하지."

하부가 나라달 라젠드라에게 눈길을 돌렸다.

"세 사람에 대한 처분을 내게 맡겨도 되겠나."

"마음대로 해라. 같은 일을 다시 저지르면 가만히 있지 않겠지만."

"그런 걱정은 안 해도 된다. 2~3년간 카트만두에 못 돌아오게 할 테니. 만약 멋대로 돌아왔다간 후회할 일이 생기겠지."

"그럼, 이제 우리는 돌아가겠다."

하부가 자리에서 일어나려고 하자 나라달 라젠드라가 말했다.

"떠나기 전에 하나 묻고 싶은 게 있다."

"뭔가?"

"물론 당신에게 대답할 의무는 없다. 대답할 마음이 들면 말해 달라."

"쓸데없는 배려다. 어차피 나한테 뭘 물어보든, 대답하기 싫을 때는 대답 안 하니까."

"카메라에 대해서다. 그 카메라를 손에 넣겠다는 생각은 이미 지운 지 오래지만. 당신이 그 카메라를 어디서 손에 넣었는지, 그것만

가르쳐줄 수 없겠나?"

나라달 라젠드라가 미소를 지으며 말하고는 하부를 지그시 바라봤다.

하부는 말문을 닫고 침묵했다.

"힘들겠나?"

"8,000미터보다 위. 이걸로 대답이 됐나."

"충분했다. 고맙다. 8,000미터보다 위라…. 상당히 자극적인 대답이로군."

나라달 라젠드라가 만족스레 고개를 끄덕이며 말했다.

"오늘 당신은 대단했어. 눈이 휘둥그레질 만한 동작이었지. 구르카 중에서도 그 정도로 냉정하게 움직일 수 있는 사람은 거의 없어. 전사로 말하자면 당신은 아직도 완벽한 현역이다."

"전 구르카 중위한테 그런 말을 듣다니, 영광이로군."

"당신이 앞으로 뭘 손에 넣으려 하는지 어슴푸레 짐작이 가는군."

"흐음."

"당신이 버린 것, 버리려 하는 것의 크기를 헤아려보면 당신이 손에 넣으려는 것의 크기를 알 수 있지…."

나라달 라젠드라가 그렇게 말하며 기시 료코에게 눈길을 돌렸다.

"인간은 양손에 짐을 든 상황에서 또 다른 짐을 들 수는 없지. 일단 양손의 짐을 버리지 않으면 다음 짐을 들 수 없으니까."

왠지 나라달 라젠드라가 말이 많아졌다.

"전장으로 떠나는 병사의 얼굴은 모두 당신과 같은 얼굴을 하고 있어. 굿럭이라고 말해주고 싶지만 당신은 행운을 거부하겠지. 아니, 거부하지는 않겠지만 기댈 마음도 없겠지. 마지막으로 하나만 충고해도 될까. 당신에겐 휴식이 필요해."

"휴식?"

"전장에서조차 극히 잠깐일지라도 휴식시간이 있다는 말이다."

"당신이 그렇게 말한다면 기억해두지."

하부가 그렇게 말하고 천천히 자리에서 일어났다. 후카마치, 앙체링, 기시 료코도 함께 일어났다.

"바래다줄게."

하부가 기시 료코를 향해 말했다.

"내 차를 타고 가길. 그리고 내 이름으로 같은 호텔에 방 두 개를 더 잡아뒀다. 비카르산과 타이거 체링이 꼭 이용해주길 바라는 마음으로."

하부가 멈춰 서서 나라달 라젠드라를 쳐다봤다.

"쓸데없는 짓을 했군."

"그렇지 않아."

대답한 이는 앙 체링이었다.

"내게는 돌아가야만 하는 곳이 있지만 비카르산은 오늘밤 자유다. 호의를 기꺼이 받아들이라고."

앙 체링이 하부의 어깨를 툭 쳤다. 하부가 말없이 고개를 끄덕였다.

8

어둠 속에서 말똥말똥 눈이 떠졌다.

잠이 안 온다. 침대 위에서 몇 번 뒤척거리다 한숨을 내쉬고 만다. 고산에서 텐트 안에 몸을 뉠 때처럼 이내 산소가 부족해 크게 숨을 들이마셨다가 다시 내뱉는다.

피곤할 터인데 의식은 명료했다. 후카마치는 침대 위에 대자로 뻗어 천정을 노려봤다.

자신의 호텔 방이다.

료코는 지금 뭘 하고 있을까. 자기 방에 있을까, 아니면 하부의 방에 있을까. 분명한 건 어느 방에 있든지 간에 료코 혼자는 아니라는 것이다. 자기 방에 있다면 거기에 하부가 있을 것이고, 하부의 방에 있다면 역시 거기에 하부가 있을 것이다.

두 사람과는 로비에서 헤어졌다. 두 사람이 각자의 방에서 잘 거라고는 생각하지 않았다. 함께 있겠지. 둘이 이야기를 나누고 있을까. 대화야 물론 하겠지. 서로 나눌 이야기는 두 사람 사이에 산더미처럼 쌓여 있다. 하루 이틀 밤으로 끝날 이야기가 아니다. 그리고 남자와 여자로서, 그 어떤 대화보다 웅변적인 대화 방법이 있다.

세가와 가요코와 헤어진 이후 매일처럼 가요코를 떠올렸다. 떠올리지 않은 날이 없었다고조차 말할 수 있었다. 네팔에 와서도 마찬가지였다. 그런데 기시 료코가 카트만두에 오고 나서는 가요코가 의식 속에서 조금씩 멀어져가는 느낌이 들었다. 기시 료코가 곁에 있는 덕분에 그녀의 인력에 끌려들어가듯이, 세가와 가요코의 인력에서 아주 조금씩 멀어지는 듯했다.

하부를 찾으려왔음에도 하부를 이대로 못 찾게 되더라도 상관없지 않을까 하는 마음이 자신의 내면에 움텄다. 허나 이제 하부가 나타나, 지금 료코와 함께 있다.

그게 사실이다.

내일이면 하부와 이야기해야 한다. 그 카메라를 어디서 발견했는지, 카메라 안에 들었을 필름은 어떻게 됐는지. 그리고 지금 하부 조지가 비카르산이라는 이름으로 대체 뭘 하려는지. 1990년 카트만두에서 하부와 하세, 두 사람의 천재 클라이머가 대체 무슨 이야기를 나눴는지. 그걸 물어봐야만 한다. 그것이 이번에 자신이 네팔에 찾아온 목적이었다. 그걸 잊어서는 안 된다. 기시 료코와 하부 조지의 일은 자신과 관계없는 일이다.

하부 조지는 얼마 전까지 티베트에 있었다고 했다. 햇볕에 그을린 얼굴. 검붉다 할 피부. 강한 자외선에 장시간 노출된 인간의 얼굴. 새카맣게 타서 얼굴 피부는 여기저기가 벗겨졌다. 입술까지 타서 벗겨졌다.

어떤 곳에 가면 인간의 얼굴이 저렇게 되는지 후카마치는 알고 있다. 히말라야 고봉. 공기의 밀도가 지상의 3분의 1. 희박한 공기를 투과한 자외선이 무방비 상태의 피부를 그슬려 괴사시킨다.

왜 티베트 쪽에서 그런 장소로….

여러 가지 상상이 후카마치의 머릿속을 스쳐간다. 피로가 극심한데도 육체는 좀처럼 깊은 수면의 못 속으로 빨려 들어가지 못한다.

후카마치는 동이 틀 무렵에서야 간신히 얕은 잠에 빠져들 수 있었다.

9

산에 대한 꿈을 꿨다.

차가운 눈 속에서 텐트에 갇혀 침낭 속에서 눈보라 소리를 듣고 있었다. 텐트에 부딪치는 바람과 조약돌 같은 눈 소리.

거기서 편지를 읽으려 했다. 세가와 가요코가 보낸 편지다. 그 편지를 갖고 왔다. 그런데 보이지 않는다. 주머니와 배낭 안을 아무리 뒤져봐도 안 보인다. 분명히 편지를 받고 읽었다. 그런데 내용이 떠오르지 않는다. 떠오르지 않아서 다시 한번 읽으려 했다.

아니 하지만, 어쩌면. 나는 그 편지를 받지 않았는지도 모른다. 읽었다는 기분만 들뿐 그런 편지는 받지 못했다. 그러니까 내용도 기억 못하는 것이다. 정리가 되면 쓰겠다고 했던, 그 편지다.

아아, 잠깐. 그런 편지라면 뭐라 쓰였는지 기억 못할 리가 없지 않는가. 그걸 기억하지 못한다면 역시 받지 못한 것이다. 그런데 왜 나는 편지를 받았다고 굳게 믿었는가.

잘 모르겠다.

침낭에서 몸을 빼내 본격적으로 텐트 안을 뒤지면 좋겠지만 너무 추워 침낭 안에서 손만 내밀어 건성건성 찾았다. 이래서야 찾을 리가 없다.

아아, 그럼에도 너무 춥다. 텐트 안에도 하얗게 성에가 꼈다. 뭔가 따뜻한 게 없을까.

여자의 육체, 그건 어떤 온도였을까. 아무리 떠올리려 해도 생각이 안 난다. 자신의 체온과 이치상 같겠지만, 왠지 훨씬 더 따뜻했다는 느낌이 든다.

그나저나 무슨 생각을 해봐도 춥다. 침낭 어딘가에 구멍이 나서 찬바람이 들어오는 것만 같다.

일어나서, 뭔가 조치를 취해야 한다.

일어나서, 구멍이 있다면 막아야 한다.

일어나야 한다.

일어나지 않으면 안 된다.

자, 일어나.

눈을 떴다.

노크 소리가 들렸다. 누군가가 방문을 노크했다.

상반신을 일으켜 사이드테이블 위의 시계를 봤다. 오전 8시가 조금 지났다. 반바지에 티셔츠 차림이었다. 막 일어나서 얼굴은 틀림없이 엉망일 것이다.

"누구십니까."

침대에서 내려오며 일본어로 물었다.

"기시예요."

기시 료코의 목소리였다.

무슨 일이 있나.

후카마치는 우선 티셔츠 옷자락을 반바지 안으로 밀어 넣었다. 그러고는 문으로 걸어가면서 양손을 머리카락 속에 쑤셔 긁어내렸다. 이런다고 정돈될 리가 없겠지만 기분의 문제다.

그런데 료코가 왜? 전화를 걸지 않고 직접 방까지 오다니, 무슨 큰일이라도 생겼나.

문으로 가기 전에 커튼을 걷었다. 아침 햇살이 방 안에 충만했다. 거리는 이미 움직이기 시작했다. 차 소리와 사람들의 목소리가 방 안까지 들려온다.

문을 열었다. 청바지에 티셔츠 차림의 기시 료코가 서 있었다.

"죄송해요. 제가 깨웠나요?"

"아뇨, 이제 일어나려고 침대 위에서 뒤척거리던 참이었어요."

거짓말을 했다.

"들어와요."

료코를 방 안에 불러들였다.

어질러놓고는 정리도 못했다. 방은 어제 하부와 함께 전화를 기다릴 때와 똑같았다. 후카마치는 문을 닫았다. 료코가 방 한가운데 서서 후카마치를 바라봤다. 후카마치는 료코의 눈을 본 순간 그녀가 그대로 눈물을 흘리건가 싶었다. 허나 료코는 울지 않았다. 뭔가 말하고 싶은데 자기 안에서 적당한 단어를 찾지 못하는 것처럼 보였다.

"무슨 일 있어요?"

후카마치가 물었다.

"그 사람이…"

그렇게만 말하고 료코가 입술을 닫았다가 다시 입술을 열고 말했다.

"하부 씨가 사라졌어요."

"사라졌다고요?"

"오늘 아침 깨보니 하부 씨는 안 보이고, 이것만…"

료코가 청바지 주머니에서 접힌 종이를 꺼냈다.

후카마치는 료코에게 종이를 받아 펼쳐봤다. 연필로 쓰인 글씨가 보였다. 후카마치도 익히 아는 철사를 무성의하게 구부려 놓은 듯한 글씨. 하부 조지의 글씨였다.

고마웠습니다.

그렇게만 쓰여 있었다.

받는 이도, 쓴 이도 전혀 밝히지 않은 편지. 그저 감사의 인사만 적혀 있을 뿐 그 외에는 아무것도 안 남기고 하부 조지는 사라졌다.

"그 사람 방에서 잠들었는데… 제가 침대에 들어가도 그 사람은 침대에 들어오려고 하지 않았어요."

료코가 말했다.

"난 여기면 돼."

하부는 그렇게 말하고 침대 머리맡에 의자를 잡아당겨 앉았다고 한다.

"료코의 자는 얼굴을 보고 싶어."

료코가 손을 내밀자 하부는 그 손을 움켜쥔 자세로 이야기를 했다고 한다.

"왜 네팔에 있는 거예요?"

료코가 그렇게 묻자, 산에 오르기 위해서라고 하부가 대답했다.

"산?"

"산에 ―."

하부가 말했다.

"아직도…."

료코가 입을 열었다가 다시 닫고, 하부의 얼굴을 쳐다보며 다시 말했다.

"아직도, 편해지지 않아요?"

대답은 돌아오지 않았다. 대답 대신 하부는 료코의 손을 잡고 있던 손아귀에 힘을 주었다. 그 손이 아직이라고, 그렇게 대답했다.

아직도 가라앉지 않아.

아무리 올라도 아직도 마음속에서 뭔가가 울부짖어.

짐승이, 마음에서 떨어지지 않아.

귀신이, 마음속에 살고 있어. 그 귀신이, 아직이라도 말하고 있어.

이제 하부의 나이도 마흔아홉이었다. 일반인이라면 슬슬 자신의 정년이나 노후를 고민할 시기였다. 하지만 하부는 여전히 현역이었다. 현역이고자 했다.

아직 편해지지 않았어. 그러니까 계속 올라야 해.

더듬더듬, 료코와 하부는 지금까지의 일들을 이야기했다.

오랫동안 하부를 기다린 일. 이제 마음을 정리하려고 할 때, 미즈노를 통해 후카마치로부터 연락을 받은 일. 이윽고 후카마치가 네팔로 떠나자, 자신도 그 뒤를 쫓아 카트만두까지 와버린 일.

아무리 이야기해도 끝이 보이질 않았다. 이야기하는 사이 잠이 몰려왔다. 꾸벅꾸벅 눈이 잠겼다. 잠이 의식을 끌어갔다. 움찔하여 눈을 뜨자, 아직 부드러운 힘이 자신의 손을 잡고 있었고 하부의 눈이 자신을 내려다보고 있었다.

다시 이야기를 했다. 다시 잠이 들었다.

눈을 뜬다. 하부가 있다.

다시 이야기를 한다. 그러는 새 다시 잠이 든다….

그러기를 몇 번 반복하는 사이 어느 샌가 료코는 잠들고 말았다. 그리고 아침에 눈을 떴더니 하부는 사라지고 편지가 테이블 위에 놓여 있었다고 한다.

하부는 어디로 간 걸까.

다급히 옷을 갈아입고 호텔 로비까지 내려갔다. 어쩌면 하부가 거기 있을지도 모른다고 생각했다. 그러나 하부의 모습은 보이지 않았다.

방에 돌아와 후카마치에게 전화를 걸까 하다가 마음이 다급해졌다. 어쩌면 후카마치 방에 하부가 있을지도 모른다. 어쨌든 조금이라도 빨리 하부가 사라졌다는 걸 후카마치에게 알리려고 후카마치의 방 문을 노크했다고 한다.

"그랬군요."

후카마치가 고개를 끄덕였다.

"하부가 사라졌다…."

하부는 감쪽같이 모습을 감췄다.

왜 모습을 감춘 걸까. 왜 료코에게 떠나는 이유를 알리지 않았을까. 떠나는 건 하부의 자유다. 그러나 왜 료코에게 아무 말도 남기지 않고 사라졌는가.

후카마치의 마음속에 분노가 치밀어 올랐다.

나한테 그러는 건 상관없다.

하부에게 나는 타인이다. 멋대로 하부의 인생에 끼어든 인간이다. 내게 아무 말도 않았다면 이해가 간다. 말해주지 않아도 어쩔 수 없다. 하지만 료코는 그렇지 않다. 료코는 하부가 자신의 의지로 관계를 맺은 사람이다.

하부는 료코를 안으려하지도 않았다. 그저 료코가 잠들 때까지 곁을 지키며 료코의 자는 얼굴을 아침까지 바라보다가, 그리고 사라졌다. 감사의 인사만 남긴 채.

　고마웠습니다.

예전에 본 하부의 수기 속 그 글씨. 십몇 년 전 하부로 돌아간 듯한 어설픈 글씨. 그 문장은 이별을 통보하는 어떤 말보다 강한 한 가지 의사를 밝히는 것이라고 후카마치는 생각했다. 그 한 가지 의사는 '헤어지자', 바로 그것이다. 하부는 이별의 인사를 그렇게 남겼다. 료코도 그 의사를 분명히 헤아렸다. 확실히 깨달았기에 전화하지 않고 자신의 방으로 찾아온 것이다.

'전장에서조차 극히 잠깐일지라도 휴식시간이 있다는 말이다.'

나라달 라젠드라의 말이 후카마치의 뇌리에 되살아났다.

하부는 잠깐의 휴식을 마치고 전장으로 돌아간 것이다. 아마도 두 번 다시 만나고 싶지 않다는 의지와 각오를, 그 문장에 담았으리라.

"멍청한 자식!"

강한 분노가 후카마치의 목소리에 치밀어 올랐다.

뜨거운 감정이 치솟았다.

"가요."

후카마치가 료코의 손을 끌며 말했다.

"어딜요?"

"하부 조지가 있는 곳에."

"하지만"

"료코 씨에게는 그럴 권리가 있어요. 당신은 하부가 왜 당신에게서 도망치려 했는지, 왜 또다시 아무 말도 하지 않고 모습을 감췄는지 들을 권리가 있어요."

"…"

"그런 말도 하지 않고 떠나다니, 제가 용서 못 해요."

말이 격해졌다.

"하지만 하부 씨가 어디 있는지…."

"나라달 라젠드라에게 가요."

"하부 씨가 거기 있나요?"

"아뇨. 나라달 라젠드라라면 하부 조지가 어디 있는지 알 거예요. 그 정도는 조사해뒀겠죠."

후카마치가 말했다.

10

"그랬군요. 하부 조지가 모습을 감추고 말았군요."

나라달 라젠드라가 나지막한 목소리로 말했다.

어젯밤 모두가 모였던 그 방이었다. 지금은 나라달 라젠드라와 후카마치, 기시 료코 세 사람뿐이었다. 테이블을 사이에 두고 후카마치와 료코가 나라달 라젠드라와 마주앉았다.

"하부가 모습을 감추리라는 걸 알고 있었나?"

"그러리라 짐작은 했습니다."

"그렇다면 하부가 왜 모습을 감춰야만 했는지, 그것도 짐작하겠군?"

"그에게 들은 게 아닙니다. 그저 제 상상일 따름이죠."

"그게 뭔가?"

"그건 제 입으로는 말 못 하죠. 그가 하지 않은 말을 어떻게 제가 하겠습니까."

"가르쳐주시오."

"말할 수 없습니다. 알고 싶으면 당신이 직접 그에게 물어보시죠."

"나도 그러고 싶지만 하부가 어디 있는지를 몰라."

후카마치가 솔직히 말했다.

"어디 있는지는 압니다."

"어디지?"

"파탄."

"역시…."

"역시라니, 파탄이라 짐작했다는 말인가요?"

"그렇다."

후카마치가 시인했다.

기시 료코에게 도착했던 우편물의 소인이 파탄이었기 때문이다. 그리고 체트라바티 광장에서 가까운 장소에서 앙 체링을 놓친 적이 있었다. 생각해보면 그때도 그곳에서 서쪽인 파탄 방향으로 향했다.

"장소를 가르쳐줄 수 있겠나."

"안내하죠."

나라달 라젠드라가 자리에서 일어났다.

11

어제와 같은 차였다.

운전수도 같았다. 조수석에 나라달 라젠드라가 앉고 뒷좌석에 후카마치와 기시 료코가 탔다. 기시 료코는 내내 아무 말도 하지 않았다.

차가 출발하고 잠시 후 불쑥 나라달 라젠드라가 중얼거렸다.

"전 그 남자가 부럽습니다…."

"그 남자?"

후카마치가 물었다.

"하부 조지 말입니다."

"왜?"

"저와 그 남자는 살아가는 방식이 거의 정반대니까요."

"무슨 말이지?"

"전 구르카입니다. 구르카가 어떤 사람인지는 아실 테죠."

"조금은…."

"구르카 용병은 네팔인으로 구성된 군대이면서도 단 한 번도 자기 조국을 위해 싸워본 적이 없었습니다."

"…."

"하부 조지는 저와 반대입니다. 그는 항상 자기 자신을 위해 싸워온 인간으로 보였습니다."

나라달 라젠드라는 차분히 말했다.

"28년…."

나라달 라젠드라가 눈을 감고 중얼거렸다.

"1955년 열일곱 살 때 구르카 용병에 지원해서 1983년 마흔다섯 살에 그만둘 때까지 28년 동안 저는 구르카였습니다. 중위까지 진급했고 영국으로부터 훈장까지 받았죠…."

나라달 라젠드라가 눈을 떴다. 눈앞에 카트만두 시가가 펼쳐졌다. 자동차부터 릭샤, 소와 개까지 제각기 무리 지어 혼잡한 거리를 헤쳐나가듯이 차가 천천히 이동해갔다.

"보르네오 정글에도 갔었죠. 수카르노를 비호하는 무리들과도 싸웠습니다. 1982년 포클랜드 분쟁 때도 최전선에서 싸웠죠. 수많은 전우와 부하들이 죽었는데도 저는 살아남았습니다. 버킹엄 궁전 위병도 했습니다. 구르카로서 저는 정점에 섰습니다. 제가 마흔셋일 때 아내가 죽었습니다. 당시 저는 영국에서 여왕 폐하의 위병을 할 때라 아내도 영국에 있었습니다. 아내는 서른아홉 살이란 나이에 암으로 죽었죠. 네팔로 돌아가고 싶다고 아내는 죽기 전까지 몇 번이나 되뇌었죠. 결국 아내는 고향에 돌아가지 못하고 영국에서 죽었습니다. 저는 그때 처음으로 제 인생을 돌아보게 됐죠. 지금까지 내 인생은 대체 무엇을 위한 것이었나…."

인파를 피해 차가 천천히 속도를 높이기 시작했다.

"전 네팔에 돌아가기로 결심했습니다. 정말로 이 가난한 네팔의 산하가 미치도록 그리웠습니다. 그리운 빈곤 속으로 돌아가자고."

차 엔진 소리가 커지며 속도가 올라갔다.

"전 상관에게 구르카를 그만두겠다고 말하겠노라 결심했습니다. 상관과 만났습니다. 그때 상관이 제 결심을 말하기 전에 기뻐하라고 제게 말하더군요. 여왕 폐하가 제게 빅토리아 십자훈장을 하사하신다고."

거기까지 말하고 나라달 라젠드라가 입을 다물었다. 카트만두의 풍경이 창밖으로 스쳐 지나간다.

십자훈장. 이는 구르카 용병에게 가장 권위 있는 훈장이다. 구르카 용병에게 하사되는 것은 열세 번째였고 전후(戰後)로는 최초였다. 그리고 아마도 마지막이 될 훈장이었다.

"제가 군대에서 떠날 기회를 놓치고 결국 퇴역한 건 그 후로 2년 뒤인 마흔다섯 살 때였죠. 유니언잭 아래에서 28년. 아내를 잃었고 아이도 없이 결국 제 손에 남은 건 빅토리아 십자훈장 하나…."

뒷자리에 앉은 후카마치는 나라달 라젠드라가 전방을 노려보듯이 쳐다보는 모습을 룸미러로 확인했다.

"보르네오에서의 전투는 아직도 기억납니다. 1965년의 일이었죠. 우리 소대가 정글 속에서 적 부대와 마주치면서 전투가 시작됐습니다. 제 주위로 부하들이 총에 맞아 하나둘씩 쓰러져갔습니다. 제 파트너는 제 바로 옆에서 총에 탄환을 넣고 있었죠. 그때 파트너의 머리가 살짝 위로 치켜 오르더니 그 순간 적의 탄환이 그의 머리를 관통했습니다. 그는 바르르 몸을 떨고는 아무 말도 못 하고 쓰러져 죽었습니다. 저는 파트너의 총을 잡고 마구 쏘아대며, 수류탄 핀을 뽑아 적의 참호에 던졌습니다. 총을 난사해서 적을 전원 죽였습니다. 제 부대에서 살아남은 이는 저를 포함해서 단 둘뿐이었습니다…."

차는 이미 파탄에 들어섰다. 나라달 라젠드라는 계속 말을 이어갔다. 할 말을 다하기 전에는 말을 마칠 생각이 없어 보였다.

"군을 그만둔 뒤로 뭘 해야 할지 알 수 없었습니다. 아내도 잃었고 아이도 없었습니다. 그리고 얼마 후 간신히 제가 뭘 해야 하는가 깨달았습니다. 유니언잭이 아니라 저와 제 동포, 이 네팔 사람들을 위해 싸워야 한다는 걸…."

차가 멈췄다. 벽돌 건물에 둘러싸인 골목길 입구였다. 개 한 마리와 산양 두 마리가 바로 건물 그림자 아래에서 자고 있었다.

"지루한 이야기가 길어져버렸군요. 도착했습니다."

나라달 라젠드라가 말했다.

후카마치 일행은 운전수를 차에 남기고 밖으로 나왔다.

"이쪽입니다."

나라달 라젠드라가 골목 안으로 들어섰다.

주택가. 누군가가 건물 입구에서 후카마치 일행을 신기하다는 듯이 쳐다봤다. 한 건물 앞에서 나라달 라젠드라가 멈춰 섰다.

"여깁니다."

후카마치에게 그렇게 말하고서 나라달 라젠드라가 료코에게 눈빛을 보냈다.

"여기?"

료코의 목소리가 갈라졌다.

"예. 하부가 이 카트만두 분지에 있을 때 머무는 곳이 여깁니다…"

나라달 라젠드라가 그렇게 말하고 뒤로 물러났다.

"제가 해드릴 수 있는 건 여기까지입니다. 이 뒤는 여러분의 문제입니다."

문 앞에 후카마치와 료코가 남겨졌다. 나라달 라젠드라가 할 일은 이제 없다.

후카마치와 료코 앞에 문이 보였다. 목제 문이다. 판자 한 장으로 된 문이 아니다. 몇 장의 판자를 겹쳐 문의 형태를 갖춘 꼴이다. 파란 페인트를 칠해놓았지만 반절 이상 벗겨져 떨어졌다.

이 문을 여는 건 후카마치의 몫이 아니다. 료코의 몫이다. 발을 내디뎌 문을 열 것인가, 아니면 이대로 돌아갈 것인가. 결심은 료코 본인이 내려야 한다. 굳이 말할 나위 없이 료코가 가장 잘 알 것이다.

료코가 마음의 결정을 내린 듯이 문을 향해 걸어가 정면에 섰다.

놋쇠 손잡이에 손을 내밀었다. 그때 료코가 얼마 힘을 주지도 않았
는데 문이 안에서 열렸다. 거기에 한 남자가 모습을 드러냈다. 피부
가 태양에 너덜너덜 타버린 남자, 수염이 덥수룩하게 난 인물. 하부
조지가 거기에 서 있었다.

"하부 씨."

"료코."

두 사람이 서로의 이름을 불렀다.

료코가 문을 연 게 아니었다. 문을 연 건 하부였다. 하부도 문을
열었다가 바로 정면에 료코가 있으리라고는 전혀 예상치 못했다는
얼굴이었다. 두 사람은 몇 초간 말없이 서로를 응시했다.

"어떻게 여기에…."

명백한 동요의 빛이 하부의 얼굴에 떠올랐다. 하부가 료코 뒤로
보이는 나라달 라젠드라를 알아차리고는 말했다.

"그랬군, 당신이…."

"무슨 일이지?"

안에서 목소리가 들렸다. 하부 뒤로 앙 체링이 나타났다.

"당신들인가."

앙 체링이 말했다.

먼저 마음을 다잡은 건 앙 체링이었다.

"들어오지."

앙 체링의 말에 하부도 마음을 정한 모양이었다.

"들어와."

하부가 그렇게 말하며 한 걸음 물러났다. 기시 료코, 후카마치, 나
라달 라젠드라가 순서대로 문을 지나갔다.

어두운 방이었다. 좁은 방이 하나. 창이 하나. 벽돌 벽이었고, 천

장에 백열구가 하나 늘어져 있다. 바닥은 흙이었다. 벽에 붙여놓고 의자 역할까지 겸한 듯이 보이는 침대가 셋. 아궁이가 하나. 벽에는 알루미늄과 동으로 된 냄비가 몇 개 걸려 있다. 그 구역이 부엌으로 쓰이는 공간인 모양이었다. 커다란 항아리가 하나, 그 위에 나무 뚜껑이 얹어져 있고 다시 그 위에 나무 국자가 하나. 항아리 안에 물이 들어 있는 듯하다.

엉성한 형태의 테이블이 하나. 아궁이 근처 벽에 테이블이 보였고 식기가 몇 개 놓여 있다. 테이블 남은 공간에 소금, 후추를 비롯한 조미료와 향신료 등을 놓았고, 야채가 든 골판지 상자가 바닥에 놓여 있다. 보릿가루가 든 구리 통. 방 내부에 불단을 만들어 불상을 갖다놓았고 그 앞에는 등잔이 둘. 등잔에는 불이 켜져 있었다. 티베트계 사람이 사는 곳이었다. 일본이라 치면 맨션 혹은 아파트라 할 만한 공간이었다.

불단 밑에 플라스틱 상자가 열 개 정도. 상자 중 하나 벌어진 틈 사이로 아이젠 발톱 끝이 보인다. 이 상자 안에 등산용품을 담아둔 모양이었다.

벽에 걸어둔 오래된 자일.

피켈.

바닥에 놓인 산소통이 열 개.

후카마치에게는 익숙한 물건들이었다. 그리고 방 안에는 하부 조지와 앙 체링만 있는 게 아니었다. 여자 한 사람, 정확히 말하자면 한 여성과 갓난아기가 방 안 어둠 속에 앉아 있었다. 티베트인으로 세르파족 여성이었다. 나이는 서른 즈음일까. 그 여성은 한 살 정도 된 아기를 가슴에 안고 아기의 입술에 젖을 물리는 중이었다. 그 여성은 갓난아기를 가슴에 안고 후카마치와 료코를 향해 강렬한 눈빛을 날리고 있었다.

'설마…'

불길한 예감이 후카마치의 뇌리에 스쳤다. 후카마치는 뭔가 물으려고 입을 열며 하부를 쳐다봤다. 말이 나오지 않았다. 후카마치는 그제야 하부가 배낭을 지고 있다는 걸 알아차렸다.

"산에라도 가려고 했나."

"그래."

하부가 시인했다.

"이대로 나만 먼저 출발해서 여기에는 더 이상 안 돌아올 작정이었다. 이런 일이 생길 것 같아서."

"출발? 어디로?"

'이런 일'이란 표현을 못 들었다는 양 후카마치가 부러 화제를 산으로 옮겼다. 후카마치는 자신이 하부를 대하는 말투가 바뀌었다는 걸 의식하지 못했다. 후카마치의 질문에 하부는 대답하지 않았다.

"초모룽마…, 에베레스트인가?"

다시 한번 물었다.

하부는 긍정의 의미로 말없이 턱만 아래로 끌어내렸다.

"단독으로…?"

후카마치의 목소리가 갈라졌다.

다시 말 없이 하부가 고개를 끄덕였다.

"무산소인가…?"

하부가 조용히 수긍했다.

후카마치는 자신의 심장이 고동치는 소리가 점점 빨라지며 크게 울린다는 걸 깨달았다. 호흡마저 빨라진 것 같았다.

어떻게 그런 일을. 뭔가 엄청난 일이 벌어지는 현장과 지금 자신이 마주하려는 것이다.

"노멀 루트로…?"

하부가 조용히 고개를 좌우로 저었다.

'설마… 설마.'

"그럼 어딘가. 어디로 가려는 건가?!"

후카마치가 물었다.

하부가 천천히 깊게 숨을 들이마신 후 말했다.

"남서벽."

추호의 망설임도 없는 대답이었다.

'에베레스트 남서벽 동계 무산소 단독 등반.'

자신의 가슴속에 소용돌이치는 그 말이 후카마치의 전신을 내리쳤다.

설마? 진심인가, 이 남자는?

후카마치의 가슴속에 소용돌이치는 그 말을 듣기라도 한 듯이 하부가 입에 담았다.

"에베레스트 남서벽 동계 무산소 단독 등반, 내 목표는 그것이다."

뺨을 세게 얻어맞은 것 같았다. 아니, 뺨이 아니다. 하부의 그 말은 후카마치의 전신을 아니, 영혼마저 강렬하게 내리쳤다.

하부 조지가 내 눈앞에 있다.

동계 귀신 슬랩을 처음 등반한 남자.

항상 미답의 어려운 암벽만을 골라 도전을 이어온 남자.

이미 신화, 전설이 되어버렸고 이제는 잊힌 남자.

그는 신화도 전설도 아니었다. 하부 조지는 하부 조지로서 현역이었다.

10년 가까운 세월 동안 네팔이란 땅에서 하부는, 단 혼자서 전인 미답의 꿈을 계속 꿔온 것이었다.

꿈? 그렇다. 그야말로 꿈이다.

'에베레스트 남서벽 동계 무산소 단독 등반.'

그 말을 후카마치는 다시 한번 가슴속에서 되뇌었다. 그건 히말라야 자이언트에 남겨진 마지막 꿈이었다. 만약 그게 현실이 된다면….

최초의 8,000미터급 고봉 등정, 최초의 세계 최고봉 등정. 히말라야 등반사에 새겨진 그러한 사건과 대등하게 놓일 수 있는 사건이다. 히말라야 등반사의 마지막 장을 장식할 꿈이었다. 아마도 영원히 기록되지 못할….

브루스.

조지 맬러리.

에드워드 힐러리.

텐징.

라인홀드 메스너.

그런 눈부신 이름 옆에, 위대한 과업을 이룬 사람들과 나란히 서는 것이다. 그에 따라 히말라야, 아니 지구라는 별의 등반사에 하나의 막이 내려지는 것이다. 그런 일이었다.

지금 이만큼 기술적으로 장비적으로 고도로 발달한 상태에서도 아직 아무도, 도전조차 못 한 등반.

터무니없는 꿈이다.

산소를 준비한 팀조차 아직 성공하지 못했다. 그걸 하부가 노리고 있는 것이다. 극도의 흥분과 감동으로 후카마치는 하마터면 눈물이 날 뻔했다.

나는 그 의미를 알고 있다. 그게 얼마나 힘들고 얼마나 엄청난 일인지.

무례한 데다 수염이 덥수룩하고 까맣게 타서 피부마저 너덜너덜 벗겨진 남자. 그 순간 후카마치는 하부 조지라는 남자가 품은 꿈에, 아니 하부 조지 그 자체에 영혼을 빼앗겨버린 듯했다. 홀렸다는 말이 들어맞을지도 모른다. 후카마치는 자신의 몸이 떨리는 걸 깨달았다. 말이 나오지 않았다. 이 남자의 다음 말은 뭘까.

그때, 누군가가 뒤에서 걸어와 자기 옆에 나란히 섰다. 기시 료코였다.

"하부 씨…."

기시 료코가 말했다.

하부가 천천히 기시 료코에게 시선을 돌렸다. 하부와 기시 료코가 서로의 눈을 응시했다.

"당신은 왜 오늘 아침 말없이 사라진 건가요."

경직된 목소리였다.

하부는 바로 그 질문에 대답할 수 없었다. 하부의 시선이 갓난아이에게 젖을 물린 여자에게 향했다가 이윽고 기시 료코에게로 다시 돌아갔다. 하부 조지가 숨을 깊게 들이마신 후 작정한 듯이 말했다.

"내 아내와 아이야…."

료코의 목 안에서 갈라지는 소리가 파르르 비어져 나왔다.

14장

셰르파 마을

1

이른 아침의 맑은 대기를 마시며 후카마치 마코토는 완만한 비탈길을 오르고 있었다. 공기가 엷고 베일 것처럼 서늘하다. 배기가스가 진하게 녹아든 데다가 사람과 짐승의 체취가 섞인 냄새가 나는 카트만두의 공기와 비교하면 이곳의 대기는 유리 같은 투명감이 있다.

오른쪽으로 두드코시의 물줄기를 내려다보며 걸어간다. 이 강의 원류는 천상에 속한 장소인 쿰부 산림의 빙하다.

표고 2,620미터. 배낭의 무게가 양 어깨를 묵직하게 누른다. 카트만두에 비해 공기가 꽤나 엷어졌다. 아직 단풍이 남은 나무들이 좌우로 펼쳐진 산자락 군데군데 보였지만 기온은 겨울이다.

11월 11일 오전 7시 30분.

팍딩을 출발한 지 30분.

어제의 리듬이 이제야 발에 돌아온 모양이다. 야크와 포터는 먼저 출발했으니 30분 정도 앞서 걸어가고 있으리라.

카트만두에서 나온 건 어제, 즉 11월 10일이었다. 비행기를 타고 루클라로 날아왔다. 루클라에서 팍딩까지 도보로 두 시간 남짓, 표고는 약 300미터 내려가게 된다. 일단 계곡 밑까지 내려갔다가 두드코시 격류 위에 걸린 현수교를 건너 그곳에서 캠프를 했다. 루클라에서 포터 한 명과 야크 한 마리를 고용했다.

오늘 아침 6시에 일어나 날이 아직 어둑한 가운데 식사 준비를 하고 배를 채웠다. 설탕을 듬뿍 넣은 밀크티, 사과 하나. 그리고 빵, 치즈, 삶은 계란 하나.

지난 원정 때는 이동 중에 셰르파가 식사 준비를 해줬다. 아침이면 텐트까지 우유를 듬뿍 넣은 짜이(홍차에 향신료와 우유를 넣어 끓인 차)와 따뜻한 물을 담은 세면대를 가져다줬다. 따뜻한 물로 손과 얼굴을 씻고, 짜이를 마시고 있으면 식사 준비가 끝났다.

이번에는 그런 준비들을 모두 혼자서 해야 한다. 그렇게 정했다. 후카마치는 지면에 떨어진 낙엽과 돌을 무거운 등산화로 밟으며 걸어갔다. 낙엽과 고엽 위로 하얀 서리가 내렸고, 물이 고인 데는 얇게 얼음이 서렸다. 전방에 보이는 높은 산 정상 부근에 햇살이 눈부시게 비췄지만, 후카마치가 걸어가는 계곡 바닥까지는 아직 닿지 않는다. 하늘을 올려다보자 새파랗다. 하얀 구름이 이동 중이다. 천천히.

그런 생각을 하는 사이 자연스레 발을 내딛는 리듬이 빨라진다. 후카마치 내면의 열기와 같은 것이 발걸음을 재촉하는 모양이다. 열기라기보다는 오히려 분노에 가까웠다. 정체를 알 수 없는 강한 분노. 그 분노가 후카마치를 충동한다. 과거 에베레스트에 도전할 때 이 길을 두 번 걸었다. 그때는 기력이 충만했다. 대원으로 에베레스트 정상에 선다는 꿈도, 바람도 있었다.

돌아오는 길에 후카마치는 이 코스를 무거운 발과 마음을 질질 끌며 고개를 떨어뜨린 채 내려왔다. 추락 사고로 이오카와 후나지마를 잃었다. 경사면을 차례차례 미끄러져 바닥으로 추락하는 두 개의 검은 점. 이오카와 후나지마. 그 두 개의 점이 공중에 내동댕이쳐지는 그 순간 후카마치는 사진을 찍었다.

'제기랄!'

이렇게 아름다운 대기 속을 걸어가는데도 잡다하고 무거운 생각이 머릿속을 짓누른다. 여러 일들이 머릿속을 스쳐간다. 원래 자신은 여기까지 올 생각이 없었다. 기시 료코와 함께 일본에 돌아가려고 했다. 왜 귀국할 결심을 했을까. 기력이 사그라졌기 때문이다.

하부는 이미 아내라 부르는 여자가 있었고, 그 여자 사이에 아이까지 있다는 걸 안 순간 마음속에 꽉 들어찼던 기운이 어느새 사그라졌다.

"미안. 당신한테는 좀 더 일찍 말했어야 했는데….'

그때 하부는 료코에게 그렇게 말했다.

여자의 이름은 두마. 앙 체링의 딸이라고 했다. 서른두 살로 하부하고는 아이 둘을 뒀다.

후카마치와 료코가 파탄에서 봤던 두마가 안고 있던 아이는 둘째로, 반년 전에 태어났다. 첫 아이가 태어난 건 3년 전. 하부에게서 연락이 끊긴 시기와 거의 정확히 포개진다. 두마는 그 자리의 분위기를 눈치챘는지, 다른 아이의 손을 끌고 밖으로 모습을 감췄다.

네팔에 온 건 처음부터 에베레스트 동계 무산소 단독 등반 때문이었다고 하부가 말했다. 그 계획을 하부는 앙 체링에게 털어놨다. 그러면서 자연스레 쿰부 지방 팡보체에 있는 앙 체링의 집에 기거하는 모양새로 지내게 됐고, 에베레스트에 들어가는 원정대에 셰르파로 참가하게 됐다.

체력은 물론 바위를 타는 기술도 있었다. 다양한 원정대와 함께 에베레스트에 들어가 8,000미터를 넘는 고도까지 몇 번이나 올라갔다. 그런 나날을 보내는 가운데 자연스레 앙 체링의 딸과 맺어지게 된 모양이었다. 그 일에 대해서는 자세히 설명하지 않았다. 그런 상세한 사정을 료코에게 말한다고 한들 아무것도 바뀌지 않는다. 그걸 들어야 하는 료코만 괴로울 따름이었다.

앙 체링이 차를 타서 두 사람 앞에 내려놓았고, 나라달 라젠드라와 후카마치는 앙 체링과 함께 밖으로 나갔다. 30분 정도 지나 료코가 밖으로 나왔다.

"이야기 끝났어요."

료코가 후카마치에게 말하고 앙 체링에게 정중히 인사를 했다.

"가죠."

료코는 나라달 라젠드라와 후카마치를 재촉하고 차를 향해 천천히 걸어갔다.

골목길에 몸을 뉘었던 개 한 마리가 벌떡 몸을 일으키더니 후카마치 일행을 쳐다봤다. 찢어진 바지 사이로 엉덩이를 드러낸 꼬마가 어딘가로 달려갔다. 아이를 꾸짖는 여자의 목소리가 옆집에서 들려왔다. 아궁이에 뭘 데우는지 음식 냄새와 함께 연기가 창에서 피어올랐다. 그런 풍경 속을 후카마치와 료코, 나라달 라젠드라는 말없이 걸어갔다.

하부의 아이는 여기서 뛰노는 아이들 중 하나일 터였다. 일본의 감각으로 치자면 너무나 궁핍한 생활. 좀처럼 목욕을 하는 일도 없고, 아이가 신은 천 운동화는 너덜너덜해져 발가락이 반 이상 밖으로 나와 있었다. 입은 셔츠나 바지도 다 헤져서 속살이 군데군데 드러났다. 그런 아이들 중 하나가 하부의 아이다.

하부도 남자이기에 여자에 대한 욕망이 있다. 없는 게 이상하다. 가까운 여자와 살을 섞는 건 자연스러운 흐름이다. 혼인 신고는 했을까. 후카마치는 아까 하부에게 물어보려다 참았다. 만약 애정이 아닌, 단순한 욕망만으로 두마와 관계를 맺었다가 아이가 생겼다면….

그리고 하부는 두마와 아이를 어쩌려는 걸까. 일본에 데리고 돌아
갈까. 아니면 자신이 네팔에 남을까.

지금까지 네팔인과 일본인이 결혼한 부부의 경우 대부분 예외 없
이 국적을 일본으로 삼았다. 경제적인 사정을 고려하면 당연한 현상
이라 여겨졌다.

하부는 무슨 생각을 하는 걸까. 그걸 묻고 싶었지만 관뒀다. 어떤
대답이 돌아온들 아무런 해결책도 제시하지 못하리라. 하부가 료코
에게 한 여성을 아내라고 소개했고, 아이도 있었다. 그걸로 충분하
지 않은가. 하부가 선택한 인생이다.

하부는 자신의 선택을 지켜나가리라. 하부답다 치자면 너무나도
하부답다.

지난밤, 밤새도록 료코의 손을 잡고 보낸, 이제 곧 쉰이 되는 남자.
그게 하부라는 인간의 긍지리라. 다른 사람이 왈가왈부할 문제가
아니다.

차가 출발하기 시작했다. 후카마치 왼편에 료코가 앉았다. 료코
의 오른쪽 어깨가 후카마치의 왼쪽 어깨에 기대어온다. 아무 말도
하지 않았다. 얼마 뒤 후카마치는 자신의 어깨에 기댄 료코의 어깨
가 움찔움찔 떨리는 걸 느꼈다. 료코가 고요히 목소리를 낮추고 이
를 악물고 오열하고 있었다. 아무리 짓누르려 해도 악문 이 사이로
오열이 새어 나왔다. 그때의 떨림을 지금도 기억하고 있다.

그때 료코를 얼싸안아주고 싶었다. 뭐라 해줄 말이 없었다. 그 대
신 료코의 어깨에 손을 뻗어 그러안고 싶었다. 그것이 자신의 정직
한 욕망이었다. 그러나 그럴 수 없었다. 후카마치는 이를 악물고 북
받쳐오는 감정을 억눌렀다.

료코는 호텔에 돌아오고 나서도 하부에 대해 거의 언급하지 않았

다. 후카마치와 시답잖은 이야기를 주고받다가, 낮에는 토산품점에 들렀고 저녁에는 함께 식사를 했다. 마지막 30분 동안 하부와 무슨 이야기를 나눴는지 료코는 말하지 않았다.

두 사람은 돌아갈 채비를 끝내고 사흘 후 후카마치는 료코와 함께 카트만두 공항에 갔다. 공항으로 향하는 차 안에서 후카마치는 어떤 말도 할 수 없었다. 공항에 도착하고도 후카마치는 거의 말을 하지 않았다. 무엇이 자신의 말문을 닫게 만들었는지 후카마치는 알 수 없었다. 뭐가 응어리진 걸까. 아니, 똑똑히 직시하면서도 못 본 척하려는 것이다.

탑승 수속을 하기 직전 료코가 물었다.

"괜찮아요?"

"뭐가요?"

후카마치가 료코에게 되물었다.

"이대로 돌아가도 괜찮겠어요?"

료코가 말했다.

"제 용건은 끝났어요. 하지만 후카마치 씨의 용건은 아직 끝나지 않았잖아요."

료코의 그 말이 후카마치의 뒤통수를 내리쳤다.

"돌아가면 후회하지 않겠어요?"

그 말을 들은 순간, 후카마치는 확실히 깨달았다. 네팔에서 자신의 일은 그 무엇도 아직 끝나지 않았다는 것을. 나는 무엇을 하러 여기에 왔던가?

맬러리의 카메라를 하부가 어디에서 입수했는지, 그 안에 들었을 필름은 지금 어디에 있는지. 그걸 알아내기 위해 왔었다. 하부가 네팔에서 대체 뭘 하려는 건지는 이제 분명 알았다.

에베레스트 남서벽 동계 무산소 단독 등반.

하지만 그건 몽상이다. 하부는 그 몽상을 어떤 식으로 실현하려는 걸까. 심지어 하부는 이 겨울에 하려고 한다. 그걸 알고 있는 사람이, 산악잡지와 관련 있는 사람이, 다시없을 기회에서 도망치려한다.

아니다. 잡지든 뭐든, 자신과 매스컴과의 관련성은 다 떼어놓고도이건 히말라야 역사에 남을 엄청난 사건이다. 그걸 현장에서 직접목격할지도 모를 행운을 스스로 버리려 하는가.

아아, 나는 도망치려 했다.

또다시 도망치려 했다.

편한 길로, 편한 길로 도망치려 했다.

허나 나는 편안할 수 없다.

만약 여기서 돌아가버리면 나는 평생 후회하게 되리라.

그래도 괜찮을까.

괜찮을 리가 없다.

가야 한다. 다시 한번, 하부와 만나야 한다.

한 사람의 카메라맨으로서 하부가 이제 하려는 역사적 사건과 정면으로 마주서야 한다.

그 무엇도 제대로 하지 못했다. 클라이머로서 정상에 서지 못했고, 카메라맨으로서도 일류가 되지 못했다. 여자와의 관계도 실패했다.

여기서 돌아갔다가는 이제 내게는 아무것도 없다. 내 인생은 그걸로 끝이다.

"죄송합니다. 저는 남겠습니다."

후카마치는 료코에게 고개를 숙였다.

"다행이다."

료코가 살짝 미소 지었다.

"하부 씨와 다시 만나게 되겠죠?"

"예, 그럴 것 같네요."

"그럼 하나 부탁드려도 될까요?"

"네?"

후카마치가 되묻자, 료코는 자기 목 뒤로 손을 뻗어 터키석 목걸이를 풀었다.

"이거."

목걸이를 오른손에 얹어 후카마치에게 내밀었다.

"이걸?"

"하부 씨에게 돌려주세요. 분명 소중한 목걸이일 거예요. 앙 체링이 이 터키석을 보고 저를 알아봤잖아요. 앙 체링이 알아봤다면 어쩌면 그와 가까운 사람이 목에 걸었던 걸지도 모르죠."

"괜찮겠어요?"

"예."

"알겠습니다."

후카마치는 료코에게서 목걸이를 받아들었다. 그리고 료코는 비행기를 타고 돌아갔다. 후카마치는 다시 호텔로 돌아갔다. 일본에 있는 미야가와에게 전화를 걸었다.

"하부와 만났어."

후카마치는 미야가와에게 말했다.

번잡한 이야기는 꺼내지 않았다. 미야가와가 알아들을 만한 이야기만 했다.

"하부 조지는 엄청난 일을 하려고 해."

"뭔데?"

"에베레스트 남서벽 동계 무산소 단독 등반."

미야가와의 반응을 충분히 예상하면서 후카마치는 말했다.

"뭐?"

"하부는 동계에 에베레스트 남서벽을 무산소 단독으로 오르려 하고 있어."

"뭐라고?"

미야가와의 목소리가 커졌다. 물론 미야기와도 그 말의 의미를 이해했다.

"그럴 리가."

그럼에도 부정했다. 자신이 그렇게 부정을 해놓고서도 목소리에 흥분한 기색이 엿보였다.

"역시 그건가."

"그래."

후카마치가 말했다.

"돈, 보내줄래?"

"얼마나?"

"150만 엔."

"용도는?"

"어디까지 가게 될지는 모르겠지만, 카메라를 들고 가능한 한 하부를 물고 늘어질 작정이야."

"음…."

"경량 텐트, 식량, 필름, 경우에 따라 포터와 셰르파까지 수배해야 할지도 모르겠어."

돈을 들이자면 한이 없었다. 설마 하부와 함께 8,000미터를 넘을 일은 없겠지만 아이젠이나 피켈, 속옷에 이르기까지 충분한 장비로 몸을 보호해야 했다. 식재료도 구매해야 할 필요가 있다.

"에베레스트에 어떻게 입산하려고?"

미야가와 물어봤다.

"트레킹 허가증으로 들어갈 거야. 이후는 상황에 맡겨야지."

"150만 엔이라."

"성공 보수는 됐어. 일단 차용증을 쓸게. 실패하면 내가 갚지. 잘
되면 그 돈을 받고."

보수는 별도로 필요 없었다. 어쨌든 지금 자신에게 필요한 돈이
었다. 어딘가에 기사를 팔지 못해도 상관없었다. 이건 자신의 문제
였다.

"알았어. 돈을 보낼게. 편하게 써."

미야가와가 말했다.

아는 여행대리점 직원이 네팔에 단체 관광객을 데리고 들어간다
고 해서 그편에 150만 엔을 달러로 바꿔서 맡겼다고 했다. 그 사람
에게 카트만두에서 150만 엔어치 달러를 받기로 했다.

후카마치는 달러를 손에 넣어 가네샤와 타멜의 등산용품점에서
필요한 물품을 마련했다. 배낭, 속옷, 텐트, 방한복, 아이젠, 자일. 일
본에서 가지고 온 헤드램프를 제외한 코펠에서부터 양말, 식재료, 비
상식까지 모두 카트만두에서 샀다. 사이유 트래블에 부탁해서 카트
만두에서 출발하는 루클라행 비행기 티켓을 구했고, 산소통도 세
개 준비했다. 그렇게 채비를 갖추고 카트만두를 출발했다. 혼자만의
출발이었다.

그리고 지금 혼자서 걷고 있다. 목에 터키석 펜던트를 걸었다. 한
발자국씩 어두운 계곡 밑을 디디며 남체 바자르를 향해 오르는 중
이었다. 시간에 맞출 수 있을지 후카마치는 염려됐다. 이미 하부보다

보름 남짓 출발이 늦어졌다. 하부는 벌써 베이스캠프로 들어가서 출발해버리지는 않았을까. 자신의 행위는 헛수고에 그치지 않을까.

그럴 리가 없다.

후카마치는 자신의 염려를 떨쳐냈다. 하부가 동계 단독등반을 한다고 말했기 때문이다. 동계 등정 기록으로 인정받으려면 규칙이 있다. 물론 법률로 명문화되지는 않았지만 등산계의 암묵적인 규칙이다. 암묵적이긴 하나 상당히 엄격한 규칙이기도 했다.

즉, 에베레스트 동계 등정이 정식으로 인정받으려면 그 등반 행위가 11월 이후에 행해져야 한다는 것이다. 여기서 말하는 등반 행위란 베이스캠프보다 위에 오르는 걸 가리킨다.

베이스캠프의 표고는 약 5,300미터. 등반가는 12월이 되기 전에 그보다 높은 고도로 오르면 안 되는 것이다. 12월 전에, 즉 11월 중에 베이스캠프보다 위에 올라가면 동계 등정으로 인정받지 못한다. 가을과 겨울을 걸친 등반 행위가 되어버린다.

기준점은 베이스캠프다. 베이스캠프보다 위로 오르지 않으면 사전에 거기서 어떤 준비를 해도 상관없다. 하부가 아직 등산을 시작하지 않았으리라고 후카마치가 확신하는 이유가 그런 데 있었다.

그럼 뭘 하고 있을까. 아마도 고소 트레이닝이겠지. 체력을 소모하지 않는 범위에서 근처의 6,000미터급 봉우리나 7,000미터급 봉우리에 고도순응을 위해 오르고 있으리라.

만약 자신도 하부가 가려는 장소에 따라가려면 고도순응이 반드시 필요했다. 3,000미터를 넘는 남체 바자르 부근에서 고산병 증세가 나타나리라 예상됐다. 예전에도 그랬다. 3,000미터까지는 일본 기소코마에서 고도순응을 해놓았다. 하지만 벌써 숨이 찼고 가벼운 두통이 있었다. 어쩌면 지난번보다 컨디션이 나쁠지도 모른다.

비탈길이 점점 급박해졌다. 이제는 어제 루클라 정도의 고도에는 이르렀으리라. 고도가 높아짐에 따라 불안이 후카마치의 내면에 스며들었다. 자신의 육체는 어느 고도까지 순응할 수 있을까. 히말라야 등산에서 반드시 직면하는 게 고산병이다. 산소가 희박해지며 일어나는 병이다. 일반적으로 후지산의 고도, 즉 3,000미터를 넘는 높이에 오르면 산소량은 지상의 3분의 2 수준이 된다. 5,000미터에서는 대략 절반. 8,000미터를 넘는 에베레스트 정상과 같은 장소에서는 지상의 3분의 1이 된다.

고도가 높아지면서 산소가 점점 줄어들면 인간의 육체에 어떤 일이 발생할까. 우선 피로가 몰려온다. 금세 지친다. 다음은 두통이다. 머리가 지끈지끈 아파지며 구역질이 난다. 때로는 토하기도 한다. 식욕이 사라지며 몸이 음식물을 받아들이지 못한다. 그에 따라 점점 피로가 심해지며 체력이 떨어진다.

다음 단계에서는 증세가 점점 악화된다. 안구출혈이 일어나며 앞이 보이지 않게 된다. 폐수종으로 폐에 수포가 생겨 물이 고이며 호흡할 때마다 그르렁그르렁 하는 소리가 들린다. 이렇게 되면 조금이라도 빨리 산소가 많은 장소로 내려가야 한다. 그렇지 않으면 죽음에 이를 수 있다. 뇌에도 같은 증세가 일어난다. 뇌부종, 환각을 보고 환청을 듣게 되면서 현실과 환상을 구분할 수 없게 된다.

지난 원정에서 후카마치도 정상적으로 사고할 수 없는 상태가 되어, 촬영을 막 마친 렌즈를 교환하고서 계곡 밑에 던져버린 적이 있었다. 필름 한 통을 다 쓰고, 렌즈를 교환하기 위해 보디에서 떼어내고는 그대로 버리고 만 것이다. 촬영이 끝났다. 이제 이 렌즈는 필요 없다. 렌즈만 없으면 이제 괴로운 짓을 하지 않아도 된다. 그런 생각이 들면서 한시도 렌즈를 갖고 있기가 싫어진 것이다.

지상의 반도 안 되는 산소 속에 있으면 렌즈 포커스를 맞추고 셔터를 누르는 것만으로 숨이 차오른다. 셔터를 누를 때 한순간 숨을 멈춘다. 그 극히 잠깐의 호흡 정지상태가 불과 2초 길어진 것만으로도 셔터를 누르고 난 뒤 가쁜 숨을 토하게 된다. 셔터를 누르고 나서 하악하악 소리 내며 호흡을 한다. 고통스러워 눈앞이 캄캄해지고 정상적으로 호흡하기까지 2~3분 동안은 그저 고통스레 가쁜 숨을 몰아쉬어야만 한다.

텐트 안에서 잠을 잘 때도 마찬가지다. 깨어 있을 때는 의식적으로 호흡을 빨리하기 때문에 산소 섭취량도 높다. 혈액 속의 헤모글로빈의 산소를 붙들어 어떻게든 신체를 유지해주지만, 잠들면 호흡의 속도가 원래로 돌아와버린다. 그러면 헤모글로빈이 섭취할 수 있는 산소의 양이 제한되면서 고통을 느끼며 밤중에 몇 번이나 눈을 뜨게 된다. 고통으로 머리 위 공간을 양손으로 허우적거리다 소리를 지르며 눈을 뜬다. 거친 호흡을 되풀이한다. 마치 악몽 속에서 누군가가 자신의 목을 조른 듯한 느낌이 든다. 그런 불안과 고통을 다들 어두운 텐트 속에서 참아낸다.

무심코 약한 소리라도 냈다가는 정상 공격 멤버에서 탈락하게 된다. 참아야 한다. 강인한 정신력이 요구된다. 사람에 따라 고산병 증세가 나타나는 고도는 제각기 다르다. 같은 사람이라도 그때그때 고산병에 걸리는 고도가 다르다. 컨디션에 의해서도 좌우된다. 체력이 강한 사람이 고산병에도 강하다고는 말할 수 없다.

일본의 일반적인 산에서는 훨훨 날아다니며 체력을 자랑하던 사람이, 5,000미터를 살짝 넘는 베이스캠프에도 오르지 못하고 눈물을 삼키며 패퇴하는 경우가 곧잘 있다. 4,000미터가 넘는 장소에서 고산병 때문에 사람이 죽는 일도 드물지 않다.

어제까지 건강하던 사람이, 다음 날 아침 텐트에서 일어나지 않는다. 말을 걸어도 대답이 없다. 무슨 일인가 싶어 텐트 안을 들여다보면 침낭 안에서 차갑게 죽어 있다. 그런 일이 일상적으로 일어난다. 그래서 고산병에 걸리지 않기 위해서는 준비가 필요하다.

첫날 고도를 높이는 건 500미터 이내로 제한한다. 그것도 일단 700미터에서 800미터 위까지 올라갔다가 그 고도에서 잠시 체재한 후 최종적으로 500미터 이내의 고도 지점까지 내려와 거기서 캠프를 한다. 다음 날에도 같은 방법으로 업다운을 반복하며 서서히 고도에 자신의 몸을 적응시켜간다. 이 방법이 히말라야 등반의 기본이다.

7,000미터를 넘는 지점에서는 산소를 사용한다. 산소통을 등에 지고 마스크를 쓰고 농밀한 산소를 호흡한다. 그렇게 해도 효과는 제각기 다르다. 무거운 산소통을 지기 위해 사용해야 하는 체력과 산소통이 제공하는 진한 산소로 호흡이 편해지는 면이 상쇄되어서 결국 똑같다고 여기는 사람도 있다.

체력 유지를 위해 밤에 잠잘 때만 산소를 사용하거나 혹은 고산병에 걸린 사람을 치료하기 위해 산소를 이용하는 원정대도 있다. 어느 쪽이 정답인지는 알 수 없다.

아무리 고도에 잘 순응했다 해도, 지상과 같은 컨디션으로 움직일 수 있다는 의미는 아니다.

8,000미터를 넘으면 한 걸음 내딛고서 1분 가까이 숨을 헐떡이고 다시 한 걸음 내딛는, 그런 반복이 무한히 연속된다. 인간이 순응할 수 있는 고도는 사람에 따라 다르지만, 6,000미터 부근으로 알려져 있다. 즉 아무리 고도에 잘 순응했다 하더라도, 그 고도를 넘어서면 아무것도 하지 않고 단지 잠만 자더라도 점점 체력을 소모하게 된

다. 6,000미터를 넘는 고도에서 오랫동안 체재하면 대량의 뇌세포가 죽는다.

히말라야 등반이란 생물에게 있어 극한상황을 일상적으로 체험하는 것이다.

제트기류.

영하 40도에 이르는 대기. 바람이 불면 체감온도는 한층 떨어진다.

눈.

눈사태.

이 정도로 가혹한 장소는 지구상에 몇 곳 없다. 그런 곳에서 자신의 육체와 마음이 견딜 수 있을까. 후카마치는 그런 생각을 하면서 올랐다. 어쨌든 하부와 다시 한번 만나야 한다. 만나서 나자빠질 때까지 하부에게 들러붙어 사진을 찍는다.

그게 지금 자신의 긍지다.

용서할 수 없다. 그런 생각이 든다.

뭘 용서할 수 없는 것일까.

누구를 용서할 수 없는 것일까.

모르겠다.

용서할 수 없는 상대가 하부인지, 자신인지 그것도 알 수 없다. 그저 용서할 수 없다는 마음만 가득하다.

절대 지지 않겠다.

정체를 알 수 없는 분노.

뜨거운 온도.

몸 안에서 그런 것들이 후카마치를 충동했다.

간신히 태양이 비치는 곳에 이르렀다. 산등성이에 드디어 오른 것이다. 고개를 들었다. 오른편 산 경사면 너머로 눈부신 햇살이 드리운 하얀 봉우리의 자태가 아득히 멀리서 보였다.

눈에 익은 하얀 피라미드.

이 지구상의 유일한 장소.

에베레스트 정상이 보였다.

가슴을 조이는 듯한 통렬한 감정이 후카마치를 엄습했다.

2

남체 바자르 표고 3,440미터

동쪽으로 두드코시, 서쪽으로 보테코시, 두 줄기의 강물에 의해 만들어진 두 곳의 V자 계곡이 합류하는 곳이 남체 바자르다. 에베레스트 산악지대에 위치한 쿰부 지방의 경제적 중심지며, 성산(聖山) 쿰빌라의 산기슭에 위치하여 셰르파족의 마을로 알려졌다. 가구 수는 약 100호. 돌로 지은 하얀 집이 산중턱에 말굽 모양으로 연립주택처럼 밀집해 있다.

셰르파라고 하면 포터처럼 일반적으로 직무 이름으로 알고 있지만, 사실은 네팔 솔루쿰부 지역에 사는 셰르파족을 가리키는 말로 '동쪽 사람'이라는 의미의 종족명이다. 티베트계 산악 민족으로 고지에 살기 때문에 고도에 강하다.

영국은 1900년대 초반에 히말라야 자이언트를 공격하기 위해 몇 번이나 원정대를 보냈는데, 이때 그 강건한 육체와 고도에 순응한 심폐기능에 착목해서 가이드나 서포터로 고용한 이들이 바로 셰르파족이었다.

영국인은 셰르파족에게 적극적으로 영어와 등산기술을 가르쳤고 등산용품도 선사했다. 그게 전통이 되어, 이후 각국의 히말라야 원정대도 셰르파족을 고용하게 됐다. 히말라야 자이언트의 등정은 세르파족 없이는 불가능했다고 말할 수 있다.

셰르파족이라 불리는 산악 가이드가 성립한 과정은, 구르카라는 용병집단이 성립해온 과정과 유사한 면이 있다. 셰르파나 구르카나 모두 네팔인이면서도 외국인을 위해 종사한 직능집단이기 때문이다.

티베트 국경과 가까워 과거부터 유통의 거점 마을로 기능했지만, 애초에 남체 바자르는 셰르파족만의 마을에 불과했다. 그랬던 것이 에베레스트를 목표로 하는 원정대와 트레킹족이 늘어나면서 쿰부 지방의 경제적 중심지가 되었다.

중심가라고 부를 정도는 아니지만 길 양편에는 몇 채의 토산품점이 지붕을 맞대고 있다. 티베트 융단, 컬러풀한 직물, 민예품. 그런 물품들이 가게 안에서 넘쳐나 길가까지 물건을 늘어놓았다. 몇몇 외국인 트레킹족이 지나가며 가게 안을 들여다보고 간다. 미국과 유럽에서 온 백인들이 많고, 일본인은 10퍼센트 정도 될까.

이 혼잡한 거리를 후카마치 마코토는 걷고 있다. 남체 바자르 상부를 둘러싼 농로(農路)까지 올라가야 한다. 농로와 가까운 산중턱에 위치한 다와 잔부의 집에 들를 예정이었다. 다와 잔부는 앙 체링과 동시대를 살아온 마찬가지로 전설적인 셰르파다. 에베레스트 정상에 세 번. 그중 한 번은 노멀 루트를 통한 동계 등정이었다. 그 외에도 초오유, 마나슬루, 다울라기리까지 포함해서 히말라야 8,000미터급 고봉 4개의 정상에 섰었다. 후카마치는 다와 잔부에게 가서 앙 체링과 비카르산에 대해 물어볼 작정이었다.

남체 바자르에 도착하고 벌써 사흘이 지났다. 마을 중심 근처에 샘물이 있고, 그 샘물이 가는 물줄기가 되어 흘러내려가 보테코시와 이어진다. 후카마치는 이 샘물과 가까운 밭 가운데에 텐트를 쳤다.

이 시기는 아직 보리나 감자를 뿌리기에는 이르다. 그래서 밭을 놀리고 있다. 밭주인에게 말해 사례만 하면 밭에 텐트를 마음대로 칠 수 있다.

지난 사흘간 후카마치는 정력적으로 몸을 움직였다. 도착한 날부터 바로 가까운 언덕과 산에 올랐다가 해가 질 때가 되어서야 내려오기를 반복했다. 여기보다 더 표고가 높은 장소로 이동하기 위해 몸을 단련해야 했다. 지금의 고도에 완전히 순응하기 위해서였다. 그렇게 해두면 남체보다 높은 지대에서 고산병에 의한 사고가 일어나도, 여기까지 내려오면 낫기 때문이었다. 바로 위 샹보체에는 세스나가 발착할 수 있는 비행장이 있고 카트만두까지 무선도 연결된다. 여차하면 무선으로 세스나나 헬기를 불러 카트만두까지 바로 내려갈 수 있다.

숨이 가쁘긴 했지만 순응 상태는 점점 나아졌다. 두통이 조금 있지만 지난 봄에 왔을 때보는 컨디션이 좋았다. 육체가 이 고도를 기억해 지난번보다 빨리 순응하는 모양이다. 일본에서도 기소코마에서 이 고도에 순응했다.

느낌이 좋았다. 육체의 깊은 곳에서 스멀거리는 어두운 힘이 짐승처럼 잠들었다는 걸 느꼈다. 언젠가 고도를 더 높여 체력을 쥐어짜내야 할 때 잠든 힘을 사용하게 되리라. 이제부터 직면해야 할 고도를 떠올리면 불안이 치밀어 올랐지만 그 이상으로 지금은 긴장감으로 팽팽했다. 그 긴장감이 불안을 잠재우고 뜨거운 온도를 지닌 감정을 북돋우어 몸 안을 지배하는 듯이 느껴졌다.

남체에서의 체재를 연장한 데는 또 다른 이유가 있었다. 순응하는 동안 앙 체링과 비카르산이 어디 있는지 조사하기 위해서였다. 쿰부 지방의 온갖 정보는 남체로 모여든다. 타이거 앙 체링과 일본인 비카르산, 이 두 사람이 어디에 있는지 남체에서 물어보면 반드시 알 수 있으리라고 후카마치는 예상했다.

그러나 지금까지 여러 명에게 물어봤지만 애매한 대답만 돌아왔다. 앙 체링이 8년 전까지 여기 남체 바자르에 살았다는 이야기는 들었다. 하지만 앙 체링은 지금 여기에 살지 않는다. 8년 전에 살던 집을 팔아 어딘가로 간 뒤로 행방을 알 수 없다.

가끔 대답해주는 사람도 그런 말뿐이었다. 8년 전에 앙 체링의 부인이 죽었으며 그게 집을 팔게 된 계기일 거라고 대답해준 사람이 후카마치에게 말했다.

그렇다면 집을 팔고 어디로 갔을까. 그 물음에는 아무도 대답하지 않았다. 뭔가 이상했다.

좁은 마을이다. 남체에 사는 사람들은 서로의 얼굴을 다 안다. 어떤 사람이 어느 집에 사는지, 그 집에 아이가 몇인지, 모두 알았다. 그런 곳에 앙 체링이 살았던 것이다.

앙 체링이 자신이 어디에 가는지 아무에게도 알리지 않고 사라졌으리라곤 여겨지지 않았다. 설령 아무에게 알리지 않았다 해도 시간이 흐르면 어디에 사는지 정도는 전해지게 된다. 앙 체링 정도의 인물이라면 소문은 반드시 돈다.

현재 앙 체링은 카트만두의 셰르파족이 경영하는 가네샤라는 가게에 출입한다. 남체에서 현역 셰르파 몇 사람에게 물어보면 반드시 앙 체링과 관련한 정보를 얻을 수 있을 터였다.

그렇게 생각했다. 그런데 정보가 없다. 기이했다.

아무도 아무것도 모른다는 것 자체가 외려 이상했다. 어쩌면 누군가, 예컨대 앙 체링 본인이나 하부 조지가 입단속을 시킨 게 아닐까 짐작됐다. 상대가 일본인이라면 말의 변화나 그 태도로부터 거짓말인지 어떤지 헤아려볼 여지가 있다. 허나 상대가 언어가 다른 외국인이라면 그 미묘한 뉘앙스를 알 수 없다. 하물며 후카마치로서는 네팔인에게도 외국어인 영어를 기반으로 대화를 나누기 때문에 상대의 의도적인 거짓말을 간파하기란 더 어려웠다.

후카마치도 아주 간단한 대화는 네팔어로 할 수 있지만, 상대방이 뭘 말하려고 하는지 이해하는 데 정신이 팔려 말의 이면까지는 살필 수 없다. 하지만 묻는 말에 사람들이 같은 대답만 하는 게 이상하다는 생각이 들 수밖에 없었다.

결국 과거 앙 체링과 어깨를 나란히 한 전설의 셰르파로 살아 있는 다와 잔부를 방문하기로 했다. 다와 잔부의 집은 남체 바자르의 전경이 거의 다 보이는 산의 사면에 있었다. 근처에 남체의 곰파(티베트 사원)가 있고 그 동쪽에 다와 잔부의 집이 보였다.

벽돌로 쌓아올린 외벽을 하얗게 칠하고 그 위에 지붕을 얹은, 남체에서는 흔히 볼 수 있는 일반적인 집이었다. 집 앞은 정원으로 꾸며졌고 낡은 목재를 조립해서 만든 벤치 풍의 긴 의자가 보였다. 비를 맞게 내버려 뒀는지 목재가 울어, 나무라기보다는 생명력이 모두 빠져나간 뼈처럼 보였다. 그 의자에 노인 한 명이 앉아 남체의 전경을 내려다보고 있었다.

낮. 해가 비췄지만 바람이 불어올 때마다 피부에 싸늘한 한기가 강하게 느껴진다. 노인의 발치에는 닭 세 마리가 어슬렁거리며 지면을 쪼고 있다. 정원에 발을 들여놓은 후카마치의 기척을 느꼈는지 노인이 고개를 돌렸다.

후카마치는 노인에게 인사를 하고 영어로 물었다.

"저는 후카마치라고 합니다. 여기가 다와 잔부 씨의 댁인가요?"

"그렇네."

짧은 대답이 영어로 돌아왔다.

"일본인인가?"

"그렇습니다."

시인하며 후카마치는 노인에게 다가갔다.

"무슨 용건이라도?"

노인이 물었다.

"다와 잔부 씨와 만나고 싶습니다만…."

후카마치의 말에 노인이 놀랐다는 미소를 지었다.

"허허, 나 같은 사람의 이름을 일본 분이 기억하고 여기까지 찾아와 주리라곤…."

"당신이?"

"제가 다와 잔부입니다."

노인이 고개를 끄덕이고 후카마치를 바라봤다.

후카마치는 노인 앞으로 가 멈춰 섰다. 다와 잔부 왼편에 나무 지팡이 하나가 세워져 있었다.

"용건이?"

다와 잔부가 말했다.

이제 일흔이 됐다고 들었는데 일본인의 눈으로 보면 여든을 넘은 것처럼 보였다.

"앙 체링 씨가 지금 어디에 사는지 알고 계신다면 가르쳐주셨으면 해서 찾아왔습니다."

후카마치는 솔직히 말했다.

"허허."

다와 잔부는 눈을 가늘게 뜨고 후카마치를 바라보며 말했다.

"요새 앙 체링에 대해 묻고 다니는 일본인이 있다는 소문은 들었는데 당신이었군요."

"아마 저일 겁니다."

"어째서 앙 체링에 대해서 묻고 다니는 것입니까?"

다와 잔부가 이유를 물어왔다.

"이유를 말씀드린다면 가르쳐주시겠습니까?"

"왜 그런 말을?"

"지금까지 앙 체링에 대해 여기저기 물어봤지만 아무도 가르쳐주지 않았습니다. 어쩌면 그에 대해서는 다들 입을 닫으려 하는 게 아닐까 하는 생각이 들었습니다."

"앙 체링이 어디 있는지 알면서도 가르쳐주지 않는다?"

"예."

후카마치가 대답하자 다와 잔부가 미소 지었다. 다와 잔부는 얼굴에 미소를 띤 채 남체의 풍경을 바라봤다.

"어떤가요?"

다와 잔부가 풍경을 바라보며 물었다.

"예?"

"외국인인 당신이 보기에 이 남체가 어떻게 보이나요?"

후카마치는 다와 잔부의 진의를 파악하지 못해 우물거렸다.

"여기는 아주 궁핍한 마을입니다. 일견 활기차게 보입니다만, 다들 가난하죠. 이 마을뿐만 아닙니다. 네팔 전체가 가난하죠. 물론 여기 남체는 다른 마을보다는 조금 나을지 모르지만 겉으로 드러난 것만은 못하죠."

다와 잔부의 시선이 높은 산으로 향했다.

"보시죠."

후카마치는 다와 잔부의 시선을 따라 주위의 산자락으로 눈길을 돌렸다.

"나무가 거의 없죠?"

"아, 예."

후카마치가 수긍했다.

다와 잔부의 말대로 주변의 산에는 나무가 거의 없어 다갈색 표면에 짧은 풀이 여기 한 줌, 저기 한 줌 식으로 황량하게 난 모습이 보였다.

겨울이라고는 하지만 그래도 너무나 적었다.

"제가 어렸을 적에는 그래도 나무가 있었죠. 훨씬 많았죠. 숲이라 부를 만한 곳도 있었습니다. 허나 지금 보시는 대로 벌거숭이 상태입니다."

후카마치는 잠자코 다와 잔부의 말에 귀를 기울였다.

"저희들이 나무를 베고 말았죠. 대부분 저희의 생활 연료를 위해. 일부는 외국인 원정대와 트레킹족들의 생활 연료를 위해. 미스터 후카마치, 원정대 하나가 에베레스트에 들어가는 데 어느 정도의 짐과 사람이 필요한지 아십니까?"

"예."

후카마치가 고개를 끄덕였다.

얼마 전에 자신도 경험했기 때문이다. 일본에서부터 행해진 아찔할 정도의 포장 작업과 이동 중의 짐 체크. 총 중량이 약 30톤. 그걸 옮기고 갈 포터의 총 인원은 2,000명에 달했다. 짐을 모두 비행기로 옮길 수 없기 때문이다.

보름에서 한 달에 걸쳐 카트만두 외곽에서부터 포터가 짐을 지고 나르거나, 야크에 실어 여기까지 운반하게 된다. 그러는 와중에 포터도 식사를 해야 한다. 대원도 먹어야 한다. 그 식사 준비를 할 때 연료로 사용되는 건 장작, 즉 나무다. 외국인이 대량으로 히말라야에 들어가게 되면서 등산 코스에 위치한 산악 지역의 수목이 금세 격감했다. 인근 주민의 생활 연료까지 위협을 받을 정도였다.

"최근 토박이들마저 나무를 연료로 사용하기가 불편해졌습니다. 그런다고 소의 대변만으로는 충분하지 않죠. 그렇기에 가스나 석유를 사용하게 됐죠. 하지만 가스나 석유는 돈이 듭니다. 그걸 외국에서 사올 돈이 네팔에는 없습니다. 그 돈을 벌기 위해 관광객을 이 나라에 불러야만 합니다. 이 나라의 관광은 히말라야와 산림, 즉 자연입니다. 그런 자연이 관광객이 오면 올수록 사라져갑니다…. 이 악순환은 누구도 멈출 수 없죠. 장작만의 문제가 아닙니다. 네팔이 안고 있는 수많은 문제에 대해 파고들면 종국에는 이 나라의 빈곤과 맞닥뜨리게 됩니다."

다와 잔부가 일단 말을 끊고 다시 남체의 풍경을 바라봤다. 후카마치도 다와 잔부의 말을 지식으로 이해하고 있었다. 현재 외국인 트레킹족은 규칙에 의해 목제 연료를 사용할 수 없게 됐다. 가스나 석유 연료를 사용할 의무가 부가된 것이다.

"외국의 트레킹족이나 원정대에 책임을 돌리려는 말이 아닙니다. 그들은 이 나라에 많은 외화를 두고 갔고, 저도 그 은혜를 입은 사람이니까요. 거기에 명예까지 얻었고 지금 이렇게 그럭저럭 살아가는 것도 그 덕분입니다."

다와 잔부가 이번에는 시선을 뒤편 산으로 돌렸다.

"저길 보시죠."

후카마치가 다와 잔부의 시선을 따라갔다.

산자락 한 면에 네모 형태의 녹색 사면이 보였다. 봄에 왔을 때는 의식하지 못했는데, 거기에 침엽수 묘목을 심은 모양이었다.

"일본인의 협력으로 저렇게 나무를 심게 됐습니다. 허나 보다시 피 극히 일부입니다. 아직 나무를 더 심어야 하지만, 우리 네팔인들 에게는 30년 후, 40년 후를 내다보고 나무를 심을 경제적인 여유도, 정신적인 여유도 없습니다. 그날그날을 고민하며 살아가는 데만도 벅차니까요."

다와 잔부가 그렇게까지 말했을 때 뒤편에 인기척이 느껴져 고개 를 돌리자, 한 노파가 알루미늄 쟁반에 두 잔의 버터차(소금과 우유, 버터를 섞어 만든 차. 티베트나 몽고 등의 유목민들이 음용한다)를 얹고 서 있었다. 알이 작은 삶은 감자도 다섯 개쯤 같이 가져왔다.

"나마스테."

노파의 얼굴에 웃음이 떠오르자 주름이 한층 깊어졌다. 노파는 쟁반을 벤치 위에 두고 다시 건물로 들어갔다.

"제 아내입니다."

다와 잔부가 말했다.

"저와 아내 둘이서 살고 있죠."

"자제분은?"

"아들이 둘 있는데 남체에는 살지 않습니다. 카트만두로 나가 거 기서 일을 합니다. 영국인이 운영하는 관광회사를 다니면서 통역과 가이드를 합니다. 둘 다 결혼해서 아이도 있죠."

"이쪽으로 돌아오지는 않습니까?"

"이쪽에 일이 있을 때면 얼굴을 보이곤 합니다만, 좀처럼 안 오죠. 저희 집만이 아닙니다. 남체의 대부분의 젊은이는 도시로 나가버렸 죠. 젊은 사람이 없어지자 옛날처럼 소를 방목하면서 산을 돌아다 닐 수가 없게 됐죠. 많은 사람이 외국인을 상대로 한 가이드나 토산 품점과 관계된 일을 하고 있습니다."

다와 잔부는 지팡이를 짚고 오른쪽으로 몸을 옮기고 쟁반을 잡아당겨서 한 사람이 앉을 만한 공간을 만들었다.

후카마치는 쟁반을 당기는 손을 보고 깜짝 놀랐다. 다와 잔부가 왼손 집게손가락으로 쟁반을 당겼는데, 그 손가락 끝에서 두 번째 관절까지가 없었다. 잘 보면 왼손 중 제대로 남은 손가락은 엄지뿐으로 새끼부터 가운데손가락까지는 뿌리째 완전히 없었다.

"여기 앉으시죠."

다와 잔부가 말했다.

"고맙습니다."

후카마치가 고개를 끄덕이며 다와 잔부 왼편에 앉았다. 후카마치의 시선을 알아차렸는지 다와 잔부가 왼손을 펴들며 말했다.

"동상입니다."

"이 왼쪽 손가락은 1972년 다울라기리에서 잃었죠. 양쪽 발가락까지 다 포함해 제대로 남은 건 여덟 개밖에 없습니다."

다와 잔부가 미소 지었다.

"…"

"원정대와 함께한 셰르파. 특히 과거의 셰르파 중에서 손가락을 온전히 갖고 있는 이는 몇 안 되죠. 옛날에는 지금처럼 좋은 장비가 없었으니까요."

다와 잔부는 양손으로 잔을 감싸 안듯 들어 한두 모금 차를 마셨다. 그는 손가락이 없는 손이 자랑스러운지 감추려는 기색이 없었다. 울퉁불퉁하고 굵은 손가락이었다.

후카마치도 잔을 들어 차를 마셨다. 옆을 보자 다와 잔부가 잔을 내려놓고는 감자를 집은 다음 능숙한 손놀림으로 껍질을 벗기고 있었다.

다와 잔부가 감자를 입에 넣었다. 후카마치도 감자를 들어 껍질 채 물었다. 안이 노랬고 삶은 밤 같은 고소한 맛이 나는 감자였다. 굵은 암염을 뿌려놓아, 이 사이로 씹으면 감자와 섞이면서 맛을 더했다.

맛있다.

표고 3,000미터가 넘는 메마른 토지에서, 알은 작아도 이 정도로 맛있는 감자가 나온다니 놀라웠다. 아니 이런 조건이라서 이렇게 응축된 맛이 나는 감자가 나는 걸까.

"이 감자는 원래 네팔에 있던 게 아니라 다른 나라에서 들어왔 죠…."

다와 잔부가 갑자기 말을 꺼냈다.

"예, 그렇겠군요."

후카마치가 고개를 끄덕였다.

감자는 원래 남미에서 난다. 그게 유럽으로 건너갔다가 네팔에까지 들어온 것이다.

다시 침묵이 흘렀다. 침묵 속에서 다와 잔부의 눈은 남체의 풍경에 향해 있다. 서늘한 미풍과 함께 거리의 소음이 아래에서 올라왔다. 다와 잔부는 그 소리에 귀를 기울이는 것처럼 보였다.

"당신은 이 나라에서 살 수 있겠습니까?"

갑자기 질문을 던졌다.

"이 나라에서요?"

후카마치는 당황했다.

대체 무슨 뜻으로 하는 질문일까.

"당신은 이 나라의 여성과 결혼해서 아이를 만들어 이 나라에 살 수 있겠습니까?"

다와 잔부의 시선은 여전히 남체에 가 있었다. 바람이 다와 잔부의 백발을 하늘하늘 흔들었다.

그 순간 문득 깨달았다. 다와 잔부의 질문의 의미를. 이 나라의 빈곤, 도시로 나간 자식들, 그리고 감자….

그런 것들이 불쑥 후카마치의 마음속에서 의미를 지녔다.

부지불식간에 나이든 셰르파 다와 잔부가 지금까지 했던 말의 의미를 깨달았다. 이 노인은 하부 조지에 대해 말하는 것이다.

"혹시 비카르산에 대해 말씀하시는 겁니까."

하지만 다와 잔부는 그 물음에 대답하지 않았다.

"그럴 수 있겠습니까?"

대신 다시 한번 물었다.

후카마치는 자신의 질문을 입안으로 밀어 넣고 잠깐의 침묵 끝에 입을 열었다.

"못 할 것 같습니다."

"못 할 것 같다?"

"예."

"좋아하는 여자가 생겨도?"

"예. 만약 그런 여성이 생긴다면 함께 일본에 데려갈 생각을 하겠죠."

"그 여성이 싫다고 하면?"

"잘 모르겠습니다."

후카마치는 혼란스러웠다.

"여기 남체는 어떻습니까. 셰르파 여성과 결혼하여 남체에서 평생 살 수 있겠습니까?"

"아직 전 그런 상황과 직면하지 않아서…. 하지만 아마 전 못 하겠죠…."

네팔이라는 나라, 히말라야라는 땅, 남체 바자르라는 마을을 싫어하지 않는다. 어느 쪽인가 묻는다면 좋아했다. 하지만 그 마음은 외국인으로서 여기를 스쳐 지나가는 사람이라는 위치에서의 감정이다. 실제 이 나라의 국민이 되어 여기서 결혼을 하고 살아가며 이땅에 뼈를 묻는 건 별개의 이야기다.

"아마 불가능하겠죠…."

후카마치는 솔직히 말했다.

다와 잔부가 씩 미소를 지으며 말했다.

"정직한 분이군요."

"저도 당신의 질문에 정직하게 대답하죠. 저와 앙 체링은 친구입니다. 그가 남체를 떠나 어디로 갔는지 저는 알고 있고, 그 이유도 압니다. 그리고 방금 당신이 말한 비카르산이라는 일본인에 대해서도 압니다. 하지만 제가 아는 걸 당신에게 말하는 건 다른 문제입니다."

"말씀인즉?"

"이 문제에 대해 쉽사리 말씀드리기 힘든 면이 있습니다."

"혹시 에베레스트 남서벽 동계 무산소 단독 등반을 말씀하시는 겁니까?"

후카마치가 말하자,

"아, 당신은 이미 알고 있었군요."

다와 잔부의 얼굴에 놀란 표정이 살짝 떠올랐다.

"비카르산 본인으로부터 직접 들었습니다."

"그렇군요. 하지만 이건 그러니까 세계에서 가장 위대한 등반에 도전하려는 걸 실현하기 전까지 다른 사람에게 알리고 싶지 않다, 그런 사정만은 아닙니다."

"그럼 어떤…"

"그전에 왜 당신이 앙 체링과 비카르산에 대해 알고자 하는지 그 이유를 말씀해주시지 않겠습니까?"

"알겠습니다."

후카마치는 마음을 굳혔다.

"이야기가 길어질 텐데 괜찮을까요?"

"상관없습니다. 시간만은 제게 여유롭습니다. 괜찮으시다면 집 안으로 들어가서 이야기를 들어도 될까요?"

다와 잔부는 그렇게 말하고 지팡이를 짚고 일어났다.

3

다와 잔부의 집 2층에서, 후카마치는 그와 마주봤다. 창문을 등진 다와 잔부는 창가에 위치한 침대에 몸을 내려놓았다. 작은 테이블을 사이에 두고, 후카마치는 다와 잔부의 등 뒤로 창문을 바라보는 모양새로 작은 나무 의자에 앉았다.

후카마치로부터 왼편, 다와 잔부에게는 오른편으로 보이는 아궁이에서는 장작이 타고 있었다. 아궁이 옆에는 장작을 쌓아놓았는데 대개가 비틀어진 관목의 죽은 뿌리였다. 그리고 소의 대변을 말린 것도 바닥에 놓인 양동이 안에 담겨 있었다.

아궁이에 걸어놓은 주전자에서 뭔가 끓는 소리가 들렸다. 후카마치가 그 향을 음미하려는 순간, 다와 잔부의 눈이 자신의 목에 쏠린 걸 깨달았다.

"그건?"

다와 잔부가 물었다.

"이것 말인가요."

후카마치가 오른손으로 들어 올리자 다와 잔부가 말했다.

"앙 체링의 아내가 차고 있던 것이군요."

차분히 정돈된 방이었다. 후카마치 뒤 벽 한 면은 선반이었는데 크고 작은 동 그릇과 냄비, 그리고 식기류가 놓여 있다.

창문을 통해 어두운 방 안으로 햇빛이 드리우자, 동제 냄비와 식기에서 둔탁한 붉은 빛이 났다. 냄비와 그릇에는 중국의 뇌문(雷文)과도 비슷한 티베트 특유의 무늬가 새겨져 있었다. 그리고 주식인 참파(보릿가루)를 담는 식기. 그 외에 플라스틱 통과 동이, 램프와 그 덮개도 보였다. 일상에 필요한 잡다한 물건까지 다 선반에 놓여 있다. 장작불에서 피어오르는 냄새가 방 안에 진하게 녹아들었다. 후카마치는 그 냄새가 싫지 않았다.

"그렇군요."

후카마치가 말했다,

"어떤 경위로 목에 걸게 됐는지 모르겠지만 그걸 갖고 있는 걸 보니, 마음을 다잡고 이야기를 들어야겠군요. 어서 말씀해주시죠."

"알겠습니다."

후카마치가 고개를 끄덕였다.

"맬러리에 대해서는 알고 계시겠죠."

후카마치가 다와 잔부에게 물었다.

"물론. 사가르마타에서 행방이 묘연해진 영국 등반가 말씀이시죠."

"그 맬러리가 들고 갔을 카메라를 비카르산이 갖고 있다는 것도 알고 계시겠죠?"

"예, 압니다."

후카마치는 다와 잔부의 대답에 고개를 끄덕이며 말했다.

"실은 저는 올봄 프레몬순에 일본에서 에베레스트 등정을 노리고 찾아왔던 원정대의 일원이었습니다."

"아, 두 사람이 사고로 생명을 잃은 그 원정대 말인가요?"

"예."

후카마치는 살짝 입술을 깨물었다.

"그 원정에서 돌아오는 길에, 카트만두에서 맬러리의 카메라와 만나게 됐습니다."

아아, 그랬다.

생각해보면 그때, 이 긴 여행이 시작된 것이다. 그때 그 카메라와 만나, 자신의 뭔가에 휘말려 하부 조지와 만났고 지금 이 셰르파 노인과 마주보고 있는 것이다.

이를 위해 지금까지 나는 얼만큼의 시간과 에너지를 투여하고, 얼만큼의 거리를 이동해왔는가.

"장소는 '사가르마타'라는 가게였습니다…."

지금까지의 일을 스스로 확인한다는 듯이 차분히 말을 이어갔다.

맬러리 카메라의 가치, 호텔에서 카메라를 도둑맞은 일, 하부가 나타나서 되찾아간 일에 대해 말했다. 마니 쿠말, 나라달 라젠드라에 대해서도. 일본에 돌아가 하부에 대해 조사한 사실도 이야기했다. 자신과 가요코에 대해서는 말하지 않았지만 그랜드 조라스에서 하부에게 벌어졌던 일, 하세 쓰네오에 대해서도 말했다. 다시 네팔에 오게 된 경위와 기시 료코에 대해서까지 후카마치는 노인에게 말했다.

다와 잔부의 영어는 영국인만큼이나 능숙했고, 후카마치의 네팔어 구사 능력 이상으로 일본어를 이해했다. 다와 잔부는 셰르파 일을 하며 수많은 외국 원정대와 접촉해온 경력이 있다.

카트만두에서 기시 료코가 납치당해 하부와 함께 구출한 이야기도 털어놓았다. 그리고 그녀가 혼자 일본으로 떠났다는 사실도. 자신은 카트만두 공항에서 일본으로 떠나기 직전 네팔에 남기로 결심했다는 이야기도 했다. 이야기를 일단락하기까지 한 시간 남짓한 시간이 걸렸다. 다와 잔부의 아내도 조금도 떨어진 자리에 앉아 지긋이 이야기를 들었다.

"이게 제가 말씀드릴 수 있는 모든 이야기입니다…."

후카마치가 말했다.

다와 잔부는 때때로 짧은 질문을 던지거나, 이해하기 어려운 대목에 끼어들기는 했지만 후카마치가 말하는 내내 자신의 의견은 전혀 언급하지 않고 가만히 귀를 기울였다. 후카마치가 말을 마치고 입을 다물자,

"그렇군요. 그래서 비카르산의 사진을 찍고 싶은 거군요…."

다와 잔부가 그렇게 중얼거렸다.

"그렇습니다만, 그것만은 아닙니다."

"그럼?"

"비카르산, 그러니까 하부 조지라는 남자. 그 자체에 흥미가 있습니다. 설령 사진을 찍을 수 없다고 해도 그 남자가 겨울 남서벽을 혼자서 어떻게 오르는지, 그걸 보고 싶습니다. 맬러리의 카메라를 그가 발견한 경위에 대해서도 알고 싶습니다. 그저 사진을 찍고 싶다는 건 아닙니다. 저 자신을 위해…."

후카마치가 고개를 떨구고 그렇게 말하고는 다시 고개를 들어 다와 잔부를 응시하며 말했다.

"…저 자신을 위해 하부 조지와 만나, 그가 해내려는 걸 지켜보고 싶습니다."

“본인을 위해서입니까?”

다와 잔부가 중얼거렸다.

“예.”

“하지만 그가 마다할지도 모릅니다.”

“아마 마다하겠죠.”

“그래도?”

“예.”

“…”

“그의 도전을 방해할 마음은 없습니다. 그를 돕겠다는 마음도, 도움을 받겠다는 마음도 없습니다. 그저 제 자신의 체력과 기술이 허락하는 한 하부에게 따라붙으면서, 그 남자의 도전을 이 눈으로 지켜보고 싶을 따름입니다.”

후카마치는 분명히 말했다.

“알겠습니다.”

다와 잔부가 고개를 끄덕였다.

“당신은 이미 많은 걸 알고 있습니다. 비카르산과도 몇 번이나 만났다 하셨죠. 괜찮겠죠. 제가 말씀드릴 수 있는 이야기는 다 말씀드리죠. 어차피 당신은 베이스캠프까지 가면 비카르산과 만날 수 있을 테니까요. 그렇지만….”

“예?”

“제가 지금부터 말씀드리는 이야기, 특히 동계 사가르마타 등정에 대해서는 다른 곳에 말씀하시면 안 됩니다.”

“물론입니다. 하지만 왜 그렇죠?”

“비카르산과 앙 체링이 지금 하려는 건, 네팔 법을 위반하는 행위이기 때문입니다.”

"……"

"아시겠지만, 네팔에서는 올해부터 사가르마타 입산료로 1인당 1만 달러를 받게 됐습니다. 등정 여부와는 관계없이 몇 명 등정할 것이냐는 예정에 따라서 사람 수만큼 사전에 요금을 받고 있습니다. 설령 등정에 실패했더라도 그 돈은 돌려받을 수 없습니다."

15장

어머니의 목걸이

1

악물고 오른다.

이를 악물고 올라간다.

이 사이에 악문 건 의지다. 굳은 의지를 악물며 오른다.

한 걸음 내디딜 때마다 고도가 올라간다. 방금 전에 건넌 두드코시 물줄기가 이미 저 멀리 밑으로 보인다. 두드는 네팔어로 '우유'를 말한다. 코시가 '강'이기에, 두드코시는 '우유 같은 강'이란 뜻이다. 빙하에서 녹아내린 물이 우윳빛을 띠어 그런 이름이 붙었으리라.

오늘 아침 남체 바자르에서 출발했다. 10분 정도 올라 안부(산마루가 말안장처럼 잘록하게 들어간 부분)에 이르러 작은 초등학교 앞에 섰다. 거기서부터 산허리를 꾸불꾸불하게 이어지는 길을 걸었다. 오른쪽으로 뚝 떨어지는 계곡 밑으로 두드코시가 흐른다. 계곡 너머 산등성이 위로 지금까지 정상을 드러내지 않았던 탐세르쿠의 전모가 보였다. 우뚝 솟은 봉우리에 눈이 쌓여 있다.

6,608미터.

그 왼편에 6,779미터의 캉데카가 있다.

정면에 보이는 산이 아마다블람이다. 네팔어로 어머니의 목걸이란 의미를 지닌 이 산은, 에베레스트 산자락에 들어가는 입구에 세워진 기둥과 같은 존재다.

6,856미터.

성층권을 향해 암벽이 사방에서 파도처럼 둘러쌌고, 그 정상에는 아름다운 여성의 육체를 연상시키는 곡선을 그린 하얀 봉우리가 얹혀 있다. 저 산기슭을 빠져나가면 에베레스트 경계 안으로 들어가게 된다. 일단 250미터를 내려가면 계곡 바닥에 이른다. 거기서 두드코시를 건너면 다시 오르막이 나온다. 그리고 600미터를 바로 직등하면 그곳이 텡보체다. 지금 후카마치는 그 급경사를 오르는 중이다. 배낭의 무게가 어깨를 짓누른다.

침엽수로 둘러싸인 숲 속이다. 지난번에는 여기서 고산병에 걸렸지만 이번에는 남체 바자르에서 충분히 시간을 보냈기에 순응은 순조롭게 진행됐다. 컨디션은 괜찮다. 공기가 희박해졌다는 걸 실감했지만 괴롭지는 않다. 그 이상으로 몸 안에서 끊임없이 넘쳐흐르는 무언가가 있었다. 발을 내디딜 때마다 세포와 근육으로 힘이 스며들었다. 자꾸만 빨라지려는 페이스를 의식적으로 억제했다.

이게 뭘까.

피로보다 한층 강하고 진한 무엇. 지구력이 상승했다는 사실을 실감한다. 허나 그것만은 아니다. 근육과는 별개인 점액질의 감정, 아니 감정이라기보다 훨씬 원초적인 무엇. 정체를 알 수 없는 무엇. 굳이 말하자면 허기와 같은 것이다.

굶주린 듯이 걸어갔다. 아무리 물을 마셔도 가시지 않는 갈증. 채워지지 않는 허기. 그런 허기가 근육 속에 있다. 근육 속에서 스며나온다. 무슨 수를 써도 치유되지 않는다. 그 허기에 몸이 자극받은 듯이 자신의 체중을 위로 옮겨놓고 있다. 자신의 육체를 피로하게 만드는 것이 목적이라도 된 것처럼. 페이스가 빨라지려고 한다.

그걸 억누르고, 오른다. 짐승을 달래가며, 오른다.

착각하지 마. 컨디션이 좋다는 데 속아서 무심코 페이스를 올렸다가는 그 반동이 반드시 되돌아온다. 그러다 페이스를 잃고 고산병에 걸린 등반가를 그간 몇 번이나 봐왔다.

후카마치는 위로 오르며 자신의 육체를 응시한다. 배어 나오는 땀을 올론(Orlon, 폴리아크릴로니트릴계 합성 섬유) 속옷이 말끔히 흡수해 바깥에 가스로 방출한다. 올론 속옷 위로 울 셔츠를 입고 걷고 있다. 겉옷은 필요 없다. 몸을 움직이면 충분히 따뜻하다. 직사광선 속을 걸어가노라면 더울 지경이다. 나뭇잎 사이로 햇살이 비쳐드는 숲 속에서는 이 정도가 적당하다.

이따금 전망이 드러나며 눈을 뒤집어쓴 탐세르쿠와 캉데카가 보인다. 이 숲보다 한층 상부 세계에 속한 봉우리이다. 그리고 그보다 더 위, 천상에 에베레스트가 속해 있다. 에베레스트 정상보다 위로는 아무것도 없다. 거기서부터 위는 그저 하늘이 존재할 뿐이다. 대기권이라 불리는 세계의 최상층부. 지구가 하늘을 향해 치솟은 곳, 그 위는 우주다.

'사람은 왜 산에 오르는 걸까…'

불쑥 후카마치의 뇌리에 그 말이 떠올랐다. 어제 헤어지는 길에 다와 잔부가 멍하니 중얼거린 말이었다.

아아, 그게 어제였구나.

벌써 며칠이나 지난 듯한 기분이 든다.

위로 오른다는 건, 아래에서의 일을 차례차례 저편으로 밀어 지워가는 작업일지도 모른다.

아니, 그렇지 않다. 멀어지면 멀어질수록 지워지는 것이 있는가 하면 반대로 생생해지는 것도 있다. 여러 기억들이 멀어지며 피로 속으로 사라져가는 대신 그때까지 지우지 못한 게, 남겨놓은 게, 한층 분명히 드러나는 경우가 있다. 가요코의 일이라든가. 혹은 료코의 일이라든가.

왼 어깨에 기대 떨리던 료코의 어깨, 그 온기. 나라달 라젠드라의 차 안에서 소리 죽여 오열하던 료코의 육체.

왜 그녀의 어깨를 얼싸안지 못했을까.

그런 생각이 후카마치의 뇌리에 스친다.

왜 하부는 료코를 남기고 네팔에 온 걸까.

"그 일이 1986년 9월이었던가요."

어제 비카르산에 대해 말할 결심을 내린 다와 잔부가, 그렇게 후카마치에게 이야기를 꺼냈다.

2

1986년 9월 중순 무렵, 앙 체링이 한 일본인을 데리고 다와 잔부의 집에 찾아왔다고 한다. 1985년 12월 일본 원정대가 에베레스트 남서벽에 도전했던 이듬해다.

하부 조지와 하세 쓰네오가 그 원정에 참가했으나 문제의 사건을 일으켰다. 남서벽을 공격하던 차에 하부가 혼자 내려오고 말았다. 남서벽 등반은 실패했으나 노멀 루트를 통해 하세는 정상에 섰다.

1986년 1월 하부는 일본에 돌아왔다. 그러나 그 후 반년이 지나 일본에서 모습을 감췄다. 그 사이 하부가 네팔에 있었다는 사실을 아는 사람은 기시 료코뿐이었다. 그녀도 매달 네팔에서 하부에게 송금이 들어와서 하부가 그곳에 있다는 걸 알았다고 한다. 알고 있긴 했지만 일방적인 송금이었고, 하부가 네팔 어디에 있는지는 몰랐다. 료코는 이제 송금하지 않아도 된다고 기회가 될 때 하부에게 말했지만 하부는 네팔에 가서도 송금을 중단하지 않았다.

하부는 료코의 오빠인 기시를 산에서 잃게 만들었다. 후카마치는 그 일이 하부의 내면에 결코 지워지지 않는 상처로 남았기에 료코에게 돈을 보낸 것이라고 이해했다. 송금은 한 달에 한 번 꼴이었지만 어떤 달에 안 오면 그다음 달에 두 달 치가 오는 경우도 자주 있었다고 한다. 송금은 1990년까지 이어지다가 그해로 끝났다. 1990년부터 하부의 소식은 료코도 모르게 된 것이다.

"하부 조지라고 합니다."

일본인 남자가 자신의 이름을 밝혔다.

"아아, 그…."

다와 잔부가 고개를 끄덕였다. 그는 그 이름을 기억했다.

이전해 12월 일본 원정대가 에베레스트에 들어갔을 때 앙 체링이 셰르파의 수장으로 참가했는데 등반 중에 사고를 당해 하부가 구해 준 적이 있었다. 그 일은 다와 잔부의 귀에도 들어가, 앙 체링을 구해 준 일본인의 이름도 알고 있었다. 다와 잔부는 앙 체링에게 그 일에 대해 모두 들었다고 한다.

"그를 내 집에 두고 싶네."

앙 체링이 다와 잔부에게 말했다.

"표면적으로는 내가 거느린 셰르파라고 하고, 원정대 일을 거들게 하고 싶네만…."

앙 체링은 '사정이 있어 이 남자의 본명을 숨기고 싶다. 그래서 일본 원정대의 일은 할 수 없지만, 다른 나라의 원정대라면 셰르파로 일할 수 있다. 되도록이면 에베레스트에 들어가는 원정대의 셰르파로 넣게 해달라'고 말했다.

하부는 영어로 소통하는 게 충분히 가능했다. 원정대와 셰르파의 대화는 기본적으로 영어로 이루어지기에 그 점에는 문제가 없었다. 그는 일상 회화 정도의 네팔어도 가능했고 몇 마디나마 셰르파어도 할 수 있었다. 셰르파와 일본인은 인종적으로 가깝다. 같은 몽골로이드(Mongoloid)다. 겉으로 보기엔 거의 비슷해 쉽사리 구분하기가 어렵다. 그만큼 하부가 셰르파로 가장하기가 부자연스럽지 않았다.

여권의 경우 셰르파는 확인하지 않는다. 문제가 생길 것 같으면 검문소 요원에게 돈을 쥐어주면 어떻게든 된다. 셰르파가 아니라도 상관없다. 그저 에베레스트에 들어가는 원정대를 따라 셰르파가 하는 일만 할 수 있다면 그것으로 족했다.

"어떤가?"

앙 체링이 물었다.

다와 잔부와 앙 체링은 이 지방 셰르파 중에 가장 높이 솟은 두 거봉이었다.

다와 잔부는 현역에서 은퇴했지만, 셰르파족 내부에서 인망이 두텁고 영향력이 크다. 다와 잔부와 앙 체링이 그러기로 마음만 먹으면 지금 이야기는 충분히 가능했다. 일본인이 셰르파와 함께 일한다고 해도 셰르파와 똑같이 급료를 받는다고 하면 문제는 없다. 문제는 일본인이라는 사실을 숨기는 데 있었다.

원정대에만 숨긴다면 별문제가 아니었다. 문제가 일어날 경우 정부에 어떻게 감추느냐가 관건이었다. 더 구체적으로 말하자면 검문소를 어떻게 통과하느냐였다.

루클라에서 에베레스트까지 속칭 에베레스트 가도라 불리는 장소에는 몇 곳의 검문소가 있다. 아무리 원정대에 일본인이라는 사실을 감추더라도 검문소 통과 시에 하부를 검사하게 되면 네팔인이 아니라는 사실이 발각되고 만다.

다와 잔부와 앙 체링은 친구 사이다. 앙 체링이 자신의 생명을 구해준 이 일본인을 위해 도움을 주려는 마음은 충분히 이해가 갔다.

"왜 그러는 거지?"

다와 잔부가 앙 체링에게 물었다.

왜 이 일본인은 이곳 쿰부에서 일을 하려고 하는가. 다와 잔부는 이해할 수 없었다.

"그 이유를 들려주게."

다와 잔부가 말했다.

그때 하부 조지가 자세를 가다듬으며 자리에서 일어나 다와 잔부를 쳐다봤다.

"동계에 에베레스트 남서벽을 단독으로 산소 없이 오르고 싶기 때문입니다."

더듬거리는 말투로 하부가 말했다.

"그 목표를 위해 에베레스트라는 산에 익숙해지고 싶습니다. 구석구석 모르는 장소가 없을 만큼 알아두고 싶습니다. 셰르파라면 각국의 원정대를 따라 에베레스트에 몇 차례고 들어갈 수 있습니다."

다와 잔부는 그 말을 처음 듣는 순간 바로 이해하지 못해 뭔가 물어보려고 입술을 열려고 했다. 그런데 뒤늦게 의미가 스며들듯이 그 말의 진의가 전해져왔다.

'그런 말도 안 되는⋯.'

그 말을 이해한 순간 다와 잔부는 얼마간 말문을 열 수가 없었다.

다와 잔부도 셰르파로서 몇 번이나 에베레스트에 들어갔다. 정상을 밟은 적도 있고, 남서벽에 매달려본 적도 있고, 동계 에베레스트도 경험했다. 하부의 말이 얼마나 큰 무게를 지녔는지 이해할 수 있다. 그렇지만 말도 안 되는 무모한 계획이다.

그럼에도 그 당치도 않는 말에는, 그 도전의 의미를 아는 자의 영혼을 흔들어놓는 무언가가 있었다. 그건 인류라는 종에 속한 인간이 단독으로 할 수 있는 가장 극한의 행위다. 그런 장소까지 인류라는 종은 도달할 수 있는가.

올림픽 종목의 세계 기록도, 인류라는 종의 한 도달점이다. 장거리, 혹은 단거리에서 세계 기록을 갱신한 자는 틀림없이 인류라는 종의 정점에 선 인간이다. 그러나 에베레스트를, 동계에, 그것도 남서벽을 단독으로 산소 없이 오른다는 건, 어느 만큼의 노력과 재능이 있다 해도 그것만은 실현할 수 없다고 다와 잔부는 생각해왔다.

그걸 달성하기 위해서는 그 행위자에게 신의 지극한 보살핌이 따르지 않으면 불가능하다. 날씨가 그 행위의 성공과 실패를 가르는 중요한 포인트가 된다. 말 그대로 그건 신의 영역에 들어서는 일이자 신의 의지에 자신을 맡기는 일이다.

이 일본인은 신에게 사랑받을 만한 남자인가?

그런 눈으로 다와 잔부는 하부를 바라봤다. 이 남자가 그 일을 할 수 있을지 알 수 없다. 하지만 자격이라면….

이 남자의 족적에 대해서는 알고 있다. 실적, 체력, 기술, 정신력 등에서 이 남자는 도전할 자격이 있으리라. 얼핏 심약해보일 만큼 낮은 목소리에 더듬거리는 말투지만 겉으로 드러난 얼굴 안쪽에는 뻔뻔하다 할 정도의 굳은 심지가 자리 잡고 있다. 모든 일을 이미 결정했다는 남자의 얼굴이었다.

시행착오는 겪었지만 결국 이것이라 마음의 결단을 내렸고 자신의 무엇을 위해 목숨을 걸어야 하는지를 아는, 그런 각오가 드러난 얼굴이었다.

"왜 비밀리에 해야 하나?"

"번거롭기 때문입니다."

하부가 대답했다.

"뭐가 번거로운가?"

"명확히 말씀드리기가 쉽지 않습니다."

하부가 이를 악물었다.

일본인이 셰르파로 원정대에 붙어 산에 들어간다.

"왜?"

많은 사람이 현장에서 그렇게 물으리라. 하부와 만나게 되는 사람마다 하나같이 물어볼 것이다.

그들에게 일일이 겨울에 에베레스트 남서벽을 무산소 단독 등반하기 위해서라고 설명해야 한다. 이렇게 말하면 반드시 등산계에서 화제가 된다. 화제가 되면 전부터 자신도 노려왔다고 말하는 사람이 나타날 테고, 실제로 도전하는 사람도 출현하리라.

"다른 사람에게 추월당하고 싶지 않습니다."

하부는 자신은 그걸 해내는 최초의 인간이고 싶다고 말했다.

마음속에 그런 생각을 해본 적이 있느냐는 질문을 받는다면 등반가라면 한 번쯤 상상한 적이 있다고 대답하리라. 하지만 상상하는 것과 실행에 옮기는 것은 전혀 다른 이야기다. 어쩌면 그런 사람들 중에서 하부처럼 도전해보겠다고 나서는 사람이 나올지도 모른다.

그런 사람들 중에서 기술이나 체력이 하부만큼 우수한 사람이 있다면 어쩔 수 없다. 하지만 하부보다 돈을 모으는 데 능한 사람도 있으리라. 하부는 돈이 없다. 그 돈 때문에, 세계 최초의 도전을 달성하는 이가 누가 되는지를 좌지우지당하고 싶지 않다.

하부는 세계가 인정하는 클라이머 중 한 사람이다. 그런 하부였기에 에베레스트에서 혼자 내려와버렸다는 이야기는 한때 화제가 되었고, 다와 잔부도 이 사실을 알고 있었다. 히말라야는 물론, 세계 어느 산, 어떤 원정에도 두 번 다시 하부를 대원으로 데리고 갈 일은 없으리라.

후카마치는 방법이 있다면 두 가지라고 생각했다.

하나는 하부 본인이 돈을 내서 히말라야 원정의 스폰서가 되어 스스로 대원이 되는 방법.

하부가 제멋대로 구는 걸 참아낼 사람 둘 혹은 셋이서 소규모로 정상을 노리는 방법도 있지만 그건 하부가 내켜 하지 않으리라. 아니 거부당하겠지. 하부와 자일 파트너가 되겠다고 나설 사람은 거의 없다고 봐야 했다. 있다고 해도 하부와 같은 수준의 기술과 체력이 없다면 애당초 무리다. 그런 인간이 존재한다 하더라도 하부라는 캐릭터가 거부할 가능성도 충분했다. 만약 그 모든 걸 갖춘 파트너가 존재한다면 기시 한 사람이었겠지만, 기시는 죽었다.

남은 한 가지는 단독행이다. 혼자서 모든 걸 다 한다. 혼자 계획을 짜고 혼자 정상을 밟기 위해 온갖 일을 다 한다. 하부에게는 그게 어울렸다.

그럼에도 어느 정도의 지원은 필요하다. 많은 난관이 있으리라.

그러나 하부는 단독행을 선택했다. 하부의 아이디어가 등산계에 알려지면 일본의 등산 관계자 귀에도 들어간다.

그 남자도 알게 되리라.

하세 쓰네오, 그가 알게 되면 하부보다 먼저 도전할 가능성이 있다. 하세라면 많은 기업이 스폰서로 붙는다. 후카마치는 하부가 말한 '다른 사람'이, 그저 막연히 불특정한 사람이 아니라는 걸 안다. 하세 쓰네오라는 남자가, 유일하게 하부의 뇌리에 박혀 있었음에 틀림없다.

"저는 알겠더군요."

다와 잔부가 후카마치에게 말했다.

"이 일본인은 오직 하나만을 위해, 모든 걸 버리고 여기에 왔다는 것을."

그 모든 것 중에는 기시 료코도 포함되었던 걸까. 기시를 산에서 죽게 한 책임감이라기보다, 마치 료코에 대한 미련처럼 매달 하부는 그녀에게 돈을 보냈다.

결국 하부라는 일본인을 앙 체링이 돌봐주는 것을 묵인, 아니 더 적극적인 형태로 다와 잔부는 인정하게 됐다.

검문소 관계자에게는 앙 체링과 다와 잔부가 내밀히 하부를 소개해 놓았다. 남체 바자르에도 검문소가 있었다. 그곳 사람은 다와 잔부보다 앙 체링 쪽이 교류가 깊은 지인이었다. 이쪽도 역시 비밀에 부쳐둘 수만은 없었다. 검문소 요원은 여권에 문제가 없는 한 눈감아주겠다고 조건을 붙였다.

외국인은 관광 비자로 장기간 네팔에 체재할 수 없다. 4개월에 한 번은 일단 국외에 나가야 한다. 그래서 하부는 4개월에 한 번, 네팔에서 인도로 나갔다. 인도로 나간다고는 하지만 네팔과 인도 국경으로 가서 그곳에서 다시 출국과 재입국 수속을 하는 정도였다. 얼마의 돈을 담당자에게 쥐어주면 처리는 간단했다. 하부의 네팔 체재가 위법이 아닌 이상, 검문소에서의 통과는 셰르파와 같은 방식으로 무사통과하게 됐다.

실상 이 나라의 검사는 엉성한 편이었다. 특별히 삼엄하게 지키지 않는다. 외국인도 얼마든지 검사 없이 통과할 수 있다. 이를 이용해서 1974년 프랑스 원정대가 트레킹족을 가장해 쿰부 지역의 미답봉인 타워체 6,542미터 봉우리를 밟았다.

나중에 이 사실이 당국에 발각되어 주동자는 6,000루피의 벌금을 물고 5년간 입국이 거부됐으며, 등산·트레킹을 7년간 금지당했다. 다른 멤버는 4년간 입국 거부, 5년간 등산·트레킹 신청이 금지됐다.

그런 사건이 일어난 이후로 검문소의 경계가 이전보다 삼엄해졌냐 하면 전과 별 차이가 없다는 점이 이 나라의 재미있는 면 중 하나다. 이러한 경위로 위법한 행위 없이 하부는 앙 체링의 집에 지내게 됐다.

하부가 일본인이라는 사실을 아는 이는 검문소의 관계자와 셰르파들 정도였다. 하부의 목표가 에베레스트 남서벽 동계 무산소 단독 초등이라는 것을 아는 이는 앙 체링과 다와 잔부뿐이었다. 동계 에베레스트 무산소 단독 초등의 경우, 정부의 공식적인 허가가 필요했다. 2년 전에는 신청해서 허가를 받은 후 에베레스트에 도전해야 한다. 1년에서 2년 동안 준비를 한 뒤 3년째에 결행한다면 1989년 12월, 그즈음이면 하부의 등산은 실행될 터였다.

"그는 1987년 카트만두로 가서 입산 신청을 했습니다. 그러나 허가가 떨어지지 않았습니다."

다와 잔부가 말했다.

"왜 그랬나요?"

"하부의 계획이 너무 위험하다는 이유였습니다."

당국자는 사고가 일어나면 나라와 나라 사이의 문제로 확산될 우려가 있다고 말했다.

그는 하부가 일본산악회에 소속됐냐고 질문했다. 그쪽과 연락을 취해 이 허가 문제에 대해 상의하고 싶다고 하기에 더 이상 이야기할 수 없었다. 일본산악회까지 연루되면 하부의 계획은 결국 무산되리라. 그리하여 하부가 다음으로 떠올린 방법은, 이미 허가를 취득한 원정대에 연락을 취해 합동 등반이란 형태로 오르는 것이었다. 이는 실제로 자주 있는 케이스였다.

어느 해 겨울에 히말라야의 어느 자이언트에 원정대를 보내고 싶다. 그러나 그 겨울 그 시기에는 이미 다른 원정대로 예약이 찬 상태다. 한 시기에 히말라야에 들어갈 수 있는 원정대의 수는 제한되어 있다. 그 이상의 원정대는 같은 산에 들어갈 수 없다.

그래서 나중에 신청한 자는, 이미 허가를 취득한 다른 원정대에 연락해서 그쪽 원정대와 자기네 원정대와 합동 등반이라는 형태를 취하지 않겠냐고 제안하기도 한다. 실제로 이런 식으로 실현된 경우가 적지 않다. 양쪽 모두에게 메리트가 있기 때문이었다.

처음 신청한 원정대는 다른 원정대가 합류함에 따라 입산료가 반으로 줄어든다. 경우에 따라서는 나중에 신청한 원정대가 전액을 치른다는 조건을 달 수도 있다. 나중에 신청한 쪽에서 보자면 아무리 돈이 많이 든다 해도 예정한 시기에 입산을 해서 공격을 하는 편이 낫다. 그래서 두 원정대가 도킹해 각각의 목적에 맞는 코스로 등산을 개시하게 된다.

하지만 하부의 경우는 단독이다. 단독으로 오르겠다는 인물에게 입산료 절반을 받는다고 해도 이후가 마땅찮다. 같은 코스를 오를 경우, 단독 등반가가 상대 팀원보다 늦게 출발하면 루트 개설이 다 끝난 길을 오르는 형태가 된다. 상대편으로서는 단독 등반가를 위해 루트를 개설한 꼴이 된다. 게다가 등정에 성공하면 모든 스포트라이트는 단독 등반가에게로 향한다. 단독 등반가는 달갑지 않은 파트너였다.

하부로서도 상대편에게 자신의 '동계 무산소 단독'이라는 아이디어에 대해 털어놔야만 한다. 그것도 결행 직전이 아닌, 2년이나 앞서. 그 아이디어와 자신의 이름이 언급되기 시작하면 눈 깜짝할 사이에 일본에 알려질 것이다.

"결국 비카르산은 관뒀습니다."

다와 잔부가 말했다.

"포기했다는 겁니까?"

"그건 아니죠."

다와 잔부가 고개를 저었다.

"비카르산은 예정대로 결행했습니다."

"했단 말입니까?"

"이건 비밀입니다."

"언제였나요?"

"1989년 12월이었죠."

"허가는?"

"허가는 받지 못했습니다. 비카르산은 무허가로 앙 체링과 단둘이서 출발해, 베이스캠프까지 갔다가 그 위로는 비카르산 혼자 올랐습니다."

"성공했습니까?"

"아니요."

"실패했군요."

"8,000미터까지 올랐다가 비카르산은 돌아와야 했습니다. 아이스폴에서 시간과 체력을 너무 소모했다는군요. 그해의 아이스폴은 특히 불안정했으니까요. 8,000미터에서 날씨가 급변해 이틀간 비박한 후 돌아올 수밖에 없었습니다."

베이스캠프에 도착하자마자 쓰러진 하부를, 앙 체링은 그의 상태를 보러온 딸 두마와 교대로 지고 내려왔다고 했다. 다와 잔부는 그 사실을 아는 사람은 앙 체링 부녀와 자신뿐이라고 말했다.

하부는 1990년에 다시 한번 계획을 재검토했다. 그해 하부는 카트만두에서 하세 쓰네오와 만났다. 다와 잔부는 하부가 하세 쓰네오와 만났다는 사실에 대해서는 모르는 눈치였다. 1991년에는 몇 번이나 낭파 라를 넘어 티베트에 들어가 티베트 쪽에서 에베레스트, 즉 초모룽마를 정찰했다.

낭파 라는 티베트와 네팔 국경에 있는 히말라야 고개다. 셰르파들은 카트만두에서 산 불교용품을 팔러 그 고개를 넘어 티베트까지 갔다가, 그 돈으로 융단을 사서 돌아온다. 그 융단을 카트만두에서 팔면 수지가 맞는다. 도중에 간단한 검문소가 하나 있을 뿐이고, 국경 고개에는 아무것도 없는 눈과 빙하의 세계가 황량하게 펼쳐진다.

검문소는 셰르파라면 거의 무사통과다. 표고 6,000미터에 가까운 이 고개를 통해 하부는 티베트와 네팔을 넘나들었다.

1992년 여름에 하부는 티베트 쪽에서 에베레스트에 들어가 무산소로 정상을 밟았다. 단독은 아니었다. 이때는 5,700미터 높이까지 앙 체링이 동행했다. 하부의 목표는 어디까지나 동계 에베레스트 남서벽을 무산소 단독으로 오르는 것이었다. 이때의 등정은 에베레스트에서 무산소로 행동했을 때 자신의 육체와 정신이 어떻게 되는지 확인하기 위해서였다.

"그때 비카르산은 예의 카메라를 손에 넣었습니다."

"카메라라면 맬러리의 그 카메라 말입니까?"

"예."

"어떤 상황이었다고 하나요?"

"8,100미터 부근이었나 봅니다. 거기서 백인의 시체를 발견했다고 비카르산이 말하더군요."

"8,100미터."

하세가와 료텐이 왕훙바오로부터 백인의 시체를 봤다는 보고를 들은 고도다. 커다란 바위 그늘에 숨겨진 듯이 백인이 잠들어 있는데, 옷을 만지자 너덜너덜 찢어졌다고 했다.

상세한 위치를 말하기 전에 왕훙바오가 눈사태에 휘말려 죽고 말아, 그 건에 대해서는 더 이상 알려진 바가 없었다. 왕훙바오가 봤고 하세가와 료텐이 언급한 그 백인의 시체는 맬러리의 시체일지도 모른다는 말이 돌았다. 그 현장에 하부도 이르렀다는 말인가.

"비카르산은 그 시체의 배낭 안에서 카메라를 들고 왔다고 합니다."

다와 잔부가 말했다.

"그는 왜 그 일을 보고하지 않은 걸까요?"

"무허가로 티베트에 들어갔으니까요. 카메라를 손에 넣었다는 이야기가 나오면 그는 일본으로 추방당합니다. 그게 싫었겠죠."

"필름, 카메라 안에 들어 있었을 필름은 어떻게 됐다던가요?"

"그 이야기는 비카르산에게 직접 듣지 않으시겠습니까?"

"아, 예."

"여기서 제 이야기는 줄이죠. 그와 만나서 직접 본인에게 상세히 듣는 편이 나을 겁니다."

다와 잔부는 많은 이야기를 해주지는 않았지만, 그의 말에서 하부가 왜 카메라에 대해 비밀로 했는지는 알게 됐다. 그 카메라가 세상에 드러나, 매스컴에서 소란을 피우면 싫어도 하부의 이름이 나오게 된다. 그렇게 되면 하부가 불법으로 티베트에 입국해서 에베레스트에 오른 일이 알려지고 만다. 그랬을 때 하부의 본래 목적인 동계 남서벽 무산소 단독 등반을 포기하는 상황이 닥친다.

"올해 5월이었나요. 당신이 원정대로 참가했을 때와 같은 시기에 영국 원정대가 사가르마타에 들어갔었죠. 사실 그 원정대에 비카르산도 있었습니다."

그때 포터 한 사람이 상태가 안 좋아져 중간에 하산하게 됐다. 그 포터는 내려가 데보체에 있는 앙 체링의 집 마당에서 잠을 잤다. 그 때 앙 체링의 집에서 맬러리의 카메라와 불구 등을 훔쳤다고 한다.

그걸 알고 앙 체링과 비카르산이 카트만두까지 와서 카메라와 그 포터를 찾은 것이었다. 그 포터가 코탐이었고 나라달 라젠드라를 통 해 마니 쿠말의 가게에 카메라를 팔기에 이르렀다.

"그럼 지금 카메라는 비카르산에게 있겠군요."

"예. 앙 체링 집에 보관하고 있을 겁니다."

"그의 집이 데보체라고 하셨죠?"

데보체는 텡보체에서 20분 정도 내려간 장소에 있는 셰르파족의 소소한 집성촌이다.

"예. 어쩌면 두마가 카트만두로 가져갔을지도 모르겠군요."

"파탄에 있는 그 집 말인가요?"

"그렇죠. 파탄에 앙 체링과 비카르산이 방을 빌려놓았죠. 거기에 두마와 아이가 살고 있을지도 모르겠군요."

"두마와 비카르산은 결혼했습니까?"

후카마치가 물었다.

"아뇨. 제가 아는 한 결혼은 하지 않았을 겁니다."

"정말입니까?"

"부부처럼 지내고는 있습니다만."

"아이라 하면 두마와 비카르산 사이에?"

"예. 벌써 두 살이 됐겠군요."

"어떤 사연으로 두 사람은 그런 관계가 된 건가요?"

"1989년 12월에 비카르산이 에베레스트에서 실패했을 무렵이었죠. 두마가 비카르산 옆에 내내 붙어서 간호를 하다가 자연스레 그런 관계가 된 모양입니다."

"비카르산과 만나던 여성이 일본에 있었다는 건 알고 계셨습니까?"

"듣긴 했죠. 이따금 돈을 보내는 것 같더군요. 일본 엔으로 치면 500엔도 안 되는 돈일 때도 있었지만."

그렇다면 기시 료코에게 보내던 송금이 끊긴 시기와 겹친다. 앙체링의 딸과 그런 관계가 되면서 하부는 기시 료코에 대한 미련을 끊으려고 한 건가.

동시에 두 가지 일을 하는 건 불가능하다….

결벽에 가까울 정도였다.

"비카르산은 이제 일본에는 돌아가지 않는다고 하던가요?"

"글쎄요. 거기까지는 모르겠군요. 하나 분명한 건 어쨌든 간에 사가르마타 남서벽에서 결론이 날 때까지는 여기 있을 것이라는 사실입니다."

"그렇군요."

"올해 겨울이면 드디어 비카르산도 도전하지 않을까 싶군요."

"남서벽을?"

"예. 그 때문에 비카르산은 이번 가을에 티베트까지 다녀왔으니까요."

"티베트?"

그러고 보면 마니 쿠말에게 그런 이야기를 듣지 않았던가.

"뭐 때문에 티베트까지 다녀온 걸까요?"

"고도순응을 위해서겠죠. 8,000미터 고도에 순응하기 위해서 비카르산은 티베트 쪽에서 초오유에 무산소 단독으로 다녀왔습니다."

다와 잔부가 별일 아니라는 듯이 말했다.

터무니없다.

후카마치는 뜨거운 고양감을 느꼈다.

정말 터무니없다.

에베레스트를 무산소로 오르는 목적을 위해 고도순응을 한다고 초오유를 무산소 단독으로 올랐다니? 그것만 해도 초인적인 등산이었다.

분명 초오유는 8,000미터급 고봉 중에서는 높은 편이 아니다. 표고 8,201미터. 그 정상은 8,000미터에서 200미터 높을 따름이다. 네팔 쪽에서 낭파 라를 지나 일단 티베트 쪽으로 빠져나가 북쪽에서 접근하면 비교적 편하다. 허나 편하다고는 해도 8,000미터급 고봉이다. 에베레스트나 다른 8,000미터급 고봉에 상대적으로 편하다는 의미다.

그 초오유 정상을 고도순응을 위해 올랐다는 건가. 그걸 10월에 해냈다면 지금 하부의 육체와 정신은 완벽에 가까운 상태라는 걸 의미하리라.

초오유에서 돌아와 고도순응 상태에서 벗어나기 직전 한 달 가까이 카트만두에서 휴식을 취해 육체를 재정비한다. 그 뒤 드디어 쿰부에 들어가, 11월 중순 정도까지는 비교적 편한 6,000미터에서 7,000미터에 이르는 산을 찬찬히 올라둔다. 그리고 11월 후반에 에베레스트 베이스캠프에 들어가면 그 이상 바랄 나위가 없다.

이 모든 걸 실행한다면 하부는 해낼지도 모른다. 그 꿈같은 등정을, 하부 조지라는 남자는 달성할지도 모른다. 강한 흥분이 몸속에서 요동치는 것을 느끼며 후카마치는 다와 잔부의 집에서 나왔다.

그리고 지금, 후카마치는 텡보체에 이르기 직전이었다. 긴 오르막

길을 올라 후카마치는 텡보체에 섰다.

정상에 발을 디딘 순간, 보였다. 에베레스트가.

네팔명, 사가르마타. 티베트명, 초모룽마. 그 정상이 정면에서 보였다.

직선거리로 대략 23킬로미터.

오른편에 아마다블람을 두고 눕체라는 7,861미터 봉우리와 로체라는 8,516미터 봉우리를 잇는 거대한 능선 너머, 에베레스트가 파란 하늘 위로 솟아 있었다.

3

나뭇결이 일어난 좁은 계단이었다.

후카마치가 발을 내디딜 때마다 삐걱거리는 소리가 났다. 2층으로 올라가자 한 젊은 승려가 서 있었다.

"나마스테."

후카마치가 인사했다.

"나마스테."

낮은 목소리로 답례했다.

넓은 방은 아니다. 일본으로 치자면 다다미 여덟 장 크기일까. 방에 테이블과 아궁이가 보였고, 벽에 선반을 두고 거기에 그릇이나 냄비 등의 일상 도구를 놓았다. 작은 테이블 위에 놓인 잔에서 김이 피어올랐다. 버터 차의 향이 방 안 공기에 녹아들었다. 그리고 그보다 훨씬 진한 향내.

용건을 이미 알고 있는지 승려는 오른손을 들어 안쪽을 가리켰다. 그쪽으로 난 문이 열려 있었다. 작은 문이었다. 열어둔 문 앞까지 가서 후카마치는 멈춰 섰다. 문 안을 들여다봤다.

작은 방이었다. 다다미 세 장 크기도 안 되리라. 창이 하나, 침대
가 하나. 그 침대 위에 나이 든 승려가 소담히 앉아 있다.

눈은 감고 있다. 시체였다.

이미 죽은 지 닷새가 지났다.

텡보체에 있는 곰파의 고승이 며칠 전 죽었다는 이야기는 방금
전에 들었다. 후카마치는 텡보체에 도착하자 먼저 도착한 포터에게
짐을 받아서 텐트를 쳤다.

남체 바자르에서 이것저것 식재료를 사서 짐이 늘어나 야크를 한
마리 더 빌렸다. 두 마리의 야크에 짐을 싣고 먼저 텡보체에 도착한
포터가 텐트를 치던 후카마치에게 말했다.

"5일 전 여기 곰파의 위대한 스님이 돌아가신 모양입니다."

봄에 에베레스트에 들어왔을 때도 텡보체에서 숙박을 했다. 그때
다 같이 사원에 가서 소액을 기부하고 나이 지긋한 승려로부터 액
막이를 받았다. 앉아 있는 승려 앞에 서서 합장하고 고개를 조아리
자, 오고저(양 끝이 다섯 개의 가랑이로 갈린 밀교에서 사용하는 법구)를
든 손으로 가볍게 이마를 내리쳤다. 이는 티베트 의식으로, 셰르파
들은 '체크 원을 받는다'고 불렀다. 후카마치는 이 의식을 일본의 액
막이와 비슷한 행위라고 이해했다.

후카마치는 주름이 많고 얼굴이 상당히 작은 승려였다고 기억했
다. 그때 그 승려일까.

인연이라 말할 정도는 아니었지만, 얼마 전까지 살아 있던 사람이,
반년 정도 지나 찾아왔더니 이미 이 세상 사람이 아니라는 사실에
기묘한 감회를 느꼈다. 애달프다 할 정도의 감정까지는 아니었다. 감
회, 그렇게 부르는 게 적절하리라.

"참배하러 여기저기서 많이들 오는 모양이더군요."

포터가 말했다. 더듬거리는 네팔어로 그와 대화했다.

"참배?"

후카마치가 물었다.

"예. 존경하는 라마가 돌아가시면 다들 참배하러 오죠."

포터가 말했다.

"일본인이라도 참배할 수 있나?"

"물론이죠."

그 말을 듣고 후카마치는 그 승려의 시체와 대면하러 가기로 했다. 반 정도는 호기심이었다.

곰파에 가서 마주친 승려에게 "돌아가신 라마의 방은 어디입니까" 하고 물었다. 그 승려가 지금 후카마치가 위치한 2층, 이 방으로 안내해줬다.

시체를 보고 '아아, 역시 그 승려였구나'라고 후카마치는 속으로 끄덕였다. 아담할 정도로 자그마한 얼굴을 보자 기억이 났다. 그때보다 한층 더 얼굴이 줄어든 것처럼 보였다. 얼굴뿐 아니라 몸 전체가 줄어든 듯했다. 얼굴만 아니라면 아이의 시체 같은 느낌이었다. 볼의 피부가 바싹 마른 나뭇결 같았다. 머리에 짧게 털이 났고, 눈은 감겨 있었다. 목이 살짝 구부러졌다.

누군가가 찾아와서 던진 질문에, '글쎄' 하며 고개를 돌리고는 그대로 숨진 듯이 보였다. 어깨와 목에 '카타'라고 불리는 하얀 스카프 몇 장을 걸쳐 놓았다.

승려는 침대 위에 앉아 벽에 반쯤 기댄 듯이 눈을 감았고, 무릎 끝에는 쟁반이 놓여 있었다. 그 쟁반 위에 귤 몇 개, 지폐와 동전이 놓여 있었다. 동전은 쟁반 위뿐 아니라 승려의 몸과 그 위에 말아 건 카타 위에도 보였고, 침대 위와 바닥까지 보였다.

대체 몇 살에 돌아가신 걸까. 여든은 넘겼으리라 여겨졌지만, 일본인의 눈에는 네팔인이 좀 더 늙어 보이기에 의외로 70대일지도 모른다.

후카마치는 주머니에서 몇 장의 달러 지폐를 꺼내 노승의 시체 위에 두었다. 눈을 감고 손을 합장했다. 이럴 때 읊는 경(經)이 어떤 건지도 모르거니와 적당한 예법도 몰랐다. 그냥 일본에서와 같은 예법을 취했다.

말없이 빌었다.

눈꺼풀 안쪽으로 가요코의 얼굴이 떠올랐다. 그리운 얼굴이었다.

지금 어디서 뭘 하고 있을까.

공통의 친구 몇몇에게는 네팔에 간다고 말해뒀으니, 어쩌면 가요코의 귀에도 자신이 어디 있는지 들어갔을지도 모른다.

이어서 료코의 얼굴이 떠올랐다. 카트만두 공항에서 헤어질 때의 그 얼굴.

눈을 떴다.

다시 노승의 모습이 눈에 들어왔다. 창문으로 해질녘에 즈음한 붉은 노을이 비쳐들며 노승의 무릎 위까지 적셨다.

아마 평생을 이곳에서 지내며 곰파 밖으로 거의 나가 본 적이 없으리라. 이 마을에서 태어나, 이 사원에 들어와 수행하고 이 사원의 승려가 됐겠지. 자질구레한 심부름부터 매일매일의 독경까지, 하루하루 되풀이되는 매일. 카트만두 정도는 가본 적이 있겠지. 하지만 이 사원에서 자신의 평생의 시간 절반 이상을 다 보냈으리라. 그리고 이곳에서 생애를 마쳤다.

히말라야의 하얀 봉우리들이 내다보이는 땅.

황량한 풍경.

옅은 공기.

눈과 얼음.

하늘.

후카마치가 익히 잘 아는 도시의 소음, 혼잡. 그런 것과는 먼 땅.

영화도 잡지도 술집도 없다. 그럼 여기에는 무엇이 있는가. 무엇이…

이런 인생도 있다.

내 인생은 어떤가.

그런 생각을 하며 후카마치는 뒤돌아섰다.

젊은 승려가 자신을 보고 있다.

"돌아가실 때 모습은 어떠셨나요?"

후카마치가 네팔어로 물었다.

"평소와 똑같으셨습니다."

젊은 승려가 대답했다.

"같다고요?"

"평소와 똑같이 아침 명상을 하시고는 그대로…."

"그대로라면 명상 중에?"

"예. 평소보다 명상 시간이 길어져서 찾아와 여쭤봤는데, 대답이 없으셨습니다. 살짝 몸에 손을 대봤더니 이미…."

"돌아가셨군요."

"예."

"장소는?"

"이곳입니다."

"여기라고요?"

"당신이 방금 본 장소에서, 똑같은 자세로 돌아가셨습니다."

승려가 말했다.

후카마치는 다시 노승의 시체에 시선을 돌렸다. 표정이 온화했다. 정말로 명상 중에 돌아가셨다고밖에 말할 길이 없었다.

지난번에 한 셰르파로부터 몇 년 전에 이 사원에 불이 났다는 이야기를 들었다. 그때 많은 보물과 탕카(불화)가 유출됐고 대부분은 카트만두에서 팔려 절에 돌아오지 않았다고 한다. 화재로 소실됐다고 위장하고 실은 승려가 그것들을 팔아 한몫 챙겼다고….

애당초 소문이다. 하지만 그런 소문이 현실감을 지니며 그럴 수도 있겠다고 생각했다. 돌아가신 승려도 그런 짓을 했을까?

그렇다 한들 이 나라에서는 조금도 부자연스럽게 느껴지지 않는다. 승려가 불화나 불상을 팔아 돈으로 바꾼다. 그런 행태를 입에 올리더라도, 말하는 사람이나 듣는 사람이나 비난의 울림을 띠지 않는다.

"지금도 매일 많은 분이 참배하러 오십니다."

젊은 승려가 말했다.

그때 계단에서 삐걱거리는 소리가 나면서 한 셰르파족 여성이 두세 살쯤 되어 보이는 아이 손을 끌고 방으로 들어왔다. 손에 하얀 스카프, 카타를 든 걸 보니 승려의 시체에 참배하러 온 모양이었다.

후카마치로서는 알아들을 수 없는 셰르파어로 짧게 승려와 이야기하고 작은 방 문 앞에 섰다. 여자는 작은 방에 들어가지 않았다. 그 작은 방은 이미 제단으로서 신성한 공간으로 작용하기 시작한 듯했다.

후카마치는 그 여자와 스쳐지나가며 계단을 향해 발걸음을 내디디려다가 발을 멈췄다. 그 여자의 얼굴이 낯이 익었다.

4

후카마치는 사원 밖으로 나와 산을 바라봤다.

에베레스트, 로체, 눕체. 세 봉우리가 북쪽으로 보였다. 히말라야 8,000미터급 고봉 2개를 이렇게 가까운 데서 동시에 시야에 담을 수 있는 장소란 세계에 몇 군데 없다.

해는 이미 서쪽으로 지고 있었다. 이제 곧 서산 자락으로 완전히 떨어지리라. 그래도 앞으로 두 시간 정도는 햇빛 속에 머무를 수 있겠지. 후카마치는 태양의 온도를 온몸에 받아안듯이, 이따금 몸을 돌려 반대쪽으로도 햇빛을 맞았다.

이윽고 아까 셰르파 여성이 아이의 손을 잡고 나왔다. 깊게 숨을 한 번 들이마시고 후카마치는 여성을 향해 다가갔다.

"나마스테."

그녀에게 말을 걸었다.

여자는 그 목소리를 듣지 못했다는 양 지나치려 했다.

"나마스테, 두마."

후카마치는 작정하고 여자의 이름을 불렀다. 여자는 어쩔 수 없다는 듯이 발걸음을 멈췄다. 그녀가 후카마치를 칠흑 같은 눈으로 응시했다. 분노, 불안, 두려움이 교대로 눈동자 속에서 흘렀다.

"알아보리라고 생각했어요."

여성이 말했다.

"당신도 처음 봤을 때부터?"

후카마치가 물었다.

"예. 라마님의 방에서 당신을 봤을 때 바로 누군지 알아봤어요."

"그럼 왜 지금은 잠자코 지나치려고 했나요?"

"당신과는 얽히고 싶지 않기 때문이죠."

"그렇지만 이미 얽혔습니다."

"당신 쪽에서 일방적으로 그랬죠. 당신은 일본에서 여자까지 불러 저희 생활에 끼어들었어요."

두마는 아이의 손을 움켜쥐고 자기 품으로 잡아끌었다. 두마의 말대로였다. 후카마치가 절로 움츠러들 만큼 단호한 어조였다.

문득 두마의 시선이 자신의 목으로 기울었다는 것을 알아차렸다. 후카마치는 오른손 손끝으로 자신의 목에 건 돌을 들어 올렸다. 료코가 두고 간 터키석 목걸이였다.

"이것 때문입니까?"

후카마치가 목걸이를 들고 말했다.

"그건?"

"파탄에서 만났던 일본인 여성이 제게 맡기고 갔습니다. 비카르 산에게 받았는데 그에게 다시 돌려주라고…."

"돌려주라고요?"

"분명 소중한 물건일 것이라면서요…."

"어머니의 유품이에요."

"어머니?"

"제 어머니요. 어머니가 돌아가시고 아버지가 그한테 줬죠…."

두마의 목소리가 처음보다 다소 부드러워졌다.

"그는 자기가 받은 걸 일본에 있는 지인한테 보내도 되냐고 아버지께 물어봤어요."

앙 체링은 그때 후카마치에게 물었다고 한다.

'여성인가?'

'그렇습니다.'

하부는 그렇게 대답했다.

'좋아하는 여자인가.'

'예.'

'보내주게.'

이런 대화가 있었다고 한다.

"아직 그 사람과 제가 이렇게 되기 전의 일이었어요."

"그랬군요."

"그 여자 분이 비카르산을 쫓아 네팔까지 왔다는 말을 들었을 때 전 동요했어요. 그가 그녀와 함께 일본에 돌아가지 않을까 싶어서…"

"…"

"전 무서웠어요."

"하지만 비카르산은 여기에 남았잖아요…"

두마가 시선을 발치로 떨어뜨리며 고개를 작게 저었다.

"그래도 모를 일이죠…"

두마가 갑자기 일본어로 말했다.

"일본어가…"

후카마치 역시 자기도 모르게 일본어로 말했다.

"예. 그 사람과 오래 지냈으니까요. 그 사람의 나라에 대해 좀 더 알고 싶다는 생각에…"

하부에게 일본어를 배웠다고 한다. 어쩌면 하부와 함께 일본에 가게 될지도 모른다는 마음에 그랬을지도 모른다. 생각이 거기까지 흘렀을 때, 후카마치는 왜 그녀가 갑자기 일본어로 말했는지 이해했다. 어느 정도 말귀를 알아들을 아이에게 두 사람의 대화 내용을 들려주고 싶지 않았기 때문이다. 아이는 부모가 무슨 이야기를 하는지 민감하기 마련이다.

"그 사람은?"

"그 사람이라뇨?"

"당신과 함께 있던 여성 말이에요."

"그녀는 얼마 전 카트만두에서 비행기를 타고 일본으로 돌아갔어요."

"그랬군요."

두마가 고개를 끄덕였다.

후카마치는 대화를 하면서 처음으로 두마라는 여성의 숨겨진 한 면을 엿봤다는 느낌을 받았다.

물론 문화와 풍속은 서로 다르지만, 후카마치는 기본적인 마음의 구조는 당연히 일본인과 같다는 사실을 절감했다. 아니, 일본인과 티베트인이라는 차원이 아니다. 인간의 마음은 그 누구든 비슷하기 마련이다. 후카마치는 두마의 불안과 마음의 동요가 충분히 이해됐다.

두마는 추바라 불리는, 일본으로 치자면 기모노라 할 수 있는 검은 옷을 입고 있었다. 오른쪽이 안으로 들어가게 포개서 접고, 그 사이로 물건을 넣을 수 있게 가슴 부위를 느슨하게 풀어 허리를 조여났다. 그 위에 가로줄 무늬의, 방덴(Bangdian)이라 불리는 앞치마 형태의 옷을 매어놓았다. 옷은 흙과 먼지로 더럽혀져 있지만 얼굴은 다른 마을에서 흔히 보이는 때가 탄 여성들과는 달랐다. 머리도 말쑥하게 정돈됐다.

"카트만두에 계실 거라 생각했습니다…."

후카마치가 말했다.

"하부 씨에게는 중요한 시기잖아요. 같이 있어야겠다 싶어 왔어요."

"사가르마타를 오른다죠?"

후카마치가 물었다.

두마는 그 질문에 대답하지 않았다.

"그 사람이 여기에 남은 이유가 산에 오르기 위해서라는 걸, 저도 잘 알아요. 저를 위해서가 아니라…."

두마가 서글픈 얼굴로 말했다. 후카마치로서는 두마에게 어떤 말도 할 수 없었다. 화제를 바꿔 물었다.

"비카르산은 지금 집에 있나요?"

"저희 집을…?"

"남체에서 다와 잔부에게 들었습니다."

"그분이…."

"비카르산, 하부와 만나고 싶습니다."

"그 사람, 지금 집에 없어요."

"어디에 있나요?"

두마가 다시 말문을 닫았다.

후카마치는 두마의 손을 잡고 기대고 있는 아이를 보며 네팔어로 물었다.

"이름이 뭐니?"

"니마."

두마가 대답했다.

"남자아이인가요?"

"예."

두마의 얼굴에 처음으로 웃음이 떠올랐다. 그녀의 얼굴에 웃음기가 돌자 갑자기 어려 보였다. 나이가 서른둘이라고 들었다. 정연한 얼굴이었다. 겉보기만으로 일본인과 다른 점은 복장과 머리 모양 정

산들의 영우리

520

도였다.

"제가 뭘 물어봐도 될까요."

두마가 말했다.

다시 네팔어로 돌아왔다.

"뭐든지."

후카마치는 미소 지었다. 그쪽에서 물어보고 싶다면 뭐든지 대답해줄 마음이었다.

"그 사람, 일본에서는 어떤 사람이었나요?"

순간 후카마치는 '그 사람'이 료코를 말하나 싶었다가 그게 아니라 하부를 말한다는 걸 알았다.

"어떤 사람이라…."

후카마치는 우물거렸다.

일본에서는 직접 말을 나눠본 적이 한 번도 없었다. 후카마치가 하부에 대해서 아는 바는 여러 사람에게 들은 소문과 이야기, 활자화된 내용, 그리고 기록이었다.

귀신 슬랩에 대한 기록을 이야기한들, 그녀는 얼마나 이해할 수 있을까.

"저기. 아직 저녁 안 드셨으면 저희 집에서 드시지 않겠어요?"

두마가 처음보다 훨씬 부드러워진 표정으로 뭔가 생각났다는 듯이 말했다.

"그래도 괜찮을까요."

"감자와 버터, 차라면 충분히 있어요."

"그럼 신세 지겠습니다."

"식사를 하면서 그 사람이 일본에서 어땠는지 이야기해주시겠어요?"

"물론이죠."

대답하는 후카마치의 목소리가 살짝 커졌다.

5

그다지 크다고는 할 수 없는 집이었다.

텡보체의 사원에서 20분 정도 내려오면 평지가 나온다. 강을 따라 평지가 펼쳐지며 숲을 이루고 있다. 평지라고는 해도 기복은 몇 군데나 되어, 그 기복을 따라서 이은 듯이 길이 나 있다. 왼쪽이 임자콜라라는 강이다.

길에서는 강이 안 보이지만 물이 흐르는 소리가 바로 들릴 정도로 가깝다. 이 길과 강 사이에 위치한 숲을 개간한 평지에 앙 체링의 집이 있었다. 길가에서 빠져나와 나무 사이를 걸어가다 보면 느닷없다는 느낌으로 집이 나타났다. 돌로 쌓은 벽에 회반죽을 발랐다. 회반죽의 3분의 1은 벗겨져 내부의 돌이 비쳤다.

햇살은 이미 계곡 바닥에서 벗어났지만 주위는 아직 밝았다. 포터에게는 상황에 따라 오늘 밤에는 돌아오지 않을지도 모른다고 이야기해두고 내려왔다. 현금과 카메라, 여권, 물통과 배낭, 간단한 세면도구, 비상용 식량을 작은 배낭에 채워 등에 졌다.

두마는 나란히 걸어가며 드문드문 아이와 아버지 앙 체링에 대해 이야기했다. 하부에 대해서는 일절 입에 담지 않았다. 그녀는 아이를 학교에 보내 제대로 된 교육을 받게 하고 싶다고, 일본어를 배우게 해서 일본 학교에 들어가는 게 가능하겠냐고 후쿠마치에게 물었다. 다양한 질문에 후카마치는 성실히 대답했다.

처음 만났을 때와 비교하면 두마는 후카마치에게 훨씬 마음을 열었다. 계기는 지금 목에 걸고 있는 원래는 앙 체링의 부인이 했던 터키석 목걸이였다. 두마에게는 어머니의 유품이다. 두마가 이 목걸이를 본 게 계기가 되어, 후카마치는 그녀와 이런 이야기를 나눌 수 있게 됐다.

다와 잔부도 그랬다. 그 셰르파 노인도 이 목걸이를 보고 나서 마음을 열어줬다. 생각하기에 따라서는 이 목걸이는 행운의 돌일지도 모르겠다 싶었다.

집 앞에 후카마치와 두마 모자가 함께 섰다. 두마가 1층 문을 열어 후카마치를 안으로 불러들였다.

"들어오세요."

어둠 속에서 꿈틀거리며 커다란 그림자가 움직였다. 소와 야크, 그리고 산양이 두 마리 있었다. 이 부근에서 자주 볼 수 있는 일반적인 셰르파의 가옥이었다. 1층은 가축들이 사는 축사였고 2층에 사람들이 주거했다.

"이 집을 비울 때 가축들은 어떻게 하죠?"

"근처 친척에게 맡기든가, 이 집에 다른 사람을 부르거나 해요."

두마가 아이를 안아 먼저 2층으로 올라갔다. 후카마치도 뒤를 따랐다.

2층. 다와 잔부의 집을 반으로 축소해놓은 듯한 방이었다. 창문, 아궁이 하나, 침대 둘, 테이블 하나. 그리고 벽에 세운 선반. 그 선반에 동 냄비와 플라스틱 통, 램프 커버, 비스킷 상자, 참파 그릇 등 다양한 물건들을 뒀다. 일본어 책 몇 권. 일본인이 여기에 산다는 흔적이라면 그것뿐이었다.

후카마치는 여기인가 하고 생각했다.

여기서 하부 조지가 사는 것인가.

애틋함이라고 할까, 드디어 여기까지 왔다 싶은 안도감 같은 불가사의한 감정이 후카마치의 가슴에 치밀었다.

방이 다소 어두웠다. 순간 후카마치는 하부에게 미안한 감정이 스쳤다. 자신이 사는 이 공간을, 자신이 없는 중에 다른 일본인이 와서 보는 걸 하부는 좋아하지 않으리라. 당연히 못마땅하겠지. 나는 지금 하부의 내밀한 구석을 엿본 격이다.

후카마치가 그런 감상에 젖어들 때 불쑥 두마가 작은 목소리로 말했다.

"이상해요…."

"이상하다뇨?"

후카마치가 물었다.

"저기. 침대 위치가 바뀌었어요. 선반 위의 물건도 옮겨졌고, 테이블 위치도 살짝 바뀌었어요."

두마가 주위를 불안한 눈길로 둘러보며 말했다.

아이의 비명이 울려 퍼진 건 그때였다. 후카마치와 두마가 동시에 그 비명이 들린 쪽으로 얼굴을 돌렸다. 2층 안쪽, 거기에는 네팔 전통 서랍장이 놓여 있었다. 그 그늘에서 한 남자가 나타났다.

그 남자의 왼팔 안에 두마와 하부의 아들 니마가 있었다. 남자는 오른손에 든 칼 끝을 니마의 목에 댔고 남자의 팔 안에서 니마가 울음을 터뜨리며 비명을 질렀다.

"가루노스…."

그 남자는 전에도 그런 식으로 후카마치에게 말을 걸었다. 그때는 카트만두의 체트라바티 광장으로 이어지는 길에서였다. 모한이 거기에 서 있었다.

"모한, 너…."

후카마치의 목이 메었다.

"내가 왜 여기에 있냐고?"

모한의 입술이 일그러지더니 실룩거리며 웃음을 지었다.

"인도에 가서 이삼년 지내다 오라고?"

모한은 자문자답하듯 말했다.

"내가 왜 가. 난 안 가. 가봐야 변변한 일도 없는 거길 왜. 가서 구걸이나 해먹으라고?"

"니마를 놔줘!"

모한의 말을 가로막고 두마가 말했다.

"언제든 풀어주지. 내 말만 들어주면 말이야."

"뭘 원해?"

후카마치가 말했다.

"알잖아. 그 카메라 말이야."

"카메라라니?"

"모르는 척하지 마. 당신이 마니 쿠말에게서 산 그 카메라 말이야."

코닥사의 '베스트 포켓 오토그래픽 코닥 스페셜.' 이번 일의 발단이 됐던 그 카메라.

"파탄의 집을 뒤졌는데 안 나오더군. 그렇다면 이 집에 있는 게 틀림없다 싶어 여기로 왔지. 마침 집에 아무도 없더군. 시간을 들여서 꼼꼼히 뒤지려고 했는데 중간에 돌아올 줄은 몰랐지. 게다가 미스터 후카마치까지 함께 올 줄이야."

모한은 말하는 동안 입이 말랐는지 혀로 입술을 적셨다.

"카메라 어디 있어."

"카메라를 손에 넣어서 어쩌겠다는 거야?"

"팔아야지. 인도로 가서 외국인한테 말이야. 영국인도 좋고 일본인도 나쁘지 않지. 값만 잘 쳐준다면 미스터 후카마치도 상관없어.

그 돈으로 인도에서 그럴싸하게 지낼 거야."

"나쁘지 않네. 네놈 돈으로 그런다면."

"퉤."

모한이 바닥에 침을 뱉었다.

"자, 얼른 카메라를 내놔. 어차피 이렇게 됐으니 카메라 찾기는 더 쉬워진 셈이군."

"이봐, 여기가 어딘지 알고나 하는 소리야?"

"뭔 소리야."

"여기서 도망쳐봐야 에베레스트에 가로막혀 있어. 카메라를 들고 네놈이 갈 곳은 없다고. 길이라 봐야 하나밖에 없어. 카메라를 갖고 튀어도 루클라에 무선으로 연락하면 도중에 바로 잡혀."

"개소리 마⋯. 크크크."

모한이 웃었다.

"그래서 이 애를 내가 잡았잖아."

"뭐?"

"그런 짓을 하면 이 아이가 먼저 죽어."

"이 자식⋯."

"우선 카메라부터 내놔. 안 내놓으면 지금 아이가 죽어."

아이의 목에 칼을 한층 더 가까이 댔다.

"없다고는 말 못 하겠지."

"있어요."

두마가 대답했다.

"있어요. 카메라는 여기 있어요."

"내놔."

"미, 밑에⋯."

"밑이라고?"

"1층에."

"축사에 뒀나?"

모한이 의심스러운 눈초리로 두마를 쳐다봤다.

"아, 예."

"좋아, 그럼 밑으로 내려가지. 내가 먼저다. 내가 먼저 내려고 나서 너희들이 따라 내려와. 빈손으로 와. 뭐 하나라도 들고 내려오면 알지?"

모한이 니마를 붙들고 방구석에서 앞으로 나왔다.

"저기 가 있어."

모한이 후카마치와 두마를 창문 쪽 벽으로 몰았다.

모한은 반대쪽 벽의 선반을 등지고 후카마치, 두마와 마주보는 상태로 지나가 계단으로 향했다.

"여자가 먼저 내려와."

밑에서 목소리가 들렸다.

두마, 그리고 후카마치 순으로 내려갔다.

"자, 어디야?"

두마가 주위를 살펴보고 문을 밀어 열었다.

"쉬잇."

입안에서 강한 마찰음을 내며, 가축들을 향해 소리를 냈다.

"워, 워."

야크가 느긋하게 몸을 일으키더니 밖으로 나갔다. 그리고 두 마리의 산양과 닭들이 뒤를 따랐다.

두마가 방금 전까지 야크가 누워 있던 곳으로 갔다. 그쪽 벽에 삽이 세워져 있었다. 두마가 그 삽을 들었다.

"삽은 왜 들어?"

"묻어놓은 걸 찾으려고요."

두마가 말했다.

"내가 하겠다."

후카마치가 두마에게 다가가 삽을 건네받으려고 오른손을 내밀었다.

"됐어. 여자보고 하라고 해."

모한은 만사에 조심을 기하는 남자였다. 설령 카메라를 찾는 작업이 늦어진다고 하더라도, 무기가 될 만한 물건을 남자가 든 꼴을 못 보겠다는 것이다. 삽은 무기로 충분하다.

두마가 삽을 들고 안으로 좀 더 들어가, 볏짚 부스러기를 치우고 흙을 파헤치기 시작했다. 이윽고 거기서 비닐 봉투를 두 겹으로 싼 물건이 나왔다. 함석상자였다. 두마는 삽을 바닥에 내려두고 양손으로 들어 올려, 비닐 봉투를 벗기고는 함석상자를 바닥에 내려놓았다. 뚜껑을 열었다. 두마가 안에 손을 넣어 낡은 카메라 한 대를 꺼냈다.

어슴푸레하긴 했지만 후카마치 눈에 분명히 들어왔다. 후카마치가 자신의 손에 한 번 쥐었던 그 카메라였다.

"그건가?"

모한이 눈이 반짝거렸다.

"이쪽으로 가져와."

두마가 카메라를 들고 천천히 모한에게 다가갔다.

"그 카메라를 손에 넣는다고 돈으로 바꿀 수 없어. 나라달 라젠드라의 말도 못 들었나. 범죄 행위로 손에 넣은 카메라는 바깥세상에 나올 수 없다고."

후카마치가 말했다.

"개소리 마. 이 카메라를 범죄 행위로 손에 넣었는지 누가 알겠어. 팔면 그만이야. 그 뒤는 내가 알게 뭐야."

모한이 눈앞에 다가온 카메라를 보며 흥분한 목소리로 중얼거렸다.

"이게 그 카메라군."

그는 칼을 바꿔 쥐고, 등에 졌던 배낭을 바닥에 내려놓았다.

"이 안에 카메라를 넣어."

두마가 카메라를 배낭에 카메라를 넣자 모한이 얼른 배낭을 다시 멨다. 빈틈만 생기면 달려들 작정이었지만, 모한이 쥔 칼끝이 니마의 목에서 떨어지지 않았다. 만약 떨어졌다 해도 자신에게 그럴 용기가 있을까.

모한이 배낭을 등에 졌다.

"아이를 놔줘!"

두마가 말했다.

"안전한 곳까지 가면 애를 어느 집 앞에 놔주지."

모한이 그렇게 말하며 출입문으로 천천히 뒷걸음질 쳤다.

모한이 문밖까지 나왔다. 그때 모한의 뒤에서 소리가 났다.

"모한, 꼼짝 마."

그 목소리에 순간 모한의 등이 움찔했다. 모한이 뒤를 돌아봤다. 거기에 나라달 라젠드라가 오른손에 권총을 들고 왼손을 오른쪽 손목에 받친 채 모한을 향해 총구를 향하고 서 있었다.

짐승 같은 모한의 새된 목소리와 총성이 동시에 울렸다. 모한이 비명을 질렀을 때 후카마치는 무의식적으로 모한에게 달려들어, 모한의 왼팔에서 니마를 낚아챘다.

모한은 이미 땅바닥에 나뒹굴며 바동거리고 있었다. 왼쪽 어깨에 총을 맞아 피가 엄청나게 흘렀다. 그 곁으로 카트만두에 있어야 할 나라달 라젠드라가 다가와 이렇게 말했다.

"죄송합니다. 제 실수입니다. 모한이 도망치고 말았습니다. 설마 여기까지 와서 이런 짓을 하리라곤…."

16장

산의 늑대

1

산이 있다.

산이 있다.

후카마치 앞에, 산이 있다.

후카마치 뒤에, 산이 있다.

후카마치 오른쪽에, 산이 있다.

후카마치 왼쪽에, 산이 있다.

눈물이 날 것 같은 산이 있다.

깨끗한 산이 있다.

슬픈 산이 있다.

아니 깨끗함, 지저분함, 슬픔, 이런 인간의 감정과는 다른 고고(孤高)한, 산이 있다.

산으로 둘러싸인 산, 산에 산이 중첩되는 가운데 산이 있고, 산과 산이 포개지고 이어지면서 산이 솟아나고, 산 너머로 보이는 산 저편에 다시 산이 있고, 산줄기 저편에 다시 산줄기….

그곳에 후카마치가 오도카니 서 있다.

후카마치가 외로이 서 있다.

성층권의 바람을 바위가 호흡한다.

얼어붙은 대기 속의 시간을 눈이 붙든다.

눕체의 거대한 봉우리가 후카마치 앞에 있다. 그 바로 앞에 아이스폴이 나타난다.

에베레스트 산군에서 모여든 눈이 빙하가 되어 다 같이 모여들었다. 뭐라 형용하기 힘든 커다란 얼음폭포.

빙하의 원류는 산 정상에서부터 내려와 쌓인 눈이다. 그 눈의 근원은 한층 더 높은 푸른 하늘이다. 그 눈이 자신의 무게에 미끄러져 산을 타고 내려온다. 그리고 에베레스트, 로체, 눕체 같은 8,000미터급 고봉과 7,000미터급 봉우리들로 둘러싸인, 폭 4킬로미터의 거대한 계곡에 모여든다.

어떤 건 눈사태가 되어 단숨에 내려오고, 어떤 건 달팽이보다도 느린 속도로 내려온다. 각각의 속도와 무게가 눈을 다지고 결빙시키며 계곡을 타고 아래로 내려간다.

이것이 빙하다.

얼음의 강이다.

그 강은 흐른다.

하루에 몇 센티미터씩, 1년에 몇 미터의 속도로.

그러다 계곡 출구에서 갑자기 하강한다. 못[淵]에 파랗게 모여든 물이 흘러넘쳐, 폭포를 만들어 떨어진다. 그것이 아이스폴이다.

에베레스트 정상에 쌓인 눈이 얼음이 되어, 여기까지 도착하는데 대략 1,500년. 빙하의 끝인 로부체까지는 2,000년의 세월이 걸린다. 그 여정은 약 20킬로미터, 3,500년의 여행이다.

그 시간, 그 세월 속에 후카마치가 서 있다.

아이스폴 밑 빙하 옆에 텐트를 치고 후카마치 혼자서 하늘과 호흡했다.

빙하를 사이에 두고 저 멀리에 눕체가 보이고, 뒤돌아보면 로 라의 설사면이 눈부시게 반짝거린다. 1921년 에베레스트를 노렸던 맬러리가 에베레스트 쪽에서 이 거대한 계곡을 내려다봤다가, 아이스폴을 보고 나서 네팔 쪽으로의 등정을 포기한 곳이 이곳 로 라다. 그리하여 영국 원정대는 북동릉이라는, 더 힘든 능선의 등정을 선택했다. 1921년과 1922년에 제1, 2차로 원정대를 보냈다가 패퇴하고, 1924년 제3차 원정에서 맬러리와 어빈의 비극이 일어났다.

결국 에베레스트 정상에 처음 선 건 1953년 제8차 원정 때였다. 그때의 루트는 북동릉이 아닌 맬러리가 불가능하다고 판단한 아이스폴을 통과하는 네팔 쪽에서였고, 등정자는 뉴질랜드인 힐러리와 네팔인 셰르파 텐징이었다. 이 모든 사실은 후카마치가 오래전에 질릴 정도로 읽은 그들의 등반 기록이나 그들이 쓴 책에 쓰여 있는 내용이다. 그런 내용이 후카마치의 뇌리에 되살아났다.

여기에 들어온 지 벌써 나흘째다. 이곳은 네팔 쪽에서 에베레스트를 노리는 원정대라면 항상 베이스캠프를 설치하는 장소다. 에베레스트 베이스캠프라고 하면 굳이 다른 데를 고민할 이유 없이 자연스레 이 부근에서 캠프를 치게 된다.

포터는 야크의 짐을 여기다가 내려놓고 그날 바로 야크와 함께 내려갔다. 이 장소에는 야크가 먹을 만한 풀이 없다. 야크가 먹을 풀까지 싣고 오면 하중이 너무 크다. 그래서 베이스캠프에는 야크가 먹을 만한 게 없기에, 그날 중으로 내려가지 않으면 야크에게 무리가 간다.

후카마치는 이곳에서 벌써 3박을 했다. 이제 나흘째다. 표고 5,400미터. 홀로 이 고도의 날카로울 정도로 맑은 대기를 호흡하노라면 자연스레 감정이 희박해지는 듯한 느낌이 든다. 마음속의 불순물들이 날을 거듭함에 따라 차례차례 사라져가며, 마음뿐 아니라 육체까지 투명해지는 느낌이었다.

매일 태양이 뜨면 30분에 한 번은 땅이 낮게 울리는 소리와 함께 눕체 암벽에 들러붙었던 눈이 무너지며 눈사태가 일어난다. 어떤 때는 눈사태로 일어난 자욱한 연기가 베이스캠프 코앞까지 이를 때가 있다. 베이스캠프라 해도 눈사태에서는 결코 안전한 장소라 할 수 없었다.

한 번씩 일어나는 눈사태로 붕괴하는 눈의 양은 엄청나다. 눈사태는 언제나 같은 장소에서 일어난다. 그곳만 눈이 움푹 파여 툭하면 떨어져 내린다. 하지만 아무리 자주, 많이 무너져도 암벽의 눈의 양은 조금도 줄어든 것처럼 보이지 않는다. 산 내부에서 화수분처럼 눈이 솟아 나오는 것 같다. 대체 눈이 얼마나 있는 걸까.

식사는 자기 손으로 준비한다. 카트만두에서 구입한 EPI 가스통에 스토브를 장착해 눈을 담은 코펠을 얹고 불을 붙인다. 눈이 녹으면 허망할 정도로 얼마 안 되는 양의 물로 변한다. 눈을 몇 차례 다시 채워 물을 끓이고, 설탕을 듬뿍 넣은 홍차를 타서 마신다. 하루에 3리터 남짓한 수분을 그렇게 섭취한다.

비스킷 다섯 개, 삶은 감자 몇 개, 치즈 한 조각, 사과도 매일 한 개씩 먹는다. 사과는 껍질 채 속까지 씹는다. 맛을 못 느낄 때까지 몇 번이나 씹어 엑기스를 섭취하고 입안에 남은 씨를 뱉는다. 사과 한 개에 든 영양분과 비타민 한 방울까지 위와 장의 점막까지 섭취하겠다는 마음이었다.

오전 중 한 차례 꼼꼼히 스트레칭을 하여 몸 안의 근육을 손끝으로 풀어준다. 오후에는 가볍게 주위를 산책하고 돌아와 텐트 안에서 다시 스트레칭을 한다. 허벅지와 장딴지 근육에서 적당한 탄력이 느껴진다. 근육이 충실해졌음을 느낀다. 올 5월 원정 당시보다 컨디션이 좋다. 자신의 몸에 이만한 충실감을 가질 수 있으리라곤 상상하지 못했다. 텡보체에서부터 완만히, 정성을 기울여 고도를 높여온 것이 효과를 보는 듯하다.

앙 체링의 집에서 1박을 하고 다음 날 출발했다. 바로 페리체까지 갈 수도 있었지만 앙 체링의 집에서 충분히 수면을 취하고 오후가 지나서 출발했다.

두 시간 걸어 팡보체에서 1박. 다음 날은 세 시간 걸어 페리체에서 1박. 표고 4,240미터의 페리체에서 표고 4,887미터의 로부체까지 천천히 걸어 다섯 시간. 로부체에서 2박을 했다.

트레킹족들의 텐트가 스무 개 정도 보였다. 후카마치는 그 텐트 주변의 언덕을 올랐다가 되돌아오기를 두 번 했다. 로부체에서 표고 5,100미터 고락셉까지 고도차 213미터. 이때는 오른편으로 빙하를 바라보며 두 시간을 걸었다.

고락셉에서 1박. 다음 날 낮에 출발. 모레인 지대 측면을 넘어 빙하 위를 걸으며 베이스캠프로 향한다.

빙하라고는 해도, 이 부근의 빙하 표면은 산에서 무너져 내린 흙과 모래, 돌 등으로 뒤덮여 있다. 크레바스와 단층이 나타나면 하얀 얼음과 시퍼런 얼음이 보인다. 그리고 빙하 표면 위로 얼음기둥이 곳곳에 서 있다. 3미터가 넘는 얼음기둥 위로 거대한 바위가 얹혀 있거나, 토사로 뒤덮인 빙하 표면에 빌딩 하나 크기는 될 만한 세락이 굴러다니는 경우도 있다. 대체 어떤 동력이 이러한 조형을 만드는 걸까. 인간의 생활 고도를 넘어선 장소에서 하늘을 향해 이동하며, 후카마치는 가슴속에서 몇 번 신(神)이란 말을 떠올렸다가 지웠다.

베이스캠프에 도착한 건 사흘 전, 11월 23일이었다. 이후로 사흘이 지나 11월 26일이 됐다. 앙 체링의 집에서 나온 지 9일이 지났다. 그날, 왼쪽 어깨에 총을 맞은 모한의 상처를 소독하고 응급 처치를 한 후 나라달 라젠드라와 함께 온 남자 둘을 붙여, 모한을 먼저 밑으로 내려보냈다. 후카마치는 나라달 라젠드라와 함께 남아, 앙 체링의 집에서 하루 머물렀다.

그날 밤, 나라달 라젠드라와 두마와 무슨 이야기를 나눴을까. 인간의 세계를 초월해 산의 시간 속에 들어선 지금으로서는, 아득히 먼 저편의 일이었던 듯싶다.

"가능하면 원만히 끝내는 게 어떨까요? 비카르산도 그러길 바랄 겁니다."

차를 마시며 내가 그렇게 말했다. 일을 키우고 싶지 않다고. 이 시기에 경찰이나 공무원이 개입하는 건 자신도 원치 않거니와 아마 하부도 그러리라.

"그렇게 말씀해주시면 저야 고맙죠. 저희 일은 되도록 저희 안에서 해결하고 싶으니까요."

나라달 라젠드라가 그렇게 말했다. 두마도 모한이 일으킨 사건이 커지지 않기를 바랐다. 이 사건에 대해서는 내부적으로 처리하는 것으로 이야기는 일단락됐다.

하부에 대한 이야기도 나왔다. 그가 지금 어디 있느냐는 질문에 두마가 대답해줬다.

"포칼데요…."

두마가 나지막이 말했다.

"포칼데피크 말인가요?"

후카마치가 물었다.

"고도순응을 위해서요."

두마가 고개를 끄덕이며 말했다.

포칼데 피크는 로부체 남동쪽으로 솟은 표고 5,806미터의 산이다. 하부는 지금 앙 체링과 함께 그곳에 가 있다고 했다. 정상을 밟고 나서 정상 바로 밑 표고 5,770미터 지점에 텐트를 치고 2박. 초오유에서 기본적인 순응을 마친 몸을 포칼데에서 완벽할 정도로 적응시킬 목적이라고 한다. 그걸 마치고 집에 돌아와 하룻밤 지낸 후 드디어 에베레스트 베이스캠프에 들어갈 예정이었다.

괜찮은 아이디어였다. 두마의 이야기를 듣는 사이, 마음속으로 어쩌면 하는 마음이 움튼다. 어쩌면 하부는 해낼지도 모른다.

후카마치는 그런 생각이 든 순간, 등줄기에 치닫는 떨림을 억누르기 힘들었다.

다음 날 아침, 나라달 라젠드라와 앙 체링의 집 앞에서 헤어졌다.

후카마치는 좀더 높은 장소로 떠나기 위해.

나라달 라젠드라는 카트만두로 돌아가기 위해.

헤어지는 길에 나라달 라젠드라가 후카마치의 손을 잡고 뭐라고 했다.

뭐라고 했지? 국가에 대한 이야기였나, 개인에 대한 이야기였나? 아니, 둘 다였다.

"그 무엇인들 아무리 기다려도 결코 다른 사람이 가져다주지는 않습니다. 후카마치 씨, 그런 의미에서 국가나 개인이나 똑같죠…."

나라달 라젠드라가 그렇게 말했다.

"갖고 싶은 것이 있다면 자신의 손으로 움켜쥐는 수밖에 없습니다. 굿럭…."

나라달 라젠드라가 남긴 마지막 말이었다.

"베이스캠프에서 기다린다고 하부에게 전해주세요."

후카마치는 두마에게 말을 남기고 앙 체링의 집에서 나왔다.

앙 체링의 집에서 하부를 기다릴까 하는 마음이 문득 들었다가,

관뒀다. 만약 에베레스트에 들어가기 전 집에서 하룻밤 지낸다면 그 하룻밤은 귀중한 시간일 것이다. 가족끼리 지내야 할 시간이리라. 그런 마음이 후카마치를 홀로 베이스캠프로 이끌었다.

어차피 하부는 어딘가로 가야만 한다. 그 어딘가로 가기 위해, 하부는 이곳 에베레스트 베이스캠프까지 오게 되어 있다. 살아 있는 한…. 그건 확실했다.

하부는 이미 마음을 굳게 정했다.

언제든 오라, 하부 조지….

2

11월 27일, 후카마치는 하부를 기다리는 중이다.

하부는 이미 집에서 나왔을 것이다. 이곳을 향해 하부는 걸어오는 중이리라. 하부의 발소리가 천천히 다가오는 느낌이 들었다. 모레인 지대를 넘고 빙하 위를 건너 얼음기둥을 돌아 이쪽으로 다가오고 있다.

그 발소리가 이제 여기에.

그런 생각이 누차 들 때마다 하부는 오지 않았다. 하지만 불안하지는 않았다. 하부가 올 장소가 여기밖에 없다는 걸 알기 때문이다.

내가 온 이후로 하루에 한두 팀, 두세 명의 사람들이 베이스캠프로 들어왔다. 다들 트레킹족이다. 대부분의 트레킹족은 베이스캠프까지는 오지 않고, 고락셉 옆에 위치한 칼라파타르라는 언덕 정상에 오른다. 칼라파타르는 베이스캠프보다 표고가 조금 높지만 그곳에서 보이는 전망이 대단하기에 다들 그쪽으로 간다.

후카마치는 봄 원정 때 그곳에 올랐다. 에베레스트, 로체, 눕체가 한눈에 들어온다. 계곡에서 기어 올라온 빙하가 푸모리 능선과 만나 남쪽으로 크게 방향을 꺾어, 칼라파타르 밑을 지나 흐르는 광경이 잘 보인다. 대부분의 트레킹족들은 그걸로 만족한다. 혹자는 체력이 다하여 베이스캠프까지 올 힘이 없다. 고산병으로 어쩔 수 없이 하산해야 하는 사람도 있으리라. 그렇기에 제한된 몇몇 사람만이 베이스캠프에 들어온다. 아주 극소수의 인원이다.

원정대도 베이스캠프에 한 팀도 들어오지 않았다. 후카마치 혼자다. 원래대로라면 영국 원정대가 들어왔어야 했다. 그러나 영국 원정대가 10월에 네팔 정부와 문제를 일으켰다. 그 문제란 1993년 가을부터 네팔 정부가 입산료를 인상한 데서 비롯했다. 지금까지는 원정대당 3만 달러였던 에베레스트 입산료가 5만 달러로 올랐다.

대원 숫자도 다섯 명 이내로 제한됐다. 상황에 따라서는 대원 수를 중간에 두 명까지 늘릴 수 있지만, 그럴 시에는 2만 달러를 더 내야 했다. 다섯 명에 5만 달러, 일곱 명이면 7만 달러. 한 사람당 1만 달러인 셈이다. 1달러에 100엔이라고 치면 1만 달러는 100만 엔이 된다.

지금까지는 원정대당 300만 엔을 내면 몇 명이라도 에베레스트 정상에 설 수 있었으나, 이제부터는 일곱 명에 700만 엔, 한 사람에 100만 엔으로 자기부담금이 높아졌다.

가을에 들어온 영국 원정대는 다섯 명으로 신청했다. 그런데 일곱 명이 에베레스트 정상에 올라가버렸다. 두 명이 늘어난 것이다. 영국 원정대는 이 사실을 보고하지 않았고 돈도 치르지 않았다. 그로 인해 네팔 정부가 영국 원정대를 귀국시키지 않은 사건이 발생했다. 그 후 영국에서 히말라야 등반 보이콧 운동이 전개됐고, 네팔 정부는 네팔 정부대로 다른 영국 원정대에게 허가했던 등산을 취소해 그런 상태가 지금까지 이어지고 있다. 올겨울에 에베레스트 정상을 공격할 예정이었던 영국 원정대가 베이스캠프에 들어오지 못한 데는 그런 속사정이 있었다.

하부로서는 한층 더 유리한 상황이라 할 수 있었다. 그러나 하나의 산 정상에 오르려는 한 사람에게 100만 엔이라는 돈을 요구하는 나라는 공산국가 외에 네팔뿐이었다. 이는 결과에 대한 금액이 아니다. 허가를 받는 데 치러야 할 돈이었다. 즉, 등정에 성공하든 실패하든 그 돈을 치러야만 했다.

일본에서는 후지산에 오르는 데 허가가 필요하거나 외국인에게 입산료를 받거나 하는 일은 없다. 후지산에 오르겠다 마음먹으면 일본인이든 외국인이든 자유롭게 오를 수 있다. 가이드를 고용하면 그 비용을 가이드에게 치러야 하지만 그건 유형의 실체에 치르는 지출이다. 어떤 노동에 대해 지불해야 하는 돈이며, 외국인이라고 해서 가격이 높아지지는 않는다. 미국이든 영국이든 뉴질랜드든 마찬가지다.

그러나 외화를 벌어들일 방법이 별도로 많지 않은 가난한 나라가, 그 나라에 유일하게 존재하는 관광자원인 등산에 대해 허가제로 돈을 받는 것에는 불평할 수 없다. 그럴 수밖에 없다.

그럼에도 한 사람당 100만 엔이라는 금액은 너무 많다고 후카마치는 생각했다. 상황에 따라서는 자신도 에베레스트 정상을 무허가로 노리게 될지도 모른다.

하부도 그렇다. 하부도 무허가로 입산한다. 그렇기에 하부는 자신과 관련된 사건이 퍼질까봐, 일을 되도록 좁은 범위에서 매듭지으려 했다.

그런 하부를 후카마치는 지금 기다린다.

빙하 위에서 바위라도 된 듯이 기다린다.

햇살과 옅은 대기가 둘러싼 이곳에서 바람에 휘날리며, 그저 기다린다.

산의 일부라도 된 듯이 기다린다.

텐트 앞 바위 위에 앉아 암벽과 바람과 창공을 올려다보며 기다린다.

여기서는 눈앞의 능선에 가려 에베레스트 정상이 보이지 않는다. 보이지 않는 정상이 저 너머로 보이기라도 하듯이, 혹은 그 정상이 자신의 내면에서 치솟아 오르기라도 한 듯이 파란 하늘에 시선을 응시하며, 후카마치는 하부를 기다린다.

바람에 표백되어, 내장까지 파란 하늘빛으로 물들여진 듯한 기분이 든다. 지상의 모든 것들과 멀어지며 그런 것들이 이제 어찌 되든 상관없다는 생각이 든다.

쓸데없는 생각이 사라진다.

모든 불순물이 사라진 뒤 남은 것.

단순한 것.

고갱이와도 같은 것.

몇 개의 돌.

그런 돌이 마음속에서 굴러다닌다.

세가와 가요코.

기시 료코.

그런 이름의 돌이다.

그리고 카메라.

아아, 생각났다. 그걸 물어보는 걸 잊었다.

그 카메라에 대해. 그 카메라를 하부가 어디서 입수했는지 아느냐고 두마에게 묻는다는 걸 잊었다.

아니, 묻기는 물었다. 그걸 하부가 어떻게 손에 넣었냐고.

"산에서."

두마는 그렇게 대답했다. 그 이상 말하지 않았다.

산이라 하면 에베레스트다. 그러나 에베레스트 어디인지는 말하지 않았다. 아니, 말할 수 없으리라. 설령 하부가 두마에게 말했다고 해도 어디서 발견했다고 말로 설명할 수가 없다.

"맬러리의 시체를 그가 발견했죠?"

그렇게 물었다. 두마는 고개를 저었다. 모른다는 의미인지, 알지만 말할 수 없다는 의미인지, 후카마치로서는 알 수 없었다.

"그 사람한테 직접 물어봐주세요…."

두마는 그렇게만 말했기 때문에 더 이상 묻기를 포기했다.

그렇다. 두마 말이 맞다. 하부에게 물으면 된다. 하부에게 물어야 할 일이다.

하부여, 어디에 있는가.

이쪽을 향해 걸어오고는 있는가?

이제 근처까지는 왔겠지?

후카마치는 자문하듯이 마음속으로 몇 번 그렇게 물었다.

11월 28일, 후카마치가 기다려온 남자가 드디어 찾아왔다.

3

화창한 날이었다. 정오의 눕체 능선 위로 태양이 중천으로 솟아 햇살을 쏟아냈다. 눈이 달라붙지 못할 정도로 급격한 암벽과 오버행이 시야에 들어왔다. 눕체 발치로 거대한 빙하가 흐르고 있다.

후카마치 마코토는 바위 위에 앉아 산과 빙하를 바라봤다. 그는 상류에서 흘러내려온 빙하가 눈앞을 지나 하류로 흘러가는 모습을 눈에 담고 있었다.

빙하의 하류 부근에서 후카마치는 빙하 바로 옆으로 두 개의 점이 움직이고 있는 것을 목도했다. 그 두 개의 점은 베이스캠프를 향해 천천히 다가왔다. 또 트레킹족인가 하면서 바라보는데 왠지 움직임에 리듬감이 있다.

아니다. 트레킹족이 아니다.

트레킹족의 대부분은 숨을 헐떡이며 걸어온다. 흡사 기둥이 한 발 내디딜 때마다 가쁜 숨을 토하며 걷는다. 에베레스트 정상을 노리는 사람이라면 표고 8,000미터를 넘어 그런 움직임이 나타날지도 모르지만, 이 정도 표고에서 그런 걸음을 하지는 않는다. 트레킹족에게 정상은 이 베이스캠프, 표고 5,400미터 지점이다. 그렇지만 에베레스트 정상을 노리는 사람에게 베이스캠프는 그저 출발점에 지나지 않는다. 출발점에 이르는 데 숨을 헐떡인다면 더 이상 위로 올라갈 수 없다.

이쪽으로 다가오는 두 개의 점은, 빙하 안으로 들어갔다가 모레인 지대 측면 위로 나와 바위와 얼음 사이를 오가며 모습을 다문다문 드러냈다. 서두르지는 않는다. 조심스레 발걸음을 내디디면서도 지상을 걷는 듯한 사뿐한 발걸음이다.

저 호흡, 저 리듬.

후카마치는 잘 알고 있다. 육체를 충실히 단련한 등반가의 걸음걸이였다. 자신의 체중을 다리 근육으로, 한 발씩 하늘을 향해 옮겨 간다. 그런 의지를 담은 육체가 다가오고 있다.

이윽고 두 마리의 야크가 두 사람의 그림자에 섞였다. 짐을 가득 실은 야크였다. 후카마치의 심장 부근에서 뭔가 꿈틀거리듯한 기대감이 치밀어 올랐다.

그인가?

심장이 뛰었다.

후카마치는 일어났다.

하부 조지?

후카마치는 천천히 다가오는 두 사람의 그림자를 지켜봤다.

다가온다.

틀림없다.

하부 조지였다.

하부가 앞서 걸었고 그 뒤를 앙 체링이 따라오고 있다.

후카마치는 움직이지 않았다. 그 자리에 오도카니 서서 두 사람이 오기를 기다렸다. 후카마치와 하부 사이의 거리가 메워져 간다. 이따금 로 라에서 불어 내려오는 차가운 바람이 후카마치와 하부 사이를 빠져나가, 빙하 위로 사라져간다.

이윽고 하부가 말없이 후카마치 앞에 섰다. 하부는 후카마치가 여기에 있다는 걸 진작에 알았으리라.

하부는 바지에 울 셔츠 한 장만 입고 있었다. 셔츠의 두 번째 단추까지 풀었다. 표고 5,000미터를 넘는 고지라도 낮에 움직일 때는 바지와 셔츠 한 장으로 충분하다.

선글라스를 끼고 있다.

입술도 태양에 타서 얼굴과 색깔이 같다.

흑색.

옷깃 안쪽 목덜미까지 까맣게 탔다.

"두마가 신세를 졌더군…."

하부가 짧게 말했다. 그 말이 하부의 인사였다.

하부가 군데군데 벗겨진 까만 입술을 열자 하얀 치아가 보였다.

그 치아 안쪽에서 움직이는 혀가 신선한 분홍빛을 띠었다. 까맣게 탄 다른 피부로 인해, 치아의 백색과 입안의 점막이 유달리 눈에 띠었다.

"고맙다는 이야기를 해두지. 당신이 있어 다행이었어."

등에 진 배낭을 내려놓으며 하부가 말했다. 맞은편에서 앙 체링은 이미 야크의 짐을 풀기 시작했다.

"나는 아무것도 한 게 없습니다. 나라달 라젠드라가 와서 다행이었죠."

하부는 잠자코 후카마치를 바라봤다. 짙은 선글라스 뒤 하부의 눈매가 어떤지 후카마치로서는 알 수 없었다. 그 선글라스 표면에 자신의 모습이 비쳤다. 하부의 뺨과 턱에도 수염이 덥수룩하게 나 있다.

"좋은 얼굴이 됐군."

하부가 말했다.

그 말이 자신의 얼굴에 대한 이야기라는 걸 후카마치가 깨닫는 데까지는 몇 초가 걸렸다. 그가 깨달았을 때는 하부가 몸을 숙여 배낭 위에 있는 주머니 지퍼를 열고 있었다. 하부가 주머니 안에서 신문지에 싼 물건을 꺼냈다.

"당신한테 주지."

하부가 일어나 후카마치에게 그 물건을 내밀었다. 후카마치가 받아들고 미심쩍은 얼굴로 물었다.

"이걸?"

"그래."

후카마치는 신문지를 풀었다. 안에서 나온 건 낡은 카메라 한 대였다. 분명히 기억하는 카메라였다. 그 크기, 손에 쥐었을 때의 무게,

전부 다 기억났다.

'베스트 포켓 오토그래픽 코닥 스페셜.'

이번 일의 근본적인 발단이 된 카메라였다. 후카마치가 카트만두의 마니 쿠말 가게에서 이 카메라를 발견한 것이 시작이었다. 바로 맬러리의 카메라였다.

"내가… 받아도 되는건가?"

예상치 못한 전개에 후카마치가 하부에게 물었다.

"그래."

하부가 짧게 대답했다.

지금 내가 얼씨구나 하고 받아도 되는 걸까. 분명 난 이 카메라를 찾고 있었다. 손에 넣고 싶다고 생각했다. 이 카메라와 이 카메라를 발견하게 된 하부의 경위를 기사로 쓰면….

거기까지 생각하고 나서, 후카마치는 자신의 내면에서 기사에 대한 생각이 완전히 사라졌음을 깨달았다.

카메라에는 흥미가 있다. 하부가 어떻게 이 카메라를 손에 넣었는지에 대해서도 흥미가 있다. 허나 그걸 기사로 쓰겠다는 생각이 자신의 내면에서 빠져나가버렸다.

"이 일이 끝나면 당신 마음대로 해."

"끝나면?"

"산 말이다."

'산'이라고 하부가 똑똑히 말했다. 하부가 말한 '산'이란, 동계에 에베레스트 남서벽을 무산소 단독으로 초등하겠다는 말이란 걸 후카마치는 알고 있었다. 그걸 하부는 '산'이라 짧게 표현한 것이다.

"기사를 쓰든 사진을 발표하든 당신 자유다."

"하지만…"

후카마치가 뭔가 말하려고 하자 하부가 말을 이었다.

"이야기는 나중에 하지. 앙 체링은 얼른 돌아가야 해. 여기엔 야크에게 먹일 풀이 없으니까."

하부는 앙 체링 곁에 서서 야크에서 막 내린 짐을 풀기 시작했다. 오늘 중으로 텐트를 치고 짐을 정리한 후 베이스캠프를 설치해야 한다.

"나도 돕겠습니다."

후카마치가 하부 옆에 서서 짐을 풀기 시작했다.

4

베이스캠프. 말은 그럴싸하지만 일반적인 원정대의 베이스캠프와 비교하면 너무나도 간단했다.

텐트는 전부 다해서 셋. 8인용 대형 텐트가 하나. 그리고 하부와 앙 체링이 사용할 개인용 돔형 텐트가 둘. 개인용이라 해도 일반인에게는 2~3인용으로 팔리는 텐트다. 대형 텐트에는 당장의 식량과 냄비, 스토브 등 일상적으로 필요한 물건들을 집어넣고, 내부에는 간단한 아궁이도 설치했다. 남은 짐은 바깥에 쌓아 시트로 덮어두었다. 그 세 개의 텐트에서 조금 떨어진 곳에 후카마치의 텐트가 있었다.

앙 체링은 저녁이 되기 전에 야크를 끌고 내려가기로 했다. 고락셉까지 내려가 야크를 돌려놓고, 다시 내일 낮에 여기로 올라온다고 한다.

산소통과 일본의 인스턴트 라면 압력솥, 쌀까지 준비했다. 그리고 고기, 토마토와 오이 등 야채, 과일은 사과와 바나나, 초콜릿과 스낵류까지 챙겨왔다. 12월 1일이 됐다고 바로 출발할 수 있는 건 아니다. 날씨가 나빠지면 여기서 며칠이나, 상황에 따라서는 반달 넘도록 날씨가 좋아지기를 기다릴 수밖에 없다. 그 때문에 충분한 식량을 베이스캠프에 준비해두지 않으면 안 된다.

어쩌면 일단 위에 올라갔다가 날씨가 나빠져 돌아와, 조금 쉬고 다시 공격에 나서야 하는 일도 충분히 있을 수 있다. 무산소 등정이라고 해도 사고가 생겼을 때를 대비해 산소가 필요하다. 위로는 안 가져간다고 해도 베이스캠프에는 상비해두어야 한다.

언제였던가, 후카마치는 카트만두의 가네샤에서 앙 체링이 산소통을 지고 나오는 걸 봤었다. 그때의 산소통이 지금 여기에 있는 걸까. 하부의 생활과 재력으로 보건대, 한 번에 준비할 수는 없었겠지. 오늘을 위해, 조금씩 조금씩 몇 년에 걸쳐 사 모은 비품일 것이다.

"그럼 내일 보자고."

앙 체링이 아래로 내려가며 그렇게 짧게 인사를 남겼다. 앙 체링이 떠나고 후카마치는 하부와 단둘이 남겨졌다.

하부는 이제 어디로도 가지 않는다.

어디로도 도망치지 않는다.

이곳은 그런 장소였다.

이미 눕체 너머로 해가 지고 있었다. 이제 곧 저녁이 된다. 베이스캠프의 대형 텐트 안에서 후카마치는 하부와 함께 저녁을 준비하기 시작했다. 압력솥에 쌀을 짓고 인스턴트 카레를 데웠다. 후카마치의 스토브에 물을 끓여 홍차를 탔다. 머그컵에 꿀을 듬뿍 넣고 뜨거운 홍차를 따랐다. 뜨겁다고는 해도 이 표고에서 물은 80도에서 끓어, 더 이상 온도가 오르지 않는다. 홍차와 꿀의 감미로운 냄새가 텐트 안에 피어올랐다.

후카마치는 다시 하부와 마주본 상태로 아궁이 앞에 책상다리를 하고 앉았다. 하부는 아까와 같은 복장에 윈드재킷만 걸쳤다.

후카마치는 홍차가 든 머그컵을 양손으로 감싸 안듯이 들었다. 홍차의 온도가 조금이라도 바깥에 새어나가지 않도록 손으로 자기 몸 안에 모두 흡수하려고 무의식적으로 그러는 걸지도 모르겠다고, 후카마치는 자신의 행동에 대해 생각했다.

하부는 오른손으로 머그컵 손잡이를 잡고 아직 뜨거운 홍차를 드문드문 입으로 가져갔다.

묻는다면 지금밖에 없었다.

"아까 그거 말인데…."

후카마치가 머뭇머뭇 말을 꺼냈다.

"카메라에 대해 물어봐도 될까."

"상관없어."

하부가 후카마치에게 고개를 돌리지 않고 승낙했다. 그의 시선은 머그컵에서 피어오르는 김을 향해 있었다.

"그건 어디서 발견했지?"

후카마치는 물어보면서, 자신의 말투가 변했다는 걸 깨달았다.

어이, 후카마치, 네가 지금 하부와 대등하게 말을 한다는 걸 알아? 언제부터 그런 식으로 말을 놓게 됐어?

그런 걸 내가 어떻게 알아.

아마, 일이라 여기지 않았을 때부터겠지. 그래, 이건 일이 아니다. 일거리가 될 수 없다는 걸 알고, 난 지금 이곳에 있겠지.

"에베레스트 8,100미터 지점이었어."

"네팔 쪽이었어, 티베트 쪽이었어?"

"티베트 쪽이었어."

"장소는?"

"북동릉."

하부가 분명히 말했다.

예측한 대답이었다. 다와 잔부에게 이야기는 들었지만, 새삼 하부 본인의 입으로 듣자 장소가 장소인 만큼 흥분이 밀려왔다. 자신의 몸 안 중심으로부터 치미는 강렬한 감정이 소용돌이쳤다.

맬러리다. 맬러리가 1924년 에베레스트 정상 공격 당시 북동릉을 이용했다.

"작년이었어. 난 티베트 쪽에서 에베레스트 무산소 단독 등정을 연습하려고 했어…."

하부가 말을 꺼냈다.

티베트, 즉 중국 쪽으로 하부는 밀입국했다. 남체 바자르에서 북 쪽으로 이동한 다음 낭파 라를 통해 티베트로 들어가 검문을 받지 않고 에베레스트로 들어갔다. 그때는 앙 체링만이 5,700미터 지점 까지 동행했다고 한다.

그때 하부는 에베레스트 정상을 밟았다. 당시 하산 중에 날씨가 갑작스레 나빠져 8,100미터 지점 바위 밑에서 비박을 하려고 했다. 그 순간 바위 그늘에 앉은 채 잠든 것처럼 죽은 백인의 시체를 하부 가 발견했다. 하부는 바위 밑에 앉아 그 시체 옆에서 비박을 했다.

"그 시체가 맬러리나 어빈일 가능성은 생각해보지 않았어?"

"물론 생각했지."

북동릉.

표고 8,000미터가 넘는 지점.

백인의 시체.

그 조건을 충족시키는 대상으로 맬러리와 어빈 외에는 떠올릴 수 없다.

"당연히 카메라 생각도 났지."

그래서 하부는 시체 옆의 배낭을 열었다. 그리고 거기에 있던 카메라를 들고 내려왔다고 한다.

"필름은, 안에 들었던 필름은 어떻게 했어?"

후카마치의 질문에 하부는 쓴웃음을 지었다. 오른손에 머그컵을 든 채 양손을 가볍게 펼치며 어깨를 실룩거렸다.

"없었어…."

"없었다고?"

"그래, 필름은 카메라 안에 없었어."

하부가 순순히 말했다.

"없었다니…."

"그 시체가 맬러리였는지 어빈이었는지 모르지만, 내 생각엔 아마 사진을 다 찍고 카메라 안의 필름을 빼내고 같은 배낭 안의 다른 주머니에 넣지 않았나 싶어."

그랬나.

후카마치는 갑자기 어깨에서 힘이 빠져나가는 듯한 기분이 들었다. 애당초 카메라 안에 필름은 없었다. 충분히 생각해볼 수 있는 경우였다.

물론 카메라의 발견 자체만으로도 등반사에 커다란 족적을 남기게 된다. 일 처리에 따라서는 이 카메라로 상당한 돈을 만들어낼 수도 있다. 왜 하부는 그러지 않았을까.

"이 카메라에 대해 왜 그동안 숨겨왔지? 이번 단독행의 자금줄이 될 수도 있었을 텐데."

"뭐라고 설명해 그럼?"

"응?"

"여권도 없는 일본인이, 국경을 넘어 티베트에 들어가서 입산 허가도 없이 초모룽마 8,600미터 지점까지 올라갔다가 돌아오는 길에 발견했습니다, 그렇게 말했어야 했나?"

"…."

"그렇게 말했다가는 바로 일본으로 강제송환돼. 한동안 해외에 못 나가는 걸로 끝나지 않아. 히말라야 입산 허가도 못 받게 되겠지."

"…."

"이게 끝나기 전까지는 안 돼. 이게 끝나기 전에는…."

"괜찮겠어?"

"뭐가?"

"나중에 이 카메라에 대해 내가 어느 잡지에 기사로 쓸지도 모르는데."

"마음대로 해."

"하부 조지의 이름도 나오게 될 거야."

"그런 건 상관없어."

"이번에 실패해도 카메라 건을 묻어두면 다시 기회가 올지도 몰라."

"없어."

하부가 말했다.

"난 1986년부터 햇수로 8년 동안이나 여기 머물며 에베레스트를 노려왔어. 혼자서 말이야. 스폰서 같은 건 없었지. 티베트에서도 그랬지만 몇 번이나 실패했어. 스폰서에, 산소를 맘껏 사용할 수 있고, 도와주는 멤버가 아무리 많다고 해서 쉽사리 정복할 수 있는 게 아냐. 한겨울에 에베레스트 남서벽이란."

"…."

"그걸 무산소 단독으로 한다. 그걸 도전할 기회란 평생에 한두 번 뿐이야."

그중 한 번은 이미 1989년 12월에 쓰고 말았다. 그때 하부는 단독으로 남서벽에 도전했다가 패퇴했다.

"다와 잔부에게 들었어. 1989년에 실패했다고."

"그래…."

모든 가능성, 모든 준비를 위해 자신의 인생을 투자하면서 다른 모든 것을 희생하고 그것만을 위해 수년간 살아가지 않으면 달성할 수 없는 것이리라.

기술, 체력, 산에서 경험은 말할 나위 없다. 완전한 고도순응, 만전을 기한 컨디션, 에베레스트 부근의 지리, 날씨, 그 모든 것에 대한 숙지. 그리고 마지막으로 인간의 손을 벗어난 힘이, 그 사람의 편을 들어주는지의 여부. 구체적으로 말하자면 그때의 날씨가 얼마나 그의 편을 들어주는가. 그런 요소들이 모두, 하나도 빠짐없이 갖춰져야 비로소 동계 에베레스트 남서벽 무산소 단독 등반을 성공할 수 있는 가능성 안에 들어서게 된다.

이번에 놓치면 아마 두 번 다시 기회를 얻지 못한다. 하부의 그런 마음이 충분히 이해가 갔다.

"맬러리가 정상을 밟았다고 생각해?"

후카마치가 화제를 바꿔 하부에게 물었다.

"몰라, 난."

"오델이 맬러리와 어빈을 마지막으로 봤을 때 두 사람은 세컨드스 텝 8,600미터 지점에 있었잖아?"

"…."

"맬러리의 시체는 8,100미터 지점에서 발견됐어. 즉, 맬러리는 거기까지 내려왔다는 뜻이지. 세컨드스텝만 넘으면 정상은 목전이야. 특별히 까다로운 데도 없어. 맬러리와 어빈이 정상을 밟고 돌아오는 길에 어빈이 8,380미터 지점에서 사고를 만나 피켈을 떨어뜨렸다. 맬러리는 그 뒤 단독으로 6캠프까지 내려가려다 도중에 힘이 다하고 말았다. 그렇게 생각할 수 있지 않을까."

"······"

"그때 6캠프의 표고가 8,156미터. 맬러리의 시체가 발견된 곳은 8,100미터야. 맬러리는 6캠프보다 더 밑에 내려왔지. 길을 잃었을지도 모르고 56미터 정도야 고도계의 오차 범위에 들어가니까."

"······"

"만약 맬러리와 어빈이 세컨드스텝에서 발걸음을 돌렸다면 6캠프까지는 충분히 돌아올 수 있었을 거야. 돌아오지 못했다는 건, 결국 정상으로 향했기 때문이지. 8,600미터 지점에서 정상을 향했던 인간의 시체가 8,100미터 지점에서 비박 상태로 존재했다면 정상을 밟고 돌아오는 길이 아닐까?"

"난 몰라."

하부가 강한 어조로 말했다.

"돌아오지도 못한 인간이, 정상을 밟았는지 어쨌는지 무슨 상관이야. 아무리 상상해봐야 알아낼 수도 없어. 정상을 밟았다는 설을 백 개 만들어낼 수 있다면 정상을 밟지 못했다는 설도 백 개 만들어낼 수 있어."

하부의 어조가 격해졌다.

"죽으면 쓰레기야."

하부가 강한 어조로 말했다. 그의 목소리가 갑자기 끊겼다.

무슨 일인가 싶어 후카마치가 하부를 쳐다봤다. 하부의 몸이 떨리고 있었다. 누군가가 강력한 힘으로 하부의 몸을 뒤흔드는 것처럼 온몸을 떨고 있었다.

후카마치는 순간 하부가 흥분해 그런 것이라 여겼지만 그게 아니었다. 하부의 이가 맞닿으며 덜덜 소리가 났다. 하부의 안색이 창백했다. 얼굴에서 핏기가 사라졌고 눈이 휘둥그레졌다. 하부는 공포로 떨고 있었다.

하부가 이에서 나는 소리를 안 내려고 이를 악문 듯이 보였다. 하지만 아무리 악물어도 이가 맞닿아 떨리는 소리가 계속 났다. 강한 의지력으로, 그 떨림을 억누르겠다는 양 하부가 계속 이를 악물었다.

"젠장."

하부가 악문 이 사이로 신음소리 비슷한 외마디가 흘러나왔다. 처절한 광경이었다.

"젠장."

하부는 홍차가 식은 머그컵을 아래로 내려놓고 두 주먹으로 자신의 무릎을 때렸다. 간신히 떨림이 멈췄지만 후카마치는 하부에게 말을 걸 수 없었다. 하부가 한동안 거친 호흡을 되풀이하고 나서 후카마치를 쳐다봤다.

"못 볼 꼴을 보여줬군."

하부가 말했다.

아니라고 후카마치는 말하려 했지만, 도저히 입이 안 떨어졌다.

"하부가, 그 잘난 하부가 무서워서 떨더라고, 일본에 가서 말해도 상관없어."

후카마치는 어떤 말도 할 수 없었다. 그저 침묵을 지켰다. 긴 침묵 끝에 하부에게 물었다.

"하세 쓰네오와 카트만두에서 만났다고 했지?"

"만났지."

"1990년?"

"그랬는지도."

"그가 당신이 네팔에 있다는 걸 알았어?"

"아냐. 만난 건 우연이었어."

"그때 대체 무슨 이야기를 나눴기에…."

"그 녀석은 첫눈에 아직 내가 현역이라는 걸 알아보더군."

하부가 눈이 충혈된 채 말했다.

그들은 정말 우연히 만났다고 한다. 카트만두의 뉴로드를 걷는데 하세가 말을 걸었다.

"하부 씨 아닙니까?"

그 목소리가 누군지 하부는 바로 알았다. 하지만 안 들린 척하고 그대로 가려고 했다. 그러나 하세는 집요했다. 하세가 무시하고 지나치려는 하부를 따라왔다.

"하부 씨, 하세입니다."

하부는 어쩔 수 없이 하세를 데리고 근처의 레스토랑으로 들어갔다. 광고 촬영 건으로 네팔에 왔다는 하세는 평소와 달리 수다스러웠다.

"네팔에 계셨군요. 사람들이 알면 깜짝 놀라겠습니다."

"말하지 마."

하세는 왜냐고 물어왔다.

"이유는 알려고 하지 말고…."

그렇게 말하려는데 하세가 불쑥 이야기를 꺼냈다.

"하부 씨는 아직도 현역이군요. 뭔가 하려고 하시는군요."

하부는 첫눈에 하세에게 간파당했다. 하지만 아무런 대답도 하지 않았다. 그런데도 하세는 멋들어진 결론에 이르렀다.

"하부 씨가 네팔에서 뭔가를 노리는데 그걸 아무한테도 알리고 싶어 하지 않는다. 그렇다면 에베레스트겠군요."

하세가 등정했고 하부가 패퇴했던 일본 원정대의 일을 하세가 꺼냈다.

"이제 와서 노멀 루트로 오르지는 않으실 테고. 하부 씨가 이 나라에 남아서 뭔가 하려고 한다면 에베레스트에서 아직 아무도 해내지 못한 변형 루트겠군요. 그렇다면… 동계 남서벽이군요."

하세가 말했다.

"그것도 무산소 단독으로."

그것까지 알아맞혔다.

그러고 나서 하세가 중얼거렸다.

"설마."

자신이 알아맞혀 놓고 그렇게 말했다.

그 사이 하부는 아무 말도 하지 않았다. 모두 하세의 머리에서 떠올린 이야기였다. 하세가 다른 사람과 구분되는 면은, 자기가 떠올린 생각을 모두 실현했다는 점이다. 하세는 그다음 해 K2에 도전했다가 죽음에 이르렀다. 그런데 하세는 왜 하부와 만난 일을 숨겼을까.

"결국 하세는 죽었고, 나는 아직 살아 있어."

바람이 불었다. 어느새 바람이 불어와 텐트를 연신 흔들고 있다. 바람이 저 높이 하늘을 스쳐지나가며, 피리 음색 같은 소리를 냈다. 해가 다 저문 모양이다.

텐트 안은 완연히 어두워졌다. 하늘에서 우주의 냉기가 내리 닥쳐 매섭게 텐트를 감쌌다. 머그컵은 이제 완전히 차가워졌다. 어둠 속에서 하부의 눈만이 반짝였다.

"모리스 윌슨Maurice Wilson을 아나?"

하부가 낮은 목소리로 물었다.

후카마치는 그게 누구의 이름인지 생각해내는 데 2초도 안 걸렸다.

모리스 윌슨. 그 이름은 에베레스트 등반사에 맬러리와 견줄 만큼 빛나는 인장을 새겨놓았다. 허나 그 찬란함에는 어딘가 일그러진 불길함이 배어 있다. 그 이름이 에베레스트 등반사에 등장하는 건 맬러리 사건이 있고 나서 10년 후인 1934년의 일이었다. 전 영국 육군 대위인 이 남자가 에베레스트 정상에 단독 등정을 시도한 인류 최초의 인간이라 말해도 무방하리라.

그는 에베레스트 정상이란 원정대를 결성하는 식으로 국가사업 차원으로 돈을 쏟아부어 오르는 곳이 아니라고 생각했다. 에베레스트 정상처럼 신성한 곳은, 역시나 신성함을 가슴에 품은 개인의 발로 최초로 올라야 한다고 믿어 의심치 않았다. 그가 에베레스트 정상에 오르기 위해 행한 트레이닝은 인도 요가였다. 요가 호흡법을 통해 고산병이라는 최대의 난관을 극복하려고 했다.

구체적으로 모리스 윌슨이 하려고 한 건 다음과 같은 등산이었다.

그는 영국에서 자가용 경비행기로 인도까지 갔다. 다르질링에서 자신의 경비행기를 타고 에베레스트 산기슭 가능한 한 높은 지점에 착륙해, 거기서부터 도보로 에베레스트 정상에 오르고자 했다. 하지만 이 시도는 미수로 끝났다. 모리스 윌슨의 계획이 알려지자 당국에서 중지 명령이 떨어져, 모든 원조를 거부당하고 말았다. 티베트, 또는 네팔 국경을 비행기로 넘지 말라는 경고도 받았다.

그러나 모리스 윌슨은 포기하지 않았다. 그는 에베레스트 정상을 밟기 위해 다른 계획을 세웠다. 그는 경비행기를 판 돈으로 1933년부터 1934년 3월까지 다르질링에서 에베레스트 원정을 위한 준비에 몰두했다. 모리스 윌슨은 세 사람의 셰르파, 한 마리의 조랑말과 함께 1934년 3월 하순, 다르질링을 출발했다. 그는 셰르파로 변장했다. 베이스캠프인 롱북 사원에 도착한 것은 4월 8일. 그로부터 모리스 윌슨은 표고 6,400미터 지점인 3캠프까지 이르렀다. 그러나 거기서부터 노스콜로의 등산을 셰르파와 포터가 거부했다. 다들 모리스 윌슨의 행동을 무모하다고 여겼다. 셰르파와 포터가 돌아가버려서, 모리스 윌슨은 혼자 6,400미터 지점에서 몇 차례 에베레스트 등정을 시도했지만 모두 실패로 끝났다.

그는 이 외로운 도전에 대해 일기에 기록해놓았다. 모리스 윌슨은 과로와 추위로 결국 거기서 숨졌다. 발견 당시, 모피 코트로 보이는 옷으로 몸을 감싼 채 네 발로 기어가는 듯한 자세로 눈 속에 파묻혀 있었다. 엉덩이를 들어 올린 자세로 마음만은 눈 속에서도 에베레스트 방향을 노려본다는 듯이 얼굴을 반쯤 드러내고 있었다고 한다. 그 얼굴에 얼어붙은 눈보라가 들러붙었다. 머리카락도 눈썹도 하얀 눈가루가 얼어붙어, 눈을 떴는지조차 알 수 없는 시체였다.

모리스 윌슨의 등정 시도는 몇 번 되풀이됐지만 실제로 오른 최고점은 아무리 높아도 7,000미터를 넘지 않았다고 한다. 시체는 1935년 3캠프보다 아주 조금 위 지점에서 발견됐다. 그의 묘는 지금도 3캠프에 인접한 눈 속에서 찾아볼 수 있다. 바람이 강해지면 눈이 날려 묘가 모습을 드러냈고, 약해지면 다시 눈에 파묻혀 안 보였다. 그런 식으로 죽었고, 그런 식으로 묘가 세워졌다.

"난 윌슨의 묘를 봤어…."

낮고 건조한 목소리로 하부가 말했다.

작년 티베트 쪽에서 에베레스트로 들어갔을 때 눈보라가 몰아치는 눈 속이었다고 한다.

그런데….

"그 사람은 아직도 묘 속에서 에베레스트를 노려보고 있었어…."

하부에게는 그렇게 보였다고 한다.

이제는 서로의 얼굴이 안 보일 정도로 텐트 안이 어두워졌다. 그 안에서 더듬더듬 중얼거리는 하부의 목소리가 녹슨 칼날처럼 후카마치에게 다가왔다.

바람이 텐트를 격렬하게 흔든다. 머리 위 어딘가에서 하늘이 산을 희롱하는 듯했다. 새된 웃음소리가 바람을 타고 하늘 끝에서 끝까지 지나쳐간다. 아직도 지상에 달라붙어 지내는 인간을, 이 높이에 오른 누군가가 조소하는 듯한 느낌이었다.

모리스 윌슨. 그는 망상가였나, 혹은 책상 위의 몽상가였나. 알 수 없다. 알 수 있는 건 단 한 가지. 그는 꿈을 꿨고, 그 꿈에 목숨을 바쳤다는 것이다.

"그 인간이 나야."

하부가 말했다.

하부의 눈이, 이미 얼굴의 윤곽조차 뚜렷하지 않은 텐트의 어둠 속에서 반짝거렸다.

5

불을 켰다.

굵은 양초 하나를 콘비프 캔 위에 세웠다.

양초 위로 불꽃 하나가 미세하게 흔들리며 불을 밝혔다. 그 양초를 가운데 두고 후카마치와 하부는 마주봤다. 플라스틱 접시에 설익은 밥을 얹고 그 위에 인스턴트 카레를 부었다. 진공 팩에 담아 일본에서 가져온 절임과 토마토 하나. 사과 하나.

후카마치와 하부는 아무 말도 하지 않고 묵묵히 먹었다. 이따금 스푼이 접시에 닿는 소리와 입에 넣은 음식물을 씹는 소리만이 텐트 안에 울렸다. 후카마치는 우레탄 매트를 텐트 바닥에 깔아 그 위에 책상다리를 하고 앉았다. 하부도 마찬가지다.

후카마치가 두 그릇, 하부는 세 그릇. 그렇게 먹고서 다시 토마토와 사과를 먹었다. 하부는 사과 껍질과 속까지 모두 먹었다. 먹지 않은 건, 씨와 사과 꼭지에 달린 가지뿐이었다. 껍질을 이로 몇 번이나 씹어 삼켰다.

두꺼운 등산화를 신은 발끝에 싸늘한 냉기가 밀려온다. 바람이 더 강해졌다. 대기가 황량한 호흡을 거듭한다. 이따금 밖에서 후려친 듯이 텐트 한 면이 안쪽으로 움푹 들어간다. 바깥에 씌워놓은 방수포가 바람에 밀려 텐트 본체의 천까지 누른다. 그때마다 양초의 불꽃이 크게 흔들린다.

식사가 끝나고 뜨거운 홍차를 다시 탔다. 수분은 아무리 많이 섭취해도 과하지 않다. 대기가 희박하여 몸 안의 수분을 점점 대기에 빼앗기기 때문이다. 하루에 섭취하는 물의 양은 기본적으로 1인당 4리터. 혈액 중의 수분농도를 표준치에 가깝게 보존하기 위해 그 정도 양의 물을 마셔야만 했다. 80도의 홍차에 꿀을 듬뿍 넣는다. 홍차가 든 코펠을 양손으로 감싸 안고 천천히 마신다.

괴수(怪獸) 몇 마리가 하늘에서 뛰어다니는 것처럼 텐트 위로 바람이 요동치는 게 느껴졌다.

이 산악 지역에서 태어난 바람은 어디로 날아가는가. 로 라를 넘어 티베트 초원까지 건너가는가. 인도 평야까지 내려가 온기를 품은 대기가 되어, 소나 물소가 호흡하게 되는가. 그게 아니면 이대로 허공 속으로 사라지는가.

지금 이 순간에도 푸르른 미광(微光)을 내뿜는 거대한 힌두 신들이 하늘에서 고요히 내려와 에베레스트, 초모룽마 정상에 시바 신이 강림하고, 로체 정상에 브라만 신이 강림하고, 푸모리 정상에 비슈누 신이 강림해 영하 60도의 성층권의 기류를 호흡하는 가운데 수천 척(尺)의 몸을 움직이며 춤을 추고 있을지도 모른다. 그 춤사위에 따라 움직이는 손과 발이 바람을 일으켜, 그 바람이 지금 창공에서 요동치는 걸지도 모른다.

그런 환상이 후카마치의 뇌리에 떠올랐다.

이리 오렴 하고, 그들이 하부를 부르는 걸까.

이리 오렴.

어서 와.

하부 조지가 이제 하려는 일은, 그 신들이 사는 하늘의 영역에 속한 일이다. 지상에서 그들의 세계로 발을 내딛는 일이다.

후카마치로서는 지금 눈앞에서 홍차를 마시는 하부가 무슨 생각을 하는지 알 수 없었다. 후카마치와 마찬가지로 산울림처럼 울려 퍼지는 바람 소리에 귀를 기울이는 것처럼도 보였고, 그런 소리 따위는 전혀 개의치 않는다는 듯이 어두운 눈으로 자신의 내면 깊이를 지그시 내려다보는 것처럼도 보였다.

후카마치는 침묵 속에서 바람 소리를 들으며, 지금 드디어 그때가 온 걸지도 모른다고 생각했다. 하부에게 묻지 않으면 안 된다. 카메라를 들고 나도 동행하게 해달라고.

'이봐. 내가 하려는 게 뭐든 간에 그건 당신과는 전혀 관계없어. 남이 하려는 일에 괜한 참견 마. 알겠나. 당신은 당신 할 일이나 똑바로 하라고. 남 일에 끼어들지 말고…….'

카트만두에서 하부가 한 말이 떠올랐다. 하부의 말에 반박할 여지가 없었다.

하부 조지라는 남자는 10대 때 산과 만났고, 산에 빠져들었다. 시쳇말로 산 때문에 신세를 망쳤다는 그런 표현이 어울릴지도 모른다. 산에 발을 잘못 들였다고.

세상과 연을 맺을 끈이 없었던 인간이, 산에 의해 세상과의 접점을 갖게 됐다. 일반적인 가치관으로 평가하자면 하부는 산에 발을 잘못 들인 걸지도 모르지만 그 산에 의해 구원받았음이 틀림없다.

그런 산에서도 하부는 고립돼갔다. 길을 잘못 들어선 산에서 하부는 또다시 길을 잘못 들어섰다. 하지만 어떤 일이 있어도 어떤 쓰라림을 맛보아도, 그 쓰라림을 해소하기 위해 의지할 수 있는 것도 역시 산밖에 없었다. 하부에게는 산밖에 없었다. 하부에 대해 조사한 후카마치는 알 수 있었다.

산밖에 없다.

아아, 난 알 수 있다.

내게도 그런 시기가 분명 존재했다. 산에 빠져들어, 그것밖에 없다고 확신했던 시기가.

한없이 산에 올랐다. 산밖에 의지할 게 없었다. 이를 악물듯이 산에 올랐다. 학생 때는 그래도 괜찮다. 그러나 졸업을 하고 사회에 나오면 언제까지 산에 다닐 거냐는 말을 주위에서 해댄다. 산과 일 중 어느 쪽이 중요하냐. 어지간히 하고 이젠 어른이 돼라. 산에 가고 싶으면 일을 마치고 쉬는 날에나 가라고.

그게 아니다.

그게 아니었다.

평소에는 일해서 돈을 벌고 쉬는 날에 산에 간다.

내가 하고 싶었던 산은 그런 산이 아니었다. 그런 산일 리가 없었다. 내가 하고 싶었던 건 뭐라 말해야 할지 모르겠지만, 어쨌든 그런 산이 아니었다. 내가 하고 싶었던 건 절명(絶命)에 이를 듯한 산이었다. 혼이 다 닳듯이, 올랐다가 내려오면 체력이고 뭐고 아무것도 남지 않는, 자신의 전심전력을 다 쏟아붓는, 예컨대 화가가 혼신의 힘을 기울여 캔버스에 물감을 칠해가는 듯한 그와 대등한, 그 이상의….

그게 뭘까? 모르겠다.

결국 나는 그게 뭔지 알 수 없었다. 그런 생활을 할 수 없었다. 내가 아는 건 도중에 좌절했다는 것이다. 하지만 여기에 하부 조지가 있다.

아직도 정신이 혼미해질 듯한 장소에 이 남자는 위치했다. 암벽에 매달리다 죽음과 직면한 순간에서야 조우하게 되는 자기 내면의 내밀한 감정 세상과의 일체감. 아니 겨우 이런 식으로나마 형용할 따름이다. 실제 그 감정과 대면했을 때는 어떤 말로도 형용할 수 없다. 암벽에 매달려 오를 때는 그런 말 따위 떠올릴 겨를이 없다. 허나 틀림없이 그런 순간이 있었고, 자신은 그걸 체험했다. 이미 지나고 나서는 말로 표현할 수 없다. 말로 표현할 수는 없지만, 틀림없이 그러한 신성한 체험을 등반자의 영혼은 느꼈다.

그때 나는 뭘 꿈꿨는가.

암벽에서 올려다보면 산 정상 같은 건 보이지 않는다. 그저 파란 하늘뿐이다. 그 파란 하늘을 꿈꿨던가. 정상보다 더 높은 그곳.

하늘, 아마 우리는 그때 이 지상 어디에도 없는 장소를 꿈꿨겠지.

그러나 많은 산사람이 그런 꿈에서 떨어져 나간다. 가정을 갖고 나이를 먹고 체력이 떨어졌다고 하면서, 그런 장소에 가기 위한 티켓을 주머니에서 꺼내고 은퇴해버린다. 물론 그들이 틀렸다고는 생각하지 않는다. 그들이 옳다.

위험천만한 산을 오르는 한 언젠가는 죽게 된다.

'넌 뭘 위해 살아가는 거냐.'

귀신 슬랩에 오르자고 할 때, 하부가 이노우에에게 했다는 말이 떠올랐다.

'인간은 오래 살기 위해 사는 게 아냐.'

불을 토하는 듯한 하부의 말이 후카마치의 가슴에 찔러왔다.

'그럼 넌 뭐 때문에 사는데?'

이노우에가 물었다.

'산이다.'

'산이 뭔데.'

'산은 산이야. 산이란 말이다.'

'그러니까 그 산이란 게 대체 뭐냐고.'

'산에 오르는 거다.'

'그렇다면 안전하게 오르는 게 나아.'

'안전을 위해 산에 오르는 게 아냐.'

'안전은 필요해.'

하부는 그 말을 듣고 애가 탄다는 듯이 경중거리며 울먹이는 표정을 지었다.

'이노우에, 잘 들어. 죽음이란 결과야. 살아온 시간이 길든 짧든, 그건 단순히 결과야. 죽든 살든 그 삶이 길든 짧든, 그런 결과를 위해 산에 가는 게 아냐.'

'네가 무슨 말을 하는지 모르겠어.'

'왜 몰라.'

'모르겠어.'

'멍청한 새끼.'

'너야말로 멍청한 새끼야. 산에서 죽다니, 그런 게 행복하냐.'

'야 인마, 그 인간이 불행했는지 행복했는지도 역시 결과일 뿐이야. 살아온 삶의 결과라고. 행복하냐 불행하냐는 관계없어. 그런 결과를 바라며 우리가 산에 오르는 게 아냐. 이노우에, 난 쓰레기야. 아니 쓰레기보다 못한 인간이야. 산에 가지 못하면 말이다. 난, 내가 어떻게 살아야 하는지는 전혀 모르지만, 산사나이인 하부 조지라면 알아.'

'뭘 아는데.'

'산사람은, 산에 오르기에 산사람이야. 그러니까 산사람 하부 조지는 산에 올라야 해. 무슨 일이 있어도 산에 올라야 해. 행복할 때도 산에 올라. 불행할 때도 산에 올라. 여자가 있든 여자가 도망쳤든, 산에 오를 때 나는 산사람 하부 조지야. 산에 오르지 못하는 하부 조지는 쓰레기에 불과해.'

그런 식으로 이치에 맞지 않는 열변을 토하는 하부의 귀기에 압도당해 이노우에는 귀신 슬랩에 오르겠다는 결심을 했다고 한다.

그때 이노우에를 압도했던 불꽃이 지금도 하부의 내면에 존재한다. 그게 타다 남은 불잉걸처럼 연기만 피어오르고 있는지 활활 불꽃을 피우고 있는지는 알 수 없지만, 아직도 존재한다. 그걸 가슴에 품고 하부는 지금 여기에 있다. 기나긴 시간과 머나먼 거리를 지나 하부는 지금 드디어 이곳에 이른 것이다.

그 사이 수많은 일이 있었다. 후카마치는 그걸 안다.

그랑드 조라스에서의 조난.

첫 히말라야에서 에베레스트 남서벽에 도전했다가 중간에 내려온 일.

한 여자와의 이별.

여자로서는 유일하게 하부를 이해해준 사람.

네팔에 와서 셰르파와 똑같이 생활하며 이곳 여자와의 사이에 아이도 생겼다.

그 외에도 후카마치가 모르는 많은 일이 있었겠지. 아니, 모르는 일이 훨씬 많을 수밖에 없었다. 그리고 이제 하부는 여기에 있다.

그랬던 하부에게 마침내 산사람으로 마지막이라 할 수 있는 총결산의 시간이 다가온 순간, 느닷없이 타인인 내가 끼어들어도 되는가.

자신의 내면에 준비해둔 말. 후카마치는 그 말을 꺼낼 수 없었다. 하지만 하부가 지금 여기에 있다면 나도 지금 여기에 있다. 하부에게 수많은 사정이 있다면 내게도 사정이 있다.

이대로 잠자코 돌아갈 수는 없다. 이렇게 돌아간다면 난 평생 후회하게 되리라. 무엇 하나 바꾸지 못한 채 다시 도시에서 쓰라린 기억을 곱씹으며 살아갈 수밖에 없으리라.

사진을, 카메라로 당신을, 찍게 해달라고 말해야 한다.

당신을 방해하지 않겠다. 나는 내 기량으로 따라갈 수 있는 데까지 따라가겠다. 따라가서 사진을 찍겠다. 그렇게 하게 해달라.

아니, 정말 그런가. 후카마치는 스스로에게 물었다.

정말 그런가.

사진을 찍기 위해 나는 지금 여기에 이러고 있는가.

아니다.

후카마치는 그렇게 생각했다.

그렇지 않다.

그렇지 않으리라.

마음 밑바닥, 근원적인 곳에서 사진 따위는 상관없다고 여기는 자신이 있다.

난 그저 하부 조지라는 남자가, 여기 에베레스트에서 뭘 해내는지, 어디까지 해내는지, 그걸 지켜보고 싶은 것이다. 지켜보고 싶을 따름인 것이다. 사진을 찍겠다는 건, 지켜보기 위한 수단에 불과하다. 하부가 사진 찍히기 싫다고 하면 카메라든 렌즈든 아무것도 안 갖고 따라가도 상관없다.

혹시 간청했는데 하부가 싫다고 해도 따라갈 작정이었다. 나는 나대로 아이스폴에 들어갈 따름이다, 그렇게까지 각오했다. 하부에게는 그걸 막을 권리가 없다.

따라간다. 하지만 방해는 하지 않는다. 내가 사고를 당해도 도움 받을 필요가 없고, 하부에게 무슨 일이 생겨도 멋대로 손을 내밀지 않는다. 그렇다면 상관없지 않겠나.

그러나 좁은 텐트 안에서 마주보는 상황에서, 후카마치는 그 말이 나오지 않았다.

손에 든 코펠 안의 홍차가 반 정도 남았을 때였다.

하부가 나지막이 말을 걸었다.

"어이…. 너, 뭐 하러 왔어?"

따지고 드는 말투가 아니었다.

나지막해서 부드럽다고까지 느껴지는 목소리였다.

"난…."

"사진 찍으러 왔나?"

하부의 말에 후카마치는 고개를 끄덕였다.

하지만 그것만은 아니다. 물론 사진은 찍고 싶다. 허나 그것만은 아니다. 하부에게 그것만이 아니라는 걸 어떻게 말해야 할까.

"그 카메라에 들어 있을 거라 믿었던 필름이 마음에 걸리나."

그렇다. 그게 마음에 걸렸다. 하지만 마음에 걸리는 건 그것만이 아니었다.

이제 와서 생각해보면 카메라는 계기였다. 카메라를 계기로 하부 조지라는 남자와 만나, 지금 눈앞에 있는 남자의 과거를 좇는 사이, 카메라보다 이 남자에게 나는 매료된 것이다.

이 하부 조지라는 남자, 귀신 슬랩을 한겨울에, 처음에는 둘이서, 두 번째는 단독으로 오른 산사나이가, 히말라야를 상대로 무얼 하려는지 난 그 현장에 서고 싶은 것이다.

많은 일이 있었다. 마니 쿠말과의 만남도, 앙 체링과의 만남도, 나라달 라젠드라와의 만남도, 다와 잔부와의 만남도, 두마와의 만남도 그렇다. 기시 료코와의 만남도, 그리고 가요코와의 이별도 그렇다. 결코 지울 수 없는 일들이었다. 많은 일이 있었고, 그만큼 많은 사람과 인연을 맺어온 끝에, 지금 하부 조지라는 남자는 엄동설한에 에베레스트 남서벽을 무산소 단독으로 도전하려 한다. 그걸 자신은 지켜봐야만 했다.

그 말을 하려고 했다. 그럼에도 입 밖으로 말하지 못하는 사이 하부가 말했다.

"그래…. 당신 마음대로 해. 사진을 찍고 싶으면 마음대로 찍어."

설마 했던 대답이 돌아왔다.

"그래도, 정말, 그래도 괜찮나…."

후카마치는 갈라지는 목소리로 그렇게만 말했다.

"그래."

"정말?"

"당신이 날 말리러 온 건 아니잖아."

"…."

"난 내 마음대로 행동할 거야. 사진을 찍고 싶다면 당신 마음대로 해. 대신 베이스캠프에서 나가는 순간 일절 상관 않겠어. 당신에게 죽을 위험에 닥쳐도. 내가 빙벽에서 중간에 자일에 매달려 허공에 나뒹굴게 되더라도 서로 간섭하지 않는 거야. 그것만 약속하면 여기서 뭘 하든 서로 아무 말 할 필요 없어."

후카마치는 하부가 자신의 마음을 들여다보기라도 한 것 같았다.

침묵이 흘렀다. 후카마치는 하부를 말끄러미 쳐다봤다.

"후카마치 씨…."

갑자기 하부가 후카마치의 이름을 불렀다.

"당신도 산에 다니겠지."

나지막한 목소리가 비수처럼 찔러왔다.

'산에 다닌다고 할 정도는….'

저도 모르게 후카마치는 그렇게 대답하려고 했다. 하부 앞에서 자신도 산에 다닌다고는 쉽사리 말할 수 없었다. 하지만 그런 애매한 대답으로 도망치는 걸 허락지 않는 물음이었다. 하부는 그런 흔해 빠진 겉치레를 바라는 게 아니었다.

"다녀."

정직하게 대답했다.

최소한 자기 깜냥껏 다녀왔다. 산과 관계를 맺어왔다.

"산을 좋아하나…?"

하부가 다시 물었다.

후카마치는 다시 말문이 막혔다. 산을 좋아하냐는 말인지 산에 오르는 행위를 좋아하냐는 말인지, 어림할 수 없었다. 아니, 무엇을 물어보든 간에 난 정말 그 '산'을 좋아하나.

"당신은?"

후카마치는 되물었다.

"나 말인가."

"당신은 좋아해?"

"모르겠어."

하부가 대답했다.

"모르겠어, 정말 그건. 이 나이를 먹고도 아직 모르겠어. 내 마음이 어떤지."

위 속에 묵혀온 것을 목에서 쥐어 짜낸 듯한 목소리였다.

"산에는 왜 올라?"

하부가 다시 물었다.

"모르겠어…."

후카마치가 조용히 고개를 저었다.

"맬러리는 산이 거기에 있으니까, 그렇게 말했지."

"아냐."

하부가 말했다.

"아니라니?"

"아냐. 최소한 난 아냐."

"그럼 당신은?"

"산이 거기에 있어서가 아냐. 내가 여기에 있으니까. 내가 여기에 있으니까 산에 오르는 거야."

"…."

"이것밖에 없었어. 다른 사람들처럼 할 수 있는 여러 가지 중에 산을 고른 게 아냐. 이것밖에 없어서 산에 올랐어. 이것 말고 할 수 있는 게 아무것도 없어서 산에 올랐어. 오르니까 기분이 좋더라, 그런 마음은 처음 산에 올랐을 때 말고는 한 번도 든 적이 없었어."

하부의 첫 번째 산은 그의 나이 여섯 살 때 가족과 함께 갔던 산이었다. 장소는 신슈의 가미고치. 그곳에서 돌아오는 길에 버스 사고가 나서 하부는 여동생과 부모를 한꺼번에 잃었다….

"당신은 어땠어? 산에 가면 뭔가 좋은 일이라도 생길 거라고 생각했나? 자신의 삶의 보람이라든가, 여자라든가, 산에 가면 그런 게 생길 거라고 생각했어?"

후카마치는 느닷없이 뺨을 얻어맞은 듯한 충격을 느꼈다.

뭔가 하지 않으면 자신이 망가질 것 같은 시기가 후카마치에게도 있었다. 자신이 망가질 것 같아서 산에서 무조건 체력을 소진했다. 육체를 괴롭혀야만 견딜 수 있던 시기가 있었다.

그건 무엇이었을까? 그때, 그렇게나 괴로울 정도로 자신의 마음을 죄여왔던 것, 애태우던 것, 손으로 만지면 분명히 느껴질 것만 같았던 그게 무엇이었는지, 지금 후카마치는 대답할 수 없었다. 어쩌면 그건 아직도 자신의 내면에 남아 있을지도 모른다.

"마약이야."

하부가 중얼거렸다.

"마약?"

"그래. 산에서 한 번 암벽에 매달리고 나면 거기서 그걸 맛보고 나면 일상이 너무나 무미건조해지지…."

후카마치도 그게 뭔지 알았다.

생과 사가, 실존적인 존재로서 자신의 등에 들러붙는 산에서의 농밀한 시간을 체험하고 나면 하계(下界)에서 보내는 일상의 시간이란 너무나 시시하게 느껴질지도 모른다.

순간 후카마치는 한 남자를 떠올렸다. 기시 료코의 오빠, 기시 분타로. 하부 조지가 서른한 살 때 함께 산에 갔던 남자. 기시 분타로는 그때 스물둘이었다. 장소는 일본 북알프스의 병풍바위. 거기서 기시가 허공에 매달리게 되자 하부가 어떻게든 구해주려고 했는데, 바위 모서리에 쓸려 자일이 끊어졌다….

그러고는 기시가 떨어져 죽었다고 하부가 보고했다.

'나라면 자른다.'

하부가 했다는 말이 후카마치의 뇌리에 떠올랐다.

"기시 분타로를 기억하나?."

후카마치의 말에 순간 하부의 얼굴이 굳어졌다. 불쑥 눈이 치켜 올라간 듯하더니, 하부의 내면에 잠들어 있던 귀신의 얼굴이 들이 비친 듯이 보였다. 그러나 그 표정은 잠깐 바람이 스쳐지나간 것처럼 바로 하부의 얼굴에서 사라졌다. 처음의 경직된 얼굴이 후카마치 앞에 보였다.

후카마치는 기시의 이름을 꺼낸 걸 후회했다. 화제를 바꾸자고 생각했다. 허나 무슨 화제를 꺼내야 하나, 머릿속을 뒤지는데 하부가 말했다.

"그래, 기시의 일도 아는군."

"그래."

하부가 기시의 일을 줄곧 잊지 못했다는 걸 후카마치도 알았다.

하부가 쓴 수기를 기시 료코가 보여줬다. 그랜드 조라스에서 죽음과 직면했을 때 하부는 기시의 환각을 봤다.

"소문도 들었나?"

하부가 물었다.

"소문?"

후카마치는 멍하니 되물었지만 그 소문을 알고 있었다.

'하부가 자신과 기시와 연결된 자일을 나이프로 자르지 않았을까.'

그런 내용의 소문이었다. 하지만 그걸 이야기할 수는 없었다.

"내가 자일을 잘랐다는 소문 말이야."

하부가 본인 입으로 말하고는 다시 말문을 닫았다.

하부가 둔탁하게 빛나는 눈으로 후카마치를 바라봤다. 그 눈 속에서 뭔가 온기를 품은 휘황한 것이 어른거리며 흘러넘치려고 했다. 후카마치에게는 보였다. 하부는 자신의 내면에서 흘러넘치려는 그것을 억누르려고 했다. 그럼에도 더 이상 억누르기 힘들 것 같다는 느낌을 받았을 때였다.

"날 찍어…."

하부가 목인 메인 것처럼 갈라지는 목소리로 말했다. 깊이 가라앉은 낮은 목소리였다.

"내가 도망치지 못하게."

마음속 깊은 곳에 숨겨왔던 칼날이 순간 모습을 드러내며 반짝거린 듯한 착각이 들었다.

17장

빙하로

1

11월 29일.

8인용 텐트 안에서 하부가 배낭의 물건을 꺼내서 늘어놓고 있다. 강한 햇볕이 내리비쳐 텐트 안은 충분히 밝았다. 파란색 텐트 천에 햇빛이 투과해 내부에 푸른빛이 드리웠다. 어젯밤의 바람은 그쳤다. 이따금 눈사태가 일으키는 낮은 울림이 빙하 저편에서 들려왔다.

하부 조지는 텐트 안에서 책상다리를 하고 묵묵히 작업을 이어갔다. 후카마치가 카메라를 갖다 대도 하부는 렌즈를 전혀 의식하지 않는 눈치였다.

무표정한 얼굴로 도구를 하나씩 늘어놓는다. 남서벽에 단독으로 도전하기 위한 장비를 점검하는 것이다. 최초의 점검이다. 점검은 아무리 자주 해도 지나치지 않다. 하나를 꺼낼 때마다 리스트 용지에 작은 연필로 표시한다. 만년필이나 볼펜을 쓰지 않는 이유는 그런 도구들은 추위와 고도에 약하기 때문이다. 8,000미터를 넘는 고산에서는 잉크가 어는 경우도 있고, 약한 기압으로 잉크가 밖으로 샐 수도 있다. 그리고 수첩 크기의 노트. 후카마치의 눈에 그 노트가 들어왔다. 하부 발치에 연필과 함께 둔 노트가 의외로 너무 얇았다.

"그걸 가져갈 건가?"

후카마치가 물었다.

"으응."

하부가 대답했다.

하부가 작은 노트를 손에 들었다. 눈에 익은 노트. 그랑드 조라스 조난 당시 하부가 암벽에서 수기를 기록해서 기시 료코에게 건넸던 노트와 같은 종류다.

"보고 싶다면 자…."

하부가 후카마치에게 그 노트를 건넸다. 후카마치가 들어보자 생각보다 가벼웠다. 페이지를 넘겨보고는 그 이유를 알았다. 페이지를 반 정도 뜯어놓았다.

"왜 이렇게?"

"가져가는 물건은 가능한 한 가벼워야 하니까."

필요 없을 것 같은 페이지를 뜯어버렸다고 한다.

"이것도 그래."

하부가 손에 든 작은 연필을 보여줬다. 연필 뒤를 잘랐다.

"5센티미터 정도로 맞췄어."

하부가 후카마치로부터 노트를 돌려받고는, 노트의 회색 표지를 그 자리에서 찢었다. 표지와 뒤표지를 뜯어내어 노트의 하얀 속만 남았다.

"생각해보면 이것도 필요 없는 무게야."

하부가 찢은 표지를 옆에 두고 노트를, 늘어놓은 장비 끝쪽에 내려놓았다. 하부와 후카마치 눈앞에 빽빽이 펼쳐진 물건들이 이번에 하부가 챙겨갈 모든 장비들이었다.

후카마치는 광각렌즈로 하부와 장비를 함께 파인더 안에 담아 셔터를 눌렀다.

"보여줄까."

하부가 장비 체크에 사용한 리스트용지를 후카마치에게 건네줬다. 볼펜으로 장비들을 세세하게 적어놓았다. 무게까지 적혀 있다.

2

밀레 배낭 30리터

8밀리미터 나일론 자일 40미터

교환용 양말 5켤레

보온병 1리터

산양가죽 1인용 텐트 1.2킬로그램(등산용)

스위스 레뷰토만 사 고도계

헬멧 1

무전기 1

건전지 8

양초 1

가스라이터

EPI 가스스토브(화구 1)

코펠 1

스위스제 아미나이프 소(小) 1

플라스틱 스푼 1

플라스틱 포크 1(둘 다 끝을 잘라내 짧게 만듦)

심을 뺀 화장지 1

전신용 털 침낭(중국제, 침낭 커버 없음)

슬링 40센티미터 15묶음

카라비너 10

아이스하켄 4

하켄 5

접착테이프(짧게 만듦)

노트(표지 없음)

연필(짧게 만듦)

선블록 크림

칼슘 함유 비타민제 5정

분말 수프 12봉지

베이비푸드

꿀

건포도

가당연유 튜브형

초콜릿

사탕

휴대용 무전기

이것들이 출발 시 하부가 등에 지는 무게다.
다 합쳐 14~15킬로그램.
다음은 몸에 지니고 가는 물건들이다.

피켈

아이스바일

12발 아이젠

손목시계

제로포인트 속옷(상·하)

두꺼운 양모 상·하의

이중 구조 고어텍스 방풍 재킷(상·하)

속장갑(좌·우)

겉장갑(좌·우)

울 양말(좌·우)

이너부츠 장착 이중화·플라스틱제(좌·우)

스패츠(좌·우)

울 모자

고글

위와 같은 물건을 하부는 몸에 지니고 가게 된다.

피켈과 아이스바일은 각각 양손에 쥐고 빙벽을 찍으며, 등산화 겉
면에 신은 아이젠의 앞 발톱으로 얼음을 차면서 올라가게 된다.

속옷은 이런 겨울 산에서 생사를 가르는 중요한 포인트가 된다.
이를테면 겨울 산에서 면 속옷을 피부에 걸쳤다가는 최악의 상황에
이른다. 면은 수분을 흡수하기 쉬워서 젖으면 보온력이 급속도로 떨
어진다. 게다가 수분을 섬유 안에 보존하는 성질이 있다. 젖은 면섬
유가 피부에 철썩 달라붙게 되는 것이다. 하지만 울은 땀을 흡수해
사람의 체온으로 기화시켜 밖으로 방출하는 성질을 갖고 있다. 울
속옷과 면 속옷은 같은 두께라면 건조할 때의 보온력은 별 차이가
없지만, 젖었을 때는 큰 차이가 나타난다. 겨울 산에서 조난당한 사
람 중에 울 속옷을 입은 사람만 구조된 예가 상당하다.

제로포인트는 화학섬유로, 울이 지닌 이러한 성질을 한층 강화시
킨 섬유다.

음식은 대개의 경우 액체 상태로 먹게 되지만 건조된 상태로 가져
가는 데는 이유가 있다. 인간은 8,000미터를 넘으면 고형물을 거의

먹을 수 없게 된다. 그래서 꿀이나 수프가 기본적인 음식이다. 분말 수프는 가볍다. 분말이라 가벼운 상태로 들고 갔다가, 먹을 때는 뜨거운 물에 녹인다. 주위가 온통 눈이라 물은 가져갈 필요가 없다.

하지만 아무리 짐을 가볍게 해도, 최종적으로는 발가벗은 상태보다 거의 25킬로그램 무거운 무게를 들고 하부는 움직이게 된다. 그런 상태로 무산소 단독으로 에베레스트 정상을 노린다는 게 과연 인간으로서 가능한 일인가.

후카마치는 리스트를 보며 새삼 몸 안에서 떨리는 기운을 느꼈다.

"어이, 왜 떨어."

앉아 있던 하부가 후카마치에게 말했다.

후카마치가 시선을 떨어뜨리자 자신의 양 다리가 움찔움찔 떨고 있다는 걸 그제야 알아차렸다.

3

교환용 양말은 자기 전에 텐트 안에서 그날 하루 사용한 양말과 교환하기 위한 것이라고 했다.

"다섯 개나? 오히려 짐이 되지 않나."

후카마치가 하부에게 물었다.

"아냐."

하부가 고개를 저었다.

하루 종일 행동하면 발에 상당한 땀이 찬다. 그걸 양말이 흡수한다. 양말이 땀에 젖는다는 걸 의미한다.

"젖은 양말은 동상의 원인이 되니까."

8,000미터로 올라가면 체력이 저하된다. 자신의 혈류만으로 발을 따뜻하게 만드는 데 지장이 생겨, 체온이 떨어지면서 젖은 부위가

얼어붙는다. 그러다 동상에 걸리면 경사가 50도에 육박하는 빙벽에서 미묘한 균형을 잡기가 어려워진다. 미끄러져 떨어졌다가는 바로 죽음이다.

덧붙여서 하부는 화장지의 심도 빼놓았다. 연필도, 수첩용으로 나온 소형 연필을 잘라 더 작게 만들었다. 노트 표지마저 필요 없다고 찢어버렸다. 조금이라도 자신의 발에 가해지는 짐의 무게를 줄이고자 하는 하부의 바람 때문이었다. 플라스틱 스푼과 포크의 손잡이도 일부분은 필요 없는 무게라며 잘라냈다. 스푼과 포크의 잘라낸 부분, 화장지 심, 연필 끝, 이 모든 걸 다 합쳐봐야 불과 몇 그램이다. 많이 쳐도 10그램이 안 될 것이다.

그렇게라도 해서 짐은 가볍게 만들고 싶다. 그 마음을 후카마치는 이해했다. 그도 7,000미터를 넘는 고도를 걸어본 적이 있기 때문이다. 그 고도에서는 조금만 움직여도 숨이 가빠온다. 그런 순간 마음에 미혹이 움트기 마련이다.

나는 얼마나 철저히 준비했는가. 짐을 좀 더 줄일 수 있지 않았을까. 그런 불안이 생기면 등반에 방해만 될 뿐이다. 저산소와 피로로 그렇지 않아도 사고가 둔해진다. 거기에 더해 성가신 생각이 들러붙었다가는 사고로 이어진다.

만약 철저하게 준비를 끝내놓았다면 할 만큼 했다고 미련을 떨치며 쓸데없는 번민에 사로잡힐 이유가 없다. 그런 이유로 철두철미하게 짐을 가볍게 만든다.

그렇다면 그렇게까지 짐을 가볍게 만드는 데 힘을 기울여 놓고 교환용 양말이라는 불필요한 무게를 더한 이유는 뭘까. 후카마치는 그게 마음에 걸린 것이었다.

"조금 무거워도 발을 위해서는 교환용 양말을 가져가는 게 나아."

그것이 하부의 결론이었다.

"중량이 문제가 되는 건 8,000미터를 넘어섰을 때야. 그때면 어차피 교환용 양말 같은 건 있지도 않아."

양말을 교환할 때마다 신었던 양말을 버리기에, 마지막 공격 시에는 신고 있는 양말 외에는 들고 갈 일이 없다는 것이다.

그런가. 후카마치는 납득했다.

하지만 또 한 가지가 마음에 걸렸다. 에베레스트 등정 일정에 대해서였다. 대체 어떤 일정으로 하부는 에베레스트 남서벽을 함락하려는 걸까.

"묻고 싶은 게 있어."

"뭔데."

"어떤 일정으로 에베레스트에 오를 계획인지 궁금해."

후카마치의 말에 하부가 텐트 위를 올려다봤다가 다시 후카마치를 바라봤다.

"3박 4일."

하부가 툭 내뱉었다.

4

에베레스트 남서벽은 오랜 기간 인간의 등반을 거부해왔다.

남서벽을 향한 도전의 역사는 오래됐다. 최초는 1969년 일본산악회의 정찰이었다. 이를 포함하여 1992년 우크라이나 국제원정대까지 23번의 정찰과 공격이 시도됐다. 이 중에 등정에 성공한 경우는 세 번에 불과하고, 세 번 모두 포스트몬순 등정이었다. 이 세 번 중한 차례는 대원 한 명이 정상을 밟고 나중에 다른 공격조원과 합류한 뒤 행방이 묘연해졌다. 등정대원 네 명의 미귀환, 즉 사망에 이르

렀다. 등정 후 등정대원이 무사히 생환한 경우는 1975년 영국 원정
대뿐이었다.

1969년 프레몬순 일본산악회(정찰)

1969년 포스트몬순 일본산악회(정찰) 남서벽 8,050미터까지 시
등(試登)

1970년 프레몬순 일본산악회 남서벽 8,050미터에서 단념, 남동
릉으로 등정

1971년 프레몬순 국제 원정대 남서벽 8,350미터에서 단념

1972년 프레몬순 전 유럽 원정대 남서벽 8,350미터에서 단념

1972년 포스트몬순 영국 원정대 남서벽 8,320미터에서 단념

1973년 포스트몬순 일본 제2차 RCC 남서벽 8,380미터에서 단
념, 남동릉으로 등정

1975년 포스트몬순 영국 원정대 남서벽 초등 BC(베이스캠프)로부
터 33일간

1982년 프레몬순 소련 원정대 남서벽 좌측 능선에서 서릉을 지
나 등정

1984년 포스트몬순 체코슬로바키아 원정대 남서벽 단념, 남릉 제
2등

1985년 포스트몬순 인도 원정대 남서벽 7,000미터에서 단념

1985년 동계 일본도쿄산악협회 남서벽 8,380미터에서 단념, 남
동릉으로 등정

1985~1986년 동계 한국 원정대 남서벽 7,700미터에서 단념

1986~1987년 동계 한국 원정대 남서벽 8,350미터에서 단념

1987년 프레몬순 체코슬로바키아 원정대 남서벽 8,250미터에서

단념

1988년 포스트몬순 체코슬로바키아 원정대 남서벽으로 등정했으나 공격조원 전원 미귀환

1988~1989년 동계 한국 원정대 남서벽 7,800미터에서 단념

1989년 프레몬순 프랑스 원정대 남서벽 7,800미터에서 단념

1990년 포스트몬순 스페인(바스크) 원정대 남서벽 8,320미터에서 단념

1990년 포스트몬순 한국 원정대 남서벽 7,700미터에서 단념

1991년 프레몬순 한국 원정대 남서벽 8,300미터에서 단념

1991~1992년 동계 군마 현 산악연맹 남서벽 8,350미터에서 단념

1992년 포스트몬순 우크라이나 국제대 남서벽 8,700미터에서 단념

1992년까지 두 차례의 정찰을 예외로 하면 남서벽은 총 21번의 도전을 받았고, 영국원정대를 제외한 나머지가 모두 패퇴했다고 할 수 있다. 1988년 체코슬로바키아원정대는 한 명이 등정했지만 등정자를 포함한 전원이 정상에서 돌아오지 못하고 사망했기에 패퇴에 가깝다.

이 중에 동계는 하부가 참가했던 1985년 도쿄산악협회의 원정을 포함해서 다섯 번 도전해 다 패퇴로 끝났다. 근래 들어 등산용품이 차례차례 개선되었고, 기술이나 노하우가 진보했음에도 이렇게까지 완고히 인간의 등정을 거부해온 벽은 찾아볼 수 없다. 이런 벽을 하부는 동계에 심지어 무산소 단독으로 어떻게 오르겠다는 걸까.

5,400미터의 베이스캠프에서 8,848미터의 정상까지, 등반코스는

개념상 다섯 개의 구역으로 나눌 수 있다. 우선 쿰부 빙하가 얼음폭포가 되어 떨어진 아이스폴 지대가 있다. 통상 이 아이스폴을 넘은 상부에 1캠프를 설치하게 된다.

베이스캠프에서 1캠프까지 지도상의 직선거리는 약 3킬로미터지만, 실제 인간이 걷는 거리는 두 배를 넘는다. 폭 1,000미터, 낙차 700미터에 이르는 빙하 폭포가 있다. 신주쿠의 고층빌딩을 대략 네 채 정도 쌓아 올린 높이에서 웬만한 집 크기의 세락이 떨어지는 사면이다. 세락, 크레바스, 스노브리지(크레바스나 베르크슈른트 위로 다리처럼 눈이 얼어붙은 곳), 게다가 사람이 통과하는 순간에도 움직임을 멈추지 않아 붕괴가 끊임없이 이어진다.

아이스폴 상부를 지나면 웨스턴 쿰, 즉 서쪽 계곡이라 불리는 엄청나게 거대한 빙하 사면이 나타난다. 경사는 그리 높지 않지만 접근하는 데 상당한 시간이 걸린다. 표고 6,700미터 부근에는 빙하와 에베레스트 암벽 사이에 생겨난 거대한 금, '베르크슈른트'가 있다. 여기까지가 두 번째다.

세 번째는 베르크슈른트에서 표고 6,900미터의 '군함암(軍艦岩)'을 지나 표고 7,600미터의 '회색 투름'까지 표고차 900미터의 그레이트 센트럴 걸리(gully, 침식작용으로 산허리에 생긴 V자 모양의 홈)를 통과하는 경사 40도에서 45도 사이의 바위와 설사면이 나타난다.

여기서부터 이른바 본격적인 남서벽의 핵심부다. '록밴드'라 불리는 남서벽 최대의 난관. 암벽은 거의 수직으로 좌우에 위치한 바위 홈, 쿨르와르 어느 쪽을 빠져나가야만 한다. 여기가 네 번째다. 록밴드의 쿨르와르를 빠져나가면 표고 8,350미터에 이른다. 이 지점에서 옐로밴드 하단의 암벽을 오른쪽으로 횡단하게 된다. 그러면 남동릉 상부가 나타난다. 에베레스트 주봉과 남봉 사이의 안부로 표고는

8,700미터에 이른다. 이 남동릉이 이른바 노멀 루트다. 남동릉으로 나오면 정상까지 기술적으로 까다로운 데는 없다.

이제 에베레스트 최상부의 피라미드에 오르게 된다. 여기가 다섯 번째로, 이 사이에는 텐트를 칠 곳이 어디에도 없다. 어느 곳이나 다 경사면이고 수시로 눈사태와 낙석이 닥쳐와 위험을 초래한다. 피곤하다고 해서 아무 데나 텐트를 칠 수 없는 곳이다. 그나마 40도 경사면에 위치한 군함암 바로 밑에 위치한 불과 60센티미터 정도의 공간이 조금이나마 안전한 지대다. 광대한 경사면에서 떨어져 내리는 낙석이 군함암에 튕겨서 공중으로 날아가 머리 위로 넘어가기 때문이다.

하지만 여기도 결코 안전한 장소라고는 장담할 수 없다. 만일 주먹 크기의 낙석이 직격으로 떨어지면 헬멧을 부수며 두개골을 깨고 뇌 안에 그대로 박힌다. 그런 낙석도 이따금 떨어지는 것이 아니라 수시로 떨어진다. 맞느냐 안 맞느냐의 문제는 순전히 운에 달린 것이다.

게다가 에베레스트 암벽에 제트스트림이 불어 닥친다. 제트스트림은 때로 풍속이 60미터에 이른다. 히말라야 자이언트의 정상은 항상 이 바람을 맞고 서 있다.

무산소.

단독행.

눈사태.

낙석.

고난이도의 암벽.

빙점 이하 20도에서 40도 사이의 대기.

고산병.

긴 이동.

악천후.

그리고 강풍.

이런 가혹한 조건 속에서 어떻게 3박 4일 만에 에베레스트 정상을 함락하겠다는 건가.

"3박 4일로 가능할까."

"3박 4일이니까 가능해."

"그럴 리가."

후카마치의 말에 하부가 집념 어린 눈으로 그를 쳐다봤다.

"그래서 가능해. 난 죽도록 고민했어. 이 남서벽에 대해서 말이야. 1985년에 실패하고 나서 매일 남서벽에 대해서만 생각해왔어. 하루도 남서벽에 대해 잊어본 적이 없어."

그랬겠지, 후카마치는 마음속으로 고개를 주억거렸다.

하부가 한 번 실패한 암벽을 포기할 리가 없다. 더더군다나 그 암벽이 아직 아무도 오르지 못한 암벽이라면 절대 잊을 리가 없다. 하부에게 지워질 수 없는 건 그곳에 오르겠다는 의지다. 의지만으로 그치지 않는다. 실제로 거기에 올라야만 한다.

하부의 말대로 지난 8년간 하루도 잊은 날이 없었으리라.

"남서벽에 대해서라면 아무리 작은 벽이라도 알아. 어디에 어떤 벽이 있고, 어떤 오버행이 있는지 모두 다 알고 있어. 눈을 감고도 아이스폴을 걸을 수 있어. 어떤 크레바스를 어떻게 피하면 되는지, 더블 액스(두 개의 피켈 혹은 아이스해머를 이용하여 빙설벽을 오르는 기술)를 할 때 어떤 얼음에 어떻게 피켈을 박으면 되는지까지 다 알아. 어느 발로 아이스폴을 찍고 어느 발을 내밀면 되는지도. 아이스폴을 넘고 나서 웨스턴 쿰 중앙에 루트를 잡고, 이어서 눕체 쪽으로 루트를 바꾸는 거야. 베르크슈른트의 폭도 머릿속에 다 들어가 있어. 경사가 40도인 얼음 사면이 나오지. 그 사면을 넘어 군함암에 도착하면 왼쪽 얼음 사면을 25미터 횡단하면 돼. 그곳은 경사가 45도지. 거긴 더블 액스로 이동하지….”

하부의 눈에 끈적거리는 빛이 고였다. 자신이 말하는 위치에 자신이 걸어가는 광경이, 하부의 머릿속에 그대로 비치고 있겠지.

“난 이제 누구하고도 파트너를 맺지 않아. 단독으로 올라. 실패하든 성공하든 전부 내 책임이야. 정상에 서는 것도 혼자야. 단념하는 것도, 패퇴하는 것도 나 혼자야.”

하부가 메마른 목소리로 중얼거렸다.

“죽을 때도 혼자지.”

갈라지는 목소리로 그렇게 덧붙였다.

“다른 사람을 위해 짐을 지지 않아. 나를 위해 짐을 지게 하지도 않아. 다른 대원을 위해 루트를 만들지도 않고 만들어달라고도 하지 않아.”

하부는 자기 몸을 쥐어짜듯이 고통스레 말을 토했다.

“3박 4일이니까 가능하다고 했지?”

“그래.”

“그게 무슨 뜻이야?”

“1975년 영국 원정대는 33일에 걸쳐 포스트몬순의 남서벽에 올랐지.”

“그래도 그 33일이 지금까지 최단기간이었어.”

“너무 길어. 잘 들어, 겨울 남서벽은 훨씬 짧은 시간에 해내야 해. 단독이라면 더더욱.”

“….”

"영국 원정대가 왜 그렇게 시간이 걸렸는지 알아?"

"왜?"

"안전 때문이야. 안전을 위해 그렇게 시간이 걸렸다고."

"…"

"고정로프 8킬로미터, 가스통 800개, 산소통 70개, 식량 1톤. 그런 것들을 베이스캠프까지 운반해서 거기서 다시 위 캠프까지 가져가. 사다리 20개, 텐트 30개. 하켄, 자일, 스노 바(설면에서 안전을 확보하기 위해 사용하는 금속봉) 등 엄청난 양의 짐을 위로 가져갔지. 스물세 명의 대원과 셰르파가 안전하게 행동하고 식사할 수 있도록 말이야."

하부의 말이 무슨 뜻인지 후카마치도 이해할 수 있다.

아이스폴이라고 해도 루트 공작이 가능하다. 미로와 같은 그 내부에 고정 로프를 설치한다. 빙탑에 둘러싸인 내부에서 헤매지 않고 안전하고 효율적으로 빠져나가기 위해서다. 곳곳에 위치한 크고 작은 수많은 크레바스에는 그 폭에 맞는 알루미늄 사다리를 놓아 고정시킨다.

위험한 암벽을 만나도 같은 방식으로 대처한다. 바위에 하켄을 박아, 카라비너를 걸고 자일을 이어 주마를 이용해서 오른다. 설면 위에서 안개 등으로 시야가 나빠지면 방위를 알기가 어렵다. 그래서 곳곳에 깃발을 세우고 로프를 설치한다.

영국 원정대는 33일의 기간 중 대부분의 시간을 그런 일에 투여했다. 짐을 들어 로프를 치며 1캠프, 2캠프, 순서대로 정상을 향해 캠프를 올라갔다. 그 모든 것이 몇 사람, 혹은 한 명의 대원이 안전하게 정상을 밟기 위한 조치였다.

그러나 영국 원정대만 그런 것이 아니었다. 많은 원정대가 같은 방식으로 히말라야에 오른다. 그런 조치를 취하지 않으면 오를 수 없는 곳이 히말라야 자이언트이기도 하고, 그렇게까지 하고도 조난을 당하고 사람이 죽는 곳이 히말라야다. 히말라야 8,000미터급 고봉을 무산소 단독으로 오른 몇 명의 등반가가 존재하지만, 그런 단독 등정자 중 대다수가 같은 시기에 들어간 다른 원정대가 만든 루트를 이용했다.

"혼자라면 33일은 필요치 않아."

"그렇지만 3박 4일은…."

"지난 8년 동안 생각한 끝에 내린 결론이야. 생각만 한 게 아냐. 실제로 몇 번이나 남서벽에 매달린 끝에 내린 결론이야. 남서벽을 단독으로 해낸다면 속공밖에 없어."

"…만약에 말이야. 정상까지 모두 루트가 만들어졌다고 쳐."

"만약에 말이지."

"그래. 날씨도 좋아. 고도순응도 잘 이뤄졌어. 체력도 기술도 일류. 충분히 휴식을 취해서 컨디션도 완벽해. 에베레스트 산악지대를 누구보다 잘 알고, 남서벽도 몇 차례 매달려본 적이 있어서 당연히 히말라야 8,000미터를 몇 번이나 경험했어. 그런 사람이 산소를 사용해서 만들어진 루트를 따라간다고 쳐."

"…3박 4일은 불가능하지 않아."

자신이 한 말을 확인한다는 듯이, 스스로를 설득한다는 듯이 하부가 말했다.

"베이스캠프에서 2캠프까지 실제로 6시간 반이면 갈 수 있어. 2캠프에서 3캠프까지도 6시간 반이면 가지. 3캠프에서 4캠프까지는 8시간. 4캠프에서 정상까지 8시간. 정상에서 4캠프까지 내려오는데 3시간 10분. 이건 모두 영국 원정대가 기록한 시간이야. 하루에 행동할 수 있는 시간이 6시간 반에서 8시간 반. 이걸 모두 합치면

3박 4일이 돼."

"그건 여러 명의 대원이 날씨 좋은 날에 각각 기록한 시간이잖아. 한 사람의 대원이 연속적으로 3박 4일 동안 이동하지 않았어."

"최소한 없던 사실은 아냐."

"…"

"후카마치, 들어봐."

하부의 목소리가 커졌다.

"아침에 베이스캠프를 나와서 두 시간 반 후 아이스폴을 더블 액스로 빠져나간 후 웨스턴 쿰 6,500미터 지점까지 4시간 걸어가. 거기서 1박."

"…"

"다음 날 베르크슈른트를 건너, 군함암을 빠져나가 6,700미터 회색 투름까지 8시간."

"…"

"2박은 회색 투름 밑에서 보내고 다음 날 아침 일찍 출발해. 8시간 걸려 쿨르와르를 지나, 록밴드를 넘어서 다시 1박. 그곳이 내 최종 캠프가 되는 거야. 다음 날 아침 텐트를 그대로 놔두고 8시간 올라, 정상에 도착해서 3시간 만에 텐트로 돌아간다. 그래서 3박 4일이야."

"하지만…."

"잘 들어. 첫날에 군함암까지도 갈 수 있어. 조금 페이스를 서두르고 한 시간 반 정도 더 걸으면 말이야. 하지만 난 안 가. 왠지 알아?"

하부의 눈에 끈적끈적한 빛깔이 돌았다.

"왜?"

후카마치의 질문에 만족스럽다는 듯이 하부의 입술이 일그러졌다. 웃는 것처럼 보였다. 하지만 실제로는 입술 오른쪽 끝이 누가 잡아당기기라도 한 것처럼 치켜 올라가 그 사이로 하얀 치아가 보인 것뿐이었다.

"표고가 높은 장소에서 되도록 짧게 머무르기 위해서야."

"…"

"첫날 군함암까지 가서 1박을 해도 둘째 날에는 어차피 회색 투름에 텐트를 쳐야 해. 일정은 바뀌지 않아. 그렇다면 군함암 6,900미터보다 웨스턴 쿰 6,500미터에서 1박을 하는 게 낫지."

"…"

"아는지 모르겠지만 인간이 아무리 애를 써도 고도순응을 할 수 없는 높이가 있어. 사람에 따라 다소 차이는 있겠지만, 그 높이는 대략 6,500미터야. 그 고도를 넘으면 아무리 고도순응을 잘했어도 아무것도 하지 않고 잠만 자도 피로해져. 그러니까 6,500미터야. 거기서 1박을 하면 거의 피로 없이 이틀째를 맞이할 수 있어. 6,500미터까지 산소통은 필요 없어. 고도순응만 잘 되면 말이지. 결국 산소통 없이 오르는 건 이틀째부터 2박 3일이 되는 셈이야."

하부가 후카마치를 뚫어져라 쳐다보며 말했다.

그러나 —.

후카마치는 입안에서 우물거렸다. 아무리 이론상으로 가능하다고 해도, 현장에 나가면 이론대로 진행될 리가 없다. 그렇게 후카마치가 지적해봐야 아무 의미 없다. 하부 본인이 더 잘 알고 있다.

"당신은 날씨를 고려하지 않았어. 좋은 날씨가 4일 연속 이어진다는 걸 가정으로 두고 한 이야기잖아. 상황에 따라서는 등반 중에 날씨가 좋아지기를 기다려야 할 때도 있어."

"나흘 치의 식량을 여분으로 가져갈 거야."

"하지만 날씨가….'

"알아. 당신 말대로 포인트는 날씨야. 더 구체적으로 말하자면 바람이지. 에베레스트 일대는 12월 크리스마스 시기가 되면 바람이 이전보다 훨씬 강해져. 그 시기에는 등반할 상황이 안 돼. 중간에 바람이 멈춰봐야 기껏 하루 이틀. 사흘째에는 다시 강풍이 밀려와 봄까지 이어지지. 에베레스트 능선을 걸어가다 그 바람이 불어 닥치면 바로 내동댕이쳐져. 그러니까 그 바람이 불기 전에 공격을 끝내야 해. 하지만 그 바람이 항상 12월 후반에 시작된다는 보장은 없어. 해에 따라 빠른 시기도 있지. 그래서 12월 15일이 기준점이야. 그날까지 등산을 끝내야만 한다는 거야."

"등산 중에 날씨 때문에 대기하는 상황을 고려하면 12월 10일까지는 베이스캠프를 출발해야 된다는 뜻이군…."

"그래."

하부가 고개를 끄덕였다.

하부는 가리라, 후카마치는 생각했다.

하부는 가리라.

귀신 슬랩을 이노우에와 함께 오르고, 나중에 다시 혼자서 오른 하부라면 가리라.

난 그런 하부를 어디까지 따라갈 수 있을까. 정상까지는 무리다. 그렇다면 어디까지….

아이스폴까지는 가능하다. 로프 같은 건 설치되어 있지 않지만 충분히 고도에 순응한 사람이라면 더블 액스로 로프가 설치된 상황과 같은 속도로 빠져나갈 수 있으리라. 다른 장소에서도 마찬가지다. 하부 정도의 기술과 체력, 그리고 정신력만 있다면….

하지만 나라는 인간은….

후카마치는 입술을 깨물었다.

5

11월 30일.

낮이 되어 앙 체링이 밑에서 올라왔다. 앙 체링이 배낭을 내려놓으며 후카마치에게 손을 내밀었다.

"비카르산의 사진을 찍기로 했습니다."

후카마치가 앙 체링의 손을 잡으며 말했다.

"단독으로 오르는 걸 방해하지는 않을 겁니다."

"아, 네."

마주 잡은 손 위를 다른 손으로 툭툭 치며 앙 체링이 말했다.

"그 누구든 자신의 인생을 살아갈 권리가 있지."

그 짧은 대화로 인사를 갈음했다.

식사를 마치고 나서 푸자를 거행했다. 후카마치도 5월에 경험한 바 있는 등산의 안전을 기원하는 셰르파의 의식이었다. 셋이서 돌을 쌓아 올려, 사람 가슴 높이 정도의 초르텐을 세웠다. 초르텐 위에 다시 봉을 세웠고 그 봉 끝에서 지면으로 타르초를 매단 끈을 사방으로 쳤다.

빨강.

파랑.

초록.

노랑.

하양.

오색의 기가 바람에 휘날렸다.

초르텐 앞에 셋이 앉았다. 향을 피우자 청량한 대기 속에 노간주

나무 냄새가 피어올랐다. 앙 체링이 조용히 독경을 시작했다.

독경이 끝났다. 앙 체링이 일어나며 하얀 가루가 든 냄비를 내밀었다.

"이걸…."

티베트인과 셰르파족의 주식인 참파라는 보릿가루가 담겨 있었다.

셋이서 각자 한 줌씩 쥐었다. 앙 체링의 신호로 하늘을 향해 가루를 뿌렸다. 하얀 가루가 파란 하늘로 흩어졌다가 바람에 날리며 희뿌연 연기를 자아냈다. 이윽고 하늘은 마냥 푸르렀다.

6

12월 1일.

12월이 됐다. 오늘로 동계 등반을 개시할 수 있게 됐다.

아침 기온은 영하 17도, 어제보다 3도 올랐다. 하늘은 맑았지만 눕체 상공 아득한 위로 세필(細筆)로 겹쳐 칠해놓은 듯한 새털구름이 보였다. 하부는 바위 위에 앉아 그 새털구름을 응시했다.

표고 7,861미터의 눕체 봉우리에서 파란 하늘로 아름다운 하얀 연기가 뭉글거리고 있다. 상공에 강한 바람이 분다는 증거다. 오늘 하부가 산을 오를 마음이 없다는 것은 명백했다.

"어때?"

후카마치가 물었다.

"글렀어."

하부가 짧게 대답했다.

하부의 대답은 그뿐이었다. 12월에 들어서자 하부의 말수가 부쩍 줄었다. 원래 과묵한 남자로 알았는데, 어느 때는 왜 이러나 싶을 정도로 많은 이야기를 털어놓았다.

'이렇게 말이 많은 남자였던가…'

후카마치가 그런 생각을 할 정도로 말을 쏟아내는 날이 있었다. 그런데 이제는 아니다. 하부는 견고한 바위가 됐다. 말없이 하늘만 노려봤다. 에베레스트 서릉 그림자에 가려, 보이지 않는 에베레스트 정상을 보겠다는 마음인지 그쪽 하늘만 노려봤다.

"사흘은 힘들겠군…."

후카마치 뒤편에서 앙 체링의 목소리가 들렸다.

"온도가 올라 저런 식으로 하늘에서 구름이 피어오르면 날씨가 나빠지지. 앞으로 사흘은 움직이지 못해."

하부의 심정을 통역한다는 듯이 앙 체링이 말했다.

하부는 잠자코 허공을 노려봤다.

7

12월 2일.

영하 20도. 날씨가 악화됐다. 눕체 정상에 구름이 드리워져 7,600미터 부근부터 그 위로는 아무것도 안 보였다. 머리 위로 구름이 격렬한 속도로 티베트 쪽으로 흘러간다.

때때로 구름이 갈라지며 놀랄 만치 푸르른 하늘이 드러났다. 그 틈으로 두터운 햇살이 내려와 잿빛 빙하 위로 빛이 쏟아져 원형을 이루며 이동하는 광경이 보였다. 그 원형의 빛이 빙하를 빠져나가 에베레스트 서릉 암벽을 타고 올랐다가 능선에서 하늘로 사라져간다. 실제로는 능선 너머로 사라졌을 그 빛은 티베트 쪽 사면을 타고 롱북 빙하로 이동했겠지만, 지상에서 보면 하늘로 치솟아 오른 것처럼 보일 뿐이다.

웅대한 이동.

압도적인 중량감을 지닌 햇살이었다.

그 거대한 움직임 속에 하부가 바위 위에 우두커니 앉아 있다.

후카마치는 멀찌감치 떨어진 곳에서 카메라를 들고 주변의 풍경과 하부를 찍는다. 하부는 전보다 한층 과묵해졌다. 필요 이상의 말은 거의 나누려 하지 않는다. 시합 직전의 복서가 어쩌면 하부와 같은 상태일지도 모른다. 하부는 자신의 내면에 깊게 침잠한 듯했다.

8

12월 3일.

기온, 영하 22도.

구름.

강풍.

9

12월 4일.

기온, 영하 20도.

오전 중 날이 갰다가 오후에 다시 구름.

강풍.

10

12월 5일.

기온, 영하 21도.

구름.

강풍.

11

12월 6일.

기온, 영하 21도.

눈.

아침, 후카마치는 눈이 내리는 소리에 눈을 떴다. 텐트에서 타닥타닥 건조한 소리가 났다. 그게 무슨 소리인지 후카마치는 알고 있었다.

눈이다.

눈이 내린다.

눈이 하늘에서 내려와 텐트 방수포에 닿는 소리다. 이 시기에는 공기가 건조해서 눈은 자주 내리지 않는다. 띄엄띄엄 방수포가 흔들리는 게 느껴졌다.

바람이 갑자기 강해졌다 약해졌다를 반복한다. 그때마다 텐트에 닿는 눈 소리도 강해졌다 약해졌다 한다. 일정한 리듬은 없다.

후카마치는 따뜻한 침낭 안에서 잠시 그 소리를 들었다. 고어텍스 침낭이다. 침낭 커버는 없다. 침낭 커버를 하면 온기를 막아주기는 하지만, 안에서 습기가 빠져나가기가 힘들다. 예컨대 5,000미터를 넘는 표고일지라도 인간의 몸에서는 땀이 난다. 그 땀이 체온으로 인해 기화되면 침낭 속 솜털이 흡수한 뒤 고어텍스를 통해 밖으로 배출된다.

고어텍스 섬유의 구조는 물 분자보다 작고 공기 분자보다 크다. 즉, 공기와 같은 기체는 통과하지만 땀과 같은 수분은 통과하지 못하는 성질을 갖고 있다. 체온으로 일단 기화된 땀의 수증기가 고어텍스 바깥으로 배출될 때, 침낭 커버가 있으면 거기서 결빙해 안쪽이 얼어붙고 만다. 그 얼음이 체온에 녹아 침낭을 적시거나, 혹은 침

낭 표면에 얼어 들러붙을 수가 있다. 하부의 장비에도 침낭 커버는
없다.

후카마치는 침낭 지퍼를 내려 상반신을 일으킨 후 카메라를 점검
했다. 렌즈 포커스의 움직임을 확인하기 위해 살짝 셔터버튼을 눌러
본다. 작동한다. 카메라를 내려놓고 침낭에서 기어 나와, 텐트 안에
넣어둔 얼음처럼 싸늘한 등산화를 신는다. 이어 방한복을 입는다.

텐트 안의 온도는 영하 15도. 밖은 훨씬 춥겠지. 텐트 안쪽에 살얼
음이 껴 있다.

입구 지퍼를 내리고 후카마치는 밖으로 나갔다. 온 사방이 눈이
다. 시야는 100미터도 되지 않으리라. 눕체 산자락도 빙하도 보이지
않는다. 거대한 공간이 오로지 잿빛 눈줄기로 가득하다. 발밑 바위
위에도 눈이 3센티미터 가까이 쌓였다.

바로 옆의 베이스캠프 텐트가 바람에 움찔움찔 흔들리는 모습이
보였다. 그 건너편에 하부와 앙 체링이 텐트를 쳐놓았다. 방한복 후
드가 바람에 쉴 없이 나부낀다.

후카마치는 하부의 텐트 쪽을 바라봤다. 텐트 앞에 쌓인 눈 위로
발자국이 보였다. 텐트에서 하부가 나간 발자국만 남았고 돌아온
발자국은 보이지 않았다. 하부는 어딘가로 나간 모양이다.

후카마치는 그 발자국을 따라가보기로 했다. 10미터 정도 걸어가
자 저편에 사람 그림자가 보였다.

하부가 항상 앉는 바위 위에 앉아 있었다.

하부는 그 자리에서 눈이 내리는 하늘을 노려보고 있었다.

12

이 시기에 눈이라니. 후카마치는 의아했다.

공기가 건조하다. 이 고도에서 공기 중의 습기는 바람이 다 뺏어가, 어지간한 경우가 아니면 눈이 내리지 않는다.

하지만 절대 눈이 내리지 않는다고는 말할 수 없다. 12월 초순에는 기본적으로 눈이 내리지 않지만, 어디까지나 기본적으로 그렇다는 이야기다. 며칠은 내린다. 그 며칠 중 하루가 오늘이었던 것이다. 그날이 1993년 12월 6일, 하부가 에베레스트 베이스캠프에서 초조함에 사로잡힌 날이었을 뿐이다.

베이스캠프에서 수백 미터 상공, 표고 6,000미터를 넘어선 지점에서는 상당히 강한 바람이 부는 모양이다. 바람이 신음을 토하며 하늘을 스쳐지나간다. 머리 위 잿빛 공중에 무수한 짐승이 무리지어 뛰어다니는 듯했다.

후카마치의 뇌리에 불길한 생각이 떠올랐다. 혹시 12월 후반에 찾아올 블리자드(극지 특유의 혹독한 눈보라)가 12월 전반인 이 시기에 찾아온 건 아닐까. 만약 그렇다면 하부의 등정은 단념해야만 한다.

물론 그렇지 않고 이 눈과 바람이 일시적인 것이라면 아직 희망은 있다.

13

12월 7일.

아침, 7시.

영하 19도.

눈.

강풍.

하부는 입을 열지 않는다.

14

12월 8일.

아침, 7시.

영하 19도.

눈.

강풍.

하부, 무언(無言).

15

12월 9일.

아침 6시 30분.

영하 20도.

눈.

강풍.

16

12월 10일.

아침 6시 30분.

영하 22도.

눈.

오전 구름 사이로 창공이 보임.

강풍.

17

12월 11일.

영하 22도.

맑음.

후카마치는 침낭 안에서 눈을 떴다. 평소와 달리 텐트 안이 밝았다. 지난 열흘간 잊고 지냈던 여명. 바람은 불지 않는다. 텐트를 쉴 새 없이 흔들었던 바람이 사라졌다.

상반신을 일으켰다. 그리고 침낭 지퍼를 열었다. 침낭 표면에 얼어붙은 수증기 결정이 타다닥 떨어진다. 등산화를 신기 전에 텐트 지퍼를 내려 바깥에 얼굴을 내밀어봤다. 날이 갰다. 까마득할 정도로 파란 하늘이 머리 위로 보였다.

등산화를 신고 밖에 나갔다. 눕체 봉우리가 눈앞에 나타났다. 새하얀 눈구름이 봉우리 하늘 위로 드높이 치솟고 있었다. 지상에 바람은 없지만 저 높은 바위 정상에는 강한 바람이 부는 것이다.

아직 햇살은 베이스캠프 지면까지는 닿지 않았다. 웨스턴 쿰 좌우 능선도, 아이스폴도 아직 검푸른 어둠 속에 잠겨 있다. 아직 눕체와 그 옆으로 이어지는 능선 일부에만 햇빛이 비췄다.

바로 건너편 바위 옆에서 하부 조지와 앙 체링이 서서 하늘을 올려다보고 있었다. 후카마치가 두 사람 곁으로 다가갔다.

"갰네."

말을 걸었다.

"아아."

하부가 눕체 위 하늘을 바라보며 고개를 끄덕였다.

얼굴은 물론 웃고 있지 않았다. 이를 강하게 악문 표정이다. 날이 갰는데도 하부의 얼굴은 이전보다 훨씬 험악하다.

"어떡할 거야?"

후카마치가 물었다.

"뭘?"

"오늘 출발할 건가?"

"아니."

하부가 고개를 저었다.

"오늘 하루는 내린 눈이 가라앉는 걸 기다렸다가 내일 출발한다."

"내일 날씨는?"

"맑을 거야."

"온도가 내려갔어. 좋은 징조야."

"온도보다 신경 써야 할 게 있어."

하부가 하늘 한 쪽을 노려보며 말했다.

"겨울 남서벽에서 최대의 적은 추위가 아냐. 바람이야…."

"그래."

"괜찮겠지. 하루 만에 저기까지 가는 건 아니니까. 내일부터 3박 4일 후에 저 바람이 어떻게 되느냐가 관건이겠지."

하부가 눕체 정상에서 꿈틀거리는 하얀 눈구름을 바라봤다.

아름답다.

하지만 먼 데서 어떻게 보이든 간에, 실제 저 눈구름 속이 얼마나 무시무시한 상태인지 후카마치도 잘 안다. 풍속 40미터, 혹은 50미터의 바람. 때로는 그 이상의 강풍이 저기서는 불어 닥친다. 에베레스트 정상은 여기서 보이지는 않았지만 비슷한 눈구름이 더 격렬히 꿈틀거리고 있으리라.

저 눈구름 속을 걸어갈 하부를 상상했다.

정말 갈 것인가, 저 눈구름 속을.

아마 능선에 나오면 반 발자국도 움직이기 힘들 것이다. 저 능선에서 이동할 때는 바위나 설사면에 복부를 딱 붙여서 틈이 없도록 만들어야 한다. 조금이라도 틈이 생기면 그쪽으로 바람이 몰려와, 몸이 뜨고 만다. 일단 몸이 뜨고 나면 공중에 내동댕이쳐져 곧바로 티베트 쪽으로 날아가고 만다.

몸을 완전히 고정시켜 바람이 잦아든 틈에 이동해야 한다. 바람에는 리듬이 있다. 항상 같은 강도로 불지는 않는다. 강약이 있는 것이다. 멈추지는 않지만 약해졌을 때만 이동이 가능하다.

하지만 바람이 약해지는 순간이 대체 얼마나 될까. 10초? 30초? 후카마치는 짐작할 수 없다. 자신이라면 아무리 어떤 사정이 있다 할지라도 저 능선에 서고 싶지 않다. 저 바람 속을 걷는다는 건 자살 행위나 마찬가지다. 하부라도 그런 사정은 바뀌지 않는다.

그럼에도 저 바람이 12월 후반에 닥쳐오는 히말라야 특유의 바람이 아니라면 아직 희망은 있다. 최종 캠프에서 사흘 정도 바람이 멈추는 걸 기다릴 각오만 있다면 기회는 분명히 찾아오리라.

"내일이군…. 내일이면 출발할 수 있어."

앙 체링이 불쑥 말하며 하부의 어깨의 두드렸다.

"비카르산. 내일 여기서 출발하면 알게 될 거야."

"뭘?"

하부가 하얀 눈구름이 눈부시다는 듯이 얼굴을 찡그리며 올려다보며 물었다.

"자신이 하늘로부터 사랑을 받는 인간인지를…."

"하늘이라…."

"자넨 그걸 하늘에 묻기 위해 저기로 가야만 해."

저기, 저 아름다우면서도 혹독한 눈구름 속으로. 인간의 영역을 넘어선 신들의 영역 속으로.

"그걸 하늘에 물을 수 있는 자격을 가진 인간은 많지 않지. 자네에게는 그 자격이 있어."

앙 체링이 하부의 어깨를 다시 두드렸다.

하부는 그저 입을 다물고 파란 하늘 위로 비스듬히 치솟은 하얀 눈보라를 실눈으로 바라봤다.

18

1993년 12월 12일.

영하 22도.

쾌청.

오전 7시 출발.

18장

아이스폴

1

아이젠의 날카로운 금속 발톱이 시원스러운 소리를 내며 견고한 얼음을 찍어 올라간다.

아이스폴 속이다.

여기서는 보이지 않지만 에베레스트 정상에는 이미 끈적끈적한 물감과 같은 붉은 노을이 눌어붙었으리라. 노을이, 캔버스에 진득하게 바른 물감을 아래로 질척하게 묻혀 내려가듯이 에베레스트 봉우리를 핥듯 천천히 지고 있겠지. 붉은빛이 웨스턴 쿰으로 내려와 여기 아이스폴 얼음 주름 사이에 내려앉기까지는 아직 한참 시간이 남았으리라.

후카마치 마코토는 차가운 대기를 호흡하며 얼음기둥 사이를 걷는 중이었다. 앞이나 뒤나 오른쪽이나 왼쪽이나 모두 얼음이다. 바로 전방에 3층 건물 크기의 커다란 세락이 경사면을 따라 위쪽부터 갈라지며 떨어진다. 아니 완전히 갈라지지는 않았다. 아래는 아직 다른 세락과 붙어 있었다. 위쪽은 V자형으로 갈라지고 있지만, 아직까지는 갈라지는 중이다.

빙하가 움직여서 그렇다. 순식간에 700미터 낙차로 얼음덩어리가 무너져 내리는 아이스폴 안에서도 이곳의 빙하가 가장 격렬하게 움직이는 장소이기 때문이다. 언제 어떤 세락이 무너져 내려도 전혀 이상하지 않은 장소다.

세락 상단과 바닥에는 막 내린 눈이 하얗게 쌓여 얼었다. 수직으로 우뚝 솟은 세락에서 빙하 본연의 얼음이 보인다. 그곳에는 눈조차 들러붙지 못했다. 빙하 하류에는 모래와 자갈이 쌓여 표면이 잿빛으로 변했지만, 이곳의 얼음은 어느 것이나 순백이다. 순백이면서도 갈라진 틈에서는 푸르스름한 얼음이 그윽한 빛깔을 발한다. 투명한 검푸른 어둠이 갈라진 틈새 깊은 곳에서 입을 벌린다. 이 빙하의 최심층부까지 이르는 듯한 검푸른 어둠. 그곳에는 지금까지 겹겹이 쌓여온 산의 시간이 층을 무한히 지어 잠들었으리라.

대략 1만 년에서 60만 년이란 시간.

과거 바다 밑바닥이었던 히말라야가 우주로 노출하기까지의 시간….

베이스캠프에서 출발하는 하부의 모습을 찍었다. 그러고는 하부보다 아주 조금 늦게 후카마치도 걷기 시작했다. 아이젠이 처음 밟은 건 바위와 조약돌과 눈과 얼음이었다. 물구덩이가 얼은 것처럼 표면이 평편하고 반들반들 빛나는 얼음 위를 걷는다.

얼마 후 아이스폴에 들어갔다. 5월에는 고정 로프를 치고 크레바스 위에 알루미늄 사다리를 놓아 만든 루트를 통해 아이스폴에 들어간 것이 등반의 첫 걸음이었다. 그러나 이번은 다르다. 처음부터 바로 루트가 만들어지지 않은 아이스폴에 들어오고 말았다. 어차피 루트를 만들 때도 선두에 서서 이동하는 사람은 루트가 전혀 없는 완전한 처녀지와 만나게 된다.

후카마치에게 지금의 아이스폴은 반쯤 루트가 만들어진 것이나 매한가지였다. 하부가 먼저 가기 때문이다. 후카마치는 하부가 걸어간 발자국을 그대로 따라간다. 루트를 자신의 눈으로 찾으며 가는 경우보다는 세 배 더 빠르다.

아까 갈라지던 세락 밑을 오른쪽으로 돌아가는 지점에서 세부가 보였다. 들고 가는 장비는 하부와 같다. 발에는 등산화 위에 오버슈즈를 신었고 프런트 포인트 아이젠을 장착했다. 배낭은 하나. 배낭은 자신의 것이 하부보다는 조금 무거울 것이다. 하부는 철두철미하게 장비를 경량화했을 것이고, 자신은 거기에 카메라 무게가 더해졌기 때문이다. 아마 하부가 15킬로그램 정도라면 자신은 20킬로그램 정도 졌을 것이다.

아직 6,000미터에 이르지 않은 동안에는 하부가 필요 이상 페이스를 올리지만 않으면 어떻게든 하부를 따라갈 수 있으리라. 하부는 쉬지 않았다. 일정한 페이스로 아이스폴 내부를 개미처럼 전진한다.

지금까지 이 아이스폴에서 많은 사고가 일어났다. 기본적으로 아이스폴에서 안전한 장소란 존재하지 않는다. 언제 어디서 무너져 내려도 이상하지 않다. 무너져 내리는 장소에 있으면 사고를 당하는 것이고 그 자리에 없으면 사는 것이다. 베테랑이든 초심자든 가리지 않는다. 앞서 간 사람이 무사히 통과했어도 뒤따라가는 사람이 불과 10초 차이로 세락의 붕괴와 조우하게 되는 경우도 있다. 등반가로서 할 수 있는 일이란 그저 가능한 한 아이스폴 내부에 머무는 시간을 줄이는 것뿐이다.

집 한 채 크기의 세락을 돌아 들어가자 빙벽이 좌우로 좁혀들며 막다른 길이 나왔다. 하부의 발자국이 왼쪽 빙벽으로 향하다가 그대로 벽쪽으로 올라가 있다. 이미 다 올랐는지, 하부의 모습이 위로 보이지 않는다.

후카마치는 빙벽에 피켈을 박고 벽을 타기 시작했다. 오른손에 피켈, 왼손에 아이스바일. 양손을 교대로 움직여 빙벽에 박으면서 아이젠 앞 발톱을 빙벽에 찍고 자신의 체중을 조금씩 위로 밀어올렸다. 연속된 움직임은 예상했던 대로 힘들었다. 한 발씩 발을 올릴 때마다 몇 번이나 거친 호흡을 거듭했다. 연속된 이 운동을 지속하기 위한 산소의 양을 한 번의 호흡으로 섭취하지 못하기 때문이다.

호흡이 빨라진다. 쉴 새 없이 목에서 거친 소리가 난다. 후카마치는 자신의 가쁜 호흡 소리를 관자놀이 부근에서 들으며 올라갔다.

아직 체력은 있다.

아직 나는 오를 수 있다.

그런 생각을 하면서 이를 악물며 올라간다.

로프도 안 쳐졌고, 사다리도 없다. 하부가 남긴 발자취만이 유일한 표시다. 만약 아이스폴 안에서 안개에 휩싸이고 눈까지 내린다면….

하부의 발자취가 사라져 길을 잃게 된다. 아이스폴 속에서 혼자 방향을 잃고 만다. 단순히 길을 잃는 데 그치지 않는다. 곧 죽음과 직결된다.

그런 공포감에 페이스가 빨라지려는 걸 간신히 억누르며 후카마치는 빙벽을 올라갔다. 얼굴 바로 앞에 얼음이 있다. 똑같은 얼음으로 된 벽이라 해도 형태는 제각기다. 층에 따라 아이젠 발톱이 박히지 않고 튕겨 나올 정도로 단단한 곳도 나타난다.

다 올라 빙벽 위로 나왔다. 그런데 그 앞은 거대한 양동이로 쏟아부은 듯한 세락들이 여기저기 나뒹구는 급격한 경사면이었다. 그 사이로 하부의 발자국만 이어져 있다. 그의 모습은 보이지 않는다. 조금씩 하부와의 거리가 벌어지는 모양이다. 그렇다고 초조한 마음에 페이스를 올릴 수는 없다. 그랬다가는 자멸해버린다.

마른기침이 나온다.

대기가 건조하고 차갑다. 연이어 호흡하면 목이 아프다.

손목시계를 보자 아이스폴에 들어온 지 벌써 한 시간 반이 지났다.

8시 45분.

하부의 예정으로는 두 시간 반 만에 이 아이스폴을 빠져나가기로 되어 있다. 예정대로라면 하부는 앞으로 한 시간 내에 아이스폴 상부에 다다른다.

대체 자신이 하부에게 얼마나 뒤처졌는지 후카마치는 어림할 수 없었다. 하부의 모습은 보이지 않는 가운데 발자국만 남아 있다.

1분인가.

3분인가.

5분인가.

혹은 10분 이상 뒤처졌는가.

만약 이 장소에서 내가 사고라도 만나면? 빙벽이 붕괴되면?

아무리 조심을 기해도 아이스폴 안에서 빙벽이 언제 무너질지는 아무도 예측할 수 없다. 겉으로만 보기에는 바로 무너질 것만 같은 빙벽이 등반 시작부터 끝날 때까지 아무 일도 없을 수도 있고, 마냥 안전해보이던 세락이 이틀 후에 반으로 쪼개져 루트 위에 나뒹구는 경우도 있다.

요컨대 아이스폴에 들어간다는 건 일종의 도박이다. 그 도박에 건 것은 자기 목숨이다.

빙벽을 오르던 중 후카마치는 문득 불안에 휩싸였다. 만약 아이스바일을 박은 빙벽 안쪽이 깊은 결이 나 있어, 위에 이르렀을 때 이 세락이 깨져 떨어질지도 모른다. 그렇게 되면 고도차 약 30미터를 낙하해 세락 하단에 부닥치고 내장이 입에서 밀려나오며 죽게 된다. 세락 하단과 부닥치지 않더라도 30미터 밑으로 떨어지면 죽는다. 혹여 살아난다 해도 이 고도차에서 추락하면 무사할 수는 없다. 살아있어도 움직이지 못한다. 결국 떨어진 그 장소에서 죽게 된다.

하부는 도우러 오지 않는다. 그렇게 약속했다.

말은 그렇게 했지만 현실적으로 눈앞에서 누군가에게 죽을 위험이 닥쳤다면 도와주러 올지도 모른다. 하지만 하부의 모습은 이미 아이스폴의 거대한 세락들 사이의 어딘가로 사라져 보이지 않는다. 저쪽도 이쪽이 보이지는 않으리라. 사고가 나도 하부가 알 리가 없다. 자신의 모습이 안 보인다고 해서, 하부가 자신의 동태를 확인하기 위해 일부러 밑으로 내려올 리가 없다. 하부 입장에서 생각해보면 자기 뒤를 따라오겠다는 후카마치라는 카메라맨의 모습이 안 보이면 중간에 돌아갔다고 여기고 말겠지.

30미터. 앞으로 5미터면 빙벽을 넘을 수 있다. 기술적으로 특별히 어려운 데가 아니다. 마음이 약해졌을 따름이다. 예를 들어 폭 30센티미터의 판자를 걷는다. 여기에는 특별한 기술이 필요하지 않다. 하지만 폭 30센티미터의 판자가 지상 100미터 높이의 빌딩과 빌딩 사이에 놓여 있다면 어떻겠는가. 지면에서는 아무렇지도 않게 할 수 있는 행위가 불가능하게 된다. 그와 비슷한 정신적 압박이 밀려왔다. 빙벽 기술로서는 일반적인 수준이었다.

후카마치도 그 정도 기술은 충분히 알고 있다. 하지만 다른 사람이 안전을 확보해주지 않고 완전히 혼자 힘으로 빙벽에 매달리기는 이번이 처음이었다. 이만한 장소에서 아이스하켄을 사용해 일일이 안전을 확보하면서 가면 하부가 말하는 속도를 유지할 수 없다.

경사 60도에서 70도의 빙벽. 감각으로는 거의 수직에 가깝게 느껴진다. 떨어지면 죽는다는 사실이 명확했지만, 기술적으로는 딱히 까다로운 구간은 아니다. 아이젠 앞 발톱을 빙벽에 확실히 찍고 균형을 유지하며 위로 오르면 된다.

문제는 산소가 희박해짐에 따라 찾아오는 체력과 집중력의 저하다. 하지만 앞으로 8,000미터가 넘는 곳을 등반하겠다면서 6,000미터도 이르지 못한 고도에서 우는소리를 할 수는 없다.

그럼에도 한 번 공포가 들러붙고 나면 쉽사리 털어내기가 어렵다.

밑을 본다.

자신의 가랑이 사이로 아찔한 풍경이 펼쳐진다. 아이스폴 바닥에 나뒹구는 세락들. 떨어지면 저기에 부닥쳐, 등골이 반으로 쪼개진다. 어떻게 떨어지는지에 따라 대퇴골이 사타구니로 밀려나가 내장을 쑤시고 어깨로 빠져나올지도 모른다.

그 이미지가 불쑥 떠올랐다.

눈 위를 미끄러져 내려가다 허공에 튕기고는 바로 밑으로 떨어지는 파인더 안의 점 두 개.

이오카 고이치, 후나지마 다케시. 그 두 사람은 올해에 여기서 불과 2,500미터 떨어진 위에서 죽었다. 올해 5월까지는 그들도 살아 있는 채로 자신과 함께 이 아이스폴을 지나 에베레스트 산자락에 들어갔다.

지금 자신의 체중을 지탱하고 있는 건 1센티미터, 아니 그 이하일지도 모를, 빙벽에 찍은 몇 개의 아이젠 발톱과 피켈, 그리고 아이스바일 끝뿐이다. 지금도 발끝이 미끄러져 단단한 얼음 위로 떨어질 것 같은 마음이 든다.

양 무릎이 미세하게 떨렸다.

왜 이러는 걸까. 이런 데서 왜 이런 반응이 나타나는 걸까. 지금은 단독이라 부르지도 못할 행위다. 그럼에도 혼자라는 걸 의식한 순간 이리도 쉽사리 두려움에 사로잡혀 떨고 마는가.

하부가 하려는 단독행은, 지금 내가 직면한 것과는 근본적으로 차원이 다르다. 하부는 어느 만큼의 고독과 공포를 자신의 내면에서 어르고 달래며 적응해온 걸까. 이제 하부 조지가 이곳보다 한층 높은 장소에서 맛보려는 건 이 정도 레벨의 일이 아니다.

떨지 마.

자신의 무릎에다가 타이르려고 할 때, 후카마치는 그 소리를 들었다.

두웅….

낮게 땅을 울리는 소리. 그리고 곧이어 먼 데서 들려오는 제트기 폭음과 닮은 부웅 하는 소리.

그게 무슨 소리인지 후카마치는 잘 안다. 몇 번이나 들었던 소리다.

눈사태.

어딘가에서 눈사태가 발생했다.

혹시….

그 소리가 점점 커진다. 눈사태가 지금 자신이 위치한 장소를 향해 격렬한 속도로 다가오는 것이다.

멈추려나….

순간 그런 생각이 들었다.

멈추지 않는다. 그 소리는 점점 다가왔다.

눕체다.

눕체거나 눕체에서 이어지는 능선 어딘가에서 눈사태가 발생한 것이다. 게다가 크다. 여태 새로 내린 눈에 의해 무거워진 세락이 능선에 달라붙지 못하고 웨스턴 쿰 혹은 여기 아이스폴을 향해 낙하하는 것이다. 그것이 빙하에 도달하는 순간의 한층 무겁고 낮은 울림.

멈추지 않는다. 다가오고 있다.

후카마치의 항문이 꽉 쪼여지며 등줄기가 움츠러들었다.

이 상태에서는 어떤 피난 자세도 불가능하다. 후카마치는 이를 악물고 하늘을 노려봤다. 세락이 깨져나간 면에서 올려다보는 하늘은 파랬다. 까마득할 정도로 파랬다.

자신이 지금 매달린 빙벽 위쪽이 하얀 수평선처럼 좌우로 펼쳐졌다. 그 너머로 파란 하늘이 툭 떨어질 듯이 보인다. 빙벽 끝에 햇살이 닿아 눈부시게 하얀 빛을 내뿜는다. 그 영상이 시야 안에 들어온 순간, 파란 하늘을 하얀 무언가가 갑자기 뒤덮었다. 하얀 가루와 같은 것이 하늘을 가로막았다.

바람이 후카마치를 내리친다. 이어 후카마치 머리 위로 하얀 가루가 뿌옇게 펼쳐지며 후드득 떨어졌다.

꿈속처럼 아름다운 장면이었다.

눈부시게 반짝이는 얼음의 결정들.

눈송이들.

자신의 윈드재킷 표면에 얼음 파편이 타다닥 떨어진다. 이어 조금 뒤늦게, 빙벽 중간에 매달린 후카마치의 몸을 부드러운 하얀 광선이 에워쌌다.

순간 숨 쉬는 것마저 잊고 말았다.

모든 것이 다 지난 후 후카마치는 빙벽에 매달린 채 격렬한 호흡을 토해냈다. 불과 한두 번 호흡을 멈춘 것만으로 바로 고통스러워져 가쁜 숨을 게워냈다. 호흡을 강하고 빠르게 되풀이하지 않으면 혈액 중의 산소량이 순식간에 줄어들고 만다. 가쁜 숨을 내쉬며 올려다본 하늘에 다시 창공이 되돌아왔다.

무슨 일이 일어났는지 후카마치는 이해했다. 눕체 능선에서 낙하한 세락이 웨스턴 쿰 빙하까지 이른 것이다. 그게 빙하 어딘가에서 멈췄거나 빙하에 부딪혀서 방향을 바꾼 것이다. 아마 아이스폴 요철이 눈사태 본류를 멈추게 했으리라. 눈사태 본류는 멈췄어도 그 때문에 일어난 압축된 공기의 폭풍은 멈추지 않은 것이다. 폭풍은 그대로 빙하 위를 내달려 여기까지 이른 것이다. 폭풍 속에 뒤섞인 눈은 미세한 얼음 파편과 눈송이가 아이스폴 위를 지나며 여기에 입자들을 내리부은 것이다.

자신이 살았다는 걸 안 순간, 후카마치는 바로 하부를 생각했다. 하부 조지는 어떻게 됐을까.

만약 하부의 페이스가 빨라 아이스폴을 빠져나가 웨스턴 쿰에 매달려야 하는 지점에 이르렀거나, 때마침 아이스폴 상부에 위치했다면 방금의 폭풍을 직격으로 맞았을 텐데.

게다가 위태로운 지점에 있기라도 했다면….

후카마치는 이를 악물고 오른손의 피켈을 들어 올려 빙벽에 찍었다.

등반을 개시했다.

다리의 떨림이 멈췄다.

2

아이스폴을 빠져나와 웨스턴 쿰 입구에 나오니 시간이 10시 반쯤 됐다.

이곳은 대략 표고 6,000미터. 베이스캠프에서 나온 지 세 시간 반이 지났다. 5월에 여기에 1캠프를 설치했기에 처음 온 장소는 아니다. 그때는 베이스캠프에서 세 시간 걸려 여기에 왔었다. 루트도 반듯이 만들어졌고 주마와 사다리도 사용했다. 이번보다 훨씬 짧은 거리를 세 시간 동안 걸었다. 지금의 세 시간 반을 따져보면 지난번보다 체력적으로는 상당히 나아졌다. 아이스폴 속에서 사다리를 사용하면 바로 넘어갈 수 있는 크레바스를 몇 번이나 우회하거나, 사다리 없이 빙벽을 올랐기에 5월보다 더 먼 거리를 이동한 셈이다.

그런데도 30분밖에 오버하지 않았다. 하부의 발자취가 없었다면 시간이 훨씬 더 걸렸겠지만 체력적으로는 아직 여유가 있었다. 하부의 발자국이 웨스턴 쿰 설원 위로 이어져 있다. 하부는 그 눈사태를 무사히 회피한 모양이다. 하부의 모습은 보이지 않았다.

아이스폴에 비해 완만하다고는 해도, 해자와 같은 거대한 크레바스가 좌우로 펼쳐졌고 혹처럼 볼록 솟은 작은 산이 몇 개나 있다.

대체 하부는 얼마나 앞서 가는 걸까. 예정대로라면 한 시간 정도 앞서 가고 있을 것이다.

하부가 이 근처에서 쉰 흔적은 보이지 않았다. 하부는 거의 쉬지 않고 일정한 페이스로 이곳을 통과한 게 틀림없다. 어딘가에서 멈춰서서 허리에 매단 보온병으로 수분을 보충했겠지. 아직까지는 제법 따뜻할 꿀을 듬뿍 넣은 홍차. 그걸 3분의 1 정도 마셨을까.

만약 여기서 하부의 모습이 보였다면 사진을 찍었을 텐데 하고 후카마치는 생각했다.

아직 하부의 사진을 얼마 못 찍었다. 출발 전과 아이스폴에 들어가서 하부가 걸어가는 모습, 그 정도다.

카메라는 니콘 F3를 가져왔다. 40~80밀리미터 줌렌즈 하나. 50밀리미터 반사렌즈 하나. 그 두 종류의 렌즈만으로 찍기로 정했다. 중량을 줄이기 위해서다. 삼각대는 접어 양손으로 쥐면 안 보일 정도로 소형이고 경량인 물건을 준비했다.

카메라 본체와 렌즈는 제조사에 부탁해서 한랭지(寒冷地) 사양으로 해놓았다. 온도가 너무 내려가면 기계 속 오일이 얼어붙어 움직이지 않기 때문이다. F4가 아닌 F3으로 가져온 이유는 F3이 기계적으로 전지에 의존하는 부분이 적기 때문이다. 온도가 낮아지면 전지가 정상적으로 기능하지 않을 경우가 있다. 그 때문에 매뉴얼 사양으로 융통이 편리한 F3을 선택했다.

후카마치는 눈 위에 새겨진 하부의 발자국을 카메라에 담고 보온통의 홍차를 마셨다. 여기에도 꿀을 듬뿍 넣었다. 뒤를 돌아보자 발치까지 눈사태가 밀어닥치는 걸 차단하려 한다는 듯이 멀리 푸모리가 솟아 있다. 베이스캠프에서 볼 때보다 그 봉우리가 한층 커 보였다.

웨스턴 쿰에도 푸모리의 검붉은 바위자락에도 햇빛이 정면으로 내리쬐고 있다. 올려다보면 좌우로 거대한 암벽이 치솟아, 웨스턴 쿰 빙하를 양쪽에서 압박하고 있다. 에베레스트 정상에서 내려오는 에베레스트 서릉이 왼쪽. 로체에서 눕체로 이어지는 능선이 오른쪽. 그 가운데 로체의 표고 8,516미터 정상과 능선이 보인다. 로체와 눕체 각 정상에도 하얀 눈구름이 파란 하늘에서 꿈틀거린다.

지금 후카마치가 위치한 곳에는 머리카락이 살짝 날리는 정도밖에 바람이 불지 않는다. 광대한 설원, 그 설원 밑에 빙하가 있다. 머지않아 표고 6,000미터를 넘어서면 인간, 아니 생물의 영역을 넘어서는 장소가 나타난다.

에베레스트 정상은 서릉 그림자에 가려 보이지 않았지만, 그 광대한 설원을 에워싼 히말라야의 자이언트. 그 어느 것이나 8,000미터를 훌쩍 넘는 봉우리와 그에 따라 이어지는 바위와 눈의 능선들이었다. 그 풍경 속에서 후카마치는 자신의 존재를 강렬히 의식했다. 자신의 존재를 의식 속에서 한 점으로 조감했다. 하지만 그 점이 '작고' '하찮게'는 느껴지지 않았다. 작지만, 분명 하나의 점으로서 지금 그 풍경 속에 존재하리라.

고도를 높여감에 따라 지상의 의식이 희박해지는 것 같았다.

후카마치는 10여 분 정도 그 자리에서 머물렀다가 다시 설원 위로 발걸음을 내디뎠다. 거대한 크레바스와 만날 때마다 좌우로 우회했다. 걸어가는 중에도 언제 자신의 발치가 무너져 내릴지 모른다는 불안이 항상 따라다녔다.

크레바스 위에 눈이 덮여, 스노브리지가 만들어지며 갈라진 틈새가 가려진다. 겉보기에는 설원으로 보이지만 그 밑에선 깊은 크레바스가 입을 벌리고 있다. 그런 장소를 자신이 의식하지 못하고 몇 번이나 통과했으리란 생각이 들었다.

그런 스노브리지가 단단하지 않으면 인간의 체중으로 인해 무너져 떨어진다. 두 사람이 행동한다면 안자일렌을 하고 갈 수 있다. 서로의 체중을 로프로 연결해두면 한쪽이 크레바스에 떨어질 때 안전을 확보할 수 있다. 그러나 혼자 갈 때 떨어지면 바로 끝이다. 크레바스에 떨어졌다가 자력으로 탈출할 자신이 없었다.

그런 불안을 품고 후카마치는 걸었다.

기침이 나온다.

쉴 새 없이 나온다.

호흡이 빨라지며 발을 내딛는 속도가 점차 느려진다.

하부의 발자국은 오른쪽, 눕체 방향으로 이어졌다. 거의 한 시간 반 동안 눕체 방향으로 이동해, 고개를 들자 이 지구상에서 가장 높은 장소일 암벽이 후카마치의 눈에 들어왔다.

에베레스트 남서벽의 모습이 온전히 눈앞에 펼쳐졌다.

압도적인 광경이었다.

우주를 향해 등줄기를 곧추 세운 거수(巨獸)처럼 그 능선이 우뚝

서 있다. 정상은 파란 하늘에 머리를 내밀고는 눈구름을 격렬히 우주로 향해 밀어 올리고 있었다.

후카마치는 그 자리에서 멈춰 서서 몸을 떨었다.

19장

회색 투름

1

텐트 안에서 자고 있다.

아니, 자지 않는다. 침낭 안에서 등을 기대고 눈만 감았을 뿐이다.

잠이 들지 않는다. 눈꺼풀 안쪽으로 눈을 뜬 것만 같다. 눈을 감았지만 떴다. 형형히 빛나는 시선이 자신의 내면을 응시한다.

자야 하는데….

그런 생각을 하면 할수록 의식이 맑아지기만 했다. 낮에 움직인 근육의 흥분이 식지 않는다. 흥분한 몸이 의식까지 흥분시킨다.

지금 잠을 자두지 않으면 내일 행동에 지장이 생긴다. 그렇지 않아도 하부를 쫓아가지 못하는데, 잠을 못 자 체력만 소모했다가는 7,000미터를 넘기조차 불가능하리라. 밤은 벌써 반은 지났겠지. 자야겠다 마음먹은 이후로 시간이 얼마나 지났을까. 호흡이 괴롭다.

6,500미터, 이번에 처음 체험하는 고도다. 역시 앙 체링 말대로 산소통을 가져왔어야 했을까. 만약의 경우를 위해 베이스캠프에는 앙 체링이 준비해둔 산소통이 몇 개 있었다. 그걸 지고 여기에 왔다면 이제 그 산소를 마시며 잠들 수 있었을 텐데…. 하지만 산소통까지 지게 되면 등에 지는 무게가 30킬로그램을 넘게 된다. 그랬을 때 과연 여기까지 올 수 있었을까. 필시 이렇게 침낭 속에 들어와 생각에 잠기지도 못했으리라.

생각하지 말자.

나는 산소통을 가져오지 않았다. 그게 사실이다. 그 사실 가운데 지금 내가 존재한다.

바람 소리가 들리지 않는다. 기이할 정도로 적막하고 평온한 밤이었다. 원래라면 쉴 새 없이 바람이 부는 곳이다. 주위에 바람을 가려 줄 건 아무것도 없었다. 바람을 그대로 맞는 웨스턴 쿰 한가운데 텐트를 쳤다. 하지만 바람이 없다.

대기가 뼛속 깊이 사무칠 정도로 차가워지는 게 느껴진다. 빠지직 공기가 얼어붙는 소리가 들릴 것만 같았다. 대기가 희박해 지상의 온도가 모두 여기서부터 우주를 향해 방출해버리는 것이다.

춥다. 영하 27~28도는 되리라.

호흡할 수 있는 산소의 양이 적어 더 춥게 느껴진다. 침낭 속도 따뜻해질 기미가 전혀 보이지 않는다.

10미터 정도 떨어진 장소에 하부의 텐트가 있다. 잠든 하부의 숨소리마저 들릴 것 같은 적막함이었다. 후카마치는 어둠 속에서 귀를 기울였지만, 당연히 하부의 숨소리는 들리지 않았다.

하부는 이미 잠들었을까. 잠들었겠지. 지상에서 잠들 때처럼 깊은 잠에 빠졌으리라. 그게 아니라면 지금 나처럼 어둠 속에서 눈을 뜨고 있을까.

웨스턴 쿰 한가운데.

천천히….

휴식 시간을 포함해 베이스캠프에서 여기까지 9시간 걸려 올라왔다. 하루에 1,100미터 고도를 올라온 셈이다. 5,800미터 정도까지 고도순응을 마쳤기에, 지금은 순응한 고도보다 700미터 더 올라와버렸다.

처음 고도를 체험할 때는 하루에 500미터였는데, 그게 히말라야에서 높여도 되는 고도다. 물론 고도를 높이는 것만으로는 1,000미터까지도 가능하지만, 거기서 숙박해서는 안 된다. 1,000미터 올라가서 그 고도의 대기 속에서 움직이며 호흡한 뒤, 잠잘 때는 500미터 내려온 장소에서 머문다. 그게 히말라야 등반의 기본적인 이론이다.

700미터. 아슬아슬한 높이다.

가벼운 고산병의 징조가 느껴진다. 머리가 아프고 식욕이 없다.

저녁은 일단 건조시킨 밥을 데워 죽을 만들어 먹었다. 우메보시(소금에 절인 매실장아찌), 김 간장조림, 비타민C와 비타민B 정제를 먹었다. 치즈를 조금 먹고 파우더를 뜨거운 물에 갠 콘수프를 마셨다. 꿀을 듬뿍 넣은 홍차 1.5리터를 한 시간 반에 걸쳐 천천히 마셨다. 아침에 1.5리터, 이동 중에는 보온병으로 1리터, 지금 1.5리터, 다 합쳐 4리터. 예정된 양이다. 몸을 움직이기 때문에 땀이 난다. 공기가 한층 희박해져 몸 표면으로 항시 수분을 대기 중에 빼앗긴다. 물은 아무리 보충해도 지나치지 않다.

후카마치가 여기에 도착했을 때, 이미 하부의 파란 텐트가 쳐져 있었다. 그 광경을 카메라에 담고 후카마치도 자신의 텐트를 쳤다. 말은 걸지 않았다. 말을 걸어봐야 하부는 대답하지 않으리라. 일어나 있으면 자신이 도착했다는 걸 알 터였다. 그런데도 아무 말이 없다면 자신에게 말을 걸지 말라는 의미다.

후카마치가 예정된 교신을 들은 건 6시였다. 베이스캠프의 앙 체링과 하부는 아침 7시와 저녁 6시에 교신을 하기로 약속했다. 후카마치가 자신의 무전기로 그들의 교신을 들은 것이다.

"어때?"

앙 체링이 물었다.

"예정대로다."

하부는 대답한 후 날씨에 대한 이야기만 짧게 나누고 교신을 끝냈다.

후카마치는 그 교신에 참가하지 않는다. 무전기는 들고 왔지만 베이스캠프와의 예정된 교신은, 아무리 하부와 시간이 엇갈렸다고 해도 후카마치는 참여하지 않는다. 그렇게 약속했다.

만약 정시의 교신에 후카마치가 어떤 문제로 늦거나, 무전기가 고장 나서 연락이 안 됐을 때 앙 체링이 염려하여 위로 올라오거나 하면 안 될 일이었다. 그렇게 되면 베이스캠프에서 하부를 지원할 수 없다.

베이스캠프의 무전기는 항상 켜져 있다. 후카마치가 그쪽으로 연락하는 경우란 자신의 생명과 직결되는 문제가 발생했을 때뿐이다. 그렇게 약속하고 출발했다.

침낭 안에서 후카마치는 교신 당시의 하부 목소리를 떠올렸다. 짧고 낮은 목소리. 호흡도 정상이었다. 컨디션은 상당히 좋게 들렸다.

'대단한 남자다'라는 생각이 들었을 때 후카마치는 갑자기 요의를 느꼈다. 상당히 강한 요의였다.

하지만 왜 하필 이럴 때….

대량의 수분을 섭취해서다. 의식해버린 순간 점점 요의가 강해졌다. 일반적인 상황이었다면 그냥 잠들면 잊고 말 요의였다. 그런데 어둠 속에서 의식만 곤두선 지금 상황에서는 그 요의가 사라지지 않았다.

잠이 오지 않는다. 잠이 오지 않기에 요의가 의식된다. 요의를 의식하기에 잠이 더 오지 않는다. 하지만 침낭에서 기어 나와, 윈드재킷을 입고 등산화를 신고 밖으로 나가야 할 번거로움을 떠올리면 소변을 보러 밖에 나갈 마음이 들지 않았다. 지상과는 차원이 다른 이 고도에서는, 좁은 텐트 안에서 몸을 웅크리고 양말을 신고 등산화를 신는 행위에도 한없는 시간이 걸린다.

두껍게 껴입은 상태에서 상체를 앞으로 구부려 신발을 신으려고 하면 배가 압박을 받아 몇 초 숨이 멈추는 순간이 몇 번 있다. 그러면서 불과 잠깐 숨을 멈춘 것만으로 혈액 중의 산소가 소비되어, 얼른 산소를 보충하기 위해 가쁜 숨을 내쉬게 된다.

30분 가까이 요의와 씨름한 끝에 결국 후카마치는 밖에 나가 소변을 보기로 했다. 30분 참았다면 30분 더, 경우에 따라서는 다시 30분 더 참을 수 있을지도 모른다. 하지만 아침까지는 참지 못한다. 결국 소변을 보게 된다. 그렇다면 지금 해야겠다고 결심한 것이다.

헤드램프를 켠다. 텐트 안의 광경이 불빛 속에 떠오르며 텐트 천장에 얼어붙은 수증기가 반짝반짝 빛난다. 호흡의 리듬을 재며 침낭 속에 넣어둔 등산화를 신는다. 텐트 밖에 등산화를 벗어두는 건 말할 나위 없고, 텐트 안에 둬도 등산화는 언다. 그렇게 되면 발에 동상이 걸리기 쉽다. 추운 장소에서는 눈을 꼼꼼히 털어내고 등산화를 침낭 속에 넣어두고 자는 게 후카마치의 오랜 습관이다.

밖으로 나왔다. 절로 경탄의 목소리가 터져 나올 듯한 풍경이 순식간에 후카마치를 덮쳤다. 느닷없이 우주 한가운데 떨어져 나온 것 같은 심정이었다. 머리 위로 은하가 뒤덮었다. 구름 한 점 없다. 아찔할 정도로 투명한 하늘에 헤아릴 수 없는 별들이 반짝거렸다.

남쪽으로 눕체, 동쪽으로 로체 북동쪽으로 에베레스트, 북쪽에는 에베레스트 서릉이 밤하늘을 에워싸고 있다. 히말라야 8,000미터를 넘는 능선이 둘러싼 거대한 계곡 속에 후카마치가 서 있다. 서쪽에는 역시 만만찮은 높이의 푸모리가 보였다. 푸모리 품 안으로 깊이 들어간 빙하가, 푸모리의 가슴과 만나 왼쪽으로 크게 구부러져 흐름이 바뀌는 광경도 보였다.

달도 뜨지 않았는데 눈과 바위의 세세한 면면까지 눈에 들어온다. 눈의 밝기와 별빛만으로도 이렇게까지 시야가 트이나 하는 생각이 들었다.

로체 위로 오리온자리가 보였다. 오리온 오른쪽 어깨에 해당하는 베텔기우스의 붉은빛. 저 별이 저리 붉었던가. 태양 직경의 700배에서 1,000배에 이른다고 일컬어지는 별이다. 오리온 왼쪽 다리에 리겔. 그리고 오리온의 벨트에 꽂은 검을 표시하는 세 개의 별 한가운데. 안개처럼 성운(星雲)이 보였다. 큰개자리 시리우스. 별빛이 이리도 하나하나 다 다른 색을 띠는 걸까. 후카마치는 처음 보는 것처럼 그 광경을 바라봤다.

바람은 없다. 고개를 돌리면 바로 밑으로 자신이 지금까지 들어가 있던 텐트가 있다. 저리도 작은 세계에 내가 지금까지 있었던가. 저 텐트 안 어둠에서 대체 난 무슨 생각을 했던가.

압도적인 광경을 눈앞에 두자, 지금까지 자신이 무슨 생각을 했는지조차 가물가물했다. 발밑에 원을 만드는 헤드램프 불빛이 초라하기 짝이 없다. 그리고 바로 건너편으로 하부의 텐트가 보였다.

후카마치 몸속의 열기가 점점 대기 바깥으로 도망친다. 후카마치는 소변을 봤다. 대량의 소변과 함께 후카마치의 체온이 밖으로 나갔다. 텐트 안으로 돌아가야 한다. 지퍼를 열어, 안으로 들어가 다시 잠갔다. 등산화의 눈을 꼼꼼히 털어냈다. 특히 등산화 안쪽의 눈을 정성스레 떨어뜨렸다. 등산화 안쪽에 작은 눈송이라도 들어갔다가는 거기서부터 발의 근육과 혈액이 얼며 동상에 걸리기 때문이다. 등산화를 침낭 안에 넣고 자신의 몸도 기어들어간다.

다시 원상태로 돌아오자 머릿속에 떠오르는 건 자신의 내면에 사는 생물들이었다. 텐트 지퍼를 닫자 마음의 창이 열린다. 이 어두운 텐트 바로 위로 한껏 펼쳐진 별들을 다시 떠올려봤지만 아까와 같은 감동은 치밀어오르지 않았다. 인간의 사고와 잡념, 감정 등은 좀처럼 한 장소에 머무르려 하지 않는다.

후카마치의 가요코에 대해 생각했다. 어떻게 지낼까. 자신이 지금 이런 곳에서 침낭 안에 몸을 밀어 넣고 생각에 잠겼으리라고는 상상하지 못하겠지.

'이젠 끝내요, 이런 거.'

'이런 거라니?'

'그러니까 이런 식으로 만나고 이런 식으로 하는 거요.'

난 가요코와 다시 시작하기를 바라는가.

모르겠다. 모르겠지만 다시 시작할 수 없다는 건 안다. 그 정도는 안다. 뭔가가 이미 끊어졌다. 그렇다면 난 가요코에게 뭘 바라는가.

이미 결론이 났다.

이제 다시 시작할 수 없다는 결론은 확실히 받아들인 것이다.

하지만….

후카마치는 자문했다.

넌 이미 통보받았잖아. 가요코가 말없이 모습을 감췄다. 그게 결론 아닌가. 결론은 이미 났는데 왜 다시 고민하는가.

그만둬. 그런 생각.

그런데 그만두자, 생각하지 말자면서 결국 가요코에 대해 생각하고야 만다. 그만두자고 마음먹고 정말로 생각을 그만둘 수 있다면 애당초 이렇게 힘들지도 않았겠지. 그건 그때그때 불어오는 바람이나 마찬가지다. 산에서 어떤 바람이 불어올지 모르면서 코스를 정한 이상 바꿀 수 없는 것과 마찬가지다.

인생도 날씨와 같다. 사람은 살아가며 조우하는 모든 일마다 매번 결론을 맺으며 살아갈 수는 없다. 대부분은 그대로 미뤄둔 채 살아간다. 살아간다는 건 뭔가를 미루며 걸어간다는 것이다. 번거롭다고 이러저러한 일들을 다 내버리고 혼자만 고고히 살아갈 수는 없는 노릇이다.

뭐에 그리도 집착하는 걸까.

나만 해도 그렇다. 평생 한 가지 일만 하라고 누가 명령한 적도 없다. 평생 카메라맨으로 살아야 할 필요도 없거니와 평생 산에 다닐 필요도 없다. 마찬가지로 평생 한 여자에게만 매달릴 이유도 없다. 평생 카메라맨을 하고 싶다면 하면 된다. 평생 산에 다니고 싶다면 그러면 된다. 평생 한 여자에게만 매달리고 싶다면 그러면 되는 것이다.

뭔가 결정을 내리고 그에 집착한다, 그게 더 이상하지 않나.

후카마치는 마음속으로 하부에게 물었다.

하부.

하부.

넌 왜 여기에 왔는가.

왜 이런 장소에서 혼자 견디는가.

왜 산에 오르는가?

너의 대답이 저 정상에 있는가.

남서벽을 올랐을 때 거기에 뭐가 널 기다리나.

아무것도 기다리지 않겠지.

어떤 대답도, 어떤 결론도 저곳에는 없겠지.

하부, 넌 남서벽을 오르고 나면 이제 뭘 할 건가.

이 세상에서 가장 높은 장소에, 가장 어려운 방법으로 서고 나면

이후에 뭘 할 건가.

저 정상에서 어디로 갈 건가.

저 정상보다 높은 정상은 이 지구상 어디에도 없다.

오르고 난 뒤에는….

하부.

넌 그 뒤에 찾아올 커다란 공허를 생각해본 적이 있나.

하부….

아니, 하부는 훨씬 큰 상심과 대면하기 위해 산에 오르는지도 모른다.

그렇다면 그런 하부를 쫓는 난 뭔가.

하부는 하부의 산을 오른다.

그 하부를 쫓는 지금의 내 행위는 무엇인가.

이게 나의 산인가.

후카마치.

너…, 별의별 생각을 다 하는군.

공기가 희박해서 그런가.

술을 마시고 달래면 끝날 일 아닌가.

하지만 여기에는 술이 없다.

아무도 없다.

여자도 없다.

아니, 있나.

하부, 저 인간이 바로 가까이에 있다.

하지만 하부나 나나 혼자다.

외톨이다.

따뜻한 것이라곤 자신의 체온뿐이다.

조금은 따뜻해졌나.

별은 아직도 보일까.

보여도 좋고 안 보여도 상관없다.

이제 자자. 내일은 다시 오늘보다 더 괴로운 작업을 무한히 되풀이해야 한다.

네가 하부를 어디까지 쫓아갈 수 있을지 모르지만, 할 만큼은 해봐.

알았어, 알았다고. 안다고.

잘 테니까, 이제 잘 테니까 조금만 더, 뭔가 생각을, 생각해둬야 할 일이 있는데….

뭔가? 산인가.

넓은 하얀 능선.

파란 하늘.

눈 위를, 정상을 향해 걸어간다.

저게 나인가. 아니, 내가 아닌가.

나는 정상을 향해 걸어가는 저 사람을 보고 있다.

어디로 갈 것인가.

저곳에 서버리면 이제 갈 곳은 없어.

어떡할 건가.

그렇게 서두르지 마. 나도, 나도 갈 테니까.

날 두고 가지 마.

날 두고 가면 안 돼.

어이.

날….

후카마치는 잠에 빠져들었다.

2

아침….

얕은 잠에서 후카마치는 눈을 떴다.

텐트 안쪽이 싸늘히 얼어붙었다. 모두 후카마치의 몸에서 나온 땀이다. 땀이 후카마치의 체온으로 인해 기화해 입고 있는 섬유와 침낭 섬유의 틈에서 밖으로 빠져나가 텐트 안쪽에 결빙한 것이다.

출입구 지퍼를 내려 밖을 내다본다. 하늘에는 아직 별들이 남아 있지만 여명으로 이미 셀 수 있을 만큼밖에 안 보인다. 하부의 텐트는 아직 보인다. 7시 반이 출발 예정 시각이니 아직 한 시간 남았다.

후카마치의 아침식사는 어젯밤 메뉴와 똑같다. 건조된 밥을 데워 죽으로 먹고 치즈는 어제보다 조금 더 많이 잘라서 한 조각 반, 건포도 한 줌. 식사량을 늘려봐야 그 정도다. 꿀을 넣은 홍차를 듬뿍 마신다.

식사를 마치고 7시에 교신을 했다. 오늘도 짧았다.

"잠은 충분히 잤나?"

앙 체링이 묻는다.

"응."

하부가 대답한다.

"예정대로?"

"그래. 7시 30분에 출발해."

"굿럭."

그게 오늘 아침 교신의 거의 전부였다.

후카마치는 이미 짐을 다 꾸렸다. 이제 텐트를 접어 배낭 안에 집어넣기만 하면 됐다. 밖으로 나갔다. 눈 속에 얼어붙은 텐트 지주를 뽑고 텐트를 접어 배낭 안에 넣는다. 텐트를 넣은 배낭을 눈 위에 내려놓고 카메라를 들고 하부가 나오기를 기다렸다.

곧이어 텐트 지퍼가 열리며 배낭이 밖으로 나왔다. 이어 하부가 텐트에서 나왔다. 하부가 밖으로 나와 텐트를 접는 모습을 찍는다. 하부는 텐트에서 나오고 딱 한 번 후카마치를 쳐다봤다. 그러고는 묵묵히 정리를 했다. 그 광경을 하나라도 놓칠세라 꼼꼼히 촬영했다.

바람 없음.

쾌청.

무방비.

남서벽이 자신의 날 몸을 그대로 하부에게 보여준다.

바람도, 눈구름도 없다.

아무것도 감추지 않았다.

아무것도 두르지 않았다.

이게 자신의 나체라고, 남서벽이 하부에게 말하는 듯 보였다.

남서벽 최대의 난관, 8,000미터를 넘어선 높이에 위치한 대암벽 록밴드도, 그 위 히말라야 자이언트의 상징인 옐로밴드도 그 일부가 보였다. 그리고 그 위 남서벽 정상 암벽, 헤드월.

하부가 배낭을 등에 지고 천천히 걷기 시작했다. 그 모습을 대각선 후방의 낮은 위치에서 포커스를 맞추고 남서벽을 배경으로 파인더에 담아 셔터를 눌렀다. 광각.

남서벽이 하부 위에서 내리누르는 듯이 보였다.

3

2박 예정지인 회색 투름까지 표고차가 약 1,100미터. 거기까지 가면 표고가 7,600미터가 된다. 하부는 그곳까지 대략 8시간 걸릴 걸 예정했다.

올라가면서 경사가 점점 급격해진다. 6,600미터 지점에서 노멀 루트의 분기점을 넘었다. 에베레스트를 노멀 루트로 공격할 경우에는 웨스턴 쿰을 직등해서 사우스콜까지 간다. 거기서 남동릉을 올라 정상으로 향하는 것이 네팔 쪽부터의 노멀 루트다. 1953년 힐러리와 텐징이 정상을 밟았을 때의 루트다.

남서벽은 여기서 루트를 왼쪽으로 잡는다. 웨스턴 쿰의 빙하와 남서벽의 암벽 사이에 베르크슈른트라 불리는 틈새가 나타난다. 얼음과 바위 사이에 갈라진 틈이다. 여기를 넘으면 드디어 남서벽 최하단부에 매달리게 된다.

표고 6,700미터. 틈새는 넓을 때도 있고 좁을 때도 있다. 또 넓은 장소도 좁은 장소도 있다. 바위와 빙하에 눈이 달라붙은 장소도 있거니와 침몰하는 장소도 있다. 일정하지 않다.

하부는 별 어려움 없이 이곳을 넘었다. 얼어붙은 눈이 붕괴하여 쌓인 눈 위를 더듬어간 것이다. 후카마치는 하부보다 10분 정도 늦게 베르크슈른트를 넘었다. 후카마치로서는 드디어 처음 내딛는 영역이다. 노멀 루트라면 사우스콜까지 올봄에 직접 올랐다.

7,986미터. 8,000미터에 조금 못 미친다.

이번에는 어디까지 갈 수 있을까. 지금 순응 상태로 8,000미터까지는 명백히 무리이리라. 지난번에는 고도순응을 위한 시간이 충분히 주어진 데다 산소통도 사용할 수 있었다. 허나 이번에는 둘 다 불가능하다.

아마 이 지점에서 8,000미터에 미치지 못하는 어느 지점이, 자신의 한계점이 될 터였다. 거기서부터 되돌아가지 않으면 안 된다. 그곳이 어디이든지 간에 체력을 다 소모해버리면 돌아갈 수 없다. 체력을 소모할 때까지 올랐다가는 거기서 쓰러지고 만다…. 그 자리에서 죽어도 상관없다면 8,000미터까지 갈 수 있을지도 모른다.

그러나 살아 돌아가야 한다. 아슬아슬한 고도까지 올라가서 포기하게 되면 심각한 고산병에 걸리게 된다. 환청을 듣고 환각을 본다. 다리가 바들바들 떨리면서 갑자기 가만히 서 있지 못하고 쓰러질지도 모른다. 그럴 가능성이 충분하다.

나는 혼자다. 앞서가는 하부 입장에서 생각해보면 후카마치의 모습이 안 보인다고 해서 돌아갔는지 쓰러졌는지 판단할 방법이 없다. 3캠프, 2캠프가 있고 거기에 산소통에 동료까지 동행한, 그런 등산이 아니다.

평균 경사가 40도인 빙벽을 후카마치는 오르는 중이다. 봅슬레이 경기 코스보다 더 위태로운 얼음 경사면이다. 오른손에는 피켈, 왼손에 아이스바일을 쥐고 더블 액스로 올라간다. 베르크슈른트에서 표고 6,900미터 군함암까지 표고차 200미터. 급격한 경사면이었다.

크램폰, 아이젠 앞 발톱을 빙벽에 찍으며 한 발 한 발 올라간다. 이미 걷는다는 감각은 없다. 매달리는 감각이다. 오른손에 쥔 피켈 끝을 빙벽에 박는다. 이어 왼발을 들어 올려 아이젠을 빙벽에 찍는다. 다음은 왼손에 쥔 아이스바일이다. 그 끝을 빙벽에 박고 이어 오른발…. 그런 식으로 조금씩, 조금씩 자신의 몸으로 위로 밀어 올린다.

한 번의 동작에서 다음 동작으로 이동하기까지의 인터벌이 길어진다. 즉각적으로 산소의 희박함이 반응해왔다.

올려다보면 하부가 저 멀리 위에 있다. 후카마치는 반도 못 갔는데 하부의 머리 위는 이미 군함암이다. 마치 하부는 이 급사면을 걷듯이 올라간다.

후카마치는 깊은 절망감에 사로잡혔다. 빙벽에 매달리자, 하부와 자신의 능력 차이가 압도적으로 드러난다. 빙벽 가운데서 후카마치는 행동을 멈추고 거친 숨을 거듭 토했다.

지금이 되돌아갈 때가 아닌가.

지금이라면 틀림없이 돌아갈 수 있다.

이 사면은 기술만의 문제가 아니다. 낙석의 위험이 있다. 갑자기 위에서 떨어지는 주먹 크기의 바위에 얼굴을 직격당하면 그걸로 끝이다. 머리가 아니라 다리에 맞아도 그 순간 몸이 균형을 잃고 이 경사면을 따라 떨어지게 된다.

100미터. 단 한 번, 피켈이, 아이스바일, 혹은 오른발이, 왼발이, 이 빙벽에서 삐끗하면 그걸로 끝이다. 일반적인 훨씬 낮은 산에서라면 하나 삐끗하여 균형을 잃더라도 나머지 세 부위가 확보되면 버틸 수 있다. 하지만 이 고도에서, 나는 가능할까?

뭐, 가능할지도 모른다. 마음이 약해지면 안 된다. 마음이 약해졌다가는 할 수 있는 일도 못한다. 세 부위만 단단히 지탱하면 괜찮다. 그러나 반응속도가 둔해졌다. 체력도 떨어졌다. 단 한 번의 실수가 죽음으로 몰아갈 수 있다. 다른 사람도 아닌 내가 그럴 수 있다.

쓸데없는 생각을 하면 안 된다.

봐라. 다리가 떨리잖아.

후카마치의 무릎이 살짝 흔들리고 있다.

공포감 때문인지 피로 때문인지 후카마치도 알 수 없다. 어쨌든 후카마치의 무릎이 부들부들 떨리고 있다.

이런 장소에서….

후카마치는 생각했다.

이를 악물었다. 이게 단독행의 압박인가. 이런 데서 옴짝달싹 못하면 어쩌려고 그러나.

의식적으로 크게, 빠르게 호흡을 거듭했다. 몇 번이나.

가자.

여기서 멈췄다가는 최악의 상황에 이른다. 빙벽에 아이젠을 느슨하게 찍어서 그렇다.

제길.

위를 노려봤다. 파란 하늘이 보였다.

저 하늘로.

가요코….

료코….

이럴 때 여자를 떠올리다니.

죽는다.

"이 병신아, 죽고 싶어?"

후카마치가 입 밖으로 소리쳤다.

눈앞의 빙벽을 노려봤다. 피켈을 빙벽에서 빼내 다시 박는다.

왼발. 이어서 피켈.

생각하지 마.

생각하지 마.

기계가 돼라.

개미처럼 올라.

후카마치는 이를 악물고 다시 오르기 시작했다.

4

군함암 밑에서 후카마치는 쪼그려 앉듯이 눈 위에 몸을 내려놓고, 바위에 등을 기댄 채 거친 숨을 내쉬었다. 표고 6,900미터. 남서벽에 매달린 인간이 처음으로 쉴 수 있는 곳이 여기였다.

높이 10미터, 두께 15미터에 이르는 검은 바위가 경사 40도의 빙벽 중간에 좌우로 10미터에 걸쳐 펼쳐져 있다. 이 바위의 뿌리에 해당할 좁은 공간에 후카마치는 몸을 기대 거친 숨을 연신 토했다. 여기에 도착하고 배낭도 내려놓지 않고 눈 위에 쓰러질 듯이 몸을 내려놨다. 그러고는 꼼짝도 하지 못했다. 다소 마음을 놓고 바로 밑으로 보이는 웨스턴 쿰을 내려다봤다.

차가운 바람이 윈드재킷 후드를 흔드는 소리를 가만히 듣고만 있었다. 그때 쿵 하는 소리가 머리 위에서 났다.

군함암 상부에서 검은 물체가 눈앞으로 굴러떨어지고 있었다. 그러더니 발치에서 1미터 떨어진 눈 위로 떨어지더니 엄청난 속도로 회전하며 빙벽으로 떨어졌다. 주먹 크기의 검은 바위였다.

저게 만약 내 머리로 떨어졌다면….

헬멧을 부수며 내 머리를 쪼개 즉사했으리라.

지금까지는 몇 번 TC(Temporary Camp), 즉 임시캠프가 설치된 장소였다. 이건 일시적으로 긴급피난을 하거나 쉬기 위한 캠프다. C1, C2 등의 캠프보다 규모가 조금 작다.

남서벽을 오르는 가운데 위험도가 다른 사면보다 조금 적은 장소였다. 남서벽 어느 곳이든 낙석의 위험이 있다. 남서벽은 에베레스트 벽 가운데서도 특히 바위가 물렀다. 항상 크고 작은 바위가 벽에서 떨어져 추락한다.

후카마치가 위치한 장소는 이 경사면에서 유일하게 낙석의 위험에서 몸을 지킬 수 있는 장소였다. 위에서 설사면을 따라 낙하하는 돌은 군함암 부근에서 공중으로 튀어, 그 밑에 있는 사람의 머리 위로 넘어간다. 불과 1미터 정도의 차이지만, 그로 인해 생과 사가 갈린다.

머리에 통증이 있었다. 그 통증은 뇌수가 부패한 과일이라도 된 것처럼 날카롭고 무거웠다. 그리고 과일 중심에 송곳을 찌른 듯한 통증이 10초 단위로 치솟았다.

이젠 움직이기 싫었다. 체력이 다 한 것 같았다.

아직 체력은 한계에 이르지 않았다. 여력이 미세하게나마 남았다는 걸 알았다. 하부만큼은 아니지만, 자신의 육체를 사용하는 데는 아마추어가 아니다.

괜찮은가. 아직 움직일 수 있는가.

불안과 소심이 뒤엉키며 머릿속에서 자신의 육체와의 대화가 무한이라 여겨질 정도로 거듭됐다. 한계에 가깝다. 그건 분명했다. 아직 체력의 한계에 다다르기까지 여력이 있다고 해서 그 힘을 모두 다 토해냈다가는…. 그 자리에서 돌아갈 수 없다. 돌아가지 못하면 죽는다.

아니, 자신의 약해진 마음이 이런 상념을 만드는 걸까. 자신의 체력을 정확히 가늠해봐야 한다. 그래, 맥박을 재보자. 이건 숫자니까 자신의 감정과는 관계없다. 수치라는 차가운 시점으로 자신의 신체 상태를 판단할 수 있다.

후카마치는 왼쪽 손목을 오른손으로 잡았다. 그런데 맥박이 뛰지 않는다.

아니, 맥박이 뛰지 않는 게 아니다. 이게 아니다.

난 뭔가 착각하고 있다. 그래서 맥박이 뛰지 않는다.

그런데 뭘 착각한 걸까. 아마 기본적인 사항이겠지. 그러니까 맥박이 뛰는데 뛰지 않는다고 여기는 것이다.

아아, 알았다. 눈에 보였다. 이거다. 이게 잘못됐다. 이렇게 분명히 눈에 보이지 않는가. 지금 눈에 보이는 이게 문제였다. 이것 때문에 맥박이 뛰지 않는다는, 말도 안 되는 생각을 해버렸다. 그런데 지금 눈앞에 보이는 이게 뭐였더라. 이거. 이게 뭐더라. 이게 뭐에 쓰는 물건이더라. 후카마치는 가슴이 답답했다. 아는데도, 눈에 보이는데도, 말로 안 나온다. 말로 안 나온다는 건 모른다는 것과 마찬가지가 아닌가.

제길, 이게 뭔가. 내 손에, 오른손과 왼손에 낀 물건. 그래, 장갑 아닌가. 안쪽에는 테프론(보온성 소재) 속장갑, 바깥에는 두꺼운 야구 글로브와 같은 장갑을 양손에 낀 채 손목을 잡았으니 맥박이 느껴질 리가 없다.

장갑을 벗는다. 맨손이 된다. 오른손으로 왼쪽 손목을 잡는다.

하나, 둘, 셋….

아, 멍청한 자식. 수만 센다고 될 일이 아니잖아. 시계를 보지 않으면 아무 의미가 없다. 왼쪽 손목의 시계를 벗어 눈앞에 두고 시계를 보며 20초를 잰다. 거기에 세 배를 하면 된다.

하나….

둘….

어라? 그러고 보니 내 정상치가 몇이었더라. 60이었나, 80이었나.

하나….

둘….

어라, 맥박이 또 느껴지지 않는다.

왜 이러지.

대체 왜 맥박이….

아아, 멍청하기는. 뭘 하는 거냐. 이런 장소에 맨손을 대기에 노출하다니.

손이 곱아, 통증이 밀려왔다. 이런 손으로 맥박을 잴 수 있을 리가 없다.

난 대체 뭘 하는 건가.

장갑을 낀다.

후카마치는 소름이 끼쳤다. 벌써 고산병 증세가 정신에도 영향을 미치고 있었다. 환각까지 나타나지는 않았지만 그에 가까운 상태가 지금 뇌에 연이어 일어난 것이다.

빠른 호흡을 몇 번이나 되풀이한다.

산소를, 내게 산소를.

문득 생각났다는 듯이 보온통을 열어 뜨겁고 달콤한 홍차를 몸에 흘려 넣었다.

자, 일어나. 일어나서 출발해야 한다.

몇 번이나 일어나려 했다.

그런데 일어나 걸어가려고 해도 어느샌가 바위 구석에 몸을 웅크리고 앉고 만다. 다리에 힘이 풀리고 만 것이다.

후카마치, 정신 차려! 넌 올해 좀 더 높은 장소에 갔었잖아.

7,986미터 사우스콜.

떠올려봐, 넌 이 군함암보다 좀 더 높은 에베레스트를 알잖아.

잠깐만, 그땐 산소를 사용했잖아. 고도순응도 훨씬 천천히 보름에 걸쳐 그 높이까지 올라갔어. C1, C2, C3, 하나씩 캠프에 올라갔고, 올라가면 텐트가 쳐져 있었고 침낭과 가스통, 음식도 다 있었어.

그걸 지금 전부 혼자서 지고 왔다.

루트에는 자일이 다 쳐져 있었고, 동료도 함께 있었어. 만일의 경우에는 동료가 도와주려….

그만 좀 징징대, 후카마치.

혼자, 단독행이란 걸 다 알고 남서벽에 왔잖아. 하부는 벌써 저 위까지 올라갔어.

이 군함암에 도착했을 때 후카마치는 위로 보이는 하부의 위치를 확인했다. 하부는 회색 투름까지 약 3분의 1 지점에 올라가버렸다. 빨간 하부의 재킷이 빙벽을 타고 묵묵히 올라가는 모습이 보였다.

지금, 몇 시인가. 12시 30분인가.

아침 7시 30분에 출발해 여기에 도착한 시간이 분명 12시 직전이었다. 네 시간 반이 걸렸다. 하부가 예정대로 네 시간 만에 여기에 도착한 것에 비해 자신은 한 시간이나 뒤쳐진 꼴이다. 하부는 쉬지 않고 여기를 통과했고, 자신은 벌써 30분 넘게 여기서 쉬고 말았다.

이제 쫓아가지 않으면 하부를 따라잡지 못한다. 하부가 여기서 네 시간 만에 회색 투름에 도착한다면 난 다섯 시간은 걸리리라.

다섯 시간이라니? 가능하겠나.

예상보다 훨씬 더 걸릴지도 모른다. 그렇게 되면 난, 히말라야의 이 고도에서 하루에 열 시간 이상 행동하게 된다.

미친 짓이다. 그런 짓은 불가능하다.

이젠 포기하자.

여기서 되돌아가자.

1박을 한다면 이 군함암 밑밖에 없다. 텐트를 칠 장소는 여기뿐이다. 군함암 밑, 지금 내가 웅크려 앉은 여기에 텐트를 쳐서 내일, 여기서 내려가는 거다. 그러면 난 살아 돌아갈 수 있으리라. 그리고 하부에게도 내가 돌아가는 모습이 보이리라. 쓸데없는 방해꾼이 사라져서 하부도 분명 마음 놓으리라.

하지만 그래도 괜찮나.

후카마치의 내면에서 다른 목소리가 들린다.

이렇게 돌아가도 괜찮겠어? 돌아가면 후회하지 않겠어?

넌 하부가 뭘 하려는지 끝까지 지켜보기 위해 여기에 오지 않았어? 더 정확히 말하자면 넌, 너 자신을 위해 여기에 온 게 아니었어?

그래.

그랬다. 난, 하부가 뭘 하려는지 끝까지 지켜보려고 여기에 왔다.

네 말대로 날 위해서야.

하지만 죽기 위해서는 아냐.

죽기 위해 내가 여기에 온 게 아니라고.

자, 일어나. 일어나서 내려가는 거야. 내려가면 산소가 진해져.

여기서 1박하는 것보다 밑으로 내려가는 게 나을지도 모른다.

여기서 돌아서서 이제 잊어버려.

하부도.

여자도.

산도.

그래, 자기 자신도 잊어버려.

잊으면 편해질 거야.

꿈도 이젠 안 꿀 거야.

평생 뭔가 하겠다는 생각 따위 안 하게 될 거야.

그래.

그렇게 똑바로 서면 돼.

다리도 멀쩡히 움직이네.

잘했어.

잠시 쉬고 꿀이 듬뿍 든 홍차를 마시고 나니 기운이 좀 돌아왔나 보네. 이제 내려가는 거야.

조심히 내려가.

어이, 그쪽이 아냐. 내려가는 길은 그쪽이 아니라고.

그쪽 빙벽으로 가서 뭘 하려고 그래.

너, 다시 위로 올라갈 셈이야?

어이….

5

군함암을 나와 경사 40도의 빙벽을 왼쪽 상단으로 25미터 횡단한다.

거기서 위로.

이번에는 경사 45도의 빙벽이 나타난다.

그리고 남서벽을 따라 종으로 난 거대한 틈, 눈이 빽빽이 들어찬 센트럴 걸리로 들어가, 700미터 정도 올라간다. 거기에 오늘 숙박지인 회색 투름이 있다.

이미 후카마치는 센트럴 걸리에 들어갔다. 똑같이 눈이 얼어붙은 빙벽인데도 곳곳의 상태가 제각기 다르다. 돌처럼 단단히 얼어붙어 표면이 반들반들한 곳이 있는가 하면 눈이 살얼음처럼 미세하게 들러붙은 곳도 있다. 아이젠이 없어도 충분히 올라갈 수 있을 것 같은, 등산화 발끝이 기분 좋게 박히는 곳도 있다. 그렇게 올라감에 따라 변화한다. 어디 하나 똑같은 곳이 없다.

그저 빙벽이 돌처럼 단단하여 무서운 건 아니다. 단단하다는 사실을 사전에 인지하고 나면 그 나름대로 대처가 가능하다. 문제는 빙벽의 질을 잘못 읽었을 때다. 무르다고 판단한 빙벽에 발을 뻗었을 때, 실제로는 생각 이상으로 훨씬 견고할 시에는 어떻게 되는가. 아이젠 발톱이 박히지 않아 균형을 잃고 떨어진다. 아무리 낮은 계단이라 해도 잘못 인지하여 발이 어긋나면 집 안에서라 해도 누구든 구르게 된다. 그와 마찬가지다.

건포도를 재킷 주머니에서 꺼내 입안에 털어놓는다. 두 알 혹은 세 알. 몇 번이나 씹어 위 안에 밀어 넣는다. 행동 중에는 성실하게 에너지를 보충해야만 한다.

똥만 아니면 깨끗이 소화한다. 그런 생각을 하며 씹는다.

씹으며 오른다.

왜 오르는 걸까.

후카마치는 생각한다.

왜 나는 위로 오르려 하는가.

'산에 가면 뭔가 좋은 일이라도 생길 거라고 생각했나.'

하부가 그런 말을 했지.

'산에 가면 괜찮은 여자라도 생길 거라고 생각했나.'

'산에 가면 삶의 보람이라도 찾을 거라고 생각했나.'

찾지 않는다.

산에는 아무것도 없다. 있다면 그건 자신의 내면이다. 무리인 줄 알면서 산에 오르는 이유는, 자신의 내면에 잠든 광맥을 찾기 위해서인지도 모른다. 그건 자신의 내면으로 향한 여행이다.

그거?

지금 나는 그거, 라고 말했나.

그것이라니.

이것이다.

왜냐면 난 지금 이 순간 오르고 있기 때문이다.

논리 따위 찾지 마.

산에는 아무것도 없다….

잘 알고 있다.

그럼 왜 오르나. 왜 직접 나서서 이렇게 힘든 고초를 겪고 있나.

한 발, 발을 내밀 때마다 세 번은 거친 호흡을 크게 몰아쉬어야 하는 이런 행위를 왜 하는가.

하부는 '내가 여기에 있기 때문'이라고 했다.

내가 여기에 있기에 산에 오른다고.

대답이면서도 대답이 아니다.

대답이 아니면서도 대답이다.

하부, 넌 왜 오르는가.

넌 아는지 모르겠지만, 난 대답할 수 없다.

난 대답할 수 없다.

대답할 수 없어서 오르는 걸까.

올라가면 저 정상에 대답이 있을까.

보석처럼 빛나는 대답이 산 정상 어딘가의 밀실에, 혹은 눈 속에 파묻힌 상자 안에, 보석과 같은 대답이 비밀리에 숨겨져 있나.

있을 리가 없다. 보석은 물론 대답도 없다.

행위인가.

그럼 정상을 꿈꾸는 행위가 대답인가. 지금 내가 하는, 이렇게 발을 내밀어 빙벽에 아이젠 발톱을 찌르며, 한 발씩 자신의 체중을 위로 들어 올리는 행위에 무슨 의미가 있는 걸까. 이 행위 그 자체에 대답이 있는가.

참 멍청하군.

별 시답잖은 생각을 다 하는군.

정말 시답잖은 생각이다.

대체 무슨 상관이란 말인가.

정상을 밟는다는 것에 가치가 있다.

그 과정에 뭘 생각한들 아무 의미도 없지 않은가. 뭘 생각한들 상관없다. 아무 생각이 없어도 상관없다. 여자의 사타구니를 생각한들, 천상의 신들을 생각한들, 중요한 건 정상을 밟았는가 못 밟았는가다. 그것밖에 없다.

밟아야 영웅이다. 밟지 못하면 단순한 쓰레기다.

쓰레기 이하의 존재다.

그러다 죽으면 말짱 헛것이다.

잠깐만.

모든 게 다 그렇잖아. 굳이 산이 아니라도 그래.

그럼, 인간은 뭘 위해 사는 건가. 뭘 위해 매일 일하고 돈을 벌며 살아가는 건가?

왜 산에 오르느냐는 질문은, 생각해보면 왜 사느냐는 질문과 똑같잖아.

인간은 왜 사는가?

뭘 위해 사는가?

됐어.

됐다고.

그게 아냐, 후카마치. 인간 이야기가 아니라고.

다른 사람 이야기가 아냐.

네 이야기야.

사람이 아니라, 넌 왜 산에 오르느냐는 이야기야.

넌 왜 사냐는 질문이라고.

아아…. 바보다.

정말 바보다.

산 정상에 대답은 없다고 말한 이가 누구였나.

누구든 상관없지만, 정말 그 말대로다. 산 정상에는 아무것도 없다.

그렇다면 사는 것도 마찬가지다.

뭘 위해 사느냐는 대답이 어딘가에 존재할 리가 없다.

그래. 뭘 위해 산에 오르느냐는 질문에 대답하지 않아도 된다. 대답하라고 다그치는 인간은, 본인이 먼저 뭘 위해 사는지 대답해야 한다. 그걸 하지 못한다면 다른 사람에게 그런 어려운 질문을 던져서는 안 된다.

잠깐, 다른 사람이 묻는 게 아니잖아.

다른 사람이 아니다. 내가, 나 자신이 묻지 않는가.

젠장.

아아…. 또 생각한다. 생각할 필요 없는 일을 생각한다.

또 하나의 나는 죽음에 집착해서 자신의 육체를 위로 올려보내려고 하고, 또 하나의 나는, 시답잖은 생각에 사로잡혔다.

지금, 학생 때도 하지 않은 유치한 생각을 한다.

이제 그만.

나는 기계가 돼야 한다.

한 걸음 내밀어, 다섯 번 가쁜 숨을 쉬고, 이어 왼손의 아이스바일을 박고, 이번에는 세 번 가쁜 숨을 쉰다. 그러고는 오른손의 피켈을 휘둘러 박는다. 이번에는 다른 쪽 발을 다시 한 걸음. 그걸 정확히 되풀이하는 기계가 돼야 한다.

그게 아니라면 벌레라도 상관없다. 아무것도 생각하지 않는 벌레. 그저 위로만 올라가는 벌레.

아아, 생각하지 말라면서 나는 생각한다. 생각할 필요 없는 일을 생각한다.

사고(思考)는 의미가 없다고 나는 생각한다.

생각해보면 나는 기계가 아니다. 벌레도 아니다. 인간, 후카마치 마코토라는 인격으로, 카메라맨이고, 관계에 실패하고, 카메라맨으로서도 특별히 대단한 업적을 남기지도 못 했다. 그런 인간이, 기계가 돼야 한다고 한들, 기계가 될 리가 없다. 벌레가 돼야 한다고 한들, 벌레가 될 리가 없다.

후카마치 마코토가 지금 오르고 있다. 이 빙벽에 매달려 있다.

별의별 잡생각들이 몸과 마음에 들러붙은 채 온전히 그대로 존재한다. 그게 후카마치 마코토다. 나다.

그게 현실이다.

그렇다면 지금의 현실이 대답이다.

후카마치 마코토라는 인간이, 지금 산에 오른다. 그걸로 충분하지 않은가.

지금 어디까지 올랐나.

걸리는 영어로 바위 사이의 급격한 홈을 말한다. 프랑스어로는 쿨르와르, 독일어는 룬제, 린네라 불린다. 이 센트럴 걸리를 빠져나가면 다시 다른 바위 홈을 오르게 되는데, 그곳을 쿨르와르라 부른다.

이처럼, 하나의 산에 다양한 나라의 명칭이 부여되는 경우가 히말라야에는 자주 있다. 다양한 원정대가 같은 산에 들어와, 각각 새로운 루트를 발견할 때마다 자신들의 언어로 이름을 붙였기 때문이다.

이 센트럴 걸리, 어디쯤 올랐을까. 센트럴 걸리 중앙 정도일까. 고도계를 보면 되지만, 그렇게까지는 하기 싫다. 주머니에서 고도계를 꺼내기가 두렵다. 주머니에서 꺼내는 건 건포도나 초콜릿으로 충분하다. 초콜릿이나 건포도를 이따금 입에 넣지 않으면 죽게 되지만, 고도계 같은 건 안 봐도 죽지 않기 때문이다.

아마 7,000미터는 넘었겠지. 7,200미터에서 7,300미터 그사이 아닐까. 회색 투름 시작점까지 앞으로 400미터에서 300미터. 신주쿠의 고층빌딩 하나 반에서 둘 정도의 높이다. 걸리의 폭은 80미터에서 100미터쯤 될까. 그만한 폭을 지닌 표고차 500미터의 홈. 거기에 단단히 얼어붙은 눈이 꽉 들어차 있다. 중앙부는 위험하다. 눈사태나 낙석이 떨어지는 길이다. 가운데 축에서 30미터 오른쪽으로 벗어나 루트를 잡아야 한다.

7,000미터를 넘어서고 나서 행동을 멈추고 가쁜 숨을 내쉬는 시간이 길어졌다. 아까보다 두 배는 더 하는 듯하다.

카메라가 무겁다. 뭐 하러 이렇게 무거운 카메라를 가져왔을까 하는 생각이 든다. 카메라를 버리고 싶어진다.

회색 투름이 보인다. 투름은 독일어로 탑이란 뜻이다.

'회색 탑.'

회색 바위로 만들어진 탑처럼 남서벽 그레이트 걸리의 출구 사면에 우뚝 서 있다. 높이 약 30미터. 탑이라 해도, 하나만 뚝 떨어져 있지는 않다. 등 뒤 바위의 일부분이다.

거기서부터 난관인 거대한 암벽인 록밴드다. 록밴드는 좌측에 있는 쿨르와르를 타고 넘어야 한다.

가쁜 숨을 몰아쉬고 어깨 너머로 시선을 아래로 돌리면 까마득히 저 밑으로 웨스턴 쿰의 대설원이 보인다.

저 너머로 보이는 눕체 좌우 능선과 별 차이 없는 높이에 내가 서 있다.

바람이 불어온다.

어느새…. 그런 느낌으로 분다.

정신 차리고 보니 내 몸이 바람에 흔들리고 있었다. 게다가 점점 더 올라갈수록 바람이 강해지는 것 같다.

다시 기침이 터져 나온다. 격렬한 호흡으로 인해 목이 상했다. 표고가 높아지면서 공기의 밀도가 낮아져, 자연스레 대기 중에 포함된 수분의 양이 적어진다. 공기가 건조하다. 영하 20도 이하의 건조한 공기를 격하게 호흡하다 보면 자연히 그렇게 된다.

기침이 멈추지 않았다. 거의 쉼 없이 마른기침이 터져 나온다. 기침을 하는 사이 호흡이 가빠져서, 그치면 한층 더 강하고 빠르게 공기를 호흡하게 된다. 그런 가운데 바람은 점점 강해진다.

왼쪽으로 시선을 돌렸다. 에베레스트 서릉이 거의 같은 높이에서 보였다. 능선의 어느 위치는 나보다 낮았고, 어느 위치는 나보다 높았다. 저 능선 너머에 티베트가 있다.

바람.

대체 언제부터 이런 바람이 불어오기 시작했을까.

눈구름이 요동치는 티베트 쪽에서 생겨난 바람이 지금 이 벽까지 불어 닥치는 것이다. 서릉 능선보다 높은 장소로 나와서 지금까지 서릉이 막아주던 바람이 내 몸에 불어왔다. 그런 고도에 이른 것이다.

에베레스트 서릉보다 높은 장소에 불어오는 바람 속에….

바람은 얼음벽에 달라붙은 모든 것들을 떨어내버리겠다는 듯 강해진다. 빙벽의 표면도 한층 촘촘히 단단하게 얼어붙는다. 바람에 세공된 아이스반(단단히 얼어붙은 설벽을 의미하는 독일어)…. 그곳에 햇빛이 비치며 반짝반짝 빛난다.

바람이 더 강해진다.

눈마저 내리기 시작한다.

눈구름만 요동치는 게 아니었다.

티베트 고원을 기어 올라온 바람이, 에베레스트 서릉을 넘으며 차가운 대기와 만나 구름을 발생시켰다. 그 구름이 에베레스트 정상을 뒤덮기 시작했다.

심장과 등골이 동시에 꽉 쥐어 짜인 듯한 감각이 후카마치의 몸에 흘렀다.

위쪽이 갑자기 구름 때문에 보이지 않는다.

저 높이 위로 점처럼 보이던 하부의 모습이 보이지 않았다.

6

이제 얼마나 남았을까, 후카마치는 생각했다.

이제 얼마나.

위가 보이지 않게 된 후 한 시간 이상 올랐다.

강풍 속이다.

몸이 바람에 흔들린다.

바람에 체온을 점점 뺏겨간다. 아마 영하 25도는 되겠지.

이렇게 바람이 몸으로 직접 부닥쳐오니 체감온도는 한층 더 낮을 수밖에 없다. 위아래로 윈드재킷을 껴입었지만, 바람이 불지 않는 영하 30도 이하의 추위 속과 비슷한 한기가 느껴진다. 손가락 끝에 감각이 사라졌다.

바람을 피해 얼굴을 돌려 호흡을 한다. 뒤통수로 바람을 맞으며 숨을 들이마셨다가 뱉는다. 호흡을 되풀이하며 한 걸음 한 걸음 위로 올라간다. 호흡이 흐트러진다. 피로와 추위로 발이 좀처럼 떨어지지 않는다.

이제 얼마나 남았을까. 얼마나 더 가면 회색 투름에 이르는가.

움직이지 못한다. 드디어 몸이 움직이지 않는다. 지금 빙벽 한가운데서 떨어지지 않게 균형 잡는 것만으로도 벅찬 상태다.

이제 어떡해야 하나?

이대로 가만히 있다가는 발끝의 힘이 떨어져, 결국 낙하한다.

어떡해야 하나?

후카마치는 스스로에게 물었다.

7

움직일 수가 없었다.

에베레스트 서릉을 넘어온 바람이, 후카마치를 빙벽에 떨어뜨리려 한다. 조금이라도 자신의 몸과 빙벽 사이에 틈이 생기면 바람이 기어들어와 빙벽에서 몸을 떼내려고 한다.

머리도 저산소로 몽롱해졌다.

끝났다.

후카마치는 생각했다.

바람에 몸이 날아가 버릴 것 같다…. 그래도 상관없다는 마음이 든다.

이렇게 지쳤는데, 넌 뭘 더 살기 위해 용쓰려고 하는가. 이젠 편해지자. 완전히 쉬기 위해 손을 떼고 떨어지자. 중력에 몸을 맡기자.

매혹적인 제안이라 여겨진다.

괜찮은 생각이다. 그러면 편안해진다.

후카마치를 빙벽에 들러붙게 만드는 건 죽음에 대한 공포다. 그 공포가 옅어지려 한다.

공포가 사라지면 이제 남는 건 의무감이다. 여기에 들러붙지 않으면 안 되니까…. 그런 마음이 간신히 받치고 있다.

여기에 들러붙어 있기로 결심했다. 그러니까 들러붙어 있다. 결심을 끝까지 지킨다. 그뿐이다.

그런데 왜 그러기로 결심했지?

자문한다.

죽지 않기 위해.

들러붙지 않으면 떨어진다.

떨어지면 죽는다.

그러니까 죽지 않기 위해 들러붙어 있다.

왜 죽지 않기 위해 그런 짓을 하는 건가?

죽기 싫으니까.

왜 죽기 싫지?

경험해본 적도 없는 주제에.

무서우니까.

무섭다고?

죽음이?

그래.

거짓말.

넌, 지금 죽음이 무서운 게 아냐.

죽기 싫을지도 모르지만, 이 추운 바람 속에서 빙벽에 들러붙기가 더 싫다. 손발이 나무막대기라도 된 양 지쳐빠졌다. 감각도 없다.

이 고통에서 도망칠 수만 있다면 죽음에 대한 공포쯤이야.

너의 숨소리를 들어봐. 지금 불어오는 바람보다 더 거칠고 더 빨라.

짐승이 그러는 것처럼 목에서 숨을 토하고 있잖아.

움직이지도 못하는 주제에, 굶주린 짐승이 어디에도 없는 사냥물을 찾아 전력질주라도 한 듯이 거친 숨을 토하고 있어. 그러다 심장이 오그라들어 숨과 함께 입 밖으로 나오겠군.

팔도, 다리도 이제 한계다.

자기 확보를 하지 않으면 떨어진다. 허나 어디다 자기 확보를 할 것인가. 어디나 돌처럼 단단한 얼음뿐이다. 이 얼음 속에 아이스하켄을 박을 수 있을까.

할 수는 있겠지.

지금 내게 체력이 좀 더 있고, 여기가 기껏 5,000미터, 아니 6,000미
터 고도라도 상관없다, 그 정도 표고고 바람만 없다면….

아아, 말도 안 되는 몽상은 다음에 하자.

돌아가고 나서….

뜨거운 욕조에 들어가 그 안에서 생각해도 되고, 일본 이자카야
에서 미야가와와 한잔하면서 생각해도 된다. 그래, 나중에 생각하
자, 일본에서. 맥주는 관두자. 차가운 맥주 같은 건 마시고 싶지 않
다. 뜨거운 술이 좋겠다. 뜨거운 술을 마시자.

그렇지, 미야가와. 넌 뭐가 좋냐. 너 고향이 니가타였나. 거긴 맛있
는 술이 많지. 그래, 너한테 맡길게. 안주는, 그래, 벤자리나 방어구
이. 아니, 찜도 좋겠다. 따뜻하고 김이 나는….

자, 얼른 주문해.

어이….

몸이 붕 떴다.

왼손 아이스바일이 빙벽에서 떨어졌다.

으르렁….

짐승이 목에서 낮게 깔리는 듯한 바람소리가 귀를 때렸다.

빙벽에 매달려 있다.

환각이다.

떨어질 뻔했다.

아아, 분명 난 방금 일본에 있다고 생각했다. 이자카야 특유의 떠
들썩함에 멍하니 귀를 기울였고, 생선 굽는 냄새를 맡았고, 간장 졸
이는 냄새도 났었다.

미야가와가 내 옆에 앉아….

후카마치는 이를 악물었다.

젠장.

왼손에 쥔 아이스바일을 다시 빙벽에 박았다.

아이젠 앞발톱을 다시 찍었다.

뇌를 쓸데없는 일에 쓰고 말았다.

이런.

생각한다는 건 뇌를 쓴다는 것이다. 뇌를 쓴다는 건 산소를 뇌에서 소비한다는 것이다.

산소의 낭비….

어쨌든 여긴 확보를 하기에는 자리가 좋지 않다. 좀 더 나은 자리를 찾아 이동해야 한다.

단단한 얼음에 아이스하켄을 얼마나 박아야 할지는 알 수 없었지만 지금 그 수밖에 없었다. 하켄을 박아 그 자리에서 자기 확보를 하고 쉰다. 근육을 쉬게 만든다. 그사이 바람이 멈출지도 모를 기적을 기다리는 것이다. 바람이 멈추지 않는다면 아마 난 여기서 죽겠지.

주변은 온통 백색이었다.

귓가에 바람이 으르렁거린다.

자, 어디로 이동을 해야 할까.

'어이….'

목소리가 들린다.

'이쪽이야….'

얼굴을 들어보자 바로 옆 하얀 공간 위로 남자 두 사람이 떠 있다.

바람이 이다지도 강한데 미동도 하지 않는다.

'후카마치….'

한 남자가 말했다. 이오카 고이치였다. 또 한 사람은 후나지마 다케시였다. 둘은 등산용품으로 몸을 감싸고 있다.

'내가 도와줄까.'

후나지마가 말했다.

'내가 하켄을 박아줄게.'

'아이스바일은 가벼우니까. 아이스바일로 아무리 두드려봐야 하켄은 전혀 박히지 않아.'

괜찮아요, 후나지마 씨. 제 손으로 할게요.

'네 손으로 하겠다고, 후카마치….'

예, 제 손으로 해야죠.

'자기 손으로 할 수 있으면 자신이 해야지, 그게 산사나이니까.'

그렇죠. 제 손으로 해야 맞죠.

'그럼, 내가 서 있는 데로 와.'

'여기가 박기 쉬운 자리야.'

그런가요, 그럼.

후카마치가 빙벽에서 왼발을 떼자, 균형이 무너졌다. 필사적으로 왼발 아이젠 발톱을 다시 빙벽에 차서 넣었다.

이오카와 후나지마는 올 5월에 에베레스트에서 죽었다. 난 그 죽음의 순간을 찍지 않았었나.

이오카와 후나지마는 빙그레 미소 지으며 허공에서 후카마치를 바라봤다. 두 사람의 몸을, 돌처럼 단단한 눈의 파편과 바람이 세차게 불어와 뚫고 지나간다.

환각인가. 아니면 두 사람의 영혼이 아직 극한의 천공에서 맴도는 걸까.

'아쉽네, 후카마치….'

'응, 아쉬워.'

이오카와 후나지마가 말했다.

'자, 갈게.'

'다음에 봐.'

두 사람은 무릎과 허리를 구부려, 다이빙하는 듯한 자세를 취하더니 날아갔다. 두 사람의 몸이 하얀 공간 속으로 날아가, 낙하하더니 순식간에 사라졌다.

"젠장!"

후카마치는 절규했다.

절대 죽지 않아.

절대 죽지 않아.

절대 죽지 않아.

울부짖었다.

소리 내 울부짖었는지 마음속으로 울부짖었는지 알 수 없었다.

입 밖으로 나왔어도 입술에서 떨어진 순간 바람이 목소리를 낚아채, 지상 8,000미터 상공으로 바로 끌고 가버린다. 귀에 들어올 틈도 없이 이 광대한 공간 속에 분산시켰으리라.

찰칵 하며 머릿속에 순간 선명해진다.

5미터 정도 밑 왼편에 혹처럼 튀어나온 장소가 분명 보였다. 거기라면 아이젠 발톱 전부를 빙벽에 비스듬히 박을 수가 있다.

거기까지, 거기까지 내려가기만 하면.

내려갈 수 있을까.

지금.

이런 내가.

아니, 그걸 따질 때가 아니다. 해야만 한다. 하자. 시도해봐야 한다.

어차피 이대로 있다가는 5분 후면 내 목숨을 부지하지 못하리라.

단숨에 천몇백 미터를 미끄러져 웨스턴 쿰 끝에 부딪히며 죽는다. 죽으면 시체는 눈 속에 파묻혀 빙하로 운반되어, 천 년 후에 빙하 끝에서 발견될지도 모른다.

그렇게 죽는 방법도 있겠지. 하지만 난 그런 방법을 택하지 않는다. 아무도 택하지 않는다.

지금 할 수 있는 일을 끝까지 해야 한다.

그뿐이다.

그러다가 결국 빙하 속에 파묻힌 시체가 된다고 하면 그건 내 영역이 아니다. 신의 영역이다. 난 지금, 내가 할 수 있는 일만 할 뿐이다.

빙벽과 몸 사이에 되도록 빈틈이 안 생기도록 애쓰면서 아이스바일과 피켈을 조금씩 아래로 박는다. 이어 오른발, 왼발. 아이젠 앞발톱을 얼음에 찍으며.

20센티미터씩, 20센티미터씩 아래로.

보이나.

조금 더 밑이다.

조금 더 밑으로 내려가 왼쪽에….

보이지 않는다.

옆에서 내리치는 잿빛 사선이 시야를 가린다. 눈줄기는 새하얗지 않다. 잿빛이다. 그 잿빛 속에 혹 모양이 녹아들어….

있다. 바로 왼쪽이다.

저 위로.

드디어 섰다.

간신히 날 끝이 아닌 발 전체를 얼음 위에 내릴 수 있었다.

지금 이렇게 튀어나온 곳이 눈이 쌓인 건지, 바위인지, 다른 무엇인지 상관없다. 발바닥과 무릎이 쉴 수만 있다면.

방금 조금의 움직임으로 호흡이 흐트러졌다.

피켈을 하네스(안전벨트)에 끼운다. 얼음이 단단해 빙벽 어디에도 피켈을 찍어둘 수가 없기 때문이다. 떨어뜨리면 다시는 내 손에 쥘 수가 없다. 움직이기 불편하지만 이 상태로 견뎌야 한다.

짜증나는 장소다.

다른 일반적인 길이나 산이라면 피켈을 떨어뜨렸을 때 주우면 된다. 줍지 못하더라도 죽을 일은 없다. 하지만 지금 이 히말라야 빙벽에서 피켈을 떨어뜨리면 눈 깜짝할 사이에 빙벽으로 미끄러져 다시는 주울 수가 없다. 줍지 못하면 죽는다.

위로도 아래로도, 피켈 없이는 못 움직인다.

간신히 아이스하켄을 꺼낸다.

아이스하켄을 꺼내는 데 이렇게나 시간이 걸리는가.

아이스바일을 오른손에 바꿔들고 왼손에 쥔 아이스하켄 끝을 빙벽에 대고 쿵쿵 때린다.

가볍게 튕겨 나오는 소리.

끝이 들어가지 않는다.

숨을 멈추고, 하나, 둘….

안 된다.

두 번 때리는 동안에도 호흡을 멈출 수가 없다.

겨우 두 번 때리며 호흡을 멈추는 것만으로 괴로워진다. 괴로워 참을 수가 없다. 폐가 산소를 갈구하여 격렬한 기세로 팽창했다가 줄어든다.

강력한 악력의 손아귀가 폐를 움켜쥐고 쥐었다 폈다를 엄청난 속도로 되풀이하는 것 같다.

괴롭다.

목이 아프다.

폐가 아프다.

바람에 날릴 것 같다.

하켄 끝은 좀처럼 박히려 하지 않는다.

하켄의 날카로운 끝에 가느다란 얼음 조각이 하나 둘 튈 뿐이다.

5분 동안 아무것도 하지 않고 그저 공기만 고통스레 호흡만 했다.

호흡할 때마다 목에서 그르렁거리는 소리가 울린다.

폐수종?

아니다. 그렇지는 않다.

신경 쓰지 마. 전에도 그랬다.

목에 가래가 꼈을 뿐이다.

기침을 한다.

격렬히 등을 구부리고 가래를 뱉는다.

벽에 찰싹 달라붙는다.

가래가 셔벗 상태가 되어 있다.

잠깐, 정말로 가래가 셔벗 상태가 된 건가. 아니면 얼음 위에 뱉어 그런 식으로 보이는 건가.

가래가 눈앞의 벽면에 붙어 순식간에 얼어붙는다.

아아, 그런가.

이렇게.

이러면 되는가.

다시 하켄을 대고, 이번에는 호흡을 멈추지 않고 때린다.

7할의 힘으로, 몇 번씩 거듭.

좀 더 무거운 해머로 힘껏 내려치면 훨씬 빨리 하켄이 박히겠지.

하지만 그런 일이 이런 고도에서 가능할 리가 없다.

조심해. 균형이 무너지면 안 돼.

혹 위라고 해도 조금 튀어나온 곳일 뿐이야.

평평한 장소에 서 있는 게 아니라, 목이 기묘한 각도로 기울어진다.

바람과 맞부딪치지 않기 위해 때린다.

하나….

둘….

셋….

무한히 거듭했다.

간신히 하켄이 박혔다.

그래봐야, 1센티미터, 2센티미터에 불과하다.

이렇게 얕게 박혀서는 아무것도 못 한다.

좀 더 깊이.

계속, 계속 때린다.

어쨌든 지금 할 수 있는 일을 해야 한다.

아무것도 하지 않고 하릴없이 벽에 달라붙어 있으면 힘을 소진해 떨어진다.

그럴 바에는 이게 낫다.

할 일이 있는 동안에는 그 행위에 집중해야 한다.

죽는다는 생각은 안 할 수 있다.

때린다….

때린다….

때린다….

얼마나 박혔을까.

이젠 한계다. 지쳤다.

두 번 때리고 1~2분 산소를 마시기 위해 가쁜 숨을 토한다.

그걸 내내 되풀이…. 허나 이젠 못하겠다.

다시 이오카와 후나지마가 허공에서 나타난다.

'어이, 후카마치….'

'내가 도와줄까….'

괜찮아. 내가 할 거야.

하지만 이제 끝인가. 여기까지인가.

난 여기까지인가.

이젠, 어쨌든, 난 여기까지다.

근데 해야 한다.

여기까지라니, 그저 벽에 달라붙은 것과 아무 차이가 없잖아.

하자.

뭘 해야 하지?

아까 떠올린 걸 해야 한다.

그게 뭐였더라.

슬링을 꺼내 아이스하켄에 건다.

아아, 아이스하켄이 움직인다.

체중을 실었다가는 바로 빙벽에서 빠져버린다.

이대로는 안 된다.

어떻게 해야 하나.

평소에 하지 않았던 것.

아까 떠올린 것.

그게 뭐였더라.

언제였더라.

그래. 가래를 뱉었을 때였다.

뭘?

가래가 빙벽에 얼어붙는 걸 봤을 때다.

그러니까 그게 어쨌다는 건가.

젠장.

이렇게 멍청했던가.

어이, 이오카, 아이스하켄은 왜 흔들어.

후나지마, 넌 왜 아이스하켄을 뽑으려고 해.

아아, 그렇다. 이거였다.

허리에서 보온통을 꺼낸다.

아직 홍차가 200밀리리터 정도 남아 있다.

마신다.

따뜻하다.

뜨겁다.

너무 마시지 마. 한 컵 정도만 마셔.

아아, 달다. 진한 홍차의 향.

꿀의 단맛.

그만. 누가 마시라고 했어.

이걸 어떻게 하려고 했더라.

생각해.

마시면 안 돼.

오줌 쌀 일 있어? 병신.

그러고 보니 헛소리를 하는 녀석이 있었지.

히말라야가 쓰레기로 더럽혀지고 있다고?

자신이 배출한 것들이 얼음 속에 내내 남는다고?

그러니까 자신이 배출한 똥을 비닐봉지에 담아서 가지고 돌아와야 한다고?

이런 극한 상태 속에서 그게 가능하냐.

될 턱이 있나.

그런 짓을 했다간 죽는다.

어차피 어딘가에는 나올 똥이다.

화장실에서든 야산에서든, 똥을 싼 그곳은 더러워진다. 화장실에는 똥을 깨끗이 처리하기 위한 시스템이 있고, 그 시스템을 만들기 위해, 그리고 기능하기 위해 에너지가 필요하다. 그 에너지는 석유 연료로 만들어진다. 비닐봉지도 석유로 만들어진다. 그걸 만들기 위해서는 석유와 에너지를 사용한다. 그러면서 석유를 태우면 대기가 오염된다.

인간이란 어차피 그런 존재다.

히말라야, 이런 장소에서 배출한 똥을 갖고 돌아와야 한다니, 그런 단순한 문제가 아니다.

어라?

뭐였더라.

뭔가 떠올렸는데.

똥이 아니다.

오줌도 아니다.

아이스하켄과 관련된 일이다.

어떻게 이 빙벽에 고정시킬까가 문제다.

그래. 이걸 이렇게 하는 거다.

보온통을 오른손에 쥐고 액체를 아이스하켄에 따른다. 조금씩, 조금씩. 아주 조금씩.

이 뜨거운 액체가 아이스하켄의 금속에 전해지며 얼음을 녹이고,

그 물이 순식간에 얼어붙는다.

좋았어.

이거다.

옆에서 이오카와 후나지마가 박수를 친다.

이거였다.

어쨌든 영하 30도니까.

그래.

단단해졌다.

움직이지 않는다.

흔들리지 않는다.

후카마치는 거기에 자기 확보를 했다. 아주 살짝, 아주 살짝 마음이 놓인다.

일을 끝내서다.

하지만 이제 할 일이 없다.

이런 자기 확보로 안전할까 하는 불안이 든다.

지금은 아주 살짝 자신의 체중을 걸어놨지만, 본격적으로 걸었다가는 빠지지 않을까.

빠지지 않더라도, 이대로 바람을 맞으며 밤까지 매달렸다가는 죽지 않을까.

체온을 빼앗긴다.

바람이 멈추기를 기도할 수밖에 없다.

뭘 생각할까.

여자에 대해서는 어떨까.

가요코 생각을 할까.

료코 생각을 할까.

갑자기 울컥하는 마음이 든다.

아아, 지금이라면 말할 수 있을 텐데.

지금이라면.

'그때, 사실 전 당신을 제 품에 안고 싶었습니다'라고.

아아, 그, 여자의, 살결의, 피의 따뜻함….

지금, 간절했다.

당신과, 당신과 부둥켜안고 싶다.

가슴과 가슴을 맞대고, 뺨과 뺨을 비비고, 손과 발을 휘감아, 배
와 배를 맞대고, 두 마리의 짐승처럼 부둥켜안고 싶다.

당신의 유방을 쥐고 싶다. 유두와 함께 손에 쥐고 그 부드러움을
한없이 확인하고 싶다….

어이, 료코.

어디에 있어.

비행기 안에서 울었어.

지금 일본에서 뭘 해.

무슨 생각을 해.

돌아가면….

만약 살아서 돌아가면 만나러 간다.

곧바로 만나러 간다.

지체 없이 만나러 간다.

하부하고 무슨 일이 있었는지 모르지만 이제 그 남자는 잊어버려.

대신할 수 있을지 모르겠지만, 내가 하부의 몫을 다하지 못 할지
도 모르지만, 과거의 여자를 툭하면 떠올려 집착하면서, 가슴속에
지닌 채 아무것도 변하지 않은 후카마치 마코토로서 존재할 수밖에
없을지도 모르지만, 난 당신에게 말할 거야.

최소한 정직하게 말할 거야.

정직하게.

그건 할 수 있어.

당신을 좋아한다고.

당신을 지켜주고 싶다고.

당신을 좋아해.

지금, 당신이 얼마나 상심에 잠겼는지 난 모르지만, 얼마나 거친 폭풍 안에 있는지 모르지만, 당신의 마음속 폭풍이 멈출 때까지, 당신 옆에 꼭 붙어서 함께 있게 해달라고.

아니, 그게 아니다.

좀 더 정직하게 말해야 한다.

어쩌면 내가 당신을 필요로 하는지도 모른다고.

그래, 난 당신이 필요해.

내가 당신에게 들러붙고 있었어. 이런 빙벽이 아니라.

난 당신과 함께 있을 때 정말로 즐거웠어.

아아, 이제야 그걸 깨닫다니.

이제 와서 깨닫다니.

이젠 위로 올라가지 않아도 돼.

바로 자기 확보를 풀고 걸어서 일본으로 돌아갈까.

히말라야도, 세상에 하나뿐인 정상도, 하부도, 모두 깨끗이 잊어버릴 거야.

상처마저 잊을 거야.

그러니까….

거기까지 생각했을 때, 후카마치는 그 소리를 들었다.

블리자드의 격렬한 폭음 안에 섞인 희미한 소리.

스르륵,

스르륵,

스르륵,

하면서 눈에 뭔가가 스치는 소리다.

그게 다가오고 있다.

소리가 점점 커진다.

스르륵,

스르륵,

스르륵,

스르륵,

다가온다.

소리가 커진다.

무슨 소리인가.

후카마치는 그게 무슨 소리인지 알고 있었다.

돌이다.

낙석.

돌이 엄청난 속도로 빙벽 위를 굴러떨어지는 소리다.

고개를, 위로 들어 올렸다. 돌을, 피해야 한다. 시야 속에서 왼쪽에서 오른쪽으로 격렬한 기세로 눈줄기가 떨어진다.

잿빛 안개. 그 안에서 불쑥 검은 물체가 출현해 후카마치의 얼굴을 겨냥하여 부닥쳐왔다.

"큭."

후카마치가 얼굴을 숙였다. 그 순간 헬멧에 강한 충격이 가해왔다. 후카마치의 몸에서 의식과 체중이 동시에 사라졌다.

8

체중이 사라진 순간 바로 몸에 충격이 가해졌다.

하네스가 팽팽해지며 몸이 비스듬히 아래로 축 처진 느낌이 들었다. 아이스하켄으로 자기 확보를 해놓아 간신히 추락을 면했다. 허나 위험한 자기 확보였다. 언제까지 버텨줄지 알 수 없다.

이제 죽는다….

의식이 사라지기 직전, 1초도 안 되는 그 순간에 후카마치의 뇌리에는 그 생각만이 떠올랐다. 그 단편적인 사고를, 의식 안에서 확인할 틈도 없이 후카마치의 의식은 암흑 속에 침몰하고 말았다.

정신이 든 건, 자신의 몸이 흔들렸기 때문이다.

"어이, 괜찮아?"

누군가가 자신의 몸을 흔들고 있다.

"후카마치."

목소리가 들린다.

낮지만 힘이 느껴지는 목소리다.

덩어리진 듯한 열기와 같은 것이 지금 자신과 가까이 있다. 그 열기가 자신을 휘감는다.

"어이."

그 목소리가 가까스로 후카마치의 의식을 되돌려놨다.

눈을 떴다.

얼굴이 보였다.

얼굴이라 해도 윤곽만 간신히 보일 뿐이다. 방한모에 헬멧, 고글 등으로 얼굴 대부분이 가려져 있다. 보이는 건 입술과 입술 주위의 피부 조금. 그리고 하얀 이, 혀, 입안의 점막.

누구였더라.

누구지, 이 남자는. 이렇게 높은 데 대체 누가 있는 걸까.

"하부…."

후카마치가 중얼거렸다.

"후카마치, 살아 있군."

하부의 손이 후카마치의 뺨을 툭 친다.

하부에게 안겨 있어서 그의 근육이 움직이는 것이 두꺼운 옷을 껴입고도 전해져온다. 강한 움직임이다. 이 고도에서 이런 식으로 근육을 움직일 수 있는 인간이 존재할까.

있다. 그 남자가 눈앞에 있다.

하부 조지.

그런데 하부가 어떻게 여기에 있지.

올 리가 없다.

또 환각을 보고 있나.

하부가 후카마치의 카라비너에 위에서 내려뜨린 자일에서 프루지크로 안전을 확보하는 중이다.

어떻게 이런 데 자일이 있을까.

아아, 하부인가. 하부가 위에서 자일을 타고 내려온 건가.

하부가 자일에 후카마치를 위한 안전을 확보하고, 후카마치가 아이스하켄으로 해놓은 자기 확보를 풀었다. 풀었다기보다는 그저 아이스하켄을 뽑았을 따름이었다. 후카마치의 카라비너에서 슬링과 아이스하켄이 축 늘어진다.

"이런 확보로 용케 살아 있었군."

하부가 중얼거리는 소리가 들린다.

눈 밑으로 바위가 있는지 어떤지는 모르겠지만, 이곳만이 빙벽 사면으로 튀어나와 있었다. 거기에 몸의 일부가 닿아, 확보에 걸리는 하중을 얼마간 줄여줬으리라. 만약 아무것도 없는 공간에 낙하했다면 아이스하켄은 빙벽에서 틀림없이 빠졌을 것이다.

하네스에 끼워둔 피켈과 아이스바일도 무사했다.

"주마는 없어. 프루지크로 확보를 해두면 더블 액스로 올라갈 수 있겠나!"

바람 속에서 하부가 불길과 같은 목소리를 토했다.

후카마치는 고개를 끄덕였다.

"하, 할 수 있을 거야…."

피켈을 오른손에 간신히 쥐었다. 왼손에는 아이스바일.

하지만 그걸 들고 휘두를 힘이 없다. 아이젠 발톱을 박고 겨우 혹 위에 서 있는 것만으로 버거웠다.

"무리군…."

하부가 낮게 신음을 토했다.

손, 아니 팔에서부터 손끝까지 너무 차가웠다. 이 바람 속에 한동안 무방비로 노출됐다. 그 사이 손발 끝에 동상 증세가 나타나기 시작한 것이다. 새끼손가락에 힘이 들어가지 않았다. 아마 손가락 한두 개는 잃게 되리라, 후카마치는 생각했다. 그래놓고, 무슨 바보 같은 생각인가 하고 다시 생각했다. 지금 살아 돌아갈 수 있느냐가 걸린 상황에 손가락 한두 개를 걱정하다니.

"날 두고 가…."

산소 부족으로 순간순간 환각에 사로잡힌 머리로도 확연히 알았다. 에베레스트에서, 그것도 겨울 남서벽에서 자력으로 움직일 수 없는 인간에게 기다리는 건 죽음뿐이라는 걸. 그 정도는 안다.

이가 덜덜 떨리는 소리가 들린다. 강렬한 추위가 후카마치를 엄습한다. 이런 고도에서 움직이기를 멈춘 육체는, 순식간에 체온을 뺏긴다. 그래도 춥다고 느낄 때는 낫다. 추위를 못 느끼면 그걸로 끝이다.

"배낭을 내려놔."

하부가 말했다.

배낭? 무슨 소리를 하는 건가, 이 남자는. 배낭을 내려놓으라고? 왜?

"아니, 그전에 자일 프루지크에 체중을 걸고 균형을 잡아."

하부가 자일의 프루지크를 조절하여, 후카마치가 체중을 얹기 편한 위치로 프루지크를 옮겼다.

자일이 후카마치의 체중으로 팽팽해졌다. 그 자일이 오른쪽으로 비스듬히 기운다. 후카마치는 하마터면 균형을 잃을 뻔했다. 만약 균형을 잃고 미끄러진다 해도 프루지크가 잡고 있기 때문에 괜찮지만, 그렇다고 해도 이 바람은 무엇이란 말인가.

"조심해, 바람이 세."

그런가, 바람인가.

후카마치는 생각한다.

강풍이 왼쪽에서 불어와 자일을 오른쪽으로 밀어낸 것이다.

그런데 하부는?

후카마치가 하부를 쳐다봤다.

그는 어디에도 확보를 해놓지 않았다. 하부는 아무런 확보도 하지 않고 빙벽에 매달려 있다.

대체 이 남자는.

하부의 육체가 자기 옆에 존재하는 것만으로 불처럼 뜨거운 열기가 자신에게 전해지는 것 같았다. 하부는 피켈을 자기 하네스에 끼워놓고, 아이스하켄을 꺼내 혹 상단에 아이스바일로 때려 박기 시작했다.

단단하다. 하켄은 좀처럼 들어가려 하지 않았다.

하부의 거친 숨소리가 후카마치의 귀까지 들려온다.

그럼에도 하부의 타격에는 분명한 힘이 있었고 리듬이 있었다. 아이스하켄이 조금씩 조금씩 들어갔다.

10센티미터 정도 들어갔을 때 하부가 그 작업을 멈췄다.

하부는 이어 후카마치의 손에서 피켈과 아이스바일을 빼앗아, 자신의 하네스에 끼웠다.

후카마치의 어깨에 손을 걸었다.

"잘 들어. 조금씩, 왼쪽으로 이동하는 거야."

하부가 후카마치를 혹 위에서 벽면으로 살짝 밀었다.

아이젠 앞발톱을 벽면에 찍으며 후카마치는 왼쪽으로 이동했다. 피켈도 아이스바일도 없었지만, 프루지크가 잡고 있어 어떻게든 이동은 가능했다.

"배낭을 내려놔."

하부가 다시 말했다.

"왜 그래?"

"어쨌든 내려놔."

"나한테 신경 쓰지 마. 이러다 너까지 죽어."

후카마치는 목소리를 쥐어짜내며 외쳤다. 그러나 그 목소리는 이미 너무나 앙상했다.

"자, 얼른 배낭을 어깨에서 내려놔."

하부가 후카마치의 어깨에서 벗겨내듯이 배낭을 잡아당겼다.

하부는 양발의 아이젠만으로 혹 위에 서 있을 뿐이다. 혹이라고 해도 경사면이라는 사실은 바뀌지 않는다.

17킬로그램의 배낭이 하부의 손에 건네졌다. 하부는 그 배낭을 슬링으로 방금 박은 아이스하켄에 연결해 낙하하지 않게 고정시켰다. 이어 자신의 하네스에 끼워둔 후카마치의 피켈과 아이스바일을 배낭에 고정시켰다. 그 작업을 끝내고 하부가 후카마치를 바라봤다.

"후카마치, 정신 바짝 차려. 고도가 높아지고 피로가 몰려오면 살겠다는 의지가 쉽게 무너져. 그랬다가는 끝장이야."

"왜 날…."

후카마치가 말했다.

"넌, 나와 상관없이 오르기로 했잖아."

"입 다물어."

하부가 더블 액스로 오르기 시작했다.

"뭘 하려는 거야."

후카마치의 질문에 하부는 대답하지 않았다. 후카마치로서도 외쳐본다고는 하지만 가쁜 숨에 먹혀버린다.

하부는 후카마치 위로 3미터 부근에서 왼쪽으로 이동하여 자일을 걸쳤다. 거기에 프루지크를 걸어 자기 확보를 하려는 모양이었다.

하부가 더블 액스로 자일을 따라 내려와, 후카마치 머리 바로 위에서 멈춘다. 밑을 내려다보며 후카마치와 자신과의 거리를 눈대중하는 듯했다. 다시 위로 올라가 3미터 정도 되는 길이의 프루지크의 위치를 조정했다. 이번에는 오른쪽으로 50센티미터 정도 이동하여 다시 위에서 내려왔다.

이제 후카마치의 왼쪽에 나란히 섰다. 정확히 후카마치 옆에 같은 높이에서, 하부의 프루지크가 늘어나 하부의 체중을 지탱했다.

하부는 프루지크에 체중을 걸어 왼쪽으로 이동해 후카마치에게 다가갔다. 자신의 피켈과 아이스바일을 후카마치의 하네스에 끼워 떨어지지 않게 했다. 이어서 슬링을 꺼내 두 개의 긴 고리를 만들어 자신의 왼쪽 어깨에 걸었다.

"후카마치, 지금부터 내가 하는 말 똑바로 들어."

하부가 강한 어조로 말했다.

"이제부터 내가 네 밑으로 들어갈 테니까, 넌 벽에서 아이젠을 떼서 공중에 매달렸다가 내 등으로 와. 나한테 업히듯이 말이야."

"뭘 하려는 거야."

"설명할 시간이 없어."

하부의 몸이 후카마치의 몸과 빙벽 사이로 밀고 들어왔다. 후카마치는 아이젠 앞발톱을 빙벽에서 떼내, 프루지크로 공중에 매달렸다가 하부의 등으로 옮겨갔다. 그 위치에서 하부는 어깨에 건 슬링 고리를 꺼내서 우선 공중에 떠 있는 하부의 왼 다리에 끼웠다. 그리고 또 다른 고리를 오른 다리에….

"대체 무슨 생각이야, 하부."

"조용히 해. 쓸데없는 데 에너지를 소모하지 마."

그 순간 후카마치는 하부가 뭘 하려는지 깨달았다. 그는 후카마치를 자기 등에 지고 이 빙벽을 오르려는 것이었다.

"그만둬. 무리야."

신음하듯 후카마치가 내뱉었다.

자신의 체중은 60킬로그램이었다. 거기에 몸에 걸친 장비까지 포함하면 75킬로그램은 되리라. 그런 무게를 등에 지고, 이 7,000미터의 고도에서, 아무리 프루지크를 걸었다 해도 오를 수 있을 리가 없다.

자신의 몸이 하부의 몸에 고정되어 간다.

"그만둬…."

후카마치가 거의 울먹이는 목소리로 말했다.

"제발 그만둬. 무리야. 할 수 있을 리가 없어. 당신, 나랑 동반자살이라도 할 셈이야."

하부는 아무 대답도 하지 않았다.

자신의 오른손을 뒤로, 즉 하부 본인의 등과 후카마치의 배 사이로 밀어 넣었다.

'바지직.'

날카로운 칼날이 뭔가 자르는 감촉이 들며, 후카마치는 자신의 체중이 하부의 등에 실리는 걸 알았다. 후카마치를 위해 자일과 프루지크를 연결했던 나일론 로프를, 하부가 오른손에 든 나이프로 자른 것이다.

"하부 씨, 제발 그만둬…."

목소리에 울음이 뒤섞였다.

"이젠 됐어. 충분해. 날 여기에 버려두고 가."

후카마치는 말했다.

혼자서, 한겨울에 무산소로 남서벽을 오른다.

그게 어떤 일인가. 이것 때문에 지금까지 하부가 얼마나 에너지와 시간을 투자해왔던가. 그 때문에 뭘 했는지, 뭘 버렸는지 후카마치는 알았다.

료코마저 일본에 두고….

카트만두의 호텔에서는 료코를 안으려고도 하지 않았다.

하부라는 남자의 전 생애를 건 과업이었다. 그 때문에 지금까지의 하부의 생애가 존재했다.

그걸 다른 사람을 위해….

인류 역사상, 지금까지 아무도 달성하지 못 한 일을, 하부 조지라

는 남자가 최초로 성취하려는 순간에, 그 지고한 순간 직전에, 난 말
도 안 되는 짓을 이 남자에게 시키고 있다.

가능할 리가 없다.

죽음이다.

"그만, 제발 그만해. 하부 씨."

후카마치는 울고 있었다.

나는 하부에게 도움을 받을 자격이 없다.

자신과 하부의 등 사이에 뭔가가 끌려 올라간다. 자일이다.

하부와 후카마치 사이에 끼워진 형태로 밑으로 늘어진 자일을 하
부가 자신의 어깨에서 빼내고 있는 것이다. 다 빼낸 자일을 하부가
자신의 가랑이 사이로 내려놨다. 강풍으로 늘어진 자일이 순식간에
오른쪽으로 움직였다.

하부가 자일에 다시 한 번 짧은 확보를 했다. 그리고 처음에 해놓
은 3미터 가량의 확보를 벗겼다. 이어서 손을 뒤로 돌려 후카마치의
하네스에 끼워놓았던 피켈과 아이스바일을 빼냈다.

위를 올려다봤다. 팽팽해야 할 자일이 블리자드 때문에 오른쪽으
로 곡선을 그리고 있었다.

"바람이 강하군…."

하부가 불쑥 중얼거렸다.

그러고는 하부는 후카마치를 등에 지고 오르기 시작했다. 후카마
치의 배 밑으로 하부의 근육이 움직이는 게 느껴졌다. 억센 리듬이
었다.

하부의 등 근육이 단단해졌다가 사라지더니, 다음 순간 또다시
새로운 근육 뭉치가 생겨난다. 등에 강렬한 한기를 지닌 폭풍이 불
어오지만, 배에는 하부의 몸에서 내뿜는 열기가 치솟아 오른다.

이 남자는 대체 뭔가.

하부 조지….

이 남자는 지금 75킬로그램이 넘는 무게를 등에 지고 표고 7,000미터가 넘는 빙벽을, 무산소로 오르고 있다. 이게 어떤 에너지를 필요로 하는지, 게다가 이 블리자드 속에서….

한 걸음 오르고 가쁜 숨을 쉬고, 다시 한 걸음 올라 다시 한동안 가쁜 숨을 내쉰다. 숨을 고르는 동안에는 움직이지 않는다. 여기서 이렇게 체력을 소모하고 나서 내일 이 남자는 행동할 수 있을까.

"제발 그만둬, 하부 씨…."

후카마치가 고개를 들었을 때, 머리 바로 위로 진한 회색 덩어리가 보였다. 그 회색 덩어리 바로 앞에 왼쪽에서 오른쪽으로 수평으로 하얀 구름이 지나쳐간다.

바위다.

경사가 50도에 가까운 빙벽에 수직에 가까운 거대한 봉우리가 치솟아 있다. 그 위는 하얀색과 회색 블리자드가 휘감고 있다. 그 밑에 파란색 인공의 빛이 보였다.

하부의 텐트였다.

20장

진상

1

텐트 안에 웅크려 앉았다.

무릎을 세워 양손으로 감싸 안고 등을 벽에 기댔다. 그곳만이 살짝 오버행한 자리라, 후방에 체중을 기대면 벽에 닿는다. 닿는다고는 말해도 텐트 천이 사이에 있다.

아주 미세한 공간. 소형 텐트 하나를 간신히 칠 만한 공간이 거기에 있었다. 바위 밑동의 눈을 피켈로 깎아내어, 몸을 간신히 내려놓을 만큼의 수평 공간을 만들어 앉았다.

후카마치 오른쪽에 하부가 똑같은 자세로 앉아 있다. 둘 다 침낭 안이다. 침낭 안에 들어간 채 몸을 일으켜 앉아 있는 것이다. 두 사람 바로 앞에는 각자의 배낭을 두었다.

등 뒤의 바위에 하켄을 박아 거기에 확보를 해놓았다. 양초 하나를 켜놨다. 그 불꽃과 두 사람의 체온이 텐트 내부의 온도를 올리는 중이다.

코펠에 눈을 넣어 녹인 후 데워서 마셨다. 손가락이 제대로 움직이지 않는 후카마치 대신 하부가 그 작업을 했다. 하부는 자기가 먹을 몫은 자기 코펠과 스토브를 사용하여 눈을 녹여 데웠다. 꿀과 홍차와 레몬즙을 넣어 데운 차. 후카마치와 똑같았다.

하부와 후카마치는 차를 듬뿍 마시고 식사를 했다. 하부는 비타민C를 정제로 섭취했다. 그리고 나서야 후카마치는 입을 움직일 수 있게 됐다. 그러나 후카마치는 기준량의 반도 입에 넣을 수 없었다. 아니, 입에는 들어갔지만 식욕도 없는데다 구역질이 나서 삼킬 수 없었다.

두통이 몰려왔다. 뒤통수에 항시적으로 통증이 존재하면서 때때로 심장 고동에 맞춰, 도끼로 내려찍는 듯한 통증이 엄습했다.

텐트가 좁았다.

"여기서 텐트를 칠 수 있는 유일한 곳이 이 바위 밑이야. 이렇게 좁지만 말이야."

하부가 그렇게 말했다.

다른 장소에 텐트를 치면 밤사이 낙석이 한두 개는 반드시 떨어진다. 머리에 맞으면 즉사다. 그리고 텐트 하나를 더 치는 데 체력을 낭비할 수도 없었다.

이 강풍 속에서 눈을 깎아내고, 바위의 확보물을 잡으면서 후카마치의 텐트를 쳤다가는 세 시간은 걸리고 말리라. 하부의 텐트를 둘이 함께 사용한다. 그게 최선의 선택이었다.

"지금 그 자세를 절대 무너뜨리면 안 돼."

하부가 말했다.

"잘 때도 그 자세를 유지해야 해. 만약 배낭에 상체를 기대 잠들었다가는 낙석이 바로 머리를 직격해버려."

등에 기댄 바위로부터 대략 60센티미터까지가 안전한 공간이라고 했다.

"내가 산이라면 그런 실수를 범한 인간의 머리에 망설임 없이 돌을 떨어뜨리겠어…"

새까만 현무암을 비비면 나올 법한 낮은 목소리로 하부가 말했다.

"여기서는 절대 작은 행운도 기대하지 마."

후카마치의 배낭 위에는 헬멧이 놓여 있었다. 헬멧 머리 위에 금이 가 있었다. 낙석이 헬멧을 직격한 것이다. 고산병으로 인한 두통과 별개의 통증이 머리에 느껴졌다. 머리에 손을 대보면 정수리 부근 머리카락에 피가 말라 버석거렸고, 살이 파인 곳도 만질 수 있었다. 피가 멈춰 그대로 놔두기는 했지만, 내일이 되면 얼마나 통증이 몰려올지 알 수 없었다.

바람이 강하게 불었다. 텐트에 들어오고 나서 바람이 더 강해진 듯했다.

때때로 바윗덩어리 같은 묵직한 바람이 텐트와 맞부딪쳤다. 텐트가 움푹 들어가 바위에서 밀어내나 싶다가, 곧이어 소용돌이치며 바위에서 떼 내려는 듯한 바람으로 바뀐다.

바람이 극심할 때는 구조가 단단한 텐트보다, 지금의 텐트처럼 탄력성이 좋은 부드러운 구조의 텐트가 낫다. 아무리 바람이 밀어붙여도 갈대처럼 바람의 리듬을 붙잡고는 제 상태를 유지한다.

식사가 끝나고 하부의 말문이 닫혔다. 잠들었나 싶어 후카마치가 곁눈질을 하면 하부는 자지 않고 형형한 눈빛으로 전방을 노려보고 있었다.

강한 열기가 하부의 몸에서 피어오르는 듯이 보였다. 필요 없는 대화를 완고히 회피하는 듯도 보였다. 하부의 가슴속에서는 어디까지나 단독행이라는 마음이 잉걸불처럼 타오르고 있으리라.

하부는 음식은 물론 그 무엇도 후카마치의 물건에 일절 손을 대지 않았다. 최소한 자신을 위해서는 손을 대지 않았다. 후카마치의 배낭을 들어서 텐트 안에 집어넣고, 그러면서 텐트 안에 떨어진 눈을 바깥에 내치는 것까지 모두 하부의 손에 의해 이루어졌다. 텐트에 도착한 다음 후카마치는 도저히 그런 행동을 할 상태가 아니었다.

후카마치를 텐트 안에 쑤셔 넣듯이 집어넣고서 하부는 다시 밑으로 내려가, 블리자드 속에서 후카마치의 배낭을 회수해왔다. 초인적인 체력이었다.

표고차는 20미터 정도였다. 20미터 정도라고는 하지만 일반인이 할 수 있는 행동은 아니었다. 후카마치를 위한 행동이었다. 배낭을 텐트 안에 넣거나, 식사 준비를 하거나….

그러나 하부 본인을 위해서 후카마치의 손은 일절 빌리지 않았고, 또 자신을 위해 후카마치의 물건은 물론 화장지 1센티미터도 쓰려고 하지 않았다.

하부는 후카마치가 이 자리에 없다는 듯이 말문을 닫고 눈만 반짝거렸다.

하부의 뇌리에는 이 바람뿐이리라.

이 바람이 내일도 이어질까.

만약 이 바람이 12월 하순에 찾아오는 제트스트림이 열흘이나 빨리 찾아온 것이라면 지금의 블리자드는 이제 쉴 새 없이 겨우내 이어지게 된다. 며칠 버티면 어쩌다가 하루, 혹은 이틀 바람이 멈추는 날도 있지만, 그만한 시간도, 체력도, 식량도 하부에게는 없다.

어떻게 될까.

격렬한 초조의 불꽃이, 아무 말이 없는 하부의 가슴속에서 불타고 있으리라.

긴 침묵 속에서 후카마치는 하부와 함께 바람소리를 들었다.

그러다 결국 더 이상 못 참겠다는 듯이 후카마치가 하부에게 질문을 던졌다.

"하부 씨…."

후카마치가 목이 잠겨 갈라지는 목소리로 말을 걸었다.

어쩌면 나는 살아 돌아가지 못할지도 모른다. 돌아가지 못할지라도 묻고 싶은 것이 있었다.

"왜 나를 구해줬나⋯."

2

하부가 안구만 움직여 후카마치를 쳐다봤다. 그 눈에는 어떤 표정도 드러나지 않았다. 그 시선을 받자 후카마치는 말문이 막혔다.

후카마치는 자기도 모르게 몇 초간 호흡을 멈추고 말았다. 그러고는 바로 목을 크게 열어 거친 호흡을 재개했다. 다급한 호흡이었다. 한없이 호흡하는 데만 집중했다. 불과 잠시 호흡을 멈춘 것만으로 몸 안에서 흡수하는 산소의 양이 모자라게 된 것이다.

강한 블리자드 소리가 텐트 밖에서 으르렁거렸다. 유달리 강한 바람이 불어, 얼굴 앞까지 텐트 천을 밀고 코끝을 스치고 간다. 짐승의 차가운 혀가 코끝을 핥고 간 듯하다.

멀리서 개가 으르렁거리는 소리가 들린다. 분노한 듯한 울음이다. 어둠 속을 지나쳐가는 불길한 존재를 향해 악에 받친 분노를 드러내고 으르렁거린다. 바람 소리가 그렇게 들렸다. 그 존재의 이동에 맞춰 여기저기서 개들이 차례차례 목 안으로 포효하기 시작하다가 무리 지어 다 같이 으르렁거린다⋯.

다가온다.

블리자드가 휘몰아치는 광대한 공간에, 바람을 타고 티베트 쪽에서 천천히 허공 속을 걸으며 다가온다.

"어이⋯."

후카마치가 하부에게 말했다. 하부가 후카마치를 봤다.

"오고 있어."

후카마치의 목소리가 떨렸다.

마구 날뛰고 있다. 개들이 마구 날뛰며 울부짖고 있다.

아니, 이 모든 소리가 내 내면에서 울리는 소리인가.

"안 들려?"

"…."

"개."

"개?"

"그래."

개라기보다 이젠 짐승 소리에 가깝다.

"저 소리가 안 들려?"

말한 순간 다시 강풍이 몰아닥쳐, 텐트 천이 얼굴을 스치고 간다.

위이잉 하고 짐승의 신음이 텐트를 때리고 갔다. 텐트 속이 움푹
들어갔다가 다시 부풀면서 짐승의 소리가 멀어진다. 짐승의 소리는
인간의 소리로 바뀌어, 무수한 인간들의 비웃는 소리가 바람과 함
께 하늘 저편으로 멀어져갔다.

발밑에 사람의 얼굴이 보였다.

하나, 둘, 셋….

불쑥불쑥 배낭 표면과 텐트 천으로 사람의 얼굴이 밀어닥치며,
텐트 안을 엿보러 왔다.

그 얼굴들이 대화를 한다. 누구의 얼굴인지 모르겠다.

가요코의 얼굴 같기도 하고, 료코의 얼굴 같기도 하고, 나라달 라
젠드라의 얼굴 같기도 하고, 미야가와의 얼굴 같기도 하고, 이오카
와 후나지마의 얼굴 같기도 하고, 그 누구의 얼굴이 아닌 것 같기도
하다.

그들이 중얼중얼 대화한다. 하지만 무슨 이야기를 하는지 알아들

을 수 없다. 자신에 대한 험담을 하는 듯한 기분도 든다.

"이거야 원."

"끝났지."

"봐, 숨 쉬는 꼴을."

"목에서 이상한 소리가 나."

"그르렁 그르렁."

"휙휙."

"그래도 (중얼중얼)잖아. (중얼중얼)니까…."

"그러니까 (중얼중얼) 역시. (중얼중얼)…."

"흐음…."

"크크크…."

"중얼중얼…."

"중얼중얼…."

무슨 말을 하는 건가, 이 인간들은.

뭐라고….

어이, 안 들려.

"어이."

목소리가 들렸다.

"어이, 후카마치."

하부가 후카마치의 뺨을 가볍게 때린다.

의식이 돌아왔다.

"나…."

"혼잣말을 했어."

"내가?"

"그래."

후카마치가 가쁜 숨을 내쉬며 이를 악물었다.

어떻게 된 걸까. 그건, 내 목소리였던가.

환청이었나. 하부와 나눈다고 생각했던 대화 중 어디까지가 진짜고 어디까지가 환청이었나.

아니, 방금 하부의 목소리도 환청이었나.

젠장.

어떻게 되고 있나.

어떻게 되어버린 걸까. 지금 나는.

만약 내 옆에 하부가 없었더라면 찾아오는 환각과 환청에 모두 대답하고 밖에서 부르면 지퍼를 열고 등산화도 신지 않고 밖으로 나갔다가, 바람에 바로 균형이 무너져 빙벽으로 미끄러져 떨어져 죽었겠지.

아아, 그러고 보니 하부한테 뭔가 물어봤었다.

뭘 물어봤지? 하부한테 물어본 것도 환각이었나.

그 대답은 아직 못 들었다.

뭐였더라….

그때였다.

느닷없었다.

느닷없이 눈앞의 텐트 천이 찢기며 발끝에서 10센티미터 떨어진 곳에 두께 3센티미터, 길이 10센티미터 정도의 타원형의 물체가 떨어졌다.

검은 돌. 낙석이었다. 돌이 머리 위 어딘가 암벽에서 떨어져 낙하했다. 그 돌이 텐트를 직격한 것이다. 만약 10센티미터만 발을 더 내밀었으면 발가락이 뭉개져, 더 이상 걸을 수 없었으리라. 그게 머리라면 두개골이 갈라져 중상을 입거나 죽게 된다.

"위험했어."

하부가 무미건조한 목소리로 불쑥 말했다.

정말 그랬다. 위험한 순간이었다.

행운이었다. 그렇게 말하려다가 후카마치는 그 말을 삼켰다.

아니다. 그렇지 않다. 운이 아니다. 하부가 산에 승리한 것이다. 아무리 위에서 어떤 돌이 떨어지더라도 절대로 맞지 않을 장소에 우리가 위치한 것이다. 남서벽 루트에 이런 장소는 몇 곳 없다. 그걸 하부가 발견해 이용하는 것이다. 우연히 자신들이 구원받은 것이 아니다. 하부의 의지가 구원한 것이다.

찢어진 구멍에서 차가운 바람이 불어왔다. 텐트가 밖으로 부풀어 오르며 찢어진 면의 천 조각이 작게 소리 내며 흔들렸다. 하부가 머리를 앞으로 내밀지 않게 조심하며, 짧게 감아 가져온 접착테이프를 자신의 배낭에서 꺼냈다. 접착테이프를 정확히 찢어진 구멍 크기만큼 잘라냈다. 그러나 하부는 바로 움직이려 하지 않았다. 찢어진 구멍 사이를 지그시 응시했다.

"왜 그래?"

왜 접착테이프로 수선하지 않나 싶어, 자기도 모르게 몸을 앞으로 내밀려던 후카마치에게 하부가 말했다.

"잠깐….."

그 순간 머리 위로 돌이 바위에 부딪치는 소리가 울려 퍼졌다. 돌이 떨어지는 소리가 블리자드 속에 섞이며 들려왔다. 자칫하면 바람 소리에 사라져버렸을지도 모를 미세한 소리였지만, 분명히 돌이 떨어지는 소리였다. 지금 머리 위에서 돌이 계속 떨어지고 있는 것이다.

오래 생각할 필요가 없었다. 그 소리를 들은 순간 의미하는 바를 이해했다. 후카마치가 몸을 움츠린 순간, 아까 돌이 떨어진 장소와 거의 같은 곳에 아까보다 더 큰 돌이 떨어지며 텐트 천장을 가르고 이번에는 후카마치 발끝에서 7센티미터 정도 위치에 떨어져 멈췄다.

찢어진 틈으로 눈송이가 사각사각 떨어졌다. 눈송이가 다 떨어지기 전에, 작은 돌 파면이 굵은 빗줄기처럼 텐트에 후드득 떨어졌다.

"조심해. 바위 하나가 떨어지면 그게 계기가 돼서 다시 바위를 떨어뜨려."

하부가 말했다.

후카마치는 어깻숨을 내쉬며 고개를 끄덕였다.

끄덕이고 말고 할 것도 없었다. 그 정도는 안다. 바위가 하나 떨어지면 그 바위가 낙하하면서 불안정한 상태로 놓여 있던 돌이나 암벽에 아슬아슬하게 매달려 있던 바위와 부닥치며, 그것들을 떨어뜨린다. 그렇게 되면 새로 낙하하기 시작한 바위가 다시 다른 바위를 유도하고, 그 바위가 다시 다른 바위를 유도한다. 이런 형태로 무수한 바위가 떨어진다.

물론 하나의 바위가 매번 수많은 낙석을 불러일으키지는 않는다. 게다가 잠깐이긴 했지만 최초의 낙석과 두 번째 낙석 사이에 틈이 있었다. 평소라면 이제 안전하다고 무의식중에 판단하고 만다. 허나 하부는 그렇지 않았다. 하부는 이 정도 수준까지 세세한 정신적 작업을 일상적으로 자신에게 시켜왔던 것인가.

여기까지 오면 이젠 남서벽이라는 암벽의 버릇 혹은 에베레스트라는 산과의 수 싸움이라 말할 수 있으리라.

'내가 산이라면 그런 실수를 범한 인간의 머리에 망설임 없이 돌을 떨어뜨리겠어.'

일종의 인격을 지닌 존재로서, 하부는 이 산과 대치하여 그 속내를 들여다보는지도 모른다.

좀 더 시간을 두고 지켜본 뒤, 하부는 아까보다 더 크게 찢어진 텐트 틈을 접착테이프로 막았다. 산이 일종의 짐승이라면 그 짐승은 지금 후카마치를 향해 눈을 부라리고 날뛰며 포효하고 있다. 그 짐승의 가슴속에, 지금 하부와 자신이 있다고 후카마치는 생각했다.

"하세 그 녀석은…."

하부는 불쑥 중얼거렸다.

"하세?"

후카마치가 물었다.

"산은, 그 녀석을 좋아했을 거야. 아마…."

"하부 씨는?"

"난 아니지. 난 산으로부터 철저히 미움받았어."

"…."

"그래서 하세는…."

"방심했다?"

"글쎄."

하부의 말에, 알면서 왜 그러냐는 듯 하늘 위에서 블리자드 덩어리가 쿵 하고 텐트를 때렸다.

방심했다.

후카마치는 그렇게 여겼다.

위험하고 급격한 빙벽을 내려간다. 간신히 텐트에 도착한다.

경사면에 설치한 텐트. 만약 미끄러지면 죽지만, 그런 실수는 결코 하지 않을 경사면.

밤.

"야아."

텐트에 간신히 도착해 마중 나온 동료에게 한 손을 들어 웃음을 보낸다. 동료들의 헤드램프 불빛에 비쳐진 그 미소가 금세 어둠 속으로 사라진다.

동료의 시야 끄트머리, 어둠 저 밑에서 '쩽그랑' 하는 소리와 함께 빨간 불꽃이 날카롭게 튄다. 미끄러지며 아이젠 발톱이 바위와 부닥쳐서 불꽃을 일으킨 것이다.

그뿐이었다. 겨우 그것만으로 외마디 비명도 못 지르고 죽은 산사나이가 있었다.

방심. 그렇게 말하면 그만이다.

위험한 장소일수록 주의를 기울이기에 위험한 장소 쪽이 외려 안전하다며, 아는 척하는 사람도 있다. 안전한 쪽으로 내려갈 때가 더 위험하다면서. 또 산에서 조난사고가 일어날 때마다 산을 만만하게 봐서 그렇다, 그런 빤한 원고를 아나운서가 읽는다.

멍청한 새끼. 누가 산을 만만하게 보는가. 산을 만만하게 보는 사람은 아무도 없다.

최소한 후카마치가 아는 등반가 중에는 없다. 죽고 싶어 하는 사람은 없다. 죽지 않기 위해서라면 뭐든지 한다. 본인이 아는 모든 행동을 다 한다. 연필을 짧게 만들고 한낱 은박지 무게일지라도 알약 포장지를 벗겨 짐을 가볍게 만든다. 모든 노력을 다 기울인다. 죽지 않기 위해.

하나의 원정에서 정상을 목표로 하는 자는 몇천 번, 몇만 번, 몇십만 번, 그 이상 발걸음을 내딛는다. 어떨 때는 내딛는 모든 발걸음을 자신의 의지로 컨트롤해야만 하는 장소도 있다.

하지만 그걸 24시간, 며칠, 몇십 일 지속할 수 있을까. 때로는 무심코 정신을 놓는 순간도 있다. 한 걸음, 단 한 번의 한 걸음을, 아무 생각 없이 연속된 동작의 일환으로 앞으로 내딛고 마는 순간이 있다. 그때 그 한 걸음이 그 등반가의 생명을 빼앗는 경우도 있다.

그 한 걸음은 어쩔 수가 없다.

인간이라면 누구나 정신을 놓는 순간이 있다. 무디다고 하자면 무디다고 할 만한 걸음일지도 모른다.

하지만 가령 8,000미터를 넘는 장소에서 고산병에 시달리고, 피로도가 극한에 이른 육체와 정신 상태로, 자기 의지대로 육체의 움직임을 지배할 수 있는 사람이 얼마나 될까.

아무리 생각해도 안전하다고밖에 말할 수 없는 장소에서도 눈사태가 일어난다. 경사면에 눈이 쌓이면 아무리 완만한 경사면이라 할지라도 눈사태는 일어나기 마련이라며 우리들에게 가르치려는 자가 있다.

안다. 그런 건 다 안다. 그런 말에 일일이 신경 쓰면 어디에도 못 간다.

죽기 싫다면 어떤 산에도 안 가는 수밖에 없다. 산에 가지 말라는 소리와 마찬가지다.

인간이란 존재가, 그저 생명을 오래 유지하기 위해서 집 안에만 틀어박혀 지낼 수 있는가.

아주 잠깐 순간적으로 인간은 방심한다. 인간이기 때문이다. 이미 인간으로서 존재하는 한 어쩔 수 없다. 인간으로서는 선택할 여지가 없다. 누가 그 순간이 어느 때라고 선택할 수 있겠는가. 그렇기에 그 순간은 신이 선택한다고밖에 말할 수 없다.

인간의 한순간과 신의 한순간이 교차한다.

인간의 한순간과 신이 선택한 한순간이 맞닿아, 인간의 어떤 행위가 그 순간 신의 영역으로 들어서고 만다.

그러고는 인간은 죽는다.

"내가 아는 건 하나뿐이야."

하부가 불쑥 말했다.

"하세는 죽었지만 나는 살아 있어."

그저 살아만 있는 게 아니다. 후카마치는 생각했다.

여전히 현역으로 지금 에베레스트 남서벽에 있다. 이 남자는 남서벽 바위 사이에 먼지처럼 들러붙어서 아직도 자신의 내면에서 맹렬히 날뛰는 무언가와 정면으로 마주보고 있다. 마음속 귀신과 대면하고 있다.

왜 산에 가는가.

왜 산에 오르는가.

그 질문에는 대답이 없다. 그건 왜 사냐는 질문과 마찬가지이기 때문이다.

만약 그 질문에 대답할 수 있는 인간이 존재한다면 왜 사느냐는 질문에 대답할 수 있는 인간이다.

광기. 자기 몸 안의 광기 때문에 인간은 산에 오른다. 왜 오르느냐는 질문에 대답하기를 거부한다는 듯이 인간은 산에 오른다.

정상에는 대답이 없다.

정상은 대답하지 않는다.

정상을 밟은 순간, 천상에서 오묘한 음악이 울려 퍼지며 하늘에서 대답이 우아하게 내려오는 일이란 없다. 그런 걸 원해서 인간이 산에 오르지는 않으리라.

지상에서 천상을 올려다보는 것처럼, 애틋한 마음으로 하얀 정상을 올려다본다….

그게, 정상이, 아직 천상의 것이기 때문이다.

밟는 순간 정상은 지상의 것이다.

인간은 정상을 밟고 나서 어느 쪽으로 걸어가야 할까.

알 리가 없다.

알 리가 없다.

알 리가 없기에 다시 다른 산에 오르려는 것이다.

더 힘들고 더 위험한 산으로….

왜. 왜냐고, 나는 이 남자에게 물어봤었다.

거친 호흡과 함께 내뱉었던 그 말이 뭐였더라. 산에 대해서였나.

그게 아니라….

아아, 나에 대해서였다. 생각났다.

여태까지 가혹한 리스크를 최소한으로 억제해온 하부가, 위험을 무릅쓰면서까지 왜 나를 구했냐고, 그걸 이 남자에게 물어보지 않았던가.

"왜 그랬어?"

후카마치가 불쑥 다시 물었다.

"왜?"

"뭐가?"

"왜 나를 구했어?"

하부가 순간 후카마치에게 향했던 시선을 다시 피했다.

긴 침묵이 흘렀다. 하부와 후카마치가 입을 다물자 그저 블리자드 소리만 싸늘히 울려 퍼졌다.

"기시야…."

하부가 갑자기 입을 열었다.

"당신을 구한 건 내가 아냐. 기시야."

"기시?"

하부는 말없이 턱만 잡아당기며 말했다.

"이걸로 빚은 갚았어."

"빚?"

"내가 지금까지 살아오면서 빚진 걸 다 갚았어."

하부가 말했다.

"기시 분타로 이야긴가?"

"그래…."

하부가 고개를 끄덕이고는 침묵했다. 으르렁거리는 바람만이 텐트를 흔들었다.

"자일은 분명 나이프로 잘려 있었어…."

하부가 침묵을 지키다 불쑥 말했다.

"하지만 내가 자르지 않았어."

"그럼 누가?"

"기시야. 기시가 자신의 나이프를 꺼내 직접 자일을 잘랐어."

하부의 목소리는 돌처럼 단단했다. 그때 한층 더 강한 바람이 텐트를 흔들었다.

"이 이야기를 다른 사람한테 말한 적 있어?"

후카마치가 물었다.

"없어. 당신이 처음이야."

그런가…. 기시 본인이 나이프로 자일을 자른 건가. 하부를 구하기 위해 기시가 스스로 죽음을 선택한 것이었다.

"왜 지금까지 입을 다물었어?"

후카마치가 물었지만 하부는 대답하지 않았다. 허공을 노려보고 있었다.

텐트 내부의 공기가 일그러질 듯한 긴 침묵 속에서 바람만이 으르렁거렸다. 위잉위잉 하고 산이 울부짖고 있다.

하부의 시선은 어느새 돌아와 있었다.

3

한동안 꾸벅꾸벅 존 것 같았다. 그사이에도 블리자드는 내내 휘몰아쳤다. 마치 그 소리 안에서 부유하는 듯한 기분이 들었다.

현실의 바람과 눈이 부닥쳐오는 소리가 환청을 불러일으키는 경우도 있거니와 전혀 관계없이 환각과 환청이 찾아드는 경우도 있다.

꿈인지 현실인지 후카마치는 분간할 수가 없었다.

아득히 저 밑 웨스턴 쿰 위에서 등불을 든 여자들이 일렬로 서서 천천히 걸어오는 모습이 보였다. 너무나 선명할 정도였다. 하지만 지금 자신은 텐트 안이고, 밤이며, 바깥은 눈과 바람이 휘몰아치기에 그런 광경이 보일 리가 없다고 생각했다. 보일 리가 없거니와 보이든 안 보이든 간에 웨스턴 쿰과 같은 곳에서 평상복을 입은 여자들이 줄줄 걸어올 리가 없다. 그 사실을 인식하면서도 역시 보였다.

'따뜻한 수프를 준비했어.'

문득 밖에서 가요코의 목소리가 들린 적도 있다. 그때는 자기도 모르게 몸을 일으켜 텐트 지퍼를 열 뻔했다. 현실과 환각이 번갈아 나타났다가, 때로는 융합하면서 경계가 애매해졌다. 지금도 목소리가 들린다. 여자 목소리다.

'어디 있어요.'

료코의 목소리가 들린다.

그 목소리가 다가온다.

'도와주러 왔어요. 어디예요.'

료코의 목소리와 함께 미야가와와 후나지마의 목소리도 들린다.

'어—이…'

'어—이…'

후카마치의 눈이 번쩍 뜨였다.

"왔어."

하부의 어깨를 움켜쥐었다.

"뭔 소리야."

"도와주러 말이야. 저 소리가 안 들려?"

그렇게 말하며 귀를 기울이는 순간. 위잉….

비웃듯이 허공에서 바람이 불어와 텐트를 때리고 간다. 사람 목소리 같은 건 전혀 들리지 않는다. 들리는 소리라곤, 바람과 자신의 거친 숨소리와 쉴 새 없이 흔들리는 텐트 소리뿐이었다.

하부가 말없이 후카마치의 어깨를 툭 쳤다.

힘이 빠진다.

이젠 끝이다.

곧 죽는다.

난 죽겠지.

그런 생각이 든다.

여기서 죽는다.

이렇게 좁은 텐트 안에서 죽는다….

공포감은 들지 않는다.

그저 자신이 이제 죽으리라는 인식만 분명하다.

이 바람이 이틀만 지속되면 나는 죽는다.

나는 죽지만 하부는 살아남으리라.

바람이 멈추면 얼어붙은 내 시체를 여기에 남기고 하부는 다시 정상을 향해 걸어가겠지.

회색 투름, 그 끝에는 마침내 남서벽 최대의 난관이 대기하고 있다. 그곳을 향해 이 남자는 올라가리라.

어떻게 오를까.

거의 불가능에 가까운 이 도전을, 어떻게 이 남자는 이뤄낼까.

"어쩔 거야…."

가쁜 숨을 내쉬며 후카마치가 물었다.

말할 때마다 촛불을 밝힌 텐트 안에서 하얀 숨이 자욱이 퍼진다.

"어쩔 거냐니?"

"내일, 바람이 멈춘다면."

"올라야지."

"어느 코스로?"

말을 하자. 말하는 동안에는 그래도 죽지 않겠지. 말이 나오지 않는 순간이 내가 죽을 때다.

"여기서 왼쪽으로 40미터 횡단할 거야."

하부가 말했다.

하부는 나랑 같이 말을 해주려는 걸까. 그렇다면 물어보자.

"그러고는?"

그래, 어쨌든 묻는 거다.

그러고는?

그러고는?

그러고는?

어떤가. 내 목에서 소리가 나고는 있나.

아직까지는 가래가 뒤엉킨 소리는 들리지 않는 것 같다.

폐수종, 폐수종에 걸리면 끝이다.

"그러고는?"

후카마치가 물었다.

"그리고 왼쪽 쿨르와르까지 직등⋯."

하부가 차후의 계획을 더듬더듬 낮은 목소리로 말하기 시작했다.

하부는 이 남서벽을 꿰뚫고 있다. 그 누구보다. 이 말은 세계 그 누구보다 그렇다는 뜻이고, 지금까지 세상에 태어난 그 누구보다 더 그렇다는 뜻이기도 하다.

지난 몇 년간 매일 밤 하부는 이 남서벽을 오르는 이미지를 그렸겠지. 10미터 단위로 하부는 이 남서벽 루트 전부를 머릿속에 저장했으리라. 장소나 벽에 따라서는 1미터 단위로, 어떤 곳은 1센티미터 단위로 머릿속에 저장했으리라. 그 정보에 근거해 모든 날씨와 온도, 바람의 조합을 무한히 맞춰보며 이미지트레이닝을 거듭해왔을 것이다.

지금 이곳에서 자일로 1피치, 대략 40미터 정도 빙벽을 왼쪽으로 횡단한다. 그곳이 그레이트 센트럴 걸리다. 거기서 위로 오른다. 폭 20미터의 빙벽. 경사는 약 50도. 그 빙벽이 쿨르와르 왼쪽 입구까지 뻗어 있다. 약 80미터. 2피치로 쿨르와르 왼쪽 입구에 도착한다. 그곳은 고도 7,680미터. 그 지점에서 위로 약 300미터 높이의 거대한 암벽이 치솟아 있다. 눈조차 들러붙지 못하는 새까만 수직 암벽이다. 록밴드라 불리는 남서벽 최대의 난관이다. 이 록밴드를 넘으면 표고 8,000미터 지점에 이른다.

낙석과 강한 바람이 쉴 새 없이 닥친다. 록밴드 왼쪽과 오른쪽으로 각각 하나씩 쿨르와르가 위로 뻗어 있다. 쿨르와르는 암벽에 종으로 난 틈이다. 왼쪽 쿨르와르는 에베레스트 서릉으로 뻗었고, 오른쪽 쿨르와르는 에베레스트 남쪽 스퍼로 뻗어 있다. 록밴드를 넘으려면 좌우의 바위틈 중 어느 하나를 이용하는 방법밖에 없다.

하부가 노리는 루트는 1975년 영국 원정대가 이용한 왼쪽 쿨르와르다.

쿨르와르 입구에서 2피치면 우물 바닥 같은 장소에 이른다. 좌우로 암벽이 좁혀오는 폭 3~4미터의 바위틈이다. 이 바위틈에 눈이 얼어 착 달라붙어 있다.

그 빙벽을 올라간다. 통상 산소 없이는 오를 수 없는 장소다. 올라가면서 경사가 점점 급박해져, 50도에서 60도까지 이른다. 막판에는 높이 25미터의 수직 벽이 나타난다. 미끄럽고 단단한 바위다. 이걸 오르면 록밴드 왼쪽 상부로 나올 수가 있다.

거기서 오른쪽으로 경사로가 뻗어 있다. 자잘한 바위부스러기가 쌓여 한 걸음도 방심할 수 없는 루트다. 오른쪽으로 비스듬히 위로 이동하면 작은 방 하나 크기의 눈밭이 나온다.

여기를 넘어, 눈이 쌓인 걸리로 들어가서 1피치를 오르면 표고 8,350미터 지점에 나온다. 그곳이 다음 캠프지가 된다.

거기까지 8시간 연속으로 하부는 등산하게 된다. 지금의 7,600미터 지점에서 록밴드 상부 8,000미터를 넘어 8,350미터 지점까지 갈 수 있는지가 이번 남서벽 공격의 최대 포인트다.

그곳에서 남릉으로 루트를 잡는다. 옐로밴드 바로 밑을 오른쪽으로 이동한다. 옐로밴드는 8,000미터를 넘는 고도에 수평으로 뻗은 거대한 노란색 지층이다.

눈이 들러붙은 슬랩을 설사면을 따라 이동하면 남봉의 급격한 룬제에서 밀려나온 설벽(雪壁)인 남봉 룬제가 나온다. 여기에서 룬제로 들어가 설벽을 따라 쭉 올라가면 남봉의 콜, 즉 산의 능선이 움푹 들어간 부분인 안부가 나온다. 에베레스트 남봉 8,760미터 바로 밑에 위치한 장소다.

정상까지 표고 100미터를 남겨놓았다. 오른쪽, 즉 캉슝 빙하 쪽으로 뻗어 나온 설비(雪庇, 산 능선 밑으로 돌출한 차양 모양의 적설)가 이어지며, 낮처럼 생긴 능선에는 사우스콜에서 로체 사이를 빠져나가는 겨울철 강풍이 휘몰아친다.

기온은 영하 30도 이하로 떨어지리라. 바람에 의한 체감온도까지 고려하면 영하 40~50도에 육박하게 된다. 그러고는 힐러리 스텝을 넘어 에베레스트 정상에 이른다. 이게 하부가 예정한 루트다. 내려가는 길은 노멀 루트를 이용한다.

사우스콜에서 1박한 후 바로 베이스캠프까지 내려온다….

그 계획을 하부는 짧게, 조약돌을 하나하나 놓는 듯한 말투로 이야기했다.

이론상으로는 가능하다. 날씨가 편을 들어주고, 낙석도 안 맞고, 바람도 불지 않은 상태에서 전혀 실수를 범하지 않고, 체력도 유지하면서 고도순응도 한계까지 이루어진다면….

그럼에도….

그럼에도 그건 인간의 논리다. 아직 현실 속에서 아무도 해내지 못했다. 불가능하다고 여겼기 때문이다. 그러나 하부 곁에 있으면 어쩌면 이 남자라면….

그런 마음이 든다. 어쩌면 이 남자라면 가능할지도 모른다.

하부는 지금까지 예정대로 움직였다. 7,600미터 고도에서 후카마치를 등에 지고 올라와서도 아직 체력에 여유가 있다.

이 남자라면….

허나 후카마치는 뭔가가 마음에 걸렸다.

저산소로 머리가 이상해져서인가. 그게 떠오르지 않는다.

뭐일까.

분명 그건 하부에게 중요한 문제일 텐데.

뭐지.

장비인가.

그게 아니면 루트인가….

아아, 그렇다.

루트다.

루트였다.

후카마치는 그게 마음에 걸렸다.

그게 떠오른 순간 후카마치는 입 밖에 내고 있었다.

"그렇다면 결국 노멀 루트로 오른다는 건가…."

말한 순간 그 말의 지닌 무게, 그 말이 지닌 공포감을 후카마치는
깨달았다.

"뭐라고…."

하부의 낮고 묵직한 목소리가 으르렁거렸다.

하부가 천천히 후카마치에게 고개를 돌려 시선을 날렸다. 그 눈에
는 촛불보다 훨씬 강한 빛이 점화해 있었다.

"뭐라고?"

하부가 다시 말했다. 낮고 고요한 목소리였다.

공포로 머리카락이 곤두서는 듯했다. 후카마치는 자신의 이가 덜
덜 부닥치는 소리를 의식하지 못했다.

21장

정상으로

1

빙벽에서 헤어졌다. 하부는 위로, 후카마치는 밑으로.

구름이 격렬한 움직임을 보였다. 어제만큼은 아니지만 바람이 여전히 강했다. 눈이 그쳤는데도 하늘은 여전히 뿌옇다. 소리를 내며 구름이 움직였다. 이따금 구름이 갈리며 불덩이처럼 눈부신 햇살이 빛줄기를 강하했다. 구름이 갈라진 사이로 파란 하늘이 슬쩍 얼굴을 내민다. 그때, 아주 잠깐 동안 빙벽에 서서 햇볕에 몸을 쬔다. 그러다 순식간에 햇볕은 어딘가로 사라져버린다.

방한모 위로 덮은 후드를 바람이 세차게 흔든다.

후카마치는 빙벽에서 자기 확보를 하고 카메라를 쥐었다.

무언의 이별이었다.

조심해라, 힘내라, 살아서 돌아와라, 죽지 마, 그런 말들은 한마디도 나누지 않았다.

하부에게는 목숨을 건 등반이었다. 그 등반을, 이제 후카마치는 따라가지 못한다. 지금 이곳이 한계였다. 한계이기에 여기에 계속 머무르면 죽는다. 최소한 6,000미터 지대까지는 내려가야 한다.

군함암. 표고 6,900미터인 그곳까지 내려가면 환각과 환청이 진정되겠지.

후카마치로서도 목숨을 건 하강이었다.

자일을 사용할 수 있어도 아이스하켄을 수시로 빙벽에 박아 중심을 잡고 내려가야 된다. 게다가 편히 쓸 만큼 넉넉하게 가져오지도 않았다. 꼭 써야 할 순간에만 사용해야 했다.

기본적으로는 아이스바일과 피켈을 사용해 더블 액스로 내려가게 된다. 어떤 의미에서는 오를 때보다 내려가는 편이 난이도가 더 높다. 힘내라는 말은 할 필요도 없고 들을 필요도 없다. 하부나 후카마치나 이미 온 힘을 다하고 있기 때문이다.

말은 필요 없다.

이제 어떤 말로도 격려할 수 없다.

도와줄 수도 없다. 협력할 수도 없다.

그저 혼자. 자기 혼자만의 힘에 의존할 뿐이다.

천운을 기대하게 되면 마음만 약해질 뿐이다. 어떤 행운도 기대하지 않는다. 그러니 말이 필요 없다.

후카마치는 어젯밤의 일을 묻고 싶었다. 자기도 모르게 입에 담고만 말이, 하부에게 어떤 영향을 미치고 말았을까. 허나, 이제 와서 묻는 건 무의미했다. 후카마치는 말해버렸고, 하부는 들어버렸다. 그에 따라 하부의 마음속에서 어떤 변화가 생겼든지 간에 후카마치로서는 이제 되돌릴 수가 없다.

진한 고글이 잠깐 후카마치를 응시하더니 휙 하고 돌아섰다.

'그럼' 하며 손도 들지 않았다. 눈빛조차 보이지 않았다.

하부가 옆에서 불어 닥치는 바람 속을 올라간다. 억세면서도 분명한 리듬이 느껴지는 움직임.

저 멀리 높이 왼쪽에 쿨르와르, 새까만 암벽에 둘러싸인 바위와 바위 사이 통로가 보인다. 남서벽 최대의 난관 록밴드의 거대한 암벽을 넘어, 이 지구상에 유일무이한 하늘과 가장 가까운 한 점에 이르는 하나의 통로다.

후카마치는 멀어져가는 하부의 모습을 파인더에 담아 셔터를 연달아 눌렀다. 이윽고 후카마치는 카메라를 배낭에 담고, 배낭을 등에 졌다.

하부의 모습이 위로 보인다. 그보다 훨씬 위로, 덮쳐 내리는 듯한 록밴드의 거대한 암벽이 음산하게 보였다. 하부의 모습이 보이지 않을 때까지 카메라에 담고 싶었지만, 후카마치는 후카마치대로 빠른 시간 안에 생존을 위한 하강을 시작해야만 했다.

혼자만의 탈출이다.

시작 신호는 없다.

카메라를 배낭에 넣고 그 배낭을 지고 자기 확보를 푼 순간이 절로 시작이다.

후카마치는 내려가기 시작했다.

2

도중에 두 번 아이스하켄을 사용했다. 이제 세 개밖에 남지 않았다.

내려가는 도중에 고개를 들었을 때, 하부의 모습을 두 차례 볼 수 있었다. 첫 번째는 왼쪽 쿨르와르 바로 직전이었다. 다음번에는 왼쪽 쿨르와르 입구에서 안으로 들어가는 모습이 보였다.

그 다음번에는 보이지 않았다. 짙은 구름과 같은 안개가 하부와 헤어진 지점으로부터 위쪽을 완전히 뒤덮고 말았다. 그 안개, 정확히 말하자면 미세한 물 입자는 왼쪽에서 오른쪽으로 흘러갔다.

쿨르와르 안에 들어가게 되면 바깥에서 어떤 바람이 불든지 간에 무풍 상태에 가까워진다. 그러나 쿨르와르 안에는 텐트를 칠 장소도, 비박을 할 장소도 없다. 만약 저 바람이 그치지 않으면 하부가 쿨르와르 상단 25미터 수직 벽에 매달렸을 때 그의 몸을 바람이 덮

치게 된다.

올라갈 수 있을 때 되도록 위로 올라간다. 만약 날이 개어 기회가 생기면 바로 정상을 노린다. 그게 하부의 작전이었다.

하지만 상단을 두껍게 덮은 구름 속에서 하부가 뭘 하고 있는지, 무슨 생각을 하는지, 이제 후카마치로서는 알 길이 없었다.

3

군함암에 도착했을 때는 이미 해가 졌다. 헤드램프 불빛에 의지해서 텐트 설치를 마쳤을 때는 밤이 완전히 이슥해졌다.

에베레스트 록밴드 밑부터 그 위로는 두터운 구름에 완전히 뒤덮여 아무것도 보이지 않았다. 에베레스트보다 낮은 장소인 서쪽 푸모리의 정상은 모습을 드러냈고 그 위로 별들도 반짝였다. 허나 에베레스트 정상만 구름 속이었다.

후카마치는 텐트 속에서 뜨거운 물을 끓여 설탕을 듬뿍 넣고 몇 잔이나 마셨다. 바람의 세기는 어제와 비교해서는 살짝 가라앉았다. 건조야채를 데워 수프에 섞어 먹었다.

두통은 있었지만 환각은 없었다. 환청도 사라졌다.

700미터 내려왔을 뿐인데 공기의 밀도 차를 절감했다.

완전히 노곤했다. 무사히 여기까지 생환했다는 것이 기적처럼 느껴졌다.

밖으로 나가 소변을 보고 텐트 안에 돌아와 침낭 안에 들어갔을 때는 이미 눈사태가 일어나도 움직일 기운이 없었다.

내일은 베이스캠프까지 돌아가야만 했다.

잠을 자야 한다. 하루 반 걸려 오른 코스를 하루 만에 내려가야만 했다. 자지 않으면 피로가 풀리지 않는다. 그걸 똑똑히 알면서도 잠이 오지 않았다.

자려고 하면 할수록 정신이 맑아지면서 초조함이 후카마치를 엄습했다. 이대로 베이스캠프에 돌아가서, 거기서 앙 체링과 함께 하부의 연락을 기다리게 되는가.

후카마치는 이를 악물고 억지로 잠을 청했다.

4

잠이 오지 않았다.

침낭 안에서 몇 번이나 뒤척였다.

모로 누울 수 있지만 몸을 옮길 만큼의 공간은 없다. 침낭 안에서 몸을 돌려 엎드려보거나 옆으로 누울 뿐이었다.

가끔 꾸벅꾸벅 졸기는 하나 진탕 속에서 허우적거리는 듯한 얕은 잠이었다. 눈을 감고 있어도 눈꺼풀 안쪽에서 안구가 깨어 있었다.

바람이 강하다.

회색 투름 바로 밑에서 잠을 잤던 어제만큼은 아니었지만 바람이 텐트를 바위 쪽으로 밀어붙인다. 밑에서도 이 모양이라면 에베레스트 위쪽에서는 어제 이상의 바람이 휘몰아치고 있을지도 모른다.

무전기는 사용할 수 없었다. 저녁에 예정된 교신을 통해 앙 체링과 하부가 나누는 대화를 들으려고 했으나 무전기가 고장 나서 사용할 수가 없었다. 어젯밤 위에서 떨어진 바위가 배낭을 때렸다. 그때 배낭에 넣어둔 무전기가 충격을 받은 것이다.

무전기를 분해할 도구도 없었고 그럴 기력도 없었다. 만약 도구가 있었다 한들 세심한 작업을 할 만한 정신력이 없었다.

눈을 감아도 불안으로 머리가 가득 찼다.

그때 하부에게 해버린 말이 떠올랐다.

'결국 최후에는 노멀 루트를 사용해서 정상에 서는 건가.'

자신의 말을 하부는 어떻게 받아들였을까. 그 말을 들은 순간 하부의 무서운 표정이 뇌리에 찰싹 들러붙었다.

'올라갈 수 있다는 걸 빤히 아는 루트로 가면 지면을 걷는 것과 마찬가지잖아. 그럴 바에는 바위를 뭐 하러 타. 일반 등산로를 걸으면 되지.'

하부가 이노우에 마키오에게 했던 말이었다.

편한 루트가 있는데, 바로 눈앞에 그 루트가 보이는데도 하부는 어려운 루트를 선택해서 간다.

그랑드 조라스 때도 그랬다. 일반적으로 알려진 루트가 있었다. 그쪽으로 가기로 했던 하부는 도중에 코스를 바꿨다.

'루트가 보였다. 까다롭긴 했지만 거기에 루트가 있었다. 왼쪽으로 횡단해서 위로 오르는 편이 쉽고 정상적인 루트다. 그쪽에 하켄이 박힌 게 보였으니 분명했다. 하지만 그 자리에서 바로 오르는 루트가 보였다. 왼쪽으로 가는 건 내 루트가 아니다. 다른 사람이 오른 루트를 따라가는 행위일 뿐이다. 아직 아무도 못한 직등(直登) 루트야말로 내 루트다. 이 암벽에 내 흔적을 새길 수가 있다.'

그래서 하부는 그 루트를 선택했고, 떨어졌다.

'오를 때 하부 씨가 떨어진 곳을 지났습니다만, 왼쪽으로 조금 더 안전한 루트가 보였는데 하부 씨는 바로 위로 올라가버린 것 같더군요. 결코 불가능한 코스는 아닌 걸로 보였지만, 어째서 하부 씨는 거기서 바로 위로 오르는 코스를 택했을까, 불가사의하게 여겨졌습니다.'

하세 쓰네오는 인터뷰에서 그렇게 말했다.

그와 똑같은 일이 다시 일어나는 걸까.

자신의 탓이라고 후카마치는 생각했다.

내 탓이다.

에베레스트 정상 바로 밑 벽은 나도 안다. 무시무시한 바위다. 하켄을 쓸 수가 없다. 손을 걸면 바위가 떨어지고, 발을 얹으면 무너져 내린다. 표피가 부슬부슬 벗겨지듯이 바위가 떨어진다.

불안정한 돌들로 형성된 암벽.

지금까지 에베레스트 남서벽은 여름철에 세 번 등정됐다. 1975년 영국 원정대도, 1982년 소련 원정대도, 1988년 체코슬로바키아 원정대도 정상 바로 밑 벽을 피해, 노멀 루트로 등정해 성공했다. 그러면 된다. 그게 등산계에서 인정받는 남서벽 등반이다. 최후의 정상 바로 밑 벽은 오르지 않아도 된다는 인식이, 당연하게 받아들여지고 있다. 그곳이 너무나 위험하기 때문이다.

그런데 나는 왜 그런 말을 해버리고 말았을까.

하부가 록밴드를 넘는 데 성공하더라도, 최후의 그 벽을 오를 것인가.

오를 리가 없다. 당연하다.

할 리가 없다. 80퍼센트, 아니, 99.9퍼센트 할 리가 없다.

그런 일이 벌어질 리가 없다.

'죽음에 이를 수밖에 없는 행위만은 하지 않겠어.'

히말라야 원정을 처음 떠날 때 하부는 기시 료코에게 그렇게 말했다.

'일부러 떨어진다, 그건 난 못 해.'

하부가 그랑드 조라스에서 남긴 수기에도 그렇게 써놓았다.

단독, 무산소로 에베레스트 정상 바로 밑 벽을 오른다는 건 '죽음에 이를 수밖에 없는 행위'이자 '일부러 떨어진다'는 것과 마찬가지였다.

하부가 그런 짓을 할 리가 없다.

어느 샌가 어금니를 악물고 있다. 눈을 꾹 감겠다고 했으면서, 눈을 뜨고 암흑 속을 노려보고 있었다. 후카마치는 소리가 날 정도로 이를 악물었다.

이 바람 속에서 어디에 있는가, 하부.

아직 살아 있는가.

여기 에베레스트 어딘가에 매달려서 그 공기를 호흡하고 있는가.

쿨르와르 안에서 비박을 하는가.

아니면 록밴드 상부로 나와 텐트 안에 들어갔는가.

하부. 이제 알았는가.

난 하부의 배낭 안에 내 식량을 넣었다.

이건 당신이 나를 구출하기 위해 이용한 에너지의 몫이다.

한 줌의 건포도와 초콜릿 한 개.

턱없을지도 모르지만 여차할 때는 그걸 먹어.

그것밖에 챙기지 못했다.

후카마치는 침낭 안에서 무의식중에 자신의 내면을 손가락으로 더듬고 있었다.

나도 살아 돌아가야 하니까.

만약 마음에 걸리면 버려도 상관없어.

지금 내게 남은 식량은….

내면의 손끝에 단단한 무언가가 만져졌다.

손가락으로 집었다.

바로 뭔지 깨달았다.

터쿼이즈(turquoise). 터키석이었다.

터키석 목걸이를 하부에게 건네줬어야 했는데. 기시 료코로부터 하부에게 건네달라고 부탁받았다. 이걸 하부에게 건네는 걸 완전히 잊고 있었다.

하부. 내가 이걸 건넸다면 당신은 받았을까.

그 어떤 무게든 간에, 의미 없는 무게가 자신에게 더해지는 걸 거부했을까.

지상의 인간끼리 섞이는 땀내, 잡다한 사정으로부터 하부는 지금 멀리 떨어져 있다.

멀리 떨어져 자유롭다. 자유로워 고독하다. 고독하지만 고고하다.

하부여, 살아 있는가.

살아서 호흡하고 있는가.

무슨 생각을 하는가?

어두운 텐트 속에서 불어 닥치는 바람과 눈 소리를 들으며 뭔가를 노려보고 있나?

아니면 이미 잠들었는가.

잠들었다면 무슨 꿈을 꾸고 있나?

하부여….

하부여….

5

12월 15일.

군함암.

강풍.

영하 26도.

눈.

아무것도 보이지 않는다.

6
12월 16일.
군함암.
강풍.
영하 27도.
눈.
시계 제로.
하부에 대해 생각한다.
식량을 줄이다.
아침, 수프.
점심, 치즈 한 조각.
비스킷 세 개.
저녁, 수프.
초콜릿.

7
12월 17일.
군함암.
강풍.
영하 25도.
살짝 파란 하늘이 드러났다.
하부, 살아 있는가.
식량을 줄였다.

아침과 저녁 수프 한 컵씩.

비스킷 세 개씩.

치즈, 밤에 한 조각.

물만 듬뿍 마신다.

8

바람이 그친 듯하다. 그다지도 쉴 새 없이 텐트를 뒤흔들었던 바람이 이제는 없다.

바람 소리가 들리지 않는다. 그래서 잠을 깼다.

깜빡깜빡 조는 사이 바람이 그쳤고 한동안 깊은 잠에 빠진 모양이었다. 소리가 사라지며 잠을 방해하는 존재가 없어지자, 잠에 깊게 빠져든 것이다. 그리고 이번에는 반대로 너무나 고요해서 잠이 깨고 말았다.

밤이다.

처음 후카마치는 자신을 감싸는 정적을 믿기 어려웠다.

왜 이리도 조용한가. 소리도, 아무것도 들리지 않는다.

오로지 무음의 소리만이 들릴 뿐이다.

지금까지 쌓인 눈이 삐걱하는 듯한 소리를 내며 다져질 때 나는 무음의 소리. 그 기척과 같은 소리.

바깥에서 냉기가 텐트 안으로 스며드는 소리. 원래 귀에는 닿지 않을, 들리지 않을 그 소리가 갑자기 들리는 것 같다. 열이 나서 오랫동안 가위에 눌렸다가, 어느 날 밤 갑자기 열이 내려 심야에 혼자만 눈을 떴을 때와 같은.

여태 몇 번이나 밖에서 눈을 가져와 끓여 식사를 했던가. 하루에도 몇 차례였다. 언제 눈보라가 멈출지 모르기에 식량에 신경을 썼다.

가스로 눈을 녹여 수프를 만들어 마셨다. 초콜릿을 먹었다.

설탕을 넣어 단맛을 낸 물을 몇 잔이나 마셨다.

사흘 치 식량은 플러스, 예비 식량 사흘 치를 가져왔는데, 이미 나흘 반 치를 소비하고 말았다. 남은 식량은 하루 반 치이다.

움직이지 않고 그저 살아만 있으려면 나흘 정도는 버틸 수 있으리라. 하지만 움직인다면 이틀이 한계다. 내일이나 모레 중에 베이스캠프에 도착해야만 했다.

이제 바람과 눈이 멈췄고, 내일까지 이 상태가 이어진다면 아침 일찍 하산을 서둘러야 했다.

바깥의 하늘 상태를 확인하고 싶었다.

갰나, 구름이 꼈나.

낮에 수분을 너무 많이 섭취해 방광이 찼다. 강한 요의를 느꼈다.

후카마치는 지퍼를 천천히 내려 침낭 안에서 기어 나왔다. 좁은 텐트 안에서 방한복을 입고 침낭에 넣어둔 등산화를 꺼내 신고 밖으로 나갔다.

텐트 밖에 나온 순간 후카마치는 강한 충격을 받았다. 냉기와 함께 펼쳐지는 풍경에 뺨을 철썩 맞은 듯했다.

별의 바다 속에 후카마치가 존재했다. 평생 살아온 그 어느 때보다 엄청난 개수의 별들이 보였다.

하늘에 이만치 별들이 있었던가.

별 하나하나의 색깔이 시야에 구분됐다. 별들의 색깔은 그 어느 것도 같지 않았다. 후카마치는 발가벗겨진 채 우주 공간에 내동댕이쳐진 듯한 기분이 들었다.

20억 광년?

저 성운까지의 거리가 그만큼 될까.

100억 광년?

180억 광년?

우주의 반경이었나, 직경이었나.

그 거리 안의 모든 것이 지금 눈 앞에 펼쳐진 것 같았다.

정상까지는 보이지 않았지만 에베레스트 남서벽이 그 밑에 치솟아 있었다.

이 지구상에서 가장 높은 지역의 능선이 우주 밑을 장식하듯이 나란히 서 있다.

푸모리.

눕체.

로체.

그리고 에베레스트 초모룽마.

이름이 없는 무수한 봉우리들.

그 안에서 혼자만 살아 있다.

혼자만, 자신만 호흡하고 있다.

아아, 감당할 수가 없다.

이 거대한 공간.

압도적 거리감.

인간이, 나 자신이, 이 안에서 아무리 바둥거려도 감당할 수 없다.

절망감이 아니다. 훨씬 근원적인, 몸속 어딘가에 깊이 각인된 인식이라는 느낌이 들었다.

인간의 힘이, 이 안에서 뭘 할 수 있을까. 인간이 무얼 하려고 하든, 무얼 해내든, 이 정도로 압도적으로 뒤흔들지는 못하리라.

후카마치는 살짝 몸이 떨려왔다.

냉기와 함께 자신의 내면에 우주가 스며드는 듯했다.

그러나.

아아.

하부가 있다.

하부 조지라는 남자가 있다.

하부 조지는 살아 있으리라. 왜냐하면 내가 살아 있기 때문이다.

하부가 지난 사흘을 견뎠음에 틀림없다.

여유 있게 챙겨온 나흘 치 식량을 소비하며, 하늘과 가까운 능선 어딘가에서 얼어붙은 눈을 씹어가면서라도 하부는 아직 싸우고 있으리라.

하부 조지라는 남자가 전력을 다해 싸우는 그 상대를 지금 나는 눈앞에 목격하고 있다.

하부 조지는 이렇게 거대한 적을 상대하고 있었던 것이다.

하부는 자신이 얼마나 거대한 적과 상대하고 있는지 알고 있을까.

알까. 모를까. 아니, 알든 모르든 상관없다.

이 압도적인 거리와 냉기에 자신의 몸속 고갱이까지 얼어붙을 것 같은 순간에도, 몸 안에서 화톳불을 피우는 남자가 있다는 걸 후카마치는 안다.

그가 하부다.

그 남자가 있다.

그 남자가 아직 살아서, 저기 별과 가까운 하늘 한 구역에서 지금도 홀로 싸우고 있다.

빙벽에서 움직이지 못하는 자신에게 닿았던 하부의 근육과 체온을 떠올렸다. 그때 느낀 온도가 지금 자신의 내면을 밝힌다.

눈물이 난다.

하부는 지금 이 순간 생존한 어느 인류보다 높은 장소에 존재한다. 가장 고독한 장소에 있다. 그곳에서 이를 갈고 있겠지.

화가와 같은 예술가가 자신의 손으로 하늘에 닿으려 한 걸, 물리학자나 시인이 자신의 재능으로 하늘에 닿으려 한 걸, 하부도 자신의 근육으로 하늘에 닿으려 한다. 후카마치에게는 그렇게 여겨졌다.

그런데 난 돌아갈 수 있을까.

후카마치는 에베레스트 남서벽을 노려보며 생각했다.

돌아갈 수 있을까.

저 남자의 싸움을 눈앞에 두고 돌아갈 수 있겠는가, 후카마치.

불가능하다. 그렇게 생각했다.

돌아갈 수 없다.

하부 조지가 아직 살아 있기 때문이다.

살아서, 저 정상에 이르려 하기 때문이다.

식량이 아직 하루 반 치나 남아 있는데, 돌아갈 수 있는가.

돌아가지 않는다.

돌아가지 않겠다고 마음을 다진다.

나도 내 한계에 이를 데까지, 하부 조지에게 달라붙는다.

어떻게?

방법은 하나다.

내일 아침 일찍 텐트를 접고 내려간다.

아이스폴로가 아니다. 웨스턴 쿰을 에베레스트 남쪽 스퍼 쪽으로 내려간다.

어디까지?

에베레스트 정상이 보이는 장소까지다. 거기에 텐트를 치고 카메라를 에베레스트 정상이 보이는 쪽에 둔다.

500밀리미터 반사렌즈가 있다. 운이 좋으면 하부의 모습을 파인

더 안에 포착할 기회가 있을지도 모른다. 직선거리로는 얼마나 될까.

2킬로미터 이상이다.

2.5킬로미터인가.

3킬로미터인가.

운이 좋으면 하부의 모습이 파인더 안에 잡힐 거리다. 다행히도 날씨는 좋다. 내려가면 베이스캠프와도 가까워진다. 날씨까지 좋으면 식량을 줄여서 하루 반은 아슬아슬 버틸 수가 있다.

하자.

호흡이 거칠어지며 빨라졌다.

고도 때문만은 아니었다.

9

12월 18일.

맑은 하늘.

눈부실 만큼 하늘이 갰다.

파란 하늘.

그러나 마냥 파랗지만은 않다.

저 멀리 우주의 암흑이 들여다보인다. 검푸른 빛. 그런 하늘에 에베레스트의 검은 봉우리가 우뚝 솟았다.

후카마치는 바위 위에서 그 봉우리를 노려봤다. 아직 하부의 모습은 나타나지 않았다.

후카마치는 에베레스트 남릉과 가까운 바위 위에 있다. 그 바위 위에 앉아 에베레스트 능선을 올려다봤다.

그날 아침 5시에 후카마치는 출발했다. 내려가면서 남릉 쪽으로 횡단하여 이 바위를 발견하고는 그 위에 올라갔다. 눈 속에서 치솟은 8미터에서 20미터 높이의 바위들. 폭은 50미터 정도다. 군함암을 반 정도 줄여놓은 크기였다. 표고는 베르크슈른트와 비슷할까. 그렇다면 6,700미터 정도의 높이다.

배낭을 바위 밑 눈에다 내려놓고, 카메라를 꺼내 바위 위로 오른 시간이 7시였다. 다리를 접어놓은 경량의 삼각대에 500밀리 반사식 망원렌즈를 단 카메라를 달아 바위 위에 설치했다. 정상을 파인더 안에 담아 핀트를 맞추고 삼각대를 고정시켰다. 파인더 안에 옐로밴드 위 에베레스트 정상 암벽의 모습이 가득 들어왔다.

만약 하부의 모습이 나타난다면 어떻게든 그 위치가 확인될 만큼 배율과 해상력이 좋았다.

9시. 바위 위에 올라오고 나서 벌써 두 시간이 지났다.

정상은 눈구름에 가리지 않았다. 오르기에는 절호의 컨디션이었다. 문제는 계속 내렸던 눈이 얼마나 다져졌느냐였다. 오늘 하부는 행동할 수밖에 없다.

만약 살아 있으면. 혹은 움직일 수 있으면.

행동했다면 아침 일찍 시작했으리라. 자신과 마찬가지로 5시 혹은 6시에 행동을 개시했을 것이다.

순차적으로 계획이 시행됐다면 록밴드를 넘어 옐로밴드 밑을 횡단하고 있을 터였다. 남봉의 콜에 이미 매달렸어도 이상하지 않다. 거의 5분마다 파인더를 들여다봤지만, 하부의 모습은 보이지 않았다. 만약 예정대로 록밴드를 넘어 8,350미터 지점에 캠프를 쳤다면 지금쯤 이미 능선에 나왔어야 했다. 그런데도 아직 파인더 안에 안 들어온다는 건, 하부가 행동을 하지 않았다는 뜻인가.

행동하지 못한 이유는 지체인가, 사고인가. 사고라면 어떤 사고인가.

사고를 만나 움직이지 못할 상황이라면 내려왔을 것이다. 록밴드의 왼쪽 쿨르와르 안을 지금 내려오고 있다면 이치에 맞는다. 하지만 내려올 정도로 움직일 수 있는 상태라면 하부 성격에 당연히 위로 향했을 것이다.

문제는 강한 바람에 갇혀 지내는 동안, 어디서 지냈느냐다. 왼쪽 쿨르와르 안은 눈사태와 낙석의 위험이 있고, 위쪽에 캠프를 치기에 적당한 장소가 있다는 보고는 지금껏 어떤 등반가로부터도 없었다. 위에 전혀 없지는 않을 것이다. 그러나 그 강풍을 견뎌낼 만한 장소가 과연 존재할까.

없다. 있을 리가 없다.

아니, 후카마치는 실제로 거기까지 가본 적이 없다.

하부라면 어쩌면 록밴드 위쪽에 캠프에 적당한 장소를 알고 있을지도 모른다.

생각이 내내 겉돌기만 했다.

암벽이라고는 해도, 그곳에는 크고 작은 무수한 거암과 바위가 있다. 그런 바위 그늘에 가려지면 이미 행동을 시작한 하부의 모습이 보이지 않을 가능성도 있다. 그런데 이렇게 오랜 시간 안 보일 경우도 있을까.

사고?

싫어도 생각이 그쪽으로 향하고 만다.

후카마치는 한없이 초조감에 사로잡힌 채 몇 번이나 파인더로 눈을 가져갔다.

그리고 10시 36분.

"있다!"

후카마치가 소리쳤다.

파인더 안에서 하부의 모습을 발견했다.

하부는 옐로밴드 밑을 횡단하지도 않았고, 남봉 룬제로 가기 위해 빙벽을 이동하지도 않았다. 작은 먼지처럼 작은 빨간 점. 그 점이 움직이고 있었다. 움직이며 위로 이동하고 있었다. 그 빨간 점은 옐로밴드 훨씬 위에서, 위를 향해 움직이고 있었다.

정상 바로 밑 벽, 거기에 하부가 있었다.

"왜?"

후카마치가 자기도 모르게 소리 내 중얼거렸다.

왜 저기에.

이런 일이 있어서는 안 됐다.

에베레스트 남서벽에서도 가장 위험한 지대를 하부가 조용히 이동 중이었다.

그만둬. 되돌아와.

후카마치가 이를 악물었다.

10

11시 30분.

이후로 빨간 점은 전혀 위로 오르지 못한 것 같았다. 그러나 움직이고 있다. 천천히, 달팽이가 기어가는 듯한 속도로 위로 이동 중이다.

극히 미미해 간신히 알아볼 정도로 작은 점. 조금만 시선을 떼면 빨간 점을 찾는 데 한참 시간이 걸린다. 하부는 아까부터 그 암벽에 매달려 있었던 것이다. 손과 발의 디테일까지는 알 수 없다.

후카마치는 셔터를 눌렀다.

한 장.

두 장.

세 장.

누르는 사이 강렬한 공포가 후카마치를 엄습했다.

그때도, 이오카 고이치와 후나지마 다케시가 죽었을 때도, 이런 식으로 자신은 사진을 찍고 있었다.

그때? 그리 옛날도 아니다.

올해다. 올해 5월이다.

사진을 찍는 파인더 안에서 이오카와 후나지마의 몸이 미끄러지며, 공중으로….

아직 1년도 지나지 않았다.

그때와 똑같은 카메라, 똑같은 500밀리미터 망원렌즈로.

떨어진다….

하부는 떨어진다.

상황이 비슷하거나 같은 카메라여서가 아니었다. 저렇게 어려운 바위를 오를 수 있을 것 같지 않았다. 단단한 바위라면 어떻게든, 오버행을 넘어서든지 간에 하부라면 극복할 수 있다. 저곳이 표고 2,000미터에도 미치지 못하는 여름 암벽 연습장이라면 아무리 불안정한 돌이 많아도 하부는 거뜬히 올랐으리라.

그러나 그렇지 않다. 저곳은 지상 8,500미터를 넘는, 이 지구상에서 가장 높은 장소에 존재하는 벽이다. 게다가 무르다. 저곳을 단독 무산소로, 충분한 양의 하켄과 카라비너도 지참하지 않고, 하부는 오르려 하고 있다.

산소는 지상의 3분의 1. 제정신을 유지하기도 어려운 장소다. 아무것도 하지 않고 잠만 자더라도 피곤해지는 장소다. 그런데 하부는 표고 8,000미터가 넘는 장소에서 사흘이나 정체해 있었다. 저산소가 하부의 육체와 뇌를 갉아먹을 것이다.

대체 어떤 정신력이 지금의 등반을 지탱하는가.

"그만둬, 하부!"

후카마치가 외쳤다.

"제발 그만둬! 이제 그만하라고!"

들릴 리가 없었다. 들릴 리가 없는데도 후카마치는 외쳤다.

카메라를 오른손에 쥐고 바위에다 내리치려고 했다. 저런 등반을 어떻게 가만히 지켜보란 말인가.

이젠 끝이다.

정말이다.

더 이상 볼 수가 없다.

다시는 내 카메라 파인더 안에 사람이 떨어지는 순간을 담고 싶지 않다. 게다가 하부는 내가 한 말 때문에 지금, 정상 바로 밑의 저 벽을 오르고 있다.

작은 삼각대째 바위에 내려치려고 했던 카메라를, 후카마치는 내려칠 수 없었다. 손이 움직이지 않았다.

'도망칠 건가?'

목소리가 들렸다.

'여기까지 와서 도망칠 건가, 후카마치.'

자신의 목소리인지 하부의 목소리인지 후카마치는 알 수 없었다.

여기서 도망쳐, 그대로 일본으로 돌아가서 그 거리 안에서 살아갈 수 있겠는가. 남은 일생을, 지금 이 순간을 되뇌며 후회하면서 살아갈 건가. 살아갈 수 있겠는가.

'날 찍어.'

하부의 목소리다. 목이 멘 듯 갈라지는 목소리.

그래.

그때 하부는 찍으라고 했다.

출발 전 베이스캠프 텐트 안에서였다.

날 찍으라고.

'내가 도망치지 못하게.'

분명 그렇게 말했다.

도망치려 한 건 하부가 아니었다.

나다. 내가 도망치려고 했다.

그래, 찍겠어. 떨어질 테면 떨어져 봐라. 떨어지는 당신의 모습을 내가 찍어주겠어.

손에 쥔 카메라와 삼각대를 다시 바위 위에 올려놨다. 카메라를 정상 쪽으로 향하게 하고 파인더 안에 정상 바로 밑 벽을 담았다.

카메라 렌즈를 왼쪽에서 오른쪽으로 움직여 정상을 담으려고 할 때, 파인더 안에 비치는 것이 있었다.

후카마치는 파인더에서 눈을 떼고 고개를 들었다.

보였다. 티베트 쪽 상공에 떠오른 하얀 무언가가. 그리고 그 하얀 무언가가 움직이고 있었다.

구름이었다. 에베레스트 서릉에서부터 불길한 존재가 모습을 드러내기라도 한다는 듯이, 구름이 기어 나오고 있었다.

대체 왜 이런 일이.

방금 전까지는 구름 따위는 어디에도 없었다. 그런데 왜?

티베트 쪽에서 뱉어진 그 구름이 에베레스트 정상 암벽으로 서서히 다가가고 있었다.

"하부!"

도망쳐.

도망쳐, 하부.

후카마치는 포효하며 카메라를 잡고 파인더 안을 들여다봤다.

어디인가.

어디 있나, 하부.

없다.

하부의 모습이 보이지 않는다.

후카마치 등줄기로 서늘한 무언가가 스쳐 지나갔다.

머리카락이 곤두서는 듯했다.

떨어진 건가?

필사적으로 아까 하부가 있던 부근의 암벽을 찾았다.

있다.

하부는 떨어지지 않았다.

까다로운 곳을 돌파했는지, 생각했던 것보다 훨씬 위쪽 암벽에 하부가 매달려 있었다.

좋은 움직임이다.

정상까지 이제 300미터도 남지 않았다.

앞으로 250미터일까. 고층 빌딩 하나 정도다.

서릉에서 토해낸 구름이 일단 아래로 기어 내려갔다가 상승기류를 타고 이내 암벽을 기어 올라간다.

셔터를 누른다.

누른다.

누른다.

하부 밑으로 50미터 정도 위치까지 구름이 압박해왔다.

제기랄!

이렇게 아래에서 올려다보는 위치로 사진을 찍는 후카마치로서는, 구름이 다 도달하기도 전에 하부의 모습이 가려지리라.

하부, 도망쳐.

위로.

저 구름이 쫓아왔다가는 온도가 내려가고 만다.

시야가 나빠져서 루트를 읽을 수가 없다.

바람이 강해진다. 무엇 하나 좋은 징조가 없다.

젠장! 똑같지 않은가.

후카마치는 그렇게 생각했다.

1924년 6월 6일. 오델이 올려다본 시야 속에 맬러리와 어빈이 에베레스트 정상을 향해 북동릉을 올라가고 있었다. 두 사람은 세컨드스텝으로 이동 중이었다.

두 사람의 모습은 오델이 지켜보는 사이 짙은 구름이 뒤덮여 사라져갔다. 그러고는 맬러리와 어빈은 돌아오지 않았다.

하부가 맬러리고, 나는 오델. 그렇다면 하부는 이제 돌아오지 않는 것인가.

"하부!"

후카마치가 포효하듯 그 이름을 외치며 셔터를 눌렀을 때, 하부의 모습은 기어 올라가는 구름에 뒤덮이며 사라졌다.

어느새 구름이 에베레스트 정상을 모두 감싸자, 보이지 않았다.

22장

신들의 자리

하부 조지의 수기

1

(소실)에서 안 보이기 시작했다.

처음에는 밤이 됐나 했다. 왜 갑자기 어두웠는지 영문을 알 수 없었다.

어라, 아직 밤이 아니다, 밤, 밤이 아닌데 그렇게 생각했는데 왜 모르는 사이 어두워졌을까, 왜 그랬을까. 나중에 바로 알았다. 시간이 걸리긴 했지만 무엇인지 간신히 알았다. 그거다. 산소. 산소가 희박해서 안 보였다. 전에도 그랬다. 그때는 벌써 저녁이 됐냐고만 생각했다.

그땐 산소를 받아 산소를 마셨더니 갑자기 낮이 됐다. 밝아졌다. 어라 아직 낮이었냐, 말했더니, '그래 아직 낮이야'라고 말했다. 누가 말했다. 말했나. 모르겠다. 그러니까 산소 문제였다고 나는(이하 소실).

2

…라고 말한 녀석도 (판독 불능) 불려가겠지.

하세 녀석도 (판독 불능)….

야아, 용케 왔네….

기시.

한잔할까.

우린, 해냈어.

3

이젠 됐나.

이젠 됐나.

아직인가.

4

료코.

료코.

이젠 됐나.

이젠 됐나.

기시.

기시야.

5

아직인가….

6

그래.

일어났으면 가야지.

가야지.

7

아무도 모르지만. 해냈다. 걱정하지 마. 했다. 해냈으니 내 거다.
나, 나 혼자만의.

8

자, 일어나.
체력이 한 방울이라도 남아 있는데 자다니 용서 못 해 난….

9

잘 들어.
쉬지 마.
쉬면 내가 용서 안 해.
용서 못해.
쉬면 죽는 거야.
살아 있는 한 쉬지 마.
쉬지 못해.
내가, 내가 약속할 수 있는 것 하나.
쉬지 않는다.
다리가 안 움직이면 손으로 걸어.
손이 안 움직이면 손가락으로 걸어.
손가락이 안 움직이면 이빨로 눈을 씹으며 걸어.
이빨도 안 되면 눈[目]으로 걸어.
눈으로 걸어.
눈으로 가는 거야.
눈으로 노려보며 걸어.

눈도 안 되고 이것도 저것도 다 안 되면 정말로 정말로 정말로 아무것도 할 수 없게 되면 정말로 정말로 정말로 정말로 정말로 아무것도 정말로 안 된다면 정말로 안 된다면 정말로, 이제, 있는 힘을 다 했는데 이제 안 된다면 정말로 안 된다면 안 된다면 정말로 더 이상 움직일 수 없게 된다면….

상상해.

온 마음을 다해서 상상해.

10

상상해….

23장

산랑전

1

꿈을 꾸고 있다. 정상에 대한 꿈이다.

아무것도 없는 저 하늘 허공에 정상이 우뚝 솟아 있다. 백설을 머리에 쓴 정상이 파란 하늘 속에서 바람에 흩날리고 있다.

또, 이 꿈인가….

후카마치 마토코는 생각한다.

전에도 자주 꿨던 꿈이다. 아니, 조금 다르다.

전에 자주 꾼 꿈이라면 정상을 향해 오르는 남자가 있어야 했다. 그 남자의 뒷모습을 내가 지켜보는 꿈이었다. 그런데 지금 꾸는 꿈에는 아무도 없다. 그저 정상뿐이다.

순백의 눈이 정상으로 이어지는 능선을 뒤덮었다. 그 눈 위로 발자국이 남겨져 있다. 새로운 눈을 헤쳐나가며 정상을 향해 걸어간 발자국이다. 칼날처럼 날카로운 능선 바로 옆으로 정상을 향해 발자국이 이어졌다.

그러고는….

정상에서 발자국이 끊겼다.

내려가지는 않았다. 정상에서 자신이 만든 발자국을 다시 밟고 내려가지 않았다. 그저 한 사람의 발자국이 정상까지 가서, 거기서 사라졌다. 마치 발자국을 만든 주인이 정상을 밟은 후 그대로 허공 속 바람에 발을 내밀어, 파란 하늘을 목표로 올라가버린 것처럼 보인다.

단지 하얀 정상만이 바람에 휘날리고 있다. 지독히 애처롭고 지독히 쓸쓸한 풍경 같다는 마음도 들고, 아무런 감정도 배어들지 않은 투명한 풍경 같다는 마음도 든다.

이 발자국을 만든 인물은 어디로 가버렸을까. 아무런 대답도 그 풍경 속에 남겨지지 않았다. 그저 정상과 발자국만이 있다. 거기에는 바람만 마냥 분다.

오랫동안 후카마치는 그 풍경을 바라봤다. 그 산 정상과 파란 하늘이 항상 자주 보던 장면으로 변화했다.

나뭇결이 뜬 거무튀튀한 천장 판자….

언제 눈을 떴을까.

언제부터 눈을 떴을까.

자기도 모르는 사이 후카마치는 눈을 떠 자신의 이불 속에 드러누운 채, 자신의 방 천장을 올려다보고 있었다. 다다미 여섯 장 크기. 침실로 사용하는 아파트 방이다. 커튼을 드리운 방 안에 햇살이 비치며, 어둡다고도 밝다고도 말할 수 없는 빛이 이 공간을 채운다.

그런가, 오늘이었나?

후카마치는 생각했다.

오늘 밤에 약속이 있다. 작년 5월에 에베레스트에 도전했던 동료들과 오랜만에 신주쿠에서 만나기로 했다.

커튼 틈으로 칼날 같은 5월의 햇살이 다다미에서 이불 위까지 날카롭게 뻗었다.

벌써 1년인가.

후카마치는 마음속으로 중얼거렸다.

빠르다. 이렇게 허망하게 1년이란 시간이 흐르고 말았나.

에베레스트 정상을 단념한 게 5월, 카트만두에서 하부 조지와 만난 게 6월. 단독으로 에베레스트에 도전한 하부를 따라 남서벽에 따라붙은 게 12월. 그때로부터 5개월 남짓 지났다. 이제 곧 반년이다.

결국 하부는 돌아오지 않았다.

베이스캠프에 돌아와, 후카마치는 거기서 앙 체링과 함께 하부를 기다렸다.

하루.

이틀.

사흘.

나흘.

닷새.

엿새를 기다렸다.

아무리 생각해도 하부의 식량은 이미 바닥이 났다.

베이스캠프에 돌아오고 사흘째부터는 거짓말처럼 맑은 날씨가 이어졌다. 닷새째가 되자 어떤 상황을 고려하더라도 하부가 살아 있을 리가 없다고, 앙 체링과 후카마치는 생각할 수밖에 없었다.

그러나 그만 기다리자는 말은 둘 다 할 수 없었다. 기적이 일어날 것 같다는 마음이 들었다.

하부라면….

그 하부라면 이제 곧이라도, 아니 내일이라도 불쑥 아이스폴에서 베이스캠프로 내려올 것 같다는 마음이 들었기 때문이다.

12월 18일, 눈보라가 그친 뒤 하부가 정상 공격에 나선 날 아침, 앙 체링과 하부가 나눈 교신이 마지막 대화가 됐다.

"날이 갰어."

하부는 무전기로 앙 체링에게 그렇게 전했다.

피로감이 짙게 묻어났고, 호흡이 빨랐지만 목소리에 힘이 떨어지지는 않았다고 앙 체링이 후카마치에게 말했다. 8,000미터가 넘는 장소에서 비박에 가까운 4박을 보낸 사람이라고 여겨지지 않을 정도로 아직 목소리에는 힘이 배어 나왔다.

앙 체링은 안다. 8,000미터가 넘는 장소에서 1박을 한 사람이 어떤 목소리가 되는지, 어떻게 말을 하는지를. 그곳에서는 아무리 체력이 강해도 호흡이 가빠지고 기침이 연신 터져 나온다.

그와 비교하면 하부의 목소리에는 여전히 여력이 느껴졌다.

"식량은?"

앙 체링이 물었다.

"아껴 먹으면 앞으로 하루 반 정도는 있어."

하부가 대답했다.

"괜찮겠나?"

"정상에 갔다가 돌아올 정도는 어떻게든 될 것 같아."

"무리는 하지 마."

"알아."

"갈 건가."

"응."

하부는 그렇게 말하고는 말을 이었다.

"정상으로."

그게 하부의 마지막 말이었다.

"옐로밴드에서 직등하겠다고 하던가요?"

후카마치가 앙 체링에게 물었다.

"아니, 그저 정상에 간다, 그 말뿐이었어…."

그 이후로 하부와 아무런 무전 교신도 하지 못했다고 앙 체링이 말했다.

하부가 정상 바로 밑 벽을 직등했다는 걸 앙 체링이 알게 된 건 후카마치가 베이스캠프에 돌아와서였다.

"내가 말만 하지 않았어도…."

후카마치 앙 체링에게 그렇게 말했다.

"내가 하부에게, 결국 노멀 루트로 오르는 거냐고 물었어. 그 말만 안 했어도…."

"그렇지 않아."

후카마치의 말에 앙 체링이 조용히 고개를 가로저었다.

"당신이 무슨 말을 했든, 아무 말도 안 했든, 하부는 그 벽을 넘었을 거야. 그게 비카르산이니까."

후카마치와 앙 체링은 7일간 하부를 기다렸다가 8일째에 베이스캠프에서 내려가기로 결심했다.

그사이 몇 명의 트레킹족이 베이스캠프에 찾아왔다가 그곳에 쳐진 텐트를 보고 돌아갔다. 후카마치와 앙 체링이 로부체에 돌아갔을 무렵에는, 누군가가 무허가로 에베레스트에 도전했다는 소문이 여기저기 퍼져 있었다. 그 말이 검문소 요원 귀까지 들어가는 데는 시간이 얼마 걸리지 않았다.

무허가 등산 보고가 들어온 이상, 검문소 요원도 무시할 수가 없었다. 카트만두로 돌아가기 전에 직원이 후카마치를 붙들었다. 이후의 일은 다시 떠올리기도 싫었다.

번잡한 행정 처리.

서류에 사인.

변명.

최종적으로 후카마치는 네팔 정부에 등산료 100만 엔을 지불하게 됐다.

물론 미야가와의 이름이나 출판사 이름은 일절 언급하지 않았다. 어디까지나 개인적으로 입산한 걸로 처리했다.

카트만두에서 우연히 하부와 만나, 동계에 에베레스트에 무산소로 그가 도전한다는 걸 알고, 사진을 찍기 위해 자신도 함께했다고.

후카마치는 이후로 10년간 네팔에 입국할 수 없게 됐다. 그게 이번 무허가 등반 행위의 대가였다.

돌아갈 때 카트만두 공항까지 나라달 라젠드라와 앙 체링이 배웅하러 나왔다.

앙 체링도 한동안 영업정지를 당해 외국인 가이드를 할 수 없게 됐다. 하지만 포터로서는 일할 수 있었고, 영업정지 기간도 2년이었다. 영업정지 중에도 포터라는 명목으로 지금까지와 같은 일을 하려고 하더라도 큰 문제는 없었다.

"후회하나요?"

공항에서 앙 체링이 물었다.

"아뇨."

후카마치가 말했다.

"오히려 가지 않았더라면 후회했겠죠."

"저도 그렇습니다."

앙 체링이 말했다.

"앙 체링과 두마가 카트만두에서 무슨 일을 찾는다면 제가 언제든지 도와드리겠으니…."

나라달 라젠드라가 마지막으로 후카마치의 손을 잡으며 말했다.

헤어지는 길에 후카마치는 앙 체링에게 물었다.

"하부가 그 암벽을 넘어 정상에 섰으리라 생각합니까?"

중요한 질문이었다.

아무리 돌아오지 못했다고 하더라도, 하부가 그의 전 생애를 건 세계 최초의 등반을 성공했는지 여부가 중요하기도 했고, 그에 대해 앙 체링의 어떤 의견을 갖고 있는지 너무나 궁금했다.

객관적으로 보자면 그건 불가능한 등반이었다. 세상 그 누구에게 도 물어보더라도, 불가능하다는 대답만 돌아오리라.

하지만 그 하부라면.

후카마치는 그 빙벽에서 하부의 강인한 근육의 역동을 체감했다. 빙벽에서 하부가 드러낸 능력을 지켜봤다. 그 육체, 그 의지….

그 하부라면 정상을 밟았다는 확신이 들었다가도, 정상 바로 밑 벽과 그전에 하부가 보낸 8,350미터 지점에서 며칠을 생각하면 그 벽에서 하부가 힘을 다하지 않았을까 하는 생각도 역시 지울 수 없 었다.

설령 체력이 다하지 않았더라도, 그 벽이 하부를 거부해, 하부가 잡은 바위가 무너져 내렸을 가능성도 다분하여 역시 무리였나 하며 고개를 젓게 됐다.

앙 체링은 긍정도 부정도 아닌, 그저 미소만 지으며 이렇게 말했다.

"저는 그 벽을 직접 제 눈으로 본 적이 있습니다. 그게 얼마나 위 험한 벽인지 잘 압니다. 제가 산에서 보낸 지금까지의 경력을 걸고 말하자면 그 벽을 오를 수 있는 인간이 있으리라고 여기지 않습니 다."

그렇게 말하고는 후카마치를 바라봤다.

"그렇지만 그 하부가, 그 어떤 벽에서든 떨어지는 모습도 상상할 수 없습니다."

그게 앙 체링의 대답이었다. 그 대답을 존중할 수밖에 없었다.

"이걸…."

마침내 시간이 되어 마지막 인사를 두 사람에게 전할 때 앙 체링이 무언가가 든 종이가방을 후카마치에게 건넸다.

"이건 당신이 가져가는 게 낫겠다 싶어서…."

후카마치가 그걸 받아들고 두 사람을 바라봤다.

"나마스테."

"나마스테."

앙 체링과 나라달 라젠드라가 말했다.

"나마스테."

후카마치도 같은 인사로 답하고, 두 사람을 뒤로 했다.

비행기 창으로 점점 작아져가는 카트만두 거리를 후카마치는 보이지 않을 때까지 계속 바라봤다. 비행기가 수평에 이르자 왼편 창문 너머로 비행기와 같은 높이에 히말라야의 하얀 봉우리들이 보였다.

마나슬루가 보였다.

다울라기리가 보였다.

그리고 에베레스트를 포함한 쿰부 지역의 산들도 보였다.

지금 비행기와 같은 높이의 눈 속에 얼마 전까지 자신이 존재했다.

그리고 저 눈 속에 아직도 하부가 존재하리라.

윌슨처럼 눈 속에서 에베레스트 정상을 계속 응시하겠지.

후카마치는 무릎 위에 둔 종이가방에서 신문지에 싼 꾸러미를 꺼내서 열었다. 안에서 나온 걸 본 순간 자기도 모르게 중얼거렸다.

"이건."

'베스트 포켓 오토그래픽 코닥 스페셜.'

후카마치의 손 안에, 맬러리의 그 카메라가 있었다.

'당신한테 주지.'

베이스캠프에서 하부가 후카마치에게 그 카메라를 건넸다.

가져갈 생각을 까맣게 잊고 있었다. 애당초 이 카메라를 마니 쿠말의 가게에서 발견하면서 시작됐다. 그런데 그 시작은 이제 끝난 걸까.

후카마치는 스스로에게 물었다.

이 카메라와 함께 시작된 건, 정말로 끝났을까.

2

후카마치는 햇살 아래서 달리고 있다.

반바지에 스니커즈, 티셔츠를 입고 아스팔트 위를 달리고 있다.

거리의 한가운데다.

하루에 8킬로를 달린다. 2월부터 시작한 후카마치의 일과다. 특별한 사정이 없으면 매일 달린다.

기본적으로 밤에 달린다. 하지만 오늘은 낮이다. 오늘 밤은 에베레스트 당시 동료들과 모여 신주쿠에서 한잔하기로 했다. 오늘 밤 술을 마시고 나면 밤에 달릴 수 없다는 걸 안다. 그래서 낮에 달려둬야겠다는 마음에 아침을 먹기도 전에 뛰기 시작했다.

밤과는 코스가 조금 다르다. 같은 코스를 달리면 심야에는 작동하지 않던 신호들이 켜져 한창 달리는 데 발을 붙들린다. 그래서 빨간 신호 때마다 리듬이 깨져버린다.

아침 10시. 아니, 이미 아침이라 할 수 없는 시간이다.

후카마치처럼 달리는 사람은 전혀 보이지 않는다. 주변의 일상에서 자신만이 붕 떠 있다는 느낌이 든다.

후카마치의 일상은 평온하다. 담담히 일상을 영위해간다. 허나 그 일상에 후카마치는 아직 적응하지 못했다. 마음과 몸이 적응하지 못한다.

전에도 적응했다고 여긴 적은 없었다. 하지만 지금 이 감각은 전과는 다르다.

전에는 일상과, 혹은 세상과 적응하고 싶다는 욕망이 있었던 것 같다. 자신의 재능을 인정받고 싶다. 카메라맨으로 작품으로 승부하고 싶다. 그런 마음이 있었다.

그런 마음이 어디론가 사라지지는 않았을 텐데, 무언가 변했다. 그러나 무엇이 어떻게 변화했는지, 후카마치로서는 말로 형용하기가 어려웠다. 어쨌든 이전과 자신이 바뀌었다는 것만은 알았다.

무언가가 채워지지 않는다.

일이 늘어나고, 작품을 인정받고, 수입도 늘어나고, 후카마치라는 존재가 점차 세상에 인정을 받는다. 그런 일에 과거만큼 흥미가 일지 않는다. 욕망이 생기지 않는다.

확실히 과거보다 일도 늘었다. 개런티도 올랐다.

하지만…. 그것만으로는 충분하지 않았다. 그것만으로는 채워지지 않아서, 허기를 느끼는 짐승이 자신의 내면에 웅크려 있다. 그게 느껴졌다.

그렇다면 뭘까. 채워지지 않는 그건 어떻게 하면 채울 수 있을까.

허나 후카마치는 그 생각을 하지 않으려고 한다. 담담히 영위하는 하루하루에 정신을 매진하려고 했다.

이제 마흔하나다. 학생 자취방 같은 아파트에서 이제 슬슬 빠져나와, 그럴싸한 맨션으로 이사해야 한다. 이제 그럴 만한 나이다.

그 카메라와 하부의 일로 충분히 돈을 벌었다.

처음에는 혼자 묻어두려고 했다. 하부에 대해서도, 맬러리의 카메라에 대해서도. 미안하다고 미야가와에게 고개를 숙일 작정이었다.

하부의 사진을 이용할 마음이 없다고, 그렇게 말할 생각이었다.

허나 그럴 수가 없었다. 나리타 공항에 미야가와가 마중 나와 있었다.

일본으로 돌아가는 비행기 편을 미야가와에게만 알렸다. 기시 료코에게는 일본에 돌아가서 따로 연락할 생각이었다. 하부에 대해 어떻게 전하면 좋을지 아직 마음의 준비가 되지 않았다.

나리타 공항에서 미야가와가 거의 납치하듯 후카마치를 차에 밀어 넣었다. 미야가와의 출판사에서 준비한 차였다.

"전화로는 말 못 했는데 지금 일본에서 난리가 났어."

미야가와는 차를 출발시키자마자 그렇게 말했다.

하부 조지가 네팔 정부의 규칙을 깨뜨리고 에베레스트 정상을 노린 일이 큰 화제가 됐다고 한다. 하부 조지가 살아 있었고, 그가 그런 일을 계획했다는 것으로 등산 관계자들 사이에서 먼저 소동이 벌어졌다.

에베레스트 남서벽 동계 무산소 단독 등반, 그 테마 자체가 우선 화제가 됐다. 이어서 그걸 하려고 했던 사람이 하부 조지라는 사실이 화제를 더 키웠다. 거기에 결정타를 가한 것이 네팔 정부의 규칙을 깨고 산에 들어간 끝에 하부가 돌아오지 못했다는 사실, 즉 하부의 사망이 업계의 화제로만으로 멈출 수 없게 만들었다.

해외 산에서의 일본인 조난 사고도 어느 정도 인지도를 지닌 사람이라면 당연히 일반 잡지의 기삿거리가 된다. 하부의 등반에 동행했던 카메라맨 후카마치 마코토도 지금 화제의 인물이 됐다.

"여기저기 잡지랑 사진 주간지에서 네가 갖고 있는 필름을 탐내고 있어. 이대로 집에 들어갔다가는 난리가 날 거야."

미야가와는 호텔을 잡아놨다고 말했다.

그의 말은 농담이 아니었다. 하부의 일은 텔레비전 뉴스와 신문기사로 나왔고 산악관계자의 코멘트도 함께 등장했다.

'하부 조지가 에베레스트를 노렸다는 건 알았다.'

히말라야와 관련한 하부의 에피소드와 함께 그런 발언이 실린 신문도 있었다.

'하부는 연령적으로 이미 전성기를 지난 클라이머다.'

'무모하다. 동계에 무산소로 단독으로 오른다니, 하부는 남서벽에 죽으러 간 것이다.'

'산을 만만하게 봤다.'

그런 논조의 기사와 발언이 실린 신문이 대부분이었다.

'매명(賣名)이다. 단독으로 간다면서 카메라맨을 동행하지 않았나. 하부는 이번에 한 건 터뜨려서 복귀하려 한 것이다.'

후카마치는 미야가와가 가져온 텔레비전 뉴스 녹화 테이프와 신문 스크랩을 호텔에서 봤다.

산을 만만하게 봤다, 매명이다, 한 건 터뜨리려 했다….

후카마치는 그 기사를 본 순간 피가 거꾸로 치솟으며 얼굴이 달아오르는 걸 느꼈다.

개새끼들!

분노로 눈물이 치밀어 올랐다.

무슨 헛소리인가. 아무것도 모르는 인간들이 하부에 대해 뭘 함부로 떠드는가. 멋대로 발언할 자격이 어디에 있는가.

매명, 복귀.

하부에게 그런 게 있었을지도 모른다. 인간이니까.

하지만 그게 아니다. 그것만이 아니다.

난 그걸 안다.

하부는 그와는 다른, 차원이 한층 다른 것을 위해 남서벽에 오르려고 했다. 매명, 복귀 따위는 그것과 비교하면 먼지와도 같다.

후카마치는 주먹으로 테이블을 내리쳤다.

"이런 개소리를 써대다니!"

하부에 대한 취재를 통해 조금은 사정을 아는 미야가와가 후카마치에게 말했다.

"아직 아무도 맬러리의 카메라에 대해서는 몰라. 실은 우리 팀 몇 명한테는 맬러리의 카메라에 대해 이야기했어. 다들 흥분 상태야. 우리 잡지에 싣자."

후카마치는 그럴 마음이 없다고는 차마 말할 수 없었다. 미야가와하고는 전부터 이야기를 해뒀다. 취재에 협력을 받았었고, 기사를 쓰겠다는 약속에 따라 돈까지 받았다. 돈을 돌려준다고 끝날 문제가 아니다. 미야가와의 입장이 곤란해진다.

하지만….

"후카마치, 뭘 망설이는 거야?"

미야가와 후카마치에게 말했다.

"할게…."

후카마치가 중얼거렸다.

한다.

결심했다.

그렇게 결심을 내리기까지 반은 미야가와에 대한 의리에서 비롯됐다. 그리고 나머지 반은 분노였다. 후카마치는 각오를 굳히고 배낭 안에서 네팔 신문지에 싼 꾸러미를 꺼냈다.

"이걸 봐…."

미야가와에게 건넸다.

"뭐야, 이건?"

미야가와가 꾸러미를 풀어 안에서 나온 물건을 보고는 목소리를 높였다.

"야, 후카마치, 설마, 이게…."

미야가와의 목소리가 떨렸다.

"맬러리의 카메라야."

후카마치가 말했다.

결국 사진을 미야가와 쪽 잡지에 넘기고 원고를 썼다. 맬러리의 카메라에 대해서도 모두 언급했다. 기시 료코에 대한 이야기만 빼고 기시 분타로 죽음의 진상에 대해서도 분명히 밝혔다.

그게 화제가 되면서 결과적으로 후카마치를 살렸다. 아무것도 발표하지 않고 가만히 있었으면 어떤 의미에서 후카마치는 법을 어긴 범죄자에 그쳤을 것이다. 그는 네팔 정부가 정한 규칙을 어겼다. 그렇게 낙인찍히고 의뢰가 줄어들면서 업계에서 사라져도 이상하지 않을 상황이었다.

그러나 맬러리 건이 영국과 미국을 중심으로 세계적인 화제가 되어 텔레비전에서도 다뤄졌고, 해외에서도 후카마치를 취재하러 찾아왔다. 네팔의 법을 어겼다는 부정적인 이미지를 완전히 극복한 셈이었다.

밀물처럼 몰려왔던 파도도 2월 한 달이 지나자 다시 썰물로 돌아섰다. 신문이나 텔레비전에서도 관심이 시들해졌고, 2월에 받았던 취재들이 3월에 기사로 나오고 나서 후카마치는 일상으로 돌아왔다. 그러나 그 일상은 이전과는 달랐다.

후카마치는 그 일상을 담담히 받아들였다. 카메라는 맬러리의 유족에게 넘겼고, 그 사이에 벌어들인 수입으로 네팔 정부에 돈을 치렀다. 그러고도 남은 돈은 앙 체링에게 보냈다. 그렇게 해서 수지는 깔끔하게 플러스, 마이너스, 제로가 됐다.

후카마치는 달린다.

왜 달리는지 생각하며 달린다.

벌써 마흔하나다.

자신은 무엇에 저항하는가. 무엇이 자신을 저항하게 만드는가.

후카마치는 지금의 일상을 담담히 받아들이고 있다.

시간이 흘러간다.

옅은 시간이다.

농밀한 시간을, 자신은 이제 알아버렸다.

그 뼈에 사무치는 시간.

여기에는 눈보라도, 피까지 얼 것 같은 추위도 없다.

두 번 다시 가고 싶지 않은 극한(極寒)의 극한(極限) 세계.

그런데 나는 지금 그걸 그리워한다.

연모한다.

텐트를 내리치던 블리자드 소리.

희박한 대기.

그걸 떠올리면 마음이 움찔 떨려오는 것 같다.

그 마음을 무시하려는 듯 후카마치는 달린다. 담담히.

사진을 발표하지 않았어도, 하부에 대해 쓰지 않았어도, 그 나름대로 괜찮지 않았을까 하는 생각을 이제 와서 한다.

'산을 만만하게 봤다.'

'매명이다.'

'하부의 전성기는 이미 지났다.'

'애당초 무리다. 인간으로서 할 수 있는 일이 아니다.'

젠장.

허섭스레기 같은 비판.

하지만 그 소리는 하부에게는 닿지 않는다.

어떤 누가 하부를 아무리 혹독하게 비판했다고 하더라도, 혹은 하부를 상찬했다 하더라도, 이제 하부에게는 닿지 않는다.

하부가 죽어서가 아니다. 하부는 에베레스트에 들어간 순간부터 그런 것들을 모두 지상에 두고 왔다. 이미 하부는 그런 말들이 다다르지 못한 장소로 간 것이다. 칭찬받으려고 그런 계획을 세우지 않았다.

하부가 무엇을 위해 그 벽에 도전했는지 자신이 안다는 뜻은 아니다. 하지만 몇 가지 사실은 안다. 만약 그 벽을, 누군가가 동계에 단독으로 무산소로 올랐다면 하부는 하지 않았을 것이라는 사실. 아무도 오른 자가 없었기에, 하부가 도전했다는 사실.

아직 아무도 하지 않았다.

그 사실이 하부에게는 큰 동기였다는 건 분명하다. 그리고 그것만은 아니라는 것도 후카마치는 안다. 알긴 알면서도 그게 뭔지 대답할 수 없다. 알 수 없다.

아마….

후카마치는 생각했다.

모르기 때문에 지금 자신이 달리는 것일지도 모른다.

매일매일 대답을 구하듯이 자신은 달린다. 자신의 육체를 괴롭히며, 그때의 농밀한 시간을 잊지 않으려는 듯 달린다.

달리면서, 자신의 육체를 괴롭히면서, 자신은 아직도 하부와 관계를 맺고 있다고 믿고 싶은 걸까.

아직 그 일을 잊지 못하겠다고….

뭔가 미련이라도 남은 듯이 달린다.

뭐가 뭔지 모르겠다. 모르기 때문에 달린다.

마흔하나. 앞으로의 여생에 신경 써야 할 나이다.

이제 남은 세월 가운데 나는 뭘 할 수 있고 뭘 할 수 없을까.

끝내도 될까, 이렇게.

마흔하나로 끝내도 될까.

끝이 아니라고 고개를 저으며 달린다.

뭐가 끝이 아닌지, 뭘 끝내고 싶지 않은지 모르는 채 달린다.

모르는 채 달린다.

어디까지 달릴 것인가.

달리는 동안에는 끝나지 않는다.

이걸 이어가는 한 끝나지 않는다.

뭐가 끝나지 않는가.

뭘 끝내고 싶지 않은가.

후카마치는 땀도 닦지 않고 5월의 햇살 속에서 담담히 달리고
있다.

3

다들 팔팔했다.

팔팔하게 술을 마시며 팔팔하게 이야기를 나누었다.

멤버는 다섯.

구도 에이지, 다무라 겐조, 마스다 아키라, 다키자와 슈헤이, 후카
마치 마코토.

모두가 작년보다 한 살씩 나이를 먹었다.

후나지마 다케시와 이오카 고이치는 없다. 두 사람은 에베레스트

에서 추락해서 죽었기에 이 모임에는 참가할 수 없다.

올해 58세가 된 대장 구도 에이지는 아들과 함께 병원을 운영 중이다. 다무라 겐조는 53세로 부동산 일을 한다.

"산에 가서 조금이나마 마음을 비우고 돌아와 봐야 말짱 도루묵이야. 현장에 복귀하고 사흘도 못 가 다시 더러워지니까 말이야."

다무라가 겉옷을 벗고 넥타이를 느슨하게 풀어 셔츠 소매까지 걷어붙이자 나이를 짐작하기 어려운 근육질의 팔뚝이 드러났다. 다무라는 빠른 속도로 맥주를 마셨다.

마스다 아키라는 49세로, 에베레스트에 갈 때는 회사를 관둘 작정으로 사표를 냈는데 부장이 그 사표를 찢어버렸다. 그때까지 안 쓰고 놔둔 유급휴가를 한 번에 다 써도 좋다는 허락이 떨어졌다. 그래서 직장은 전과 그대로다.

"난 이해심 많은 부장을 만난 탓에 결국엔 손해 본 느낌이야. 다시 히말라야에 가겠다는 말은 죽어도 못 할 거 아냐. 아마 작년이 내 마지막 히말라야겠지."

왠지 절절한 느낌이 묻어났다. 그러나 말투는 어둡지 않았다. 등정하지 못했다는 불만은 남았는지 몰라도, 산에 대한 미련을 다 털고 일에 전념할 계기가 마련됐다는 듯이 느껴졌다.

다키자와 슈헤이는 48세로 히말라야에 갈 때 회사를 관두고 아직까지 뚜렷한 일이 없다. 무직인 셈이다.

"난 길바닥에서 쓰러져 죽어도 좋아."

다키자와가 일본 술을 입으로 가져가며 말했다.

"그러니까…. 다시 한번 가자, 다시 가자…."

다키자와가 말했다.

그러나 '그러자'라고 호응하는 사람은 없다.

말할 수 없다. 말하면 거짓말이 되니까.

시간을 쥐어짜내기도, 돈을 쥐어짜내기도, 이제 간단하지가 않다.

일생에 단 한 번. 에베레스트란 그들에게는 그런 산이었다.

간다고 말한 이상 반드시 가야 한다. 그래서 지금의 멤버는 그 산에 도전했다.

다 같이 갔던 에베레스트를 신성한 존재로 공유한 이상, 가지도 않을 거면서 간다고 말해버리면 그 신성함을 더럽히는 꼴이 된다. 다키자와도 충분히 아는 바다.

'가고 싶다.'

그렇게 말하는 사람은 있다.

구도도 그렇게 말했다.

다무라도 그렇게 말했다.

마스다도 그렇게 말했다.

후카마치만이 그렇게 말하지 않았다.

술을 마시며 대답을 흐렸다. 대답해버리면 자신이 어떻게 돼버릴 것 같아서였다.

대답할 수 없다. 대답을 한들, 돈을 모은들, 시간을 쥐어짜낸들, 힘든 트레이닝을 참아낸들, 후카마치는 이제 에베레스트에 갈 수 없다. 네팔에 입국할 수 없기 때문이다.

죽은 이오카와 후나지마에 대한 이야기도 나왔다. 주로 시답잖은 에피소드였다. 언제 이오카가 무슨 농담을 했다든가, 후나지마가 무슨 엉뚱한 짓을 했다는 등 그런 이야기였다.

"후나지마 그 녀석은 똥 누러 간다고 해놓고 바위 그늘에서 똥을 누며 몰래 양갱을 먹은 놈이야. 그 녀석은 다른 사람한테 걸리면 뺏길까봐 그랬대. 술 좋아하면서 양갱 좋아하는 인간은 녀석이 처음이었어."

산사나이로 인생을 보내며 마흔을 넘기다 보면 대개 지인 중 누군가는 산에서 잃게 된다. 하지만 죽은 지인에 대해 이야기하는 분위기는 남들이 생각하는 것보다 훨씬 밝다.

후카마치도 하부를 따라 올랐던 남서벽에 대한 이야기를 이따금 했다.

"네가 그 하부의 마지막 자일 파트너였던 셈인가."

다키자와가 말했다.

"아뇨. 안자일렌도 안 했었고 하부의 등반은 단독행이었으니까요."

후카마치는 해명했다.

"요새 달린다며?"

구도가 물었다.

"예."

후카마치가 대답했다.

"어디 노리는 데라도 있어? 이 멤버 중에선 자네가 제일 어리잖아. 아직 기회가 있어."

"그런 거 아닙니다. 한 번 달려 보니까 습관이 돼서, 계속하게 되더라고요."

후카마치가 말했다.

조금 취기가 올랐다. 평소보다 취기가 빨리 올랐다.

신주쿠 공원과 가까운 이자카야 2층이다. 걸어서 3분만 가면 신주쿠 공원이 있다. 전에 히말라야행을 정했던 그 가게다.

그로부터 벌써 2년이나 지났다. 시간이 흘러간다. 이렇게 술을 마시는 사이에도, 웃고 떠드는 사이에도, 시간은 흘러간다.

다시 술잔을 입가로 가져갔다.

"맞다, 여자친구는 어떻게 됐어? 오늘 데리고 온다고 했잖아."

구도가 말했다.

기시 료코다.

후카마치는 기시 료코와 사귄다. 구도는 그 사실을 알았다.

후카마치는 히말라야에서 돌아온 다음 닷새 후 열이 났다. 열이 꽤 높아, 그쪽에서 무슨 악성 바이러스라도 감염됐나 걱정이 되어서 구도의 병원에 찾아갔다. 그리고 사흘간 입원했다.

진단은 단순한 감기였다. 하지만 정신적으로나 육체적으로나 상당히 피로했고, 일본에 돌아와 긴장이 풀리면서 인플루엔자 바이러스에 노출됐을 거라고 구도가 말했다. 그때 료코가 병원에 찾아왔다가 구도와 마주쳐, 료코를 소개했다.

오늘 신주쿠에서의 모임 때문에 통화를 했다. 그때 구도가 물었다.

"그녀와는 어떻게 됐어?

그녀와 사귄다고 후카마치는 솔직히 고백했다.

"괜찮으면 같이 오지 그래, 산이나 히말라야와 인연이 없는 사람이 아니니."

구도가 말에 물어보겠다고 후카마치가 대답했다. 자신의 지인들에게 료코를 소개하기에 좋은 기회라고 후카마치도 생각했다.

"일이 좀 많아서 늦게 온다고 하더군요. 10시 정도면 올 것 같은데요."

후카마치가 말했다.

"좋네."

"몇 살이야, 그 친구는."

"뭐라고 사기 쳤어."

다들 한마디씩 이유를 던지며 술을 마셨다.

료코와는 잘 지냈다. 이대로 자연스럽게 만나면서 언젠가는 함께 살게 되리라고 후카마치는 생각했다.

무슨 일이 생기면 료코는 알아차릴 것이다. 아니, 료코는 알아차렸다. 후카마치의 가슴속에서 피어오르는 초조함을.

아마 나보다 료코가 먼저 알아차렸을 것이다. 능히 알겠지. 후카마치의 내면에 살고 있는 하부 조지라는 남자의 존재를.

2개월 전에 료코가 물었다.

"갈 거죠? 다시 산에 가려는 거죠?"

료코가 불안한 얼굴로 말했다.

"싫어요."

료코의 말은 단호했다.

"다시는 내가 아는 사람이 산에서 죽는 꼴은 못 봐요."

료코는 아버지와 오빠 기시 분타로, 하부 조지를 산에서 잃었다. 그리고 지금 료코는 후카마치의 내면에 똬리를 튼 하부 조지의 존재를 알아차렸다.

"안 가."

후카마치가 말했다.

가고 싶어도 갈 수 없다. 자신은 그저 달릴 뿐이었다. 달리지 않으면 진정되지 않는다.

"그럼 왜 그렇게 무서운 얼굴로 달려요?"

료코에게 그런 말을 들었다.

그 일이 두 사람 사이에 언급된 적은 그때뿐이었다. 만나도 서로 그 일을 입에 담지 않았다. 입에 담기가 두려웠기 때문이다. 료코나 자신이나.

말해버리면 나도 알아차리게 되리라, 료코가 먼저 알아차렸다는 걸. 말하지 않으면 모르는 척할 수 있다. 아무 일도 없었다는 듯이 잠자코 있으면 언젠가 달리는 것도 그만둘 수 있겠지. 후카마치의 내면에 살고 있는 하부도, 내버려두면 언젠가 잠잠해지겠지.

그런 생각을 하며 술을 마셨다. 술잔을 드는 속도가 빨라졌다.

난, 내 안에 똬리를 튼 하부를 길들일 수 있을까. 하부 조지라는 짐승을….

지금은 안다. 하부 조지라는 짐승이 얼마나 통증에 민감했고 얼마나 상처 입기 쉬웠는지.

천방지축이면서 순수한 짐승.

아픔을 절대 잊지 않는다. 그 아픔을 먹이로 살아간다.

취기가 돌았다. 구역질이 났다.

이대로 테이블 위에 게워버릴까.

광포한 기분이 치솟아 올랐다.

위 안의 모든 걸.

배 속의 모든 걸.

하부 조지에 대해서도, 산에 대해서도, 에베레스트에 대해서도.

참아.

그런 걸 여기서 게워내 봐야 추하고 더러울 뿐이다. 토할 필요 없다. 흉중에 감춰두지 않으면 안 될 일 한두 가지는 다들 갖고 살게 마련이다.

료코도 그 후로 에베레스트에 대한 말은 꺼내지 않는다. 말하고 싶은 걸 참고 있다. 눈에 보였다. 또렷이 보였다.

자, 토할 곳은 여기가 아냐. 아무도 안 보는 데서.

하부라면 그렇게 한다.

후카마치 마코토도 그렇게 한다. 하부가 그래서가 아니라, 내가 내 의지로 그렇게 한다. 왜냐면 난 하부 조지가 아니니까.

난 나다.

마흔하나.

마흔하나 먹은 인간이 취해서 게워내려 한다.

천방지축이면서도 순수한 짐승? 자신을 자제하는 데 능숙한 불순덩어리다.

난 대체 무슨 생각을 하고 앉았나.

이대로 있다가는 진짜 토하겠다.

"잠깐…."

화장실에 다녀오겠다고 말하고 일어났다.

다리가 흔들린다.

계단을 내려가 화장실로 갔다. 들어가서 문을 닫자마자 바로 거센 구역질이 몰려와 토했다. 양변기를 붙잡고 시큼한 냄새를 풍기는 걸 모두 토했다. 손가락을 입에 넣어 목젖을 건드렸다. 그렇게 몇 번이나 토했다.

토할 게 없어지자 갑자기 속이 후련해졌다.

잠깐 쉬는 게 나을까. 위도 진정해야지.

화장실 문을 열자 구도가 서 있었다.

"취했어?"

구도가 물어봤다.

"괜찮아요."

후카마치가 말했다.

"좀 많이 마셨군."

"잠깐 술 깨러 공원에 다녀오겠습니다. 15분 내로 돌아올게요. 다른 사람들한테는 오늘 못 뵌 걸 뛰러갔다고 해주세요."

기시 료코가 오면 바로 돌아온다고 전해달라고 구도에게 부탁하고는 가게 현관으로 걸어가서 맡겨둔 겉옷을 받아 입었다. 오늘 오랜만에 꺼낸 옷이다. 카트만두에서 입었던 옷. 소매에 손을 넣을 때 미세한 향이 코에 전해졌다.

카트만두의 그 냄새.

그 체취.

어두운 라마교 사원의 제등에서 버터를 태우는 냄새.

해시시 냄새.

소 냄새.

똥 냄새.

사람 냄새.

눈 냄새.

땀 냄새.

신들의 냄새.

미세하기 그지없는 향 속에 그 냄새들이 녹아 있었다. 그 냄새의 근원을, 아무리 미세한 입자라 할지라도 제각기 구분할 수 있었다. 그건, 내가 그 잡다한 거리를 좋아하기 때문이다. 허나 두 번 다시 갈 수 없는 거리다.

저녁에 신주쿠로 가려고 입었을 때는 그 냄새를 못 느꼈는데, 왜 이제 와서. 아니면 지금 취한 뇌가 맡고 있는 환취(幻臭)일까. 내가 그때 기억에 몰두하며 이전부터 전해졌던 냄새를 이제야 느낀 걸까.

때 묻은 진녹색 면 재킷. 일본에 돌아오고 나서 한 번도 입을 일이 없었다. 오늘 오랜만에 에베레스트 당시의 동료들과 만난다고 해서 입고 온 재킷이다.

후카마치는 밖으로 나갔다.

4

후카마치의 머리 위로 벚나무가 요란스럽다.

어둠 속에서 벚나무 가지가 연신 움직인다.

바람이 멈추지 않는다.

벚꽃은 다 져서 나뭇잎만 남았다. 벚나무의 초록 잎이 머리 위에서 웅성거린다.

공기는 뜨겁지도 차갑지도 않다.

바람이 후카마치의 달궈진 몸에서 체온을 빼앗아 간다.

5월, 연휴가 막 시작된 밤. 마음이 스산할 정도로 주위가 신록으로 우거졌다. 그 초록의 내음이 바람에 녹아 흐른다.

식물의 관능적인 향. 후카마치의 머리 위에서 요란스레 향을 퍼뜨린다.

바삭바삭 소리 내며 웅성거린다.

후카마치의 마음처럼 벚나무 잎이 웅성거린다.

술렁거린다.

육체는 정신을 차리려는데, 마음속 잉걸불에 불을 때듯이 벚나무가 웅성거린다.

뭐지….

후카마치는 생각했다.

뭐가 이리도 웅성거리는 걸까.

뭐가 내 마음에 불을 붙이는 걸까.

벚나무 잎이 바삭바삭 흔들릴 때마다, 후카마치의 마음이 흔들리며 웅성거린다.

마음이 물결친다.

벗나무 잎이 웅성거린다.

뭐가 이리 소란스럽나.

뭐가 이리 물결치는가.

후카마치는 걷는다. 아무리 걸어도 족하지 않다.

바삭바삭 초록 잎이 물결친다.

미치겠다. 미쳐 죽을 것 같다.

지금 어둠 속은 자라나는 생명의 기운으로 충만했다.

숨 막힐 듯이 괴롭다.

자기도 모르게 발걸음이 빨라진다.

초록 잎의 웅성거림에 떠밀리듯이 후카마치가 벗나무 밑을 뛰기 시작했다.

왜 이렇게 괴로울까. 마음이 웅성거릴까.

마흔하나. 난 이제 뭘 할 수 있고, 뭘 할 수 없을까.

어디까지 갈 수 있을까.

모르겠다.

몰라서 후카마치는 뛴다.

몰라서 후카마치는 요동친다.

요동치는 후카마치가 뛴다.

모르기 때문에 요동치고, 요동치기 때문에 뛴다.

몇 분 뛰었을까.

얼마나 뛰었을까.

어찌 알겠나.

지금까지 얼마나 뛰었고, 앞으로 얼마나 뛸 수 있을지, 그걸 어찌 알겠나.

공원 안을 몇 바퀴 뛰었을까. 취기가 다시 몰려왔다.

괴롭다.

토할 거면 토해버려. 토해버리란 말이야.

후카마치가 달린다.

미치겠다.

미친 듯이 후카마치가 뛴다.

뭔지 모를 무언가가 들러붙었다.

어디에 들러붙었나.

목인가.

가슴인가.

뇌인가.

커다란 무언가가 들러붙었다. 그게 몸 안에서 조바심을 낸다.

정체를 알 수 없는 무엇. 그게 들러붙었다.

크다.

뜨겁다.

강한 온도를 지녔다.

정체를 알 수 없는 무엇이 거대해지며 몸을 찢을 듯하다.

정체를 알 수 없는 무엇이 뜨거워지며 몸을 태울 듯하다.

미치겠다. 미칠 것 같이 요동친다.

더 이상 참지 못하겠다.

잔디 안으로 뛰어 들어가 벗나무를 잡고 웅크려 앉아 벗나무 뿌리에다 토했다.

토해.

토해.

몇 번이나 토했다.

아직도 이렇게나 토할 게 남았나 싶을 정도로 토했다.

토해도, 토해도, 아직도 토할 게 남았다.

시큼한 냄새.

입 주위가 지저분해졌다.

손수건이 어디 있을 텐데….

주머니에 손을 넣었다.

왼손으로 재킷 왼쪽 주머니를.

오른손으로 재킷 오른쪽 주머니를.

있다.

손수건이 아니다.

오른 주머니 안에서 손가락 끝에 툭 하고 단단한 뭔가가 만져졌다.

뭘까.

후카마치는 오른손가락으로 집어, 주머니 안에서 꺼냈다. 그리고 가로등 아래서 무엇인지 봤다.

아름다운 색을 지녔다.

"아아…."

후카마치가 소리를 냈다.

단단한 코발트그린의 돌.

터쿼이즈.

처음 봤을 때 기시 료코의 목에 걸려 있던 그것.

터키석.

하부 조지의 아내였던 셰르파족 여인, 앙 체링의 딸 두마의 어머니 목에 원래 걸려 있던 그것.

그래, 난 남서벽에서 이걸 하부에게 건네는 걸 잊었다. 그러고는 결국 이 주머니 안에 넣고 지금까지 잊고 지냈다.

아니, 잊고 있었던 건 터쿼이즈만이 아니다.

압도적으로 농밀한 시간.

이곳에는 부재하는 시간이 존재하는 장소.

그 시간이, 내 몸에 빽빽이 들어찼던 적이 있었다.

그걸 난 체험했다.

잊지 않았다.

나는 내내 그 농밀한 시간을 생각해왔다.

끝나지 않았다. 아직 아무것도 끝나지 않았다.

아직 나는 진행 중인 것이다.

어이.

목소리가 들렸다.

간신히 찾아줬군.

하부 조지의 목소리가 똑똑히 들린 것 같다.

난 계속 여기 있었다고.

아아, 그래, 그랬어.

인간에게는 권리가 있다. 무엇을 뺏기든, 무엇을 잃든, 마지막으로 유일하게 남겨진 권리. 그건, 자신의 선택한 삶의 방식에 생명을 걸어도 된다는 권리다.

어떡할래?

터쿼이즈가 묻는다.

아아 —.

그걸 오른손에 쥐고 후카마치는 고개를 들었다.

벚나무 잎이 웅성거린다.

미치도록 웅성거린다.

이젠 끝이다.

몸이 떨려왔다.

그것이, 후카마치의 몸 안에서 봇물이 터지듯이 밀려나왔다.

후카마치로서는 그걸 멈출 수가 없었다.

다리가 떨린다.

무릎이 떨린다.

온 몸이 떨린다.

불덩어리가 떨어지듯이 눈에서 눈물이 흘러나왔다.

고개를 떨어뜨렸다.

신발과 지면에 눈물이 후드득 떨어지며 물들인다.

"후카마치 씨…."

여자의 목소리가 들렸다.

그리운 여자의 목소리.

고개를 돌렸다.

기시 료코가 그 자리에 서 있다.

"이자카야에 갔더니 구도 씨가 여기 있을 거라고 해서…."

료코의 말이 끝까지 이어지지 않는다.

정면에서 료코가 바라본다. 후카마치는 매달리는 듯한 눈길로 여자를 봤다.

벚나무가 요동친다.

벚나무가 웅성거린다.

료코의 입술이 움직인다.

료코의 입술이 뭔가 말하려 한다.

허나 말은 나오지 않는다.

벚나무의 웅성거림이 두 사람 사이의 침묵을 메운다.

바삭바삭.

바삭바삭.

그러고는 료코의 입술이 열렸다.

"괜찮아요…"

료코가 말했다.

"가도 괜찮아요."

그 목소리가 후카마치의 귀에 이른다.

"지난 두 달 동안, 내내 그 생각만 했어요. 그걸 오늘 말해야겠다
고 생각했어요…."

료코의 눈에도 눈물이 고였다.

"가도 괜찮아요."

후카마치는 료코를 바라보며 그녀의 이름을 부르려고 했다.

허나 그 말은 나오지 않았다.

후카마치의 입에서 새어나온 건, 낮은 오열이었다.

종장

미등봉

1

나는 혼자다.

자일과 연결된 동료도 없거니와, 옆으로도, 뒤로도, 앞으로도 함께 걸어가는 동료는 없다.

눈으로 뒤덮인 능선 위를 기어가듯 걸어가고 있다.

바람은 오른쪽에서 불어왔다. 강한 바람은 아니다.

눈보라가 날리지 않는 바람.

에베레스트 능선의 바람이라 치면 거의 불지 않는 것과 마찬가지다.

롱북 빙하 끝단 부근에 보이는 파란 하늘에, 여성의 세모(細毛)와 같은 구름이 몇 가닥 떠 있다. 저 구름이 보인다는 건 네팔 쪽에서는 날씨가 바뀐다는 신호였다.

이쪽에서는….

이쪽?

이쪽이고 저쪽이고 아무 상관없다. 내가 걷는 곳은 능선이다. 네팔에도 티베트에도 인간이 구획한 어느 쪽에도 소속되지 않는, 하늘과 지상의 경계로 이어지는, 하늘의 복도다.

초모룽마의….

사가르마타의….

에베레스트의 정상으로 향하는, 눈으로 뒤덮인 복도.

엄청난 풍경.

내 좌우로 세상 모두가 펼쳐졌다.

동서로 롱북 빙하.

무수한 봉우리들.

산맥.

로체도 보였다.

네팔 쪽에서 올려다본 눈과 바위가 보였다. 8,516미터 로체 정상보다, 지금 나는 더 높은 장소를 걷고 있다. 믿어지는가. 난 지금 로체 정상을 내려다본다.

믿어지는가.

어이.

대답은 없다.

대답은 격렬한 호흡이었다.

한 걸음, 한 걸음 난 다가간다. 로체보다 한층 높은 저곳을 향해.

모든 산들의 왕.

이 지상의 왕.

앞을 보면 하얗게 봉긋 솟은 눈 덩어리와 파란 하늘뿐이다.

저곳이 이 지상에 단 하나뿐인 장소다.

에베레스트 정상.

저곳을 향해 다가간다.

한 시간에 100미터.

앞으로 얼마나 남았을까.

무릎으로 눈을 가르듯이 발을 앞으로 내민다.

한 걸음.

그리고 가쁜 숨을 토한다. 단 한 걸음을 위해 가쁜 숨을 몇 번이나 토하고, 다시 또 한 걸음을 내딛는다. 그걸 무한히 반복한다.

그렇게 얼마나 반복하고 나면 정상이 나타날까. 계속 반복하면 정상에 이를 수 있을까.

무산소.

단독.

그렇게 에베레스트에 오르겠다는 생각은 무모했을까.

하부 조지처럼 겨울에 네팔 쪽에서 남서벽으로 오르겠다는 게 아니다. 프레몬순에 티베트 쪽에서 노멀 루트로 오른다. 내게는 이 루트밖에 없었다. 네팔 쪽에서는 등산을 할 수 없다. 입국이 금지됐기 때문이다. 그러니까 티베트 쪽에서 오른다.

루트로 보면 네팔 쪽보다는 편하다. 동계 남서벽에 비하자면 하이킹과도 같다. 하지만 고도는 네팔 쪽이든 티베트 쪽이든 똑같다. 어느 쪽에서 오르든, 똑같은 고도에서 똑같이 희박한 산소를 호흡하게 된다.

바람이 조금 부는 것 같다. 점점 바람이 강해지는 걸까.

아니, 걱정할 필요 없다. 여기서는 항상 바람이 부니까.

바람이 없으면 이상한 곳이다.

1980년에 라인홀드 메스너가 무산소 단독으로 에베레스트 정상에 올랐을 때와 같은 루트다.

1924년 맬러리와 어빈이 올라갔던 루트다.

6,500미터 전진 베이스캠프에 앙 체링과 기시 료코가 있다. 두 사

람과는 5일 전에 헤어졌다. 모든 일이 순조롭게 진행됐으면 정확히 오늘, 그들과 베이스캠프에서 재회했을 것이다. 하지만 7,900미터 지점에서 눈보라에 갇혀, 예정했던 1박이 3박이 되고 말았다.

네팔에 있는 앙 체링에게 편지를 보낸 게 작년 5월이었다. 무산소 단독으로 에베레스트를 티베트 쪽에서 올라가고 싶다고. 노멀 루트를 이용해서. 시기는 프레몬순. 꼭 협력을 받고 싶다고 썼다.

답장은 바로 오지 않았다.

6월이 지나고 7월이 지나고 8월이 됐다. 계획상 신뢰할 만한 셰르파의 존재는 꼭 필요했다. 그리고 신뢰할 만한 셰르파란, 내게는 앙 체링이었다. 그의 협력 없이 이 등반은 불가능했다.

답장이 온 건 9월이 되어서였다.

'협력하겠다.'

앙 체링의 답장에는 그렇게 쓰여 있었다.

답장이 늦어진 이유는 망설였기 때문이었다고 앙 체링은 썼다.

협력한다고도, 협력할 수 없다고도 답장을 보낼 수 없었다. 이제 가까운 사람을 산에서 잃고 싶지 않다. 하지만 협력하기로 결심했다. 만약 아직도 파트너가 정해지지 않았다면 내가 파트너가 되고 싶다. 편지에 그렇게 쓰여 있었다.

이후로는 체력을 만들며 정보를 모으는 나날이 이어졌다. 일정표를 만들고 필요한 장비를 리스트로 정리했다. 장비의 반절 가까이는 앙 체링이 낭파 라를 넘어 네팔에서부터 야크에 싣고 가져왔다.

올 9월에는 초오유에 올랐다. 이때는 앙 체링이 산소를 지고 동행했다.

나는 산소를 사용하지 않았다.

식량과 장비도, 에베레스트에 오를 때 내가 가져가게 될 상태 그대로 들고 어깨에 졌다. 기본적으로 하부가 챙겨갔던 것들과 거의 같았다.

내 손으로 물건들을 갖춰나가면서, 하부가 얼마나 자신의 계획을 세밀하게 다듬었는지 알 수 있었다.

하부 때와 이번이 다른 점은, 스키 스틱 하나를 장비 안에 넣은 정도다. 남서벽과 같은 벽을 오를 일이 없기에, 설산의 보조도구로 스키 스틱은 상당히 유용하게 쓰인다. 동행자로서 항상 앙 체링이 가까이 위치했지만, 단독행으로 계획한 이상 필요한 물건은 모두가 내가 들었고, 필요한 일은 모두 내 손으로 했다.

초오유 8,201미터봉을 에베레스트와 거의 같은 조건으로 오른다. 고도순응을 겸한 이 등산에서 납득할 만한 결과가 나오면 10월에 에베레스트에 오른다.

그게 앙 체링이 협력하는 조건이었다.

9월에 나는 그 조건을 달성했다. 컨디션은 좋았다. 그리고 11월에 에베레스트에 도전했다.

티베트 팅그리에서 롱북까지 들어갔다가, 거기서 6,500미터 지점까지 야크로 짐을 옮겨, 전진 베이스캠프를 설치했다. 전진 베이스캠프에서 날씨를 기다리다가 5일 전에 출발한 것이었다. 그러나 에베레스트는 초오유보다 700미터 가까이 높다. 히말라야에서 하루에 올라갈 수 있는 고도가 500미터라면 이틀 치만큼 에베레스트 정상이 더 높다는 의미다.

8,600미터는 이미 넘었다.

바람이 강해졌다.

하늘의 바람 속이다.

체력을 쥐어짜낸다.

그때 남서벽에서는 더 괴로웠다. 그때는 죽음을 각오했다. 하지만 이번에는 그때보다 더 많은 훈련을 했다. 초오유도 같은 조건으로 올랐다. 그럼에도 나는 남서벽 때보다 훨씬 높은 장소에 있다. 700미터 위다. 산소는 한층 희박하다. 아무리 호흡해도 산소가 폐 안으로 들어오는 것 같지 않다.

왜 오르나.

왜 걷나.

이렇게 괴로운 행동을 반복하기 위해, 그때 그런 결심을 내렸나.

오른다고, 정상을 밟는다고, 세상에서 처음 있는 일도 아니다. 이 시기에 노멀 루트를 통해 무산소로 오른 사람은 몇 명이나 있다.

사진도 있다. 알려진 루트다. 이런 일을 한다고 유명해질 리도 없다. 스폰서가 붙지도 않는다. 있는 돈을 다 털어넣고 몇 푼 안 되는 저금까지 모두 다 끄집어내서, 넌 여기까지 왔다.

이 등산으로 일본에 돌아가면 돈이 생기나? 안 생긴다.

하지만 돈을 위해 하는 행동이 아니다.

흐음, 그럼 뭘 위해 하나.

뭘 위해 오르나.

몰라, 묻지 마.

난 알지.

그게 뭔데.

넌 되풀이하기 위해 오르는 거야.

되풀이하기 위해?

그래, 저 정상에 서면 뭘 할 거야?

서고 나면 뭘 할 건데?

그걸로 끝인가.

살아서 일본에 돌아가서 다시는 이런 괴로운 장소에 오지 않겠다고 마음먹고는, 언젠가 다시 마음이 요동치겠지.

다시 욱신거리겠지.

산에 관련된 책을 끄집어내서, 어느샌가 다시 다른 산으로 갈 준비를 시작하겠지.

그렇겠지.

아마 그렇겠지.

저 정상에 섰다고 대답은 없다. 그건 알고 있다.

돈도, 여자도 생기지 않는다.

하부도 그건 알고 있었다.

그럼, 그 녀석은 왜 올랐을까.

그걸 어찌 알겠나. 아마 그런 건 아무 상관없었겠지.

왜 산에 오르냐는 대답 따위 찾지도 않았을 거야, 하부는.

나도 그래. 그런 말을 입에 담은 적이 있었는지도 모르겠지만, 그 땐 그냥 의례적인 말이었어. 세상이나 자신에 대한.

마음속 깊은 곳에서는, 산에 왜 오르느냐는 대답을 찾아 산에 가지 않는다는 걸 이미 알았겠지.

그럼 왜 올라? 왜 저기로 가려는 거야?

글쎄, 최소한 이것만은 말해두지. 누가, 몇 번이나, 어떤 방법으로, 저 정상에 섰는지 모르지만, 나에게는 처음이라는 거야. 내게는 최초라고.

그거 알아?

뭐?

신화.

신화?

시시포스의 신화.

그리스 신화야.

그야 잘 알지.

그것도 산에 대한 애기잖아.

그래.

시시포스가 커다란 바위를 굴리며 산에 오르지.

그래.

그게 신에게 부여받은 그의 임무였으니까.

임무?

아니 벌이었나?

운명이었어.

그래, 시시포스의 운명이었어.

바위를 굴려 겨우 산 정상에 그 바위를 올려놔. 그럼 바위가 굴러 떨어지는 거야. 굴러 떨어진 바위를 다시 시시포스가 산 정상까지 가져가. 그러면 다시 바위가 굴러 떨어져. 시시포스는 또 바위를 정상까지 가져가겠지?

그래, 그런 무한한 반복이야.

너도 그래.

나도?

그래, 너도 하부도 그래.

하부도 그런가.

그래.

그렇다면 너는 어떨까.

나는 어떨까.

너와 나뿐만이 아냐.

시시포스가 아닌 인간이 이 세상에 존재할까.

시답잖은 생각을 하고 있군, 후카마치.

몸이 괴로워지니까, 이내 쓸데없는 생각에 빠진다.

생각을 해버린다.

그래도 생각하면서도 발이 앞으로 나간다니, 칭찬해줄 만하지 않은가. 하지만 지나치게 생각하면 뇌가 물렁해지면서 코에서 흘러나올지도 몰라.

이제 얼마나 남았나.

위를….

그렇게 높이 쳐다볼 필요 없어.

조금 아래다.

아아, 바로 저기다.

이제 내 머리와 같은 높이밖에 지상이 안 남았다.

눈높이에 하얀 정상이 보인다.

순백의 정상이 바로 저기다.

근데 왜 이리 멀까.

마지막 거리가 아무리 해도 줄어들지 않는다.

앞으로 10미터 남았나?

멈추지 마.

걸어.

눈을.

정신 차려.

보인다.

보여.

저기다. 저기에 삼각대가 보인다.

1975년 중국 원정대가 정확한 측량을 위해 가져온 물건이다.

아아, 이제 내 눈이 정상보다 높다.

이제 조금이다.

아아, 뭔가가 내 엉덩이 부근에서 기어오르고 있다.

등줄기를.

혈관을.

서서히 올라오고 있다.

뭐지? 뭐야, 이건?

젠장.

조금 남은 게 아니었잖아.

아니 조금만 더.

보인다.

네팔 쪽이 보인다.

웨스턴 쿰의 유명한 눈 슬로프도.

로체도.

눕체도.

푸모리도 보인다.

온갖 풍경이 펼쳐진다.

바람 속이다.

휘이잉 하고 바람이 내 몸을 때리고 간다.

하늘이 파랗다.

파란 하늘 속에 내가 머리를 치켜 올린다.

머리가 하늘에 속했다.

어깨가 하늘에 속했다.

그리고 가슴이.

눈꺼풀이.

허리가.

무릎이.

아름답다.

이런 풍경이 존재할 수 있다니.

이런 풍경에 내가 함께한다.

굵은 무언가가 등줄기를 지나 정수리로 빠져나갔다.

왜 산에 오르는가.

왜 사는가.

그런 질문도, 대답도 먼지처럼 사라지고 창천에 몸과 의식이 치솟
는다.

무릎이 바들바들 떨린다.

왜 이럴까.

왜 떨리지.

내가.

아아, 이 지극한 환희.

왼발을 눈 속에 박고 오른발을 들었다가 내린다.

그리고 나는 지구를 밟았다.

2

1995년 11월 10일 10시 28분

표고 8,100미터

얼마나 걸었을까. 북동릉에서 200미터는 내려왔을 것이다.

주위가 보이면 위치를 가늠할 수 있을 텐데, 알 수가 없다. 시야가 20~30미터에 불과하다.

안개 속으로 눈 줄기가 빽빽이 긋는다. 경사면을 왼쪽에 두고 밑으로 내려간다. 그러면 북동릉에서 노스콜을 향해 내려가는 능선이 나올 터였다.

오늘 중으로 표고 6,990미터인 노스콜까지 도착하기만 하면 어떻게든 된다. 만약 식량이나 연료가 다하면 앙 체링이 올라오기로 되어 있었다. 하지만 루트를 잘못 잡았다면 죽음이다. 틀림없이 죽음이 기다린다.

새털구름이다. 구름이 움직이지 않는다. 정상에서 내려가기 시작하다 문득 주위를 둘러봤을 때, 대량의 구름이 쿰부체 상공으로 올라오며 에베레스트를 목표로 다가오고 있었다. 바람이 강해지며 구름이 머리 바로 위를 뒤덮자 눈이 내리기 시작했다.

바람과 눈 속으로 내려갔다. 8,350미터 지점에 쳐놓은 텐트까지 돌아가지 않으면 죽을 수밖에 없는 상황이다. 다행히 가까스로 텐트까지 돌아갈 수 있었던 데는, 눈 위에 남겨놓은 발자국이 아직 지워지지 않아서였다.

하룻밤 침낭 안에서 머물며 바람의 소리를 들었다. 온갖 환청이 엄습했다. 누군가 나를 부르는 듯했고, 누군가 찾아와 존재할 리 없는 문을 두드리는 듯했다. 대화 소리와 웃음소리도 들렸다. 이오카와 후나지마가 나타나, 나도 알아들을 수 없는 대화를 그들과 한참 나누고 말았다.

'후카마치.'

'후카마치.'

'가지 마.'

'돌아가지 마.'

그들은 침낭 속까지 들어와, 차가운 몸으로 나를 감싸 안으려고 했다.

하룻밤 몽롱한 상태에서 환청과, 환각과 싸웠다.

거의 잠들지 못했다. 꿈과 현실의 경계가 애매해지며 이오카와 후카지마가 어디에 속했는지조차 알 수 없었다.

그런데 이오카와 후나지마의 모습은 몇 번이나 봤으면서 하부의 모습만은 환각으로조차 보지 못했다.

"하부, 이쪽으로 나타나봐."

그렇게 말하는 목소리를 들었다.

"여기 나타나면 당신이 죽어서 유령이 됐다는 게 들통날까봐, 안 나타나는구나."

하부, 여기로 와.

난 해냈어. 당신만큼은 아니지만.

단독으로 에베레스트에 올랐어.

자, 한잔하러 와.

난 중얼중얼 뭐라 떠들면서 밤새도록 얼어붙은 침낭 안에서 나의 내면 속 사자(死者)들과 홀로 대화를 나눴다.

아침. 바람과 눈은 그치지 않았다.

베이스캠프의 앙 체링과 무전으로 연락을 취했다.

피로는 절정에 달했다. 하룻밤 더 이 고도에 머물렀다가는 아무리 날씨가 회복돼도 움직이지 못하리라. 지금이라면 움직일 수 있다.

눈이나 바람은 남서벽 때만큼은 아니다.

식량도 한 번 먹으면 끝이다.

내릴 수 있는 결론은 하나뿐이었다.

식량을 있는 대로 다 섭취했다. 이동 중에 먹을 수 있는 식량만 남기고 전부 먹었다. 한시라도 빨리 움직여야 했다.

8,000미터 이상에서는 조금이라도 더 머물고 싶지 않았다. 표고차 1,300미터로 하강이다. 여기서 1박을 더하면 죽음뿐이다. 어떤 난관이 기다린다 해도 여기서 내려가는데 목숨을 걸 수밖에 없었다.

"제가 노스콜까지 올라가죠."

앙 체링이 말했다.

식량과 산소를 들고 노스콜로 올라와 텐트를 치고 거기서 기다리겠노라고.

"힘내요. 당신은 반드시 돌아올 거예요. 베이스캠프에서 창(막걸리 비슷한 티베트 전통주)을 준비해서 기다릴 테니까."

료코가 말했다.

6,500미터. 료코로서는 처음 경험하는 고도였다. 트레이닝을 했고, 초오유에서 5,800미터까지 체험했지만 쉽게 견딜 만한 고도가 아니다.

거기서 료코가 기다리고 있다.

"반드시 돌아갈게."

나는 그렇게 말하고 내려갈 준비를 했다. 가능한 한 짐의 무게를 줄여야 했다.

텐트와 침낭은 8,350미터 지점에 방치했다. 들고 가봐야 아무 소용없기 때문이다. 노스콜까지 내려가면 텐트, 침낭, 식량이 기다린다. 공기도 1,000미터만큼 더 진해진다.

나는 내려가기 시작했다. 코펠도, 가스통도 모두 놔두고 왔다.

노스콜로 갈 수밖에 없다. 그게 내가 살, 단 하나의 방법이었다.

얼마나 내려갔을까.

바람은 밑에서 눈과 함께 올라와, 이따금 소용돌이쳤다. 경사면에서 밀려 날아갈 정도의 바람은 아니지만, 잠깐 움직임을 멈추면 바람이 순식간에 체온을 뺏어가는 걸 실감했다.

왼손 새끼손가락에 감각이 없다. 장갑 위로 오른손으로 움켜쥐어도 뭔가 잡혔다는 감각이 없다. 돌과 다를 바 없었다. 얼어붙은 길쭉한 돌이 새끼손가락 대신 매달려 있을 뿐이다.

왼손 새끼손가락과 약손가락까지 이제 그른 듯하다. 살아 돌아가도 잘라내야 한다. 그리고 발가락 몇 개도.

걷는다. 그저 걷는다.

한 걸음 내딛고는 열 번은 거친 숨을 토하고, 다시 한 걸음. 올라올 때 만든 발자국은 이미 눈과 바람에 다 지워졌다.

초콜릿 한 개, 비스킷 다섯 개.

그걸 먹으려고 바위 그늘에서 주머니에 손을 넣었다. 장갑을 낀 손으로 꺼내려는데 순간 훨씬 강한 바람이 경사면 아래에서 불어 닥쳤다. 그 바람이 내게서 초콜릿을 뺏어갔다.

휘이잉.

공중에 날리더니 경사면 밑으로 눈 깜짝할 사이 초콜릿이 떨어졌다. 날아가는 초콜릿을 붙잡으려고 오른손을 아래로 뻗다가, 다시 바람이 불어와 오른손에서 비스킷까지 낚아채버렸다.

다시 한 걸음을 내딛기까지 10분은 그 자리에서 꼼짝도 못 했다.

한없는 절망이 나를 감쌌다.

이동할 때 먹을 음식이 사라졌다.

걷기 시작했다.

나는 절망이 드리워진 하강의 한 보를 내딛었다.

그러고는 얼마나 걸었을까. 이미 시간 감각을 잃었다.

몇 번인가 구르고 기었다. 걷는다는 마음으로 기었다. 걷는다고 생각했는데, 어느새 눈에 처박혀 바위 밑에 웅크려 있다. 웅크리고 중얼중얼 혼잣말을 하고 있다.

이래선 안 된다고 스스로를 채찍질하며 몸을 일으켰다.

걷는다.

몇 발 못 가 다시 주저앉는다.

다리에 힘이 풀렸다.

기력도 쇠잔해졌다.

이따금 불처럼 뜨거운 무언가 치밀어 올라, 잠깐 전진할 때도 있었다. 그래봐야 열 걸음이었다.

열한 걸음째에 다시 주저앉아 중얼거렸다.

"이제 할 만큼 했어…."

"충분히 했어…."

밑을 향해 혼자 중얼거린다.

'그래. 넌 할 만큼 했어….'

목소리가 들려온다.

이오카가 있다.

후나지마가 있다.

'이젠 쉬어….'

'이쪽으로 와….'

"싫어…."

나는 중얼거린다.

천천히 몸을 일으켜….

다시 한 걸음. 한 걸음만 더 가보자.

그래도 움직일 수 있으면 한 걸음 더.

그랬는데 정말로 걸을 수 없으면 그때는….

그러니까 일어나.

비틀거리며 몸을 일으킨다.

한 걸음.

두 걸음.

세 걸음째에서 쓰러져 거친 숨을 토한다.

저 바위까지….

바위에 이른다.

이번에는 다시 저 바위까지. 저 바위가 마지막이다. 저기까지 가서 쉬자.

잠깐 자면 돼. 잠들었다가 그대로 눈을 못 뜬다면 그럼 할 수 없지.

배가 고프다.

움직이려면 당분을 배에 넣어야 한다. 그러나 먹을 건 이제 없다.

10미터 앞 바위까지 10분이 걸렸다.

위태로운 경사면에서 두 번 굴렀다. 그대로 밑으로 떨어지지 않은 게 기적 같았다.

바위에 도착해 바람과 눈을 피해 바위 그늘로 숨어 들어갔다.

아주 잠깐만 자자….

그때 그 바위 그늘에서 좁은 암벽을 봤다.

얼마 안 되는 자그마한 공간.

거기서 웅크려 앉은 그림자 둘.

그건 두 구의 시체였다.

눈이 전신에 달라붙어 하얘졌다.

얼어붙었다.

하나는 오래된 시체다. 등뼈가 부러졌는지 자세가 무너져, 앞으로 몸을 접어놓은 것처럼 크기가 반에 가깝게 줄어들어 보였다.

저 옷은 근대적인 방한복이 아니다. 낡은 트위드로 보이는 옷. 그 위에 오버코트를 입고 울 목도리를 목에 둘렀다. 시체 옆 바위 밑으로 피켈이 보였다. 이런 복장으로 산에 올랐다면 1920년대, 그것도 영국인이리라.

그 순간, 한 남자의 이름이 머리에 떠올랐다.

조지 맬러리.

그는 맬러리인가?

1924년 6월 8일 12시 50분, 오델이 북동릉에서 목격되고는 마지막이 된 남자. 퍼스트스텝에서 세컨드스텝으로 향하는 모습이 오델에 의해 목격되고 이후로 소식이 끊긴 남자.

아니 어빈일 가능성도 있다. 하지만 어빈이라면 피켈을 갖고 있을 리가 없다. 왜냐면 어빈의 피켈은 1933년 영국 제4차 에베레스트 원정대에 의해 발견됐기 때문이다.

진짜 맬러리인가?

그리고 또 하나의 시체. 그건 얼마 되지 않은 듯했다. 겉옷은 불길이 치솟는 듯한 빨간 윈드재킷. 그 색깔을, 나는 안다. 카메라 파인더 안에서 마지막으로 본 색이었다.

"하부…?"

나도 모르게 목소리가 나왔다.

하부 조지였다.

삼엽충 화석처럼, 암모나이트 화석처럼, 이런 높이에 인간의 육체가 둘 잠들어 있다.

네팔 쪽에서 오른 하부가 어째서 티베트 쪽에 속한 이런 장소에 있는가. 하부는 바람을 막으려는 듯이 자신의 배낭을 가슴에 품고 그 위에 턱을 얹고 고개를 든 자세였다. 그리고 기이하게도 하부는 눈을 뜬 채 죽어 있었다. 안구가 얼어붙었고, 얼굴 여기저기에 눈이 단단히 들러붙었지만, 하부는 눈을 뜨고 전방을 노려보는 듯이 응시하며 죽어 있었다. 죽는 그 순간까지 하부는 자신의 의지를 굳건히 드러내고 있었다.

그런데 하부는 왜 이런 장소에 있는가.

있을 수 없는 일이다.

루트를 착각했단 말인가.

아니, 하나만은 확실했다. 무슨 일이 있었는지 모르지만, 이것만은 틀림없었다.

하부는 에베레스트 정상에 섰다. 정상에 섰기에 티베트 쪽 이 장소에 하부가 있을 수 있다.

당신, 해냈군.

하부, 당신이 해냈어.

당신은 그 벽을 넘어, 이 지상에 유일무이한 장소에 섰구나.

'그래, 섰어.'

하부가 내게 대답하는 듯한 느낌이 들었다.

'난 하부 조지니까.'

하부가 내게 그렇게 말했다.

선물을 주지.

뭔가.

내 마음이니까 가져가.

이건 네 거야.

나는 하부의 주머니를 뒤졌다.

두 가지를 발견했다. 한 개의 초콜릿과 한 줌의 건포도.

이걸 하나도 먹지 않았다는 건, 하부가 이 장소에서 여전히 절망하지 않았다는 의미다.

살겠다는 의지를 버리지 않은 것이다.

한 개의 초콜릿과 건포도는 내가 하부에게 준 음식이다. 이걸로 하부는 에베레스트를 내려갈 작정이었던 것이다. 그게 아니라면 하부는 이 상황에 이르러서도, 최후의 순간까지 단독행을 관철하려는 마음을 버리지 않았다는 것인가.

어떻게 이런 남자가 존재하는가.

그리고 또 하나는 작은 노트였다.

열어봤다.

바람으로 몇 쪽이 허공에 날아가 사라졌다.

읽었다.

하부의 글씨가 그곳에 쓰여 있었다.

그런가.

정상에서 산소 부족으로 시력을 잃고 루트를 잘못 들어선 건가.

루트를 착각했다는 걸 어디서 알아차렸는지 알 수 없다. 어쩌면 알아차리지 못한 채 이 장소까지 왔을지도 모른다. 우연히, 과거 하부가 맬러리의 카메라를 발견한 이 장소까지 이르렀을까. 아니면 이 부근에서 유일하게 비박이 가능한 장소를 기억하고 여기까지 찾아왔을까.

'상상해.'

노트의 마지막에는 그렇게 적혀 있었다.

눈물이 났다.

이다지도 뜨거운 눈물이 다 나오는가 싶을 정도로 뜨거웠다.

하부, 가자.

나는 하부의 몸을 안았다.

가자, 하부. 내가 널 데려갈게. 나와 같이 돌아가자.

하부의 몸을 이끌었다.

나는 바람 속에서 하부의 몸을 잡아끌며 바위와 눈 위를 이동했다.

나는 광기에 휩싸였다.

가자.

내가 데리고 간다.

맬러리의 시체가 뒤로 보였다.

가쁜 숨을 토했다.

공기가, 산소가 부족하다.

하부의 몸이 거부하는 듯이 꼼짝도 하지 않았다.

아직 하부는 하늘을 노려보고 있었다. 나 따위는 보고 있지 않았다.

하부는 이제 지상을 보지 않는다.

정신이 돌아왔다.

무슨 바보 같은 짓을 하려고 했는가.

가능할 리가 없다.

이런 고도에서 한 사람의 무게를 이동시키려고 했다니.

아아, 이제 알았어, 하부. 난 널 데리고 갈 수 없어.

그때, 네가 날 데리고 가지 않은 것처럼 난 널 여기에 두고 갈게.

놔두고 갈게.

가야 한다. 가야 해.

하부의 마지막 식량을 받아서 간다.

만약 맬러리의 배낭을 뒤지면 필름이 있을지도 모른다. 에베레스트 초등의 수수께끼를 풀 수 있는 필름이다.

아니, 이젠 됐다.

그런 건 이제 됐다.

그런 일로 체력을 쓸 이유가 없다.

하부….

주머니에서 하나를 꺼냈다. 2년 전 하부에게 건네지 못한 그것.

아름다운 녹색의 돌.

요코의 목에 걸려 있던 터쿼이즈.

그걸 하부의 목에 걸었다.

간다….

나는 하부를 향해 말했다.

나는 반드시 살아서 돌아가겠어. 반드시 노스콜에 이르고 말겠어.

간다.

하부.

하부의 혼이여.

넌 성불 따위 하지 않겠지.

지금도 이를 갈며 이 산 정상 어딘가에서 눈을 치켜뜨고 있겠지.

하부.

내게 달라붙어.

내게 달라붙어서 날 따라와.

하부.

난 너다.

너처럼 나도 쉬지 않는다.

만약 내가 피곤하다니 뭐니 하며 쉬려고 한다면 날 밀어 떨어뜨려.

날 죽여.

내 살을 씹어 먹어.

하부.

약속한다.

난 반드시 살아 돌아가겠어.

살아 돌아가서, 다시 산에 오겠어.

그걸 계속 되풀이하겠어.

그게 내가 할 수 있는 일이다.

그것만이 내가 할 수 있는 일이다.

간다, 하부여.

나는 하부의 얼굴을 노려보고, 이를 악물고 다시 눈과 바람 속으로 발걸음을 내디뎠다.

예, 평생 동안 그 생각을 해왔습니다. 그리고 현재 제가 내린 결론은 인간에게는 다 각자의 역할이 있다는 겁니다. 결국 역사는 저를 증언자로서 고른 것이겠죠. 행운인지 불행인지, 역사는 저를 에베레스트 등정자가 아닌 맬러리와 어빈을 지켜본 최후의 목격자, 증언자로서 선택했습니다. 그리고 평생 동안 몇 번이나 좋든 싫든, 전 제가 본 것에 대해 말해왔습니다.

지금도 이렇게 당신을 위해 그때 일을 말하고 있죠.

두 사람 중 누구라도 정상에 섰을 가능성 말인가요?

가능성만을 말하자면 물론 있죠. 그리고 서지 못 했을 가능성도 있겠죠.

곰곰이 생각해보면 그건 저입니다. 그리고 당신이기도 하죠.

이 세상에 살아가는 사람이라면 모두들 그 두 사람의 모습을 지니기 마련이죠.

맬러리와 어빈은 지금도 걸어가고 있습니다.

정상에 이르기 위해 걷고 있습니다.

계속 걷고 있습니다.

그리고 어느 때인가 죽음이 그 사람을 방문합니다.

인간의 인생에 함부로 가치를 부여하기는 어렵습니다만, 한 사람이 죽었을 때 어디 쯤에 가 있었나, 그것이야말로 중요하지 않을까요.

저나 당신이나.

어디쯤에 가 있었냐가.

그 사건이 제게 뭔가 교훈을 선사했다면 아마 그것이겠죠.

— 노엘 오델, 〈가쿠보〉, 1987년 3월호, '히말라야의 증언자'(인터뷰), 1987년 1월 런던

　노엘 오델은 1987년 2월 영국에서 사망했다. 그의 나이 아흔여섯이었다.

1

이 이야기를 구상한 건 20년도 더 전의 일이다.

단순히 산에 대한 이야기를 쓰고 싶었다. 세계 최고의 산 정상을 오르려는 남자의 이야기.

옛날부터 한 남자가 애처로울 정도로 뭔가를 갈구하는 이야기를 좋아했다. 현장법사라든가 구카이(空海, 헤이안 시대의 승려) 같은 인물을 좋아했다. 미야모토 무사시宮本武蔵나 가와구치 에카이河口慧海 같은 남자를 흠모했다.

내게 이야기의 왕도라 하면 '서천취경(西天取經)'으로 모두 수렴될지도 모르겠다. 지금 여기에서 뭔가를 구해 저곳으로 떠나는 이야기. 내게는 자신보다 강한 남자와 싸우는 이야기나, 산에 오르는 이야기는 결국 서천취경의 변주에 불과할지도 모른다.

하지만 세계 최고의 산, 에베레스트도 이미 함락되고 말았다. 그렇다면 현대에 와서는 어떤 산 이야기를 쓸 수 있을까. 쓴다면 에베레스트에 대한 이야기일 수밖에 없다고 생각하면서도, 한때는 르네 도말René Daumal의 《마운트 아날로그Le Mont Analogue》처럼 가공의 산을 만들어버릴까 하는 생각도 들었다.

이 가공의 산에 대한 변주가 《환수변화幻獸變化》의 거대한 나무가 된 셈인데(실은 그 작품에서 나무에 오르는 이야기를 진득하게 쓰고 싶었지만, 당시의 나로서는 역부족이었다), 이 소설에서는 어떻게 해서든지 히말라야의 에베레스트에 오르는 이야기를 쓰고 싶었다.

그런 시기에 히말라야 등반 역사상 최대의 미스터리라 불리는 사건, 맬러리의 실종과 조난에 대해 알게 됐다. 심지어 맬러리가 에베레스트 정상에 섰을 가능성도 있었고, 그걸 알아낼 방법도 남겨져 있었다.

맬러리가 에베레스트 정상에 그 누구보다 가장 먼저 섰을까. 그걸 알아내기 위해서는 맬러리의 시체와 함께 존재할 카메라 속 필름을 꺼내서 현상하면 된다. 그 사실을 알았을 때 머리에 번뜩 떠오른 것이 이 소설의 아이디어다. 이거라면 쓸 수 있다. 에베레스트 8,000미터 이상의 장소에 존재할 카메라가, 카트만두 거리에서 팔리고 있다면 어떻게 될까. 팔리기 전에 그 카메라를 소유했던 사람이 일본인이라면….

순식간에 스토리의 핵심까지 이르렀지만, 당장 쓸 수 있는 이야기가 아니었다. 20대 중반인 나에게는 아직 역부족이었고, 당시까지 히말라야 경험은 한 번밖에 없었기 때문이다. 쓰게 된다면 최소한 에베레스트 베이스캠프까지는 다녀와야 했다.

결국 구상에서부터 집필을 끝내기까지 20년 이상이 걸리고 말았다. 쓰기 시작하고는, 햇수로 4년, 400자 원고지 1,700매라는 매수에 이르렀다.

2

아무래도 나는 곁가지 없이 직접적으로 이야기를 쓰고 마는 버릇이 있는 모양이다.

격투에 관한 이야기를 쓰게 되면 《아랑전餓狼傳》처럼 남자들이 주구장창 싸우기만 하는 이야기를 써버린다.

공수도의 달인인 형사를 내세우는 것도 아니고, 모험 소설 속 강한 남자를 주인공으로 등장시키지도 않는다. 격투 소설의 주인공이 강한 남자들과 차례차례 싸우기만 하는 이야기를 쓰게 된다. 자신보다 강한 인간은 용서하지 않는다는 지극히 간단한 테마로, 벌써 4,000매 이상 쓰고도 아직 끝나지 않았다.

불교에 대한 이야기를 쓰게 되면 싯다르타(붓다)를 주인공으로 하여 깨달음의 순간에 이르기까지를('열반의 왕涅槃の王' 시리즈) 십수 년에 걸쳐 쓰게 된다.

산에 대한 이야기를 쓰게 되면 역시나 세계 최고의 산에 오르는 남자라는 간단하기 이를 데 없는 이야기를 오로지 마음이 다 닳아 없어질 때까지 쓰게 된다.

나는 이 소설의 연재를 끝내며 〈소설 스바루小說すばる〉(1997년 7월호)의 '커튼콜'에 다음과 같이 썼다.

'쓰다 남긴 건 없습니다.'
―유메마쿠라 바쿠

방금 전 《신들의 봉우리》를 다 썼다. 쓰기 시작하여 끝내기까지 3년도 넘게 걸렸다. 이 이야기를 쓰겠다고 마음먹은 이래 20년 가까이 지났다.

400자 원고지로는 대략 1,700매. 연재 중에는 쓰고 또 써도, 쓰고 싶은 장면과 쓰고 싶은 내용이 줄어들 기미가 안 보였다. 아무리 써도 아직 뭔가가 남았다. 라스트신은 진작 정해뒀는데, 거기까지 이르지 못했다. 몸 안의 그릇 속에 미처 다 쓰지 못한 내용이 한없이 쌓여 있었다.

이 원고를 쓰는 작업은 작은 국자로 그 내용을 떠서 원고지 위에 거듭 붓는 행위였다는 기분이 든다. 간신히 끝이 보이기 시작하면 50매만 더, 50매만 더, 이러면서 쓰고 또 써도 다 쓰지 못한 것이 남아, 이제 끝나겠지 하면서 반년이나 연재를 연장하고 말았다.

이제 다 쓰고 몸 안에 남아 있는 건, 없다.

전부 썼다. 전부 토해냈다.

역부족이었다 싶은 데도 없다. 구석구석 온 힘을 다 기울였다.

열 살 때부터 산에 오르면서 몸 안에 쌓아둔 걸 전부 다 꺼내고 말았다. 그것도 정면에서 맞서 싸우듯이 전력을 다해 산에 대한 이야기를 썼다.

이 이야기에 변화구는 없다. 직구, 온 힘을 다 쏟아 부은 스트레이트.

이제 산에 대한 이야기는 두 번 다시 쓸 수 없으리라.

이게 최초이자 최후이다.

그런 이야기를 쓰고 말았다.

이만한 산악 소설은 아마 더 이상 나오기 힘들겠지.

그리고 아무나 쓸 수 있는 이야기도 아니다.

이제 항복할 텐가.

1997년 4월 모일

오다와라에서.

참나.

3

내가 스물 일곱에 쓴《고양이 연주가 오루오라네ねこひきのオルオラネ》라는 책에 나오는 〈산을 낳은 남자〉라는 중편이 계기가 된 듯하다.

"산에 대한 이야기를 쓰지 않으시겠어요."

이런 의뢰가 당시 몇 건 들어왔다. 그중 하나는《신수변화神獸變化》라는 거대한 나무에 오르는 싯다르타의 이야기가 되었고, 다른 하나가 이 소설이 됐다.

이 소설을 쓰겠다고 약속을 한 건, 지금으로부터 15년도 더 전의 일이다. 아니 16년인가, 어쩌면 17년 전일지도 모른다. 모 호텔의 모 바 카운터에서 슈에이샤(集英社)의 모 편집자와 술을 마시고 있었다. 그때 그 편집자가 불쑥 진지한 얼굴로 이렇게 이야기했다.

"그나저나 바쿠 씨. 인기 작가의 의자가 몇 개 있는지 아십니까."

갑작스런 질문이었다.

"모르겠군요. 몇 개인가요."

"열다섯 개입니다."

"열다섯? 그걸 어떻게 알아요?"

"세어 봤으니까요. 제가 세어보니까 인기 작가라는 사람들이 앉아 있는 의자는 어느 시대든 간에 열다섯 개밖에 없더군요. 누군가가 앉으면 누군가는 떨어집니다. 누군가가 떨어지면 누군가가 앉습니다. 인기 작가가 된다는 건, 결국 그 의자 싸움인 셈이죠."

"정말입니까?"

"정말입니다."

그가 자신만만하게 고개를 끄덕였다.

"그런데 바쿠 씨, 그 열다섯 개의 의자 중 하나에 앉을 마음은 없습니까."

그가 묻고는 덧붙였다.

"실은 지금 그 의자 중 하나가 비었습니다."

"어떤 의자인가요?"

"얼마 전까지만 해도 닛타 지로新田次郎라는 분이 앉아 계셨던 의자입니다."

그가 말했다.

"닛타 지로 선생님이 돌아가시고 난 뒤 아직 그 의자에 앉은 분이 안 계신데 말이죠…."

상당히 귀가 솔깃한 이야기였다.

"그렇다면 재밌는 아이디어가 있습니다."

그렇게 나는 이 소설 이야기를 꺼냈다.

"그거 재밌겠군요. 그걸로 합시다."

결론은 바로 났지만 문제는 언제 쓰느냐였다. 나로서는 아직 취재가 끝나지 않아, 언제 쓰게 될지 알 수 없었다. 조금만 기다려 달라, 조금만 더 기다려 달라 하며 15년 이상 기다리게 하면서, 그 사이 그와 콤비를 이뤄《날뛰는 바람에게 고하라猛き風に告げよ》,《경악·프로레슬러 와카집仰天·プロレス和歌集》,《공사인부들의 엘레지仕事師たちの哀歌》,《경악·헤이세이 원년 가라테 춉仰天·平成元年の空手チョップ》,《경악·문단 와카집仰天·文壇和歌集》,《경악·문학대계仰天·文學大系》등의 책을 썼다. 어느 작품이든지 간에 아직 이 소설을 쓰지 못하여 '그렇다면 이런 건 어떨까요'라는 식으로 쓴 작품들이다.

결국 이 소설을 쓰게 된 건 1993년 가을부터 겨울에 걸쳐 에베레스트 베이스캠프에 다녀와서다. 여섯 번째 히말라야였다. 그렇게 해서 1994년 봄부터 〈소설 스바루〉에 연재가 시작됐다.

같은 시기에, 역시 20년도 넘게 가슴에 품어왔던 〈달라이 라마의

밀사_{ダライ・ラマの密使}〉도 모 잡지에서 연재를 시작했다. 이쪽도 티베트의 카일라스에 다녀오고 자료를 모은 끝에 간신히 쓸 수 있는 상황에 이르러 시작(셜록 홈스와 가와구치 에카이, 모리어티 교수가 달라이 라마의 밀명을 받고, 카일라스 산에 오르는 이야기다. 라이헨바흐 폭포에 떨어졌을 홈스가 티베트에 갔다는 이야기는 〈빈집의 모험*The Adventure of the Empty House*〉을 아는 사람이면 다 아는 에피소드다)하게 됐는데, 이쪽은 안타깝지만 현재 중단 중이다.

4

이 책을 쓰는 데 정말로 많은 분들의 신세를 지고 말았다.

우선 히말라야를 넘어가는 학을 보러 마나슬루에 갔을 때, '마나슬루 스키원정대' 대장이었던 후루하타 요시미치_{降旗義道} 씨에게는 1994년 겨울 시로우마(白馬)에서 의논을 드린 이래, 귀중한 자료를 빌리고도 4년이나 돌려드리지 못했다.

도쿄시세키(東京書籍)의 야마다 가즈오_{山田和夫} 씨와는 몇 차례나 함께 텐잔(天山), 초오유, 에베레스트, 카일라스 등 히말라야를 비롯한 그 주변에 다녀왔다. 말 그대로 죽을 뻔한 위기를 함께 했던 동료다.

산케이(山溪)의 이케다 쓰네우치_{池田常道} 씨에게는 에베레스트 무산소 등정자를 조사할 때 신세를 졌다. 등반사에 대해서는 걸어 다니는 사전과 같은 분으로, 조사해준 등정 리스트는 정말로 요긴한 자료였다.

사세 미노루_{佐瀬稔} 씨의 《늑대는 돌아오지 않는다: 알피니스트 모리타 마사루의 삶과 죽음_{狼は歸らずアルピニスト・森田勝の生と死}》에도 신세를 졌다. 하부 조지라는 남자의 캐릭터를 잡지 못할 때 《늑대는 돌

아오지 않는다》를 몇 번이나 읽으며 간신히 하부 조지라는 캐릭터를 만들 수 있었다.

하나 덧붙여 말해두자면 '하부 조지'라는 이름의 모델은 장기(將棋) 명인인 하부 요시하루羽生善治 씨다. 이 책을 쓸 때 하부 씨를 쫓아다니다가(이 당시 하부 씨가 명인이 됐다) 인연을 맺게 되면서 하부라는 이름을 쓰게 해주셨다.

1993년, 에베레스트 베이스캠프에 갔을 때 남서벽을 노리던 군마현 산악연맹의 야기 하라쿠니 아키八木原國明 씨에게도 신세를 졌다. 다 죽을 것 같은 상태로 간신히 도착한 베이스캠프에서 대접해주신 야키소바의 맛은 평생 잊을 수 없을 것이다. 고산병으로 변변히 식사를 하지 못하던 내가 오랜만에 제대로 음식을 먹을 수 있었던 게, 이때의 야키소바였다. 이때 군마 원정대는 동계 남서벽 초등에 성공했다.

그리고 전술한 야마다 씨를 포함, 제2차 RCC의 스다 요시노부須田義信 씨와 아이카와 미나코及川美奈子 씨와는 연재 기간 중 한 달에 한 번 꼴로 만나 식사를 하고 한잔하게 됐다. 산에 대해 모르는 일이 있을 때마다 이 자리에서 상담하면 대개의 일은 알 수 있는, 너무나도 축복받은 자리였다.

스다 씨는 1990년에 결성한 초오유 중년 원정대의 멤버였고, 이 당시 나도 초오유의 베이스캠프까지 따라갔다. 내가 에베레스트 남서벽에 대해 물어보자, 경사 40도의 30미터 빙벽을 오르고 나서 왼쪽으로 20미터 횡단하고, 경사 45도의 빙벽을 더블 액스로 올라간 정황에 대해 20미터 단위로 정상까지 손에 잡힐 듯이 스다 씨가 이야기를 해주어, 일종의 문화적 충격을 맛봤다. 남서벽에 대해 이만큼 상세히 말할 수 있는 사람은 이 지구상에 몇 명 없다.

이외에도 신세를 진 분이 무수히 계셨다. 나 혼자로서는 결코 이 장편을 쓰지 못했으리라 생각한다.

정말 신세 많았습니다. 그리고 감사 인사드립니다.

말로 다 형용하지 못할 정도로 유형, 무형의 힘을 많은 지인과 친구들로부터 받았습니다.

이 소설을 다 썼을 때는 저도 모르게 눈물을 떨어뜨리고 말았습니다. 감개무량했고, 생각했던 것, 쓰고 싶었던 것을 모두 다 토해냈습니다.

이 작품에는 현재 저란 인간의 등신대가 담겨 있습니다.

이 작품이, 유메마쿠라 바쿠의 현재 등신대입니다.

힘이 부족한 데도, 힘이 미치지 못한 데도 없습니다.

이러한 마음으로 써낸 작품은 이 책 말고는 없습니다. 이 책이 과연 어떤 식으로 읽힐지 저로서는 헤아릴 수 없습니다. 물론 산악 소설이기도 하고, 산악 미스터리, 모험 소설일 수도 있다는 마음이 듭니다.

쓰는 입장에서는, 쓰기 시작할 때부터 아무런 의식도 없었고, 만약 있었다면 그저 터무니없이 강력한 힘을 지닌 소설, 저로서는 더없이 귀중한 이야기를 제가 지금 썼다는 자각뿐입니다.

전부 썼습니다.

남긴 건 없습니다.

헤이세이 9년(1997년) 7월 4일,

가이후가와(海部川)로 가는 아침에, 신주쿠에서.

유메마쿠라 바쿠

문고판 후기

이번에 문고판 후기를 쓰게 된 데는 이유가 있다. 후반부에 손을 댔기 때문이다. 단행본과는 조금 다른 변화가 있었다. 1999년 5월 1일, 이 소설과 연관 깊은 사건 하나가 일어났기 때문이다. 맬러리의 시체가 에베레스트 북벽 8,230미터 부근에서 발견된 것이다. 요한 헴렙Jochem Hemmleb이라는 등반사 연구가의 발안에 따라 조직된 '맬러리·어빈 수색 원정대'(대장은 에릭 시몬슨Eric Simonson)에 의해 발견됐다.

실제로 당시에 나는《신들의 봉우리》와 관련된 일로 네팔에 갔었다. 4월 하순에《신들의 봉우리》를 슈에이샤의 〈비즈니스 점프ビジネスジャンプ〉에서 만화화하기로 해서, 만화가 다니구치 지로穀口ジロ─ 씨와 함께 그와 관련된 취재 때문에 카트만두에서 어슬렁거리고 있었다. 일본으로 돌아오고 나서야 맬러리의 시체를 발견했다는 뉴스를 알게 됐다.

나는 깜짝 놀라, 발견되기 전에 이 책을 다 써서 다행이라고 가슴을 쓸어내렸다. 하지만 그 사건으로 인해 어쩔 수 없이 마지막 장면을 고쳐 쓰게 되었다. 어떻게 고쳤는지는 굳이 여기에 밝히지 않겠다.

맬러리의 시체는 발견됐으나 카메라는 찾지 못했다. 신기한 일이다. 어쩌면 눈사태에 휘말려 죽은 왕훙바오가 카메라를 갖고 있었을지도 모른다.

아마도 그 수수께끼는 영원히 남겨질 것이다. 그리고 그편이 히말라야 등반사를 풍요롭게 할지도 모른다.

2000년 6월, 오다와라에서

유메마쿠라 바쿠

제11회 시바타 렌자부로 상을 수상한 유메마쿠라 바쿠의 대작 《신들의 봉우리》에 대해 이야기하려면 중편 〈산을 낳은 남자〉에서 부터 시작해야 한다. 《고양이 연주가 오루오라네》에 수록된 이 중편을 읽은 것은 벌써 스무 해도 전의 일이다.

내가 이 중편을 읽고 흥분한 이유는, 산악 소설의 새로운 작가가 등장했을지도 모른다는 예감이 들었기 때문이다. 닛타 지로의 《고고한 인간孤高の人》이었나, 다른 작품이었나 이제 기억도 가물거린다. 아니, 기억났다. 《영광의 암벽榮光の岩壁》이었다. 그 소설 중에 설벽에 매달린 주인공이 발 디딜 곳을 확보하기 위해 등산화 끝으로 설벽을 쨍쨍 하고 차다가 상처가 터져 발톱에서 피가 터져나오는 장면이 있었다. 그 순간 뜨뜻미지근한 무언가가 내 발을 감싸는 듯한 느낌이 들면서, 소설을 읽으며 처음 느껴보는 경험을 맛보았다. 이후로 산악 소설의 열광적인 중독자가 되고 말았다.

하지만 닛타 지로의 전 작품을 다 읽어버리자 일본에서는 산악 소설 자체가 극히 적기에, 더 이상 읽을 소설이 없어 어찌할 바를 모르는 상황이었다. 제8회 올 요미모노オール讀物 추리소설 신인상을 받은 가토 가오루加藤薫의 〈알프스에서 죽다アルプスに死す〉가 당시 《죽음의 현수하강死の懸垂下降》이라는 산악 미스터리 앤솔로지에 수록됐고, 이후 그는 《눈보라雪煙》,《하나의 산ひとつの山》 등을 발표했다. 하지만 이렇게 산악 소설을 쓰는 작가는 역시 드물다. 당시에 산악 소설을

쓰는 작가는 몇 명 있었지만, 결국 그 몇 명밖에 없는 꼴이었다. 그런 상황에서 〈산을 낳은 남자〉를 읽었던 것이다.

이 작품은 판타지라고 불러도 무방할 중편으로, 순수한 산악 소설은 아니지만 오롯한 산의 냄새가 풍겨 흥분을 가라앉히기가 힘들었다. 그래서 각 출판사의 편집자를 만날 때마다 '유메마쿠라 바쿠라는 신인 작가에게 본격적인 산악 소설을 쓰게 하면 재밌지 않을까'라는 말을 하고 다닌 적이 있다.

물론 그런 말을 했던 걸 완전히 잊고 지내다가 유메마쿠라 바쿠의 첫 번째 장편《환수변화》가 서점에 진열되고는 다짜고짜 읽기 시작했다. 이 작품은 내가 바라는 라인과는 미묘하게 달랐다. 젊은 시절의 붓다가 불로불사의 밀법 '열반의 과일'을 구해, 고대 인도의 마계(魔界)를 찾아가는 모험 소설로, 오르는 것은 산이 아니라 거대한 설관수(雪冠樹)다.《신들의 봉우리》후기에서 저자가 이 작품에 대해 언급하며 "나무에 오르는 이야기를 진득하게 쓰고 싶었지만, 당시의 나로서는 역부족이었다"라고 썼다시피, 젊은 유메마쿠라 바쿠가 전력투구한 장편으로 약간 거칠기는 하나 압도적으로 재미있는 작품이었다.

내가 바라는 라인과 미묘하게 달랐다고 말한 이유는 나는 순수한 산악 소설을 읽고 싶었기 때문이다.《환수변화》는 이후 '열반의 왕' 제1부에 들어가며, 장대한 시리즈로서 결실을 맺는다. 열반의 왕이 완결됐을 때, 애당초 이 시리즈는 기타가미 씨로부터 시작됐으니 책임지고 해설을 써달라고, 반 농담이긴 했지만 의뢰를 받고나서야 내가 각 출판사 편집자에게 하고 다녔던 말이 생각났다.

이런 사소한 이야기를 길게 쓴 데는,《신들의 봉우리》를 읽었을 때의 흥분을 이해해달라는 말을 하기 위해서다. 후기에《신들의 봉우리》를 20년 더 전부터 구상해왔으나 좀처럼 쓸 수 없었다고 저자가 밝혔지만, 독자로서도 20년 이상 기다려왔다. 기다리다 지쳐버렸다. 하지만 기다린 보람이 있었다.

정말 엄청나다. 읽으면 온몸이 고동친다. 아아, 대체 어디서부터 이야기를 해야 할까. 한가운데로 마구 찔러오는 호쾌한 직구다. 모략도 없거니와 특별한 세계도 없다. 남자가 오로지 내내 산에 오르는 이야기다. 고작 그뿐인데도 읽는 동안 심장이 두근거리며 고동친다. 그 압도적인 박력에 그저 신음만 토할 뿐이다.

유메마쿠라 바쿠는 자신을 표현하는 데 빼어난 작가로, 실은 이 후기에 거의 모든 게 다 쓰여 있다. 예를 들어 이런 대목이 나온다.

아무래도 나는 곁가지 없이 직접적으로 이야기를 쓰고 마는 버릇이 있는 모양이다.

격투에 관한 이야기를 쓰게 되면 《아랑전餓狼傳》처럼 남자들이 주구장창 싸우기만 하는 이야기를 써버린다.

공수도의 달인인 형사를 내세우는 것도 아니고, 모험 소설 속 강한 남자를 주인공으로 등장시키지도 않는다. 격투 소설의 주인공이 강한 남자들과 차례차례 싸우기만 하는 이야기를 쓰게 된다. 자신보다 강한 인간은 용서하지 않는다는 지극히 간단한 테마로, 벌써 4,000매 이상 쓰고도 아직 끝나지 않았다.

불교에 대한 이야기를 쓰게 되면 싯다르타(붓다)를 주인공으로 하여 깨달음의 순간에 이르기까지를('열반의 왕涅槃の王' 시리즈) 십수 년에 걸쳐 쓰게 된다.

산에 대한 이야기를 쓰게 되면 역시나 세계 최고의 산에 오르는 남자라는 간단하기 이를 데 없는 이야기를 오로지 마음이 다 닳아 없어질 때까지 쓰게 된다.

이렇게까지 본인이 설명해버리면 더 이상 쓸 이야기가 없다. 덧붙이자면 장기를 소재로 한 《바람이 그친 거리風果つる街》도 그렇고, 낚시꾼을 그린 《은어낚시꾼鮎師》도 이런 문맥에서 읽을 수 있다. 즉 유메마쿠라 바쿠가 쓰는 작품은, 그게 격투든 장기든 낚시든 자신이 가장 되고 싶다고 희구하는 남자의 이야기다. 그런 강한 바람을 그대로 그리기에, 항상 이야기가 다이내믹하다.

《신들의 봉우리》에서도 그 사정은 변하지 않는다. 하부 조지라는 천재적 클라이머의 파란만장한 생애를 그리는 이 장편은, 산에 오르는 자로서 가장 바라마지 않는 강렬한 꿈이 이야기 속 핵심을 그대로 관통하고 있다. 그저 위로 전진하고 오른다. 모든 걸 다 버리고 어쨌든 마냥 위로 향하는 하부 조지의 모습에 마음이 떨리는 이유는, 그 강렬한 희구가 쉽사리 약한 소리를 토해내려는 취약한 우리의 마음에 에두르지 않고 바로 직격하고, 우리를 질타하고, 격려하기 때문이다.

하지만 저자가 말하는 '직구'라는 말에 넘어가서는 안 된다. 그건 이야기의 핵심이 '직구로 들어오는 강속구'처럼 들어온다는 의미로, 이야기는 결코 통설적이거나 고지식하게 전개되지는 않는다. 이야기꾼으로서 이만한 인물이 그런 길을 선택할 리가 없다. 이를테면 이 소설이 후카마치 마코토라는 제3자의 시점에서 그려지고 있다는 점에 유의해줬으면 한다. 산에 뜻을 품었다가 재능에 한계를 느껴 프리랜서 카메라맨으로 일하는 39세의 남자. 후카마치 마코토가 하부 조지를 끝까지 쫓아가는 심리는 다음과 같이 기술된다.

설령 산에 오르지 않더라도 거리를 걷다 문득 애절한 마음이 치밀어 올라 하얀 산봉우리를 찾으려 빌딩 숲 너머 창공 속에서 산정상을 시선으로 쫓는 그런 세계와 이별하는 것이다.

떠나고 싶지 않다.

내가 지금 하부 조지를 쫓는 이유는 아마 그래서이리라.

후카마치 마코토에게 하부 조지는 자신이 되고 싶었던 존재, 애틋한 존재, 그런 모든 것의 상징이다. 그리하여 후카마치 마코토는 일본 산악계에서 사라진 전설의 클라이머 하부 조지를 쫓기 시작한다. 그 과정 속에서 하부 조지의 심상의 풍경은 간접적으로 기술되거나 메모로 이야기될 뿐이다. 이 남자가 정말로 무슨 생각을 하는지는 독자의 상상에 맡겨진다. 이런 구성을 통해 산에 오르는 자로서는 가장 바라마지 않는 하부 조지의 강렬한 희구와 유례없는 고독이 우리의 마음속에 점점 부풀어 오른다. 우선 이 점을 유의해주길 바란다.

다음은 맬러리의 카메라가 이야기 속에서 효과적으로 등장하는 점에도 주목해야 한다. 영국 원정대가 에베레스트 정상을 밟기 29년 전, 정상 바로 밑에서 마지막으로 모습을 감춘 맬러리의 카메라가 카트만두에서 발견되는 장면이 이 소설의 모두(冒頭)에 해당한다. 그 카메라 안에 들어 있을 필름을 찾으면 맬러리가 등정에 성공했는지에 대한 결론이 나온다. 만약 등정하고 난 뒤 사고를 당했다면 세계 등반사가 뒤바뀌는 대발견이다. 그 카메라를 둘러싼 치열한 싸움이 벌어지리라는 것은 불을 보듯 뻔하다. 하지만 맬러리의 카메라를 등장시킨 의미는, 마지막에 와서야 판명된다. 그 카메라는 스토리를 복잡하게 만들기 위한 소도구로 그칠 리가 없기 때문이다.

맬러리가 남긴 "산이 거기에 있으니까"라는 대단히 유명한 말에 대해, 하부 조지는 다음과 같이 말한다.

산이 거기에 있어서가 아냐. 내가 여기에 있으니까.
내가 여기에 있으니까 산에 오르는 거야.

이 대비야말로, 맬러리의 카메라를 등장시킨 의미라는 생각이 든다. 이 대목에서도 하부 조지의 유례없는 고독이 실로 정교히 새겨져 있다.

그리고 시제가 복잡하게 뒤바뀌는 점도 주의해줬으면 좋겠다. 1924년 맬러리를 최후에 목격한 대원의 에피소드에서 시작되어, 1995년 표고 7,900미터 지점의 텐트에서 몸을 떠는 후카마치의 에피소드로 이어지고, 다시 2년 전 카트만두에서의 이야기로 전개된다. 거기서부터 후카마치 마코토는 일본에서 사라진 하부 조지를 목격하고 그의 생애를 좇게 되지만, 그 부분도 시제를 복잡하게 뒤섞어놓았다.

이런 시점의 변화가 혼연일체가 되어 전설적 클라이머의 생애가 생생하게 묘사된다. 그렇기에 '직구'는 그 구조가 아니다. 이렇게 구조적으로는 상당히 교묘하게 짜인 소설이다.

하지만 이야기의 핵심은 '직구'다. 클라이맥스 직전에 나오는 하부 조지의 메모를 마지막으로 인용한다.

다리가 안 움직이면 손으로 걸어.
손이 안 움직이면 손가락으로 걸어.
손가락이 안 움직이면 이빨로 눈을 씹으며 걸어.

이빨도 안 되면 눈[目]으로 걸어.

눈으로 걸어.

눈으로 가는 거야.

눈으로 노려보며 걸어.

이 소설은 그런 인간에 대한 이야기다.

산소가 희박한 정상에서 인간이 어떤 상태가 되는지, 그 극명한 디테일이 압도적인 박력으로 그려져 있다. 그곳은 신의 영역이라 한다. 신에게 사랑받은 자만이 등정을 허락받는다고 한다. 과연 하부 조지는 신에게 사랑받은 자인가. 그렇게 우리는 설벽을 오르는 그의 모습을 후카마치와 함께 숨을 삼키며 지켜보게 된다. 대단하다.

이런 소설을 나는 지난 20년간 기다려왔다. 그 기다림이 드디어 실현되어 정말로 기쁘다.

문학·미스터리 평론가, 서평가

기타가미 지로北上次郎

신들의 봉우리

1판 1쇄 발행　2020년 3월 10일

지은이　유메마쿠라 바쿠
옮긴이　이기웅
감수　김동수
펴낸이　심규완
책임편집　김하나
디자인　문성미

펴낸곳　리리 퍼블리셔
출판등록　2019년 3월 5일 제2019-000037호
주소　10449 경기도 고양시 일산동구 호수로 336, 102-1205
전화　070-4062-2751　팩스　031-935-0752
이메일　riripublisher@naver.com

블로그　riripublisher.blog.me
페이스북　facebook.com/riripublisher
인스타그램　instagram.com/riri_publisher

ISBN 979-11-967568-5-7　03830

이 도서의 국립중앙도서관 출판예정도서목록(CIP)은 서지정보유통지원시스템 홈페이지(http://seoji.nl.go.
kr)와 국가자료공동목록시스템 (http://www.nl.go.kr/kolisnet)에서 이용하실 수 있습니다.(CIP제어번호:
CIP2020008560)